21世纪
年度小说选

2023 中篇小说

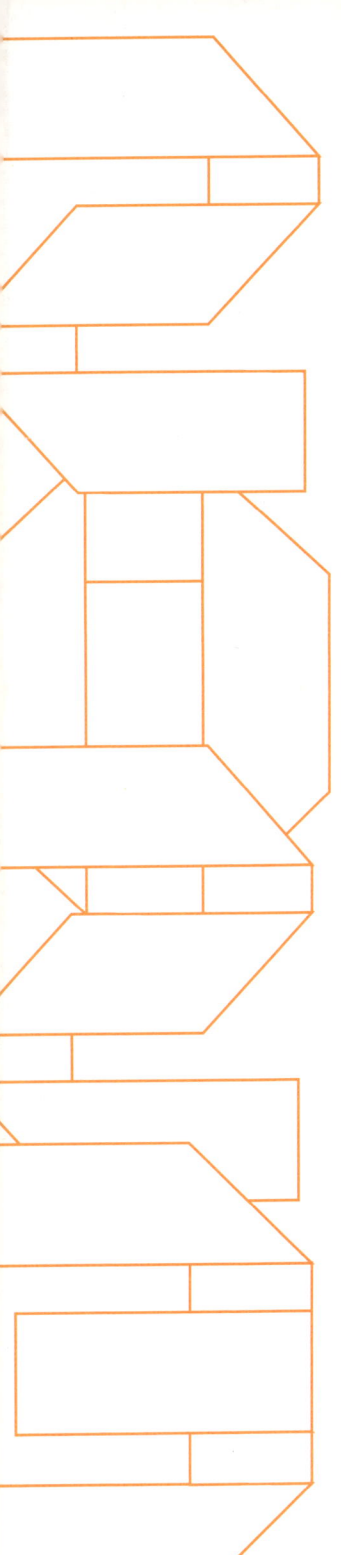

21世纪年度小说选

2023 中篇小说

人民文学出版社编辑部 编

人民文学出版社

图书在版编目（CIP）数据

2023中篇小说／人民文学出版社编辑部编．－－北京：人民文学出版社，2024
（21世纪年度小说选）
ISBN 978－7－02－018635－8

Ⅰ.①2… Ⅱ.①人… Ⅲ.①中篇小说－小说集－中国－当代 Ⅳ.①I247.5

中国国家版本馆 CIP 数据核字（2024）第077715号

责任编辑　徐晨亮　黄彦博　李义洲
装帧设计　李思安
责任印制　张　娜

出版发行　人民文学出版社
社　　址　北京市朝内大街166号
邮政编码　100705

印　　刷　三河市鑫金马印装有限公司
经　　销　全国新华书店等

字　　数　426千字
开　　本　880毫米×1230毫米　1/32
印　　张　17.125　插页3
印　　数　1—4000
版　　次　2024年6月北京第1版
印　　次　2024年6月第1次印刷

书　　号　978-7-02-018635-8
定　　价　65.00元

如有印装质量问题，请与本社图书销售中心调换。电话：010-65233595

出版说明

我社自1977年起，即每年编选和出版年度短篇小说选和中篇小说选，两种年选曾经深得读者的喜爱，在文学界和读者中具有广泛影响。1994年后，这项工作一度中断。21世纪肇始，根据文学界人士和读者的建议，我社决定恢复中、短篇小说年选的编选和出版工作，以便及时总结年度中、短篇小说创作的成绩，向读者集中推荐优秀的中、短篇小说，也为新世纪的文学积累做出我们的贡献。

恢复出版的中、短篇小说年选总冠名为"21世纪年度小说选"，以示我们一百年不动摇，长期做下去的决心。"21世纪年度小说选"分中篇小说和短篇小说，各编一册，于次年出版；编选范围为当年全国各报刊上发表的中、短篇小说，入选篇目的排列以作品发表时间先后为序。

"21世纪年度小说选"的编选工作得到许多著名文学评论家和编辑家的支持和帮助，他们应我社之邀，对当年的中、短篇小说创作状况进行深入、广泛的研讨，提出许多极有价值的选目。我们在广泛阅读的基础上，充分参考专家们的意见，严格进行编选。在此，谨向诸位专家深表谢忱。

人民文学出版社编辑部

目录

·001· 入　瓷　葛　亮

·039· 长　河　三　三

·076· 九重葛　邵　丽

·119· 穿　行　陈思安

·189· 动物痴人　郑在欢

·273· 青　梅　薛超伟

·315· 无主题拜访　鲁　敏

·352· 余　墨　房　伟

·391· 遭遇"王六郎"　梁晓声

·437· 此处有疑问　杨少衡

·502· 鱼缸与霞光　韩松落

入 瓷

葛 亮

东樵山下的岳善堂,是百年斋堂。

跨入坚实的趟栊门,迎门神堂,供着观音菩萨像。大慈大悲的观音菩萨,男生女相。手中有净瓶,低眉看她。厅堂昏暗,阿云看不清楚菩萨的脸。只有点点香烛,闪一闪,忽明忽暗。烟雾袅袅,有一股子味道,在她鼻腔里荡一荡。

她的名字从此写在岳善堂的道友册上。

泡在柏叶、黄皮叶煮水而成的"香汤"里,她想为父母守孝,许久没有好好洗上一个澡。这回洗了,从此不靠谁、不念谁,无家无口,情却念断。水泡着泡着,便凉了。凉了便有些涩,又有一丝腥气。她从水底捻起一片叶子,已经被泡得发了黄。她撕扯着叶子,三两下,就撕得只剩下了叶脉。是丑陋的棕黑色。她将脸浸在水里头,许久,再抬起来,大口地喘息,觉得眼底模糊起来,水在脸颊上一道道地流,是滚热的。

天蒙蒙亮时,在菩萨跟前摆上三牲祭品、松羔、熟鲮鱼,祭天祭地祭祖宗。对观音菩萨起誓。这回看清了菩萨的脸,原也不是如此慈悲。瞳仁太小,有一种尖利的神情,看着她。鞭炮一响,诸邪回避。浓重的硫黄味道,熏得她眼睛有些睁不开。朦胧间,她看见廊檐底下,画着刘海戏金蟾。她想,这颜色用错了,看着不庄重。

到底拆开了发辫,要自己拆。她留了十几年,做女学生时,兴五四头,别人剪,她不剪,舍不得。扎紧了,垂下来一条,黑亮的乌梢蛇似的。拆了,又是松松的一蓬。阿云接过递过来的木梳,要自己梳,一边梳,旁边堂里的姐妹一边念:"一梳福,二梳寿,三梳自在,四梳清白,五梳坚心,六梳金兰姐妹相爱,七梳大吉大利,八梳无灾无难。"阿姐顺德口音,她听着,唱一样。

梳完了,要让她自己盘上,易辫为髻。盘好了,她对镜子看自己。人还是一个人,又不是一个人。姐妹赞叹,说陪人自梳(女性表示自己终身不嫁的一种仪式)十几年,未见过这样的好头发。

梳完了,穿了新衣服,黑色的香云纱,宽袍大袖,是堂里姐妹自己染的。她们说,往后啊,这身上穿、口中食,都要靠自己。

然后要酒担回门,谢爷娘。她说,这就免了,我无父无母,无处回,早就靠自己。

阿云便在这里住下,整座斋堂两层楼。姐妹们一人一间,共享一个厨房。到了她,还有背阴的一间小屋。堂主便说她运气好,说一位年老的姐妹,前年升了仙,这才空了出来。她在床上坐下来,屋子里头有淡淡的霉味。帐子也是旧的,但是很干净,有一处大约是破的,给补上,绣成了一朵广玉兰。原先主人,大约是个朴素细心的人。

夕阳光透过那满洲窗的窗棂子,洒到床上,只有一星半点。她便打开窗子,空气涌进来,也是湿漉漉的。原来离山是这样的近,可以望见半山腰的泉水。虽然是冬天,还有细细一流,潺潺的,裹在郁郁葱葱的常绿的树木里头。

夜里头,她躺在床上,那流水声倒也静了些。外头还有些声响,试探地叫几声,像是野猫,又像是抗冻的鸣虫。这声音并未被暗夜吞噬,在她耳畔更近了些。这让她心里踏实,觉得有些喜欢这里了。

广州湾这地方,不靠桑基鱼塘,也不如顺德,有大的缫丝厂,原无自梳土壤。但民国二十一年(1932年)时,这里开了一个叫"裕大"的布厂。厂主是坊间称"麻斜王"的张明西。这布厂大,有一百多台织机。岳善堂的姐妹,倒有一多半在这里做工人,多半是来自坡头、吴川、赤坎、廉江的。剩下的一些年老的,堂里自有一块田地,给她们耕种,闲时也做针黹女红,贴补生活。

阿云来时,布厂刚刚请了一批女工,不再聘人。堂主就派了她与那帮老姐妹一起,在田间干活儿。可自小,她并没有农作的经验,虽不致五谷不分,但眼见着到了田里,手都不知该如何摆放。学得又慢,没几天便得了一个诨号,叫"西关小姐"。她并未有一天住过西关,这自然是带了嘲意。一来是因为她广州口音的格格不入,二来自然是说她肩不能挑、手不能提。

阿云在心里叹一口气,只当没有听见。到了做饭时,堂里是各顾各的。一个灶,轮流用。她勉强生了火,煮饭水却放少了,烧出米饭是夹生的。其他姐妹又看了笑。她愣愣的,旁边一个阿姐,一把将那煮饭的陶甑端下来,将她拉到身边,说道,这可怎么进肚,吃我的。

在阿姐的屋里头,阿云吃了这顿饭。菜是一个咸鱼肉饼,鸡头白用虾酱炒的,是阿姐自己晒的酱。饭热乎乎、软和和的。阿云吃着,吞咽下去,心里却有酸楚涌上来。前几日,她是咬了牙,忍一忍,也不觉得有什么。这会儿倒周身难扛起来。

阿姐见她蹙了眉头,便也放下碗,看着她。看了半晌,并没有安慰,只是往她碗里夹了一筷子菜，说道，一看你，就是富养过来的。别往心里去，这堂里的姐妹，有几个好命的？你有半程的命好，都是往后日子的本钱。

阿云见阿姐瘦楞楞的脸庞，眼睛却清亮得很，看着她。她也觉得心里定了。

以后，阿姐便对阿云照料多了些。阿姐姓钟，叫桂容。脸相年轻，可人人都唤她作桂姐。桂姐在布厂里做工，原是廉江安铺人，安铺自同治年便为粤西的纺织重镇。桂姐初来时，就是织布的好手，梭子在她手里跳舞似的，见过的都服气。她便找了工头说情，将阿云收下了。织布机上，手把手地教。不知怎么的，田里的活儿不行，织布阿云倒学得飞快，没几天已经上了手。桂姐就赞道，好一双巧手！谁再说你笨，我用扫把去堵她的嘴。这活儿有高低，跟着见识走。乡下婆怎么懂得呢。

处久了，自然慢慢亲近，话也就多了些。琐琐碎碎，阿云便也将自己的事情告诉了桂姐。不当说的，略去了一些，只说是父母都没了，以往读过中学，现在要自己讨生活了。

桂姐听了，沉默了一会儿，说，我果然没有看走眼，瞧你说话做事，都像是读过洋书的人。怕是遇上了大的难。这广州湾，离广州千里地。你一个人能过来，也是大能耐。不知是遭了多少罪。

阿云说，就是一个念头。念头有了，总有法子来。

桂姐说，我们廉江有句土话："命好吃命，命歉吃睡兄。"既然来了，就总有活下去的办法。我倒是爷娘双全，不如没有。我被他们卖了两回。没嫁出男人死了一个，又卖一回。苦吃尽了，就逃出来了。

这世道乱了，虾蟹各有路。你别看堂里的姐妹，也有三六九等，都带着过去的来路。人厚道的有，不平和的也有。我是喜欢你硬生生的样子。可如今，你这脾气，若是娘胎里带来的没法子。若是养出来的，还得收着些。

阿云听她这么说，有些感激。但也没言语，只轻轻点点头。

到了初五，做完工了，女工们便结伴往赤坎去。大通街到海边街的海道上，摆了市集，能寻到平日买不到的好东西。

这时节，便多了许多逃难的人，操着岭粤各地的方言，蹲在路边，叫卖随身带来的家当。害羞些的，只摆在骑楼底下，也不说话，只默然注视着过往的人。有多看了一眼的，他们才出来引你过去。依然不说话，你便看到有古玩、玉器、字画、钟表，也有旧衣杂物。问价钱，只说看着给，能买米粮就行。这都是从前有身份的人。他们自己卖，总觉得比拿到典当铺要妥当些，但又舍不下脸。阿云看见一个女人，怀里抱着一个婴孩，身旁的担子里还有一个。身上穿的粗布，扁担上搭着几件衣物，却是上好的料子。阿云捻了捻一件藕色锦缎的旗袍。那女人马上站起来说，妹妹仔，啱晒你（刚好适合你），这是我结婚那年在"和祥"定做的，正合你身形。

偏僻的四邑口音，细巧地说出来。她展开那旗袍，做工十分细致。每只盘扣底下都是一朵祥云。阿云见她脸色是颓唐的青灰，手却十分细白。没待她再开口，却被桂姐打断，说，唔该（感谢）你带眼识人，我们是自梳的，哪里穿得了你的靓衫。

桂姐的眼睛，却在地上摆的一副翡翠耳坠上流连，掂起来，问那女人。女人想想，伸出一根手指，是一个银圆的意思。桂姐从怀中掏出手绢，草草抽出几张西贡纸给她。女人接过来，欲言又止，却也收下了。

两个人走远了，阿云回头，看那女人遥遥地望。她想，这耳坠大概是心爱之物。桂姐就说，别看了，你现时可怜她，可你看她一只手，倒三个指上有未褪净的戒指印，谁又能帮得了她。今天她卖这些，明日就能卖自己的孩子。

走了几步，真有卖人的。是个小女仔，低眉顺眼。面前摆了一张纸，

005

只说是跟家人走散了,卖自己。

桂姐催她快走,说,别看,惹是非。哪里是卖自己,多半是过海来的,后面有蛇头跟着呢。

阿云这才知道,自己过来时,跋涉是吃了不少苦,原来还算平顺的。

广州湾,这巴掌大的一块地,此时正吞吐着两广和海南的难民。无论是珠三角通来的陆路,还是港澳、海南通来的水路,处处人头攒动。西营码头的海面泊满千百船艇。雷州半岛的泥尘滚滚中,奔拥而来的人,携着妇孺童叟,拎着沉甸甸的皮箱、藤箧,带着惊恐与焦虑,正奔向这个法属租借地匆匆造就的方舟。

桂姐叹一口气,说,以往没觉得这里好,到处都是鬼。在中国的地界上,却要用别人的银纸。如今,整个广府上的人都来了。好不好,谁说得算呢。

阿云却停下了步子。她看到街边一个货郎,在树下心不在焉地站着抽烟,面前摆着一个草筐。这筐里,装着瓷器。见她过来,货郎将烟斗磕一磕,殷勤招呼,说,小阿姐,看你识货。可是景德镇的青花瓷。贱年贱卖,回个运费本钱。

阿云在那筐里翻一翻,问,有没有白胎?

见那货郎茫然,她就加一句,只上釉,无花的。

货郎想一想,"哦"一声,从筐里掏出来一摞白瓷盘,脸上却是为难神色,说,小本生意,有花无花一个价。

阿云摩挲了一下那瓷盘,滑腻的凉。她眼亮一亮,给我拿六只。

旁边的桂姐听了急急拦她,说,买这么多,要摆九大簋吗?一家独口的,屋里的碗盏,不够用?

阿云却已经掏出钱来,对货郎说,给我包好,扎结实些。

夜里头,阿云在灯底下端详那瓷盘,有久违的喜悦。她的手指,沿那瓷盘的边缘画一圈,用布擦净了,便端正地摆在桌子上。自己洗了手,将包裹在行李深处的家什拿出来。

她愣一愣,看那小小的乌木枕箱,箱盖深深镌着"司徒"两个字。抚摸,凸凸凹凹,一刀一痕。这是阿爸传给她的,又是她阿爷司徒章,传给阿爸的。没上过漆,只是上了桐油。阿爸说,隔些年就上一道,隔些年再上一道。绘彩时不慎沾上的五颜六色,就给这桐油封在了里头。看得见,却抹不去。

她慢慢地调了颜料,拿出一支幼细的狼毫。举起盘子,手竟微微有些颤抖。她屏住了呼吸,下了笔,却只画出了一道圆弧,便不知再怎么继续了。

放下笔,呆呆坐着。她听到门边有窸窸窣窣的声音,看过去,是一只毛茸茸的爪子。她笑一笑,轻轻唤一声,阿四。

阿四是堂里养的猫。她睡在堂里的第一夜,便没有听错,确是猫的叫声。说是养,其实也很松散,没当正经的。平时它便在外头游荡,饿了,便回到堂里来,逢到哪个姐妹做饭,便乞一餐。吃完了,便又出去游逛,没有恋家的意思,倒好像是吃百家饭的野孩子。

所以也瘦得很,身形倒很精干。阿四将门拨开,便悄没声地走进来,围着阿云的脚头绕一圈,蹭一蹭。阿云便将晚上没吃完的馒头掰开,蘸一点虾酱喂它吃。阿四吃几口,便看看她,细细叫一声,又接着吃。吃饱了,也不走,偎在她脚边。她便俯下身子,摸一摸它。它便软软地躺下,将身体团起来,团成了一个圆,渐渐睡着了。阿四是一只虎斑猫,正是皮毛丰盛的季节,身上斑斓的花纹随它的呼吸,起伏翕张,竟然很好看。

阿云忽然心里动一下。她坐回了桌上,看着阿四,便开始在盘上描画,须臾便画出了它的身形,是团圆的。她想一想,便在猫身上勾勒出花纹的形状,竟是大朵的层叠的牡丹,再是雏菊、百合、广东玫瑰,渐渐将那身形填满了,是金底万花的图案。她想一想,又密密地镶了一道瓜果边,四角间各画上一只彩蝶,阿四便好像栖息在丰收的田间了。

她画上最后一笔,呼一口气,看这只彩盘上的颜色,堆叠着,倒无声地喊了一声,将幽深的夜晚也喊醒了。她觉得自己也很清醒了似的,人也精神起来。她将盘子举起,给阿四看一看。阿四对着盘子半响,闻一闻,然后伸出小小的舌头,舔一舔她的手。她感到一阵潮湿的、细微的暖意,从指尖一点点地传到她的心里去了。

阿云醒过来,天蒙蒙亮,看见桂姐笑吟吟地坐在床头看着她。

桂姐只说,不早了,看你没起来,过来叫你翻工。

然后却将那盘子执起来,说,画得真好。我可看得出是阿四,灵似活现的。以往只知你读过书,没想着,还有这么大的本事。

旁边进来一个姐妹,也是准备要上工的,工帽开线了,过来跟阿云借顶针。一看也赞说,真系叻女。又问阿云,你画不画鸡公碗?

阿云摇摇头。

她便有些失望,说,这也不当个活计,怎么贴补堂里头?

见她走了,桂姐说,别听她的。鸡公碗会画的人且多,你这个手艺,千里挑一,给他们十年也练不会。

以后,阿云便定下心来画,画好了,自然是没有人烧,便都搁着。也不拘,看到什么,想到什么就画什么。自己的斗室,打开窗。窗外就是活生生一幅景。在盘上,开个斗方便画。有青山,有绿水,有飞鸟。收工经过赤坎的海傍,港口里停满了航船。记住了,回来便也画。姐妹们就说,海那边是香港、是澳门、是海南,再远些是什么地方,就在她们的见识之外了。

她临过的御窑彩瓷,却画不出,也不舍得画。夜里一闭眼,却满脑子都是,好像印在了经络里头,却上了把锁。

每逢初五，她便去寻那市集上的货郎，买瓷盘。买得多，久了，货郎也狐疑，怯怯问，小阿姐，你们家里，是人口多，还是盘子摔得勤？

清明，阿云画了岳善堂，用了寿字花心。这斋堂外墙上本有凤鸟纹与草花纹，阿云便照样描了，用来做边饰，竟然也十分清丽。给桂姐见了，大为赞叹，自作主张，便摆在观音堂，说要堂里的人都看看，见一见世面。

堂主倒没说什么，还顺势题了堂名在那盘子上。往后，谁来拜观音，都要对着那盘子拜一拜。就有人说话不咸不淡，说，这怎好。没来几天，就有"契相知"撑了腰。

四月时候，盘子渐渐竟然摆成了一小摞。仍是无人烧，阿云便想起了一个人。那时她画，这少年便为她烧，烧得好。可也烧坏了一只。她想着，就回忆那烧坏的盘子，慢慢便又画了出来，盘上是嫣红的扶桑花，缠绕着。斗方里是两个少女，坐在陶墩上，似在耳语。后面有远山，有湖水。是春天的景致，盎然的。

桂姐这回见了，不赞了，也不说话。只默然，愣愣看许久，喃喃说，你看这两个女仔，多好，倒好像要好上一辈子了。

一天收工回来，桂姐兴头头地拿了份广告，说，阿云，你快看看。前些天，我对你说，西营有个华侨回国赈灾救护队，我在里头做过看护。现今他们有人为难民新建了个小学，在霞山。正请老师，我替你报了名。

阿云连连摆手道，我学过的那点东西，都还给学校了，教不了人。

桂姐道，没人把你当翰林。教小学，一个秀才可也够用了。她又轻叹道，你这双手，织一世的布可废惜了。

阿云去了才知道，学校是天主教总会和爱周募捐委员会合办的，白天要帮忙安置难民，都是在晚上上课。

还正经地面试了她。面试的先生，有两个是中国人，还有一个外国人，倒也说一口很好的中国话。不过不是广东话，是国语。

问阿云能教什么。

她想一想说，画画。

那洋先生点点头，说，很好。我们正缺美术科的老师。

从此，阿云白天在布厂，晚上就去霞山上课。

学生多是两广流落而来，年龄参差，也没严格地按年级，只囫囵分了高低班。有些孩子早已开蒙，知道上学规矩。自然也有些未懂事的，大约来自乡野，活泼得不像话。

可在阿云的课上，倒都十分安静。大约他们并猜不透这个一袭青衫的阿姐，是什么来历。其他的老师，无论是西人，还是华人，气质多半是现代和时髦的。但司徒云重，青白的脸上，有一种和她年龄不很相称的肃然，倒是和脑后丰盛的发髻，是相合的。她的口音，让他们觉得好听，是恰到好处的广府话。没有潮汕的张扬，也不及四邑的中古诘屈，从她口中平静地流淌出来。此外，她在课上从不说自己，只上课。并没有当这些学生是孩子，不哄着他们，也不训斥他们，只讲她该讲的。

有一两个闲极生事的孩子，挑衅了一番，见她不动声色，多半自己觉得无趣，也便老实了。

孩子们都叫她司徒老师。教务主任，那个洋先生，来巡视。便说，在我们法国，课堂上都叫老师的名字，亲和些。不介意的话，就叫您云老师吧。

阿云说好。

这个大胡子先生，返身，便在黑板上，信手用粉笔画了一朵云，对孩子们说，记住了，这是你们的老师。

孩子们喜欢阿云。

她并未上过一天教育的课程，不知那些理念和方法，她能做的，只是带领。

其实是十分老实的教法。在她手中，画了一朵花，便停下来，静静地等孩子们跟着画。孩子们画好了，她便再画一片叶，又停下来，等孩子们画完。

她自然没有意识到，孩子们喜欢她，是因为她所惯常的绘画，恰是孩子们去模仿世界的方式。广彩天然的缤丽，大红大绿，浓墨重彩，与孩子们对这世界想象的复现，不谋而合。那些似乎违反常识的审美，那些变形的，失去现实参照的比例，才是孩子们心目中的真理。

尤其是，阿云的绘画，有她一以贯之的信马由缰。这和她早年临画图谱时的经历相关。这么多年，她并未在心里建立起看取事物的顺序原则。她画阿四，会从一只爪子画起；画一条鱼，会从尾部画起；画一个女仔，会从她颈项上的珠链起笔。永远让她的学生感到出其不意，充满了新鲜感。

她无声地鼓励他们。去表达，肆无忌惮地挥霍他们幼小的想象。这与她肃然的样子，大相径庭。

她收上来的功课，孩子们画的太阳，是蓝色的、橙色的，甚至黑色的。她浅浅地笑着说好，并不会激赏或批评哪一个，这便让她显得有教无类。面对她，孩子们不会争宠，如同小动物，像在别的老师跟前那样。但他们珍视她的评价，因为他们将她视为自己人。

当阿云回去斋堂时，已经很晚了。桂姐没睡，往往煲了老火汤等她，有时是一小锅菜脯粥。熬得又黏又稠，盛出来。

自己不吃，看着她喝。

阿云呢，便一边吃，一边跟她说在学校看到的见闻，说那些孩子闹的笑话。她认真地听，然后笑，笑得很温存。一边看着她，说，到底洋学堂好，有规矩，教得文明。放在我们镇上的私塾，这些小把戏，早就叫戒尺打老实了。

阿云便也笑。她把孩子们的功课拿出来，给桂姐看。桂姐一张张地翻，看得仔细，时而评点几句，说这个雀仔，画得像；那只唐狗怎么只画了三只脚。翻完了，轻轻叹一声，说，好啊，这些细路的爷娘有福气，给日本人撵到这儿来，还能遇上了云老师。

阿云听到这儿，在心里动一动。她想起那个外国人，也教孩子们这样叫她。

他的声音很浑厚，用轻巧的卷舌音。

吃完了，桂姐收拾了锅碗，嘱她早点睡。临走阖上门，却又回转了身，灯光薄薄地铺在她脸上，暖黄的。她说，云啊，你的天地愈来愈大了。

到了圣灵降临日，广州湾便随法国本土放假。

因为难民还在源源不断地涌来，天主教总会便联合广府、潮州、高州等地的会馆，在英勇路、大德路一带搭起竹棚，设难民营，以安置难民，并在赤坎、西营向难民派粥，发送生活用品与药物。因为这一天没课，便也发动了老师们来帮忙。

阿云被派了做文书，登记难民的乡籍。她登着登着，发现近来多了许多的广州人，终于忍不住，问一个相貌体面的老妇。妇人叹一口气，说，如今香港、澳门也给日本人占了，还有什么去处？有一分办法，谁想跑到这法国人的地界上来。

于是，阿云心里闪了一个念头，隐隐地担心。但也就一下而已。

因为一日奔波于两地，到傍晚时，大家都很疲惫，胡乱吃一点东西，走过赤坎的海道，便索性停下来，坐码头上休息。

有些男同事开了局打纸牌，姑娘们偎依在一起，絮絮地说话。阿云看到海上很静。只是点点的光，闪动着，是远近航船上的渔火。扑通一声，水面上泛起涟漪，夜游的鱼忽然跳跃。月亮也升起来了，无声的，白煞煞的一轮。这一刻，她觉得心里安定。

这时候，他们都听到了歌声。她也因此被吸引，抬起头来。声音的底是雄浑的，但是旋律却温柔，很简单的，在回环吟唱。他们便都不再说话，静静地听。是一种她所陌生的语言，远远地传过来，她却觉得自己听懂了。再听听，原来这歌声就在近旁。是那个洋先生，他在唱。他手里夹着一个纸烟卷，另一只手，手指在膝盖上弹动着，打拍子。这个大胡子的法国人，他们的教务主任。她现在知道，他有一个中文名字，姓陆，叫陆白逸。

这学期将近结束。到了美术科的考试，阿云带了一只白瓷碟。

她将白瓷碟覆在考卷上，给每个学生画了一个圆。她说，你们就在这个圆里头画，画什么都可以，但不要画到圆外头。

她看到，孩子们第一次感到为难。他们有的抓耳挠腮，有的呆呆坐着，无处下笔，抬起头来，看着阿云。

阿云说，以前老师让你们画的，是你们自己想画的。这回让你们画的，是你们能画的。老话说，没有规矩，不成方圆。你们毕了业，就长大了。长大了，这个圆，就是规矩了。

每年六月十九，观音成道，在斋堂是大日子。姐妹们早早地都备好衣裳，要结伴去佛香山的观音寺上香。这古寺建在廉江，桂姐是廉江安铺人，这于她就是要回家乡了。虽脸上淡淡的，心里却是喜气得很。早早就备下了香、金银衣纸、长圆禄马、五斋。她新做了套香云纱，宽袍大袖，是光绪年就从顺德传下来的自梳女的祭服样式。做工很细，衣襟上密密地缝着回字纹。她照样给阿云做了一套。阿云穿着，看看镜子里。衣服大了些，显得她的头脸格外的小。桂姐说，大点好，一兜福，二兜寿。我们姐妹同心，就要穿一式一样的。

桂姐给阿云细细地盘了髻，也与以往不同，分外地丰满。撑满的帆一样，叫妈祖髻。她又打开手帕，取出了一副翡翠的耳坠。阿云认出来，正是那日在市集上买的，在晨光里头，通透地绿。桂姐就要给她戴上,她一闪身。桂姐按住她,说,别动,你后生,戴着好看。我戴自己看不见,你戴着,我就时时都能看见。

戴好了,她又将阿云对着镜子,口中赞,我阿云啊,往后是有福的,生了观音相。

阿云也看自己,觉得是有些不一样了。耳垂上那两颗翠,莹莹的光,像是就要落下的两滴水。

下山的时候,是晌午了。天气晴好,又刚刚吃了寺里的斋饭,姐妹们的心情都很满足。就有人问桂姐,刚刚许了什么愿。桂姐笑说,不说!那人便又转身问阿云。桂姐忙一掩阿云的口,道,可别说!说出来就不灵了。我的愿里有你的一份。

谈话间,又有人说,今天可是礼拜六。阿云忽而恍然,总觉得忘了什么事,原来是这一届学生毕业典礼的日子,就在圣维尔多堂。她可是答应了孩子们,要在礼拜堂后面的空地上合影。这样紧赶慢赶,不知还来不来得及回到霞山。这是她教的第一届学生。这样一想,心里不禁焦灼起来。

经过安铺时,桂姐犹豫了一下,对她耳语说,想回家看看爹娘。自梳以后,一直硬颈,就没回去过,现在心里很没有底,问阿云能不能陪她回去。

阿云心里也装着事,不假思索,就对桂姐说,今天是学生毕业礼,要赶回学校去。

桂姐的眼睛黯了一下,嘴唇抿一抿,对她说,好,那你快些,别让人家都等着。

阿云乘坐人力车,赶到了教堂,太阳已西斜。

她在四周走了一圈,没看到一个人,心里不禁一阵空。她看到礼拜堂的草地上,挂了一条横幅,上面写着"霞山小学第一期毕业典礼",散落了几把椅子还没有收拾,可能就是拍照的地方。

礼拜堂里，也是空的。她站了一站，待气息匀了，才慢慢穿过礼拜堂，却又觉得一阵乏力，于是找一个角落坐了下来。

和她一起，笼在很大一片暗影子里的，是圣母像。圣母抱着婴儿耶稣，看着她，是忧郁的神情。一个打扫卫生的阿婆，这时走过来，愣一愣。阿云想，大概是因为她的衣着，便说自己是霞山的老师，问她可看见了小学校的师生。阿婆摇摇头，便弯下腰扫地。光柱透过珐琅窗照射在地板上，里面有灰尘在飞舞。

坐了一会儿，听到有人唤，云老师。

她抬起头，却听到喀嚓一声，眼前一闪。她用手遮一下眼睛，这才看见对面一个人。是个高大的洋人，手里端着一台照相机，正笑盈盈地看她。她侧过身，站起来，想躲闪这个陌生人。可又觉得这声音很熟悉，再仔细一认，竟然是陆白逸。

的确是陆白逸，他的一脸大胡子刮掉了，脸相竟然是很年轻的。这让阿云意外。

陆白逸笑着耸一耸肩，说，你来晚了一步，学生们已经散了。

她于是知道，教务主任兼任了毕业礼的摄影师。

看到她抱歉的神情，陆白逸又说，草地上的横幅还在，要不我给你单独拍一张，可以送给同学们做纪念。

阿云叹一口气，说，不用了，这不是我的毕业礼。

这话里没有好声气。沉默间，两个人都感觉到了彼此隐隐的打量。阿云不禁低下头，拉了拉衣服的下摆，说，今天和姐妹们去廉江拜观音，所以迟了，真是对不住。

陆白逸将相机从颈子上取下来，放进了一个皮套里，说，不要紧。下一届毕业礼，旧生们回来看你，再和他们拍。

阿云想，这所为难民的孩子办的学校，学生都是流离的人，谁又能知道以后的事。但她知道，这安慰的话是出自善意。

陆白逸搔了搔头发，又一摸下巴，说，倒是我应该说声对不住，刚才好像惊扰了你。看你的神情，是被我的新样子吓着了。是这样的，每一届学生毕业，我都要把胡子刮了，代表下一届要从头开始。你们中国话，怎么说，叫辞旧迎新。

阿云听着这个外国人用标准的国语一本正经地咬文嚼字，终于笑了。

陆白逸便说，云老师，为了弥补你的遗憾，也为了赔礼，请你看话剧怎么样？香港的艺联剧团，最近移师到广州湾来了。昨天他们张团长对我说，今天有一出新排的《明末遗恨》。我记得面试的时候，你说中学时还参加过剧社，应该会感兴趣。

阿云心里一惊，想，他竟然记得这个。在她琢磨该如何推辞时，陆白逸说，也是时运不济，萧竹筠竟然也跑到广州湾来了。这个戏是她担纲的。

萧竹筠。这个名字，在阿云的记忆深处击打了一下。萧竹筠是上海南下香港的话剧明星。阿云还记得，她跟着谭胜龙，看她巡演《茶花女》，那样美得不可方物。也是因为这出戏，阿云参加了学校剧社。这么多年过去了，她居然也来了广州湾。

法国大马路上的文化大剧院，是阿云每天回家要经过的地方，但这是第一次走进去。她走得很小心，跟在陆白逸身后，似乎希望他高大的身形，可以遮挡她。不知为何，她会为自己的衣着，或头上的发髻，而感到不安。

终于，她看到了萧竹筠，但已不是记忆中的。尽管化着浓妆，在强烈的灯光底下，她还是看出了她的老态和疲惫。尽管，她的声音依然甜美，但此时却显得做作。阿云忽然想，她不是茶花女了，她只不过也是个逃难的中国女人，讨生活来了。

这样想着，她觉得有一种东西在碎裂。她几乎可以听到碎裂的声音，这让她喘不过气来。她忽然站起来，快步走出去，长长地吸了一口气。

外面的空气是清冽的,带着泥土味。她这才发现,外面已经下起雨来。她定定站着。看见陆白逸也走出来,对门房说了一句话,借出了一把伞。

她走进了雨里。她感到有一把伞,追到她身后,遮住她。雨大了,她侧一下眼,看到陆白逸身子都在雨里面,紧紧跟着她。

她不知可以说什么,走得更加快。两个人默然地在雨里走。她觉得自己的心跳也快了。在远远看到岳善堂的轮廓时,她忽然对陆白逸欠一欠身,就跑进了雨中。她奔跑着,雨沿着她的眼睛和脸颊流淌下来。但是她看见斋堂灯光的光晕,越来越亮。她跑得更快,让自己跑进这光晕里。

阿云悄悄走上楼,脚底的楼梯咯吱作响。发髻落满了雨水,沉重得让她的头不自然地后倾,颈子也有些发酸。

她经过了桂姐的房间,门忽然打开了。她看见了桂姐凄惶的脸。

她把阿云拉进了房间,愣愣地看她。她说,阿云。

阿云躲开她的眼睛。桂姐说,云,我阿妈她,我老母死了。死了半年,竟没有人告诉我。他们已经不认我是钟家的女了。

桂姐开始哭泣,她忽然俯在了阿云的肩头,开始无声地哭。她有些瘦削的下巴,戳得阿云有些疼。阿云承受着这哭泣的震颤。她不禁慢慢地伸出手,抱住了桂姐。她觉得自己肩头的热,和雨水的冰冷,一起渗进了她的身体里。

这时,她听到桂姐模糊的声音,阿云,我只有你了。

司徒云重,当晚发起了高烧。

急的是桂姐,连夜找了大夫来看。看了说是没什么大碍,大概因为雨中受了寒,将养几日,便会好。

桂姐还是不放心,照看了她整两日,也没有去布厂上工。阿云让她快去，省得监工多话。桂姐说，我怕她做什么。以往我心心念念地要挣钱攒钱，是每个月要朝家里头寄。我是逃出来的，到底心里头还是不落忍，能多贴补点也心安。如今是家里不要我了。我想通了，也落了一个松快，不着急了。我倒想着，细水长流，将来钱够了，待我们老了，就自己搬出去住。你是不喜和人打交道的，又何必看人脸色呢。

阿云听到这里，将手里的粥碗搁下，说，你还是去吧。厂里的姐妹也惦念，我一个人能行。

这时候阿四拨开门，施施然走进来，晃着尾巴，腾的一下，跳到床上，偎到阿云身边，侧身躺下。阿云说，你看看，有阿四陪我，你放心去吧。

桂姐千叮咛万嘱咐后，才去了。阿云呆呆坐了一会儿，觉得有些闷气，便伸手打开窗子。听到外面有潺潺的水声，清凛的风也进来了。她觉得舒爽了许多，于是披上了衣服，慢慢起了身，忆起骑楼上还挂了一串鱼干，想取来喂阿四，便走出去。看到外头的景致竟好像也清新了，给连日的雨荡涤干净了似的。对面平房上的黑瓦，洗得乌亮。墙头上生的野苇子，青生生的，似乎又冒高了一些。阿四绕着她的脚，喵呜喵呜地叫。她便搬了个板凳，站在上面，要取那鱼干儿。

这时候，忽然听到底下有人喊，云老师。

她一看，底下站着两个小女孩，仰着脸对她笑。原来正是班上的学生，刚毕业了的。

阿云便冲他们招招手。两个小孩子便上来，都是欢欢喜喜的，好奇地四处望。阿云问他们，怎么找到这里来？她们说，听说您抱病来不了开会，是教务长叫我们来，给老师送毕业照。说着，便递给她一个纸包。

阿云便把桌上的水果给她们吃，她们也不接。其中一个潮汕口音的小姑娘，忽然挨近了，悄悄问她说，老师，听我阿妈说，住这个大屋的女仔，都是不嫁人的。是吗？

阿云愣一愣，胡乱点一下头。

她便接着又问，那你呢？我们都说老师生得这样靓女，将来也不嫁人吗？

阿云心里微颤一下。旁边的女孩就斥她的同伴，说，赵银女，看你口水多过茶。

问话的孩子，便吐一吐舌头。两个学生对着阿云鞠一躬，便匆匆地走了。

纸包里有一个信封，打开来有张纸，是下个学期的聘书，里头裹着毕业照。阿云看那合照，各个喜气盈腮，独缺了她，也觉得空落落的。

再一翻，却还有一张照片。上面竟是她一个人，穿着宽袍大袖，坐在暗影子里。她想起来，是陆白逸唤她一声，抬头的一刹那拍的，是失神间的猛然一醒。姿态竟然还是端正的。裙挂太宽大，堆叠在她膝头，深漆漆，也融进了黑暗中去。但恰有一道光，打在她脸上，一半的面色便格外的白，眼神间有些慌。嘴角也绷得紧紧的，耳垂上的那一点翠，却格外夺目。因略略失焦，她看上去，面目有些陌生，倒像是个前朝的人。

她这才想起了拍照的人。再仔细看那毕业照，倒真也缺了陆白逸。他是摄影师，自己入不了镜的。

那纸包里还裹着本书，十分残旧，上面写《芥子园画谱三集》，金阊书业堂刻本。她揭一下，纸已经发了脆。小心翻开来，里头倒是工笔勾了琳琅的花卉与雀鸟。再仔细看，原是教人如何绘画，有极详细的文字图解。一只鸟，从头到脚，到背肩，到梢翎、到尾，竟是亦步亦趋地教人画了。若是并聚，又有白头偕老、燕尔同栖、和鸣、聚宿四则。后面大概是以往字画里的精妙，也都一一列了出来，给人拆解临摹。另有设色诸法一十六则。她囫囵翻着，天竟然渐渐暗了下来。翻到了末页，见有一行小字，写着"己亥春琉璃厂"。

她将书合上，却不留神书中掉出了一张小画，绿成了一片，一棵树枝叶繁盛，长在水上。昏黄的天底下，水也是昏黄的。倒有一条船，两个小人儿，一个撑船，一个拉网在打鱼。阿云闻到了新鲜的水彩的味道，湿漉漉的，荡过来。

到新学期开学时，学生竟比上一届多了许多。开学典礼上，奏了《马赛曲》，却又奏了三民主义歌。听起来，有些前言不搭后语。但因为大家都很昂奋，便并不很在意。

典礼结束了，同事们又聚了餐，用的是西方的自助式。散了场，司徒云重走了半程，却想起什么来，就回头到了学校里。

她望见在礼拜堂后头，陆白逸独自一人，在布置一个布告栏，正将上学期受嘉奖的功课贴在上面。布告栏要照顾东方人的身型，陆白逸体量高大，动作起来，便需要弯着腰，又开了腿，看上去有些拙。阿云倒看见，其中有一张，是期末考她布置给学生的功课，她判了高分的。那孩子画了一上一下、各咬头尾的两条红鲤鱼，边界上画了菱形的水藻。

她轻轻唤一声，陆主任。

陆白逸听了回过头，见是她，忙直起身体，叩一叩自己的腰，倒像个上年纪的人。阿云看到，他的脸上起了浅浅的胡茬儿，苍青了不少，又不复夏天时的少年样子了。

他看看阿云，笑一笑，说，云老师。我还担心你这个学期不来了。

阿云顿一顿，说，夏天的事，实在唐突。我是专程来谢谢您。

陆白逸擦一擦手，从怀里抽出一支纸烟，问她，不介意？

阿云摇摇头。他便点上，吸一口，烟袅袅地从口中游出来。他问，谢我什么，是那张照片？

阿云从包里翻出那本《芥子园画谱》。他好像有些失望似的,说,我以为是谢我照片拍得好。我在中国拍了许多照片,这张是真不错。

阿云没有接他的话,只将书递过去,说,我看完了,还给您。

陆白逸接过来,翻开,将那张小画取出来,说,还在里面。这是我临了一幅柯罗。

阿云问,柯罗是谁?

陆白逸说,我们法国的一个风景画家。我父亲说,生病的人看了柯罗的画,很快都会好。

阿云笑了,说,原来是个偏方,像中国的符。

陆白逸也笑,说,其实我很羡慕你,可以教孩子们画画。我也爱画几笔。可是来了这所学校,缺法文老师,又缺自然科的老师,我都得兼着。你们广东人说这叫什么"万金油"。

他将书又递给了阿云,说,书你留着,这学期可以当教材用。

阿云挡一下,说,这倒不用,我上个学期都教下来了。

陆白逸说,你教得是不错。只是,你的老师没把你教好。

阿云心里一愣,一时间疑心听错了。但又不好问,她便让自己愣在那里。

陆白逸将烟蒂投掷到地上,蹀一蹀,说,云老师,当初我在旧书店买了这本画谱。书店老板说,芥子虽小,内有须弥。你们中国人学东西讲师古人,师造化。都是经验之谈,照着教,没错的。

阿云回过神来,咬一咬唇,望一望布告栏,说,那又何苦把这份功课贴出来?

陆白逸摇摇头说,你还是没听懂。你教出来的学生是好的,这是你的本事。只是你当初学画的路数,有些可惜了。我听了你两回课,你的章法,我一直看不透。后来你给学生考试,画了一个圆,我才明白过来。

阿云抬起头,看着他,说,你明白了,我不过是个画广彩的?

阿云将"不过"两个字,念得特别重。她觉得自己心里一块东西,忽然灭了。这东西是什么,她想不起。只是这时,忽然灭了。

陆白逸听出来,想一想,说,我没别的意思,只想帮你。我很佩服中国的匠人。一个规矩,代代相传,雷打不动的,是要守得住。照你说,齐白石也不过是个匠人,当年就靠半本画谱,就成了。你们的老话,万变不离其宗。中国人学艺术,不是从写生和素描学起,就靠这个"宗"。

阿云冷笑道,这回我听懂了。你是嫌广彩浅陋拘泥,怕我误人子弟。好,我倒问一句,这画谱里头,有没有规矩,这规矩误不误人?谁说一只雀仔,非要从嘴画起,我若从脚,就是不对了?

陆白逸说:"画山水必先画树,树必先干,干立加点则成茂林,增枝则为枯树。"这就是我说的"宗"。"宗"怎么来,是古人跟自然学,今人又跟古人学。是要让人开蒙后,能举一反三。"宗"是大的,规矩是小的,你不要让规矩给拴住了。

阿云望向他,慢慢地说,我不懂什么艺术,我只有手艺。这手艺,立得住,能传下来,都是靠那么点子规矩。石榴几粒籽,花头几个瓣,公仔七情上面怎么描,这是我们的"宗"。

陆白逸没料想,这女人柔弱的身体,此时挺挺地立着,眼睛里头,有一种灼人的力量。他沉默了,半晌终于说,第一个立规矩的人,之前也并没有规矩。

阿云笑一笑,说,当年我爷爷,因为不守行内规矩,给师父赶了出来。后来成了立规矩的人,别人就要守他的规矩。到头来,谁又逃得过?

司徒云重晚上回到家里头,定定坐着,天色暗了也不觉。

又过了好些时候,她才点了灯,打开箱子,将从广州带来的一沓宣纸取出来。她把纸铺在桌上,用镇纸压平。洗了笔,磨好了墨。又合上眼睛,屏息敛气,久后才张开,落下了笔。

她以为自己忘记了,然而没有。她只是不想触碰,将它们折叠、夯实,压在了记忆的箱底,上了锁。她于是用了很多时间,试了几把钥匙,才将这只锁打开。发现它们都在,整整齐齐,毫发无伤。

她没有犹豫,笔走龙蛇,将镌在脑中的图样复写出来。那些乾隆御窑线稿,繁复而曲折的花纹,每一个斗方中的远山近水、才子佳人,纤毫毕现。她如同被另一只手推动着,没有思索,无所踌躇,就这样接连不断地画下去。待她连续画了九幅,才觉出累了。手肘有些发僵,可指间的经络,却还悸动着,微微颤抖。

她放下了笔,听到身后有声音,是桂姐。

桂姐悄没声地走过来,将一碗银耳羹放在桌上,轻轻说,看你回来,就着了魔似的画,饭都不吃,我也不敢进来扰你。

阿云笑一笑。这一笑,才觉出了蚀心的饿。

桂姐小心翼翼,翻看那些线稿。阿云听到她深深地吸一口气,问,云啊,这都是你刚才画的?

阿云点点头,问她好不好。

桂姐举起来,对着灯光。那宣纸上的画,线条如同镀了一层金。她说,这,该怎么说呢,不是我刚才看着你,还以为是神仙画的。一口气画了这么多,像是神仙上了身。你是怎么想出来的?莫不成真是观音帮忙?

阿云放下碗,沉吟一下,说,这不是我想出来的,但以后就是我的了。

司徒云重走进了学校办公室,把一封辞职信递给了陆白逸。

陆白逸没有接,身子向后一仰,说,云老师,是什么原因呢?

阿云说,上不了台面,教不好。

陆白逸愣一愣，没说话，却笑了。他看着面前的人，冷白的脸，微蹙着眉。他便等她接着说，是饶有兴致的神色。

阿云见他不说话，倒有些没底了。她想一想，从书包里掏出了一沓纸，摆在了陆白逸的面前，说，我就是个画广彩的人，这是我们的"宗"。

陆白逸微笑，接了过来。阿云看到，他脸上的笑容渐渐凝固，继而冷却了。这个男人的神情，忽然变得严肃。他戴上了眼镜，开始一张张仔细地看。眼睛离这些线稿，越来越近，似乎不放心错过任何一个细节。司徒云重看见了眼镜片后遮挡不住的微光。她不动声色，却为此感到轻松。

她想，自己终于可以有一个体面的离开。

陆白逸终于放下了宣纸，取下眼镜，用拇指与食指按压着自己的眉心，很久没有出声。他抬起头，对阿云说，这封信，你先留着。

阿云再次将信封推到了他的面前。

陆白逸看着她的眼睛，说，我想带你去见一个人。

司徒云重在这一年的中秋翌日，见到了尚先生。

尚聿山的居所在赤坎中兴街上。中兴街毗邻法国大马路，繁华热闹，临街有许多酒店，像是"六国""宝石""南华"，都是广州湾时髦人的所在。宝石酒店是许爱周的产业，富丽得很，也有个颇为气派的花园。花园由骑楼式走廊环绕，环境雅致，后街便是中兴街。

这条街于是横跨了几条街道。福建街段称新街头，靠大马路段称新街尾。在这儿，路就这么忽然一荡，自成了一街，就连路上的喧嚣热闹，也涤荡清了，倏然就安静下来，里头多半都是民居。街两旁都是连体式的骑楼，楼上住人，楼下做商铺。跨出街面可遮阳挡雨。骑楼上的雕花栏杆，层层卷曲着叶片，是中西合璧的洋气。大概也经历了年月，外墙斑驳脱落，甚至还有红砖露在外头。

对这一带，司徒云重并不陌生。他们布厂的晒布场，离这儿不远。后来布厂的老板关了场，打算在这里建了一片酒店。桂姐带她来看过，但因为时局不稳，便总是盖不好，到如今，还只有一截荒芜的外墙。不过这条街，竟然很少进来。司徒云重跟着陆白逸，长长的青石板路，怎么都走不完似的。

从雷公牌菜种店斜插进去，竟然有条木桁条隧道。阿云这时才看见，这森森的巷弄里头，竟像凭空竖起了两支罗马柱，正门长廊的天顶弯拱花棚铺满盛开的大红炮仗花和喇叭花，撑着一道石头的门楣，上头写着"止园"。

上了二楼，未进门，倒先有膏腴的香气。再听见吱啦一声响，是油锅里的动静。陆白逸倒也不敲门，熟门熟路地拉开一道门帘，就招呼阿云进去。一进去，就见一个人顶着锃亮的光头迎出来，一面用毛巾擦着汗，一面对他们说，你们先坐，还有一个鱼就得。

阿云看着他的背影，风风火火地一拉帘子，就进去了。

两人于是坐下来。她见桌上已经摆了好几道菜，竟然还放好了三副碗筷。菜是丰盛的，足见礼数的足够。但阿云心里还是忍不住说，这尚先生好大的派头，自己不出来，倒叫个厨子来招呼客人。

听到厨房里头，叮叮当当的是装盘的声音。做菜的人出来了，端着一个盘子，里面是一条大鱼，上面浓浓的酱汁，冒着热气。

他摘下围裙，然后笑着拱了个手，说，这一身臭汗，尚某失礼了。二位稍坐，我进去换身衣服。

阿云这一听，倒晃了神，眼睛看向陆白逸。陆白逸微笑道，没错，这就是尚先生。

他看着一桌的琳琅，说，真难为他，这时节还能寻到这么大的黄鱼。

阿云想，难不成陆白逸口中的尚先生，真的就是个厨子。她望着面前一盘烤乳鸽、一盘香煎牛仔骨，都是活色生香的样子，想，虽说广州湾算是乱世浮余，这也未免太铺张了。

陆白逸像是看懂了她的心事，说，尚先生其实平日很节省，但是好客。不过真的很少见他这样大张旗鼓，当你是贵客了。

阿云心里奇怪，想，素昧平生，何德何能，自己到这广州湾也还算是个新客。这时，尚先生出来，穿了一身黑绸衫褂，手里执了一柄蒲扇，坐下来说，我这人不讲究，这衫子算是我出客的衣服。不穿呢，像个厨子；穿了，又像个打手。见笑了。

这话说得可乐，气氛一时间松快起来。阿云看他，却看不出年纪，更看不出来历。却觉得他的广东话，有外乡口音。

这时，尚先生拿出一只瓷酒壶，将他们面前的杯都满上，说，十五的月亮十六圆，我们算过个小中秋。这花雕还是去年托人从杭州捎来的，今天应景。

阿云问道，先生是江南人？

尚先生说，我是地道广府人。年轻时在杭州读书，说好听叫入乡随俗。在哪儿待过，这口音就好像黏在了舌头上，改不回来喽。

陆白逸就说，尚先生少时先是拜在任薰门下，后来回广东来，又师从居廉。

尚聿山说，我是个古怪脾气。那时候海上画时髦，少年任气。后来自己又觉得轻浅了。就跟我师父学，老东西倒也没丢掉，就好像我的口音，东拉西扯的。哈哈。

他说完，忙让他们吃菜。味道竟然十分好，只是阿云吃了觉得味道浓重。他说，我爱吃，也爱做。我是广东人，却好本帮的浓油赤酱。所以啊，我请客，总是要在最后来个"鼎湖上素"，给岭南客们清清胃。

吃完了。尚聿山竟然端上来一盘月饼，说，好端端的阴天了，无月可赏。月饼倒是少不了。

他指指说，这莲蓉五仁的广式，还有这酥皮掉渣的苏式火腿，都尝尝。

陆白逸就说，这苏式、广式，都说自己是天下第一。到您这儿，成一家了。

尚聿山边吃，边用手指抖那胡子上的月饼渣，说，哈哈，什么天下第一，就是个关公战秦琼的事儿。

阿云听他跟着陆白逸说上了国语，还带着京腔，心里也笑了。再偷眼朝窗户外头望，果然没有月亮。只有一层霾倒是薄的，依稀笼住了月光，像一匹银灰的缎。那云霾下面，倒十分璀璨。阿云认出，是宝石酒店楼顶的女儿墙，给霓虹灯勾出了异彩的轮廓。

这时候，听见尚聿山问她道，白逸说，您也是广州人？

阿云这才回过神，点点头。

尚先生说，这姓不多见，祖上是台山吧。

阿云又点点头。

尚先生笑了，说，听说你画了些广彩线稿，可否借我看一看？

阿云这才想起了登门的来意，忙从包里翻出来，递给他。

尚先生只翻开一张，手倒停住了。阿云见他抬起眼睛，举起了这张纸，问道："司徒章，是您的什么人？"

阿云听到了，只是一惊，却依然安静地答他，阿爷。

司徒云重……你当真是司徒家的后人？尚先生看着阿云，难掩激动。白逸向我说起你，我将信将疑。漫说司徒家里出了大事，人丁飘零，只说司徒老揽头，当年立下的规矩，这手艺怎能传给一个女仔？

你爷爷总说，我阿云，若是个男仔，我们司徒家就香火有继了。

尚聿山的手指，轻轻在那线稿上描摹，口中道，我第一次见这"湖水绿地菊提雀"，是在义顺隆，你阿爷神神秘秘，在库房里待了半晌，才拿出一只方瓶，一句话不多说。我看了问他，这是失传的御窑，怎

027

么会在你手里?

他说,这是我仿的。

我不信,又仔细查看,纹样、瓷胎、款识,就连那经了年月的色泽变化,都看不出破绽。

我问,当真是你仿的?

他点点头,说,你不信我,总该信我们家的老鹤春。

是啊,你们司徒家的老鹤春。经了年月,别的颜色发了暗、褪了白,但鹤春只会越来越绿、越来越透。除了司徒章,又有谁能做得出?

你阿爷说,我自己中意,照样做出来,可不想流出去。到了市面上,混于鱼龙,就是大罪过了。可我想传下去,让司徒家的后人,知道咱们家里人的本事。

阿云听到这里,只觉得手心冒出了密密的汗,脸色也有些发白。尚先生叹一口气,说,你阿爸的事,我听说了,到底没落在日本人手里。老司徒的心愿,算了了一半。命不该绝,这本事长在了身上,你竟然还绘得出来。

阿云看这个身形壮大的老人,本是陌生的,她甚至不知他的来历。但此时,有一种她道不明的东西,在他们之间,默然地生长。她看他原本喜庆的面庞,此时变得肃穆而庄重。这一刻击打了她,令她昏眩。她面前出现了一张脸,是阿爷的,但是模糊,又叠合了父亲,在空洞而晦暗的夜里浮现出来,又有一点灯火,忽明忽暗,一些绚丽而斑驳的纹路,缠绕住了她,像绳索一般收紧,在她感到窒息的一瞬,倏然松开了。

尚聿山一张张地看着那些线稿,时而停下来,如同陆白逸,似乎生怕错过任何细节。当他看完了最后一张,阿云发现这老人眼中星点的泪光。

他问阿云,当年你阿爷仿的瓷,你记得多少?

司徒云重想了一下，回答他，全部。

她看着这老人的眼睛，对他说，尚先生，阿爷还对您说过什么？

尚聿山将那些画稿展平，郑重地放好，用桌上一只佛手的把件压住。空气中飘荡着风干的、若有若无的清凛香气，氤氲秋夜。他坐下来，也看着阿云，说，好。

与你阿爷认识，是因为我师兄高剑父。

因为居廉师父去世得早，我和他又同拜于年长同门伍德彝，住进了伍家"万松园"。伍家世代行商，好金石，书画珍藏更不计其数。我和师兄算是大开眼界，得以遍览粤中名收藏家之藏品，"窥尽宋元各家杰作之奥秘"。高师兄是个勤奋的人，不似我懒散，甘于在伍家做门客。他经常对我说的一句话是，看得越多，越懂得了国画的好，就越是想改革国画。我就问他，你想怎么改，他便也不说话了。后来，先是跟法国传教士麦拉学素描，又认识了当时在广州任教的日本画家山本梅崖。我隐约听人说，他办了一本《时事画报》，在鼓吹革命。我说，我知道，我师兄要革国画的命。那人说可不是，恐怕想革的，是大清的命。

后来，高师兄去日本学画，我也离开了伍家，云游山水。两年后，他回来了，在广州办了新国画展。我去看他，说，恭喜师兄，改革成功。他摇摇头，说，要改的事情太多，秀才一支笔，远靠不上。我就问，那还要靠什么？他看看我，手从袖子里掏出来，悄悄做了个枪的手势。

我先是一吓，也当他玩笑。但很快他来找我，说组织了广东同盟会，问我要不要参加。我摇摇头说，师兄，你是鸿鹄，我就是个雀仔。让我逍遥来，逍遥去吧。

后来我知道，他办了许多大事，桩桩触目惊心。在香港成立了暗杀团，杀凤山，又要北上杀摄政王载沣。我师兄给我看他画的"骷髅头"，说是入会者必看。那阴森森的，看得人直哆嗦。他大笑，以后逢人说，我这个师弟啊，人不坏，信得过，但"不堪重用"。

黄花岗起义失败后,他把黄兴送去香港,回到广州来,在河南宝岗开了间瓷社。我想,他大概是灰了心。这事我知道,他从日本回来那年,就开了广州博物商会,是个彩瓷厂。他倒是修身养性了,可还是闲不住,说要"改良工艺","知实业必源于美术",研制新瓷。他频叫我去瓷社,我却懒得动。他就差人带话来,说,老七,那你来给我们做菜下酒。这"老七"呢,是因为师兄有兄弟六人,老五奇峰、老六剑僧都是学画的。他们当我手足,便行七了。这可搔到了我心中痒处,我好吃,又喜欢做。这是成心要我技痒啊。

那天我施展拳脚,给他们做了一桌好菜。正自得,高奇峰一看,眼睛瞪得老大,我以为他要赞我手势好。结果他说,坏了坏了,老七把绘瓷的瓷胎装了菜,等会儿怎么办?我这才想起了,厨房里的碟子不够大,我见作坊里有一摞大盘子,信手拿来用了。

师兄倒慢条斯理,说,急什么,司徒家的江西胎,多的是。

吃到多半,见一个黑脸汉子进来,走路虎生生的,手里拎着个蒲包,对我师兄说,高先生,要多少,管够。

这人,就是你阿爷。

他又从随身的布袋里,取出一只大盘,说,五先生,这盘子给你烧好了,你看看。

奇峰忙接过来。我一看,上头绘了七只麻雀,错落地栖于雪竹枝上,枝头上是一轮新月。麻雀毛茸茸的,煞是有趣。

师兄看一眼说,阿章,这烧得真好。釉上彩是好愈好,坏愈坏。这盘子,将这雀仔的神气,都烧出来了。老七你看看,好得意,像不像咱们七兄弟。

我嘻嘻笑说,我看来看去啊,都是七个我。你们一个个,志向都大着呢,怎会甘心当雀仔。

那是我第一次看人绘瓷。怎么说呢,以前只当师兄是个玩儿,当是雕虫小技。看下来才明白，师兄是要将我师父岭南"二居"的精气，注入这瓷盘上的方寸。你们画广彩的人是懂的，这"方寸"，其实是绘彩的魂，难就难在这"方寸"。国画洋洋洒洒铺展惯了，这绘瓷就成了考验，巴掌大的一块，考验的是构图的心智，也是手眼的控制。

我看了技痒，也想画，一下笔就露了怯，厚实实一摊墨，狼狈得很。师兄几个人只管笑。倒是阿章师父，在旁边说，小先生，墨蘸得太多了。这瓷胎不比宣纸，不吸墨，和你抗着劲儿呢。你得留几分力气，敬它几分。悠着它的劲儿，它才听你的话。

我到现在都记得你阿爷的话，说，绘彩，要"敬它几分"。下笔便更郑重，居然真的须臾就上了手。那天我们画得好不酣畅，十几只盘子画完了，还剩下最后一只，师兄说，不如我们合作一只。

奇峰说，上次和潘冷残、陈树人画这只冷月栖篁，说要各自入境，迁就彼此。哥，这次我们换个法子，在这盘子上斗一斗。

师兄就说，瞎闹，这怎么斗。你一言我一语，九不搭八。

阿章师父在一边听了，笑一笑，说，有办法。

只见他将盘子拿到一边，坐下便画，不一会儿拿过来，原来已挞好若干花头，回纹密密织边，好一幅绚丽锦绣的"满地开光"。他不多言，只说，斗方开好了，你们只管各画各的。

高师兄说，这些年，我总记得居师父的"十香园"。还记得刚跟他学画，他总将我们赶到院子里，先坐上一个时辰，说，将这些花先看够了，闻饱了，再动笔。我现在闭上眼睛，满都是那园子的味道。我们就以花卉为题吧。

他便先动了笔，寥寥数笔，便是一丛夜来香。孤零零的，开在崖壁上。

奇峰说，四哥画的，好是好，未免太冷清。他便饱蘸了矾红，画了数朵怒放的芍药，却无枝无叶，是倚地红芍，火一般地要溢出斗方。

到我，想一想，居师父爱画清供。想画水仙，又觉得太素，想起

《采花归》，画山茶，又撞了芍药。踌躇之下，就画了一枝梅，枝条要跟着斗方走，未免就弯折了。

高师兄说，老七这枝梅，不是凌寒之势，婀娜了一些。

我说，我一起势，就知道输了。在这斗方里，是螺蛳壳里做道场，难死我。

还剩下一方，高师父说，阿章，你也来一笔吧。

阿章师父连连摆手说，你们画，我看看就好。上不得台面，要把这只盘子败坏了。

高师兄说，哪里的话，就是图个乐。

阿章沉吟一会儿，用笔蘸了西红，大概是要照例挞一朵西洋玫瑰。我窃窃想，我画得虽不济，还不至于垫底。

但他一落笔，却只轻轻点了三瓣，然后用瓷黑，拉出笔直一茎，枯笔勾出一只垂挂的莲蓬。底下用浓绿只稍事铺衍，便成一汪静水。

奇峰道，好一个"留得残荷听雨声"。

我说，这湖绿真是点睛。

师兄说，这不是普通的湖绿，是司徒传家的"鹤春"。阿章，你这手势，可不是广彩的老法子啊。

我当时望着这枝荷，也有些呆了。要说，人不露相。你阿爷用笔，简素到极，哪里挨得上广彩惯常的浓墨重彩呢。

我还记得，那时候，他只是看着我们，笑一笑。

这是我第一次，也是最后一次，见你阿爷这样绘瓷。

以后，他总是静静地站在一边，看我们画。画好了，就带回去烧。

我问他，你画得这样好，为什么不画？

他摇摇头，说，我看你们画，也喜爱你们的东西。可这不是我的本分。

后来，一直到凤山遇刺，我才知道，高师兄与你阿爷的交情，不是绘瓷那么简单。博物商会，表面是个彩瓷工厂，白天拿陶瓷绘画掩护，晚上为同盟会配制弹药枪械。宝岗大街上的创绘瓷社，是同盟会的据点。你祖父是奔波岭粤的联络员。那一只只瓷盘上，笔墨之间，藏着许多不为人知的情报。

暗杀团几次行动准备的炸弹，都藏在你们家"义顺隆"的地窖里。后来的事情，你都知道了。日本人来的时候，这地窖在你阿爸手里，又派上了用场，也因此见了天日。没错，就是货仓里的密室。

我从来未有进入那间密室。有次我问你阿爷，你一个广彩揽头，做那些事，怕不怕？

你猜他怎么说？他说，怕，怎么不怕。但男人在世，总要做点男人的事情。我看出来，这时代要变了。我们手艺人，见识浅。但我敬高先生，信他。他说什么，我便做什么。

高师兄教我画瓷，你阿爷教我识瓷、赏瓷。这样许多年，他仿的御窑，我多半见过。他一五一十，说给我听。哪里好，什么胎用什么彩，什么年份，相头如何开。

有次啊，我看他呆呆坐在那里，对着一只方瓶，不出声。我问他。他叹一声，说，可惜我阿云，不是个男仔。

我想想，对他说，你讲时代要变。如今早已经变了，你自己的心思，也要跟着变。

他看看我，转过脸去，硬生生说，我们有我们行内的规矩。就像这些瓶，是我要守住的东西，不能改。

往后，这些瓶，他做一只，便给我看一只，直到最后那一只"描金开窗大凤梅瓶"。那天我记得，他上上下下摸着那只瓶，过了半晌，对我说，好了，我可以闭眼了。我为我阿云，攒下的嫁妆，齐了。

讲到这里，尚先生没有继续，因为他看见司徒云重深深埋下了头。再抬起来，眼里噙满了泪。她想说什么，但终究没说。她的肩头，忽然不可克制地抖动。她再次低下头，终于让自己痛哭起来。这几年，她似乎已没有这样好好哭过了。于是她，没有再忍下，哭了很久很久。

回去的路上，走到中兴街已经很安静了。没有什么人，远远地看见两个法籍警察，带着一队安南兵在巡逻。路灯的光将街边一棵很大的榕树，投下了深重的影。那树上的枝节与藤蔓，交缠悬挂。影子更是密密地织起来，只有微小的缝隙，看得见几星光亮，挣扎着。些许的风，那光就被遮盖住了，就是深不见底的黑。阿云望着，感到一阵窒息。她往前走着，突然拐到街边去，想躲开这棵树的影子，却不小心撞在了陆白逸的身上。两个人，随即弹开。但沉默，却于是显得尴尬了。

陆白逸开了口。他说，我原先，也不知道这些。我和尚先生，以往是"益智学校"的同事。"止园"是"广州湾商会"会长穆静止的产业，他也是学校的校董。穆会长惜才，家里房子大，就给学校里的老师住。后来穆会长去世了，学校也解了散，老师们陆续也搬走了，独留下尚先生一个人。他说没地方去，就由他一直住着。

这时候，两个人都觉得脚下的路亮了一些。抬起头，原来天上的霾散了，月亮竟然游了出来，真是很大、很圆的。他们就抬起头看，呆呆地看了许久。待陆白逸又要开口，司徒云重忽然回转了身，定定地看着，说，我要跟他学画瓷。

尚聿山教画时，话很少。

说是教，其实是让云重临画。他在旁边看着，不说话。但他口却又不闲着，手边常放一盘口果，或是荔枝，或是花生，边剥边吃。久了，忽然到一处，他停下了剥壳的声音。云重便也停下来。他信手拿起笔，在旁的空白处写上几笔。云重看一眼，接着画。剥壳的声音便又噼里啪啦地响起，四周格外空与静。

临的先是恽南田、徐崇嗣、黄之格，再就是宋光宝、孟觐乙。云重终于明白，这是缘着二居师父的师承脉络。她只埋头临，临一张，心中便有一张。恽南田的没骨花卉，何其熟悉，与她年少时不以为意的挞花头手法相似。那大朵西红玫瑰，原以为生于乡野，未曾想有如此渊源。"不用笔墨，直以彩色图之"。尚聿山不讲，云重亦不问。只像是茫茫夜中两个人，一人牵着另一个，往前走。都不说话，后面的人，却在夜的轮廓中觉察出曾经的路过，稍事停顿，看得清楚些。原来是曲折小径，与通衢大路上的一点汇聚。她便继续往前走，走得更笃定，脚步也更有力些。走着走着，依稀也看见光了。

终于有一天，尚聿山拿来了一只瓷碟，放在云重面前。云重不假思索，信手便在四围密密先滚上一道福禄边。尚师父摇摇头，说，接着临。过几日，再拿只碟放在她面前，云重踟躇，手却牵着眼睛，满地开光，笔下便是整齐的"斗方"。尚师父又摇摇头，笑说，不急。

又临几日，面前又是一只碟。云重抬抬手，停住，重新饱饱蘸了墨，笔落在瓷上，却是一团晕黑。尚师父手里，原把着一把老朱泥壶，吸咂有声，这时却登时安静了，定定看着她的手。云重再想想，将那团墨，细细晕开了。稍事点染，便是一块石。再画，墨不够了。在石后皴了几笔，便有嶙峋之意。又蘸了绿，扯出几茎长叶，便搁下笔。

尚师父问，好了？

云重点点头。尚师父问，不开斗方，不滚边？

云重想想，拿起笔，再放下，说，嗯。

尚师父又问，不开相头，不画人？这石前没有长行人物，叫得广彩？

云重说，没有人。

尚师父说，让你临了半年的没骨花鸟，从恽寿平到二居，你倒是不补一笔莺莺燕燕？

云重说，居师公的花鸟，都在阿云心里，那都是师公的。可这块石，是阿云自己的。

尚师父终于愣住，良久后，忽而哈哈大笑，道，云女啊，你可知道，扬州旧有画谣："金脸银花卉，要讨饭，画山水。"这块石，将来便是只乞儿的钵仔啊。

云重说，师父让我临了半年，不就是为了让阿云忘掉往日吃饭的手势？

这回，轮到尚聿山说不出话了。他想，走到这块石头，看似一步之遥，云重用去了半年。许多人，一世都走不到。

这一日，尚聿山郑重端出了一副瓷板。板上却是一幅水墨，远处是清蒙山色，近处是如烟弱柳，但见一两点茅舍，间或其中。山下有渔舟远棹，在烟波浩渺上。颜色无外乎青赭，因为烧过，却在釉间闪现变幻不定的色泽。

云重眼睛亮一亮，说，原来早有人在瓷上画了整幅的山水？

尚聿山说，这是景德镇的绛彩瓷。

云重看那瓷上还落有题款，默默念：宵来雨气多，遍染湖山泾。独有捕鱼人，轻舟时出入。丁丑春抄，新安程门写。

云重问，程门是谁？

尚聿山说，是个匠人。

云重喃喃，匠人。

尚聿山说，嗯，景德镇的绛彩瓷匠，出入御窑，隐于民生。

云重说，原来匠人也可留名吗？

她想起了自家"灵思堂"挂单的艺人，哪怕如发叔画得再好，画了几十年，画了成千上万的盘子和碗盏，何曾留过一次自己的名字？哪怕是揽头，他的爷爷司徒章、父亲司徒央，又何曾留过？

尚聿山认真看她，点一点头。

浅绛彩瓷器，以南派山水为宗，师"元四家"、黄公望、明末董其昌。多用水墨线条勾树石，再填浅赭、青绿等淡彩，最后一抹赭石、天青画远山，极尽一个"淡"字。尚聿山对云重说，云女，你要学得更早些，便给他看张僧繇、杨升的没骨山水。画纸上一片苍茫，不见墨线，不外乎还是一片青绿、赭、白诸色，堆染成山石云水树木。尚聿山问云重看到了什么不同。云重说，看到了一个"艳"字。

尚师父心里一惊，想这孩子，还真是无师自通。他便说，你练了没骨已经有时日了，倒将这"艳"字画给我看。

云重提笔便画，浓墨积彩，叠染、晕染，覆覆重重。画到一半，自己先摇摇头，停下了笔。尚师父看了，不禁哈哈大笑，说，这是一座"呆山"。

云重自己看，倒也服气。

尚师父说，瓷面不同纸绢，没有洇染。用居师父撞水法，是行不通的。这个"艳"字，不可靠"堆"，倒靠一个"托"。

云重说，怎么个托法？

尚师父说，你先看看杨升这幅《翠岫飞泉》，再想想你们广彩的"挞花头"。

云重想，挞花头，一个熟练的广彩师父，一天可以挞一千个花头。

她闭上眼睛，想起阿发叔手中的三支笔，夹在指缝间，错落翻飞，一支黑，一支红，一支白。

瓷上写白，白上加白。她猛地睁开眼睛，拿起了笔，先在瓷片上铺上一层茫茫的白，疏忽上彩，慢慢晕染。

尚师父点点头，你懂了，白是无形。倒是要有一种无形，才能托得有形。你看不到它，它却成就了你。

云重此时，端的畅快。她想，原来一个花头里藏着的道理，如今才通了。她说，师父，我想用鹤春。

尚聿山说，用。

有了这层白作底，一抹鹤春，深深浅浅，皴擦山石，点染树木。绿有五彩，笔底全是逸气。

尚聿山颔首道，我云女落笔好在胆识。大胆落墨，细心收拾。

忽然他又道，慢着。他指着一处问，这是什么？

云重愣住，说，水。湖水之绿，用鹤春再好不过。

尚聿山说，方才是白解救了你。再想想，是什么托住了这层白？

云重略一思忖，顿悟。她将那湖水，细细擦去了。再想一想，又擦去了峦上的重重雾霭。远峰峻险，近枝虬曲，上下留白。瓷白为彩。天高云淡，万水悠长。

云重轻叹，前十年，滚边开光，我学的都是"满"；如今，师父教我的，都是"空"。

尚聿山说："疏可跑马，密不透风。"一圆一天地，且都得记住。

他提起支纤细狼毫，蘸一点瓷黑，在空白处题下一句："云重复重云，万白皆为绿。"他把笔递到云重手里，说，孩子，在盘上留个名吧。

云重心里恸动了一下。她定了心神，换一支笔，蘸了鹤春，在那句尾的天际尽头，画上了一朵青绿的流云。

这是司徒云重留名的第一只广彩盘，一直未有烧制。半个世纪后，已有些褪色，绿也不再鲜亮。

发现它的，是陆白逸的孙女。它被藏在一只樟木柩的底部。祖父留着许多从中国带来的东西，战后，陆续被运到了里昂。几次搬迁，陆白逸一件都不肯丢弃。

这时，阁楼的顶窗，穿过了一线阳光。这年轻女孩看阳光落在了盘上，那盘上的绿，忽而变得通透，折射出艳异的色泽。她惊奇了一下，直到那阳光移开，那抹青绿重又黯淡下去。她这才默默地将盘子又放回箱底去了。

原载《万松浦》第1期

长 河

三 三

> 艮其背，不获其身。
>
> ——《周易》艮卦第五十二

　　1997年夏天，我在一辆巴士里醒来。刚落过雨，云影阴沉，天色还未从一片幽暗里恢复过来。我用手指弹一下车窗，水珠大幅度地在玻璃上斜行起来。外面是高速公路，植物迎合时令，已然绿意深深。车厢里空调温度很低，我觉得冷，就把双手塞进前排座位的椅套。

　　我们的目的地是一处叫"太阳岛"的露营中心，驱车三小时，穿过一带湿地便可抵达。太阳岛完工于八十年代末，或因地势郊僻，即便逢旺季，游客量也只是差强人意。有一年，露营中心的市场部门灵光一现，与诸多学校谈成了夏令营合作计划。自此，一到暑假，源源不断的中小学生来到这里，踉踉跄跄下了大巴，跳进为期一周的集体户外生活。在那个年代，露营属于相当先锋的概念，大部分人只在外国电影里见过一些相关场景。我的父母当时还年轻，有能力为幻想承受一定的代价。所以学校下达通知时，他们第一时间替我报了名。

巴士开进太阳岛的停车场，热浪袭面，天气竟已完全复晴。我低头看一眼手表，十一点不到，几个工作人员正在前方的空地上等候。按照行政区划，参加露营的学生被分为七组，我们组一共十九人。只有四个男孩，其中数我年龄最小，开学也不过刚升三年级。我们的领队是一位女老师，皮肤白得剔透，满脸汗渍使她的笑容显得很费力。她伸手做出围拢的动作，向我们作自我介绍——她姓陈，我们可以叫她 Miss Chen。她发"Ch"的音节时混着一种翻译腔调，别扭而动听，我们忍不住哄堂大笑。并且，伴随更意味深长的窃笑，背地里，那些高年级的男孩叫她"细腰"。

"细腰"把我们领到休息处。那是一座搭得很草率的棚屋，或许为追求乡野风情，刻意配了一顶茅檐。我们的队伍蜂拥进去，到处嬉闹，不时传出几声兴奋的尖叫。我环顾四周，一片嘈嘈切切中几乎无人落单。我们组里有些人本就是朋友，另一些也在漫长的车程中寻到了友谊。唯独我怔怔坐着，拨弄手表外层的橡胶制托马斯火车头。

"他们真无聊。"忽然，一个女孩坐到我旁边。

"谁？"我有些惊讶。

女孩比我略矮一点，梳着一对麻花辫，神情却露出一种意外的成熟。她的双眼异常清亮，聚焦于任何一处，看起来都别有深意。她对我下意识的提问置若罔闻，转而说道，"刚才我坐你前面，你一直动我的椅子。"

"对不起。"我顿觉面部烧红，想解释是为怕冷，又担心她因此小看我，不由得更窘迫。我磕磕绊绊地说，"回去路上，我一定会注意的。"

"算了。"她冷淡地说。

"你是哪个学校的？"我问。

"我们学校很烂,不说了。"她摆摆手。

"我听以前来过的人说,营地的北边有一个高尔夫球场。即使在半夜,照灯也会全开,草坪绿得发光,见过的人都以为在做梦。解散以后,我们可以去找找看……"我说。

她仿佛并不在意我说的话,没有直接回答,但察觉到我的目光正落在她身上。

"你看什么?"她瞥了我一眼。

"……你这边辫子松了。"我迟疑着告诉她。

她抬臂一摸,把一撮逸出来的发卷抓在手里,又站起来,往附近张望一番。烈日生烟,刺得她微微眯起眼睛。她大约想找镜子一类的东西,但终无所获,于是坐回了我旁边。

"我故意这样梳的。"她慢慢松开手。

入营第一餐,订在休闲区的一家酒店。我们跟着"细腰"走进大堂,只见十几台铺了绸缎桌布的圆桌,上面已摆好凉菜。四盏巨型宴会灯高悬在头顶,光线穿透琳琅的水晶装饰片,一道人造虹影被折射到白墙上。我望得出神,想告诉那个女孩,但没看见她。等我们开了饭,她才匆匆地跑进来,在旁边一桌入座。我一边狼吞虎咽,一边打量那个女孩。她的身形很瘦小,坐在位子上,像围栏中因朽蚀而下陷的一根松木。她几乎不动筷子,也不参与周围人的话题。多数时候,她低着头,剥手上的肉刺。她的头发重新梳过一遍,此时,两条辫子齐整、干净,非常均匀地箍在粉色皮筋里。只是不经意地,她会伸手去摸原来松散的地方,反复确认这些发丝已改邪归正,全然听从了她的心意。与我不同,她似乎无意观察外界,任凭自我蜷缩在无形的盒子里。然而,当我吃完准备离开时,她跟了上来。

我就是这样认识文英儿的。凑巧的是,夏令营第一天,营地安排我们住别墅,我和文英儿因同组而分到了一起。别墅以全球国家命名,

041

我们所住之处叫"土耳其",而我幸运地入住了唯一的单人间。

"我有个叔叔在土耳其。"文英儿说。

"真的吗,他去那里干吗?"我正收拾行李,饶有兴致地停下来。

"做生意呀,赚钱。"她一副怪我没见识的样子。

"赚到了吗?"我问。

"当然,土耳其人特别喜欢中国人。他赚了很多钱,打算在当地买一座小镇。"她说。

"太厉害了,他会接你们去玩吗?"我半信半疑,那种生活过于遥远。

"会吧……会的。"她站起身,在我蓝色的床铺上留了一道褶皱。午后,室内外的温差大,窗玻璃上有一层细小的水珠。文英儿用手掌小心地擦拭,一片清晰的视野从中浮现。我们可以望见远处的树林,千万张绿叶当空细闪,容留暖风赋形。低处遍布着不知名的野花,是夏日了,一切色彩的灵韵在蒸腾中被唤醒。再往后,就是那块即将扎满帐篷的空地,我们的露营也会随之真正地开始。

到了下午,我懒散地踱到游泳馆。"细腰"已经等在门口,递给我一份储物柜的号码牌。小黄鸭造型,翅膀上刻着一个暂时属于我的数字,在我手心轻轻发烫。泳池是露天的,周围以人工沙滩造景,外圈还种了一些绿植。我认不出具体的种类,只是模糊地想到,它们在热带也许是常见的。为了吹起救生圈,我不得不长久地蹲在岸边。许多人从我身旁经过,沙滩上的足迹被一遍遍重置。其中也包括"细腰"的,她穿了一件印满草莓的连体泳衣,快步跳入水中。我有些晕眩,好在救生圈差不多吹成,于是堵上了橡胶塞。

泳池很大,靠一点想象力的弥补,它就能成为真实的海。我的泳裤是去年买的,穿在身上却已有点紧。稍划一下水,下肢绷得窒息,就停在了池中。有生以来头一次,我感到自己像一座小型岛屿,迟钝地浮在水上，承纳落下的光线、灰尘与寂静。就在这时，文英儿抓住了我的救生圈。水淹到她的下巴，可能游过来的途中呛了水，她咳嗽了一阵才开口。

"我想用一下你的救生圈。"她说。

"我这个气吹得不够，你问问别人……"我很为难地说。

"没关系，让我试试。"她说。

"可是我不会游泳，离开救生圈不行。"我几近嗫嚅。

"你又没在游。"她不仅没退让，反而变得更加蛮横。

"我刚休息好，马上就游了。"我说。逃离灾难似的，避开她的注视。

文英儿不再说话。咳嗽再度泛起时，她用一只手捂住口，另一只手死死抓着救生圈的一侧。我们僵持不下，我只好凭蛮力游动，以为她会被迫放开。谁知我一蹬腿，她抓得更紧了，整个人扑在救生圈的后方。没游几步，她仿佛发现了某种诀窍，也跟着我的节奏蹬——她搭上便车，把救生圈的一部分用作了浮板。见这样行得通，她大笑起来，喉咙里发出细钢丝拉扯般的嘶嘶余音。来露营中心小半天，我还没见过文英儿如此开怀。那层阴沉的面罩从她脸部化去，紧接着破壳而出的，是一张鲜亮的少女面孔。

我们不知疲倦地往前游。渐渐地，人更少了，日光把空气晒出一种微弱的咸味。突然，文英儿一失神，从救生圈上翻落下去。水面很快吞噬了她的身体，呼吸释放出的泡沫、双手扑腾时打出的水花纷纷涌起，向外扩散出无望的涟漪。我这才意识到，原来我们早已游进了深水区。近处没有一个救生员。我极力探出身子，往水下捞那副瘦弱的身形。有一两次，我似乎触碰到文英儿，但电光石火，根本来不及拉起她。我的眼睛胀痛，泪水快溢出来了。文英儿竭尽所能地挣扎，水的棱镜使她身姿更扭曲。某一瞬间，她终于攀住了我的裤腿边缘，继而是腰、上衣。知道她的位置后,我又一次伸出手,一把将她拎了上来。

一场小小的劫后余生,反倒让我们放松了很多。回去路上,经过一家小卖部,文英儿要请我喝汽水。

"我们现在是生死之交了。"她眨了眨眼,说,"这样吧,我们可以交换一个秘密。"

"我没什么秘密。"我想了想说。

"不可能,每个人都有秘密,也许有很多个。"她说。

"那你先说一个?"我开玩笑说。

"晚上告诉你。"她说。

我们挑了瓶装的美年达。结账时,文英儿从挎包里掏出一把硬币。面值都很小,甚至有不少一分、两分的。她数了半天,后面排起长队。我等得焦急,从口袋里摸出一张十元纸币,但文英儿并不领情,坚持数出了相应的数目。

作为过渡,夏令营的第一天没有任何任务。晚上,由高年级的学生主导,我们一行十个人,在别墅里玩"你画我猜"的游戏。有一轮,文英儿抽到的词语是"欢乐",轮到文英儿作画时,别人很快猜中了,她还马不停蹄地继续画着——在那个欢乐的人周围补上海鸥、礁石、发亮的藻类。文英儿画得很好,丝毫不比少年宫里参加美术比赛的选手逊色。然而,已经知晓答案的猜谜者们却不耐烦了。屡说不止,一个初二的女孩干脆夺走文英儿的铅笔,往沙发下丢去。由于两人身形悬殊,大女孩完全可以把这一切做得轻描淡写。至于文英儿,则被迫以虚弱的凶狠来回击——她抓起桌上的白纸,拼命撕扯,送葬仪式似的纸屑撒在他们头上。

"季小鹏,我们走。"她对我发出一道昂扬的指令。

可当我们回到我位于三楼的房间时,她的气焰迅速耗散了。她蜷缩在我床头，像一堆再无复燃可能的炭火。我们不开灯，半敞窗帘，往外借一些零星的光。她没有哭，至少没发出声音，幽静得以在房间里停留。不一会儿，有人踩上楼梯，我们不禁屏住呼吸。所幸，他们不是往三楼来的。

"他们都回房间了。"我小声说。

"随便，关我什么事！"她哑了，话音落在空气里，一把生锈的锯子。

"你饿吗？ 我带了泡面。"我忽然想到。

我蹑手蹑脚地下楼，好不容易找到热水瓶，里面滴水不剩。为了不让文英儿失望，我提起空瓶出门打水。一打开门，猛地看见许多陌生人聚集在外面。

冰冷的红蓝灯光下，两辆警车如喘气的野兽。"细腰"正与警察交涉，他们在我十米开外，听不清具体说什么。在警察身后，有一对苍老的男女。女人面部狰狞，好像要打"细腰"，被两个警察协力架住。男人则截然相反，始终不语。一件白色T恤罩住他佝偻的身躯，领口、袖口布满小破洞。鬼使神差地，一种诡异的预知力量从我身上焕发——这些人的出现都和文英儿有关。

我吓得连忙锁上门，当时是夜里十点半。

"你是说，当年，孟云娇就是这样被警察带走的？"李贞瞪着眼睛。指间的烟烧出很长一截灰，她浑然不觉。经风一吹，尘烬落满她的手背。

"文英儿……她本名叫文英儿。"我说。

"他们凭什么带走她？"对于我的纠正，李贞置若罔闻，只顾追问。

"她偷了家里的钱，私自报名参加夏令营。父母根本不知道她去了哪里，到傍晚还不见人影，报警才找到露营中心。"我说。

我想象警车在公路上驱驰，夏季的黄昏空前辽阔，云火燎原。文英儿的父母坐后座，光流自下而上涤荡他们的身体，循环往复，像一种抽象的洁具——但没有什么被清洁或改变，唯一可以确定的是，黑夜将至。

"不过她只偷了两百。"我向李贞解释说，"夏令营的费用是两百七。就是说，有一部分钱是她自己存下来的。"

"嗯，她是个不错的女孩。"李贞敏锐地察觉到我的态度，故意说。

"也不能这么说……"我说。

"你们后来有联系吗？"她问。

"她被带走前，塞给我一张纸条。当时太混乱了，她远远地用唇语对我说：'给我写信。'纸条里是她的地址，字迹很模糊。"我说。

"你写了吗？"

"没有。"事实比较复杂，但这个回答大体上是正确的。我说，"又过了七八年，应该是我念高中的时候。有一年暑假，学校组织社会实践。每人拿着红十字会的袋子，去各个路口为小儿麻痹症患者募捐。我负责的路口靠近文庙，结束后闲逛，突然想到那里离文英儿家很近。我是说，她过去的家。那条弄堂早就动迁了，但房子还没拆完，拆到一半项目暂止了。残破的房屋定格在那个瞬间，有的被穿破墙垣，有的甚至被劈出了一个横截面。满地都是发黄的雨水沟，很脏。没走多深，我就想回头了。然而，转身看到的却是类似的画面。在我反应过来之前，我已经站在废墟里了。这时我想到文英儿，一个很有意思的想法跳出来：她留给我一片废墟——当然，那时候我也小，容易沉浸在恢宏的想象里，不怎么明白废墟的真正含义。"

在我讲话的过程中，李贞不时微微仰头，像要从高空中检寻某种神秘的信号。等我停下，她关掉录音笔，抱歉地一笑："要下雨了，今天先到这里吧。"

我快速喝完剩余的咖啡，让李贞在露天卡座稍等，我则去停车场取车。十分钟后，我驾车回到原地，大雨从空中暗黄的裂缝间灌下来了。李贞匆匆跑来，坐进副驾时，灰色西装已沾上墨点般的雨迹。她压低了喘息声。

"一起吃晚饭吗？"我问。

"今天不了，孩子最近住家里。"她说。

我和李贞相识于两年前的圣诞夜。那是一场艺术从业者的集会，四处散发着奇形怪状的自由，人人亟待酒精与狂欢的重铸。我的天性与张狂相悖，对那些被幻觉浸泡过度的自我展示一贯警觉，反而注意到一夜缄默的李贞。当时，李贞刚离婚，但丝毫不曾受困于婚姻的崩塌。她有一个刚念小学的女儿，因工作缠身，由她父母代为抚养。

我们很快见了第二次，李贞来我家。她做了饭，重新叠好床边的衣服，把杂乱堆放的物品全部归类。接着是性，如此自然地发生，甚至罕有色情的意味。李贞比我大几岁，好像一个熟识已久的姐姐。她深谙我的诸种需求，慷慨地一并打理，而做这些似乎费不了她多少精力。自此以后，李贞大约两周来一次。相处日益长久，我逐渐察觉李贞的独特之处。她的性格中潜藏着一种硬朗，使她永远望向前方，奔跑的每一刻都令她安心。正是基于此，没有什么精神困境能羁绊住她，她也很少向我袒露私事。

不久前，市里彻底破获一起陈年旧案。罪犯疑有两名，是一对情侣。男嫌疑人于十五年前被捕，执行了死刑。女嫌疑人孟云娇一直在逃，隐姓埋名，终于在一次集体血液采集中暴露行踪。到处都在谈论这件案子，从早到晚，电视里轮播着昔日凶案的各种细节。

有一天下午，新闻里恰好放到孟云娇在看守所的录像。出逃多年的嫌疑人，吊足了观众的胃口，我不由得抬头看了一眼。孟云娇长相很美，艳丽、娇柔，正属男性会为之血脉偾张的外形。让我惊讶的是，孟云娇的表情很特别，我好像从前在哪里见过。我盯着屏幕良久，神经元怦然跳动，脑颅涌起一阵轻微的疼痛。我意识到一个惊心动魄的事实：这个被媒体传为"蛇蝎美人"的孟云娇，就是当年的文英儿。我把这件事告诉李贞，出乎我的预料，她大为振奋。原来李贞早有计划，要将孟云娇的故事拍成电影，参投日本东京国际电影节。既然我与孟云娇有过交集，无疑是一座可开掘的灵感矿山。而我也是那天才得知，李贞在戏剧学院任教职，已拍摄过两部独立电影。

雨刮器重复擦着车窗，像一对鞘翅目动物的触角。晚高峰期间，我们移动得很慢，车灯、街灯、交通灯在水迹中晕开。雨势丝毫没有减弱。一片模糊之中，夜晚的信号不动声色地显现。李贞抱着双臂，尚在回味关于孟云娇的往事。

"你们后来见过面吗？"李贞问。

"没有。"我回想罢说，"其实有不少机会，好几次差点约见，但最终没成行。"

"哪一年的事情？"

"读本科时，我和文英儿再次联系上，她找到工作了。当年在营地，我一直以为她比我低一两级。她长得非常瘦小，看上去就像刚升小学——可后来我倒推出来，她那时已经念五年级了。"我说。

"难怪她表现得那么早熟。"李贞若有所思。

"她的外表太有迷惑性了。"我笑了，想到文英儿言行举止里卖弄的成分。时过境迁，那些已变得不再重要。在漫长的追忆中，事情表面的翳层脱落，我终于能看见更真实的一切。

"照你说的那样，文英儿谎言连篇，嘴里没有一句真话。"李贞说。

"也不全是，有一些东西是真的。"我说。

"比如？"李贞挑眉问。

"我说不清楚。"

不知为何，我心中恍如升起一障水雾，难以名状。待它缓缓散去，我几乎触摸到那个时常抑遏着我的暗穴洞口。

李贞没有追问下去。我打开广播，一首叫不上名字的粤语老歌响起来。中途，李贞接了一个电话，是她的孩子打来的。她的语气异常柔和，假如不是亲眼见到，我甚至无法相信她有这样一面。我蓦地发现，一夜又一夜的激情，并未使我们更了解彼此 —— 性是一条缠绕着幻景的虚线。临告别前，李贞想起什么似的，特意转身问我。

"对了，她晚上告诉你秘密了吗？"

"说了。"

"是什么？"

"她说 ……"话到喉咙口，我才感到说出来很费劲，"她说，她和邻居模仿过大人做爱。邻居和她差不多大，不知道是男孩还是女孩。当时我怔住了，没有细问。"

实际上，我给文英儿写过信。

经年累月，尝试了很多次，但没有一封是写完的。如今回想起来，人生中的每一个阶段，我都萌生过给文英儿写信的想法。有时是突发奇想，有时构思再三，一个念头在脑中盘旋数日，等静下心来才付诸文字。为防止父母窥看，那些写到一半的信都撕了。即使后来用电子文档写，情绪消失后，我通常也会删除。前几年，我去健身馆练习壁球。小小一颗黑球，与墙壁撞击后又弹回我的拍下，不断循环。当我大汗淋漓，蹲在一旁喘息时，忽然明白，从来没有真的收到过信的文英儿，就是那面墙。

有一回，我在一个中学时代常用的 USB 盘里，找到半封写给文英儿的信。在不同的信件里，出于一种儿童的游戏心理，我曾随意地为文英儿取昵称。而这封信的顶格，却赫然写了文英儿的全名。

文英儿：

  好久不见。这是我们认识的第六年。我现在在光明初级中学念书，初二了，成绩还算过得去。不知道你怎么样了？回望容易让人误解，以为时间是瞬息而逝的。然而，切实地去度过一天又一天，就会发现六年非常漫长。我仿佛坐在一条小船上，每一秒都离你更远一些，而那种距离是永远不可能挽回的。

  最近，我们地理老师在课上讲到了太阳岛。你能相信吗，原来有一座真实存在的"太阳岛"，就在哈尔滨松花江的北岸。据说，那里有很多异国风情的别墅，是二十世纪初搭中东铁路进来的外国侨民兴建的。我们老师还放了一首颂扬太阳岛的歌曲，歌词里有"带着露营的篷帐，我们来到了太阳岛上，小伙们背上六弦琴，姑娘们换好了游泳装"——这和我们初次见面的露营中心多像啊！可六年前我们见面的地方，是一个仿造的假"太阳岛"。我为此难过了好几天。你知道吗，我现在还能想起很多当时的细节。傍晚走在路上闻到洗发香波的气味、那间别墅木制楼梯扶手上的划痕；还有你走了以后，我们一群男孩去踢足球，草从小腿上划过的微刺的感受。怎么能说，那个太阳岛是假的呢？

  这六年来，我更加明白你所说的那个秘密。当年你告诉我时，我其实有点害怕，而且要到几年后才愿意承认这一点。或许在潜意识里，我隐隐感觉有一种神秘的力量罩在上面。它让我皮肤发痒，以至于六年以后，我仍然会经常想起你的秘密。希望你不要为此生气。至于我拖欠你的秘密，我现在想出来一个了。我要告诉你的是：我从小就有一种非常强烈的恐惧！我觉得我们最终会失去所有东西，越在意的，失去得越快……

  在重新读到信时，我对事物的看法已经改变了。对于"非常强烈的恐惧",不仅无法与当时的自己共情,反将其归结为少年时代易犯的一种幼稚病。

我关闭电子文档,把 USB 盘从电脑上拔下来,放进一个黑色的小木盒里。

那一年,我考入一所政法大学。学校位于郊区,往东南步行四十分钟,就能抵达一片叫"望仙园"的墓地。而联结墓地与学校所在小镇的,是无尽的荒田。闲暇时,我沿着单车道宽的小路散步。偶尔遇到住在附近的农民,他们往往穿着随意,皮肤因长期紫外线晒蚀而布满褶皱。他们身上有一种特殊的气味,混合了焦炙与汗水。不经意地,我总会想起遥远的露营生活。

我就读的专业是国际经济法,隶属于法学院。第一学期,基本上教的都是一些通识课。全专业的学生坐在阶梯教室里,听老师在讲台上大谈《萨利克法典》中继承问题的缺陷,或是《十二铜表法》允许父亲两次出售儿子的法理性。我听了几节,始终无法摆脱困意,很快便确认自己对法律并不感兴趣。不出两个月,我干脆放弃了课堂,将大学时光馈赠的自由全部付与玩乐。我和一群朋友天天出校,通宵流连于网吧、KTV、棋牌室。那是我人生中最放浪形骸的一段日子,也是与人交往最频繁的时期。后来回想起来,简直难以置信,我的性情中竟隐藏着这样一个陌生人。冬天来临时,我在学校附近的网吧找了一份管理员的兼职。由于是男孩,老板安排我隔天值夜班,工作时间为晚十一点至早七点。

我的兼职内容不算复杂,只需坐在前台,负责当日顾客的开卡、结账、零食消费。除了周末以外,来包夜的人不多,但随时可能有事叫我,即使小憩也睡不安稳。为打发彻夜的空闲时间,我找了很多在线小游戏。有时厌倦了,另寻消遣,比如,上一些学习网站,做修改病句的测试题。那些词句中无关紧要的意境,像许多块关于外部世界的小巧拼图，使我着迷。

我至今还记得其中的一例病句：在平原地区看到松鼠是很少的。

有一回雨夜，顾客寥寥无几。我连续玩了几个小时《反恐精英》，流血图像和旋转的视角令我头昏脑涨。被迫从游戏里抽身，大约是凌晨三点出头，我打开一个叫"Loster"的网页，是那几年高校学生常用的社交网站。通过搜索姓名，很多昔日的同学、旧友重又联络上了。那天半夜，我盯着搜索栏发呆，大脑一片空白。忽然，我手指不自觉地动起来，接着"文英儿"的名字出现在条栏里。搜索结果跳了出来，一共有三个"文英儿"。其中两个账号信息全无，一看就是随机生成的虚拟僵尸号。唯一一个可能是她的账号，用了一张卡通头像，性别没有注明。

我点进主页，发现账号的主人很少更新生活状态，只有零星几条。最近一条发布于去年六月，是一行"干杯"的表情。还有一条更早些，在一个春天的黎明时分，内容非常简短："还有人没睡吗……"有意思的是，根本没人会看见这条消息，这个账号连一个好友都没有。除此以外，账号的主人上传了很多照片。我急于寻找人像，快速通览了一遍相册。有一个专辑收录旅行时拍的风景照，多为江浙一带，最远到过黄果树瀑布。在一张背衬山林的照片中，摄影师本人露出一个"V"字的手势，可以看出她的指甲很长，深红色的指甲油平添一股女巫的气息。

我等不及再作细究，在留言栏里用悄悄话功能写道：你好，冒昧打扰，你很像我很多年前的一位朋友。当时近凌晨四点，雨停歇多时，天空吐出一层微带荧光的褐红。南方的冬天湿冷，我起来把过道上的窗关紧。待我回到座位，网页提醒有一条新消息，点开赫然显示着：季小鹏，原来是你，你怎么现在才来找我！我完全没料到，她回复得那么快。望着屏幕，我有些不知所措。紧接着，文英儿又发来了消息。

文：挺会熬夜的嘛。

我：明天没课，打完游戏晚了。

文：你应该还在读书吧，是念了大学吗？

我：对。

文：还是读书好。就知道你是好学生，我不会看错人的。

我：一转眼，我们都快十年没见了。

文：你记得我当时给你留过地址吗？没过多久，我就搬家了。本想等稳定下来，再想办法联系你，但飘飘荡荡，时间也就过去了。

我：其实我经常想起你，是真的。

文：你有女朋友了吗？

我：嗯，一个隔壁班的同学。

文：真好。

我不想和文英儿详谈女朋友，便转开话题，说起学校后面连绵不绝的荒田。到了冬季，树丛因凋敝而显得灰暗，大堆枯草在风中翻腾。远远观望的人根本弄不明白，植物的那些遒躁舞动究竟是在召唤，还是在挥别。我告诉她，等开春以后，请她来我们学校玩，那时我们可以看到新生的田野。我打了一堆字，但自"真好"以后，文英儿不再回复我。她像高空中一粒忽然不知所终的行星。

孟云娇的案件一审采取公开审理的形式。法院通过互联网进行直播，一时观众云集。庭审当日，我刚好参讲一期工作相关的论坛，理所当然地避过了观看。尽管难以承认，但仅仅是想象这场审判，我都痛苦不堪——那种痛苦没有具体的指向性，就像一道刺眼的强光，使人想移躲。只是这件案子的声势盛极一时，庭审结束后，诸多细节在媒体间广为流传。在二次发酵的过程中，我也陆续看了一些。

七月将尽的一日，李贞来我家小坐。自从她全心投入孟云娇的电影，我们每次都有繁琐的具体事务要谈，不觉已很久没有做爱。不过，通过性开辟出的亲密，竟能长久地留存于彼此之间。李贞喜欢那张墨绿色的麻布沙发，我们一起瘫卧其中。久之，我产生一种错觉，好像我们是一对相处了数十年的夫妻。

在李贞点开的一条庭审视频中，孟云娇端正地站在镜头中央。她的身后是两位高大的法警，衬得她薄薄一片。孟云娇时年三十七岁，看起来比实际年龄憔悴得多，但苍老丝毫没有影响她的魅力。大厅中央，肃白的光线洒下来。一种明亮禁锢着她，令她惶然。

对于法庭提出的所有问题，孟云娇都答非所问，逻辑混乱。当问及与另一名罪犯帅正雄的关系时，孟云娇的眼中充盈起泪水。她说话很轻，发声介于吐字与喘气之间，又带有港台式的甜美。孟云娇说，他是我的男朋友。他有点好莱坞黑帮的风范，杀人的时候冷酷、利落，但他相信，最终他会死在他儿子手里。他最对不起那个孩子。问到是否在帅正雄绑架杀人时予以协助，孟云娇一口否认。孟云娇说，我是正经家庭教育出来的，从来都与人为善，踩死一只蚂蚁都要心疼很久，怎么可能做这种事呢？就像忽然体察到眼泪的好处似的，孟云娇一发不可收。此后不论答什么，都伴随哭腔。主审法官与检察官轮流盘问孟云娇，孟云娇只是啼哭不停，一度出现情绪崩溃，被当庭叫停数次。

在另一条截取的视频中，孟云娇似乎平静了很多。根据她的陈述，可以大致推断她回应的问题是：她为什么不回应警方的传唤，而要隐藏身份潜逃十五年？视频下方不少人评论，认为这是整场庭审最具戏剧性的一幕。

孟云娇说，我没有逃跑。我只是想挣脱过去，重新开始生活。当时我年纪还小，才会被帅正雄骗，过这种亡命天涯的日子。前两年我去一座山里，碰到一个算命的道士。我问他我的命怎样，他不肯回答，却讲了《聊斋》里的一个故事，叫《叶生》（法庭阻止与本案无关的交流,但孟云娇坚称这一部分很重要)。讲的是一个落魄的书生到了绝境,突然走运,逐渐当上大官。多年以后,他回到老家,发现自己的棺材停在房中央,因为家里穷而始终没入葬。他这才想起来,原来自己早就死了,所谓的走运只是亡魂的一场大梦。那个道士说,从我离家那天起,就已经成了一个亡魂。

审团传出窃窃私语,法庭不得不维持秩序。孟云娇捂脸恸哭,但这次没发出声音。镜头忽切至一个近景,透过指缝,孟云娇狰狞的面部暴露在观众眼前。她的脸色泛红,细纹如刃。她的嘴开阖不停,似在把某种剧烈却无形之物吐出口。

"我不想看了。"我说着,关掉视频。

"她身上有一种张力,确实很迷人。"李贞说。

"她表演得太拙劣了,却不自知……"我还没说完,李贞打断了我。实际上,这种拙劣所唤起的是我的于心不忍。

"表演,你认为她是在表演吗?"李贞问。

"大家都这么想吧。"我略一迟疑,"你说呢?"

"我不知道。"李贞笑起来。为了抽烟,她把窗户推开一条缝。回头望向我,她已恢复平日里冷静的模样。"但法庭这个场景不好,太沉重了,让她显得很别扭——我是说,拍电影的话,我肯定不会拍到庭审这一步。"

"你打算正面拍凶杀案吗?"我问。

"正面?"李贞重复了重音。

"就是重现十五年前的场景。"我说。

帅正雄被捕后不久,报纸曾刊登过一张现场的照片。拍摄时,尸体已处理,原所在地用白色粉笔画出一个人形。椅子是当年常见的款式,仿皮质,以合成金属作为支架,在近肩膀的位置有一小块靠垫。报纸滤去了色彩,但从那个时代生活过来的人,都知道这种椅子是红色的——和地上尚未擦洗干净的血迹同色。餐桌与尸体呈一条直线，从照片里只能看出小半张桌子。桌面上摊得很乱，有一支笔、一瓶看不清名称的药、一副金耳环。在这些东西的后方，摆着一只花瓶，里面的玫瑰干枯已久，残瓣垂落。

那几年，帅正雄与孟云娇混迹于长三角地区。两人一路游荡，靠绑架勒索获取路费，再挥霍一空。被捕时，帅正雄作案七例，其中两例绑架致人死亡。最后这一件案子中，被绑架者的亲属联合警方提前部署。帅正雄前往公园取钱时，警察一拥而上。根据帅正雄与孟云娇往常的合作方式，假如他12点未归，就由孟云娇实施撕票。等警方前往帅正雄的租处，死者已矣，房间内别无他人。帅正雄坚称自己独来独往，一口顶下所有罪行，但孟云娇的身份仍然很快被锁定。根据推断，最后一位死者应当死于孟云娇之手，不过并无直接证据。

我们讲到报纸上的黑白照片。李贞抿紧嘴唇，烟从她的鼻翼里轻轻溢出。天色向晚，交杂的彩焰在视野尽头闪烁。夏日的风吹入窗，热气腾腾，我闻到一股草茎燃烧的味道。

"不，我想把重心放在她逃亡后的日子。从一路化名隐藏身份，到忘乎所以，以为自己是一个全新的人，她的心理变化很值得探索。最后终于引起公安的注意时，她的回忆以一种破釜沉舟的形式复苏了。真正击溃她的，正是这种醒悟。不过，我还没想好电影的结局。"李贞说。

"现在拍多少了？"我问。

"剪辑以后，至少有二十分钟吧。"李贞关上窗户，重新坐到我身边。她打开电脑，突然燃起兴致似的问我，"你想随便看看吗？"

我点头，李贞点开桌面上的一个片段试剪版本。影片从深红色椅套下的一只手形开始，镜头慢慢拉远，逐渐释放出大巴车的整体空间。一个男孩斜倚着玻璃，湿绿的外景映在他脸上。他的性格被那副表情所象征：犹豫、容易疲惫，终其一生将受困于内心幽暗的火苗……

"忘记告诉你了，在这部电影里，你是男主角。"李贞说。

"我？我一个普通人，拍得出什么？"我说。

"不，你很重要。"李贞一笑，略作停顿，"而且，我觉得恰恰相反。在你的讲述中，我常常感到一种隐蔽的激情。你对孟云娇，好像怀有一种非同寻常的感情。"

我心中一凛，手心竟在炎炎夏日之际发凉。电脑屏幕里，电影还在自动播放。学生们涌向各自的队伍，我依稀认出"细腰"，四肢白皙发光，胸部在奶黄色的T恤下高高隆起。演员的眼睛很大，盼顾生辉。虽然李贞在选角时，采纳了我对"细腰"外形的描述，但她似乎刻意把"细腰"拍得过于性感——无论是她的造型，还是她投向孩子们的充满讨好意味的眼光。我还没来得及说这一点，李贞按下暂停键。

"你看，这个就是孟云娇。"李贞用指尖圈出一个瘦小的女孩。

女孩出现在画面边缘，梳着熟悉的双马尾。外圈镜头畸变，将一种不自然的弧度置入她的形象。某一瞬间，她的眼睛紧盯着摄像机，一具捕猎前唤醒全身感官的鹰隼。但那一帧很快过去，女孩向遥远的队伍扬起笑脸，我不禁怀疑此前只是一种错觉。

有一些日子，我如同失忆者一般醒来，分不清自己正处在时间轴的哪个位置。恍惚间，我总以为自己还在念大学。那扇由石狮子与重雕铁栏守护的校门无异于一道魔闸，顷刻之间，初成年的我们获得了超额的自由，并多少为此失措——但至少，爱、性、异性之间的夜行变得可以谈论。不再有幼稚的试探，也无须将欺凌女孩作为泄欲的替代渠道。我很快明白过来，作为"独立"的诸多效应之一，成人世界也意味着欲望的合理化。我把大量时间花在娱乐上，不计后果地日夜颠倒生活。那些夜晚，球灯转动着银鳞，四面喧哗。在光影芜杂的房间里，我一个接一个地，靠近逐渐变烫的女孩们。有时她们也会有所反馈，明示或暗示。然而，我从来没有真正跨出那一步。当我意识到一切即将成真时，肉体便自充胀中返回，在周围的环境里辨认出蛇的原型。

除了这些夜场的冒险，我还交过一个女朋友。刚开学时，我们同上好几节公共课。她坐在前排靠边，摊着厚厚的笔记本。无论老师讲什么，她都埋头记录，脖子后微微露出一粒椎棘突。有一次我经过她身旁，无意中发现她并不是在做笔记，而是在素描。这时，我才注意到她的模样。她的头发很长，一副厚重的黑框眼镜架在鼻梁上，使她的五官比实际显得小。当时我对她并无追求的意图，只是觉得亲切。直到我不上课以后，她作为组长，指导我写课程论文，我们才熟悉起来。她是隔壁班的班长，尽管课上不务正业，依然属于标准的好学生。我们关系的渐进，几乎都是她推动的，我颇有几分受宠若惊。

那阵子，我在网吧兼职夜班，女友偶尔来陪我通宵。她不打游戏，为了消磨夜晚，便一部又一部地看电影。实在困倦，就趴在座位上入睡。

"明天还要上课，回寝室睡吧。"我伸手摸她的额角，柔软，像一块绒布。

"现在叫阿姨起来开门，会被骂的，还是明天直接去吧。"她歪着头说。

我的 QQ 响起来，一个兔子的头像在角落里闪动。犹豫之下，我还是点开了，是文英儿。我们已互相加过好友，她知道我习惯于彻夜不睡，经常与我聊几句。女友凑过来，把消息小声念了一遍：今天上班运气不好，袜子都刮破了。

"她上什么班？"女友不屑地问。

"一个护士朋友，值夜班。"我说。

"你们怎么认识的？她连这个都跟你说。"女友不放过追问。

"我们小时候参加过一个夏令营，最近刚加上好友，连面都没见过。

也许她生活中朋友不多，才来找我聊的。"我说，尽可能回答得周全。

女友狐疑地望着我，显然言辞已无意义，无法改变她对文英儿的不满。自此以后，她旁敲侧击，不时打探文英儿和我的关系。出于某种戒备之心，我并未将与文英儿的往事和盘托出。稍微具体一些的问题，我只推说忘了——毕竟十多年过去，所有边界理应为时间的渗透而模糊。女友似乎对文英儿充满兴趣，甚至要我约文英儿，三人见一次面。我一贯不懂女孩的心思，只觉得匪夷所思。但在她多番提议下，我不禁也对文英儿的现状好奇起来。细想之下，那不过是一场旧友的小聚，也算合理。

我小心翼翼地对文英儿说起这件事，没想到她一口应承下来。她说，她在外地的医院工作，不过定期返乡，下次回来就约我。我在聊天框里删减数次，最后还是打了出去：我女朋友想见你，她也会来。文英儿很快回了消息，大方地说也想见她，看看我如今的品位。她的用词非常热情，仿佛一直在等我邀她见面。尽管如此，数月瞬逝，文英儿从未真的约见我。当我再次问起她，已至盛夏。学校后方的田地中，野草患有热病似的疯长。我从深幽之中穿过，浑身弥漫着一种咸。到夜晚，我才收到文英儿的回复：最近实在太忙了，有机会回来一定叫你。我对着巨大的显示屏发愣，总觉得这是病句，却挑不出语法错误。

那时，我和女友已有过性体验。事实上，我们尝试了近半年才成功。最后，不再有烛光、花瓣之类的氛围营造，也省略了从网上学到的预热前戏——那些都是可笑的，我越遵循指导，越感到自己的无能。所有灯都关了，一片漆黑之中，我抵住女友的身躯。我忽然明白过来，能通向那条潮湿甬道的唯一途径，就是粗暴。必须勇往直前，不要回头，否则就会被那凝视着我的恐惧所吞噬。在艰难的跋涉之间，我近乎绝望。疼痛、挣扎、无法抑制的呼救，都是对暴力的诱惑。只有克服一切软弱，才能完成救赎。结束以后，我们并排躺着，一言不发。我闻到避孕套淡淡橡胶的气味。做爱过程中积攒的痛苦，消解在无尽的虚无之中。我听见文英儿在我耳边说话，轻声地，半带吹气。"其实……"她的眼中有蓝色的光，"我和邻居模仿过大人……"接着是一个轻盈的词语：做爱。好多年来，这道声音回荡在我颅内，锯齿般拉扯。它让我变得虚弱，每一声回响都更无望。文英儿提前掌握了一种黑暗的力量，不论是否故意，都操控了我往后的人生。其中有一点悖论在于，当我的认知随年龄增长，我对那个伪装成"秘密"的陷阱也会有更深邃的理解，这让我永远无法逃脱它。

"你在想什么？"女友问我。

"放空。"我说。

我感觉像仰躺在海面上，缓慢地被淹没。我想的是文英儿。此刻她在做什么，这些年她经历了什么，是否过得幸福。我已经长大，能接纳更深层的恐惧，有能力承担她更多的信任了。

往后的一周里，我和女友又开了三次房。我们迅速地娴熟起来，一发不可收。我尽量从脑中剔除了文英儿的影子，开始学会享乐，心无旁骛地。做爱所抵达的快感，超越任何形式范畴。越过巅峰之后，肉体缓慢地松懈下来，像沙滩上一条再无反抗之力的鱼。但那只和劳累有关，一种精神力量的耗散。除非一两帧出神的时刻，否则不会再像初夜那样紧绷，不再和暴力、死亡紧密相连。

女友仍然常提起文英儿，好像她是我们失散的共同老友，又或者是一个在我们儿时就逝世的远房表亲。有时我们一同坐在操场上，星丛吞吐着微弱的光，背后的金属网格递来一种虚幻的冷意。女友什么都没说，但我知道她想着文英儿，正在计算一场童年的夏令营究竟对我而言意味着什么。可无论女友如何探问，关于文英儿的事，我没有再回应过她。

大三刚开学，隔壁寝室一个兄弟请我们参加他的生日会。二十岁，越过成人的过渡期，是接受真正加冕的年龄。这位朋友一贯阔绰，订了学校附近最奢侈的餐厅。我们也不好意思寒酸，凑钱买了一个双层蛋糕、一双时下热门的 Air Jordan 球鞋。宴饮将尽，灯光忽暗，服务员推着插满小烟花棒的蛋糕进来。欢呼之下，生日会被推向高潮。我们扫完盘中蛋糕，徒留一堆狼藉。还觉得不过瘾，有人突发奇想，说一起去三公里外那家"金丽豪皇宫"开个包厢。原本只是一个玩笑，却因为起哄和寿星的应承，变成了一种关于勇气的试炼。朋友仗义，当即允诺费用由他承担，我们只要尽情玩乐。

"金丽豪皇宫"是本地一家会所，远近闻名。某年夏日，我和女友曾在对面的馄饨店吃宵夜。短短半小时，各色男女进出不迭。女孩多浓妆艳抹，一眼看不出年龄，身体曲线尽露于穿着之间。女友比我看得更投入，乐于评头论足，但都不是好听的话。在女友眼中，她们受虚荣的蛊惑，自甘堕落——泥潭将终身相随，而她们再也不会得到爱。我反驳她，为这种武断和居高临下，她却并不在意。

那天夜晚，我们打了两辆出租车，兴冲冲赶往"金丽豪皇宫"。两侧门卫穿得西装笔挺，戴白手套，替我们拉开门。一座欧式喷泉立在室内，上有玉石制的裸体女神，剔透光滑。迎宾的女孩领我们往深处走，通道回转，到处都是镜子。这是我第一次来会所，有些本能的紧张。好在我们人多，吵吵闹闹，多少藏住了怯意。跟着迎宾，我们走进一处宽敞的房间。不久，一列打扮各异的女郎鱼贯而入。有穿空姐制服的，有女白领风格的，有走清纯路线的学生——和我们在学校见到的那些不同，她对自己展示的形象是有掌控意识的，这反而使"清纯"具备了一种低级、直率的性魅力。换了几批，我都没选人留下。本想推托，做东的朋友非要我留一个，只好硬着头皮看下去。这时，新进门的一批里，有一个护士装扮的女孩。她毫无扬招之意，乍看显得冷淡，在一群女孩中分外出挑。我霎时注意到她,不由得心里一动。

夜场迅速暖起来,色子声和音乐越来越响。我身旁的女孩说话很少,知道我们是学生后,她心领神会地一笑。

"现在学生出来玩的也很多。"她说。她的衣服边挂着编号:18号。

"你想去点歌吗?"我问。

她摇了摇头,垂落的睫毛像一把羽扇,也许不是天然的。她给我倒了酒,气泡从玻璃杯底部往上冒。她说,"如果你想,我可以陪你。"

我顺从地拿起杯子,却并不想喝酒,只好悬于胸前。隔着玻璃,冰液体在我手掌心里凝结起一层水翳。那时我还处在漫长的恋情之中,久不出入夜场。此时在会所里,坐立不安。良久,18号有所觉察,从沙发上探起身,轻轻地把手搭在我的背部。

"别紧张,就是喝喝酒,把外面不开心的事情都忘了。"18号说。

"我知道。"我说。

我小小抿了一口,接着一饮而尽。那已无关乎酒,好像是寻求一种液态燃料,以便尽快驶向一片忘我的空间。18号陪我喝了几杯后,神色显然开朗了不少。她说起老家在皖北,家里还有两个妹妹。不管信息真假,我们迅速变得熟络。

"你让我想起一个朋友。"我说。这时,我已喝得头脑沉重,闭眼时顿感神经酥麻。周围的朋友也疯癫起来,有人正和一个女郎接吻。环视一周,世界有些失真。我继续说,"不过,她是一个真正的护士,不是穿护士制服而已。"

18号起初没听懂。我又说了一遍,她笑起来,可以看见粉色的牙龈。她说,"一定是很重要的朋友,你可以把我当成她。"

那晚我喝得几乎断片,一片昏天黑地后,只记得黎明时在路边呕吐。天空黢黑一团,路灯把我的身影裁成细长条,孤零零地贴在混凝土路面上。我浑身无力,肢体前所未有地虚空,仿佛血肉早已被蛀空。

同行的朋友们不知去了哪里，我不关心，唯独非常想念文英儿。我胡乱翻出手机，拨了她留给我的手机号码，一心想着接通后该如何开口。很快，一个机械的女声响起：对不起，您所拨打的号码是空号——她的道歉毫无意义。

东南沿岸的冬季相对潮湿，到十二月底才凝结出第一场雪。适逢周末，我清早起来，开车往郊外的一处湖滨公园。前几日，李贞在湖边取景，因初雪降临，心血来潮想多留两天。我到李贞住的酒店时，她还游荡在专属于休假的漫长睡眠中。

外面雪下得不算密，不像任何一场新闻频道里播出的暴风雪。我戴起羽绒服的帽子，独自环湖散步。空气的透光率因为雪而增加了，愈发澄亮，半空中如注满极度细小的银箔。在这样的上午，沿着湖慢慢行走，让人身心舒展。

我们上一回见面，是李贞生日。我提前订了餐厅和酒店，以几乎逾越关系的方式安排了一切。我们带着酒气相互亲吻，故意撞倒台灯，滚上柔软的床面。外套、毛衣、内衣，一件件落地。我竭力想做得更好，却全然无济于事。我没法勃起。试了近一个小时，我们都由内而外地感到疲倦。我向李贞道歉，她反而坦言，她也没什么感觉。李贞说，不知道为什么，我们之间有什么东西被《长河》而消解了，没有性爱的刺激了。我问，《长河》是什么？李贞问，我没告诉过你吗？我说，没有。但我说完就明白了，是那部关于孟云娇的电影的名字。我问，为什么叫这个名字？李贞仰头思量，她的下颌线很美，并未因年龄而松弛。她笑时喉咙外部轻轻晃动，像一座浓缩上亿倍的即将喷发的小火山。李贞说，我以前听到过一种说法。我们都在一条很长的河里漂荡，河没有尽头，人到了临终那天就能上岸。我不太能理解。怎么说呢，这种世界观非常斯堪的纳维亚，对我们来说太梦幻了。但等我亲

063

眼见到那样的河流，两岸辽阔，河水有时汹涌、有时有条不紊地向前流，我忽然什么都知道了。我说，是啊，日以继夜，夜以继日。李贞说，那种持续而平静的感觉，和海洋、溪水都不一样。我点头，但实际上我说的并不只是河流。

李贞打我电话时，我正往回走。公园附近没什么商铺，这种清寂倒也符合人心意，我们就在酒店三楼的餐厅随意用了午餐。李贞没怎么打扮，却别有神韵。我向她说起上午湖边散步的经历。早在大学时代，我就养成了散步的习惯。唯有在机械的步履运动中，我才能重新整理、收纳自己，不被当时放荡的生活所吞噬。李贞则提供了脑科学相关的一条佐证：据说散步时，人的眼球左右移动，会带来一种"前进"的感受——当然，这更多渗透到精神层面。回房间的路上，李贞挽着我的手。这种亲近并非基于需要，反倒是互相无所求，彼此纯粹的存在才发生了交汇，分外迷人。

客房的户型普遍偏大，典型的欧洲度假风格。李贞住的是套房，有一间明亮的客厅。墙上挂了一块波西米亚式方毯，针脚松弛，鲜艳的撞色几乎要跳溢出边界。另一侧还有一个装饰壁炉，里面的安全木柴正燃烧着，可以听到木料毕剥崩裂的声音。水烧开了，滚烫的液泡翻滚上来。一触茶叶，汤色中迅速淌出一股深红。我们靠窗坐着，看着这意义索然的一切发生，有时也望向窗外的雪。

"我以前最喜欢冬天，尤其是少数下雪的日子。中学里有一天，我逃课去操场上堆了一个雪人。两个小时后再去看，雪人竟然不见了。"李贞搅拌着茶，一边说。

"不是被校工清理了吧？"我说。

"也许是。不过我当时很傻，一心以为雪人是被偷了。好几天都在想，那人是谁，为什么要偷雪人，雪人融化后他又怎样继续生活。第二年，我们在劳技课上学会用录像机，我就拍了一段偷雪人的故事。"

李贞说。

"现在还能看到吗？题材听起来很浪漫。"我说。

"不，简直一团糟。"李贞摇头，毫不迟疑，"那只是一种情绪性的幻想，没什么更深的意义。过了好多年，总算认清了这一点。"

"艺术家很容易悔其少作。"我半开玩笑地说。

"也不完全是那样。时间会让事物露出更清晰的面相，一时看见的'真'是有限的。比如我对于偷雪人者的形象的塑造，全然基于一个女学生的想象，拍成片子很难不做作。相比之下，丢失雪人的失落感却是真实的，是我切身相关的。我一度那么难过，就像胸口积着一块冲不散的金属。当然，现在已经不重要了，但还是会莫名其妙地常想起这件事。"李贞轻轻噘起嘴，似在道出一种世界的奥秘，"诀窍在于：回望，反复观看。过去不明白的事，再次看到时，一定会知道更多一些。"

"就像我在几年后才知道，真正的'太阳岛'在哈尔滨。"我说。在晦暗的青春期，每次给文英儿写信，就像划亮一根安徒生童话中的火柴。

"没有什么'真正'。"李贞停顿后说，"南马尔代夫也有一座'太阳岛'，在我们不知道的其他地方也会有。万物在概念中流动，没有百分百的准确。也许过不了几年，你原本熟悉之物就面目全非了。如果想轻松一点，只有忍受你已经看到的，然后继续去看。尽可能从人生这一连串毫无逻辑的独白中，选出你所在意之物。归根结底，就是那样一场接受与选择。"

"忍受。你说得对。"我低下头。想起刚毕业那一年的隆冬，夜晚阴寒，我从一家酒吧前路过。一群装扮成 cosplay 风格的男女从玻璃门中出来，他们看上去饮酒过量，一位眩晕的女孩险些倒在我身上。惊醒之际，我看到她破洞的丝袜。接着，一个虚晃的念头猛然跃入我脑中：文英儿根本不是护士，她的生活延续了童年的模式，不过是连环的谎言。过往的种种细节蓦地泛起碎光，我开始深信，她当时应该也在某个夜总会坐台，穿着流行一时的护士服——但这只是一种揣测，并无证据。

"不仅如此。忍受之外，也有更广阔的东西……雪看着要停了，这个钟点太阳或许还会出来，我们去外面走走吧。"李贞边说，边行动起来。

于是，我们重新钻进外套，走向冰雪与日光均未确凿的室外。仍是那条沿湖的小路，却似有无尽的风光可观览。芦苇滑荡间，水波吞吐着整个世界的倒影。树木正值休眠期，其果叶早就掉落，朝天空竖起枝梢，徒生一种清净的氛围。随着我的走动，这些景象被吸纳，逐渐根植于我体内的某一处。这个过程分外美妙。

"文英儿"的名字始终悬在口边。我很想与李贞谈论她，说一些我已重复过许多遍的往事，如同在一个绒球上寻找未曾发现的线头。或者说一说，我对她究竟怀有怎样的情感。为什么从儿时分别那天起，每想到她，我就感到一种强烈的情绪。起初，恐惧居多，后来则是遗憾。她仿佛从我身上剪去一块，随我慢慢成长，缺口变得不可忽视，使我带着一种隐秘的残疾往激流暗处而去。文英儿——蓝色烟雾中行将隐没的晚星，遥远塔楼中不安的灯火；是她让我体验到，默诵一个名字即一次法术施展。我一度想象，在文艺片或者小说里，我对文英儿的感情会被处理成一种爱，但在现实世界里要复杂得多。我不能说，我巧妙穿过时间的线性结构，爱上那个留在过去的女孩。事实上，正如我已经说过的，那只是一种无来由的、深不见底的遗憾，并返照在我自身的命运之中。然而，我最终没有和李贞提起文英儿。

尽管如此，留宿酒店的夜晚，我重新梦见了文英儿。我在水上，她在水中。为了浮出水面，她拼命想抓住我。她的手掌触碰到我的身体，使劲、轻揉，逐渐演变成一场抚摸。罪恶的快感涌起，令我一时全身麻痹。但出乎我意料的是,当她终于挣脱水的束缚,从一片湿漉漉中扬起脸,我才发现水下的人竟是"细腰"。

自始至终,我都没把这场梦告诉李贞。一来,多少有些羞于启齿。更何况,即使我开口,也无法完整地将我所想传递给李贞。不过,当我们三个月后在咖啡馆再见面时,我对她说了另外一件事。

"其实,文英儿约过我见面。那时我应该已经念大四了,她失联大半年,忽然给我打了个电话。她让我去浙江的一个临海小岛,说要和我见最后一面。"我说。

"你们居然通过话,你之前都没有说。"李贞很惊讶。

"那通电话来自一个虚拟号码,数字很古怪,乍看还以为是广告。但我一听到声音,就知道是她。当然,她的声音和小时候比变化很大。更娇气了,混杂着鼻音,而且有点紧张。"我仔细地回忆着。

"你怎么理解'最后一面'?"李贞问。

"我没想太多。在那时候,只要她开口,我都会去的。"我照实说。尽管我和女友分手,还要在这次旅途之后。

"所以你去了。"李贞说。

"是的。"我说。

"你们怎么见的?"李贞问。

"我们没见上面。在电话里,她告诉我:岛上有一条著名的步行街叫七七路,路口有一家很大的肯德基。三天以后,晚上八点,她会穿着黑色连衣裙,在店招下等我。她特意叮嘱我,不要叫她文英儿,她的新名字是李美菱。"我说。

李贞叹了口气,不知该如何评价,只示意我继续说。

"第二天,我启程出发。地铁尽头换轮船,到岛上天已经黑了。我放下行李,兴冲冲地去踩点,很快就发现了问题。七七路的两头,各有一家肯德基,都是二十四小时营业的,都很大;一家比另一家更靠近海而已。我没有办法再联络文英儿了,唯一可以补救的是,七七路全长在一公里以内,我可以先在一家肯德基的店招下等候,如果没有见到她,就迅速跑去另一家。到了约定的时间,我也是这么做的。你无法想象,从七点半到十二点,我都在这条路上不断地往返。有时因为太累而走得慢,有时则疾速跑起来,好像我若没赶上便会失去一切。可是,我根本没见到穿黑色连衣裙的女性,连一个感觉像她的人都没有。我怀疑自己记错了时间,于是,第二天我又去了。我在岛上待了将近一个星期,每天七点半开始,我就在两家肯德基之间奔走。岛上的居民见我每天来回跑,似有所寻,有的人还会朝我讪笑。我知道他们怎么想,甚至会告诉孩子:这个人疯了。"

"也许她已经走了。她逃到这个小岛,提前出海,往南方去了。"李贞眯起眼睛,画面经她构建而流动起来,私渡之船在雾霭中起航。

"我不知道。"我说,继而再次跃入过往的回忆。"一星期以后,我回到旅馆。无意间打开电视,看见到处都在播报帅正雄的案子。虽然案发在我们市,但因为作案手段残忍,早就升级为全国级的恶性案件。那时我完全没想到,文英儿会与这个案子有关。我沉浸在剧烈的失望之中,甚至没多关注案子,但我突然觉得,是时候回去了。我在海边坐了通宵。没有路灯,长滩一片漆黑,可以听见海浪冲洗混凝土护面块体的声音。我想了很多事,转念即逝,一夜如同一瞬。天将亮时,我坐上第一班回市里的轮渡,在船里看了日出……你呢,你记得自己当时在做什么吗?"

"那时我二十七岁,刚当上老师,一个月工资两千出头。和谈了六年的男友分了手,什么都没有,每隔一段时间都感到身体在垮掉。我在电视里看到帅正雄和孟云娇的事情,多少有点羡慕那种生活——不过,当然是叶公好龙的那种。"李贞说。

"如果那时我们就认识,会很有意思。"我说。

一种遥远的共识性显现了。我忽然想到文英儿，当时她又在哪里。多年以来，我始终无法确定，文英儿究竟是提前逃亡，错过了约定时间，还是那天其实她来了，但在见到我以后，忽然改变了主意。这当中有切近时突来的情怯吗？还是我身上流露出什么东西，使她不安？又或者，她对我抱有一种我永远无法洞悉的误解，以至于她决意不再露面，并且不留下任何解释或说明。无论如何，从岛上回去以后，我似乎以某种方式向文英儿作了告别。那些从我少年时即盘旋不绝的小鸟，仿佛在一夜之间散去了大半——尽管它们不时以更隐蔽的方式重回我心中。

　　次年春节刚过，《长河》定下最终剪辑版。李贞请我去她办公室，共度一段行将复春的午后，顺便观影。前一年恍如烧尽，过得很快，回忆起来又痕迹寥寥。由于种种事情的耽误，李贞分到电影上只有极少数的精力。我和她见面不多，偶尔闲暇时相约，聊的却又是影片相关的内容。到下半年，影片面临收尾，李贞的神经显然被磨得更细，风吹草动的变化都促使她不安。至于结局，也在频繁的多方商讨之下，修改了许多次。

　　如今回看，第一个议定的版本颇具浪漫主义色彩：

　　在一次血液抽检中，警察发现她与十五年前的重案似有渊源，即时展开一系列的暗访。刑侦支队的主任是一位中年女性，镜头移过她签署过的文件：赵霞，一个简练、充满力量感的名字。刑警们赶往孟云娇的住处，小巷口聚集着一群游民，狐疑地打量着气势汹汹的来客。但这些都无关紧要，目标已锁定，无须再保密行事。与此同时，赵霞在办公室翻孟云娇的材料，镜头有意地停留在一张摄于千禧年初的照片。当时，孟云娇与帅正雄在上海旅游，背后是翻腾的南京路步行街。道路新建而成，两头有装饰性的雕塑，上面的黄铜尚且锃亮。两人身形未遮住的商店招牌上，有"大上海……"字样——在既有资料中，这是他们唯一一张合照。刑警们感到不妙，房间尤其干净，经过精心整理似的。四周寂静无声，似乎只要屏住呼吸，就能从这片空间中消失。显然，孟云娇已不在这里，人去楼空了。一位刑警小心翼翼地拉开抽屉，回形针、铅笔、优惠券、发票……刑警拿出成沓的发票，一张张翻阅。忽然，他幡然醒悟似的，转身往码头跑去。在镜头没有拍进去的时刻，新目的地已在刑警队员之间传开。每个人都加速起来，汗水淌下，略带困惑的喘息，无一不在表现着什么。唯有远在办公室的赵霞持重如故。下一页，是孟云娇在家政服务中心求职时填写的材料。有意思，赵霞想。在"特长"一栏，别人通常会写诸如"精通淮扬菜"，或者至少是"体力好，吃苦耐劳"，但孟云娇写的是"爱好文艺，熟读古典诗歌"。孟云娇的家政工作记录都很短，最长不超过两周，总是不辞而别。在赵霞看来，她是一种"典型"。一个比日历翻得更快的女人，一个自溺于梦中的人，除了法律的洪钟，再无别的事情能够叫醒她。刑警们终于赶到码头，钻进人山人海，在花色各异的旅客和行李间穿梭。他们的队伍已经被冲散了，为扩大搜检范围，分头行动，理所当然——然而，在他们还不知情的时刻，镜头语言已经把一切答案透露给观众：他们散得那么开，个个孤立无援；他们在迷宫之中迷失，并成为迷宫的一部分。果不其然，没过多久，赵霞办公室的电话铃响起来。是那种老派的铃声，充满金属生锈的气息。有时一个人沉浸在这种声音之中，将感到潮水不断上涨，外压使头脑刺痛。赵霞接起电话，停顿，面不改色。一位刑警向她汇报，搜捕无果，等待下一步指示——但没有什么指示了，赵霞沉默。她情绪控制得非常专业，无法从任何细微表情判断出她的立场。她抬起头，往远处望去……画面转至海，想必又过了几个小时。今天的海面并不平静，随着镜头推移，我们可以看出浪潮由一种势能变化为一滴滴水，触礁石而破碎。黄昏过去了，波纹中的金丝溃散，取而代之是一片雾霭般的灰蓝。码头上没有什么人，但可以听见隐约的闲谈声音，细听是一种方言。大致在说，那个人走了，怎么回事呢？下次回来什么时候？到时候，我们还会在这里吗？……在几乎被忽视的一角，有一只男童手表，是谁丢弃在这里的？手表的造型是托马斯火车头，很脏，橡胶的边缘有些变形，且布满各种划痕。假如观众足够细心，会发现它在电影刚开头就出现过，它是一件礼物。在许多重要的、恐惧重重的时刻，收到这件礼物的女孩曾把手表紧紧握在手心，但现在，她已经走了。

这一版本拍完，李贞曾请一些朋友观看。那次我有事没去，放映会结束，李贞与我通了电话。据她所说，总体还算顺利，只是对于结尾众说纷纭。有人认为，二次逃亡的结局过于俗套，积攒许久的情绪仿佛随着孟云娇的消失而落空了。也有人从技术上指出缺陷，比如那群扮演警察的演员选得五花八门，没有统一的范式，这使他们的集体行动显得杂乱。不客气一点说，甚至有点闹剧的意味，破坏了整体的氛围。李贞问我如何看待这个结局？我一时答不上来，只囫囵说，我觉得听起来太文艺，脱离了某种真实的情感。我的表述当然不够准确，李贞并不重视。真正让她下决心重拍结局的，是现场一位朋友的意见：一个犯罪分子，怎么能公然逃脱法律的审判呢？如果这样收尾，整部电影的价值观失之偏颇，后期的运营都会很艰难。

然而，李贞早在构思时就已想好，不要让影片中的孟云娇与"审判"发生直接关联。宏阔的秩序被置于电影之外，唯有如此，自由与美才有可能于虚构的空间中降落；一个人才能回望她的一生，无后顾之忧。为此，李贞试图借助一种过于偏激的规避技巧——死亡。

警察进门时，孟云娇端正地躺在床上，盖着红色缎面的被子。冬天，房间里的所有东西都是冷的，窗户罩着一层淡蓝色的阴影。在床头柜上，有一个倒下的药瓶，隐约可见瓶身上印着"三唑仑"的字样。在影片的前半部分，药瓶就出现过。那时，孟云娇想方设法请人代开了安眠药。她指望着深度睡眠，常常需要一场昏睡来开启新的一日。可现在，她的小小愿望在贫瘠的现实生活中炸开，她把剩余的剂量都吞下了。

当这个版本的结局完成后，李贞才意识到，死亡同样有违她的初衷。假如死亡以这种形式出现，难道它不是一个暴君吗？又或者，是一种设计上的捷径，徒然损害了电影的艺术价值。孟云娇不会被秩序所夺，也不该被死亡所夺。她应当是娇嫩、柔弱的，并且始终无处依附。为此，李贞开过好几次组会，商讨如何修改会更好，但没什么结果。

正当一筹莫展之际，李贞忽然从剧组消失了。这个剧组由兼职人员拼凑而成，原本就较为松散。他们在拍摄基地等了一天，就着冬夜，喝了成箱的廉价白酒。工作日来临，一部分人回到岗位。他们在剧组的微信群里开玩笑，转发一些有意思的链接，并每天向失踪的李贞询问，下一步该怎么办？大约一星期以后，李贞终于有了回音。她在群里发了一个定位，让大家两天内集合。我即将看到的《长河》最终版本，就是在那里拍完的（讲述这段经历时，李贞露出神秘莫测的表情）。

影片从孟云娇的房间继续。

打完电话以后，警察们在楼道里抽烟。一个说，他妈的，快过年了，碰上这种晦气事。另一个警察留着络腮胡，看了他一眼，没说话。原来那个继续说，我印象里，那女的早死了，大概是六年前的事情。她跳了海，死前留下遗书，怀念那个男的，特别肉麻。另一个摇摇头。这个说，我能肯定这事发生过，当时还有人找到那女人的QQ空间，里面有写给她男人的文章。你记得有过类似的新闻吗？另一个仍然沉默，烟圈从他嘴里轻轻吐出，一二三。这个警察自讨无趣，喃喃说，很多事情根本搞不清楚……今年冬天太冷了。

救护车开进巷子，远远听见细长的警笛声。孟云娇被抬上担架，装进白色的车厢。她的身体显得很小，尚且柔软，像刚从一个羽毛筑成的巢穴里出来。她保养得很好，脸上细闪着光泽，看上去不像年近四十。汽车飞速行驶，不知不觉竟开上一条老旧的公路。天色渐黑，橙色的路灯是刺破黑暗的一粒粒针孔。这条路究竟通向何处？为什么开了这么久，却从未见过其他的汽车？车里穿白大褂的人们垂着头，似乎并没注意到这些异常。他们的头被口罩与白帽子所遮蔽，一眼望去，看不出任何人的特征。忽然，有一个白大褂说了句什么，其他人纷纷应和。司机踩下制动，汽车缓缓停在路边。白大褂逐一跳下车，又半开玩笑似的，把司机拉到空阔的路上。在杂乱起伏的方言声里，一群人不知所往。没有人关门，车门就这样两向敞开，任凭晚风检索它内部的担架床。

不知什么时候，她醒了过来。月亮已升起，往枝梢上镀了一层银翳。四周是意味深长的静谧，间杂一两声鸟鸣。有一些年，她持续失眠，时常在半夜加倍细心地谛听那些寂静。她从车后座翻出一件长外套，裹在身上。沿着路一直向前走，她感到一切都是似曾相识的，她以前一定来过这个地方。随着记忆长出细茸，她的大脑里存储时间的部分暗暗发痒。她蓦地意识到，自己正走在一条无人能二次踏上的逆行之路上。这条路与时间相关，她一边走，一边重新变得年轻起来，难怪身体在这样的寒夜也能保持轻盈。她又是一个女孩了，也许刚成年不久——羞涩、茫然、对未知怀有期待，每一次对未来的想象都多少带一点祈祷的成分。

草长得那样密了。由于长久无人打理，草茎异常粗犷，不均匀地卧在野路上。草丛里有一排闸机，走近看才发现废弃已久，有的因堵锈而卡住了。女孩尝试几次，才找到一个能过的口子。女孩碎步穿过草坪，迫切而沉浸地，以至于露水沾湿她长外套的下摆都没察觉。夜色那么美好啊，她在心中反复决意，要把这一晚永远记住，无论过多少年都不忘记。接着，一股不知由头的感伤涌上来，连她自己都说不清原因。

在一座几乎看不出原型的棚屋前，一个中年男人等候着她。男人的个子很高，穿一件深色羽绒服。女孩看他很眼熟，却一时说不上来在哪里见过。或许他身上有一种职业气质，医生、侦探，看上去是一个可以在迷惑时问路的人。然而，当她久久凝视他时，忽然认出了他的身份。

女孩说，季小鹏，原来是你，你怎么老了？

男人笑了，呼出茫茫白雾。他说，我们上一次见面，还是1997年。

女孩说，你记错了，是1996年的夏天。我坐在你房间里，天热得不行。我太想哭了，说不出话来，你给我吹了一段口哨。

男人说，我一直以为是1997年。

女孩说，不是的。我经常回想那时候，每一个细节，每一个被固定下来的瞬间。当时电视里在放《我和春天有个约会》，那是1996年首播的，你记得吗？我还学了里面的歌……人人想过好光阴，家家有本难念的经。

男人等她继续唱下去，但她停下了。男人问，你现在还画画吗？

女孩摇头说，有意思的事情太多，我不在乎了。

男人说，你和以前有点不一样。

女孩大笑，原地转了一圈说，我小时候很矮。你看，我现在长高了，就和普通人一样。

男人说，再也没人敢欺负你了。

女孩忽然想起什么似的，问，为什么我们年龄差那么多？我们还在一个时代吗？

男人说，不在，我们早就不在了。

女孩问，那你回来干吗呢？

男人一愣，仿佛他还没做好回答的准备。他犹豫地开了口，答案缓缓到嘴边。他说，告别。

女孩理解似的点头，郑重地说，谢谢你特意来一次，你还有什么要告诉我的吗？

男人说，一个人并不能真的明白自己经历过什么，有时候要花很多年，才稍微意识到一点点。哪些事情重要，哪些事情不重要，在漫长的一生中，他在意的东西往往是看不见也无法讲述的。你不知道，我们小时候的那次见面，对我后来的生活有多大的影响。

女孩说，我也是。每次想到你，就觉得世界上还有一些好的事情。

他们忽然抵达了一种尽头，落入超越语言的空间缝隙里，两人都沉默下来。无垠的星图在他们头顶显现，遥远的星光短暂地充盈他们的视野。男人想起中学物理老师讲过，在一个无限扩张的宇宙中，所有星系都在以一种超光速的速度彼此远离。它们发出的光，也永远无法真正到达地球。所以，他们站在这里，见证的不过是一场光线逃逸的过程，而他们所感知到的黑暗才是不朽的。尽管如此，在时间的秩序之外，在错综复杂的命运交轨之间，这一刻仍然使他们震撼。

原载《江南》第2期

九重葛

邵 丽

一

她是个闲不下来的人。她不停地擦拭房间里的物件，每一件东西都纤尘不染。她不停地拖地，木地板已经有了明显的深浅不一的凸凹。她一遍遍地重新摆放柜子里外的器具，那些器具本身已经排列整齐，如同久经训练的列兵一样。清洗床单和每天换下来的衣服。她一个人的家，衣服洗了又洗，床单至少得用够一个礼拜吧。每天分配给清洗卫生洁具的时间更长，这是一项比较复杂的系统工程，频繁地更换一次性手套，使用三种工具：擦洗坐垫的一次性消毒湿巾，彻底清洗马桶内侧的洁厕灵和软毛刷，擦洗马桶外侧的一次性小毛巾。

她一个人的家，这些能令她身体处于活动姿态的活儿实在少得可怜。

还能干些什么呢？

干完这些事情，她换掉工作时的全套衣服，扔进专用的小洗衣机里，打开淋浴器清洗自己，然后换上干净的衣服。

她不睡懒觉，六点半准点起床。早餐很简单，牛奶加速溶麦片，一个鸡蛋、一片加热的面包片蘸蜂蜜。

差不多上午八点钟的样子，她便做完了所有要做的工作。

余下的一天要干什么呢？

不知道从哪天起，她开始不喜欢看电视。她觉得电视开着像是和许多人共处一室，一点隐私都没有，那些人那些事儿，会让她心烦意乱。她会随意翻看一本书，但只能看三四页。现在的书往往字号太小，她不允许眼睛太吃力。她闭上眼睛呼唤小度："小度小度，放一首《蓝色天际》。"小度说："好的主人，现在为您播放班得瑞的《蓝色天际》。"音乐响起，她有片刻的松弛，像踩着沙滩慢慢沉浸到海水里，边听边在屋子里走来走去。音乐声慢慢淡下去，她像从潮水里抽离出来，焦虑开始袭扰她。

她的一天很难熬！

她的一年很难熬！

她今年才五十二岁，做了一辈子小公务员。两年前她以心脏早搏的理由申请病退，获准。她不知道自己还能活多少年。如果是秋天，如果是阴天下雨的日子，她愈加发愁，余生该如何度过？她恨不得吃一种药，睡上一觉，十年二十年就过去了——但未必是死，未必是自杀。即使她对再也醒不过来也毫无畏惧——她真的试过两次。第一次一次性吃了十片催眠药，除了有点困意，其他基本没什么反应。她给自己加了十粒，一次二十粒，虽然睡过去了，但不到两个小时就醒了过来，再也没有一点困意。后来她看手机新闻里说，一个想自杀的人，吃了一百片安眠药，睡了两觉，起来没有任何事。事后还特意给药厂写了感谢信。后来她想，一个人要真的想睡过去，至少得吃一千粒。那一段她像得了强迫症似的四处求人，真的弄到了十瓶。她看宝似的看着那些贴着蓝色商标的小白瓶子，不知道自己究竟要干什么。

我只想睡过去，可能并不想自杀啊！

她是独生女，父母都是解放战争时期的干部。母亲四十多岁才生了她，父亲比母亲更老。等到她也四十多岁的时候，父母已经先后不在了。他们都是年龄大了，无疾而终。

慢慢地，她成了个孤儿。尽管她受过完备的大学教育，喜欢读文史哲书籍，这丝毫不影响她成为一个孤儿——虽然从法律上讲她已经超龄，但她执意这么认为，而同时也觉得这个想法并不违法。

父母是老死的，虽然她伤心了好一阵子，但是她接受。她只是常常心神不宁，不知从哪一天开始，她不能让自己闲下来，闲下来就会变得很沮丧，心情受潮似的湿答答的。每天早晨起床情绪就很低落。她穿着旧而宽大的袍子，站在二十五楼的窗前往地面张望。远远近近的道路上，车流涌动，争先恐后，像一群蚂蚁。这样的情景周而复始。她觉得生命毫无意义。

每天她至少要洗两次澡。晚上清洗干净自己，坐在干爽而舒适的床上，冥想一会儿。其实除了忧愁本身，她并没有什么值得忧愁的事情。活着也还好。既然活着还好，她又因此而恐惧：人会不会睡着了就再也不会醒来？毕竟，她还是有些事情在心里搁着。

她是这个城市的原住民。父母给她留下的，加上她自己的，共有四套房产，都是在最好的地段。这在一座特大城市里，每个月收到的租赁费就是个大数额。卡上每个月增长的数额令她不开心，多金于她而言也是个不小的压力。

病退前，她总觉得身体不适。查来查去，身体真的没什么器质性病变。来得多了，后来医生还是给她开了一种药，她看了说明书：主治抑郁症。治疗伴有或不伴有广场恐惧症的惊恐障碍。她有点生气，我好好的一个人，怎么会有抑郁症？医生好言相劝，说如果没有这种病,吃了并不会有什么副作用。她出于好奇,实在忍不住取出一粒药片,把它分成两半,然后再把其中的半片分成两半。医生让我吃一片,我吃四分之一片,也可能会有传说中飘飘欲仙的吸毒的感觉?她吃了四分之一片,然后索性又吃了另外四分之一片。她看着剩下的半片在她眼里慢慢模糊,困意快速袭来。那天晚上她睡得很安稳,真的安稳。早上醒来她没再起来看楼下的蚂蚁,而是坐在床上哭了。我?患抑郁症了?

但她拒绝继续服用那种药物,她认定自己没病。

也就是三两年的工夫,她懒得再去逛商场;偶尔去一次也只是胡乱地看看,她什么都不买。那些很正式或者适合聚会时的正装、礼服,她完全没有兴趣。

她没有场合。

她吃得不多,口味淡到可以白灼青菜不放盐。她的食物链也仅仅满足活着的最低需要。

如果不是疫情管控,她每天都会在附近的紫金山公园走走路。一位女大夫告诉她,你身体很好,瞧你苗条而匀称的身形,说明你的身体没有什么器质性问题,加强锻炼会更好呢。她喜欢听这话,也喜欢放大它。我就说嘛,我没什么病!她相信这个女大夫的话,强迫自己喜欢公园和太阳。太阳光里,她的心真的就明朗起来。太阳补足了她的钙,太阳会把她照射出一身微汗。她想着这种温暖和照耀,心里就有了一点快乐了。她张开手站在太阳光里,觉得自己就是一株禾苗,一棵占地不大的树。

疫情管控之前她家里来过一个男人,他们是在公园里认识的。男人不知道是怎么知道她的住址的,这让她很恼火。他捧着一盆开得正盛的九重葛,郑重得有点不合时宜地说道:"我自己培育的,已经长了三年零五十七天了。你看,牌子上写的有幼苗的日期。"然后又补充道:

"它特别好养,很泼皮。"这是一株木本植物,树干有人的大拇指粗,巨大的树冠把那人的上半个身子和头脸都遮住了,他在树的缝隙里和她说话。那么老大的一个盆子,得有二十多斤吧? 他一直抱在胸前,像抱着圣物。她终于不忍心地说:"你放地上吧! 就搁在门口那儿。"

他说:"早晨收拾园子,看它开得正好,想着送来给你做个伴儿。红红绿绿的,养眼。"他支叉着手,神情试图说服她,我该给你搬进屋子里找个地方安置好。

她看懂了他的心思,说:"不,就放门口边上。我说不准会花粉过敏。"

僵持了老大一会儿,气氛非常尴尬。她就那么堵在门口。他抱着花,手上沾满了泥土,头上的热气把几缕头发都汗湿了。后来他坚持不住了,终于把花靠着门口的墙边放下。她看了看他,犹豫了一下说:"你别动,我拿水给你。"

她提出一大桶"农夫山泉",她平时做饭用的水。另一只手拿了肥皂。她指了一个地方,就给他在步梯口冲手。水顺着楼梯缓缓地跨着台阶,弯弯曲曲地不知道要流到几楼去了。她前后让他打了三次肥皂,嘴里不停地说着:"手心、手背、手指间⋯⋯"一桶水终于洗完了,她说:"你别动。"

她反身回屋子里拿出一条半干的毛巾递给他,让他浑身上下都抽打一遍。一切似乎可以结束了。可他眼睛看着那盆娇艳的花,并没有要离开的意思。她几乎是被逼无奈地取来一双鞋套,给人开了半扇门。人是进来了,她却堵在玄关处,拿一桶消毒喷雾剂,把他上下喷了个遍。然后指着卫生间说:"你去洗手吧。"

那人宽厚地笑了,再去洗手间用肥皂仔细洗了手。等他出来,发现沙发上特意铺了一块干净的罩布。他知道那是他的特定位置,便轻手轻脚地走过去,乖乖地坐下了。她端了一杯白开水给他。他又笑了,说:"这杯子……不是一次性的,可以用吗?"

她说:"没关系,你用完我会消毒。"

那天那个男人在女人家里坐了十来分钟,喝了一杯水,几乎没怎么说话。他自己着急走是因为内急,女人的卫生间他是不敢奢望使用的。

过了几天,女人突然打电话给他。他们互留电话号码已经差不多半年了,一次都没用过。女人在电话里说:"若是方便,可否再劳烦你一次,把花给我搬到客厅窗下的台子上。"

他记起,她家的客厅是落地窗,窗台很宽。设计师说不定就是留着给人养花用的。

二

女人姓万,单名一个水字。她父亲姓万,母亲姓水。她叫万水。小时候躺在妈妈的怀里撒娇:"你和爸爸走过千山万水。我要是有个哥哥就好了,可以叫万山。"

不过是一句娇昵的话,可母亲的神色却立刻暗淡了。吓得她从此再不敢浑说。

万水每天上午都准点在公园散步。她练过芭蕾,学过游泳,对文学还多有喜爱,自认为年轻时还算个文青。即使现在她也气质出众。她头发剪得很短,身材偏瘦,脊背挺得倍儿直,走路像风一样快。很多初识她的人都忍不住会问:"你当过兵吧?"她咧嘴笑了,笑起来模样还是很耐看的。她说:"我爸妈都是军人出身,我也是在大院里长大的。他们打小就对我军事化管理呢。"

"大院"这个词儿,有一股神秘的横劲儿,可于她而言,不过是外强中干。其实没人知道她要用多大的毅力才能在这里快速走动。她恐惧着、焦虑着，不能停下来，停下来仿佛会死。她不怕死，可又不想死。这让她很纠结。可这种纠结同样又让她觉得自己有问题：不怕死又不想死，不正是军人的特质吗？不怕死才能勇敢地上战场，不想死才能凯旋。你纠结什么呢？

她散步的时间点常常会遇见一个和她岁数差不多的男人。男人的衣着基本上算是体面的，中等偏上的个头，微胖。和她不一样，他总是悠闲地踱着步子，不是八字步，他走路的模样倒像是个学者。万水从他身边走过，目不斜视，从不看他一眼。有一天她发现男人的速度也快起来，在距她五步左右远的地方跟着，她走了三圈都没甩掉他。到了第四圈，她回头挑衅地看着他，目光凶狠地问道："你想干什么？"她看看天上的太阳，差不多十点半钟。这个时间，是一天中最安全的时段。

男人冲她一笑，是那种善良温厚的笑。他说："你调动了我的积极性。跟着你的步子走，人会变得很起劲。"

她很久没看见这么纯粹温厚的笑容了。她还看到他干净的手和修剪整齐的指甲。嗯，还行。她在心里暗暗说。虽然这个"还行"不知道是指男人还是他的跟随，反正她居然默许了。打那天开始，他们就变成了两个人一起走。没人会关注到他们，别人也许会想，不过是一对平常的夫妻。

大概一个多月后，她突然缺席了。男人算着，快半个月了呢。

她终于出现的时候，好像大病初愈般的虚弱让男人吓了一跳。她面孔显得虚白，走路的速度显然有些慢了。走了一会儿，她出汗了。她冲他不自然地笑了一下，寻了个向阳的椅子坐下来。男人又走了一圈才过来。两个人坐在同一张长椅上，中间隔了很远的距离。她主动说："病了，急性阑尾炎。小手术，还是挺竭力的。"

这是他们第一次正常说话。男人说："我就说是病了，否则你这样严谨的作风，不会无端缺席的。"看她不说话，然后又道，"人不服老不行。身边一定多留几个人的电话，否则遇着什么事求救都困难。"

他的语气带着诚恳的关心，一点虚头巴脑的东西都没有，仿佛这一阵子他是挂牵她的。万水心里有一点感动。她说："你呢，怎么也总是一个人？"她是个不习惯打听别人隐私的人，从不。问了有些后悔，脸上现出愧色。

男人反问道："你呢？"

万水说："我是个独身主义者。"她不知为什么隐瞒了之前的婚史。她曾经结过婚，勉强过了两年。头一年也还好，第二年他生病了，胃食管反流。这种病怎么说呢，说不严重也不算严重，不影响上班，也不影响社交；说严重也算严重，睡觉都得在身下垫一个三四十度的支架，半躺半坐着睡。每天晚上想抚慰他一下都得爬到他那斜坡上去。细心照顾他一年多，不但没有好转，反而更加严重。床前百日无孝子，夫妻也不行，何况她是一个超级洁癖者。这一年多下来，什么情啊爱啊性啊，磨得比纸片都薄。后来丈夫被姐姐邀请去美国治疗。他们也都想松口气，很快他就过去了。他适应那边的环境，医疗也很有成效，一来二去就移民了。丈夫也诚心邀请她一起过去。那时她的父母都还健在，她拒绝了。

再过一年，丈夫提出离婚，说这样长期分居对两个人都不公平。她反而松了一口气，像卸下了一副盔甲，感受到异乎寻常的自在。她买了一个四寸的小蛋糕，点上蜡烛，悄悄庆贺了一下。一别两宽，各自安好。从此她再不肯走进婚姻了，她喜欢一个人过日子，任何时候去看爸爸妈妈都不用顾忌其他人的感受了。爸爸妈妈一如既往，像疼惜一个小娃娃一样爱她。她在他们身边的幸福横无际涯，不需要揣测彼此的心思，不需要顾忌彼此情绪好坏。父母全心全意地陪伴着她，一直到他们一个个撒手。

她变成了一个纯粹的自我，越来越自由，也越来越自闭。上班的时候还好，每天能说上几句话，全是工作上的事情。后来退了休，便几乎与世隔绝了。她没有男朋友，女朋友都没有。

男人说："独自习惯了，一个人挺好。自在。"又说，"我老伴走了。"他迟疑了一下还是说了出来，"是那种不好的病。两个儿子都在美国，念书念的年份长了，就入了籍。我去住过一段时间，原本是要长期住在儿子们身边的。可他们都忙得聊个天的工夫都没有，一个星期陪我吃顿饭就不错。我每天一个人闲逛，逛着逛着就又逛回来了。还是国内舒服，亲戚朋友都在。"

"你会做饭吗？"

"我儿子给我请了个阿姨，一天做两顿饭。"

万水发现，她不太抵触这个男人。

两个人说了一阵子，到了饭点，就各自散了。等再见了，就觉得自在了许多。走路却依然是一前一后，几乎不说话。一个走累了，老地方坐下来。另一个也坐下来。一切都是自然而然。有一次，男人介绍自己说："我是个搞林业的，大小也算个专家，刚退休。单位返聘，我儿子不让。可总这样闲着也不是个事儿，正琢磨着找块地自己种点啥。"

对于这么庞大的话题，万水没有准备，或许是没有如此大的精力讨论，便随口说道："我是个耗日子的人。"

男人说："我家的阿姨今天休息，中午我可以请你吃饭吗？"

万水怔了一下，随即羞红了脸，她说："我从不在外面吃饭，我……"

男人说："我明白了，你爱干净。"他没用"洁癖"这个词儿，觉得这样不尊重人。然后他掏出手机找出自己的二维码，站起来远远地伸向她："都认识这么久了，我们加个微信吧。"

她也立即拿出手机，朝他笑了一下。男人明白，她是想弥补她的歉意。

男人加了她的微信，说："你的名字叫万水，可真好听。你的朋友圈怎么什么都没有？"

万水说："你叫张佑安。你妈一定只你这么一个儿子，要诸神护佑你平安。"

张佑安笑道："如她所愿。"

"哎，你的朋友圈简直就是个植物园。"

那阵子万水的心情好了许多，手术后的身体也在慢慢恢复。本来嘛，阑尾炎微创就是个小手术。晚上她躺在床上，会翻一翻张佑安的朋友圈，了解一点花草的知识，木本植物和草本植物的养护方法等。但他们彼此没有联系过。

张佑安有好一阵子不上公园来了，也没和万水打个招呼。万水自然是不会问的。她在他的朋友圈上看到，他在黄河滩上租了几十亩地，还建了一座小木屋。有一张照片是他赤着脚在泥土里栽种什么。想必这就是他琢摸的一块地了。

那时候麦子刚刚收完。后来又下了一场千年不遇的暴雨，这个干旱的北方城市竟然淹死了不少人。地上都是大水袭击过后留下的创伤，她觉得遍地都是细菌。万水的心情突然又低落下来，她不再出去走路，一个人关在屋子里也要不停地洗手。再后来，疫情复起，城市静默，楼下的街道空空荡荡，她再也看不到成群结队的"蚂蚁"。不过，并不是因为这个，屋子外的一切和她似乎都没有关系，即使不静默她也不到任何地方去。她只在夜深人静的时候出去倒一次垃圾。她干任何事情都是静悄悄的，邻居们以为她来去无踪。她的家是一座空屋。

后来她连朋友圈也不看了。窗台上的那盆九重葛懒于浇水，竟然越开越盛，艳得让人心惊肉跳。那花团锦簇的热闹繁华，仿佛是她的一团幽梦,被悬置在一个肉眼可见的世界。

  原来姹紫嫣红开遍,似这般,奈何天……她索性关了屋子里所有的灯,在灯火璀璨的夜色里,分不清什么是什么。

三

  万水每天只等夜深人静,已经听不到一点声音的时候才悄然打开房门。她戴着一个黑白格的洗澡用的塑料浴帽、N95口罩,裙子外面套了紫色的雨衣,脚上也是绿色的半长筒胶鞋。垃圾袋套了三层,她唯恐在电梯里留下垃圾的味道。其实电梯里是充满异味的,尽管排风扇一直在吹。所以,倒垃圾对她是一种巨大的挑战。她不想被人发现,只是轻轻的一声门响,楼梯间的感应灯就亮了。她看见了一个奇迹,原来放那盆九重葛的地方,并排放着两个墨绿色的方形塑料盘子,一盘是清水养的韭黄,另一盘是泥土养的芫荽。一黄一绿,在静夜的灯光照耀下煞是好看。黄色的像小鹅苗的毛,绿色的像海底史前植物。她看了再看,竟然一片残叶都没有,旺生生地鲜嫩着。

  她丢完垃圾回来,那两盘东西仍然还在原地待着。她弯下腰又去看,第一次不嫌弃地嗅了嗅韭黄和芫荽的清香。恋恋不舍地关上了房门。她重新洗了手脚,躺到床上,准备关机睡觉时却发现有一条未看的微信消息。她吓了一跳,她的手机从来不曾接到过微信。她颤抖着打开,原来是张佑安两个小时之前发来的:"万水女士您好,这是我种植的两盘盆栽,没有使用化肥和农药。知道你忌讳外面的细菌,特意清洁后,委托小区的门卫师傅给你送至家门口。长期居家,叶绿素少不得,希望你尝尝我的劳动成果。如果你实在担心,就放在窗台上权且作为风景观赏吧。"

  两个小时前?他怎么不敲门呢?估计是发了微信我没回,害怕打扰我。可是，我很少看手机呢！她想回复一下，可老半天不知道该说什么。后来下床拿了干净抹布，打开门去，仔细擦拭了已经很干净的塑料托盘。托盘很轻，也很精致，可见他的用心。她小心地把它们放在窗台上，收拾干净重新躺在床上。百度了一下，韭黄可以用剪刀剪下来食用，留下根部，每天换清水，仍然可以生长。至于芫荽，她知道的，小时候妈妈在院子里种过。只掐苗尖，不伤着根它就有重新生长的能力。她那天抱着手机就睡着了，嘴里一夜都含着芫荽的清香。第二天醒来，她发现昨晚没服用安定。难道这两种植物有助眠的作用？

她解冻了一条冰箱里为封控备着的黄河鲤鱼，去了鱼皮，只取两边鱼脊上的精肉。用刀背拍碎收在玻璃碗里，放一点生抽和料酒腌着。然后和了一团小麦精粉饧着。最后拿剪刀小心翼翼地剪了一把韭黄，摘了一撮芫荽叶子。

万水把鱼骨头放在清水里炖上，盘一棵小葱放进汤里，再放几片姜，两勺白胡椒。水滚开后改成小火，慢慢熬，像熬着自己的日子。

韭黄细细地切了，放入腌好的鱼肉里拌匀，淋一点小磨芝麻香油。面饧好了，拿出来揉了，揪成小面团，一个一个地擀成圆圆的饺子皮。包饺子要快，好把韭黄的清香锁进面皮里。氤氲的水汽里，妈妈笑吟吟地说着话儿：妞妞，擀皮要让小擀杖摇着面饼自己转圈，中间厚四圈薄，这样包的时候可以用力装一兜菜，馅大皮薄。那时，她也就是十二三岁的光景……她一瞬间真的看见了妈妈，幸福得眼泪都滚出来了。

一群白鹅似的饺子煮好了。先给妈四只，再给爸六只，爸吃得比妈多。她自己盛了总有十几只，一口气吃完才品出鲜味来。鱼汤已经熬得浓浓的，她捻一撮子芫荽放在空碗里，然后加入沸汤，一口一口地慢慢品。妈在叮嘱，妞妞，好好儿活着，如今日子多好啊，想都想不到的好啊！妈妈行军打仗那会儿啊，饿得地里的生土豆带着泥挖出来,来不及擦干净就往嘴里送。困急了几个人就拿绳子一个一个捆成一串,走着路就能睡一觉。妈这一辈子啊,啥安眠药都没吃过。饿了张口就吃,困了倒头就睡。那时候,爸常常批评妈,好好个孩子,怎么就给惯成个豌豆公主了?

她吃饱喝足了,太阳正好照进屋子里,她就在西窗下的餐桌上盹住了。妈和爸好久没唠叨过她了。

她被秋后的太阳晒得暖暖的,有一种死而复生般的庆幸。

本来想给张佑安回复个微信,后来想想,还是给他打了电话。她在电话里说,韭黄馅的饺子太鲜了,好久没这样吃,撑着了呢!那声音她自己都有点吃惊,竟有点撒娇的意味。可不,中午盹着那会儿,跟着妈妈包饺子,也就是撒娇的年纪嘛!她到这会儿还没从那梦里回过神来。

张佑安说:"终于敢和我聊天了,不怕电话里传过去病菌吗?"

万水在这边也笑了:"我待会儿打完了,会用酒精棉片给手机消毒呢。"

又一天,到了晚上七八点钟,万水又想着打个电话过去。正迟疑着,张佑安却打了过来。她内心禁不住一阵欢喜。接了电话唠唠叨叨说了许多废话,看了什么书,吃了什么饭;九重葛生命力可真顽强,试验了一回,一个礼拜没给喝水,人家越发开得烈火红颜。絮叨完了自己,然后终于问道:"你呢,你一天都干些什么呢?"

张佑安说:"我在黄河滩上培育苗木呢!连口罩都不用戴,一面坡下就我一个人。"

"一个人好!"她向往地说。

张佑安说:"我种了三十棵本地老玉米,快长熟了,到时候新鲜玉米可以烤了吃。不过,你在家里可烤不了。"

万水说:"怎么烤不了?我有电烤箱啊。"

"用烤箱烤？"张佑安想了一下，"对对对，用烤箱是一样的。"

"我明白了，还是炭火烤的好吃。"万水脆生生地笑道，"我倒像是争吃一样，好馋的嘴。"

后来就分不出谁给谁打了。她似乎也不在意这个了。开始聊半个小时，慢慢变成一个小时，后来时间刻度就消失了，有时竟然聊到深夜。前三皇，后五帝；山之南，海之北。反正，一个小小的话头，就会放大成一个话题。

四

张佑安的老家是农村的。他爹要强，也是个能人。烧砖烤瓦、养兔子编筐，反正是个"闲不住"。他家住在黄河边，蒲草苇子铺天盖地地疯长，人家晒太阳唠嗑的工夫，他就能织一张蒲席，趁天黑偷偷拿集市上换两块钱。张佑安上面是三个姐姐，他爹让四个孩子都上学。张佑安念高中那会儿，恢复了高考制度，他的三个姐姐先后考上了学。后来改革开放了，他爹承包了村里的砖窑。他爹不让他管家里事儿，摁住他的头一心只读圣贤书。果不其然，张佑安考上了县里的状元，上了北京林业大学。

有一拉溜儿四个大学生 —— 那年头考上个中专也叫大学生，其实他三个姐姐都是中专生 —— 撑着，他爹的胆子更壮了。一口窑变成六口窑，后来摇身一变又成了砖瓦厂。土地承包后，各家的地各家种，粮食亩产一下子翻了几倍。村后的张存有家种了苹果，一年收成抵三年粮食。大家都改种果树，因为离城市近，很快都赚了钱。张存有家盖了四间瓦房，用的都是他家的材料。村后的张大嘴经常往城里跑，房子晚盖了两年，从城里拉回了预制板，盖成了平房。张佑安他爹背着手转悠了两圈，给自己的砖瓦厂增加了预制板业务，他家头一个住上了三层小楼。村里家家都学样,砖和预制板生产多少都不够卖。一时之间,张老板成了闻名遐迩的人物。

有人通过张佑安的姐姐,给他介绍了一个对象。是乡干部家的闺女,在县里念中专。他姐说长得好看,又是她们单位一个小领导亲自介绍的,也算知根知底。找个干部家的闺女,还有自家闺女政审,他爹当然喜欢得不行,假期便让俩人见了面。银盆样的一张大白脸,喜眉笑眼。有那么厚实的家庭背景和超强的女性特征,从未谈过恋爱的张佑安哪还有还手之力?一下子便被弄晕了,好似任她宰割的羔羊。见了没两次,女孩就主动跟他亲嘴。她比他懂得还多,拉了他的手从衣服领子塞到两个大奶子上。后来也是她先脱了衣裳。事情一下子就完了,他惭愧得不行,有些不知所措。姑娘安慰说,不碍事,慢慢就好了。

俩人行的好事儿,都被张佑安他娘在窗子外头偷听到了。这也是他们那里的风俗。待他们出了门,他娘就挤进屋子里看。床上脏污了一片,却没见红,登时就愣了。当即就去找媒人。媒人说,生米已经做成熟饭不啥都晚了,你儿子一个大学生,把人家动了,咋还敢说反悔?他娘一路哭着回来,把儿子拉到自己房里斥责了半天。张佑安完全不懂这些事情,改天再去审那姑娘。姑娘说是之前定过亲的,谈了三年,后来她考上学了,那对象没考上就散了。再问,说是在学校还谈过一个,谈了两年,那个人考研走了,就和她分了。她话说得云淡风轻,他却听得电闪雷鸣,死的心都有。事已至此,别无良策,便咬牙切齿地追问致命问题:都跟人家上过床吗?他闭着眼睛,只想听到否定的回答。哪怕是假话,也好让他遮遮脸。可人家愣是承认了,理由还很充分。那时候太小,不懂事。不过原本也是想着一起过日子的。张佑安读了那么多书,思政课还是优秀,知道这事儿是豆腐掉到灰堆里,吹不得也打不得,心里别扭得像吃了半只苍蝇。

人家姑娘偏就大大方方地住在他家不走了。白天他还气着恼着，晚上看见她白花花的身子，恨着却忍不住发了狠劲用力。他心里五味杂陈，可这事儿只能砸在自己手里，爹不知晓，娘不敢说，一张又瘦又小的窄脸越发枯黄。好不容易熬到假期过完该回学校去了，这姑娘却说怀上了，让他问他爹怎么办。他这才如梦初醒，知道行敦伦之事还会有后果。但踟蹰再三，还是不肯告诉爹。人家姑娘不管不顾，把这事儿大剌剌地跟他爹说了。直把他爹欢喜得不要不要的，说舍得六门窑不要，也得保住孙子。儿子还差一年毕业，就先上车后买票，那张纸等毕了业再说。办酒席的时候，张佑安托词学校通知紧急返校，便连夜溜之大吉了。他爹安排吹吹打打，待了十几桌客。媳妇自知理亏，压着不让娘家找碴儿。事儿办得倒也圆满。

张佑安大学还未毕业，大儿子就出生了。他爹看着大胖孙子高兴得合不拢嘴，让他姐姐立马给他写信报告这个天大的好消息。张佑安拆开信看了，恨不得一头栽倒在地死了。但事已至此，当了爹的他，毕业志愿只好填上自己的老家，毕业分到县林业局。媳妇在乡医院当护士，他一两个月都不回来一次。媳妇催着领证，他说孩子都出来了，领不领证有啥意义？凑合过行了。

张佑安总不回来，不是个办法。她娘就出招，给闺女找了个偏方。让她去城里找他。他刚到一个新单位，媳妇来了也不敢声张，媳妇倒也贤惠人，买个炒锅，在屋子里弄个小电炉，又是菜又是酒伺候着。两个人挤在单人宿舍的一张小床上，一来二去就又怀上了。那时候计划生育正严格，媳妇东躲西藏，到七个半月上就打了催产素生了一个男娃，孩子放在媳妇姐家养着。张佑安只能认了，把柄攥在人家手里，计划生育超生，她一告一个准。后来是他自己托关系把她调进城里，单位给了两间公房，算是团聚了。可是两夫妻脾气不对付，吵吵闹闹地没有消停过。那媳妇有两个大胖小子垫着，感觉自己翻了身，吵起架来从来不让他。张佑安被逼无奈，复习一年又考回学校读硕士去了，硕士读完又接着读博，假期都不回来。学校都不知道他是结了婚的，介绍对象的还真不少，他都一一回绝了。有一个女同学是真的喜欢他，他也喜欢她，不明不白地和人家暧昧了两年。那女同学认了真，死活要跟他结婚。他眼看躲不过去，才说了家中的事。女生哭着说她不在乎。他也想说不在乎，可儿子都那么大了，你不在乎？爹在乎，娘在乎，全村子几千口子人在乎！女生一把鼻涕一把泪哭了几次，到底没把长城哭倒，一气之下赌气嫁给了别人。

他博士毕业选择回到省林业研究所。媳妇一直在县上，想吵也够不着。两个儿子在父母的吵闹声里长大，学习倒是争气。老大大学毕业后考到美国留学，后来指点着弟弟也走了同样的路。五年前，媳妇患卵巢癌，一直瞒着丈夫。其实是她自己放任，错过了最佳治疗时机，以至于不治。

讲完自己的故事，张佑安说："我的半辈子就是这样过来的。仔细想想我也挺对不住她的，一是自己年轻时不懂事，不该那么冲动。二是之前的事，我也过于计较，儿子都那么大了。"

万水说："是啊，你的确不应该。过去的事，毕竟是你孩子的母亲。"

张佑安长长地叹了口气，然后伤感地说："她拖了两年，我尽心尽力地伺候了两年。她眼看自己快不行了，哭着对我说，自己年轻时不懂事，有今天这个结果，都是因为自己作孽太多。我堵住她的嘴，说自己更不懂事，等她病好了就好好跟她过日子。后来她还是走了，临了拉住我的手说，你伺候我两年，我这辈子就满足了！"

这话让万水在电话这边哭得抽抽噎噎，不知道哭的是他的妻子还是他。

"你想过再找个伴吗？"这话搁过去，打死她也不会问的。

"想过，想尝尝爱情的滋味。但都这岁数了，哪里偏就有合适的？"

她的声音突然冷静下来："也是，婚姻其实挺怕人的，过得不好，还不如一个人来得轻松。"

他问她："那你呢？"

她说："我其实结过婚。我那点事儿，淡得跟白开水一样。父亲战友的孩子，到了结婚年龄，双方父母一指派，就结了。我们俩很友好，像亲兄妹一样。可是亲兄妹也吵架，我们俩比亲兄妹还好，架都没吵过。后来他移民了，我不愿意去，就离了。反正就这些，说是结过婚，其实跟没结过婚一样。过了两年，分开时才明白自己是结了婚的。"

"那后来怎么就一直没找呢？"

"我恐婚，对所有男人都抵触。我和前夫分开时，觉得一下子就放松了。我们俩在一起时，我每天呼吸都是紧张的。医生说，这是我结婚两年一直没怀孕的原因。现在想想男女那些事，我还是会紧张。我觉得跟谁过都过不好。我生不了孩子，何苦祸害人家。"

五

万振山念的是洋学，十几岁就独自去了开封，在学校加入的共产党。大学还没念完，组织就派他回老家信阳搞豫南地区的农民运动。按现在的说法，当年他家就是大别山东部地区的首富。现在红色革命教育基地的第一个农运支部旧址就是他家的宅院。他爹花了几百块现大洋供他读书，读成一个逆子。他回来领导农会分了自家的田，他爹一口鲜血喷了三尺远，当场气绝身亡。他一边料理父亲的丧事，一边对族人说，这就是封建地主冥顽不化的下场。其实背着人他也偷偷给爹磕了几个响头，恸哭了一场。他爹是地主，但不是恶霸；是个秀才，但不是劣绅。他读圣贤书，不娶小老婆，所以就他这么一个儿子。他心里责怪爹，咋就那么想不开呢？田地分给乡民，大家都有活干、有饭吃多好？你这一口气上不来死了，再多的家产不是一分带不走吗？

农民运动开展得轰轰烈烈，国民党也从未停止反扑。他们在强大的火力逼迫下，暂时躲进深山。山上缺粮，他派人给家里带信，让送粮食上山。他娘哭得伤心欲绝，他这个"共匪"家院早已被国民党洗劫毁坏一空。他娘怕儿子饿死，让怀着三个月身孕的儿媳妇出去要饭，要两天攒一筐干粮，亲自背着给丈夫送去。万振山接着媳妇送来的吃食，得知娘一个人在家，藏在夹墙里，不放心，派了个战士送媳妇连夜下山。媳妇怀着身孕，为了给丈夫省一口，两天没吃一口东西，下山的时候腿一软就倒地了，一尸两命。小战士哭着把人背回山上，万振山用自己仅有的旧被褥把媳妇裹了，埋在山上。他趁一个月黑风高夜潜回家中，发觉已经回来晚了。他娘信佛，进夹墙时只带了一壶水，坚持了五天，坐化在夹墙里了。此时的万振山犹如万箭穿心，他亲手把父亲的棺椁打开，把母亲和父亲葬在一起，对国民党反动派的仇恨无以复加。他从此了无牵挂，一心打老蒋。一九三四年，红二十五军政委吴焕先在大别山的何家冲村宣读了《长征出发宣言》。万振山就此北上，那时他才刚刚二十岁。

从此，万振山戎马倥偬南征北战。后来在淮海战役中受伤，在战地医院结识了女护士水纹。水纹比他小十几岁，是个清秀的南方女子。两个人聊起来，都是血泪。水纹的大哥参加过北伐战争，后加入共产党。小哥黄埔军校毕业后曾经随国民党新一军入缅作战，职务高居正师。新中国成立前夕逃往台湾。她父亲是昆明城的爱国绅士，把全部家产都捐给了共产党。一家人却遭到了国民党的血洗，她的父亲母亲，还有怀着身孕的姨娘，无一幸免。水纹当时在教会学校念书，躲过一劫。她哥哥连夜派人把她接到队伍上，她是在马背上长大成人的。

万振山出院后，向组织打报告申请结婚。婚后俩人随部队一路征战,聚少离多,但还是生下两个男婴。当时部队不允许带着娃娃行军,孩子都交给当地的老乡抚养。1949年后两夫妻通过组织寻找,水纹还亲自沿着当年战斗过的路线去寻过,未果。水纹快四十岁才生下女儿万水,当时丈夫万振山已经年过半百。

万水说:"1949年后,我父母一直留在部队。我也是在部队大院出生的。可是因为我小舅舅是国民党的高级将领,后又逃到台湾,他们俩一直因家庭历史问题未受重用。后来我父亲认命,他老了,跑不动了,主动要求回到家乡工作。父亲回到地方上,当过连片地区半个省的副书记。后来两岸关系缓和,我母亲因为与台湾的特殊历史关系,当上了省政协副主席。"

张佑安说:"万水,真看不出,你还是个高干子弟。"

"高干子弟?"万水笑笑,不置可否。

"你看我像什么子弟?"张佑安逗她。

"你吗?"万水煞有介事地说道,"往大里说,像是农民企业家的子弟;往小里说,像是砖厂老板的儿子。"

张佑安笑得喷饭。

万水也开心地笑了,她说:"我们这样聊着,让我忘掉了时间。这封控的日子我简直数着秒熬日子,有个人聊天真好,我给你行个军礼,感谢老张同志!"

张佑安说:"该谢你才对。埋在我心底半辈子的秘密都吐给你了。也算是自我救赎吧!"

万水说:"老张,你想过自杀吗?"

"没有。从来没有。"张佑安郑重起来,"为什么要自杀呢?只要活着,总有一天能把心底的秘密与人分享。之前不说,只是没遇到过合适的人。要是什么不说就死了,那不等于我白活了一生?"

万水说:"我倒是想过许多遍,但就是没有自杀的理由。如果有,那唯一的理由就是活着没意思。我父母都活到八九十岁，一天天地为活着而活着。他们只有我一个女儿，我又没给他们生下个后代。你说，他们的内心该如何孤独？"

张佑安说："那是你替他们孤独，你怎么知道他们内心想些什么？他们身经百战、枪林弹雨都过来了。生死置之度外后地活着，那心胸和境界不是我们普通人所能够理解的，否则怎么能活那么大岁数？现在的人太脆弱了，都是享福享多了。"

"你这是在批评我矫情。"她嗔道，"你整天这么乐呵，是真的快乐吗？"

"快乐有多解，我忙碌，怎么样都是一天。"张佑安的情绪突然高涨起来，"我忙得很呢！伺候土地，兹事体大。我租了六十亩河滩地圃育苗木，一个人，干一天活，吃点土里长出来的新鲜东西，倒头就睡，那才是天人合一！哪还有心思想什么死不死的！"

"哎，说说你的小木屋呗，那里都有什么？"

"有一间厨房，是我用来做饭的地方。有一间客厅，其实是我吃饭喝茶的地方，我还真没接待过客人。还有一间卧室，卧室里有个卫生间，是我如厕洗澡的地方。虽然我委身土地，可是一天必须洗两次澡。我在泥地里干一天活，不洗澡可不行，我也努力做个爱干净的人。"

万水说："不许嘲笑我！"

"我的卧室里有一张大床。人老了，劳累一天，喜欢睡得舒展一点。我躺下，就像一个'大'字。万籁俱寂，我觉得全世界都是我的。"

万水心里想，要是每天白天晒晒太阳，晚上躺下就能睡着，她的世界可能也会好一点。她说："这日子，真让人羡慕嫉妒恨呢！你像个古代的隐士一样，过着陶渊明的日子，你是自己的王。"

张佑安说："每个人都是自己的王，看你选择怎样统治自己了。"

万水笑道："哲学家！你和第欧根尼只差一个木桶了。"

"黄河滩里遍地都是黄土,你可有勇气来参观一下?"

"当然可以!我有帽子口罩,有雨衣,有胶鞋。我不是每天都去公园走路吗?"

六

封控的日子大街上寂静无声,只有一城的灯光在闪烁。万水也不想再让自己的日子那么清冷孤寂,她打开所有的灯,一个房间一个房间察看自己所拥有的,一时之间竟觉得它们都是那么中用和可爱。然后,她关了灯,坐在洁净、干爽、温软的床上,开着窗帘,看外面的七彩流光。如果世界末日就是这样多好,她的床就是方舟。她被光托着飘着,飘到哪里是哪里,她不管不顾了。

上帝给她打开了另外一扇窗,她的世界再也不是封闭的了。关了灯,她每天和一个人悄悄说话。他在说:"我和那个女同学说了家里娶妻的事情,她说她不在乎。她长得不十分漂亮,可是她眼睛是亮的。有学养有教养的女人,眼睛里都有神采,她们能把握自己的命运,因此活得自信。我们俩在一个小西餐厅里坐着,外面下着大雪,玻璃窗里看着,灯光里的雪花和枯枝上的树挂像是油画。开始喝的是咖啡,后来换了茶,再后来换了一瓶红酒。女同学点的,为了不让她喝多,我自己却喝多了。女同学把我领到她的宿舍,她脱了衣服钻到被子里。我坐在小沙发上。我很困,我喝了红酒容易犯困。后来她光着脚下来,把我拉到床上去了。我穿着外套和她并排躺着,开始是装睡,后来就真的睡着了,一直睡到天亮。或许离天亮还有一小会儿,我起来悄悄地走了。我知道她醒着,可她没说话。"

"哎哟,穿着衣服?穿着满是病菌的衣服躺进别人的被窝,天呀,她怎么肯?"

"我太困了。"

"那，你一定也是爱着人家的，对吧？"

"不能说是爱吧，是有好感。"

"我喜欢简单明快的女人。"他补充道。

"也许你自己不知道，也许你是被自己的妻子孩子所羁绊。我觉得你一定是爱她的，否则，你不会跟她回宿舍。"

"我喝醉了。"

"还不敢承认。"

"一定爱过！"

"真没想过。"

"好吧，你说有就有。"他想很快结束这个话题，"你不高兴了？"

她突然羞愧起来，着急辩解，"我哪有不高兴？你胡说八道什么，我怎么会为不相干的人和事不高兴？"她嗔怪道。

"看看，我就知道你不高兴了！好吧，既然不相干，往后就不说了。噢，对了，我种的麻叶海棠开花了。花是一串一串的大红，叶子阔大，叶子上的麻点都是漂亮的。哪一天我送一盆给你好不好？"

"我喜欢玻璃海棠，肥厚的叶子跟翡翠一样，花是正红。它是最干净的植物。我还喜欢栀子和茉莉，它们的漂亮就是干干净净的那种。"

"那这两天我想办法送一盆给你。不过，我悄悄放你门口，在你那儿洗手消毒太麻烦了。"

她恼起来，"哼，你想说什么。与你那衣服不脱就可以让进被窝的女同学比起来，我确实有毛病对吧？"她竟然真有点生气起来。

"你这人，我们不是聊海棠花吗？"

"海棠花我也不要了，我又不请你喝酒，喝酒的人，醉了醒了，她们才关心海棠花，关心绿肥红瘦啥的。"

"你这人，我不说你非让我说，亏你还是学哲学的，当你能正视自己历史的时候,你就差不多忘掉它了。"

"可是,我不能正视。因为我没读过博士,我只是一个学过几年哲学的女人,又枯燥又乏味。眼睛里面又没光。"

"我都放下三十一年了,你只是听听就放不下了。"

"还说不上心,连三十一年都记得这么清楚?"

"我投降,你可别生气。你想听点什么咱们就说什么。"

"你这是在责怪我吗?哎呀呀,我真的是多事了,对不起对不起,此处应该有道歉。"她脸红了,突然清醒自己在无意识间又犯了个大错误。

"我是个好人。"他在电话那端憨厚地嘿嘿笑道,"只是证明自己是好人不容易。"

那天晚上挂了电话,她真的有些惭愧,自己是不是强迫症又犯了,人家的事情和自己有什么关系?她后悔不迭,心里躁得慌。忙不迭起来关了所有的灯,吃了一片安定,等到十二点还没睡意。后来觉得不睡一会儿明天会撑不住,又起来吃了一片,开着喜马拉雅听《道德经》,不知道什么时候睡着的。梦里梦外的一时清醒一时糊涂,手机里的声音响了一夜,她也懒得关。

第二天她觉得自己清醒了很多,对昨晚的表现愈发羞愧。我这是怎么了?要干吗啊?把好好的聊天给搅黄了。尽管如此,她也没好意思叨扰人家。到了晚上八九点钟,张佑安的电话却打过来了。她接了,心里竟是欢喜的。

到底有昨晚小小的不快在那儿垫着,俩人开始说话都小心翼翼,像避着地雷似的。她少说多听。他也是尽找那些远离现实的话题说给她,讲了一晚上的花木知识。"我育了一亩合欢苗,落叶乔木,喜欢温暖湿润和阳光充足的环境。叶子细细碎碎的,花丝一团一团的粉红,是最适合栽种在行人道路上的观赏植物。"

她听着，一下子回到了五六岁的光景。他们家院子里有一排巨大的合欢树，树龄得有四五十岁吧，树冠郁郁葱葱，满院子都披着浓荫，显得阴郁而神秘。粉红的花朵不管不顾地盛开，从春天一直开到夏天。她和妈妈展一张竹凉席，她躺着，妈妈坐着。妈妈得摇着蒲扇替她打蚊子呢。

她说："绒花树。"

妈妈说："那叫合欢。"

她说："不，就是绒花树！"

树上的绒花指不定什么时间啪地掉下来一朵，用手拈了，凉凉的绒绒的，不香，却有股子清甜。她顽皮，捡一朵放在额头上，再捡一朵放在鼻子上。后来她睡着了，被妈妈抱进屋子里去了。

早晨醒来，她一骨碌爬起来去看。哇，席子变成一幅画了。再看地上，到处都是花团儿。工人要过来扫院子，她拦住不让。爸爸笑哈哈地说："留着，让她玩吧！"到了中午放学回来，发现花全蔫了。她站在树下伤心了半天。那时她很奇怪，那树怎么那么大的力气，每天落每天开，好像无穷无尽。

听着想着，她的眼睛湿润了。她说："你弄个梅园呗，腊月里开。我妈妈喜欢蜡梅，她总是说：'蜡梅不是梅，一花香十里。'"她没有告诉他，她生在腊月。保姆说："这孩子生下来身上带香，冷香。"妈妈说："一定是墙角边的梅花开了。"

张佑安说："我就说给你弄几盆梅，还怕你嫌它清冷。"

七

张佑安没有等到梅花开，他大儿子要在圣诞节举行婚礼，邀他去美国。他走得很匆忙，晚间好不容易抢到一张机票，第二天早上就出发去上海转机。他只好在电话上给万水告别。

张佑安出境的时候还顺利，但回来却很麻烦。很难弄到一张机票不说，即使能够回来，也要经过多重隔离。儿子劝他道："爸，你反正在哪儿都是一个人，就在美国过年吧！你烧一手好菜，也让中国文化在这里发扬光大。"他想想也是，儿子这理由他还真不好拒绝，就让他的学生雇了两个人，帮他把苗圃照顾好。

他住在美国东部，时间刚好和这里错十二个小时。再加之休息时间的错位，两个人倒是不常打电话，只是不定期地发发邮件，或者在微信上留言。张佑安有时会发一些他用手机拍的图片。万水醒来打开电脑，屏幕上全是风景。你还别说，摄影技术一流。她常常这样夸他。他说，不是我照相水平高，而是这里风景太好了，随手一拍就是屏保。有时候她会连续几天收不到消息，原来是他到拉斯维加斯去看红石峡了。后期发来的图片上，他看上去精神抖擞，大红的羽绒服，蓝色的风雪帽，像个小伙子一样提劲。

万水的生活又恢复了过去的样子。有天她不知道想起了什么，又站在二十五楼的窗前往下张望。她又看到了过去的景象，远远近近的道路上车流涌动，像一群蚂蚁。解封了，大街上又开始车水马龙。好像疫情没有发生，好像没有下过一场大雨。消失的人永远消失了，也不知是谁和谁，反正她所熟悉的人都好好地活着。万水不再去紫金山公园，她听说那个园子的一堵墙塌下来，砸死了一个避雨的人。也有人反驳道，哪有啊，墙都好好待着呢。其实是她自己不想去了，一个人挺没意思。她连走路也不想继续了，偶尔穿着厚厚的旧长羽绒服出门，戴了帽子口罩，围了围巾。帽子和围巾也是旧的，尽管洗得很干净，但还是灰扑扑的，旧得不合时宜。她走在大路上，看那些年轻女人穿着裙子和长靴子，中间露着一截子光腿，外面白色的羽绒服在阳光下十分耀眼。女孩子们的绒线帽也是时尚的，她们戴给欣赏她们的人看。

没人欣赏万水,她戴给谁看? 她因此懒得买新衣服。

有一天,张佑安发了他在费城的照片。有一张是他和一个很洋派的中年女人,微胖的,圆脸圆眼睛,满脸的喜庆。她没问是谁。张佑安主动解释道:"我工作时的同事,中间移民了。她和我大儿子相识,是儿子帮我约的。"

万水没头没脑地说了一句,"祝福你们!"

张佑安说:"这祝福个什么,只是同事。约了出来一起旅行,她刚好也没来过费城。"

万水说:"这才更值得祝福。"

张佑安也没再解释。这让万水心里多少有点失落。她想,也许他想的是,随她怎么想去! 他与万水,也并没有需要解释的理由。

一天三餐,万水很认真地吃饭,保证足够的营养。她想让自己胖一点,可却越来越瘦。后来张佑安让她发一张照片,她犹豫了很久,才站在九重葛前自拍了一张,还有点逆光。张佑安看后说道:"万水,你是属合欢科的,你适合阳光充足的环境。你还是出去走路吧!"

万水不知道自己哪来的一股子劲儿,第二天竟然买了一张机票飞三亚去了。这是她第一次独自出来旅行。那时候父母在,他们一起去过北京,去过杭州,也去过四川和东北。后来和前夫还一起去过一趟云南。说不上有多喜欢,至少宾馆的卫生问题就让她头疼不已。她更愿意待在自己家里。

万水住进了亚特兰蒂斯大酒店。她舍得花钱,只是没处花去。她不知道腊月的三亚竟如夏天一般,带的衣服还是厚了。反正也没带几件,满箱子塞的都是床单毛巾、拖鞋牙刷、便携式烧水壶什么的。她基本不用宾馆的东西,嫌脏。她在酒店大堂买了两身素色的单衣,穿上倒是出人意料地放松。她去吃自助餐,有白粥和海鲜粥,有白灼虾和芥蓝菜心,竟然吃得很好。她本来想要波塞冬海底套房,可一问两个月前都被订空了,只好挑了一套最好的海景房。折腾一天累了,窗户都没关,便在海风里沉沉地睡去。

第二天她只是在附近的沙滩上走一走,然后躺在伞下的椅子上吹吹海风。第三天她买了裙式的游泳衣,竟然下到水里漂了好长一段时间。小时候她在少年宫受过专业游泳训练,只是后来再没派上过用场。她虽然瘦了点,但是属于那种小骨架,身体哪儿都饱鼓鼓的,穿上游泳衣倒是年轻了不少。她的肌肤太需要滋润了,她白,泡一泡竟然泛着瓷白的光亮。

她一直以为旅行是可怕的,一个人的旅行更可怕。现在她觉得很好。

她不再想胖和瘦的问题,几乎是忘记了。这里没有一个人是她认识的,怎么自在怎么来。没人注意她,她也不注意别人。她松弛下来,竟是胖了几斤。

有一次,她游泳游累了,就铺了浴巾在伞下迷糊一会儿。睁开眼,她发现另外一张椅子上躺着一个四十多岁的男子,那男子正看向她。她以为自己会尖叫,但是却发现内心没有一点慌张。男子冲她点点头,她也冲他点了点头。后来游泳又碰到过一次,竟然互相还打了招呼。再后来,在餐厅吃饭遇着了,男子自然地坐在她边上,她也没有拒绝。她已经能自在地在人群中生活,这令她满意。此后的几天,她与这个男子又碰到过几次。她不反感,这是一个温文尔雅的男人。她记得他们也说过几句话。有次他对她说:"你长期在三亚休息,倒不如去租一间公寓酒店,会节省很多费用。"她只是笑了一下,那笑容里有不置可否,也有感谢他关心的成分。还有一次他说:"你喜欢这里,为什么不买一个小套房呢?现在高端楼盘很多。"她仍然是笑笑,不置可否。因为从内心里,她不知道该怎么回答。思考这样的问题太累了。他就又说道:"你是一个很特别的女人。你看上去很朴素,但你的朴素是尊贵的。你很谦和，你的谦和却让人难以接近。"她的脸色立马就变了，她不喜欢人家这样评价她，即使恭维也不行。不过后来她想，这也许不是恭维，甚至连评价都算不上吧？人家说得没错，无非是客观描述了她。于是她又笑了，觉得因为互相理解而近了一些。她明显地感觉到，这个人在有意靠近她。也很有可能完全不是那么回事儿，是她自己过于警惕。但无论如何，对于她这种习惯身心都包裹得严严实实的女人，不可能发生邂逅的故事。

万水在三亚一直待到过完春节。她竟然想，就这样待下去好了，她不想再回她北方的家了。家很舒适，但她只是一个舒适的孤儿。

在她长大的城市，她是一个孤儿！

八

到二十五岁上，万水还没有恋爱过。妈妈说："孩子，你得成个家，我和你爸也没有别的亲人。可我们俩结婚生了你，我们仨就有了一个家。"妈妈再说："爸爸妈妈都老了，我们迟早有一天会走的。我们想看到你的孩子、你的家。"

万水二十五岁时被爸爸嫁掉了。二十五岁，是一个不大不小的年龄，刚刚合适结婚。丈夫和她一样，也是个大院子弟，所以他们的生活习惯很容易适应。他们俩原来就认识，只是从来没有来往过。他们谁都没觉得这样有什么不对。尤其是对于万水而言，结婚的意义无非就是换一张床睡。丈夫不在或者有应酬，她还是回到妈妈这里休息。妈妈说："结了婚在一起生活，比谈恋爱更容易产生感情。"妈妈说得没错，她和爸爸就是如此。

结了婚之后她仍然不太爱讲话。丈夫是个活跃的人，他家有五个兄弟姊妹，姐姐和弟弟常常会到他们家里来，打牌、摸麻将、聊天、一起包饺子,他们把大家庭延展了过来。而万水没有过这样的经历,怎么样都融不进去。她插不上嘴,也不会打牌,就躲到厨房里去帮阿姨做做饭,找一些活来干。几次三番,那姊弟几个就把她忘了似的,好像她是这个家里的客人。

万水和丈夫的夫妻生活也不是很和谐,她总是说疼。男女之间相交,应该是欢愉的。可是她总是疼,让他也出现了心理障碍。他把这事儿悄悄告诉了姐姐。姐姐是医生,医生对待病人的方式总是很直接。在他们眼里,没有"人"这个总体概念,只是一个个器官而已。他们再来家,姐姐在餐桌上像摆冷盘一样把这个问题摆了出来:"水儿,你该去看看妇科大夫。你们这个年龄,夫妻生活应该是特别和谐的。"姐姐十三岁特招进部队,十六岁就在野战医院手术室备皮,什么没经见过?她说出来的话本来没什么,可万水听着却是硬邦邦的有点伤人。万水看了丈夫一眼,羞愧得无地自容。这种事情怎好给别人讲。而且,姐姐即使是知道了,不该私下里跟她说吗?哪能在大庭广众之下公开夫妻的性生活呢?

万水不肯再和丈夫行夫妻之事,她碰都不想再让他碰。他们本来是在一个被窝里睡的,但她给自己另弄了一条被子。丈夫人真的特别好,他不强迫她。两个人生活得很不错,只是回避着不谈那件事。慢慢地,他的兄弟姊妹们不再来他们的家里聚了,丈夫也常常不回来吃晚饭。他本来不喝酒,可最近常常会带回来酒味。他们的衣服是阿姨负责清洗,万水也不是个有心眼的人,可她偏巧在丈夫的白衬衣上看见了口红印子。万水从不吵闹,有事就憋在心里,她借口两个人睡在一起相互影响,直接搬到客房里去了。丈夫是个敞亮人,什么事都快言快语说出来。可对万水这样没有缺点的女人,他一点办法都没有。口红是趴他肩上看牌的妹妹给弄上去的,他希望万水能和他吵一架。但是万水连吵架都不肯。两家是世交,两亲家处得特别好,离婚也是没有理由的。那个年代，不会有人因为夫妻生活不和谐离婚。

万水的丈夫变得和万水一样不爱讲话，跟他的姊弟在一起也不快乐了。他瘦得很厉害，吃不进东西，整夜睡不着。小两口到医院检查了身体，他好好的，没什么问题。可长期失眠也不是事儿。姐姐带着弟弟去看了精神科，医生说他患了严重的抑郁症。那时不叫抑郁症，只是说他精神方面出了问题。姐姐对万水说："怎么会呢？他这么快乐的一个人。"她并没有责备万水的意思，甚至还有点歉意。可万水听了，觉得责任完全在自己，因此心里更加惶惑了。

如果不是丈夫的身体出了问题，万水还没有"妻子"的意识。她那么爱干净的一个人，现在对一个病人一点都不嫌弃，努力尽一个妻子的责任。她每天把自己打理得很干净，把丈夫也打理得很干净。遵照医嘱，每天牵着他的手到公园里散步。他不说话，万水就刻意找些话题给他说。她给他讲刚从书里看到的故事，她正在看马尔克斯《霍乱时期的爱情》，每天看一章，然后再慢慢讲给他听。"弱者永远无法进入爱情的王国，因为那是一个严酷的、吝啬的国度。女人只会对意志坚强的男人俯首称臣，因为只有这样的男人才能带给她们安全感，以面对生活的挑战。"她想与丈夫一起，与书里的男女主人公共情。他听她讲故事的时候紧紧握着她的手，亲切地目视着自己的妻子。她娴静、温和，她讲述的时候是最美丽的。他越来越依赖她。他的面色红润起来，吃很多饭，重新长出来的头发茂密得像五月的青草地。但一个新的问题出现了，万水发现丈夫越来越喜欢把自己关在洗手间里。她待他出来进去查看，一股新鲜的精液味道，新婚第一夜她就闻到这种味道。万水脸红了，她把自己的被褥搬回他们的婚床上，头一回主动要求丈夫做那件事情。可是丈夫不行了，他们无论如何努力，他一次都不能正常勃起。他哭了，像个孩子一样，他说："水儿，我对不起你。"万水呆呆地看着他，不知道该如何安慰。但更想不到的是，他的精神压力太大，很快就发现了第二种病，反流性食管炎。

妈妈开始日日盼着万水赶紧生个孩子，后来却怕她生出孩子来了，女婿有那种精神疾病，会不会遗传？

丈夫后来被二姐接到了美国，他在那里恢复得很不错。他在美国和妻子之间首鼠两端。他舍不得美国，在这里他作为一个完整的男人满血复活。他也真心舍不得万水，他病了那么久，她都那么耐心陪伴他。他和姐姐都诚心说服她过去。万水拒绝了，她舍不得爸爸妈妈。

万水的丈夫在美国结识了一个热情似火的美国女孩，他们在一起一个月后，那个女孩就怀孕了。他告诉了万水。万水没有伤心，她为他感到高兴。接下来，离婚就是题中应有之义了，不管谁提出来都一样。万水直接在他寄来的申请书上签了字。离婚于她而言，是一种救赎，也是一种解脱。

妈妈再托人给万水介绍对象，她都一味拒绝，只说不合适。一直到死，妈妈都觉得放不下女儿，妈妈临去的时候，紧紧拉住女儿的手不舍地说："妞妞，妈妈走了你就成了一个孤儿。"她觉得妈妈说得对，不管她长多大，只要没有爸妈，她就是个孤儿。

妈妈心有不甘地闭上了眼睛。

除了爸爸妈妈，万水的心平和而宽厚。她不爱谁，也不恨谁。

九

万水关闭了微信，手机也调成飞行模式。只要她不找别人，没人会找她。至于张佑安，她不想让他知道她去三亚的事情。这是个人的隐私，干吗要让别人知道？

在美国的张佑安，也正在一场别人设计的激流里漂流。他没有反抗，只有顺流而下。两个儿子很想让父亲找个伴儿，他们认为父亲的前同事不错，开朗、活泼、快乐。同事在国内时叫赵明兰，在美国都称呼她兰。儿子们给父亲规划了旅游计划，他们请兰做父亲的导游。兰很愉快地接受了。兰出国差不多二十年了，行为方式很美国化。刚一出发她就提出："我们订一个房间如何？这样可以为你儿子节省费用。"说完大笑。张佑安也笑，他说："我自己可以支付费用。"

在费城的那一天，他们预订的旅馆可能搞错了，只给了他们一个双人间。兰笑着说道："这是命运的安排，没有办法。"张佑安也没过多说什么，反正入乡随俗就行了。人家说在美国，一男一女住一起正常，两个男人住一起才不正常呢。他索性就正常一次。简单地洗漱了，早早躺在自己的那张床上睡了。半夜里兰钻进了他的被窝。张佑安礼貌地抱了她一下，她赖着不走，张佑安只好下床睡到另一张床上去了。他自嘲道："老了。过去有力无心，现在有心无力了！"

兰说："安，你是介意我在国内的事情吗？"

"国内的事情？"张佑安像是很吃惊，"我不知道你国内有什么事情，你知道我的，从来不爱听人讲闲话。"

兰说："我出国是因为出轨，丈夫和我离婚而走的。当时闹得很厉害。"

张佑安说："哦。谁没年轻过，都几十年前的事情了，还提那干吗！"

兰叹口气说："我是个冲动型的人，一高兴就忍不住放纵自己。"说完，她像是什么都不曾发生，很快睡着了。她大概是太累，偶尔会发出一阵轻微的鼾声。张佑安心里怦怦跳动，兰要是再过来，他也许就控制不住了。他的下面硬挺挺地立着，他和妻子半辈子不和顺，自己都忘了这儿的功用。

兰过去的事儿他如何能不知？她业务能力很强，人缘也不错，热情、直爽，就是作风问题上屡犯错误。她和助理出去考察，一路上快活得形同夫妻，但是考察结束，她就坚决不肯继续了。她是有夫之妇，好像这是她回来之后才想起的。那助理还是个小伙子，爱喝酒，喝醉了就对她纠缠不休。后来单位把助理调到别的地方去了。丈夫原谅了她。中间她给他生了一对龙凤胎，儿女双全。丈夫是个好人，从不提起过去的事儿，对她一如既往的好。孩子们上了小学，她竟然又和一个林业技术员好上了。她总是利用工作理由往山上跑，他们在林地的大树下疯狂做爱。她主动告诉了丈夫。她不想离婚。其实丈夫也不想离，他们从感情到肉体都很和谐。但这事儿毕竟纸里包不住火，丈夫家里的人接受不了，他们觉得出过两次这样的事，再过下去太丢脸了。婚终于还是离了，儿子给了丈夫，她带着女儿去了美国。

第二天起了床，兰像没事人一样。她依然简单、快乐。甚至在早餐时还取笑他："安，中国人吃肉太少，又不喝牛奶，哪还有爬高下低的能力？"说着，又往张佑安的盘子里放了几片培根。

那是次愉快的旅行，和兰这样的女人在一起，很难不被她的快乐点燃。儿子们期待着二人有个结果，但兰笑着告诉他们："你父亲不行，他不能满足我。"两个儿子也被她逗得哈哈大笑。他们想不到父亲一点都不介意，"这有什么？你母亲活着时我就不行，好多年喽！"

张佑安的相机里存了许多他和兰的合影，有时候她张开双臂搂着他，有时她踮起脚尖亲吻他的脸。这个女人，和她在一起随时都得接受被她抱一下亲一下，比握次手都随意。

张佑安在美国变得年轻了。兰说得没错，吃肉喝奶确实比吃面条喝粥更让人健壮。他想把这里发生的一切告诉万水，可是他打不通她的电话。他往她的信箱里发了许多照片，还给她写长邮件，讲兰的故事，包括他和兰的那个夜晚。

在邮件里，张佑安告诉万水，美国人大多不戴口罩。兰和她的女儿女婿都感染了新冠，不过，很快就好了。他没有，他的体魄是强健的。

他劝万水，人一定要多运动，要晒太阳，要接受风。

张佑安几次提出来想回国。他惦记他的苗圃，春天来了，各种苗木都要发芽，他担心雇用的工人不知道怎么照顾它们。他打电话让学生们去看过几次。他们要他放心。他每次咨询落地政策，都说国内为保证不被外来人员感染，各种隔离措施相当到位，回来大概要隔离三四十天。他想，别说四十天，就是八十天他也无所谓。他只是担心万水的洁癖，估计一年之内她都不肯见他。他理解她，一个人孤独惯了，好像生活在真空里。他真心地同情起她来。

张佑安在儿子的家里被关得很无聊，他试着把上学时的那点英语捡起来。不久他能半看半猜地读英文报纸了，一个人出门也对付得来。他在商场给万水选一条围巾，开始挑了蓝的和白的，觉得万水肤白，哪一条都合适。想一想，突然就换成了洋红的，他觉得这个女人太需要颜色了。他想着她会拒绝收他的礼物，但先买了再说，毕竟这是一份心意。路过一个书店，他进去看了看，一本英文版蕾秋·乔伊斯的小说《一个人的朝圣》吸引住了他。书薄薄的、纸质柔软，拿在手中极其舒适。一个人，八十七天走了六百多英里。有关爱的回归、自我价值发现、自我救赎以及万物之美。从主人公迈开脚步的那一刻起，与他六百多英里旅程并行的，是他穿越时光隧道的另一场旅行。他被简介吸引住了，多少年不看小说了。过去他开始读英文报纸只是为了学习英语。

张佑安开始读这部小说，他一边看一边查阅英语词典，深深地被书中的故事吸引住了。虽然过去他英文不差，但毕竟几十年不碰它了，开始一天只能看几页，后来速度变得快了一些。他感动着，忍不住写信给万水分享。到后来他每看一段就翻译成中文讲给她听。哈罗德走了八十七天，他分享了一个月零一天。他突然决定要回去，便在网上订了机票。也许隔离会很痛苦，可总比不上六百二十七英里更艰难。

张佑安要回国去了，而且说走就走，一天都不能等。儿子很奇怪，回到国内也是一个人，为什么这么着急呢？

大儿媳妇是个美国白人，她问："安，你在国内是不是有个心爱的人，她在等你吗？"

张佑安哈哈笑道："我有个苗圃，有几万棵心爱的树在等我。"

张佑安的英语口语比较难懂，儿媳妇问："几万个情人？"

儿子笑得眼泪都出来了："爸爸的情人，几万个，能装满一块巨大的土地。"

十

万水从三亚回来了，走的时候她克服万重困难，回来的时候也是如此。她上了家里的电梯，整个电梯都是抖的。满脑子只想着一个词，孤儿、孤儿、孤儿……

电梯门打开了，她过桥一样地跨出来，看到了门口放着两盆波光潋滟的玻璃海棠，花开得红艳艳的。打开门锁，天啊！那盆被她遗忘了的九重葛还旺生生地开着。这世上还有生命力如此旺盛的植物？难怪树能活上几千年。她走的时候在花盆下边放了一桶水，把一截用棉线包裹的橡皮管子插在花土里，管子的另一头放在水桶里。她那时只是试着安慰一下这株植物，让它知道，它没有被抛弃。现在桶里只剩下不多的一点水，可那根管子是潮湿的。九重葛，多么聪明的九重葛！它有九次重生的能耐吗？

万水第一次没有顾得上给自己消毒，她用沾着泥土的手打开了电脑。

哈罗德、奎妮，还有几乎被人忽略的哈罗德的妻子莫琳。

他在一个酒厂干了四十年微不足道的工作，他缺乏理想，没有信念，他给不了妻子和儿子想要的。没有亲近的人，没有朋友，他似乎就应当这样过完此后的生活，直至结束生命。

一个永远弯着腰活着的人。

人最深的孤独，是不被人理解。

奎妮只是哈罗德曾经的一个同事，算不上是朋友。哈罗德想不明白，奎妮为什么要写信给他？他甚至不知道该如何给她回信。她得了癌症，她就要死去了。

孤独——孤独——孤独——

奎妮是勇敢的，她给他，一个旧年还算熟悉的同事，写了一封信。否则她在这个世界上就是一个彻底被人遗忘的人。

在给奎妮邮寄回信的路上，他突然决定，"我要一直走下去，走路去看她！"

他有了平生第一个信念："只要我走下去，奎妮就会活着。"

行走是艰难的，伴随着身体的疼痛，他想起生命中一些更疼痛的过往：

母亲离开他时，是那样的毅然决然；

酗酒的父亲把一个个女人带回家过夜，他是多么孤独而又无助；

儿子每一次犯病，他都束手无策地望着，他竟然没有想过给他一个拥抱或者一句安慰；

儿子离世后，妻子住进客房。他没有试着挽留她，没有做过哪怕一点点感情的修复。

一个人，八十七天，六百二十七英里的路程，注定是一场孤独的旅程。可正是这份孤独，让他经历蜕变，实现了自我救赎。

万水的父亲去世十多年后，母亲也因多器官衰竭离开了她。她的世界从此孤独到绝望，她不信任任何人，更不相信爱情。她无数次地想到死，可又心有不甘地活着。她嫉妒别人的快乐，全世界的人都比她幸福。母亲刚去世那会儿，不停地有人给她介绍对象。有一个条件很不错的领导干部，丧偶。那个人对她很有好感。谁对她没有好感呢？一个洁净安详的女人，家世好，受过完备的大学教育。他们交往过一段时间，一起散步，一起吃饭。那人还邀请过她去家里度周末。家是阔大的、华丽的，温暖、舒适，阳光普照每一个角落。家里用着干净利索的阿姨。唯一的女儿在首都有一份令人羡慕的工作，她的丈夫和孩子也都体面。

一切皆好。她丝毫没有抗拒地接受着。有好几次，男人拥抱了她，她很顺从地让他接触她的身体。愉悦地，温暖地。万水有了一个亲人般的被珍惜的感觉，但她没有把她的感觉表达给他，她只是不擅长。有两回，男人要留她在家中过夜。他热切地、孩子一样地望着她的眼睛。"留下来，我们在一起。"

她迟疑地说："我们，再等等，会准备好的。"她微笑着，带着少女般的羞涩。

她准备好了，她喜欢这个兄长一样的男人。她没有兄长，兄长大概就是他这样的。

一切和顺，似乎一切顺理成章。

从春天开始。夏天就要过完了，那个人约了她去一个她喜欢的西餐厅吃饭。她去了，刻意穿了他喜欢的碎花连衣裙，漂亮、年轻、知性、优雅。

那个已经非常熟悉了的男人，依然用欣赏的目光打量她。他为她点了全熟的牛排，他自己则是七分熟。吃完了牛排，让服务员撤了盘子，换上热腾腾的咖啡。她的习惯，咖啡和茶一定得是热烫的。话虽然不多，但交流却是和悦的，他对她总是那样，带着些关怀和疼爱。她习惯了这份温暖。

男人突然说道："小水，我吧，对你的感觉是很好的。但是我也不能太自私。"

万水轻言慢语地笑着说:"不,你不自私,你比我好很多。"

男人说:"万水,我一直觉得,你对我似乎不完全满意的,至少你很犹豫。"

万水心里怔了一下,随后又笑道:"我做得不够好,请你原谅。"她甚至有点撒娇地看着他。我还是满意的,很久没有得到这样被人爱护的满足了。他比她大六七岁,她那时才四十几岁。但是万水没把这句话说出来。

男人说:"小水,有人又给我介绍了一个女人,她很主动,我们一共见了两次面。小水,你对我应该有所了解了,我不是个花心的人。她很主动,两次都是她主动约的我。我就是想征求一下你的意见。"

"征求我的意见?"万水犹如万箭穿心,她用力地抓住桌子才不让他看出什么来,"她肯定各方面都比我好。"说完她就觉出自己有点失言,她用力地掐了一下自己。

"不,她和你不是一般的差距,她就是个普通的女人。她男人出车祸去世了,她带着一个女儿过,比你还要大几岁。可是她……"

万水没听到他在说什么,她庆幸自己在悬崖边没有掉下去。"抱歉,我去趟洗手间。"

万水在洗手间抱着马桶把中午吃的所有东西,所有的,吐了个干净。她出来的时候照照镜子,看不出有任何异样。

男人说:"小水,你没事吧?"

万水仍然是她惯常的微笑:"没事儿。"

男人说:"小水,哪怕你心里有一点爱我,都不会这样无动于衷。你真的让我恨。你为什么不哭?为什么不骂我?我在你心里一点分量都没有吗?"男人的眼泪出来了。

万水说:"祝福你们!"

她拒绝男人送她回家,很友好地和他道别。回到家关上房门,她撕心裂肺地哭了一场,就像妈妈死去时一般。

她再一次被亲人抛弃了!

晚上,男人给她打过一个电话,他问她:"我是不是可以去你那里看看你?"

万水说:"不。我一个人挺好的。"

男人说:"我的手机不关机,你随时可以打我电话。"

万水一个都没打过。

十一

这是一个晴朗的早晨,春光灿烂。张佑安大清早接到万水的电话,她对他说:"可以给我发个位置吗?我想去看看你的苗圃。"

张佑安说:"你确定我不用去接你?"

万水说:"我确定!"

万水把柜子里的衣服全翻出来了,每一件都是旧的,每一件都不能与这个春天相配。但是她顾不上太多,在旧的衬衣衬裤外面,套上了一件洗得发白的蓝帆布连衣裙,她第一次结婚时穿过的。戴了宽檐的灰色帽子,穿了半高筒的胶鞋。

一小时后,她被出租车送到了张佑安的小木屋。

张佑安打量着她,打趣说:"要不是你提前打了电话,我还以为是夏洛蒂的简·爱穿越回来了。"

万水说:"没有办法,我只有这些旧衣服,我就是一个陈旧的人。"她闭上眼睛低头嗅着木屋的栅栏上爬着的南瓜花,淘气地说:"太阳每天都是新的。花每天都是新的。只有人是旧的……"

话还没说完,她的身后环过一股身体的热气。她猛地睁开眼睛,脖子上多了一条热烈的洋红围巾。她眼睛里漫出泪水,她说:"你别再让我哭了,我昨晚已经哭了一夜。"

张佑安说:"对不起对不起!简小姐,赶紧进屋参观一下。"

小木屋里弥漫着浓郁的松香。他看到万水眼睛里的疑惑,便解释道:"芬兰原装进口的原木。订购后,人家派工人负责组装。"

万水里里外外看了一遍,低头对床上的被褥嗅了一下,说:"刚换的。"

张佑安开心地笑了,说:"您是本小屋接待的第一位女贵宾。接到你的电话,我快速换洗整理,不是怕被你嫌弃嘛!只是这原木,不能使用消毒喷剂。不然屋子就会失去木头的香味。"

万水端起桌子上的一杯白开水,不凉不热,温度刚刚好。她一口气喝了下去。张佑安说:"我第一次遇到一个这样的女士,喝水一点声音都没有。"

万水说:"你没见识的还多着呢!"

张佑安说:"你不嫌弃我的杯子吗?也不问问消过毒没有。"

万水说:"早看过了,厨房里有消毒柜,杯子上指头印都没有一个。"

"哦。还有我的手呢,需要消毒吗?"

"我看见了,门口的吧台上有酒精棉片。"

"你可以参观我的苗圃了吗?"他做了个请的姿势。

她挠挠头,做了个不好意思的表情。"不瞒阁下,我从昨晚下飞机,还没给自己洗个澡呢。你的卫生间可以借我用一下吗?"

张佑安笑道:"浴者有其水,耕者有其田。我先去地里干活去了。这个房间只归你一人所独有。"

万水洗了个透水澡。这个张佑安可真是个细心的人,毛巾拖鞋都是一次性的。她在卧室里擦干净自己,仍旧穿上自己的衬衣裤。

张还没回来，这是个真正的绅士，他给她留下充裕的时间。但是困意袭来，她整整二十几个小时不曾合眼了。她躺到床上，钻进了被窝。在进入梦乡的一瞬间，她对自己说："真不可思议！"

她重新睁开眼睛的时候，天地全是黑的，什么都看不见。黄河岸边是没有灯光的，夜黑得彻底。她大声地说："有人吗，我这是在什么地方？"

外面的灯啪的一下亮了，有人说："我在客厅里！"

她套上外衣走出去："我这是怎么了？因为醉氧而昏倒？"

张佑安说："简小姐，你不是昏倒，是昏睡。你一口气睡了十几个小时，你把天地都睡昏了。"

"天，你该喊醒我啊！我要是一直这样睡，你就一直等着？"

"那还用说！"他指了一下旁边的餐桌，"我煮了鸡蛋秋葵汤，里面的叶子都是园子里的青菜，你能放心吃一点吗？"

"天，我快饿死了，你给我毒药我也吃。"

"毒药有。后悔药没有。"他说着去给她盛饭。

他看着她吃了一小碗大小米两掺的二米饭，喝了一大碗浓菜汤。然后任由她去洗碗，仔细放进消毒柜里摆好。

他说："是我走还是我送你走？"

她不回答，却问道："你的小木屋真是个睡觉的好地方。你肯卖给我吗？"

他嘿嘿嘿地笑了，"可以卖，不过得连人一起买喽。"

然后他正了色又说："我走了你一个人会害怕吗？"

她说："当然会！"

他走到她跟前，带点坏笑地说："我陪你，你不更害怕吗？"

她笑着捶打他："我怕什么，你和几个女人睡一屋都坐怀不乱，我有什么怕的。"

张佑安拉着她的手打开了卧室的灯，做了个请的姿势。万水也眨眨眼睛做了个谁怕谁的鬼脸。她在卧室的门口呆住了，房间的木墙上挂满了应季的时尚衣服，还有帽子围巾。床前的柜子上放着乳白色的短靴子。崭崭新的，内敛而清新的颜色。

她喃喃地说："天！刚才你可是看见我向南瓜花祈祷了，这是它给我变出来的？"

"那可不！没有南瓜花我哪有恁大本事？看吧，南瓜花显灵了。"他拉开衣柜的抽屉，里面有换洗的内衣和睡衣。他说："你一直睡，我只好帮你洗干净晒干了。"他张着手，很被动的样子。

他们躺进了一个被子里。一个男人和一个女人。

男人没有坐怀不乱。女人也没有感觉到疼痛。屋外是黄澄澄的土地，沿着土地往前走，就是奔腾不息的黄河。

万水在他们最欢愉的一刻问道："我不是一个孤儿了？！"

她的语气分明是笃定的，自己已经给出了答案。

原载《十月》第2期

穿 行

陈思安

一

刺眼的谢幕灯光骤然亮起，十五盏聚光灯的热力灼烧她的脸庞，她又一次沉陷于自己的伊卡洛斯时刻。观众持久不歇的掌声扎入她肩胛骨两侧，轻柔展开蜡羽，使她缓慢腾起迎向那团耀目的太阳。她微笑着打开双臂，向着观众席鞠躬敬谢，先是朝向池座正中，随后是左右两侧，最后是二楼楼座。掌声和欢呼声一阵阵压过激昂的谢幕音乐，她听到不断有人在高喊她的名字。

没有踏上过舞台的观众不会知道，在灯光的强烈直射下，她看不清舞台下方任何人的脸。从她的角度望过去，那里只是一整片翻滚着橘橙色光芒的迷雾虚空。多年的舞台训练让她在数十盏灯的强光刺激下也能够睁大神气十足的双眼，对着舞台下方浓浊的黑暗散射出各种微妙情绪。但依然，她始终看不清任何脸庞。表演开始时，除了她自己的人物和她的对手，她看不到任何人。表演结束后，她不需要也不再渴望看到任何人。然而每一个被她的目光扫视到的人，都会发自心底地认为她就在凝视着自己，他们不只是被她看到，而是被她刺痛，被她撩拨，被她独一无二地眷顾，让他们情愿将心绪之绳卷挂在她的指尖，一次次随她扯动着飞升半空再坠落崖底。

就在她的双眼重新适应了谢幕灯光的刺激，马上能够重新看清台下的一切时，她鞠下最后一躬，缓步倒退着向侧幕条走去，让身体迅速隐入后台的黑暗之中。跟很多演员不同，她从不贪恋持久的谢幕，总是在观众意犹未尽掌声正浓时就知趣地离场。她绝不会等到所有人耗干激情，却因主演还未离场而不好意思停下击掌，届时掌声将逐渐变得迟疑和带有劝哄的意味，那种局面只会令她感到尴尬且有失尊严。她是劝哄他人的人，无法忍受位子倒置。同行演员只当她是过分谦虚或谨慎，她不会告诉任何人，唯有看不清任何脸庞的虚空才能令她感到安心。借由那片虚空，她方能清理过去两个小时的沉重皮囊，重新走回自己的生活。因此，必须在那片虚空消散之前重归暗处。

舞台监督像往常一样在侧幕条里侧等候，见到她退过来后，便按下关闭幕布的按钮。她深深呼出一口气，肩膀和腰背放松下来，整个人瞬间缩小了一圈。苏凌曾经跟她开玩笑说，舞台上的她比平时的她起码要高出五厘米，不是因为高跟鞋，是因为提着一口气。这口气至少有五厘米。服装师走到她身后，轻拍了下她右肩提示自己要换装了，随后便开始动手解她背后的系带和纽扣，帮她把厚重的戏服褪了下来。跟她工作过的人都知道她在演出刚结束时不愿讲话，因此都会按部就班地做自己的工作，不跟她交谈。她木偶般地顺从着工作人员无声的指引，脱掉衣服，卸下饰品，掏出衣袋里的小道具，随后木偶般地走回化妆间。

一出还不错的戏。她对着化妆镜撕掉黏在眼皮上的假睫毛，丢在桌面的小垃圾盒里。每次只有在一部戏一整轮全部演完之后，她才会允许自己做出审慎的评价。一出还不错的戏，但也仅此而已。剧本过得去，导演也算有点想法，但就是哪里差了点什么，总让她觉得还不够劲儿。究竟差在了哪里呢？她一边拿出化妆棉蘸上卸妆液轻轻抹蹭着眼周一边想着。这出戏里她演了一个当代版的嫦娥，又或者说，就是几千年前的那个嫦娥，在月亮上苦熬了千年后重返人间。台词够有趣，有几场甚至算得上幽默，能看出来编剧还试图探讨"当代女性仍背负着历史中女性始终背负的枷锁"这样的深入主题。

但就是哪里不对劲。究竟是哪里不对劲呢？她换了块化妆棉，开始抹卸脸上其他部位的妆容。只抹了几下，化妆棉便全污掉了，她只好一块又一块地更换着。她始终不喜欢化浓妆，年轻时登台向来要求化妆师只给她略施淡妆，可不知从何时开始，她发现只要自己不严厉要求，化妆师就会给她用上厚厚的粉底和遮瑕液。她是个聪明且敏感的人。化妆师没有换，舞台灯光也没有变，这只能说明一件事，是她在变老。逐渐老到了不做些修饰就会被灯光一瞬戳破的程度。可恶的灯光。如此锐利又如此残忍。灯亮之时舞台上的一切暴露无遗，尤其是那个站在聚光灯下众人关注的焦点人物。

没有人明面上去谈论这些，其实是因为无须谈论。她接到的角色从最开始的少女、女儿、众人追求的缪斯，逐渐变成了情妇、妻子，甚至母亲。这次可倒好，直接成了女神。女神是尊供在台面上的雕像，谁会对女神产生非分之想呢？她叹了口气，不知道自己该怪谁。怪编剧吗？难道就写不出几个像样的这年纪的女性角色？可他们也是被观众的喜好所牵引。怪观众吗？有多少观众能被自己生活经验之外的形象给激起想象和欲望呢？还是该怪岁月无情，韶华易老？她立刻摇了摇头。我才四十二岁，还远远谈不上老呢。没有像样的现成角色，我就去塑造像样的角色。想到这里，她丢下最后一块污掉的化妆棉，倒出爽肤水用力向脸上拍打，啪啪作响。

"成功收官，一尘姐，大获成功！恭喜恭喜。"化妆间的门猛然被推开，她的背后涌过来一阵卷带着各种杂音的劲风。她不回头也知道是谁，只有一个人敢在演出刚结束时就冲进她安静的化妆间。陈旸"砰"地甩上门，脚下的高跟鞋噔噔噔踩出鼓点声冲进她耳中，陈旸一屁股坐在化妆台上，颇为得意地看着她。"我给你看票板，看看，你看一眼嘛。"陈旸掏出手机翻了翻，扬起来戳到庄一尘面前，"一张不剩，连演四周，还是场场售空，你不知道这一天天的有多少人给我打电话央求我留票，卖得那么好，我上哪儿找票子去？放眼整个艺术剧院，还有谁有这票房号召力？还有谁？！"

"我随随便便就能说出五六个来。"庄一尘淡淡地回了句，拿起眼霜点在双眼四周，轻轻按压着。"我的好姐姐，给我个笑脸吧，当你制作人什么都好，就是难得你一个笑脸。"陈旸跷起脚悬空来回甩着，冲着庄一尘撒娇。庄一尘抹平眼霜，仰起头来看着这个总是很快乐的年轻女孩。四年前这个脸上总是笑嘻嘻的女孩第一次被剧院分配进庄一尘当时所在的剧组担任制作人，女孩机灵能干、办事利索，很快就得到了剧组所有人的喜爱和信任，但她最吸引庄一尘的特质，却是她时刻表现出的发自内心的愉快。庄一尘发觉，陈旸并不像她身边绝大多数人那样惯于表演愉快，那种表演不是出于掩饰自我，更多是为了让自己和身边的人获得轻松感，好将人与人之间相对沉重的那个部分躲闪过去。但陈旸从不会表演愉快，庄一尘甚至怀疑她并不理解究竟该如何表演，她所呈现出的是一种内心真正被填满的人才拥有的快乐。这种快乐具有强烈的感染力，对于不是有意使用这件武器的人来说，这反而成了最强有力的征服他人的武器。

庄一尘仰脸看着陈旸，认真地冲她笑了一下。那笑容投向陈旸，如石子投入水波，在陈旸脸上泛出一片更绵延扩散的笑，反射回庄一尘身上。"我知道你不喜欢参加庆功宴，但今天晚上你必须得去啊。剧院已经决定这出戏明年继续上档复排了,我应该能争取到定档在春节前后。晚上咱们好好庆祝一下。"陈旸摇晃着双腿说。庄一尘点点头,拧开盒子抠出一点面霜往脸上涂抹。找个什么由头推掉不去呢?庄一尘心里盘算着,还是说头疼吧,用过太多次的理由,慢慢就变成所有人都相信的事实了。

陈旸忽然从化妆桌上跳下来,躬身把头伸到庄一尘耳边,有意放低声音,"我还有别的消息跟你说。"庄一尘按摩着脸颊,"说吧,什么事儿,神神秘秘的。""你晚上去庆功宴我就告诉你。""别闹了,赶紧说。""你先答应我晚上一定去。"庄一尘看着化妆镜里映着的陈旸忽然严肃起来的面容,无奈地点了点头。

镜子中的陈旸轻声细语地将一句话吹进庄一尘耳中,"剧院决定新排一版《哈姆雷特》,由一位女演员来演哈姆雷特,周大导亲自执导。"

庄一尘脑袋嗡的一声爆响,随即陷入一片惨白的雾里。雾气缭绕中跌跌撞撞走来一个全身黑装的人影,因为心碎而手指颤抖,胸腹被仇恨的火焰灼烧得发红发烫。**现在我只剩一个人了。啊,我是一个多么不中用的蠢材!** 这一个伶人不过在一本虚构的故事、一场激昂的幻梦之中,却能够使他的灵魂融化在他的意象里,在它的影响之下,他的脸色变成惨白,他的眼中洋溢着热泪,他的神情流露着仓皇,他的声音是这么呜咽凄凉,他的全部动作都表现得和他的意象一致,这不是极其不可思议吗?她看清楚了。那人影,是她。

"一尘姐,一尘姐?"一声声呼唤将她重新拉回自己身体,"怎么样,兴奋了吧。"陈旸笑嘻嘻地盯着镜中的她。她意识到了自己的失态,有些局促地刮拨整理着头发,拿起妆台上的橡皮筋把头发扎起一个蓬松的马尾。

"确实是个不错的想法。"她谨慎地说。

"院里已经立项了,还没指定制作人,我要争取去做这个戏。但现在有个问题，"陈旸朝她狡黠地眨了眨眼，"听苏头儿的话风，周大导这次想用年轻点的新人，他在考虑艾可。"

"艾可？"庄一尘愣了片刻。

"去年演希尔达那个女孩，《建筑大师》，大导去看了那戏，对她印象很深刻。"陈旸马上提醒她。

"哦。那段时间我在外面巡演，没看到。"庄一尘淡淡地回应。

"她确实还不错。但比起你来肯定还差得太远。太远。"陈旸直勾勾地盯着镜中的庄一尘，眼神里闪动着不需直言的挑动。只有在这样的时刻，庄一尘才会想起这个聪慧的年轻人，不只是个内心充盈的女孩，同时也是个异常精明的制作人。

"汇报完毕。"陈旸飞快直起身，噔噔噔地向门口走去，"你答应我的，晚上一定得来啊。老地方，二楼303包房。我先去饭店准备。"大门拉开，走廊里的杂音一瞬铺卷袭来，又在陈旸甩上门后一瞬消掩。

庄一尘凝视着镜中这个已卸去所有妆容的女人。她的额头依然饱满，苹果肌坚挺，下颚线没有任何赘肉，脖颈雪白耸拔。日复一日登台的浓妆和灯光的炙烤并没有摧毁她的面容，反而令她脸部的线条更加凌厉，随反复锤炼演技而来的自信为她周身灌入一股特殊的强大气场。不管什么人，哪怕只是打她身边经过，哪怕认不出她这个红极一时主宰舞台的演员，也都会被她身上的那股气场所震慑，下意识地自动为她让路。她的面前极少出现会挡住路的门，门总是自动敞开。她向来知道自己不是个常人眼中堪称美丽的女人，即便在最青春动人时也不是，但她独有的气质确实无可取代，只要她站在舞台上，无论是位于正中央，还是任何边边角角，观众的目光就是无法从她的身上拔除开。观众通常想在女演员身上看到清纯的小女孩、包容的姐姐、慈爱的母亲、性魅力十足的熟女。但在她身上从来不是。他们在她身上看到了世界上没有的人。谁都想成为，但又无法成为的那种人。这很危险，却没有妨碍她的成功。

然而此时的她还是难以抑制地燃起汹涌到淹没每一根发丝的沮丧。她竟不是导演心中堪当此任的第一人选。不再是了。她还没有自恋到认为某个角色只有自己能够胜任，但这可是哈姆雷特啊，哈姆雷特！每个有追求的男演员一生都在渴求的圣殿之角，他们为了有朝一日能够走上舞台穿上这位忧郁王子的皮囊，念出那些经典的、爆裂的、令人心碎的台词，而耗费几年甚至十几年的青春去忍受枯燥的训练，反复打磨自己的声带和形态，只为了在这圣殿之角中留下自己演绎的一笔。而现在，一位女性，一个如假包换的女人，也将在国内的舞台上拥有这样的机会。一想到这个机会可能不属于自己，她简直感到自己前半生所有的付出都显得像小孩子反复用弹弓射树枝上的小麻雀一样毫无意义。而这仅仅是因为她已经年纪太大了吗？狗屁！剧院顶梁柱那几位男演员，年逾五十甚至六十了都还在演哈姆雷特，为什么换成是女人就行不通了？她几乎要发怒，却不知这怒火该抛向谁。

她曾经在国外演出的间隙去四处看戏。让她终生难忘的一次经历，就是在柏林的剧院里看到一位女演员扮演的哈姆雷特。她坐在台下望着台上的女王子泪流满面。尽管听不懂德语，但哈姆雷特的剧情和台词她早已熟记于心。一同看戏的同事还以为她是被演员的表演所打动，才不是呢，在她看来那个德国女演员动作僵硬，台风生冷，似乎只是个背词机器般地吐出一串串自己仿佛从未理解的台词。可她是多么羡慕那位女演员，更确切地讲，应该是嫉妒。嫉妒到控制不住自己奔涌而出的泪水。她宁肯死也想拥有这样的机会。现在，这个机会伸手可触，她却要眼睁睁看着别人代替自己去完成。这会要了她的命。

我已经得到很多了，我应该感到知足。她努力安慰着自己，克制着不要再去想这事，否则泪水又将喷薄而出。这种状态可没法去参加庆功宴。她迅速起身，换好自己的衣服和舒服的平底鞋，拿起挎包走出化妆间。穿过乱哄哄的后台化妆间走廊，她犹豫了片刻，还是决定拐回到舞台上去看看。每次首演之夜和演出收官之夜，在离开剧场前，她都会到观众散场后的舞台上去看看，这是她自登台之日起就保留给自己的一场小仪式。

剧场工作人员已经开始动手拆卸舞台上的道具和布景，明天这里就将安装下一出戏的布景，开始新的演出。她站在空旷的舞台中央，看着工人们搭起脚手架，逐一拧开铁制钢架上的螺丝，一片片卸掉半小时前还在迷幻着八百双眼睛的亦假亦真的布景。道具师将大小道具抬出侧幕，从后台通道装上物流卡车，一个小时后它们将与剧院其他数不清的道具一起堆放在郊区黑暗的舞美仓库里，不知何时能够重回舞台抚去尘土再现生机。大幕升起，舞台下的虚空还原为一排排蒙着红色法兰绒椅罩的座椅。那里，什么都没有。

最初登台时，她跟很多演员一样染上了演出结束综合征。一旦演出结束，舞台下的喧嚣褪尽，舞台上变幻莫测的五彩灯光化为白惨惨的照明灯光，面对着空荡的舞台和无人的观众座席，演员会感受到没顶的空虚。仿佛这一切都没有任何意义。仿佛过去的两个小时只是一小群人的集体幻梦。然而梦境终有尽时。演员们却是承受这场易碎幻梦的唯一之人。离场的观众尚可沉浸在梦中，或长或短，拆装舞台的工作人员眼中只有脚手架、螺丝钉、布景片和需要尽快完成工作的时限催促。唯有演员，卡在这场梦的缝隙，进退两难。她花了很多时间，才从这个仅在剧场中神秘地互相传染、走出剧场便查无此病的痛苦症状中挣脱出来。

不行。她惊醒过来。不，我不能这样让机会白白溜走而不做任何努力。这不是我。哪怕一切只是一场梦，我也一定要成为梦里的主角。她手里的挎包滑落到地板上，砸出闷闷一响。过去二十年的从艺生涯中，她出演过许多女扮男装的角色：花木兰、祝英台、女驸马、鲍西亚、薇奥拉。但这次完全不同。她将不再是表演一个装扮成男人的女人，而是表演一个真正的男人，一个男人中的男人。一个虚假的，但同时将比真正的男人更加真实的男人。

她闭上双眼，双手缓慢地向空中举起，仰面迎接着那团耀目的太阳。伊卡洛斯的命运是朝向太阳飞去，融化蜡做的双翅，坠海而死，但绝不是困就于迷宫而亡。

她睁大眼睛，望着台下座席的红色海洋。她脑中响起一个坚定的声音：我一定要得到这个角色。

二

庄一尘捂住胸口那块挣扎号叫的肉团，深长地呼吸，试图让它平静。破晓时分最后一个清晰的梦里，那块不安分的肉团差点破骨而出。她梦到自己像此刻一样躺在床上，听到胸腔内部发出尖叫，皮肤肌肉向外激越鼓起。是她的心。它已经敲断了肋骨，撕开了血肉，一根血红色的嫩芽穿透了皮肤，藤蔓般向着床头扭动。她向它咆哮，我对你做了什么，你非要这样离开我？忽然一切平静下来，她扭头一看，那颗心躺在她身边，强有力地跳动着，嫩芽变得粗壮，攀附着墙壁向天花板生长。整个房间迅速被这些从心脏里生出的血红枝蔓覆盖，每一根枝蔓的内部都跃动着无数更小颗的心脏，一起搏动。她惊恐万分，梦中脑子里闪现的第一个念头却是，该马上查查一个人失去了自己的心之后还能活多久。

天花板光滑雪白，除了一盏未点亮的灯，空无一物。她拿出枕头下的手机，翻了翻通话记录，最后一条通话是昨晚十一点三十七分打给苏凌的，通话时长是四十三分零九秒。她把手机甩到被子上。妈的，这怎么不是个梦呢。她不该那么晚打给苏，不该打那么长时间。该死的酒精。

　　一想到酒精，头就开始痛了起来。她翻身起床，只穿着内衣裤光脚走去厨房给自己倒杯水喝，努力回想昨晚的所有细节。庆功宴上她表现得完全正常，掩饰情绪这种事她最在行了，不会有任何人能看出来她的心事。最多是觉得她比平时更兴奋，话更多，甚至跟同组演员说了不少往常不会轻易讲的调侃笑话。大家应该只当她是一轮演出结束后终于放松下来吧。或许陈旸看出了什么。那也没什么，陈旸是个极有分寸的人。

　　但离开饭店之后发生的事情就像打散的蛋液般模糊不清、浮满气泡。她怎么回的家？谁送她了吗？她是在出租车上还是在家里打给苏的？她都跟苏说了什么？肯定在说哈姆雷特选角的事。可能还有别的。太可怕了。简直不敢深想。苏肯定都要睡觉了，还听她怨妇似的嘚啵了四十多分钟。她只喝了三杯红酒，或许是四杯，好像还有一杯扎啤，但她的酒量远不止如此。不该喝最后那杯扎啤的，坏了大事。你还是没沉住气啊，庄一尘，怎么还像二十几岁一样遇到点屁事就找苏倾诉。她低声咒骂了自己几句，仰头把杯底的水一口喝干。

　　洗了个澡，吃下简单的早饭后，她的情绪稳定下来。很多人早就已经失去了自己的心，都还活蹦乱跳着呢。她这样分析着早上的梦。但她不同，她必须时刻能够感受到自己的心在有力地跃动着才能继续活下去。现在，能让这颗心继续有力跃动下去的针剂，就是得到那个角色。谁知道呢，针管里灌的是毒药也说不定，但她不管。必须摄入它。

　　啜饮着浓郁的咖啡，她脑子里忽然浮现出一个人的脸。许仙的脸。更确切地说，应该是叶童的脸。第一次看《新白娘子传奇》这部电视剧时，她只有十五岁。一个危险的年纪。什么都还不懂，但自己非常确定已经什么都懂了的年纪。她的同龄人，不论男女，都被白娘子深深吸引，这个女人怎么如此神通广大又如此善解人意，就连她有心的过错和无意的残忍都能够轻易地通过情感的联系而被观看者自行合理化进而完全接受。这恐怕就是表演的魅力，总能让人产生爱慕的错位。

而她却始终被许仙深深吸引着。为什么这个男人同时有着女性的阴柔和男性的魅力。她能隐隐地感觉到，那不是她想嫁的人，而是她想**成为**的人。这感受在当时难以对任何人详述，即便年少，她也已经察觉到其中微妙的不妥。并非她内心会真正相信的不妥，只是世俗意义上的不妥。在得知这位许仙竟是由一位女性演员扮演的那个瞬间，她所受到的震撼，远远超过此生她曾有过的所有震动，仿佛一个全新的宇宙在她面前敞开，星辉飞舞，如越群山。一切都得到了解释，又存在着至今仍令她困惑的神秘。这样的事情居然可以发生。这样的表演居然可以存在。

事实上，说完全看不出饰演许仙的演员是位女性，这有点夸张了。只要细看，就会发现她没有喉结，手过分纤细了，对男性动作的模仿足够近似，但不够传神。这些都是她在更年长后反复重看这部剧时发觉的。青年时期在戏剧学院上表演课时，她曾选这部剧里许仙的片段在课堂上做过展示。她仍清晰记得表演课老师当时给出的评价：用力过猛，余味不足。这八个字压在别的学生身上恐怕会痛苦上个把月才能过去，她彼时却对此相当不以为然，她确信自己演得比叶童更到位，更像个男人。多年过后，随着正式演出经验的不断累积，她才渐渐意识到老师眼光之刁钻及精准。她太想表现得更像个男人了，反而没有把握住许仙这个人物性格中女性气质的一面。

这个发现没有让她气馁，而是更兴奋了。这正是她热爱表演的原因。至少是诸多原因之中最重要的一点。她相信，唯有在舞台上，唯有通过表演，她才能获得真正的自由，穿行于各种时代、各种性别、各种经验之中，不断靠近她无法用语言形容但内心无比确信的渴望之物。她必须付出一生的不懈攀登，方能嗅到山顶那枝无人能摘取到的

129

花朵之香气。

饮下最后一口咖啡,她总算回忆起了昨晚跟苏的电话里她唯一记住的一句话。"亲爱的,你要说服的不是我,而是大导。"其余的话一概记不清了,她只记住了该记住的。她反复回味着这句话。不是苏说她需要去说服大导那半句,这她在打电话之前就知道了。是"亲爱的"那三个字。苏有多久没这样称呼过她了。太久了。是因为听出她喝醉了才这样说的吗?还是因为感受到了她真实的心痛和屈辱才说的?又或者是确信第二天醒来后,她根本不会记得不会在意这场对话?她咀嚼着这三个字的语气。像十几年前一样,温柔、撩拨,带有劝哄和敷衍的意味。她想象着苏吐出这三个字时的表情,想象着她躲在客厅角落小心地捧着手机尽量压低声音担心吵醒丈夫孩子的样子。苏凌早就不再是她的苏了,而是剧院里年轻孩子们口中的"苏头儿"。令人敬畏,雷厉风行,说一不二。

餐桌上手机"叮"的一响,来得恰是时候。她不该允许自己沉浸在这些依然扯痛心绪的想象中。她不该半夜喝醉了给苏打电话。不该谈论公事,尤其是不该在有求于苏时。谈及公事,苏就是剧院总经理,而不是她的朋友,或别的什么。这只会让一切变了味道。这其中有多大程度是她真的在利用她们曾经的情谊来达到自己目的,她分不清。她再次咒骂自己两句,拿起手机。

是卢朗。微信内容很简单,她一时没反应过来卢朗在说什么。"行李收拾好了吗?我待会儿开车来接你。"行李?开车来接我?我们要去做什么来着?她忽然想起,他们很久之前约好这轮演出结束后一起开车去海边度假几日。妈的,忘了个底儿掉。她迟疑了下,回复:"我不太想动,要不你自己先去?"卢朗很快回:"大姐,我特地请了年假,宾馆都付钱了,你现在说不去?!"问号后面还跟了个感叹号。念这种台词时,导演通常会要求演员音量至少提高个三倍,最好再加上夸张的肢体语言。她却不爱那么演，有时低调去处理反而效果更出彩。

不能在没有做好充分准备的情况下仓促去见大导。必须一击即中，否则不会再有第二次机会。大导对演员的判断从来都是一眼决定，不会像其他导演那样相信什么排练中能解决很多问题。他也绝不会看谁的面子，不会在意演员的票房影响力。他自己就是影响力。大导看待演员的方式向来令人难以捉摸，别人眼中经验丰富台风上佳的演员，他经常会认为是朽木不可雕；别人认定毫无演技青涩懵懂的演员，他却能辨识出璞玉之光。他对演员的挑选当然也出现过败笔，但在绝大多数情况下，他都证明了自己的眼光。众人会奉承说那是他调教有方，但他会严肃地说他只是准确地为每个角色都挑选了最适合的人，调教是调不出太大个屁来的。只是他的挑选准则就像穿梭在灌木丛里忽隐忽现的野猫，变化莫测，没有定数。

她确实得给自己一点时间去准备，不能大剌剌地走到大导面前说这个角色该是我的。大导只会觉得她猖狂又自恋，那样肯定没戏。去海边休整一下也不错，从日常中脱开身，好好重读剧本准备足了再去见大导。她打定了主意，给卢朗回复："好吧，我现在收拾，待会儿来接我吧。"卢朗回："这还像点话。一小时后到你家楼下。"

真是个急性子。不过现在时间确实不早了，开车到海边要将近四个小时。她跳起来，飞快地洗干净杯盘，整理了几套衣服，化妆品放在便携行李箱里，然后开始翻箱倒柜地找《哈姆雷特》的剧本。家中书柜凌乱没有秩序，有些需要反复重读的剧本读过后随手摆放，找起来反而有点难度。大导会选用朱生豪的译本，还是梁实秋的呢？或许也会考虑卞之琳的译本。朱译经典、排演最频繁，梁译文气隽永，卞译则按照原文的诗体来呈现，几个译本各有千秋。听说近些年还有了更适合当下年轻人口味的新译本呢，也该找来看看。算了，能找到的都带上吧。几本剧作集塞进行李箱后，她定下心来。

十月底的风已浸上秋的凉气，正是尴尬时节，车里开空调太冷，不开又嫌热。卢朗将主驾一侧的窗户打开一道缝，呼啸的细风不断撩拨着他已见稀疏的头发。庄一尘歪过头看着那些对这年纪的男人来说可算金贵的发丝噼里啪啦拍打着卢朗的额头，轻轻叹了口气。我们终于一起老了呢。二十几岁时，卢朗总爱抱怨自己头发长得太快，每隔不到一月就得跑一趟理发店，实在浪费时间。现在倒是再也听不见这种抱怨了。

从戏剧学院毕业没多久，庄一尘在一次朋友攒的饭局上认识了卢朗。上学期间跟同学和同组演员有过的几段短暂的完全谈不上愉快的恋情，让她打定心思此生不再交往同行。演员和演员在一起完全是场灾难，你很难分辨对方表现出的愤怒心碎爱慕渴求有多少是真的有多少是在演。过量的表现欲一旦充斥进日常生活，只会叫人疲惫不堪。卢朗当时刚从建筑学院毕业，进入了一家颇有名气的建筑师事务所，整日昏天暗地地画图建模见客户。繁重的工作让他身上过早失去了同龄人的朝气，无论何时看上去都像一根摘下来搁了好几个月的皱巴巴的干瘪茄子。即便打起精神参加朋友的聚会，他也只是眼神疏离地望着所有人，安心地做个听众，却连配合的假笑都欠奉。这反倒吸引了庄一尘的注意。他的疏离中透出种特殊而别扭的自在，似乎无声地在向所有人宣誓：这一切与我无关，不止你们，就连这世界都与我无关。

那时他们都还年轻，不知道自己想要什么，只能模糊地用身体去感受。庄一尘把所有心思都花在演戏和争取能让自己鹤立鸡群的角色上，其余一概懒得用力。因此当卢朗提出他们要不要在一起试试看，她便模仿出卢朗所特有的那种疏离，漫不经心地应允了。有段时间她非常痴迷于观察和模仿卢朗，她敏锐地察觉到在他身上，有股子可称之为当下性的气质。她归纳不出这种所谓的当下性是个什么玩意儿，就连"当下性"这个词都是听别人讲来的，但她能迅速把握并像模像样地模仿出来。这是她的天赋。卢朗发觉了，也不在意。不在意她模仿自己，不在意有时对着她就像照镜子似的，也不在意她把这些模仿来的东西用在某个角色的表演上。

在一起没太久，两个人几乎在同一时间意识到，他们之间有的不是爱。显然，他们日常的相处彼此都很舒服，极少冲突争吵，亲密行为恰到好处又不惹反感。但那跟爱，差着十万八千里。卢朗比庄一尘更早领悟到其中的根源，不是庄一尘这个人无法让他爱，而是他难以对任何女性萌生爱的感受。庄一尘却需要更多的时间，才会在另一个人身上学习到何为真正的爱。当卢朗提出他的想法，说更适合他们的关系或许是密友而非恋人时，庄一尘再次模仿着卢朗的疏离，漫不经心地同意了。她没有体味到任何伤感，更别说痛苦了，却对卢朗比自己更早主动说出真相而产生了一丝敬佩。看来这个男人淡漠归淡漠，终究还是比她更有力气推动自己的生活呢。在生活的领域里，她才是那根干瘪茄子。

那句分手时太过常见的庸俗对白，他们双方都不是说说而已。他们成了彼此最亲密的人，比恋爱时更加亲密，因为终于摆脱了常规恋情结构中复杂多余的责任与义务，滤掉杂质后剩下的全是两人共同需要的。信任和依赖一个人需要花费太多时间、力气和精神能量了，有一个就足够了。此后他们身边的恋人来了又去，有的浮光掠影不留任何痕迹，有的则在他们的心上身上留下深深的刻痕和伤疤，但他们始终在彼此身边，只将最坚实的信任留给了对方。庄一尘每每想起都会暗自庆幸，好在从没有爱上过卢朗，不然现在肯定是孤零零一个人蠢在这暗淡的星球上。

"我还是没搞明白，哈姆雷特让女的演，那他爹呢，那个鬼，也是女的演吗？其他男的呢，都是女的演吗？那爱上他的那女的呢，让男人演吗？"卢朗单手握住方向盘，腾出一只手来划拉着自己被风吹散的所剩不多的毛发，问道。

"暂时还不确定。但要我来说的话，只能有哈姆雷特一个角色是反串，其他的角色都正常安排，不然就成闹剧了。"

"到底图什么呢？是因为女性主义吗？"

庄一尘点点头，马上又摇摇头，她一直没搞明白过女性主义究竟是怎么回事。"不图什么，这就是戏剧。"

卢朗忍不住发出一声嗤笑。不用侧头看他都知道庄一尘肯定立刻翻了个白眼，他马上找补，"嗯，知道你很在意这事儿。"

"不只是在意。这是近十年来我最想得到的角色。没开玩笑。"

"你已经那么红了，演过那么多好戏了。"

"还差得远呢。这次尤其不一样。"

"要我说，你最好不要把生活里的愿望跟事业上的愿望混为一谈。拎拎清比较好。当男人可不怎么舒服。"高速上车不多，卢朗说着这话，扭过头去深深地望了庄一尘一眼。

"懒得跟你争。累。"庄一尘转过头去看向车窗外飞速变幻的田野、树丛，陷回自己的思考中。

"最腻歪你这股艺术家的劲儿，说话累，装×不累啊？"卢朗嘴上虽这么说，但知趣地安静不再讲话，让庄一尘自己闷想。他轻轻拧开车载音响，车子里顷时灌满德彪西的钢琴组曲。

伴着时远时近的音乐，庄一尘仔细回想自己曾经演出过的三个版本的《哈姆雷特》。第一次她是个初出茅庐的新人，演的是戏里面连大名都没有的群演里的一位贵妇。第二次她二十八岁，彼时她已成功签约艺术剧院，正是冉冉升起星光夺目的时期，扮演的是女主角奥菲莉亚。最后一次，是两年前，她演的是哈姆雷特的母亲乔特鲁德。

这最后一次出演也是令她最不情愿的一次。演过奥菲莉亚的人，转眼间却要去演乔特鲁德，简直叫人无法忍受。但那出戏是剧院特地从英国邀请的一位著名莎剧导演来执导的，在陈旸的反复劝说下，她还是接受了这个角色，在跟英国导演的交流中也确实学习到了不少有用的理念。但她心底仍不舒服。男演员们年龄越大可选角色的余地反而越多，女演员则恰恰相反。花期一过，所有人都乐见你如瀑流奔腾般呼啸向下俯冲。她的自尊心不允许她让任何人看自己的笑话，那次的排练和演出，她比以往还要投入和勤奋。每天最早一个到达排练场，晚上回家后继续查找各种资料做参考。

让我当妈是吧，我就好好当个让你们一辈子都忘不了、晚上做噩梦都会梦到的妈！演出结果自然是令她满意的，她好几个朋友看过戏后会跑到后台化妆间来故意捂着嘴巴低声跟她说，她演的乔特鲁德风头压过了年轻的奥菲莉亚。听到这种话，她心里既当回事，也不当回事。她很清楚同行间、朋友间善意的乃至不善意的奉承都是怎么回事，她上过这种当，不会再上当了。但她还是借此得到了一些慰藉。

宾馆的房间很舒适，装潢、用具样样精致且低调，窗外就是大海，走出宾馆大门就踏上了细腻的海滩。海滩上的细沙极其绵软顺滑，在阳光下折射着金黄的迷人色彩。据说这座度假村里的沙子都是从海南空运而来，铺满绵延十几公里的海滩，覆盖住它原本遍布凌厉硌脚小石子的真面目。真的难以想象人类在"享受"这方面都舍得做出什么惊人之举。然而看吧，真实样貌总是叫人不适，唯有通过虚假的装点才会让人体察到美。表演也是同样。

她永远可以信任卢朗在这些方面的安排。随着年龄增长和收入的不断丰裕，卢朗在这些日常琐事上越来越舍得花费心思和金钱。他还是疏离得跟干瘪茄子一样，但如今这根茄子外表裹上了绵软服帖的金箔。他们熬过了青年时期的疲惫奋争，现在可以时不时犒劳自己，享受一下这个依然与他们无关的世界。她经常会听剧院里的年轻人抱怨说，她这代人坐享了时代红利，新一代年轻人即便再拼命努力，也无法得到她和卢朗这个年纪就拥有的一切。她在听到这些时，总会对他们做出完全理解的痛心表情，发出跟他们相同的哀叹。但这些跟她无关。一代人就是有一代人的命运。对此谁又能怎么办呢。

休假的四天里，上午她会跟卢朗在早餐后去海边长长地散步，大多时候什么都不说，各自想着心事，或什么都不想。下午她独自坐在酒店大堂里，一边喝茶一边读剧本，构思演练自己如何能够一击制胜说服大导。晚上他们一起喝酒，有话就聊，没话就发呆。她通常是首先开始发呆的那个，不时猛然陷进对某句台词的揣摩或某个手势的设计。卢朗早已习惯她这样，见她两眼放空一言不发，就自己掏出手机来刷刷，或者一起发呆。如果面前是其他任何人，哪怕是她的亲生父母，她都无法做到像在卢朗面前这样放松、任性，只顾自己。她在卢朗身上从未感受到过谴责的压力，或是讨好的必要，她也对卢朗回馈以同样的赦免。

离开度假村回城的车里，她收到陈旸的微信。话很短，就两句。"《哈》的制作人定了，是我。你那边如何？"她看着手机笑了，这小机灵鬼。她很快回复，"帮我约一下大导。看他哪天方便。"

"笑什么呢，那么开心。"卢朗问她。

"要上战场了。"她淡淡地吐了句。此时她已有了七成的把握，和十成的决心。

三

"我所见到、听到的一切，都好像在对我谴责，鞭策我赶快进行我的蹉跎未就的复仇大愿！一个人要是把生活的幸福和目的，只看作吃吃睡睡，他还算是个什么东西？简直不过是一头畜生！"庄一尘轻提脚跟，向后缓慢退了三步，下颚的肌肉绷紧，胸部发力，将肺部的气息挤压向腹部,声线随之沉坠转而深厚,"上帝造下我们来,使我们能够这样高谈阔论,瞻前顾后,当然要我们利用他所赋予我们的这一种能力和灵明的理智,不让它们白白废掉。"

尾音绝不能拖泥带水,连呼吸的余韵都必须干脆利落地咬碎在嘴缝里。她意识到自己应该在这里结束。这段独白还有大半段没有讲完,但明智的演员总是能清醒地意识到恰到好处的收尾时机。不应是所有情绪喷泻干净的那一刻,而是永远悬停于高潮降临之前。她屏住那口没有倾出的气,任它在自己体内四处奔窜,直至它筋疲力尽,歇停下来。随后她放松身体,第一次认真望向端坐于远处的那个,这场表演唯一的观看者。

大导脸上毫无表情,他右手托腮,两眼直勾勾地盯着庄一尘,眼神里却没有内容。没有任何褒贬意味,也没有暗示下一步要怎么做的指引。庄一尘瞬时紧张起来。她竭力压抑着错落的呼吸,脸上几乎是下意识地拱出一个讨好似的微笑,又立刻收住。谄媚没有意义,她是凭着自己实力来争取角色的,可不是凭着谄媚。完蛋。果然不该一见面就急吼吼地要做什么片段展示吧,是不是段落选得不对,还是哪个词哪个语气没有处理好?她厌恶地在心里不停诅咒自己,现在可倒好,站也不是走也不是,完全被动了。房间内一片死寂,她感觉自己像深夜被猎人钉挂在树枝上的死乌鸦,等着吸引猎物闻味而来撕咬成碎片。

"衣服不错。"大导懒洋洋地吐了句,眼神里依然没有任何内容。庄一尘愣了。她低头看了看自己身上的衣服。这套黑色暗纹香奈儿西服套装是几年前她特地买来参加某次全国性表演大奖颁奖典礼时穿的,全套下来再加上衬衫价格着实不菲。决心买下来时还想着以后应该还有其他机会可以穿,谁知再没找到过适合穿的场合。普通场所穿它实在显得过于隆重,只会惹人嫌笑,正式场合穿又因颜色过于沉重像个送葬的。定下来见大导的时间后她掏空衣柜反复挑选,最终还是选了这套，是因为感觉它的气场很适合她想象中这出戏会有的气质。妈的，还是太刻意了。

"有点过了，我知道。就是想帮助酝酿下情绪。"她尴尬地解释着。话一出口，似乎更显刻意，她马上咬紧嘴。这感觉有点糟糕。二十年来兜兜转转，怎么又绕回到刚上舞台那工夫面对名角名导时才有的局促了。该死。眼前这个老头就是有把人打回原形的魔法。这魔法有多少是众人反复神化从而累积出的，有多少是他所代表的权力塑起的，有多少是他自身的魅力，实在无法辨清。

大导伸出没有托腮的左手，指了指他面前的椅子，示意让她坐下。庄一尘像抓住了救生圈一样赶紧几步走过去坐在椅子上。

"我没想到你会对这事儿有兴趣。"大导看着她，此时眼睛里有了内容。几分挑衅、几分打趣，几分疑惑。

"我想剧院里没有哪个女演员是真没兴趣的。"这句倒是她心里话。

"但你是唯一主动来找我的。"大导的右手终于从腮帮子上放了下来，他头向左微微一偏，左手马上又托了上去。仿佛他的脑袋因承载了过多的思想而变得太过沉重，靠脖子已经再也撑不住了。

"这是我期待了十年的角色。不，是我期待了一辈子的角色。我觉得自己必须得做点什么。"到了把自己脑子里演练了几十遍的演讲派上用场的时候了，她从得知这个消息的那刻起，就在打磨这场讲演。"大导，我知道很多人都会认为哈姆雷特代表了青年思想和青年精神，最好是由青年人来演（这很多人里恐怕就包括你！）。但以我对所谓青年的理解，那可不代表年龄。那些关于哲学和道德的思考，冷血的谋杀，复仇的筹划，欲望的挫败，对所谓真正之爱的理解（老娘可是看了好多研究资料呢，不是就准备了一段独白！），没有经过生命经验的沉淀和对表演的深刻理解，是根本无法精确表现出来的！我理解，或许有人觉得我来演哈姆雷特年龄有些大了（说的就是你！），您肯定知道

(我看你是不知道），约翰斯顿·罗伯逊六十岁了还登台演过哈姆雷特（瞧瞧人家英国！就不提咱们剧院里那些老男人了，说出来大家都尴尬）。他连头发都没有染，也绝不会通过化妆让自己显得更年轻一点（瞧瞧人家！）。因为哈姆雷特所代表的，是一种精神性的存在，是一种超越年龄的思想，不该被扮演者的年龄所局限。"

她一股脑地将事先准备好的说辞全部甩到桌面上，担心一旦停下来就会陷入自我怀疑，唯有一气呵成方能凿实信念感。话全部讲完，她才发觉自己两只胳膊都伸到了空中，差点快要触到大导努力用手才勉强撑住的塞满宝贵思想的脑袋了。她立刻把手缩了回来，心里默想，这段演说只能打五十七分，及格线都不到。情绪控制有大问题。

"谁跟你说，我觉得你演哈姆雷特年龄太大了？"大导依然面无表情。

"没人那么说。我只是有这种担心。"

"年龄、经验、长相、名气，这些对我来说，屁都不是。我从不担心那些。"

"那您都担心什么呢？"她感到自己需要做出一些审慎但不要过分的反击。不能一直像个小学生接受期末考试似的仅仅表现出急切和恳求。但也不能真的激怒对方。她将两只手交叉起来轻轻搭在前腹，望向大导的眼神里透出些许挑衅。

大导冲她眨了眨眼。她脑子忽然走神了片刻，好奇怪，印象里她很少见到大导眨眼，他的眼睛似乎永远处于睁开的状态，这样眼睛不会酸吗？大导不是演员出身，从未登台表演，没像她一样在长期演出中经受灯光炙烤的反复折磨方锻炼出在强光刺激里也能保持双眼瞪大的技能。就连她在台上也要在背光处和观众看不到时用力眨眼才能保持眼睛不酸，坚持演完全场的。他是怎么做到的呢？好奇怪。

"你觉得，丹麦是什么？"大导眨着眼，反问她。

139

哈，终于，老狐狸的陷阱来了。她飞速在脑海中过着台词。"丹麦是一所牢狱。第二幕第二场。哈姆雷特和罗森格兰兹的对话。"

她对自己对台词的熟悉感到得意，但大导没有做出任何反馈。她努力回想着那段对白。"是哈姆雷特的词。罗森格兰兹对他说，那么世界也是一所牢狱。哈姆雷特回答说，一所很大的牢狱，里面有许多监房、囚室、地牢；丹麦是其中最坏的一间。后面接了一段这场戏里很重要的台词，也是哈姆雷特的。他说，世上的事情本来没有善恶，都是各人的思想把他们分别出来的；对于我，它是一所牢狱。"

"我知道台词是什么。我是问你，怎么想。你觉得，丹麦是什么？对我们来说，丹麦，是什么？"老狐狸紧咬着陷阱不放。

看来准备还是不足。她暗自懊悔，完全没读到过关于这段台词的深入解析。她怀疑是不是真有这种解析。究竟是什么呢？丹麦，是什么？！显然不能说是个欧洲的国家吧。这老狐狸，太狡猾了，专找这些超纲的刁钻问题问。不过这是不是说明他对我还是有兴趣的呢？看来只能自由发挥了。

她咬磨着最靠里的几颗槽牙，咯吱咯吱的研磨声持续导进颅腔里。必须得说点什么。不能说得太实，肯定跟他想的搭不对路子。对，得往虚了说，但又不能太虚，得言之有物，得说到他心坎上。哪怕是往心坎上蹭点边儿。

"就是现在。"她盯住大导眼睛，露出近乎凶狠的目光，"是现在。是我们的现在。不管说是牢狱也好，束缚也好，天堂也好。但就是我们的现在。"

老狐狸笑了。那笑容一掠而过，嘴角只抽动了零点几秒便恢复正常，迅猛到常人根本无法察觉。但她能察觉到。她双肩向下滑动，僵硬的肌肉略微放松。看来是蹭到边儿了。

"跟我排练，很辛苦。你也知道。"

"我最不怵的就是辛苦。"五年半前最后一次在大导组里经受过的痛苦走马灯似的在眼前旋转,她尽力把这句话说得听起来像是发自内心。还好,至少有28%是真心的。

"可不只是痛苦。"大导打量着她。

哈,还用您说,从舞台监督和灯光师,到五六十岁的台柱子演员,不论男女和年纪,有哪个没被他骂到躲在卫生间里乃至当众痛哭流涕过。"当然。我也是跟过您的。我已经做好准备面对各种挑战。"

"你后面几个月的档期……"

"我会把其他所有活儿都推掉,专心做好这一件事。"

大导点点头,"知道了。"说完眼睛和脑袋都垂下去一点,仿佛手终于酸了,托不动那颗沉重的头颅了。

庄一尘明白,这意思是,你可以走了。"那我不打扰您了。您随时可以找我。"她利索地起身,像谢幕时的台步一样,倒退着向门口走去。

"如果我用你,我是说**如果**,"大导的头忽然又扬起两度,看着立在门口的她,"可不是因为你今天那段独白演得好。那段真不太行。"

庄一尘心里一沉,抚在门柄上的手狠狠攥紧,憋住没有反驳任何话。

"**如果**我用你,肯定不是因为那个。也不是因为你主动来找我。刚才你身上有股子劲儿,像头雄狮。以前我看你的戏,怎么从没见到过这股劲儿。记着这感觉。排练时用得上。"话一说完,大导的头瞬间又垂回去两度。

她点点头,拧开门柄,走出办公室大门,再轻轻把门掩上。锁扣"啪"地合拢,她的心也啪的一声落地。

我的运命在高声呼喊,使我全身每一根微细的血管都变得像怒狮的筋骨一样坚硬。第一幕第四场。没想到啊。没想到。庄一尘脑中一片空白,后背倚在走廊墙壁上,试图搞清楚现在的状况。我是拿到这个角色了吗？不然老头儿问我档期干吗。说什么情绪排练用得上干吗。有戏。当然，演出部递来合同之前，什么都不能作数。但只要老头决定了，其他事情陈旸肯定都能搞定，苏凌也一定会站在她这边。

她麻木地一颗颗解开西服的衣扣，这种套装穿久了总觉得憋得慌。纽扣松开，深深呼出口气后，她忽然对自己身穿这套昂贵的西服站在这里感到一阵强烈的羞耻。她，一位身经百战的著名演员，居然为了抢一个角色而如此隆重地装扮，还上了全妆！更让她感到羞耻的，是自己到了这个年纪，还要通过装腔作势来寻求男人的认同和尊重。她四下查看，走廊上空无一人。不行，得赶紧离开剧院，再过一会儿晚上有演出的工作人员就要走动起来了。她慌慌张张地走到电梯间，意识到了什么，转头又走去楼梯间，沿着步梯快速走去停车场找自己的车。还好，一路上只跟前厅保安打了个照面，保安或许会觉得她穿的是戏服。这栋大楼里，最不缺的就是穿着奇装异服的人四处晃荡。

庄一尘木偶似的驾车回家，在沙发上瘫了会儿，木偶似的叫了外卖，脱掉西服、嚼蜡似的吞下晚饭后继续瘫在沙发上。直至暮色降临，客厅整个笼罩在深蓝色的阴影中，她的魂才再次蛰伏回身体里。她盯着窗外阴沉夜色里楼群亮起的点点辉光，细细回想体味着下午的场景。妈的，老头儿居然说那段真不太行。哪里不行，倒是说出个所以然来啊。是情绪不对，咬字重音有问题，还是表情不生动，动作不准确？

她最烦导演给出这种语焉不详的评价。最初排练经验尚少时，她听到类似模糊不清的评价总是胆战心惊，反复琢磨自己到底哪里做得不够好。后来她渐渐发现，大部分导演自己都根本说不清究竟是哪里不对，他们仅是凭着自己的直觉在判断，而十次中有一次能算得上是敏锐的直觉就不错。更多时候，他们只是想折磨逼迫演员给出不同的反馈，让他们能有更多的选择或贬损的机会。有些更可恶的导演，甚至只是想借此打压演员气焰从而树立自己在剧组中的威信。此后如果再遇到这种模糊不清的评价，她都会毫不客气地直接反击回去，"哎哟，抱歉抱歉，那您给我具体指导一下，这句台词该怎么处理才更'行'更'对'呢？"大部分情况下，对方会立刻陷入沉默。

然而大导不是其他普通导演。他不是凭借直觉那么说，更没必要再去打压任何人，他就是不肯自己说，而是要让她去悟。他这句模糊不清的话像塞在她鼻孔里耳朵旁脚底板下的不断撩拨的鸡毛掸子，搔得她浑身作痒却无计可施，因为掸子始终拿在他手里。到底是哪里不行？！能不能痛快直说！真是急死个人。

但冷静下来，她还是为自己的表现感到得意。**像头雄狮**。从没有人这样评价过她。恐怕也是因为她从未如此在他人面前展露过自己的这一面。舞台上，她可以是清纯的少女、温婉的妻子、性感的恋人、强悍的母亲，却唯独不是她自己。或者说，那些都可以是她的一部分，却永远不是她的全部。不是真相。她时常需要谨慎地包裹起自己刺人的一面，因为清楚地知道那个部分的自己，只会令绝大多数人感到他们自己都无法完全理解的不安。她掩藏起的又何止是个性呢。她身上多的是无法轻易对人展露的隐秘。就连卢朗也只知悉其中一二而已。她愈发急切地感受到自己无比需要这个角色。尽管尚未成形，但她已隐隐感知到，借着这次表演，她将激发出一个全新的、就连她自己都会感到震惊的自我。

可老头所说的丹麦，究竟是什么呢？她完全清楚自己当时给出的答案并非老头心中所想，只是触到了边。这个点极其重要。至少对老头来说极其重要，恐怕那正是他要做这出戏的原因，以及会选她的原因。正式排练开始前，她必须得搞清楚这件事。好在，她已抢得了先机。应该还没有任何演员或者工作人员从老头那儿听到过这话，她已经比所有人都更早瞥见了制胜的机密。

看书或者上网找资料应该是帮不到太大忙了，老头心里想的事，通常是没人想过的,更找不到什么现成的资料可供参考。不,不不。不能像其他人那样无限神化这个干巴巴的脖子扛不动脑袋的老头子。这世间绝没有什么从未被思考过的问题,也绝不会只有一颗绝顶聪明的大脑知晓唯一的答案。她需要帮助。只是要找到对的人。她脑子里快速闪过几个名字,有编剧,有剧评家,还有老头长期合作的助手。得去问问这些人的意见,看看他们怎么说。要问得巧妙,不能看着像直接的求助,得绕着点弯来,伪装成一场若无其事的餐后闲聊。她太了解那些人了,酒后胡扯各个能灵光乍现纵谈古今;一本正经地做起剧本分析,尤其是分析大导脑袋里的所想,他们就呆若木鸡结结巴巴不敢直言了。

接下来的几天,庄一尘循环在浑浑噩噩靠外卖充饥(她没有再多一点的力气去给自己做饭了),瘫在沙发上不停琢磨这些问题,以及昏昏沉沉地借睡眠恢复精力的日子里。她生活的脉搏停滞在走出大导办公室的那刻,其余一切都是那短短不到半小时会面的漫长余烬。她不知道自己在等待什么。是在等待振作精神重新披挂上阵的号角,还是在等待又一轮奔忙无休的琐碎。她知道自己总会再次登上舞台,不是出现在这出她心心念念的戏里,也是另一出她或许没太大兴趣的戏里。她的生活被灼烫的舞台灯光切割为两块。一块是慵懒疲乏瘫在家中无人得见的中年妇女,一块是舞台中央众人瞩目点石成金的故事魔法师。这两块里,只有一块对她构成真实的存在。

一日傍晚,号角声终于吹响。陈旸给她打来电话,不加掩饰的兴奋刺穿手机听筒而出。"成了,一尘姐。哈姆雷特是你的了!"她听到这话,身体虚脱般软了下去,手指无力到差点捏不住手机。"哦,太好了。"她平淡地回了句。她不是刻意摆出不以为然的虚伪超脱,是真的没有力气回以跟陈旸同样的兴奋。

"这几周你先好好歇歇,排练十二月第一周开始,明年一月中演出。你太牛×了，我就知道你准能拿下。可着整个艺术剧院，还有谁？！……"陈旸那边一片嘈杂，应该是刚从剧院会议室开完会出来。庄一尘疲惫地听着陈旸叽叽喳喳的赞慕和祝贺，心里并没有得胜的喜悦。对她来说，这场仗早就打完了。

"就是有个小问题。小问题哈，你不要太担心。"陈旸的话音悬停了片刻，庄一尘的注意力重新回到对话中。

"艾可你还记得吗，我跟你提过，演希尔达那女孩？"

"嗯，她怎么了？"我可太记得了，庄一尘心想。

"之前应该有人找过她说大导考虑用她来着。现在说不用她了，她积极申请进组演别的角色，说想多跟大导和你学习。大导说，她演奥菲莉亚倒也不错。所以，十有八九她要进组给你配奥菲莉亚了。"

这丫头，真可以。将来准能成器。"来呗，挺好的。这算什么问题。"此刻庄一尘惯常会摆出的不以为然的虚伪超脱口气派上用场了。

"我也掂量着你会觉得没问题，会上就没太争。让她来吧，确实该跟你好好学习学习。行，那你好好休息，有下一步进展了我找你。晚上好好吃一顿！"陈旸话落，挂掉电话。

虚脱的感觉持续了不多一会儿，庄一尘又对生活重新燃起了热情。确实，今晚该好好吃一顿！至少让我什么都不去想，享受一下今晚。她拿起手机，拨通卢朗的电话。电话响了好一阵卢朗才接起，没说两句，庄一尘就听到卢朗身边传来的陌生声线，"卢，谁啊？谁又找你？"庄一尘马上意识到，卢朗今晚肯定不方便。

卢朗那边传来脚步声，重又安静下来，应是走到了其他房间去。他的话音疏离又温和，"祝贺啊，心想事成了。就知道你行。晚上想庆祝一下吗？"

"不用，就跟你说一声。"庄一尘马上说。卢朗沉默了下，说，"好吧，那你安心休息。改天请你吃饭。"

"好。"庄一尘挂掉电话。她不该感到失落。卢朗和她都有各自的生活。这是他们无言的契约。

她也不能打给苏。至少此刻不是个好时机。苏应该也刚刚开完会,或许正在赶回家给孩子做饭的路上。不能让自己沉浸在这种可笑的人造凄凉里。老娘可是胜者。总是。

庄一尘一个挺身,从瘫坐的沙发上站起来。她要穿上那套香奈儿的西服,挑一家最昂贵的餐厅去吃饭。要点上好的战斧牛排,五分熟,配店里能找到的最好的解百纳红酒。没人能夺走属于我的荣耀,我自己也不能。她微笑起来,仿佛面前对着那片虚空的座席。

四

十二月第一周的周二上午十点整,庄一尘走进剧院大楼四楼的一号排练厅。这是剧院目前最大的一间排练厅,面积超过两百平,挑高接近五米,营造出与剧院大舞台近似的空间。唯有朝向南侧的墙壁上三排宽大的、总是打理得很清澈的大窗,透出充足阳光和外面世界的楼宇森林,显露出这里与舞台之间的差别。正对窗户的一侧墙壁,则镶着与一整面墙壁等宽、两米多高的镜子。

排练厅正中央已摆好围成正方形的四排白色长桌,桌后每隔半米左右放置着一把黑色椅子,座椅正对的桌面上分别摆放着一本打印好的剧本,一杯冒着热气的咖啡,和一瓶撕掉了标签的矿泉水。排练第一周是坐读剧本,第二周以后才会撤掉桌椅,落地进行行动和调度的排练。长桌的其中三面坐好了许多已到场的演员,响亮的交谈声隆隆地回荡在整个房间。庄一尘昂首挺胸地走进排练场,友好而客气地跟同事们一一打着招呼。她不费什么力气就一眼看到自己该坐的位置 —— 已几乎坐满的座席中唯一空出的一把椅子,南侧长桌最中央的位置。那也是近十年来她总会坐的位子。主角的位子，正对着北侧长桌导演所在的位子。北侧长桌现在一片空荡。桌面上没有剧本、没有咖啡，甚至没有水瓶。

庄一尘绕场跟每个人都打了个招呼后，走到自己的位子旁。她摘下挎包，挂在椅背上，将椅子向后轻拉，稳稳地坐了下去。啊，排练场的气息。混杂着清晨的芬芳，前夜的浊气，咖啡的喷香，以及无形的野心与争斗的气息。太令人振奋了。总是如此。庄一尘深吸口气，翻动起面前的剧本。不出所料，是朱生豪的译本。她脸上浮出满意的微笑。台词她早已全部背了下来，但还是要拿出围读该有的态度来，要像第一次翻开它时那样谨慎而谦卑。

陈旸四处走动着张罗各种杂事，分派饮品，吩咐助理询问众人午餐的偏好，见庄一尘落座，陈旸噔噔噔地走到庄一尘身边，右手轻搭在她肩膀上，笑眯眯地对众人说，"一尘姐请大家喝的咖啡哈，大家少安毋躁，大导马上就到。"感谢的声音随之翻涌在桌间，庄一尘谦逊地笑着点头示意不要客气。早上出门前，庄一尘照例把咖啡钱转给陈旸，每次排练开始第一天的咖啡由主角来请，已默默成了剧组的惯例。早年间还没有这些讲究，各人带着各人的保温杯就来排练了，现在世道变了，庄一尘也不得不紧紧跟上。

中央空调向室内吹着暖风，庄一尘身体渐渐热了起来，她解开大衣扣子，褪下大衣随意向身后椅背一搭。她精心挑选了排练第一天适合穿的衣服，舒适而不失庄重，中性风裁剪的黑色丝绸衬衫，黑色休闲西裤，黑色呢子大衣，黑色平跟皮鞋。庄一尘拿起剧本举在眼前，一边翻动着一边不时从纸张边缘扫视桌前众人。有几个人早在她预料之内，都是极靠谱的演员，任哪个导演拉班子都会第一时间想到的人。她右手边坐着老林，二十年前演哈姆雷特，二十年后演哈姆雷特的叔父克劳狄斯。唉，苍天饶过谁啊。左手边坐着蓉姐，只比她大五岁，现在却要演她的母亲乔特鲁德。蓉姐哈哈讪笑着跟身旁的年轻男演员近乎调情般讲话，庄一尘心里暗想，估摸她心里顶是不舒服。哈，那又怎样？庄一尘扫视着，她在找一个人。

应该就是那个女孩咯。坐在西侧长桌靠中间的位置，套着件纯白没有图案的卫衣，脖子上围着条毛茸茸的白色围巾。那应该就是艾可。庄一尘还从未跟艾可同台过，甚至在剧院大楼里、化妆间走廊上都没有偶然碰到过。这栋楼，说大也大，说小也很小，两个不同组的人想偶然碰到，还真需要点运气。庄一尘打量着女孩。嗯，眉眼俊秀，脖颈修长，五官比例真不错，皮肤嫩白，能看出来还是个爱运动的人，光是静坐着已透出藏不住的青春朝气。但也仅此而已。她的气场有点弱，甚至露出一丝怯懦来，还远没有被舞台磨出特属于自己的灵光。

庄一尘正看着艾可，女孩仿佛感受到了什么，忽地抬起头，目光向庄一尘投来，庄一尘毫不犹豫地接住了这直视。人和人的第一次交锋永远是通过目光，而不是语言。让庄一尘有些意外的是，女孩的注视里没有任何挑衅，甚至没有什么想传达的信息，她只是好奇而温和地看着庄一尘。眼睛里的疑问多过宣示。庄一尘的眼神和心也瞬时柔化下来。这女孩的眼神里，有种庄一尘很熟悉的东西。庄一尘冲她笑了笑，迅速把目光移回到剧本上。剧本上的铅字在庄一尘眼中模糊起来，她对自己的反应有些疑惑。

排练厅的大门打开了，苏凌先推门走了进来，身后跟着大导和他的助理。房间内立刻安静下来。三个人慢悠悠地走到北侧桌前，苏凌把导演座椅向外拉，请导演坐下，随后自己坐在导演右手边。导演助理小汪坐在导演左侧，掀开自己的笔记本电脑。

"照例我该说点建组的打气话，但这次我看就不必了。各位都是剧院的扛鼎，还需要我打什么气呢？大家也看到了，这出戏，我们搬出了整个剧院最优秀的卡司，由大导亲自执导。剧院对这部剧的看重我就不用强调了。希望各位在接下来的两个月里，都拿出看家本事来，做一出放在世界舞台上都毫不逊色的经典之作，为剧院2020年演出季开个红火闪亮的好头！"苏凌一口气把话讲完，眼神和语气都如下山虎般坚定、有力。

可惜苏不演戏啊，庄一尘望着苏凌，止不住提起嘴角。要是苏也上台，怕是能来演哈姆雷特的。所有人都盯着大导，房间内一片肃穆。大导身子歪在椅子上，小汪从背包里取出厚厚一沓剧本，放在大导面前。那沓剧本不是新打印出的，因反复翻阅而纸面发黄，布满折痕与黑重的字迹，看起来要比演员们手中的剧本厚重得多。庄一尘迅即生出一丝敬意。哪有什么天生的雄才，背后都是无可告人的汗与血。

大导将剧本翻了一页，眼皮微抬，"读吧。"他的排练场里容不得任何废话，撩开长衫就刺出长枪。通常演员们都习惯了在围读正式开始前先听上半天嘚啵，在大导面前却不敢有一刻懈怠。不管你是否准备好，长枪都迅猛刺到眼前，唯有立刻接招才能勉强招架得住。无须进一步的指示，小汪清淡地开始读起舞台提示，围读就此开始。

所有人都知道这出戏的骨头肯定难啃，但要直到骨头顶到门牙了，才能确切地感受到它到底有多硬。第一个崩断门牙的是饰演哈姆雷特密友和坚定支持者霍拉旭的年轻演员何辰光。说是年轻，也已经快三十二了。在外面世界里，这年纪该是中流砥柱，拥有对着别人大喊大叫指手画脚的资历了。但在舞台上，这年纪的人还是根嫩草。基本上何辰光每读一段，就会被大导劈头盖脸地骂上一通。

"霍拉旭，你是个疯子吗？扯着嗓子嚷嚷什么呢？这戏里疯的是你还是哈姆雷特？"大导从来不叫演员的名字，只叫戏里角色的名字，似乎除了角色的皮囊外，皮底下那个人不具有任何自己的灵魂。

何辰光小声为自己争辩着，"我就是觉得，他这不是见到鬼了吗，应该是有些恐惧的……"

"恐惧,恐惧。你能演出来的恐惧就是扯着嗓子嚷嚷是吗? 你现在恐惧吗?"

"有点……"

"那你嚷嚷了吗? 你敢冲着我大喊大叫吗?"

"不敢……"

"用用你的脑子。不要用俗套的可见技术。用用自己脑子。"

"好的导演,我换种方式来。"

所有人大气都不敢喘一口,眼睛死死盯着剧本,紧张地琢磨着轮到自己读词时该怎么用用脑子。庄一尘看着满头冒汗的何辰光,有些同情他。小何在戏剧学院读的是导演系,进了剧院后却一直没得到导戏的机会,只能先做演员。这算是剧院惯例,得先摔打够了,才给干你真想干的活儿的机会。去年小何使尽浑身解数,终于说服剧院让他在楼上两百座的小剧场里执导了自己的第一部导演作品。他请了几乎所有同事和朋友去看,嘴上谦虚地请大家多提意见,心里不知道有多想要证明自己的导演功力。

那出戏庄一尘也去看了,戏演了没有十分钟,舞台上方的脚架上突然掉下来一条活鱼,正砸在庄一尘所坐的第一排座席的不远处,吓得她魂都飞出体外好几秒。整个戏演出的八十分钟里,那条鱼都在拼命扑腾挣扎,寻找能救命的水,一直扑腾到戏快结束,才终于挺着肚皮为戏剧艺术英勇献身了。现在回想那出戏,里面的情节庄一尘是一点想不起来了,脑子里只能浮现出那条鱼小嘴一张一合一张一合直到不再张开的样子。唉,那条可怜的鱼。不对,是那十条可怜的鱼。这戏演了十场,掉下来十条鱼。愿它们安息。

说心里话,庄一尘认为小何作为导演还是有些想法的。她也能明白小何用那条拼死挣扎的鱼来暗喻剧中人物的困境这个用意。尽管有点残忍了。还有点莫名的好笑。但还算是有自己想法,已经比不少导演强多了。再能有执导两三部戏的机会，他就能慢慢摸到排戏究竟是怎么回事了。就是不知道，他还有没有这个机会。

很快，庄一尘就没有同情别人的心情了。大导这块老骨头不是要硌断她的牙，简直就是要捣碎她的肉，捣成碎碎的肉泥再用强力胶黏起来继续念词。过去一个月她根本没真的休息过，细细去抠过每段台词、每段独白，还把各个国家各个年份重要版本的哈姆雷特演出视频都重新找来看了一遍，精心设计了更适合自己的表演方式。结果每出口一句，大导就要纠正一句，不是对重音落点不满意，就是对情绪不满意，甚至对换气的节奏都不满意。"哈姆雷特，你是疯还是傻？你是真疯还是装疯？你能分得出区别吗？""哈姆雷特，这句第二个逗号后面你为什么要停顿？你在等什么呢？等你妈冲过来亲你一口再抱住你吗？""哈姆雷特，'一个人可以尽管满面都是笑，骨子里却是杀人的奸贼'，你认为这句话到底什么意思？他是在说谁？说他叔叔，还是母亲，还是他自己？你想清楚了再说出口。"

这些就算了，都是些小打小闹，庄一尘完全承受得住。排练场上不分大小，她不觉得自己理应获得比别人更多的尊重和谦让。真正扎穿她的心的，是读完全剧后大导忽然猛拍了一下桌子，惊得在座所有人身子一抖。大导狮子般盯着她，语气异常严厉。

"哈姆雷特，你觉得我到底为什么让你来演这个角色？"

庄一尘愣了，"我？我……"

"对，就是你。一个女人。我为什么要让一个女人来演哈姆雷特？"

对啊，你为什么要选我呢？为什么让我来了，又对我从台词到表情到呼吸都不满意。妈的，为什么呢？

"我不是要让你变成一个男人。你可以像个男人，但你永远不会是一个男人。如果我需要一个男人，满地不都是吗？他不能演吗？他不能演吗？他不能吗？！"大导手指胡乱飞舞着，指向老林、小何和其

151

他几个人。尽管只是个比方,被大导胡乱指到的人还是掩藏不住露出了些微欣喜。

"我不要一个男人。我也不要一个女人。你必须好好想一想我要的到底是什么?想不清楚的话,这出戏狗屁都不是。"大导说着抬起手腕看了眼表。已经快六点了。他站起身,嗓音忽地显出了疲惫。"今天到这儿吧。"谁能不疲惫呢,整整八个小时,只在午饭时休息了不到一小时。话音一落,大导转身走出了排练厅,小汪赶紧合拢电脑,跟在大导身后走出去。

第一天,就是暴风骤雨。大导身影一消失,排练厅里哀号四起。蓉姐拍着大腿,哀婉地看着庄一尘说,"完了,我后悔了。彻底后悔了。我这把年纪,真是经不起这种折磨了。"庄一尘强打着精神,冲她勉强咧了咧嘴。真是假笑的力气都没有了。排练厅里只剩下演员,他们可以尽情吐槽。苏凌刚听完第一场就悄悄离开了,其他工作人员撑到大导离场也一个个脚底抹油迅速溜走。陈旸见势头不对,游走在演员中间,拍拍这个肩膀,再抱抱那个胳膊,嘴上不停安抚着,"没事没事,后面就顺了,后面就顺了。"谁也不会信这话。

陈旸走到庄一尘身边,嘴还没张开,庄一尘马上抬手示意,对她就不必来这套了。陈旸眨了眨眼、点点头,绕过她,走去蓉姐身边牵着蓉姐的手听她大吐苦水。庄一尘屏住胸口沉甸甸的郁结,站起身拿起大衣和挎包,她只想赶紧走出这里去透口气。走到剧院门厅时,庄一尘听到身后有人在叫自己。听到第一声呼唤时她加紧了步伐,想装作没听见直接走出大门去,第二声再传来,她辨认出了那个声音,渐渐放缓脚步,停了下来。

全身毛茸茸的艾可从身后追了上来。她穿着一件淡黄色的羽绒服,帽子上围着一圈白色茸毛,背上斜挎着的帆布包上别着一只小小的参着毛的黑猫玩偶。"一尘姐,你走路走得可真快。"艾可呼哧呼哧喘着气,"现在好想喝一杯啊,你要不要跟我一起?"艾可盯着庄一尘,语气轻松得好像她们已经认识太久,而不是今天第一次见面。

"我开车了呢。"庄一尘看着女孩。如果说今天的围读还有些什么意外,就是她重新认识了这个年轻的女孩。艾可一旦进入角色,就再不是那个气场寡淡、露出怯懦的小女孩了。哪怕只是坐读剧本,她在套上角色的那刻起便迅速焕发出非同凡响的气质。她的声线不再娇弱,深沉的共鸣将台词清晰地顶进每个人的耳蜗深处,她的表情不再散淡,眼睛生出步步紧逼的光彩,扯着对手一起俯冲进她的情感漩涡。每个演员被大导劈头盖脸训斥时,大多会不由自主地缩起肩膀,眼睛死盯着剧本不敢抬头,她却总是仰头直直迎着大导凶狠的目光,脸上似笑非笑。这女孩,有点意思。

"哎呀。有点可惜。像这样的排练结束后,总觉得不喝一杯就放松不了似的。"艾可露出遗憾的表情,眼神却抓着庄一尘死死不放。那眼神,是一把锋利的剑,也是一只裹满茸毛的掸子,让庄一尘心里一阵松一阵紧。

"说实话,我也有点这感觉。算了,喝一杯吧。"话一出口,就后悔了。有点太早了。庄一尘从不跟刚结识的人喝酒,更别说是同事。后悔也迟了,艾可马上说出了自己想去的酒馆,蹦蹦跶跶地向门外走去了。庄一尘微微摇了摇头,跟在她身后走出剧院大门。

没想到,这女孩是喝白酒的那种。她这年纪的女孩,不是都更爱喝红酒或啤酒吗? 白酒在她们眼里都是老头子才喝的玩意儿。不过白酒倒是此时庄一尘最需要的,够猛烈,够解压。一口白酒灌入空荡荡的胃里,庄一尘脑子嗡的一声响,身上的螺丝顿时松了,胸口那团沉甸甸的郁结缓缓稀释开。妈的,我到底在干吗? 庄一尘想着,又灌下一口。

"我发现,大家虽然都怕被大导骂,但每个人其实又都盼着被他骂。

被他骂难受归难受,但至少说明你的角色是重要的,你在他眼里是值得调教的。所以没被骂的人,心里更虚得慌,更害怕。因为那说明你的角色连被骂的价值都没有,你这个人连调教的力气他都懒得费。所以,每个人都战战兢兢地怕被他骂,又急切地渴望被他骂,多骂几句才好。"艾可一边说,一边用筷子拨玩着自己碟子里的菜。

"你还挺善于观察的。"庄一尘嚼蜡般吞咽着饭菜,她品不出味道来,但身体里空虚得好像蹲着一只不餍足的野兽,必须得喂饱它,血液才能继续流转。

"可能我还是太年轻了吧。大导成名时我都还没出生呢,他最有名的代表作上演时我还在念小学中学,也没机会亲眼看。能跟他一起工作更是到现在才有的机会。你们是亲自见证他传奇生涯的人,我只是活在关于他的神话传说中的人,体会不太一样。没法身在其中,反而让我觉得自己可以游离在这一切之外。"

庄一尘筷子停下了几秒,抬头看了看女孩。艾可的神思仿佛并不在自己身体里,究竟去了哪里,谁都说不好。当艾可拉回自己心神,复又带着况味望向庄一尘时,庄一尘赶紧继续夹菜来吃,捧酒来喝。有点不妙啊,这事态的走向。庄一尘愈发后悔起来。

"但对你的感觉就不同了。"艾可笑盈盈地看着庄一尘。

"哦,是吗?"庄一尘的心弦被强拨了一下,她尽量沉住气不去细想。

"是啊,完全不一样。我印象太深刻了。第一次看你的戏,我还在读戏剧学院,大二那年夏天,我还不到二十岁。艺术剧院那版《海鸥》。你演的妮娜。"

庄一尘脑子里迅速回想,记忆迷雾中首先清晰浮现出的是那出戏里自己扮上装的形象,随后是舞台布景,对手演员,那个版本的导演,零零碎碎的几个精彩片段。努力拨去这些幻影之后,她才勉强记起那应该是2011年。这么算来，艾可现在只有二十八岁。天，居然已经是八年之前了。

"那出戏的后半个小时我一直在哭。我这人最不爱哭的，从小到大，为了生活里的事儿，从没哭过一次。但看戏时就是憋不住会掉眼泪，让我想抽自己，想不通为什么。我可能就是为了弄明白这事儿才会去学表演的。为什么坐在剧院里，看着那些既真又假的东西，我才会哭。你把我弄哭了。我说这话可不是奉承你。你彻彻底底把我掀翻了。看着台上的你，我感到一种怪异的恐怖。这个人看着瘦瘦弱弱的，到底哪来的力量，能征服那么多的人。能征服我。哪怕是一种蒙骗，也是最高级的那种蒙骗。不是靠角色和故事去骗，而是靠她的心。能骗得一个人为了不是发生在自己身上的事情痛彻心扉。打那以后，艺术剧院就成了我心底最高的追求目标。因为艺术剧院，有你。"

艾可的眼睛里淡淡浮着一层水膜。不是眼泪，只是一层薄膜，晶莹剔透得戳人，让任何认为她说的话不是发自内心的人，都会为自己产生的哪怕一丝怀疑而暗自愧疚。她说的这些话，庄一尘早就不是第一次从别人嘴里听到，也不止一次。但这话从她口中说出，从她浮着淡淡水膜的眼睛里渗出，竟让庄一尘像是头一次听到似的触动。能看出来这女孩是个真诚的人。庄一尘暗想，这对演员来说，是好事，又不完全是好事。

"你这话说的，我都不知道回什么好。"这句是实话，庄一尘确实不知道该说什么好。她举起酒杯，轻轻碰了下艾可的酒杯。两人都一口饮下。庄一尘被辣得身子一抖。

"我知道自己有点好笑，讲这种什么粉丝拼搏多年总算能坐在偶像面前倾吐崇敬推杯换盏的庸俗戏码。我自己也嫌丢人。我之前原本想得好好的，先等排练排上个一两周，等咱们熟点了再单独找你喝酒。他们跟我说，你从来不跟其他演员单独吃饭。可今天排练完，我忽然觉得一切都不重要了。丢人不丢人，庸俗不庸俗，好像一下子都不在意了。反正你开心就来，不开心我就再等等呗。没想到你真来了。"艾可笑着给自己和庄一尘都又倒上一杯酒。

"我确实也是想喝一杯。"这句不是实话。庄一尘完全可以自己回家后再喝。通常那样才会让她更舒服。但实话，她没法对艾可讲。

"大导最后说的那段话，我可能知道他是什么意思。"艾可眼中的薄膜忽然闪动一下。

"哦？说说看。"

"我在看你表演的时候，也总有那样一种感觉。我总结不好，只能简单说说我的感受。你在表演时，无论演什么角色，无论什么年龄，都能惟妙惟肖，但是，又都有着你自己身上的某种特质。那特质很强烈，让你跟其他任何演员都立刻显出不同。你像个女人，但又不完全像，说是像个男人吧，可又不完全是那回事。你好像轻松地凭着天赋就可以穿行在这两种性别之间。你的温柔，并不全是女性的温柔，却也不是男性的温柔。你的坚韧勇决，并不是女性的坚韧勇决，可也不是男性的。我一直在琢磨，这东西究竟从何而来，又是怎么融洽地贯穿在一体。你可能也发现了，我读词时候经常下意识地在模仿你。我有点控制不住。它太吸引人了。但我模仿得再像也不对劲，因为我不是你。那个特质是来自你这个人，不是通过模仿就能像模像样的。我说不清楚。但我觉得这是大导选你来演哈姆雷特的原因。他们通知我说这角色最后定的是你，我一点都没意外，也没半点失落。我只是你的一个粗劣的年轻的描本。但永远不会是你。"

不知是不是有酒精的作用，庄一尘的鼻腔涌起一股酸腥，眼泪几乎要呛出来。她是头一回听到这样的话。足够令她震动，却又像早已蛰伏在她灵魂的深处。艾可只是替她拂去了顶上蒙住的灰尘，让它清澈地显形。庄一尘回过神来，仰头喝干杯中白酒，再给自己斟满。不行，得赶紧把话题扯开些。否则只会越陷越深,也太不妙了。

"嗐,别老说我,也别谈工作了。这一天下来真是累死。给我讲讲你自己吧。"庄一尘故作轻松地说道。

"我自己?我这人很无趣的,没什么可讲。"

"少来。说说吧,什么都行。单身?恋爱中?结婚了?"该死,怎么这就扯到恋爱上了。庄一尘恍然意识到,这话题的走向比之前更危险了。

"单身,当然。咱们这工作,像普通人一样谈个恋爱可费劲呢。有过几个伴侣,相处都很短。不是我受不了对方,就是对方受不了我。据我的前任们讲,我这人完全缺乏生活情趣。我都搞不清楚到底什么叫生活情趣。开车去海边看日出算生活情趣,还是在家里摆弄花花草草算生活情趣?我也懒得搞清楚。"

她们东拉西扯地一直聊到十点过,酒馆老板走过来说要打烊了。现在怎么还有晚上十点就打烊的酒馆?!庄一尘抢着买了单,艾可立刻说下次得让她来请。下次。听到这个词,庄一尘心里的恐惧大过了期待。

两人站在街边等各自叫的车。冬夜的寒气卷着细风吹撩着艾可脖子四围衣服上的细毛,她红扑扑的脸庞在夜色中发着光,像一只夜光兔子。庄一尘尽量不去看她。艾可转过身来,抬头看着庄一尘,低声问,"你没喝多吧?用不用,我送你回家?"说着话,艾可抬起手来,将庄一尘吹散的发丝轻轻别到耳后。庄一尘头皮一紧,嘴唇翕动了几下,弱弱地回说,"没。没喝多。不用了。明天还要排练,你早点回去休息吧。"

艾可仍看着她,欲言又止。跟她在剧院大厅邀请庄一尘去喝酒时的轻松惬意已是全然不同。庄一尘叫的车到了,点着双闪在路边等候。庄一尘跟艾可匆匆道别,仓皇钻进车子后座。她摇下后排座椅的车窗,让凶猛灌进车内的冷风吹醒自己。

别搞些有的没的,眼下最重要的是想清楚这出戏该怎么演好。其余的一切,均会在舞台灯光亮起的那刻消失殆尽。唯有戏是最重要的。永远是。庄一尘重重合上自己疲惫的双眼。

五

不是一个男人,也不是一个女人,这话他妈的到底什么意思。随着排练进程艰难迟缓地推进,大导这句话愈发重若盖了符的五指山,死死压住庄一尘,让她一身的本事使不出来。庄一尘竟感到自己不会演戏了。她在世为人唯一的依傍,被人抽空了柴火,燃不出火星来了。

多年前有人给庄一尘推荐过唐德刚写梅兰芳的一本小书,《梅兰芳传稿》,这些日子庄一尘重新把书翻出来,反复重看唐对梅的描写。唐写梅,以男子之身表演女人,"第一要义就要举止淫荡。要拼命地'浪';要浪得入骨三分,要浪得如贾琏所说的'使二爷动了火'。"写梅的花旦戏在一批文人的匠心修订下,文词改善许多,"能演传统乐且淫而俗不伤雅"。写台下看着的人群感叹,"男子皆欲娶兰芳以为妻,女子皆欲嫁兰芳以为归",乃至惊呼,"谓天地而有情兮,何以使我如此老且丑?"

梅的艺术成就无须再多强调,由十九世纪纵贯二十世纪,已成为业内所称与斯坦尼斯拉夫斯基和布莱希特并列的"世界三大戏剧表演体系"之一。但沿着其中线索细思下去,总叫庄一尘产生某种很难放在台面上来讲的不安。传统表演的舞台上,女人的角色被男人占有,赞赏与诠释的话语权同样被男人占有。庄一尘没有她的齐如山,没有她的唐德刚,甚至很难说能有发出那样感叹的观众。就算站在二十一世纪的舞台上,她真若梅君一般,以女子之身扮演男人,也能叫台下的座儿们惊呼,"女子皆欲嫁一尘以为归,男子皆欲娶一尘以为妻"吗? 前半句她倒是心里有底,后半句却用脚趾头想也知道不可能。她估计自己若是化身为"比男人更男人"的形象,怕是只会令台下的男人感到恐慌、感到嫉恨、感到厌恶。

女人的特质岂会仅是一个"浪"字,就好像男人的特质也不会仅是一个"勇"字。自然,当下的舞台没法用唐君二十世纪五十年代所写的景象去套想,但归根到底本质仍是大差不差。抓住单一性别中某个刻板的特性,将其推向极端,更极端,从而虏获受到震撼的每个魂灵。这就是秘诀,也是捷径。它的成立有一个前提,就是所有人都知道,台上那身皮囊之下,裹着一个相反性别的躯体。否则神话就将破灭。

她知道的秘诀与捷径,大导心里自然也很清楚。所以大导才死死堵住这条捷径,不让她走。落地开始排练行动与调度以后,庄一尘被一步步逼退到悬崖边上,身后是万丈深渊,眼前惯走的路又被封死,让她动弹不得。同组其他演员都更快找到了感觉,放开肢体以后,语言的节奏很快跟随着通畅起来。大导训骂的火力渐渐集中在庄一尘一个人身上,这令她痛苦不堪。然而这持续的痛苦也催生出强烈的快感。跟她奋力争取这个角色时料想的一样,她知道自己只要挺过这关,想通了这个问题,绝对会在熊熊火焰中将过去看似繁华的麾羽焚烧殆尽,在灰烬中重生出一个全新的自我。她只能借着这一丝现在仍遥不可及的盼念,熬住眼下的磨难。

她要解决的问题有很多。比如,如何处理自己明显的女性特征——乳房。她的双乳大小适中,不显得过分丰满,年过四十仍无下垂迹象。此前她很少会留意自己乳房,只当它是跟胳膊肚皮和大腿上的肉块一样,只需保持不显赘余即可。在表演中她绝少通过身体自身的特征去呈现人物,才不会像某些演员那样故意昂挺胸脯展露性感,此时她却不得不重新思考这副身体该如何恰当使用。是用衣服的遮挡去淡化乳房的存在，还是直接坦率地显露它？前一种方法全在合理想象之内，后者却可能有出其不意的效果。再比如，她的行动姿态，是该像梅君那般用几根柔弱无骨的纤嫩手指去撩得众人心痒难耐一样，转用暴烈有力的手指划破面前一切伪善？还是该顺其自然，不过分地去表现男性的力量感？

所有要解决的问题，都跟那个死死缠绕她心头的根本问题关联在一起：大导想要的，究竟是什么？他那句混沌不明的话，究竟是什么意思？她越是想知道，大导越是绕着弯子不直说。她强烈怀疑，大导也说不清自己想要什么，只知道自己不想要的是什么。不想要的，就是眼下她所呈现出的一切。太要命了。庄一尘每日沉浮在"妈的好想死"和"妈的不行我得扛住我能行"的欲念海波滚荡中，二十几年来在舞台上历经风霜锤炼出的自信和身体，被咸涩尖锐的海浪一波波来回穿刺。

对了，此外还有艾可。这个可怕的小精灵，这个甜美的小恶魔。那晚跟艾可吃过一次饭后，庄一尘一直在故意躲着她。尽管艾可的行为和言语都表现出为人的朴实和真诚，不只是对她，也是对所有人，但在最初的酒精和好奇消退后，庄一尘还是再度警觉起来。她们是同事，她们正同组演出，她们都是剧院众人瞩目的当红演员，她们之间差着十四岁。不管哪一条，都是庄一尘心头大忌。

艾可说想来剧组学习，这话是认真的。排练当中和休息间歇，她不倦地跟每个对手演员、每个工作人员细细地交谈。她问出的问题又怪又密，经常让被问的人两眼发直舌头发硬，不知如何应对。您觉得说词的时候为什么最好不要走动？您觉得奥菲莉亚这句话是真的疑问句还是设陷阱似的反问句？您觉得为什么她更爱的人是自己父亲，还是哈姆雷特，还是哥哥，还是她自己？您在讲这句台词时为什么想向前走两步，是您自己内心的冲动还是想给对手更大的刺激？您认为这处停顿为什么要进音乐，是为了转场还是为了烘托人物心境？剧组里的人很快给她起了个外号，小蓝猫。好像是从什么动画片里来的，小蓝猫随时随刻都有三千问。奇怪的是，没有一个人讨厌她。这要搁在另一个年轻女演员身上，不出一日剧组所有人都得腻歪死，人人都得避之不及。但对她就不是。没有一个跟她相处的人会感到她的追问是一种纠缠，或是虚与委蛇的套近乎。这大楼里头，个个都是火眼金睛的人精，都是伪饰的高手，也都是善于迂回的大师。哪怕艾可有过一次不经意的虚伪表现，所有人都会立刻敏锐地捕捉到。

几乎每隔三两天，艾可就会在排练结束时单独邀请庄一尘去喝酒。庄一尘搜肠刮肚地找合理借口，哎呀我今天不太舒服，哎哟我今天事先约了人，啊太不巧了我大姨妈来了肚子痛。她以为推托上那么一两次，任谁也会心里有数不再自讨没趣了。但艾可只是笑嘻嘻地眨眨眼，隔上几天又像什么都没发生一样再次邀约。

避得开单独见面，但显然避不开排练对手戏和小蓝猫的三千问。这是她们的工作，也是庄一尘会暂时抛开所有顾虑倾身投入的时刻。来自艾可的几乎每一次提问，都会引发庄一尘真正的思考。常年重复的排演工作，就算再强打职业精神，也难免会产生倦怠，运用自己已经获得太多肯定的表演技术，掩盖自我重复的残酷事实。艾可的发问逼迫着她不得不去重新看待自己业已纯熟的技艺，和习以为常的表现。不知觉间，庄一尘每日开始期待在一个片段排练结束后，那只小蓝猫向着她蹦跳走来的身影。要命。

排练第三幕第一场哈姆雷特和奥菲莉亚那段两个人单独对戏的片段更是扼死了庄一尘的喉咙。这场戏排的次数还不够多，但已经快让庄一尘精神上难以承受了。每到排这场戏时，排练厅里总是安静得可怕，平日里没排到自己戏就坐在场边捂嘴说小话的人、藏在桌后偷吃零食的人、刷手机看娱乐八卦购物网站的人，通通闭上了嘴巴、放下了手机，屏着呼吸看她们两人的对戏。当哈姆雷特对着奥菲莉亚说出那句"我没有爱过你"时，艾可瞳孔中闪动的水膜几近破开，里面涌出的心碎脆亮地扎入庄一尘的心里。不管是否有其他人能看出来，但庄一尘自己心里很清楚，那一刻她所体会到的心脏酸痛的真实感受，更多是源自她的内心，而不是人物的内心。有时她会按捺不住好奇，迫切地想知道艾可心里，是否也有同她一样的感受。但她绝不能真的去问。

这一天在排完这场时，场边有几个演员不由自主地鼓起掌来，还有人在侧头抹泪。大导一只手托着脑袋，另一只手扬起来挥了挥，"鼓什么掌？就这？还差得远呢。"鼓掌的人立即放下双手把身体往后紧靠，像是想把身子埋进墙壁里，大气不敢出一口。庄一尘攥紧拳头，努力安慰自己，想吞掉一头大象？诀窍是一次只能吃一口。你给我等着吧老头子，早晚一定啃干净你这块硬骨头。

排练结束，那场戏的余威还在庄一尘身上鼓噪着。她心神恍惚地收拾着自己衣物准备离开，那只小蓝猫蹦跶着向她袭来。庄一尘低头假装找东西，不想面对艾可的目光。

"去喝酒吧？今天好想跟你喝一杯啊。可别跟我说你又约了人。"小蓝猫站在庄一尘身边说道。

庄一尘故作遗憾地吁了口气，"唉，还真是约了人。"

"你是故意躲我吗？你在担心什么？"

她居然能直截了当这么问！哪有人会这么不给自己和对方留余地地讲话？

"怎么会呢？我躲你干吗？"

"你知道我喜欢你呗。你很担心吗？就不能聊聊吗？"

庄一尘脑袋里打起连环雷，轰得胸闷耳鸣。假装要找的东西也不必找了，她得立刻逃走。但不能就这样逃走，好像承认了什么似的。

"我也喜欢你啊。剧组里每个人都喜欢你,大伙儿都觉得你很可爱。我今天真是约了人,你看,"庄一尘抬手看了看腕表,"都迟到了。一排到关键场次就拖时间。我得先走了。你问问看有没有其他人能陪你喝吧。"她提起包,搭在肩膀上。

听到她的话,艾可忽地像变了个人,眼神里闪出少见的讥讽,"那行啊,何辰光肯定有空,他早说想请我喝酒来的。我找他好了。"话一说完,还没等庄一尘做出反应,艾可迅即转身走去了何辰光身边。两人交谈没两句,何辰光顿时面露喜色,欢天喜地地跟在艾可身后走出排练场大门。

庄一尘呆在原地愣了片刻。这女孩,真可以。她又站了一会儿没动,心算着时间,估摸着艾可他们应该已经坐电梯下去,走出剧院大楼以后,才缓慢地踱步走出排练厅。她钻进自己的车子,又发了会儿呆,打着引擎直接把车开去了卢朗家楼下。今晚她无法自己度过,也懒得去想卢朗是不是方便,此刻她实在太需要他的陪伴了。

卢朗在公司加班,接到庄一尘的电话时还有一个不得不开的会,开完会回到家已经快九点了。走出公寓电梯门,卢朗看到庄一尘痴坐在他家门口的脚垫上,灰头土脸,像个穿戴精致的叫花子。卢朗走到庄一尘身边,用脚踢了踢庄一尘小腿,示意她让开些好叫他开门。庄一尘扬起脸看着卢朗,"我坐在这儿听电梯滚动的声音听了三个小时,你知道我发现了什么?电梯持续转动的声音好像柜子里怪兽的狞叫。像海浪向海水发出的邀请。是摩擦力和摩擦力之间的致敬。但电梯也让我想不明白一件事,对我而言,这所有时间和折磨到底意味着什么?"

"又是哪出你演过的戏里的台词啊?起来吧,进去说。你不是有我家钥匙吗?"卢朗还在踢着庄一尘,她只好吃力地挪了挪屁股,把身后的门让出给卢朗。

"在家呢。不想回去拿。"庄一尘用手按地站起身，头有点晕，扶着墙壁走进卢朗家门。

卢朗看出她没吃东西，换好衣服就走进厨房，把冰箱里能找到的可吃的食物都掏出来堆在她面前，又给两人都倒了酒。"说吧。怎么回事？"

"才他妈不是哪出戏的台词呢。写这种词放在舞台上的编剧未免也太矫情了。没怎么回事。"庄一尘不想吃东西，只顾一口接一口地喝酒。卢朗看着她，不说话，安静地喝着自己的酒。庄一尘叹了口气，颠三倒四地断续讲起近期发生的事情，混杂的记忆打散了时间的秩序，唯有情感失控的秩序在主导着讲述。卢朗似笑非笑地听她扯扯东又扯扯西，绕着关键问题打圈圈，再小心翼翼地靠近核心。直到庄一尘榨干了自己所有情绪，疲惫地合上嘴巴再吐不出一个字。

"所以，你确定她所说的'喜欢'，是你理解的那种'喜欢'吗？"卢朗问出第一个问题。

"你他妈的……"庄一尘一时急火攻心，"老娘四十好几了，阅人无数好吗？这点区别我还分不出来？！"

卢朗抬起手做了个向下压火的动作，喝干酒杯里的红酒，又给自己倒上一杯。"是有点麻烦呢。"

"用你说？"

"都知道兔子不吃窝边草的道理。不过你们这种工作，还有你这性格，不吃窝边草怕是得活活饿死。"

"没心情跟你开玩笑。"庄一尘沮丧地翻了个白眼。

"瞧瞧庄大角儿。啧啧。让个二十多的小丫头搞得五迷三道失魂落魄。"

"我走了。"庄一尘腾地起身就想往门外冲，被卢朗一把抓住胳膊用力一拉，跌坐回沙发上。

"我想说，麻烦的不是你们在一个单位，情况比较复杂。麻烦的是，你真的动了情。我都嫉妒了呢。"

"狗屁。"

"真的。嫉妒这种情绪，在你我身上太少见了。我们没什么理由嫉妒任何人。不是因为我们太自恋，或者过得太好。就是单纯地很难对这个世界上大多数别人在乎的事产生在乎的感觉，不是吗？好长时间没见你这副模样了。"卢朗眼睛向右侧上挑，在脑海里努力搜刮着，"多久了？我都想不起来。反正好久了。太久了。"

庄一尘呆坐不语，眼前飘闪着凌乱的记忆碎片，有的折射着彩色的倒影，有的沾着血。

"我好奇，她到底是哪里吸引你。不是反问，不是讽刺，是真的好奇？"卢朗问她。

"她……很特别。"

"拜托，你是艺术家，别把艺术家那股子劲儿都用在动不动就陷进自己情绪里不顾别人上面，也用点在你的修辞上面好不好？说具体点。"

"她很朴实、很真诚。热切、执着、坦率。坦率得叫人有点害怕。我一直觉得想做好演员这行，总得把自己小心包在一个壳儿里。不对，应该是很多很多层壳儿里。里面的瓤可能永远是你自己，但外面的壳得厚、得硬，得剥开一层里面还有一层，再剥还有，总剥总有。越是出色的演员，层儿就越多。但每层都不一样，得有真正的区别，闪着不同的光芒。要拿捏好真诚的程度，掂量好每一层壳儿的厚度。只有这样，观众才能在抽丝剥茧的过程里不断获得欣喜，才能看你的每一次表演、每一个人物，都还能获得新的感受。有的人演戏久了，壳儿倒是有了，瓤儿却没了。迷失在不断塑造外壳的圈套里面，忘了自己是谁，观众也不感兴趣你到底是谁。他们只想知道你还有多少出人意料的表现，多少能让他们反复穿梭游乐其间的戏法。但她，完全是另一码事。演戏时她的壳在，但又不真的在。她的壳永远是透明的，不管那壳有多厚，你总能看到最里面的瓤。那就是她自己。我绝不敢像她那样。而且，我很清楚那不是因为她还年轻，我像她那么年轻时也不是那样的。我能想象，她就算到我这个年纪了，还是现在这副样子。因为她很确定那就是她想要的方式。"

"好吧，"卢朗把手里的酒杯轻放在桌面上，定定地看着庄一尘，"现在我是真的开始嫉妒了。但你说的这些，更多还是基于你对她专业表现的观察。那她这个人本身呢？她自己。"

庄一尘激动起来，声音兀地拔高，"我们的专业表现就是我们这个人本身啊！跟我认识这么多年了，难道你还不明白这个道理吗？我们可以去塑造数不清的角色，国家不重要，年代不重要，种族不重要，现在连性别也不重要了，但我们投放在表演上的一切，就是我们这个人啊！"猛然间，庄一尘意识到自己似乎在激情中倾泻出了一件无比重要的、但此前尚未形成语言显性地作用于自身的事情。一件对眼下这出戏的表演具有决定性的事情。她霎时冷静下来，琢磨着自己说出的话，试图理清这件事究竟是什么。情感的困扰与之相比，显得不再那么重要了，她坠入自己思考的迷宫中。迷宫里被黑暗笼罩，线头的细丝忽隐忽现。

她能看到卢朗轻薄的嘴唇缓慢地一张一合，不知在说些什么，她的耳朵周围敷着一层白噪音的声膜，将她和世界隔离开来。又过了许久，才重新有清晰的声音穿过那层膜泡，进入她的身体。

"重点还不是刚说的那些，重点是，你能分得清工作和你的生活吗？真的能分得清吗？你不是总说你们大多数都拎不清这两件事，可生活会给你们教训的。你确定你喜欢的是她这个人，而不是她的表演所呈现出的那个幻影吗？再透明的壳儿，终归还是壳啊不是吗？……

你还在听我说吗?"

"在听。那不只是一份工作。至少对我来说,不是。"

"我知道。你的事业,你的热爱,你的、你的,一切,好吧?什么都可以。我想说的只是,首先你是一个人,庄。你是一个人类。你不能把这份事业看作一切。你得允许自己同时享受生活。真实的生活。"

"那你来告诉我,我真心实意请教你。什么叫作真实的生活?"庄一尘口气冷淡,异样的疏离。从卢朗身上学来的那种疏离,却青出于蓝而胜于蓝。让卢朗看到后,脊骨后侧不禁竖起细密的汗毛。

卢朗微微摇了摇头,脸上浮起苦笑,"你知道吗,我一直觉得,打从很早之前就开始觉得,总有一天你会累的,我也会。然后我们可能会结婚,不是像年轻时那样为了做样子给别人看、给父母看。只是累了。然后平淡地,只是两个人过日子。"

"你这么想,只是因为你放弃了。"庄一尘依然冷淡。

"放弃什么?"

"放弃相信你是可以拥有爱的。"

"换我想请教你了。请问,什么叫作,爱。"说完这句,卢朗身体颓了下去,软趴趴地凹进沙发深处,像个脆弱的孩子。庄一尘挪动身体,靠近卢朗,把他拉到自己的怀里,像摆弄木偶般,用手把他的脑袋安放在自己肩头,伸展开双臂将他用力环住。

"太好笑了,我们。真的。一把年纪了,大半夜说这种幼稚的话。可笑。"卢朗的头抵在庄一尘颈窝里,声音闷闷地,沿着庄一尘的脖颈和肌肉爬进她的颅腔。

"幼稚吗? 就算幼稚好了,成熟的人生有什么好过的。"庄一尘用手指轻轻刮划卢朗油韧的头皮,看到他稀散的头发深处生出了一层短短的白色发根。她忽然有些想笑。现在卢朗再跑去理发厅倒不是为了剪发,而是要为染发了。

"庄，你得允许自己享受生活。我也一样。如果你真的感受到了爱，不管那个爱究竟是什么，就去抓住吧。别管什么其他的。"

"好。不管什么其他的。"

六

六岁零八个月。那是庄一尘开始学习"表演"的年龄。从她对这个庞巨而狭小的世间有了记忆开始，庄家就一直在经营一间小小的杂货铺。实际上店铺是到了庄一尘读初二后才开起来的，在那之前，父亲在家里储藏间改造出的小作坊里，制作各种他用廉价耐用的工具和别人看来不起眼的废料做出的小件杂货，母亲则每日推着一辆平板小拖车到市集上去兜售。六岁零八个月时，庄一尘进入当地小学，不仅正式获得了学生的身份，也获得了放学后同母亲一起兜售杂货的资格。

那时她对父亲制作出的这些杂货的真正用途并不完全理解。竹篾拼接出的筐子，是用来盛放米面还是背起不会走路的小孩子，手工焊接的细铁链是用来锁车子还是家居装饰品，大小不一花色各样的黏土瓷盆是用来养花种草还是存储泡菜，这些她一概不清楚。但她善于观察。不是观察母亲。她的母亲是个羞涩、寡言而沉闷的人，生活的重负和生存的严酷，并没有把她打磨成跟同类境遇的人一样精明能干、努力截取所能抓住的每一丝可能资源的拼搏者。没有人告诉年幼的庄一尘该如何做，但她敏锐地发觉，想把父亲辛苦手作的货品卖出去，就该去观察那些总是能把自己货物卖出去的人。

每日放学后，庄一尘都背着小书包穿梭在市集无序散落的密集货摊前，听着那些人喊出的叫卖，观察他们的神情，捕捉他们跟顾客的对话。她不理解所有这些，但那不重要。因为她会模仿。她把那些人喊出的兜售语换掉个别字词，变成自家杂货的宣传语，她把那些人脸上的表情披挂在自己脸上，她把那些看似繁复实则内核相差无几的对话推到站在她面前的客人身上。每天只要她站在货摊前一两个小时，能卖掉的货总是比母亲整个白天卖掉的加起来都多。谁能抗拒得了一个把成人的世故市侩模仿得如此惟妙惟肖的天真无邪的小女孩呢？她的模仿抹干净了所有世故市侩，给那些平凡无奇的杂货染上了艺术品般的炫彩。收工后，推着板车的母亲在走回家的路上，总会停在一家小卖店或一处小食摊前，给她买一支棒冰或一串烤肉，作为她的奖励。其实她并不需要更多奖励，吸引着别人在自家货摊前停留，哪怕什么都不买也挪不动脚，只为听听她的叫卖，看看她的模仿，这就足以是对她的奖励了。她知道别人在看自己，她为自己感到骄傲。母亲脸上的表情让她知道，她也为她感到骄傲。

　　最终的成功，让所有回忆都沾上温馨的柔软色调。如果现在她不是站在舞台中央，而是依然站在家里小小的杂货铺柜台前，她还会这样看待童年时的经历吗？她心里清楚显然不会。但不管怎么说，她终究是成功了。将自己天赋里带来的模仿技能推向极致，推向更宽广的世界，得以在回想自己"表演生涯"的开端时，毫无辛酸自卑的意味，而是充满豪迈的自我肯定。表演是如此神奇的一门艺术，即便一个出身低微之人也可凭借自身的灵气和努力获得一方舞台，她就是最好的佐证。当然，她不会无知而傲慢地忽略其他外部因素，时代的机缘缝隙，她想去读戏剧学院时父母尽管不理解但也倾囊支持，几次在事业关键时刻出现的贵人相助，缺少了这些因素中的哪一个，她都不会有今时今日。但若是没有她自己那颗不懈搏击的心，没有她对表演始终如一的倾身投入，那些外部因素也不足以把一个人推到顶峰。

　　庄一尘望着化妆镜里那张桀骜的脸庞，让自己从对往昔的回忆沉浸中拔身出来，浅浅吁出一口气。她把蓄了快四年的长发剪短了。没有短到让人会混淆性别的程度，只是露出了修长的脖颈，和挺拔张弛的耳朵。这是造型师和她在跟大导讨论过后决定的发型。造型师原本想修剪得更短、更利索、更男性化。不等大导开口，她已经知道了他心里的念想，拒绝了更短的发型。现在这样刚刚好。雌雄莫辨，进退两易。上次为了角色而去修剪自己的头发，得是十年之前的事儿了。通常她只会借助假发来修饰。但这次，她要从内到外，让自己从身体关节到每一根发丝，都牢牢占据这个角色。

下午要拍摄人物定妆照，为新戏的宣传期助力。这出戏的预售成绩很好，开票当日就销掉了演出日每个周末几乎80%的票，领跑剧院同期所有数据。但陈旸不太满足，用她的话来说，两周之内不卖到一张不剩、所有人都打爆她的电话来苦苦哀求剧院内部预留锁票的程度，她是不会满意的。售票情况好，不代表没有质疑的声音。恰恰是质疑声太多太响，也成了销售情况上佳的原因之一。"女人来演哈姆雷特，是中国的男人都死光了吗？""大导也英雄迟暮了啊，要靠整花活儿来骗观众买票子。""倒是挺想看看庄一尘扮男人是什么样，最好像点样儿，别搞得不男不女不三不四的，砸了经典的牌子，那真是自取其辱了。"她向来不看社交媒体，不想被任何评价打乱自己节奏，但架不住剧组里总有多事之人非要当众念出来。乍听到时有些厌烦，但庄一尘很快努力镇定下来。捧着手机发出酸不拉叽讥讽的人只消动动手指松松嘴皮子，老娘才是站在舞台上爆发光彩的人。等到大幕拉开那刻，这一切都不再重要。

庄一尘对着化妆镜再次整理戏服，轻拍掉衣领上沾着的化妆品掉落的粉尘。这出戏里她共有四套戏服，她对这一套最感满意。黑色做出褶皱效果的无领衬衫，配黑色暗纹中性裁剪的休闲西装，全都进行了做旧处理，透出说不清的低沉感伤，非常适合哈姆雷特第一次登场时出现在父亲新丧母亲却迫不及待出嫁的典礼上。庄一尘暗自觉得这套戏服跟自己最初去说服大导时穿的那身香奈儿套装有着类似的气质。

但她不敢想象是自己引导了大导的判断。庄一尘又打量了下镜中的自己，酝酿着表演前的情绪，随后起身走出化妆间，穿过安静的演员通道，走向拍摄场地。

拍摄的房间里挤满了人，走来走去寻找合适位置的摄影师，摆弄打光灯具的工作人员，场边等待拍摄的演员们，都在各自的秩序里发出零散的噪响。陈旸站在拍摄的背景布前跟摄影师商量拍摄方案，见到庄一尘走进来，转身走去她身边。

"帅气逼人啊，上了行头这劲儿马上立起来了！"陈旸抱着胳膊先看了看庄一尘，随后像只扑腾的小鸟样钻到了庄一尘怀里，把头重重搭在她肩膀上，"哎哟看得我好想撒个娇呢，快抱抱我。"庄一尘笑了，宠溺地用双臂圈住陈旸。"再稍微等一下他们就弄好了，你先拍吧。"

听到陈旸这话，站在一边的蓉姐马上噘起了嘴，嘟囔着，"你可是我们全组的制作人呢，旸旸，怎么老是偏袒一尘一个人啊。真是的。"

陈旸马上把脑袋从庄一尘肩上抽出来，蹦蹦跶跶地跃到蓉姐身边，把脑袋又按在蓉姐肩上。"哎呀蓉姐，哪有偏袒啦，先拍可能光还没调到最好呢，压轴拍的才合适，让您压轴哈。"

"我可不要压轴，我这老胳膊老腿的，站不了那么长时间。你就是偏心呐，剧院其他的制作人都是自由分配演员，你就跟一尘的专属经纪人似的，每个戏都围着她打转，我们可都没这待遇呢。"蓉姐认真了起来，语气听着像撒娇，话里意思却刺人。

陈旸把脑袋从蓉姐身上抬了起来，直直站了片刻。庄一尘装作没听见，眼睛盯着摄影师调整灯具。她知道陈旸自有灵巧应对这些的本事。

"我可能是有点偏心吧，我也承认。"陈旸仍直直站着，听到她这话，所有人都愣了，"我进咱剧院时间不算长，但也有五六年了。现在我还是不敢说懂表演、懂戏剧了，但觉得自己瞎子一样慢慢也摸到了大象的腿和屁股长什么样儿。见过那么多人，经了那么多事儿，一尘姐还是一直让我感觉到不一样。对很多人来说，这份工跟其他任何工，也没什么不一样，上了工就干活，下了工就歇着，也有摸鱼的，也有工作狂。但一尘姐，我在她眼里和身上总看不到其他的。开工也好，不开工也罢，只要她一走进剧院大门，身上眼里就只有一件事儿，就是她的角色、她的戏。我也说不好，这样可能也不太正常。但在她身边，总让我觉得好像这份工，还是跟其他任何工都不一样。我自己整天跟个苍蝇似的忙忙叨叨，好像多了点什么意义。这大概确实让我有点偏心了。我反省。"

房间忽然沉入了一片短暂的寂静，就连摆光的工人动作都停歇了片刻，周围刚刚嘈杂的交谈声也瞬间消失。要死。这孩子怎么当众抒起情来了，太不像她了。庄一尘尴尬起来，不知自己是该说几句场面话好，还是继续闭嘴的好。陈旸立刻恢复常态，拉扯着蓉姐的手臂晃悠起来，"让蓉姐先拍好不好，其他人都先等着，不能把您累着。来！"陈旸边说边拉着蓉姐的手，把蓉姐领到背景布前面，帮蓉姐摆起姿势。嘈杂声重新填入空间内。

"瞧瞧你，"庄一尘仍发着呆，耳边忽然飘进一个声音，是那只小蓝猫。艾可的嘴唇正对着庄一尘的耳朵，湿润的呼吸随话音吹进庄一尘耳孔，"瞧瞧你，给大伙儿下的迷魂药，个个都迷得神魂颠倒。"

"要真有这本事，我倒不用发愁了。看来给蓉姐的药还得加大剂量。"庄一尘笑着说。

艾可轻靠在庄一尘身边，把身体一部分重量压在她身上，不至于会重到让她站不稳，抽掉了却可能会摔一跤。从卢朗家过完那夜后，庄一尘没有再拒绝跟艾可单独见面。她们不时会在排练结束后一起喝酒，还有两次一起去其他剧院看了戏，看完戏后沿着静谧的街道散漫长的步，讨论戏里喜欢不喜欢的细节。满足和喜悦，不足以形容庄一尘跟艾可相处的感受,但她始终保持着让自己感到安全的距离,不愿再向前走半步。她无法做到像应承了卢朗的那样,"不管什么其他的"。她无法真的不管自己的忧虑,也不能不管艾可的。

拍摄完个人照后,陈旸又让庄一尘和艾可拍摄了双人合照。艾可的戏服是一身白色的设计简洁的裙装,曲线衬托出她匀称的身形和青春的光彩。冬日里光着胳膊腿穿这身裙装把艾可冻得够呛,排练间隙她瑟瑟发抖地裹着厚长的羽绒服取暖,脱掉羽绒服上场却一招一式都灵巧生动,仿若真正处身夏日之中。摄影师一会儿走远拍摄全景,一会儿趴在地上拍两人的特写,咔嚓咔嚓的快门声夹杂着兴奋的肯定,"非常好,非常好!对,这样特别好!保持住不要动!"

两人摆着各种姿势,时而双双望向镜头,时而彼此对视。对视时,庄一尘不由自主地伸出手揽住艾可的腰,艾可四肢冰凉地贴在她身上,胸口却是一团火热,灼烫着庄一尘的前胸。庄一尘本想让自己的温度可以温暖艾可,没想到却被她烫到,倏而松开了手。两人拍摄完毕,庄一尘不发一言匆匆走回自己化妆间,回头想关门,发现艾可已经跟在她身后走了进来。庄一尘讪笑了下,没说什么,走到化妆镜前准备卸妆。艾可轻轻把门关上。庄一尘听到身后"咔哒"一声,门被反锁上了。要死。她心跳骤然提速,慌张地坐下对着镜子整理自己的头发。

艾可走到庄一尘身后,把两手轻搭在她肩头,眼中的水膜浮荡在庄一尘脸上。

"快穿上点衣服吧,太冷了。这时候要是感冒可太麻烦了。"庄一尘把眼神错开,不去看艾可。

"不冷。热着呢。"

"有什么事儿吗?"

"明知故问。你还想逃避到什么时候啊。一把年纪了,怎么越活越不勇敢了呢?"

"你这孩子,怎么跟大人聊天呢?"庄一尘想把气氛放轻松些,也想借机提醒她要注意分寸。艾可并不想给她这个机会。

"你知道我想要什么。对吗?"艾可定定盯着她。

庄一尘停下漫无目的胡乱忙活的虚弱双手,叹了口气,抬起眼睛对上了镜中艾可的双眼,"你又真的知道你想要的是什么吗?可能我比你自己还更清楚呢。你是想成为我,不是想得到我。"

"恰恰相反。如果说我想成为一个什么样的人,那就是我只想成为我自己。"

"我认为不完全是。我们每天面对的幻觉实在是太强烈、太真实了,真实得叫人无法认清那只是幻觉。你只是需要更多的时间去理解这些。你还年轻。"

"这绝不是年轻不年轻的问题。是我们如何看待自己和这个世界的问题。"艾可停顿片刻,语气变得有些犹豫,"你们之间,到底发生过什么,让你这么恐惧?"

我们。我们?我们?!庄一尘心里猛地刺痛,下意识想脱口而出你想说的人是谁,顿了顿,又咽了回去。她的声音有些颤抖,"多的是你不会知道的事。让我认清幻觉和现实区别的事。你都听到了些什么?"

"这栋大楼里,哪有什么真的秘密呢?如果不想告诉我,你可以永远都不说那些事是什么。我只想告诉你。我不是她。现在不是,以后也不会是。"艾可眼里的水膜消失了,瞳孔闪动着坚如磐石般的冷光。

"你并不知道。你只是凭着冲动这么讲。"

"如果有的只是冲动,我早懒得跟你废话了。"

庄一尘缓缓站起来,转过身,看着艾可。"这样吧。给你自己一点时间。等这出戏演完,等所有至少在我看来是幻觉的东西都消退以后。那个时候，再问问你自己，是不是真的还有你现在的感受。然后我们再来讨论这些。现在不行。我们都还穿在这两个角色里面时，不行。不要跟我说什么你能分得清角色和你自己。我了解你。就像我也了解曾经的自己。等到褪掉了这些皮囊，你完全地、彻底地、冷静地，只属于你自己时，如果还有现在的感受，我们再来讨论这些。现在还不行。"

艾可轻轻抱住庄一尘，身体止不住地颤动，微微点了点头。庄一尘轻抚她的头发，像拨弄小猫的须发，柔顺的发丝错乱缠绕住庄一尘的指尖。庄一尘看着缠插在黑亮发毛中的自己手指，弹拨出金属的弦音。叮—— 当—— 嘣—— 咚—— 哐—— 叮—— 嘟……

门外有人用力推门，发现门锁着，旋即快速敲响，"一尘姐，在呢吗？一尘姐？"是陈旸。庄一尘和艾可松开拥抱，庄一尘看到艾可的眼周一片红润，水膜重又覆盖住整个瞳仁。"一尘姐？在里面吗？奇怪，跑哪儿去了……"

"在呢。稍等。"庄一尘冲门外喊了声。庄一尘伸手拂去艾可右眼角坠挂着还未跌下的一颗泪珠，捏了捏艾可的脸颊，示意让她振作一点。艾可点点头。庄一尘缓步走到门前，拧开门锁，拉开门。陈旸看到屋内的一瞬有些惊讶，但很快若无其事地只看向庄一尘一个人。

"大导让你去他办公室一趟。就现在。只叫了你一个人去。"陈旸递给庄一尘个意味深长的眼神。庄一尘苦笑了下。总归还是来了。"对了，小艾，我还找你呢。还得再跟老林他们合拍几张，你补完妆赶紧再回去一趟哈。我先忙去了。"陈旸咋咋呼呼地说完，一股烟似的溜走了。庄一尘回身望了艾可一眼，艾可冲她挥挥手，"快去吧。加油。"庄一尘心想，此刻再加油就要爆浆了。她轻掩上身后的门，向电梯间走去。

大导斜倚在沙发上，一只手顶着沙发扶手撑住自己沉重的头颅，另一只手的食指和中指抠着沙发外罩的布料。他看着庄一尘,不说话,只反复用手指抠着沙发,房间里填满肉身和布料咯吱咯吱的摩擦声响。庄一尘发觉他今天的神情与平时很不一样,往日在大导身上随时可见的那股雄鸡似的战斗姿态不见了,此时的他就像所有七八十岁的老头子一样,干枯、疲惫、温和。

"你觉得,"大导终于开口,嗓子眼里却黏住一口痰液,他用力咳了咳,清好嗓子才把话说清晰,"你觉得,这戏现在怎么样?"

"刚到及格线。我知道还没到您心里想要的状态。"庄一尘如实作答。

"你觉得我想要的是什么?"

"如果我特别清楚的话,就能给出来了。我希望您能更直接地点拨我一下。如果我真的明确了,一定能给出来。"老狐狸,求你别再绕圈子了,再绕下去我们都得一起死。不管是枪是炮是刀还是血滴子,都冲我直直抛过来吧,让我死也死个明白。

老爷子点点头,再次陷入沉默。他眼皮似张未张,也不眨动,就在庄一尘以为他要睡着了时,他开了口。"其实打从一开始,我心里想着的角色人选就是你。他们谁问我,我也不说。我就想看看你到底怎么反应。你会不会为自己再拼一把,还是你跟其他人一样,到了一定阶段就满足了、飘了,以为自己成了,不用也不会再使劲儿了。"大导嘴角狡黠地提了提,"到目前为止,你做得还可以。"

铁树开花了啊这是!庄一尘进入艺术剧院这么多年,还是头一回听到大导说哪个演员"做得还可以",这在他,已经算是冒顶的夸奖了。她抑制不住喜悦,努力克制着不要笑出声来。

"但也只是还可以而已。都不是好的那种还可以,是普通的还可以。我这么说,是对你有更高的期待。我想问问你,排练时我总叫你'不要演,不要演,要拿出你自己来',这话到底是什么意思?"

"您不希望我过多使用表演的技巧,而是投入自己的感情。"

"是。但也不是。"大导没有给庄一尘反应的时间,继续说下去,"你总在恐惧什么。因为恐惧,你总要掩饰自己。不管是在表演上,还是生活里。掩饰得很巧妙,能糊弄很多人,但糊弄不了高明的人,也糊弄不了我。我得特别特别使劲儿地敲打你、掰扯你,才能偶尔敲断你死死捂住自己脸的那只手。刚敲开,它又长上了。我要的是你,是你这个人,不是你的表演经验。我知道你在恐惧什么,但我不在意。他妈的没人在意,你自己也不该在意。确实可怕,袒露自己,而不是仅仅展现一个人物。因为那样你就没什么能防备得住别人的伤害和攻击了。确实危险,每个人都把自己严严实实地裹起来,演员尤其是。但这样永远只能是个小角儿。这样永远无法杰出。无法给出一个让人过目不忘,哪怕五十年、一百年、四百年过去以后,所有人都还能记得住的角色。你很出色,但你并不杰出。因为你还没有豁出去自己。不豁出去自己,你永远就只是艺术剧院在这个时代的庄一尘,而不是凌驾时空之上,永远活在舞台上和观众记忆里的庄一尘。我现在就想问问你,你是要**出色**,还是要**杰出**?"

他居然。他居然,直截了当了一次。为了换来她的袒露,他居然先袒露了自己。

不,他要换的,不是她的袒露。庄一尘双手冰冷,四肢和胸腹所有的血液都涌上了狭小的颅中。他要的是我**献祭**出我自己。仅仅表演,根本无法满足他对这出戏的欲求。他要我献祭出我的一切。剥离掉一生如履薄冰雕刻出的一层层硬壳,剥离掉我的皮和肉,剥离掉丝丝紧扣流淌热血的血管,彻彻底底地向他、向这个舞台,献祭出我自己。他可以如此冷静地说出自己残忍的要求。他在要求她,为了他的艺术追求,作为祭品走上祭台。然而她根本无力抗拒。不是因为屈服于他,而是她心底深知,自己甘愿成为那个祭品。因为那也是她的艺术追求。

177

"那您呢？您是要出色，还是要杰出？"她颤抖着回问。心里却早知道答案。

"我早就做出了自己的选择。"是啊。他早就同样献祭出了他自己。榨干魂灵和血肉，也不惜去榨干其他人的。有一滴是一滴，有一点是一点，就这样笨拙地、愚公移山般地、堆砌着望而生畏的祭台。

"现在，你知道我到底要的是什么了吗？"大导的眼睛，眨了眨。

庄一尘不作声。但从她的反应里，大导知道他的任务已经完成。

"你不是总问我，丹麦究竟是什么吗？"大导的神情恢复为斗鸡的姿态，对她说，"你不必知道它对我来说是什么，你只需要清楚它对你来说是什么。"

"您认为，它对我来说是什么呢？"

"是你超越不了的东西。困就着你的东西。你的牢笼，你的监狱。你要用命来搏取的东西。你说它是什么？豁出你自己来拷问。你在怕什么？如果暴露了，那就暴露。如果痛苦了，那就痛苦。对演员来说没有任何感受是浪费的。总会在哪里用得上。问问你自己，如果一个需要伪饰的假象才能获得别人的喜欢，这么脆弱可笑、无聊透顶的喜欢，你要拿来做什么用？"

"我想知道，您的丹麦，是什么？"

"那是我自己的事儿。不是我不想告诉你，是我没法说。很大、很虚，说出来的那一刻就立即变得苍白没有意义。那只是我自己的事儿。我们都只能背负着自己的牢笼，豁出自己，走向该去的地方。"

"还没走到地方，就把命豁死了，该怎么办？"

"那就是命。我们都要认清自己的命运。但命运也改变不了的，就是一个人的意志。你我的成败，在此一举。"

走出大导办公室，庄一尘游魂般彳亍在大楼里。她穿过熙攘的员工走廊，穿过键盘敲得噼啪作响的行政人员开放式办公间，穿过一间间从屋内传来激昂读词声的排练厅，穿过大门或开或掩的演员化妆间，穿过散落满地道具的后台，脚步停歇在空荡荡的剧院一楼大舞台上。

今晚没有演出，剧场里冷如冰窖，台上阴暗无光，台下的座椅在黑暗中向她张着血盆大嘴。做出决定并不难，只需一瞬，她便清楚自己别无逃脱的选择。难的是，为了这份抉择、这份命，一次又一次地斩断自己潜意识里总想捂住脸的那双手，一次又一次流干血、结成痂，再重新手起刀落。一次又一次地，剥得自己皮骨分离，直至成为那盘血淋淋的、杰出的祭品。六岁多站在自家的杂货摊前时，年幼的她便隐约意识到，模仿别人再惟妙惟肖，再迷惑人眼，可那终究不是她。从来就不是。那时的她，只是一个想看到妈妈疲惫的脸上露出心满意足微笑的孩子。此刻的她呢，想看到的又是谁的微笑？她还会为了自己，而不是任何人，去微笑吗？

我做得到吗？我真的做得到吗？庄一尘眼中静静淌下一行滚热的泪，混着她的恐惧和意志，滴入脚下这方祭台。

七

演出布景陆续搭建在舞台上，道具也安置到位。大导亲自参与设计的舞台，简洁、清峻、钢铁般生冷，透出他决意要以演员的火热肉身与冰冷舞台对抗的决心。每个场景的转换更多以行动和表演去调度，而不是通过常规的灯光明暗和音乐来切转，这使得近期大量的排练时间花费在练习转场上。大导坐在观众席临时搭建出的指挥台上，剧场扩音设备里不时传出他严厉的指示，"乔特鲁德，脚底下给我利索点，跟上其他人的节奏，五秒钟内必须走进侧幕，十秒不行！""克劳狄斯，屁股后面有火吗，跑那么快干什么！""哈姆雷特，独白结束马上收住退场，少在那儿自我陶醉，见好不收观众只会心生厌烦！""各位，一部戏是只算得上好看还是杰出，全由转场决定，都给我打起精神来！"

演员们像马戏班里的猴子马驹老虎大蟒蛇似的，在音响抽出的鞭子声里，在舞台上打着转儿奔跑，顶着训斥钻火圈。手持鞭子的马戏团老板需要他的每只小动物的行动都精确到秒，干脆利索而不失秩序。鞭子抽得很响，但庄一尘感觉不到疼。最难的部分她已经熬过去了。她终究还是做到了。献祭出她自己。比她想象中的还要更难。却又比她想象中的还要简单。心中的阀门一旦拧开，就有止不住的江海波涛自行汹涌而出，澎湃之力任她想阻拦都抵挡不住。

她沉坠在一生的记忆之海里游溯，她坐在黑暗的座席中品味，她跋涉在自身无数微小体验的星光碎片间搏击。她望着脚下散落满地的被自己狠心剁下的企图继续掩盖住真实欲望面容的残肢，渐渐领悟到症结所在。自儿时开始，她就以自然习得的模仿天赋完美掩饰住始终作用于心底的不安。没有人告诉她任何规则，但敏感而早慧的她通过观察这个刺人的世界从而得知，自己体内那些难以命名的、难以归类的，并不属于女性也不属于男性的特质，需要掩饰。她意识到这种不安一直在对自己进行的教导是，要去"模仿"一个女人。因为女人就该如此。

她模仿其他女人的衣着和妆容，模仿她们说话的样子，模仿她们媚人的眼波流转，模仿她们对男人吐出爱恋的芬芳话语。这一切，只是为了让她安全地、不被规则拒斥地，立于众人之间。不会冒犯任何人，只冒犯了自己。她是个好演员，不止对于舞台而言。几十年来模仿得滴水不漏，几无破绽。没有比她更像个"女人"的女人了。她把自幼模仿女人的技巧用在表演上，用在模仿一个又一个被封印在剧本中的女性角色上，赢得演什么像什么的美誉。同时她也模仿男人。模仿他们口若悬河夸夸其谈的张扬，模仿他们随时随地仿佛高人一等又要故作谦逊的口气，模仿他们内心虚弱却不得不挺起胸膛充作保护者的姿态。可无论模仿女人还是男人，她都无法获得真正的满足。只能像一头永不餍足的野兽，啃咬着假象骨架上依附的残渣。她是芸芸众生行为举止的高明模仿者。但要成为她自己，就必须祛除这些模仿，祛除一层层严密包裹的保护衣，祛除心底根深蒂固的不安。她感到瘆人的恐惧。将那些都剥掉以后，她的内里还剩下什么？如果发现其中空无一物，就成了生活给她开的一个最大的玩笑。但依然，值得一试。踏着自己焚烧后的皮肉烬屑，新生为人。

这段时间每日排练结束后，她都把自己关在家里，保持长久的静默。不是平日里无人陪伴的孤独沉默，而是隔绝了一切他者的注视与影响，与自我进行对抗的沉默。她努力令自己平静，去分辨日常生活中，不去模仿任何人，而是由身体自然生出的行动。喝水，行走，切割蔬菜，平卧，翻身，吞咽饭食，梳洗，跳跃，自言自语。她不时在深夜给卢朗或艾可打漫长的电话，吐出话语，却不抱任何目的，只为听清自己声音的原貌。只有在面对这两个人时，她能够做到这点。她这一生，观察了太多太久的别人，已经渐渐遗忘了自己。她的内里并非空无一物，只是已经被她戳成了无尽碎屑，她需要鼓起勇气撑起耐心，将碎屑再次一一拼合，铸出一个人形，再把这个人，投进哈姆雷特的身体。不是像之前那样把角色的皮囊披挂到体外，而是把自己，一针一针，缝入角色之心。

排练中，能看到大导审视庄一尘的表情一次比一次更放松。他嘴上还是什么都不说，仅是骂得少了，偶尔会沉着地点点头。实际上庄一尘也不再在意他的反应，不再渴求他的认可。比起令他满意，这个找回自我的过程更令她欣喜。她重新设计了自己在戏里的全部表现，有些地方是身形动作和语气的微调，有些地方则进行了彻头彻尾的大改。她抛开既往所做的全部调研和积累，不再模仿看过的经典表演，不再模仿任何人，只去想一件事，如果是自己，如果她就是那个心碎而疯狂的王子，她的身体、她的心，会做出怎样的反应。

跨年夜，排练结束后庄一尘走出剧院大楼，沿着步行道走到路口转角，艾可正在那里等她。一见到庄一尘身影出现，毛茸茸的艾可就笑嘻嘻地迎上来。近来她们单独相约，艾可总会先走一步，提前到路口等庄一尘。两人眼见着越走越近，剧组里已经有了不少闲话，就连从不爱管闲事儿的舞台监督老张都拿这事儿跟庄一尘打趣了几次。能省点麻烦还是最好省点麻烦。

"今天排练好爽啊，久违的爽感。你演得绝了。把我的情绪也完全带起来了。好像'叭'的一声就开了，天灵盖被敲了一锤那种。有什么东西呼呼往外冒。太爽了。"艾可轻揽住庄一尘右臂，兴奋地说道。

"什么东西冒出来了？ 脑花吗？"

"脑花顶出来给您做碗冒脑花吗？ 您乐意吃也行。"艾可用力捏了下庄一尘胳膊，庄一尘故意造作地娇叫一声。

"爽归爽，但我还是有些问题没有想清楚。"艾可低着头说。

"哦？ 你说说。"

"奥菲莉亚最后是真的疯了吗？ 真的像别人说的那样，先是失去了哈姆雷特的爱情，接着又失去了父亲，所以陷入了癫狂吗？ 还是她也像哈姆雷特一样，只是通过表现出疯狂来获得自由言说的权利？ 在她没疯之前，有什么人真的要听她说什么吗，她又该如何去说？ 这两者在表演上差距会很大。"

庄一尘琢磨着这话，散漫地走出去很多步子后才点点头，"女人经常只有在被人定义为'疯狂'后才得以说出刺人的真相，又或者正相反，正因为说出了刺人的真相，往往立刻会被定义为'疯狂'。我一直不觉得哈姆雷特陷入了真正的疯狂，奥菲莉亚也是同样。但他们也绝不是真正的清醒，而是介于两者之间。疯狂可以是一层保护壳，但也是因为他们敏感的心。对于很多麻木的人来说，很多问题不仅不值得思考，更不值得动情。但他们无法做到真正麻木。否则两个人都能够活得下去。"

艾可身子抖动了下，"说实话，如果我是奥菲莉亚，别说到了最后，在什么都还没发生之前我就活不下去了。哥哥只在意你不要失去童贞，父亲眼里一切都是宫廷的争斗与阴谋，就连哈姆雷特也可以把你当作工具，没有一个人真正在意你是怎么想的，你需要什么。你只是一件不属于自己的物品，一种美好纯洁的装饰，就连死，也可以利用来推动阴谋进展。我看过一篇文章，说奥菲莉亚很可能不是自杀，也不是失足落水，而是被谋杀的，为了让她闭嘴。"

"男人倾向摧毁他人，女人倾向摧毁自己。"庄一尘说罢笑着摇摇头，"好像也不能说得这么绝对。男人也是人呐。"

"你最近，大不一样了。"艾可看着庄一尘说。

"哪里不一样？"

"整个人，特松弛。之前觉得你总是紧绷绷的。随时都是。演戏时给人一种压迫感，当然也不是说那样不好，我是很喜欢的。生活里也是，总有根弦儿绷着似的。但现在你很松弛，在台上时是，在台下也是。有时你在对着我说词的时候，我会突然晃一下神，感觉不是哈姆雷特在对我讲话，而是你，**你**在对我讲话。我一下也就会跟着语气不同了，表情和身体感觉也不同了。我说不好。反正现在就是很不一样。是不是也有点我的功劳啊？"艾可笑着轻摇她的胳膊。

"嗯，可不。小蓝猫三千问攻击力的功劳，特能拷问心灵。"

"我就纳闷了，我的问题真就那么多吗？我是真想不通很多问题才会问的。这世上太多我想不通的地儿了。"

又转过一个路口，就是市中心繁华街区，准备迎接跨年的人群涌厌在各个地方。她们对面走来的人渐渐多了起来，几乎都戴着口罩。浅蓝色、白色、黑色、彩色的口罩密密地封住每一张人脸，呼吸的雾气穿透口罩飘绕在一个个脑袋周围。庄一尘望着辨不清面目的人群，一时有些失神。仿佛这是戏里才会出现的场景。艾可留意到庄一尘的反应，从背袋里翻出一包没开封的浅蓝色医用口罩，撕开封口，押出两只来。她递给庄一尘一只，自己把另一只戴好。

"咱们也戴上吧。现在好像进饭馆都要求得戴口罩了。剧院今天还给每人都发了一包。"艾可边调整口罩的松紧带边对庄一尘说。

庄一尘接过口罩，系覆在脸上，轻轻按压鼻梁，让布片贴合脸颊。"有点怪。"

"习惯就好了。比得病强吧。"

"不是那意思，"庄一尘摇摇头，"我是说我自己，有点怪。我跟你说过吧，演出谢幕时我习惯不去看观众的脸。总是等不到眼睛适应灯光能看清下面就会先退场。陈旸老提醒我这样显得特装大牌，让人感觉不舒服。但我确实就是不想看清楚那些脸。好像只有看不清他们，我才能心安理得地表演。但你看看现在，"庄一尘指了指她们周边走动的人群，"每个人的脸都藏在口罩下面，谁也看不清楚谁。我反倒想去看清那些脸了，他们的表情、他们的嘴、他们的呼吸。"

"看现在这形势，咱们演出时候肯定还得要求观众戴口罩才让进场了。"艾可顺着庄一尘手指的方向，望着眼前戏剧般的纷攘场景。

"这一轮每场演完谢幕，"庄一尘转头看向艾可，那张庄一尘已经再熟悉不过的脸庞只露出一双敷着水膜的闪亮眼睛，"我要等到看清所有观众的脸再退场。哪怕只是看清他们盖住大半张脸的脑袋。"

艾可点点头，"我会站在你身边。一起看。"

庄一尘笑了，轻轻捏住艾可冻得冰凉的手。大街上人潮涌动，翻滚着浅蓝色白色黑色彩色布片与雾气的潮汐。二十一世纪腾卷热闹喧杂浮浪的第二个十年即将就此落幕，二〇一字头的世界彻底离她们远去。

紧凑装台、灯光设计调试、试音，更细致紧密的排练又进行了一周多，他们终于迎来首演周。周四首演夜前，在大导坐镇下，剧组进行了三个整天的带妆合成。头两天的合成主要集中解决演员和灯光、音乐、转场cue点的适应磨合。首演前夜的最后一次合成，大导提前告知所有人他不会在中间喊停，大家要拿出正式演出的气势来演。大楼里有不少其他工作人员听到消息，偷偷溜进观众席，坐在后排观看合成演出。这出戏就像陈旸立誓做到的那样，全部票房早早售罄，内部工作人员想看戏都抢不到票子。

场灯关闭。众人兴奋地等待着合成演出正式开始，整个剧场笼罩在一团凝重的黑暗里，紧张的呼吸声盘绕在各个角落的半空中。大导沉静地端坐在观众席第三排正中央，迟迟没有做出演出正式开始的示意。没人看得清他的表情。没人知道他在等待什么。良久的沉默，浓厚的黑暗渐渐压迫到每个人连喘气都不再敢发出太大声响，大导终于冲助理小汪微微点了点头。小汪的声音点亮了剧场音响，"各部门准备。灯光音乐准备。三，二，一。"

开场音乐随即炸响，第一束灯光刺破黑暗，射向舞台。被复仇欲念盈满的忧郁王子，被肯定爱和抗拒爱反复折磨的绝望之人，被他人带来的灾难压制又给他人带去灾难的黑暗骑士，被反复重写依然在每个时代激发出新生的象征之物。哈姆雷特／庄一尘穿行在一个又一个场景，面对着每一个他／她既爱又恨，既想拥抱占有又想推开消灭的人类，撕开他／她的层层盔甲露出颜色混杂的肉身，直至剥光全部面具。他就是她，是他，是她。

此外，仅余沉默而已。 留下短暂停留人世的最后一句话，被毒药扼住最末一丝生命力的他／她倒在地面，死去了。送葬的炮声轰隆响起，舞台再次坠入深黑之海。

观众席后排响起几声零落鼓掌，随后犹豫地停断。他们怕被大导发现自己在偷看合成。一阵强有力的掌声从中间座椅区传来，鼓掌的人站起身来，是苏凌。众人见状也陆续起身用力鼓起掌来，有人吹出响亮的喝彩口哨。场灯亮起，舞台上已经死去的尸体们纷纷站起来，藏在侧幕条后的其他演员也走了出来，众人走向台前，鞠躬致谢。

庄一尘的眼睛重新适应了灯光的照射，她努力望向台下，一张张熟悉的脸，包裹在浅蓝色的布片后，露出的双眼向她投来真挚的敬意。庄一尘不由自主地搜索着大导的身影。大导在一片掌声和欢呼声中起身，没有跟任何人讲一句话，兀自步伐缓慢地向观众退场通道走去。每走一步，他的身上似乎都有什么东西跌落下来，丁零咣当地在身后留下一串杂响。他是仍然感到不满意吗？庄一尘心里一阵失落。刚刚过去的两个半小时里，她相信自己毫无保留地贡献了此生最杰出的一次表演。至少她做到了，完全祭出自己，供人品味，供人咂摸，供人沉醉，再供人丢弃。她可能依然未能达到他心中的完美，但她对自己的坦诚已做到问心无愧。失落只持续了短暂片刻。她需要的不再是他的认可，只是将自己彻底交付给脚下的舞台。一盘杰出的祭品。

演员们松了口气，拖着疲惫的身体走下舞台。艾可走到了庄一尘身边，顺着她望下观众席的目光，跟她一起看向那片空洞的红色虚空。陈旸疾步走上舞台，神色有些慌张。她匆匆走到庄一尘眼前，挡住了庄一尘的视线，有些欲言又止。庄一尘看了看陈旸，又转头看了看艾可，对陈旸笑了笑，"没事儿，你说吧。"

"一尘姐……一个小时前剧院收到通知，从明天开始剧院所有演出全部取消，演出时间另行通知。"陈旸极力克制着情绪，眼眶却是红的，肩膀止不住轻微的抽动。

"取消？！明天就是首演，票都卖完了啊。"艾可低声惊呼。

"一点办法没有。我跟苏头儿和其他领导刚开完会，必须服从安排，只能取消。售出的票款可能都得退回。"

"那什么时候才能再演呢？"艾可急急地追问。

"不知道。谁也不知道。完全不知道。只能等通知。我们推测，可能是一个月，也可能是两个月，甚至更久。得等情况好转了才有可能。"陈旸眼中涌出了水光。

"两个月？！那时候再演只能重新排练了啊……"艾可身子陡然颓了下去。

"没办法。真的是没办法。我还从来没遇到过这种情况。不只我们，全市所有的剧院都要停。或许是全国，都要停。"

是啊，她们都还年轻。庄一尘心算了片刻，啊，上次好像已经是，十七年前。她们都还是刚上初中的孩子。庄一尘伸出左手揽住陈旸，右手轻抬揽住艾可，两个女孩把头微靠在她两只肩膀上。她轻轻拍着她们。

"大导知道了吗？"庄一尘问陈旸。

陈旸点点头，"合成开始前我们就跟大导说了，演出很有可能无法照常开演，还在等确定通知。他决定还是要继续合成。刚收到通知时，我就告诉他了。"

庄一尘脑中浮现出大导蹒跚前行的背影。他不需要她的安慰。他们都只能各自背负起自己的枷锁，走去该去的地方。

陈旸揉了揉眼睛，努力振作起精神，她勉力对着庄一尘挤出一个变形的微笑，从庄一尘的怀里脱身出来，"我得去通知其他人了，你就……"

庄一尘捏了捏陈旸肩膀，"快去忙你的，不用管我们。"陈旸点点头，匆匆走开。

艾可失神地望向台下的虚空，"两个月后，我是不是还能像现在一样表现得这么好呢。还会不会重新有被剧场之神抚过头顶的战栗感觉呢。刚才，我们真的，他妈的，很棒。却没有一个观众在场。"

"会的，"庄一尘轻柔拨弄着小蓝猫的发丝，"你会的。这就是我们。我们的枷锁。我们的使命。不管有多少人在看，不管有多少人真的在乎。日复一日，挣命似的把自己撑起来，充盈满，无限地复制出只属于自己，却也属于一切人的幻影。"

　　剧场里空无一人。舞台深棕色的木质地板吱嘎作响，轻柔摇晃起来，像一条千疮百孔而坚韧稳固的小船，迎着烈阳缓缓飞去。所有真相早已被写下。人生不过是一个行走的影子，一个在舞台上指手画脚的拙劣的伶人，登场片刻，就在无声无息中悄然退下；它是一个愚人所讲的故事，充满着喧哗与骚动，却找不到一点意义。而那，无论再动人、再确凿，具有穿透时空的力量，却依然是被别人讲述出的真相。她们的真相，要靠自己去寻。小船飘摇的颠晃中，庄一尘迟重地闭合上双眼，屏息感受命运的又一次波荡。她轻薄的眼皮，被那轮人造的烈阳灼烫。

原载《钟山》第 2 期

动物痴人

郑在欢

雾与羊

天蒙蒙亮,浓雾里冒出三个女孩,她们拖着行李箱,背着双肩包,在雪地里走得很艰难。冷风吹不散浓雾,吹坏了雾里的女孩。她们从北边来,风也从北边来,头发被风吹到脸上,像连绵不绝的耳光。三个披头散发的女孩走在阴冷的雾气里,这一幕叫人心疼,也让人心慌,她们要是鬼呢? 等人走近,张全来了精神,他注意到走在后面的一个,糟乱的头发里露出来一张饱受困扰的脸,很是漂亮。他紧走两步,去接她的行李。

是你们吗?

是。

是你吗?

是。

就是这车?

是。

这也太破了吧。第一个女孩说。她穿一件鼓鼓囊囊的红色羽绒服，显得俗不可耐。

别看破，跑得可快了。

跑得快有什么用，这车坐着肯定不舒服。第二个女孩说。她涂着一圈大红的嘴唇，光听声音就让人讨厌。

怎么会。张全说，这可是五菱宏光，神车！他打开后车门，三个女孩叫起来。

这是什么？

怎么会有一只羊？

女孩们目瞪口呆看着车厢，那里面，又高又大的骚虎缩在一角，抱着他的羊。羊和他似乎都被吓到了，他夹了夹双腿，把羊抱得更紧了。半晌，他才想起来应该打个招呼，于是挤出笑容，说你们好。

你是干吗的？红嘴唇女孩说。

我是做衣服的。骚虎说，踩缝纫机。

我是说你为什么抱着一只羊。红嘴唇女孩说，你抱着一只羊干吗？

哦，你说羊啊，我带它上北京。

带羊上北京？红羽绒服女孩转过脸，对另两个女孩撇撇嘴，神经病啊。

这车我们不能坐。红嘴唇女孩拉起箱子就走，和羊坐一起像什么样子，我们又不是牲口。

就是，车破就算了，还有羊！红羽绒服女孩跟上去。她们这次是往北走，头发又能甩在脑后了，随之甩在后面的还有一句抱怨，这也太不靠谱了吧。

哎哎，你们别走啊。张全还拎着漂亮女孩的箱子，他焦急，但也窃喜，对，这两个人走了才好，那样就只剩漂亮女孩一个，她就可以理所当然坐在副驾了。旅途漫漫,有美人相伴,这可是难得的好时机。一直以来,和女孩单独相处的时光少之又少,为数不多的机会是在相亲的谈判桌上,他幼年丧父,家境贫寒,长相普通,生性羞怯,可以说是毫无谈资。来之不易的相亲机会屡屡以失败告终,他差不多以为自己就是光棍命了,有了这种破罐子破摔的心情,反倒平添了几分勇猛,这就是为什么他看到漂亮女孩会欣喜,搁以前,他只会害羞。白白丧失两个乘客意味着好几百块的损失,不过为这个女孩也值了。他想叫住她们,是出于赚钱的本能,他没有追上去,是因为这短短的一闪念,当然,一闪念能想那么多吗? 肯定不能。这是一种混沌的本能,就像他喜欢的一道家乡名吃胡辣汤,不能分辨烂糊糊的一碗里都有什么,但就是爱吃。他处于胡辣汤的混沌之中,有着明确的希望,又不知该怎么办:他停下了,又想去追,因为想留下的这一个跟要走的那两个是一伙的;想去追,又迟疑了,因为怕笨嘴拙舌没法说服要走的那两个,连想留下的这一个也跟着跑了。当然,这是很短的一瞬,他不用被动太久,就有人主动施压。行李箱在动,是女孩伸出了手。给我吧,女孩说。他是不愿松手的,随着女孩的手握上提手顺带碰到他的手,他马上松了手。从刚刚到现在,她一直没有说话,张全对她始终停留在匆匆一瞥的漂亮印象中。这会儿,她要走了,他总算敢不管不顾地看一看她了。她面朝来时的路,头发被悉数吹到脑后,露出了所有的脸。张全看清楚了,也没有很漂亮,她的脸太小了,像小孩,她的嘴太小了,包不住牙,她的头发染过,是红色的,但并不讨厌,反而有点俏皮。略一失望,马上又有了希望,她要真那么漂亮,就更没戏了。这么一想,他越看越觉得她漂亮,而她已经绕过他,沿着来时的路走了。

三个女孩拖着行李箱,背着双肩包,顶着风,走得更艰难了。他一下就追上了。

别走啊你们。追上了,也只能干巴巴地这么说,意识到太没说服力,只好又添一句,来都来了。意识到这样的说服太过干巴,赶紧又说,上车走吧。能说的似乎也就那么多了。

昨天咋不说还有一只羊,你这不是骗人吗。红嘴唇女孩说。

就是,你怎么啥钱都挣,你这车到底是拉人的还是拉羊的。红羽绒服女孩说。

拉羊不要钱。张全说,我也不知道他会带羊来。

那你让他下去,让羊下去也行。带羊上北京,这是什么神经病,他是去北京打工的还是去北京放羊的。他还抱着它,这也太变态了吧,我们就是敢跟羊坐一起也不敢跟他坐一起,谁知道他是不是变态……红嘴唇女孩喋喋不休,更讨厌了。

他不是变态,他很有爱心,这一点我可以保证。他只是比较爱护动物。

那也不行啊,那羊多难闻啊,骚气熏天的。红羽绒服女孩说,一路上不得把人呛死。

不会的。张全说,不会的。

你到底让不让他下去。

他是我的邻居,我咋好意思让他下去。

那就别废话了。红嘴唇女孩说,你走吧,我们才不坐你的车。

那你们今天可就没车坐了。张全说,火车票是买不到的,回北京的车当天肯定联系不到,就是明天也不一定有。

今天走不了估计明天也够呛了。红头发女孩难得开了腔,虽然声音很小,但信息量极大,老板还等着我们呢。

你别说话。红嘴唇女孩说,就是不去也不能和羊一个车。

就是,除非他让羊下车。红羽绒服女孩说。

话说到这个份儿上，张全已经明白这三个乘客一个都跑不了了。他看着红头发女孩，越看越可爱。他心里有了打算，不过并不急着说出来。

你看你们，怎么对羊意见那么大呢。他嬉皮笑脸起来，你们小时候没放过羊吗？你们家里就没有羊吗？羊多老实啊。羊比狗还好呢，不咬人也不叫唤，就是有点味儿，你们多喷点香水不就行了。

狗是宠物，羊能比吗？红羽绒服女孩说。

你们别把羊当羊，也当成宠物不就得了。张全说，我知道你们女孩子最有爱心了。

这话把女孩们说得有点不好意思了，不过红嘴唇女孩还是嘴硬，那也不行。

这样吧，张全说，车费我再给你们减一百，就当是精神损失费了，好不好。

又不是钱的问题，红嘴唇女孩说，有羊就是不行。

车开动了，雾还没散。车里有浓重的香水味，还是盖不住羊的骚味。女孩们执意开着窗，雾气灌进来，很快变骚了，好像不是从外面飘进来的，而是从羊身上冒出来的。骚虎面对两个女孩，紧抱着他的羊，一脸的不好意思。红嘴唇女孩似乎已经看出他是个老实人，开始明目张胆地欺负他，我说，你这到底是什么羊，怎么那么骚。骚虎脸红了一阵，如实回答，它是一个老骚虎。红嘴唇女孩笑了，老骚虎？这不是你的名字吗？你怎么跟羊一个名字？骚虎憋红了脸，说不出话。这你都不知道，红羽绒服女孩说，老骚虎就是发情的公羊，对吧骚虎。骚虎点点头，脸更红了。

红嘴唇女孩哈哈大笑，发情的公羊，好恶心啊。

193

他为什么叫骚虎？副驾上，红头发女孩小声地问。

张全已经知道她的名字，燕燕，真是个好名字。从她坐下，张全就一直想跟她说说话，只是互通了姓名之后再也找不到别的话题。他把着方向盘，尽可能把车开得慢。她得以坐在副驾，是张全好不容易争取来的。原本是红嘴唇女孩要坐这里的，张全拦不住，只能急中生智提出一个折中方案，让她们三人轮流坐，不用一直面对骚虎和他的羊。燕燕在副驾的时候，他能开多慢就开多慢，脑中却在飞速运转，说点什么呢？说点什么好呢？听燕燕问到骚虎，他来了精神，说起骚虎，能说的可就多了。

他喜欢动物，他从小就喜欢动物。

喜欢动物跟名字有什么关系？

我问你，你小时候，家里什么动物最多？张全卖了个关子，这是他从网上学到的新方法，跟女孩说话，不能直来直去，要多卖关子。

是鸡。女孩说。

是吗。应该这么问，什么动物大人最爱交给小孩管？你喂最多的动物是什么？

是猫。女孩说。

你家有猫啊。张全咳了一声，你没放过羊吗？

没有，我家没有羊。

也对。张全看了她一眼，你比我小几岁，时代不一样了，小时候，我们都去放羊。

不就几岁吗，咋就不一样了。

别小看这几岁，你们已经不指着羊了，不像我们，羊还是很重要的。

所以呢，羊重要就给人取羊的名字？

也不能这么说，不过也有一定的关系，他要是不放羊肯定不会有这么一个外号。

这是外号啊，他为什么把外号当名字？

因为大家都这么叫他。

那他也可以不同意啊，这名字也太那个了。

他咋不同意，大家都这么叫他。

他的本名叫什么？

叫——张全大声问后面，骚虎，你本来叫什么？

好一会儿没有回答，女孩回头去看，骚虎也往这边看，两人目光交会，骚虎扭回头去。张全又问了一次，骚虎嘟囔了一声，问这个干吗？

应该是明啊、辉啊之类的，他有个弟弟叫明辉。

他为什么不愿意说自己的名字。

可能他也忘了，他不太喜欢跟人说话。

不喜欢说话就不喜欢说话，什么叫不太喜欢跟人说话，难不成他喜欢跟动物说话。女孩小声嘀咕，像是怕骚虎听见，又像是为骚虎鸣不平。

还真让你说对了，他就喜欢跟动物说话，大家都说他能听懂动物的话。

这么神奇吗？女孩坐直了身体，你别瞎掰了。

张全感觉她在看自己，他偷瞄回去，撞上她发亮的眼睛，撞车一样猝不及防，反应过来才发现踩深了油门。他收回目光，降低了速度。

听我慢慢说啊，还记得你刚刚的问题吗？

他为什么叫骚虎？

他最开始说话的动物，就是一头老骚虎。你没放过羊，我得从头跟你说。那时候我们去放羊，基本都是放一窝羊，牵着母羊，后面跟着羊羔子。羊羔子都是母羊下的,所以只要管好母羊就行了。不过等羊羔子长大了,特别是老骚虎长大了,就得注意了。

注意什么。

这个,怎么说呢。张全憨厚地笑笑,老骚虎会爬母羊。

爬母羊?女孩转过头,不知是去看老骚虎还是骚虎。

大人会特别交代我们,一定要盯紧老骚虎,不让它爬母羊。张全说,我们也不懂为什么,不过我们都很听大人的话,一看到老骚虎爬母羊了,就飞起一脚把它踹走。骚虎从来没踹过老骚虎,他有自己的一套办法。

什么办法。

他跟羊说话。我们去放羊的时候,他就抱着老骚虎,跟它说个没完。

他都跟羊说什么。

不知道,嘀嘀咕咕的,谁能听清。那时候他就不爱跟我们玩了,老是抱着羊离我们远远的。我们都觉得他有点傻,因为他总抱着一头老骚虎,身上有一股骚味,所以就叫他骚虎了。

张全是笑着说完的,女孩没有笑,他也马上意识到自己讲得并不好笑。他不禁自责,明明大家都把骚虎的事儿当笑话讲,为什么到了自己嘴里就不好笑了。他注意到女孩悄悄去看骚虎,似乎对他很关心,于是及时调整了策略。

后来发生的一件事,让我们对骚虎刮目相看了。他说得很慢,这也是主播说过的,讲起从前,要放慢语调,我们村有户人家的牛难产,怎么也生不下来,要知道,那时候牛可比羊重要,就是现在也比羊重要。牛难产,可把人急坏了,眼看着再生不下来估计大牛小牛都难保。养牛的那家乱成了一锅粥,骚虎来了,他跑到厨房抓了一把碱,往牛屁股上一糊,又趴在牛耳朵上说了一通。那时候骚虎才十来岁,大家都以为他是来捣乱的,要轰他出去,这时候,牛犊冒了头。大家都震惊了,要知道,骚虎家是没养过牛的,看来他不光能跟羊说话,还能跟牛说话,因为这件事,大家觉得他能跟所有动物说话。

这么厉害!女孩叫起来,简直神了。

是啊,后来我们都叫他半拉仙。见女孩高兴,张全也高兴起来,所以他决定不说那些扫兴的事。骚虎是被当过一阵子的半仙不假,不过这也没给他带来多少好处。一开始,大家都想让他免费给牲口治病。有治好的,也有治不好的——治好了当然皆大欢喜,治不好就麻烦了,骚虎会一连几天闷闷不乐,茶饭不思。见他那么较真,慢慢也就没人来找他了。因为喜欢跟动物在一起,他很早就不上学了,后来出去打工,挣了钱也不花,可要是谁家杀鸡让他看见,他一定会掏钱买下来。自从和他玩到一起,张全家的鸡就再没死过一只,反而半年多了三条狗。狗很能吃,吃得母亲叫苦连天,骚虎这才打住。他就是有这种能耐,隔三岔五领条狗回来,有流浪狗,也有干干净净的宠物狗,像被他拐来的。久而久之,他积攒了一院子抢救回来的鸡鸭鹅狗。他父母没办法,只好挨家挨户嘱咐人家,不要再卖动物给他,杀鸡宰鱼什么的最好也别让他看见。这时候,大家都觉得他有点不正常了,他的朋友更少了,毕竟,谁愿意跟一个公认的怪人走到一起呢。张全原本和大家一样,跟他的关系仅限于偶尔看看他的笑话,等同龄人一个接一个地成家立业,他才被迫沦为骚虎的同类,加入被看笑话的光棍行列。骚虎三十五,基本上已经是"盖棺论定"的光棍;他二十九,差不多也就剩最后一哆嗦了。可以这么说,和骚虎成为朋友,有点认命的味道,毕竟光棍总是结伴出现,他们的伴儿往往就是另一个光棍。老一代光棍中,瞎子阿强和矮子淘气是广为人知的一对,他们没有本事,没有家人,所以只能凑到一块儿玩。要额外说明的是,瞎子阿强不是真的瞎,他只是眼睛太小,看上去像瞎的;矮子淘气是真的矮,比大多小孩都矮，以至于他无论多大岁数都担得起这个乳名。这样两个人走在路上，一个像瞎子，一个像小孩，理所当然成了大家取乐的对象，张全小时候就没少跟着人群调笑他们。如今，他和骚虎的友谊差不多也到了这个地步，虽然从心里他认为骚虎是个不错的朋友，可一回到家还是不想和他一起走到路上，一旦走到一起，他就会想起瞎子阿强和矮子淘气。有一次他和骚虎真的在路上碰到了瞎子阿强和矮子淘气，他们已经老了，瞎子更瞎，矮子更矮，看上去让人更心酸。新老两代光棍狭路相逢，瞎子阿强朝他们投来心领神会的一瞥，他顿时又气又恨，恨不得马上跟骚虎划清界限。在北京，只有他和骚虎两人，所以不用担心别人。他们租住在同一个院子，一起做饭，一起吃饭，可以说是亲密无间。骚虎不光会照顾动物，还会照顾人，不光会烧菜做饭，还会缝缝洗洗，张全破了的裤子和衬衣，都是他帮忙缝好的。有时候，张全也会感动，甚至还生出过一些可怕想法：要是真找不着媳妇，跟骚虎这样过一辈子似乎也不错——当然，这个念头太可怕了，刚一想到这就想到瞎子阿强和矮子淘气。他不能允许自己沦为一个笑话，他觉得自己还有机会，虽然这个机会经不起细想，但只要不想，就还有。就像今天，他当然想不到会有一个叫燕燕的女孩坐上自己的车，还主动找话来说，这就是机会。机会不是想到的，是遇到的。所以，他决定好好把握这次机会，不告诉她所有这些糟心的事，只说让她开心的事。这也是主播阿龙说过的，对于女孩，不能什么都说，尤其不能说那些沉重的、让人望而生畏的事，要说就说那些开心的、已经干成的事。女孩们都喜欢自信的男人，他最缺这个，所以要拼命地装。

那为什么要带羊上北京？

张全扭头，看到女孩忽闪的眼睛，他有点为难了。刚决定说点开心的事，女孩就问到了难过的一件。说起这只羊，可就太让人难过了，所有人都为他难过。这只羊，是骚虎分到的唯一家产，在失去所有积蓄之后，他得到了这只羊。刚出门打工的孩子习惯把挣到的钱交给父母保管，骚虎长大很久了，习惯一直没改。他刚出去那会儿，一个月是三百块，十多年来工资一路上涨，加班狠的时候，他能到手七千。钱一到手，他就交给父母。他有记账的习惯，他应该是有数的，但他没说过。究竟有多少钱呢，说多少的都有，据有些能人推算，他家那栋新建的三层小楼至少有两层是属于他的。从骚虎开始挣钱，就没人见过他花钱，除了偶尔买点将死的动物。他为数不多的几件行头，都是十多年前的爆款，上面缀满了他精湛的手艺。作为一个光棍，针线活再好也没什么可夸耀的，光棍能得到的只有同情。那座小楼就不一样了，谁从门前走过，都忍不住夸叙两句。明着夸楼的壮丽，暗里是夸人的能干。骚虎的父母常年务农，再能干也不过是把肚子填饱，骚虎的弟弟二十出头，再能干也没干几年，工资是死的，人都会算。虚假繁荣不堪夸，多夸几句就露馅。作为改革开放的第一代成果，骚虎的成年之路严丝合缝地走在经济腾飞的康庄大道上，即便他看起来很傻，也在一直跟着挣钱，也正因为他傻，所以攒下了钱。大家主要夸的就是这一点，傻，却能挣钱。夸，并且眼红。等看到骚虎似乎并不知情自己的钱被挪用时，大家才开始难过起来，为骚虎难过，也为自己难过，难过于自己没有这么一个古怪的傻哥哥。骚虎的父母义正词严，说骚虎不热衷婚事，只能先集中资源给弟弟建房完婚。这件事泛起的议论沸腾了半个夏天，至少辐射出去二十里，连走街串巷卖西瓜的都为骚虎抱不平。骚虎什么都没说过，没有埋怨过父母，也没有向新婚的弟弟追讨过。他从家里搬了出来，带着那只羊。他在村里找了间废弃的空房住了下来。那是一座土屋，之前住着一个孤寡的老人，老人死后，土屋失修，房顶塌了，山墙歪了，院墙倒了，长满了草。骚虎找了几根木棍抵住山墙，扯了块胶布遮住屋顶，带羊住了进去。母亲和弟弟来找过他几次，他没有回去。炎炎夏日，他像个流浪汉一样窝在跑风漏气的土屋里，和一只莫名其妙的羊相依为命。张全也去找过他，喊他一起上北京。他有气无力地回绝了，并把身上最后一点钱拿出来，让他代为照顾北京的动物。张全当然不想干，但也没办法拒绝这样的骚虎。那几根抵着山墙的木棍看起来极其脆弱，好像随时会崩塌，骚虎只等着被人挖出来。那一刻，张全是真的为骚虎难过了。半年后的春节，他回来，土屋已经变了一番模样。院子围了篱笆，里面种了菜，养了鸡鸭，那头羊也有了圈。房顶用芦苇补过，山墙后面的棍子变成了木桩，看起来坚不可摧。张全感佩骚虎的动手能力，同时也为他担忧。他问骚虎，你就打算这样了，不出去了？骚虎笑笑，说这样挺好。张全生了气，说，那你北京那些东西怎么办，那边还有一只羊呢。骚虎沉默了一会儿，走到黑洞洞的屋子里，再出来时手上多了几百块钱。他把钱递给张全说，你下次回来帮我拉上吧，这给你加油。张全没有接他的钱，更加气急败坏地说，谁要你的钱，我回去就把它们全吃了。骚虎举着钱杵在原地，嬉皮笑脸地说，你不会的，你不会的。张全恨透了他这样的嬉皮笑脸，又因为他能这样笑了暗松一口气，他还是没好气地说，没钱我就不帮你了吗，你一直在家哪儿来的钱？骚虎说自己没事的时候就跟着本地的建筑队去干活，一天有一百块钱。张全乐了，怪不得出手那么大方，又攒不少了吧？骚虎也笑，回归了不好意思。张全叹了口气，说你要真不想出去了，我夏天回来给你捎上，知道那是你的命，都照顾得好好的呢，鸡死了一只，我没有吃，给埋了。骚虎眼一下红了，非要把钱往张全口袋里塞。张全炝蹶子就跑，骚虎追了两步站住了。大家都说骚虎跑起来像女人，所以他也不好意思跑。然后就是昨天，张全来跟骚虎道别，发现他已经打包好行李，牵着那头羊，准备跟他回北京。张全乐了，以为他想通了，再一看发现不对，篱笆倒了，院子里的菜被踩得不成样子，鸡鸭也没了叫声。看样子是遭了小偷，这种情况只是让他想逃，他知道安慰对骚虎是没用的，他也不想安慰，他像所有人一样痛恨骚虎对动物的爱。他看看骚虎，又看看羊，忍不住问，羊为什么还在。骚虎说了自己的猜测，几乎不带感情地说，应该是几个半大孩子，你看这脚印，超不过十五。他们把绳解了，老骚虎嚞，不好牵，可能也怕牵着惹眼，就没牵。张全见他说得头头是道，好像在说别人家的事，歪头去瞅他的脸。骚虎扭过去了。张全看不到，就问，你不难过吗？他没指望骚虎说话，又问，什么时候的事？骚虎说，就上午。张全说，丢几只鸡你就想通了？骚虎说，现在篱笆里养不住鸡了。张全说，那就垒墙头啊。骚虎不说话了。张全知道了他难过的程度，说，明天一早走，我联系好了三个顺风车，你属于临时加塞。骚虎说，我给钱。张全说，给个屁啊，给钱谁给你拉羊，算我倒霉，买个车净拉你这牲口了。骚虎当然没能力理会他的玩笑，他也知道这个时候不该跟骚虎开这种玩笑，可他只敢跟骚虎这么开玩笑，他也觉得骚虎需要玩笑。不然的话，就只剩下难过了。他不知道身边为什么总围绕着这种难过事，他本来只是来道个别，可又和骚虎混到了一起，还多加了一只羊。这些破事都太玩笑了，太值得一说了，可面对一个女孩，他说不出口。就算这是骚虎的玩笑，就算他是精明的那个，可似乎也不能完全择出自己。

因为他太喜欢羊了吧。他说，或者说他习惯了羊，毕竟他从小就抱着，这就跟你喜欢猫一样。

我是喜欢猫。女孩说，可猫跟羊还是有区别的吧。

有啥区别？

猫小啊，软啊，还香。

那羊还大呢，硬呢，还骚。

对啊，这不就不一样嘛。女孩说。

对啊，你和骚虎也不一样啊。

哦哦哈哈，原来你说的一样是不一样的一样啊。

女孩笑了，这又出乎了他的意料。

离北京还有九十公里，天都黑了，还是没信心找女孩要一个电话。他不知道怎么开口。在服务区，所有人都上完厕所之后，燕燕给每个人买了一瓶水。他嗅到了机会，刚好可以借转钱的名义加个好友。他刚把水接在手里，骚虎就把钱递了过去，并自作主张连他那瓶也算在内了。燕燕说什么也不要，骚虎什么也不说就是要给。六块钱皱巴巴的纸币，一张五块的一张一块的，他就那么执着地举着。

这样吧，燕燕说，咱俩加个好友，以后你再请我，我还想看看你的羊到了北京怎么活呢。

它吃草。骚虎说，北京也有很多草。

我知道。女孩说，我知道你会把它照顾得很好，我就是想再看看它。

这样啊。骚虎不好意思地笑了，他手里的钱还举着。

对啊，把钱收回去吧。燕燕说，你手机呢，咱加个好友。

骚虎掏出一部老年机，女孩的眼神熄灭了，很快又被另一双眼睛照亮，那是张全的。

夜与燕

要怎么接近一个女孩，似乎每一步都是难题，在以往的网聊经验里，他已经知道"你在干吗"是单纯地没话找话，"你是干吗的"像调查户口，"你想干吗"如同挑衅，"出来玩嘛"干脆就是耍流氓，"你爱我吗"更是无从说起……一有空就点开她红色的头像看看，却一句话都说不出来，把主播阿龙的教学视频看了又看，没有一条法则适用于自己。两天的煎熬之后，他看到骚虎拴在院子里的那头老骚虎，心一横拍了张照片发过去。

好可爱啊。还没等他编辑好措辞,女孩就回了过来,咦?怎么有两只。

一聊起骚虎和他的羊,话题就止不住了。他告诉女孩,那头母羊是骚虎去年带来的,这次之所以带来一头老骚虎,就是要给它们配个对。

这么说快有小羊啦。女孩发来开心的表情,又发来羞羞的表情。

对。张全说,别忘了,骚虎可是配羔高手。

配羔?还用人吗?

当然,他得在一边指挥啊。

女孩发来一串哈哈哈,后面跟着羞羞的表情。

好羡慕你们啊。女孩说,有院子,还有羊,以后还会有更多更多羊。

不光有羊呢。张全掉转镜头,一口气拍了骚虎养的鸡鸭鹅鱼鸟,收留的流浪狗和猫,连墙角的蜘蛛网都给她拍上了。发照片的时候,他狠了狠心想,是时候给手机办个流量套餐了。

天哪,你们家简直比动物园还好玩。

对啊,你没事过来玩吧。

嗯嗯,等放假了我就去。

张全没想到那么容易,他迫不及待地问,那你什么时候放假?

不知道呢。

在不能相见的闲聊之中,张全很快就摸索出一些技巧。既然不擅打字聊天,那就多多利用图片,一张照片丢过去,女孩总会有所回应,再根据回应作回应就容易多了。一开始,他的拍摄对象主要是骚虎养在院子里的动物,拍摄手法多采用静态的正面照,也就是尽可能照得端庄,照得清楚。然而动物不是人,它们没有拍照的自觉,不会乖乖摆出一副正儿八经的姿势给镜头。这就需要不厌其烦地拍，精心细致地选，然后发过去，继而得到称赞：好可爱啊（夸羊）；好漂亮啊（夸鸟）；好可爱啊（夸猫）；好漂亮啊（夸鱼）……拍来拍去，夸来夸去，来来回回就这两句。他能回应的也不过是对称赞的赞同：是啊，是很可爱；对啊，是很漂亮。女孩再回一个可爱或者开心的表情，谈话差不多就结束了。意外是拍狗得来的，院子里有骚虎领回来的两条流浪狗，一条狼狗，一条土狗，都不怎么漂亮，狼狗牙尖嘴利，一脸凶相，还少了一只耳朵；土狗瘦小干枯，披着一身生过疮的癞皮，让人恶心。拍照的时候，张全谨记主播阿龙的格言：不要向女孩展示那些沉重的、让人望而生畏的东西。这两条狗的尊容和它们的流浪经历，很难不让人感到难受，张全实在是没什么可拍的了才想到它们。权衡再三，他决定给不那么难看的狼狗拍几张，前后左右拍了个遍，一张能拿出手的都没有。看着屏幕上狼狗断掉的耳朵，恨不得给它 P 一只上去，当然，他没有那么高超的技术，狼狗也长不出新的耳朵。犹豫再三，还是把那张精心挑选的不完美的照片发了过去，意外就是这么得来的，就是这么一张滥竽充数的照片，引发了喋喋不休的交谈：它好凶啊，好可怕 —— 于是可以问她是不是怕狗，从而聊到各自被狗咬的经历，聊到童年生活；它怎么只有一个耳朵 —— 于是开始畅想狗的流浪生涯，从狗的好坏聊到人的好坏，从狗生聊到人生。经验也是这么来的：好照片并不等同于漂亮好看的照片，相反的，不那么完美的照片反而能引起更多反馈 —— 癞皮狗的照片很快就验证了这一理论，接着是折断翅膀的鸟和已经翻肚的鱼、瘸了腿的猫和破了甲壳的甲壳虫 —— 骚虎总能发现这些急需救助的救助对象，而他则像一个热情高涨的跟拍记者，孜孜不倦地将最新动态报道给女孩。女孩在手机另一端叹息、心疼、愤怒或者出主意，随之发来的表情也丰富起来，不再只是可爱与羞羞，也有哀伤、哭泣与拥抱，交谈从而绵绵不绝。一开始，张全还有些担心，这么干是不是有悖主播阿龙的教导，毕竟动物的沉重也很沉重。张全很难判断女孩是不是望而生畏了，他只能安慰自己这毕竟是动物的沉重，跟自己没有太大关系，而动物的沉重理应在人的承受范围之内，要不然怎么能每天心安理得地吃肉呢。不过再一想，骚虎也吃肉，但骚虎很难承受动物的沉重，一旦有救助对象死在手上，他就伤心不已。好在骚虎技艺高超，很多动物在他手上起死回生，虽然他不能使断了的翅膀和腿再长回来，起码能让它们活下去。对于这样的救治成果，张全也都及时地报道给女孩了。女孩无不欢欣雀跃，大加赞赏。聊到兴起，女孩也会发照片过来，一般是她自己，同样不循规蹈矩，很少正脸出镜，多是一些身体的局部，戴了耳环的小半边脸，穿了短裙的小半截腿，剪了刘海的半拉脑门，套着戒指的半根手指，

举着奶茶的半个手掌——是的，女孩的照片总是半个的居多，看来她同样深谙不完美的拍照理论。每每收到这样的照片，张全的心都突突直跳，他被这不完美的美深深震撼，以至于他都觉得，若是女孩发过来一张呆板的全身照，或许他也只能回复一句"好可爱啊、好漂亮啊"之类的没法往下进行的平淡称赞。反而是这样的局部，让他得以聚焦在上面的耳环、刘海、短裙、戒指、奶茶之上，从而将话题延展开去。当然，偷偷把这些照片保存并打印下来，试着在墙上拼凑出完整的她就是独属于他的乐趣了。

晚上收工回家，掀开墙上的旧报纸，贴一张新的照片上去，他总能收获巨大的满足与快乐，也有一点迫切与鬼祟，好像破碎的人像一旦拼凑完成，就能召唤出真人一样。为了得到新照片，就得拍更多照片。他的拍摄对象已经不局限在院子里，他也没有那么多时间耗在院子里，作为一名快狗司机，他的命运是在路上。路上风景多变，对摄影技术提出了更高的要求。以往，作为一名快狗司机，他心无旁骛，一心求快，眼里除了路什么都没有。快狗快狗，快如仓皇之狗，他就

是这么理解企业文化的，惶惶如丧家之犬嘛。逃命的狗，可不得快？如今，为了不浪费沿途美景，必须在快的同时留心观察，时刻睁着一双发现美的眼睛，在必要时抓起手机找好角度按下快门。这在无形中增加了工作量，表面上看，他仍是那一条奔波在路上的亡命之犬，实际上却多了一份巡视的任务，当然，眼观六路耳听八方也算是狗的本分，这么一想就好受多了。一直以来，无论干什么工作，他最怕的就是耽误工作，耽误了工作就是耽误了钱。钱是什么？钱是赔付之神，你敢耽误它它就敢耽误你。一想到钱被耽误，他就惶惶如丧家之犬，不管耽误多少，一旦耽误，他必惶惶。像这样眼观六路耳听八方地拍照，稍稍耽误一点工作是必然的，好在眼观六路耳听八方是狗的本分，而他是一条快狗，尽本分是天经地义的事，谁能指摘？至于后来都敢停下车子去拍了，还走出车门去拍，至于这么做有什么道理可依，他已经无力去想了，毕竟拍到好照片的快乐难以量化，那是钱会失效的时刻，好像一张好照片就意味着无限希望，虽然最终也只是博美人一笑而已。

　　拍摄对象也不再局限于动物，清晨微红的天，夜幕下璀璨的车河，地铁口汹涌的上班族，街边醉酒的男女、拥吻的男女、奇装异服的男女，流浪狗、流浪猫、流浪汉，车祸现场……值得一拍的太多，升级了流量之后，不得不更换内存更大的手机。当然，有些照片是不适合发给女孩的，按下快门之前，他以为会是一张好照片，拍成照片之后，才发现不适合分享，碍于多年养成的勤俭美德，舍不得删掉，就只能存着，以至于都在琢磨要不要买一台电脑了，除了能存储照片，电脑对他没有别的作用，这无疑是更大的浪费……在内存耗尽之前，他暂且摁下了这些念头。

　　女孩对他快狗司机的工作很是认可：你真好，可以到处跑。从女孩偶尔回馈的照片里，他也猜到了她的职业，跟骚虎一样，她是一名车工。这份工作他也干过，怀着结识女孩的朴素愿望，结结实实干了两年。其间确实认识了不少女孩，他先后一共看上五个，表白三个，被拒五次——其中一个拒了三次。他愤然离去，再干下去不光找不到女孩，恐怕连自己也变女孩了，一个大男人，整天踩着一台缝纫机像什么样子。动用多年积蓄，他买下那辆五菱宏光，来到路上，成了一名快狗司机。那不是一笔小钱，碍于多年养成的勤俭美德，这个决定让他心惊肉跳，那心跳的迅猛至死难忘，就是三次表白加起来的心跳都没这一次来得猛。可以这么说，女孩对这份工作的肯定，隔空抚慰了那时的他。那个晚上，前途未卜的青年头枕一摞现金，心跳如鼓似钟，迟迟不能入睡。得亏这个叫燕燕的女孩，时隔多年来到昏黑的出租屋，轻轻柔柔说了句，你真好，可以到处跑。钟停了，鼓息了，心还在跳，那是幸福的心跳，不可同日而语。

因为干过这份工作，所以知道假期有多难得，因为多年养成的勤俭美德，所以知道请假是多大罪过，由此知道相见有多难。好在女孩所在的作坊不远，这一带全是这种小作坊，白天难觅人影，夜晚莺声一片，但也只限于刚下了班的那一小时。女孩们雁次走过，吃点小吃，买块肥皂，眨眼间那条小街又恢复冷清。一个晚上，张全送完货驱车来到女孩的村子，胡乱拍了张街景发过去，说，你快下班了吧。他们顺理成章吃了消夜，全程有讨厌的红羽绒服女孩与红嘴唇女孩作陪，也没说上多少话。红羽绒服女孩已经褪下红羽绒服，换上了蓝工装，红嘴唇女孩嘴唇依旧红，废话依然多，大部分时间都是她在抱怨，他们在听。哎，你不会看上我们燕燕了吧。红嘴唇在怨天怨地的空当说了这么一句，他的脸瞬间就红了。燕燕捅了红嘴唇一把，怪道，你又瞎说。没等他的脸凉下来，红嘴唇又把话题引向别处去了。看着说说笑笑的三个女孩，他的脸凉了，心却热了，突然觉得所有女孩都不讨厌了。

又一天，他把车停在胡同里，来到小街上，等她。下了班的女孩从巷子里冒出来，会聚成行，浩浩荡荡，如候鸟过境，留下一路的食物碎屑与包装袋。

咦，你咋在这儿？女孩惊奇地说。

我想带你去看看动物。

去哪儿看？

去我们的院子。

这样啊。女孩犹豫了。

动物有什么好看的。红嘴唇女孩撇着嘴说。

就是啊，这么晚了。红羽绒服女孩帮腔。她的蓝外套被掉色的布料染得红一块紫一块的。

快回去睡觉吧，明天还得上班。红嘴唇说。

我想去。女孩挣开红嘴唇的怀抱，我想去看看。

那我也去。红嘴唇又拉上了女孩的手。

你们去吧。红羽绒服说，我得回去睡觉了。

六环外的公路没有灯。张全把着方向盘，两个女孩挤在副驾上，紧挨着他的是红嘴唇女孩，这会儿她在抱怨天太黑。

净说没用的，你还能让天亮起来咋的。

我当然能。

那你叫它亮啊。

好，你听着，老天爷，我叫你亮，过六个小时，你必须亮。

不要脸，六个小时你不叫天也亮了。

我现在叫了，就算是我叫的。

你是鸡啊，一叫天就亮。

你才是呢。

两个女孩在副驾斗嘴、打闹，漆黑的马路由此变得热闹。红嘴唇在抱怨与斗嘴之余不停地问张全到了没。就到就到。第八次这么说的时候，车子驶过一座灯火通明的三层洋楼，红嘴唇女孩探头惊呼，哇！你们住这么好啊。楼下一辆喷了彩漆的 SUV 替张全回答了她。车子绕到洋楼的背面，停在阴影里。到了。张全说。隐没在黑暗中的木门吱呀一声怪叫，骚虎探出头来，回来啦。那欢快的语气，那开心的模样，像极了一个盼丈夫下班的妇人，等看到张全身后的两个女孩，他僵住了。

这就是你们的院子啊。站在院里，红嘴唇女孩噘着嘴说。

仅仅一墙之隔，像隔着长城，那边是乾坤盛世，这边是塞外苦地。院墙破损，破损处堆着枯树枝，地面塌陷，塌陷处积着水，更别提一不小心就能踩到的鸡屎、鸭屎、羊屎了。一进院子，狗汪汪叫，鸭嘎嘎叫，鸡在阴影里不时咕咕一声，猫叫就像小孩哭……

好像《倩女幽魂》啊。女孩说。张全还没来得及解释，女孩又说，你们的院子也太好玩了吧。

张全把心放回肚子，殷勤地带女孩四处参观。为了让女孩看得更生动，睡着的那些被一一捣鼓醒，一时间狗呜咽，羊嘶鸣，《倩女幽魂》到了高潮。女孩着重探视了那只曾短暂同途的老骚虎，它栖身于一团干草之中，头上是骚虎特地为其搭建的石棉瓦，看上去没什么变化，只是骚味儿更重了些。棚下另一端，是一只头上长角的漂亮母羊，老骚虎一叫，母羊就跟着叫。

怎么不让它俩在一块儿。女孩说，它们，配羔了吗？

骚虎，它们配上没？张全扯着嗓子问。

还没有。骚虎细声作答。他和红嘴唇女孩坐在檐下，红嘴唇捧着一杯热腾腾的奶。那是他特地为她泡的，用的是专门解救动物的奶粉，

209

平常他是不会喝的，为了招待张全的客人，他拿出了唯一拿得出手的饮品。那让他更像个贤惠主妇了。此刻，他陪着不愿意在院子里走动的红嘴唇坐在檐下，应对她滔滔不绝的提问。他应对得不是很好，像个捧哏的一样只会说嗯、啊、这、是、哎、嗨、呦。

为什么还不配？女孩望过来，问骚虎，你看它们多想在一起啊。

快了，快了。骚虎夹在两个女孩中间，不知道在答哪一个。

什么叫快了？我问你都给它们吃什么？红嘴唇说。

快了是什么时候？女孩说。

很明显，骚虎不擅长与人类交流，尤其是女性人类，平常一院子叽叽喳喳的动物他都能应对自如，现在只是面对两个女孩，就哑火了。他嗯啊了两声，就彻底没声了。

大概是因为刚到吧。张全说，得先让它适应适应水土，等身体壮点了再配。

是这样吗？女孩将信将疑地看着老骚虎。

是，是。骚虎说。

在张全的陪同下，女孩参观了骚虎创办的动物医院。在石棉瓦下的一角，旧玻璃拼凑的隔间里，女孩看到了裹着绷带的一只鸟与缩成一团的一只刺猬。

这只鸟怎么了？女孩把手伸进玻璃隔间，用指尖轻触鸟头。

被孩子用弹弓打了，伤了条腿。张全说，骚虎碰上，就花十块钱买回来了。

好可怜啊。女孩说，它还能好吗？

应该快好了。张全说，骚虎两天给它换一回药，不过应该很难好彻底了。

太可怜了。女孩说。她摩挲鸟头，鸟叫了一声，她笑起来，好好听啊，这是什么鸟？

骚虎，这是什么鸟？张全扯着嗓子问。

是云雀。骚虎说，它可以一边飞一边叫，叫得可好听了。

它还能飞起来吗？女孩说。

应该能吧。骚虎说，脚伤应该不会影响它飞。

好厉害啊。女孩连声称赞，骚虎的脸红了。

这个刺猬呢，它怎么了？

骚虎，刺猬怎么了？张全扯着嗓子问。

它老了。

老了？女孩疑惑地看着刺猬，又看向骚虎，老了怎么治？

老了不能治。骚虎说，它老了，爬不动了，牙也掉得差不多了。它吃不了东西，我喂它喝奶粉、吃面糊。

喝奶粉？红嘴唇说，就我喝的这个？

对。骚虎说，这就是它的奶粉。

呸呸。红嘴唇女孩连吐了几口口水，你这人怎么这样，让我喝刺猬的奶粉。

不是刺猬的奶粉，是我给刺猬买的奶粉。骚虎不好意思地笑了。

你好善良。女孩说，你对动物真是太好了。

骚虎的脸又红了。

你知道吗？人变成人，是从打败动物开始的。红嘴唇对骚虎说，你是人，可不是动物。

人也是动物的一种。骚虎吞吞吐吐地说，小学老师就教过，人也属于动物。

那是你属于，我不属于。红嘴唇女孩立即开启斗嘴模式。

骚虎自然不是对手，嗯啊两声又没声了。

从前，张全最怕天黑，暮色降临如同沼气泄漏，总能让他难受一

211

会儿。有时候太忙,一不留神就是深夜,但他知道自己难受过了,在天刚黑的那会儿。这是最好的情况,后知后觉永远是最好的情况。一旦发现,就得做好难受的准备,猛一抬头,视线收缩,像被什么捏了一把。这也还行,发现仅仅是一下子的动作,等眼睛习惯了黑暗,沼气也就随之消散。最难受的一种情况,是目睹天黑的过程,那就是难过了。天慢慢地黑,难受慢慢地来,逐渐变得难挨、难过。难受时一闪而过的东西随着难受的深入而展开:西归的放学路,转凉的晚风,嘈杂的打闹,运动过量后的饥饿,奔跑的背影,家门口的一截枯木,被口水淹没的虫子……最终还原为童年时期稀松平常的一幕:放学了,趁着吃饭前的空当跟着大伙儿疯玩,不一会儿就响起妈妈们开饭的呼唤,于是大家各回各家,各找各妈。他也只好回家,虽然明知道妈妈不在,妈妈不在不是因为没有妈妈,而是因为没有爸爸,因为没有爸爸,所以妈妈就得像别人的爸爸一样出去干活,也就没办法像别人的妈妈一样在家做饭、喊他吃饭。他并不在乎有没有饭吃,虽然确实饿,他在乎的只是不能和大伙儿一样。前一秒还在一起玩,后一秒就只剩他一个。这时候,天总是配合地擦黑,他一个人,坐在一截枯木之上,饿着肚子,玩地上过路的昆虫。关键的时刻形成了关键的记忆,所以天黑就成了打开记忆的钥匙。他没上过几天学,但他也知道钥匙的英文是 Key,关键也是。Key 是钥匙,Key 是关键,天的 Key 是黑,黑的 Key 是难受,一如真理,亘古不变。他接受,虽然还是怵。现在的关键是,找燕燕,必须等天黑。几次之后,他开始期待天黑,当然,他不是受虐狂,他一如既往地害怕难受,只是天黑再也不能让他难受。黑的 Key 是难受,但他找到了难受的 Key,那是燕燕。天必须要黑,他必须要去找燕燕。

　　必须,但不能频繁,他给自己的规定是三天一次。找到她,请她们吃饭,或者只是陪她在街上走一段,有时候也带她回来看看动物。红嘴唇和红羽绒服女孩只对吃饭有兴趣，逛街和看动物很少参与。碍于多年养成的勤俭美德，他很少请人吃饭。不想请她们吃饭倒不是碍于美德，而是她们本身就是障碍。对燕燕，他多想请她吃一辈子的饭。

你咋在这儿？

刚好路过。

你怎么来了？

来买点东西。

没等把准备好的借口说完，她就不问了。

你来了。她说。这是几乎可以忽略但又意义重大的一句话，仅次于母亲的那句你回来了。

那条街包括所有的巷子，都被他们走遍了。有时候，她会送他到停车的地方，目送他离开。在她的注视下，每一次发动车子都很难过，当然了，那是分别的难过，跟天黑的难过不可同日而语。又一次，他难过地上车，她敲敲车窗，说，能带我去兜兜风吗？

他们在没有路灯的六环外兜，不分南北和西东。车里的人不怎么说话，车窗外是一样的黑。张全把着方向盘，怕她太枯燥，问她想去哪儿。

不知道。她说，要不往亮点儿的地方开吧。

追着亮光，只能来到城里，越往里越亮。光源愈加复杂，女孩放弃了分辨，只是静静地看。

好漂亮啊。女孩赞叹。

他也跟着开心，好像女孩的赞叹里也有他一样。

你没来过城里吗？

来过，很少。女孩说，都是坐地铁，没这么晚来过。

晚上很漂亮吧。

太漂亮了，跟电视里不一样。

那时他们在东三环的高架上，两边都很好看，女孩看看右边，又看看左边。看左边的时候女孩的视线越过他的鼻尖，他嗅到了女孩的香气。在霓虹的作用下，这次的香气分外浓郁。他突然有了目标：带她去趟长安街，让她见识一下共和国的宽。有了目标，开得就快了。

啊，沃尔玛！女孩指着窗外，吓了他一跳。

什么沃尔玛？

是个大超市。女孩说，可大了，我一直想逛逛。

那就逛逛。他脑中浮现出一个高达五百的预算。或许可以借此机会送她一个礼物，他想。

驶下主路，来到大厦前，绕了一圈，找不到可以停车的地方。

你不是天天都在城里跑吗？女孩说，应该对这里很熟吧。

是很熟。他有点窘迫地说，不过我都是停一下就走。

快看，那写着停车入口。女孩指着地下车库。

那是要钱的。作为一个司机，他当然早就看见了。

噢。

车内的空气降到冰点。他开始后悔说那句话了。他应该赞同她的发现，并顺理成章地开进去，虽然那会让他像个傻瓜。车子沉默地绕圈，像热锅上的蚂蚁绕着热锅，如果蚂蚁会尖叫，一定是刺耳的尖叫。刺耳的沉默里，他看到那条胡同，如同看到逃生通道。

我知道了。他有些激动，以至于声音颤抖，我知道哪儿能停了。

狭窄的胡同里，他停好车，从副驾上爬下来。

你好厉害。女孩说，这么偏的地方都能找到。

他一时不能分辨这是嘲讽还是夸赞，只能按照女孩的可爱语气照单全收。他不好意思地挠挠头，说，干我们这一行的底线就是停车绝不花钱。

对，停个车还花钱那不是傻吗？

就是！

两人哈哈大笑，阴霾一扫而空。不过他还是有点抱歉把车停在那么远的地方，要穿过两条胡同才能走到那座近在眼前的大厦。女孩被新的景色吸引，开始新一轮的赞叹，裹住房子的爬山虎，灯牌别致的小店，古朴的大门和门前的石狮子……他没有注意的东西，她都觉得好看。他在她的要求下拍了很多照片，她也帮他拍了几张。总算走出胡同，来到大厦前，才发现超市关了门。

我忘了。女孩拍拍脑袋说，我忘了大超市也会关门的。

不过今天也很好玩啦。后一秒，她又雀跃起来。

都怪我，耽误了时间。

怎么能怪你？你看现在几点了。

快十二点了。

对呀。女孩说，也就是说，我们决定要来的时候，就已经关门了。

这样啊。

对呀，咱们回去吧。超市下次再逛。

他开心地发动车子。他开心，不光是女孩在侧，还因为女孩说了"下次"。"下次"让希望充满未来。所以他也没说去长安街的事，超市可以等下次，长安街当然也可以了。

回来的路趋向于暗，他们也累了。女孩靠着窗，长时间不说一句话，再开口，也没了去时的兴奋。

你的工作真不错。女孩说，你喜欢你的工作吗？

女孩的声音因为疲惫显得低落，虽然她话里的意思是肯定。他不知道怎么说，他没想过这种问题，好在他想起了龙哥的话：一定要热爱生活，要是连自己的生活都不爱，女人凭什么爱你呢？

喜欢。

因为说得太急，有点过于肯定，因为过于肯定，显得有点苍白。女孩没有说话，他试着补充，我喜欢开车，开车的时候一直都有事做，要一直把着方向盘，还要看后视镜，还要踩离合、踩油门、踩刹车，有时候还得打转向灯、开雨刷器。

要干这么多事啊。女孩说，我都不知道。

那是你还没学车，等你学会就知道了。

噢。女孩低低地住了声。

你呢，你喜欢你的工作吗？

不喜欢。女孩斩钉截铁地说，带着斩钉截铁的忧伤。

他一下子就后悔起来。他很想告诉她刚刚说错了，他喜欢的不是工作，只是开车，只是踩离合、踩油门、踩刹车、打转向灯和开雨刷器。可她已经说了不喜欢，他再说，就显得太不坚定太过谄媚了。龙哥也说过，对女孩，一定要坚定，一定不能太谄媚。

离家越来越近，他找不到话说，只能被迫感受女孩的伤心。过不多久，他们就要分开，那时候车里就只剩下他一个人了，他只能一个人再度伤心地发动车子。

他伤心地发动车子，她敲敲车窗，说，下次你教我开车怎么样？

他又开心起来。

不找燕燕的晚上，他孜孜不倦翻看龙哥视频，寻找送礼物课程。作为一个见过大风大浪、经过大起大伏的大主播，龙哥的讲义浩如烟海，他怎么也找不到印象中那期。龙哥常说的那句"今天你以为我说的是笑话，明天才知道是人生"穿插在每一条视频里，让他加深了体会：要是早听龙哥的话学会双击666，何至于找得这么辛苦呢。在奋力的划动下，手机里的龙哥像个魔术师一样不停变换着模样，出现在不同场合，他西装革履坐在豪华的办公室，语重心长地说"事业是男人的圣殿"；他来到建筑工地，揪着工人声嘶力竭地喊"你就是以前的我"；他躺在一堆人民币上，说"钞票才是男人的脸面"……骚虎凑在一边看，嘿嘿笑个不停，把他烦得要死。

你笑啥，有什么好笑的？

骚虎被他盯着，僵住了。

你以为看笑话呢，这是人生！

骚虎显然是被"人生"这种大词吓到了，忙不迭地解释，不是，我就是，我就是觉得他说话好有劲儿啊。

人家是成功人士，当然有劲儿了。

龙哥走下一辆玛莎拉蒂，拦住迎面走来的美女，说，亲爱的，能为我摘下那一朵玫瑰花吗？美女将信将疑去摘花，从那片灌木丛里扯出来一朵又冒出一朵，不停地扯不停地冒。美女怀里很快盈满了花，脸上也溢出了笑。龙哥把镜头转向自己，开始布道：兄弟们，花谁都送过，你这么送过吗？所以说，送什么礼物不重要，怎么送才是关键。美女抱着满怀的花过来，对龙哥说，给你。龙哥抽出一朵嗅了嗅，潇洒地说，我说过了，只要一朵。

骚虎忍不住又笑了，因为视频里有美女，他笑得很羞涩。张全瞪了他一眼，他更羞涩了。

这个不赖。骚虎说，要不就送花吧。

你懂啥，这已经是他女人了才能这么送。张全说，我得先送个别的，看她愿不愿意当我女朋友。

那送戒指吧，戒指不是定情的吗？

你快别说话了，得有情你才能定啊，我都不知道她对我有没有情呢。

这你都不知道啊。

你知道？

当然了，有没有情不是一眼就能看出来？

你能看出来？

当然能，你也能。

你看出啥了？

她对你有。

有啥？

情。光是说出这个字，骚虎就臊得不行。

你看出来的？

对。

真的？

真的。

张全盯着骚虎看了一会儿，像是能从他脸上看出真假，当然他什么也看不出来。

我信你个鬼。张全一屁股坐起来，手机掉在地上，你连女的都不敢看，你还看出来？你想看我出丑吧，赶紧喂你的狗去，狗屁不懂的货。

你生什么气啊。骚虎躲到墙角，贴着墙出去了。

张全捡起手机，没心思再刷龙哥了。他也不知道为什么生气，只是突然有种被戏弄的感觉，像骚虎这么一个资深光棍，居然也来对他的感情事业指手画脚。一直以来，大家都怀疑骚虎还是个处。他问过几次，骚虎每次都是沉默。按理说沉默就是默认，骚虎沉默的场合太多，所以也不好判断。

在不那么黑的地方，燕燕开始学车。他不知道这是不是犯法，稍稍有些害怕，当然，他害怕的东西很多，也不只是《道路交通安全法》。

第二次摸车，燕燕就开到了七十迈，那条路的限速是五十。他怕得不行。第三次换了地方，那里很黑，这也是他怕过的东西。燕燕对速度没概念，踩起油门就忘了松，这大概是常年踩缝纫机留下的后遗症。检验一个车工是否合格，就是要看他脑中有没有效率二字，在效率的主导下，暂停与暂缓都是不可饶恕的。燕燕作为一个车工必然是合格的，她的脚在缝纫踏板上每天至少停留十小时，且总是踩下去的。她习惯了快。她受不了慢，没完没了的布匹像没有尽头的道路一样急需征服，当她脚踩油门，无尽的前路被车灯吞没就像无序的布料织出衣裳，她是兴奋的。她慢不下来。

黑，无证驾驶，超速，新手，没上保险的车，《道路交通安全法》……他怕的太多，燕燕一脚下去全踩了出来。不过只消扭头看她一眼就顾不上怕了，脚踩油门的燕燕，眼睛是发亮的，亮到足以驱散任何阴霾。所以他总要扭头去看，不仅仅是因为喜欢，而是不看不行。

有一次练车，燕燕提议让他接一单活儿，反正都是开车，还不如去送送货呢。夜里的活儿少，不过也不是没有，张全依着她打开手机往城里开，并不抱什么希望。在南三环，他们接到一单，送一只箱子到东五环。这单活儿不算小，别看箱子小，钱是按路途算的。上楼取货的时候燕燕执意跟着，说可以帮忙拿货，没想到只是一只小箱子。下单的女孩双眼通红，把箱子扔给了他。送货的路上，他们猜起箱子里装了什么。燕燕爬到后面拿过箱子，说，看看不就知道了。张全连说不行，这可是犯法的。送货一年多，他从没好奇过送的都是什么。应该不是什么重要的东西，她说，你看，胶带只贴了一道。说着，她已经打开了。张全又怕了，不过扭头看到女孩发亮的双眼，也就顾不上了。

燕燕从箱子里拿出来一部手机，屏幕还能亮，但解不开锁。好可爱啊。她夸了一句手机壳，又拿出一瓶香水，往手腕上喷了两下，低头去嗅。好好闻啊。她说，对着张全也喷了一下。张全一阵惊慌，只好赶紧看她，但没能看到她的眼睛。她埋头一通翻腾，拿出丝巾、口红、洗面奶、毛绒玩偶、头戴耳机……各种杂物，各种好可爱啊、好漂亮啊、好舒服啊。最后，她拿出一个更小的盒子，从里面举起明晃晃的项链、手环、耳坠。她呆呆地端详，眼里却没了亮光，以致张全的心慌得不到缓解。

快放回去吧。他说。

燕燕把东西一一放进去，小心翼翼地贴好胶带。

这么多女孩用的东西，她要送给谁呢？

不是送，应该是还。她肯定是失恋了。

燕燕说得没错，等他们把箱子交到男人手上，男人都没打开，拔腿就往楼下跑。张全追上他，让他签字。他不光不签，还要张全连人带箱子一块儿送回去。

不行啊。张全说，我只收了送货的钱。

男人抱着箱子坐在后面，那是骚虎抱羊坐过的地方。他们知道他失了恋，但他不知道他们知道，所以他们也不便说什么安慰的话，更何况，张全还趁火打劫宰了他一刀。一路上，车里弥漫着低气压。张全和燕燕几次对视，不敢说话。燕燕眼里的内容很多，张全读不全，但也能感觉到一种共谋的禁忌与窃喜。一到地方，男人飞快地跑走了。他们目光交汇，大笑不已。

你说，他们会和好吗？回去的路上，燕燕问他。

嗯？还能和好吗？

这男的那么急，肯定是来求复合的。

那你说他们能和好吗？

我觉得能。燕燕说，女的这么晚了还要把礼物还回去，还哭得那么惨，一定是在气头上。她这么做，就是想让他去找她。他去了，他们肯定就好了。

这样啊。

对啊。

你真聪明。

所以你要少了。燕燕说，应该要二百，二百他也给。

不会吧，打车也就不到一百，他又不傻。

你没听说过恋爱会让人变傻吗？

会吗？

当然啦。

燕燕的轻松语调感染了他，让他也变快乐，接着又低落，他想到刚刚还在夸她聪明。照她的说法，她聪明，也就是说她不在恋爱中。

燕燕爱上了跟他出活儿，一般是十点以后，张全等在巷子里，接上刚刚下班的她。两人有一搭没一搭地往城里开，接不到单的话，就当兜风了。他们去了沃尔玛，也去了长安街，去了西单大悦城和王府井百货……不管去到哪儿，燕燕都很兴奋，于是他也兴奋。在北京那么多年，他对这些早就见怪不怪了，就算第一次见，他似乎也没有兴奋。光是看看，有什么可兴奋的呢。然而燕燕总是兴奋，仿佛看到就是拥有，虽然逛了一圈沃尔玛，她也就是拥有了一瓶饮料而已。

他成功地送出了一个礼物，用的是龙哥的教程，稍稍做了一些变通。他把一个网购的水晶吊坠吊在车里，等燕燕注意到并夸其好漂亮之后，他摘下来说送给你。这就是龙哥的教诲，第一件礼物要送得出其不意，快到她都意识不到是礼物。这个理论很快得到了印证，燕燕另买了一个观音小像挂在车里，说是让其保佑他，实则就

221

是回礼。说明燕燕后来意识到这是个礼物,所以才会回礼,至于回礼意味着什么,那就是另一个难题了。现在,他的车里挂着燕燕买的观音,燕燕的脖子上偶尔挂着他买的月牙,不管看到哪个,都让他感觉幸福。

一天,行驶在就要到家的路上,燕燕开着车,幽幽地说,你有没有发现,咱们从来没在白天见过。

什么意思?

就是咱们好像都是在晚上见面。

还真是,虽然第一次见面是早上,但那天下着大雾,也像是晚上。

好像《聊斋》啊。燕燕说。

什么意思?

《聊斋》里,男的跟女的见面,都是晚上,而且那些女的都是女鬼。

女鬼? 张全想到那天的大雾。

你就不怕我也是吗?

是什么?

女鬼。

女鬼? 雾似乎更大了。张全一下子紧张起来,别瞎说了。他看了一眼女孩,方向盘在她的掌控之中。他坚定地说,就算你是我也不怕。说完,他看了一眼吊着的观音。

那你紧张什么? 女孩笑起来。

我没有啊。

我们应该在白天见一面。

那你就得请假了。

女鬼不用请假。

燕燕踩深了油门,他直盯着观音。

量人狗

　　在一个明媚的春日下午，他们来到河边，野餐，顺便放羊。河两岸草木繁盛，钓鱼的人点缀其中，唯独没有放羊的。骚虎的两只羊来到河岸，如猛虎入林，大快朵颐。那头漂亮的母羊已有身孕，肚子和乳房都鼓了起来。骚虎把它们远远分开，以防有哪个情不自禁。配羔的时候，张全曾邀燕燕前去观摩。整个过程中，骚虎把持着母羊的双角，像个逼良为娼的老鸨子。母羊焦躁不安，尾巴摇个不停，公羊畏畏缩缩，闻一下母羊送上前的屁股，又躲到骚虎身后，去闻他。骚虎只好不断转动身体，他一转，母羊也就跟着转，于是公羊也得转。一人二羊转来转去，迟迟不肯投入战斗，让张全觉得很没面子。

　　我说，它该不会是想爬你吧？张全一句话，把骚虎和燕燕的脸都说红了。

　　别瞎说。骚虎说，老水羊比老骚虎情发得厉害。

　　可是，它看起来确实更喜欢你一些。虽然不好意思，燕燕还是说了疑惑。

　　骚虎没办法，只好松开母羊的双角，附在公羊耳边说起话来。燕燕和张全对视一眼，显得不可思议。

　　还真让你赶上了。张全说，他很久没跟羊说话了。

　　会有用吗？

　　肯定会。说是这么说，张全其实也没底。

　　经过一番叮咛，骚虎放开公羊，复又抓住母羊的角。公羊嗅了嗅骚虎，闻了闻母羊，毅然爬了上去。

　　哇，真有用哎。燕燕欢呼雀跃，像极了那些轻信男孩把戏的小女孩。

你跟它说了什么？张全问骚虎。

没啥。骚虎说，我就是让它勇敢一点。

这下轮到张全脸红了。

河岸上，骚虎拴好了羊，来到铺好的旧床单上坐下。燕燕把薯片递给他，他拿了一片在手里，也不吃，伸长了脖子东张西望。张全随他看出去，看到一个个藏在树影里的垂钓者。

他们钓到鱼一般都会放回去的。张全说。

那为什么还要钓？

谁知道。闲的。

我去看看。骚虎站起来。

别去。

我就看看。

看看可以。张全说，千万别跟他们买鱼，更不要当着他们的面把鱼放回去。

为啥，他们还能再钓上来？

他们会打你。张全说，总之你只能看，什么也别干。

好，我就看看。

骚虎着急忙慌地下了河岸。他先是来到一个老头身边，装模作样地看了一会儿水面上静止的鱼漂。趁老头不注意，一头扎进他身后的水桶，老人回头看时，他已经走远了。

老头什么也没钓到。张全说。

你咋知道。燕燕好奇地问。

骚虎看到鱼肯定不会走。

为啥？

他会想办法把鱼放了。

他不是答应了就是看看吗?

他是答应了,但他忍不住。

这样啊。

燕燕若有所思地看着骚虎走到第二个垂钓者身后,如法炮制上一回的动作,继而走向下一个。燕燕笑了,好像唐僧啊。

什么?

还记得电视剧《西游记》的开头吗,小时候的唐僧去打柴,回来的路上看到一个打鱼的,就用自己的柴换了鱼,然后放了。

记得,那时候唐僧刚死了爹,娘也被人霸占了。

可他还在救鱼。

是啊。

他们都默然了。过一会儿,张全说,不过骚虎也不是小孩了,钓鱼的也不是打鱼的,打鱼是为了生活,钓鱼是为了玩儿,他们不可能让骚虎从他们手上救鱼,我怕骚虎挨打。

挨打不至于吧。燕燕说,钓鱼的都挺和气的。

她挺身张望,骚虎已经走到很远的地方去了。

晚春的河上吹着和煦的风,吹得人发昏。太阳不毒,持续的蒸煮还是起了效用,其效用就像温水煮青蛙,不觉中将灵魂蒸发。张全与燕燕并排坐着,谁都没说话,却好像一直有话,那是灵魂在说话。灵魂和光同尘,逸散于煦风暖阳之中。虚着的眼睛再睁开,一下就看到了儿时的河岸,羊无休止地吃草,孩子们不知疲倦地打闹,骚虎在很远的地方,抱着羊窃窃私语。天地似乎从来没有那么宽过,井水也向来不犯河水。蒙眬中有什么压过来,再一睁眼,看到燕燕靠在了腿上。身体骤然缩紧,被浓郁的发香禁锢,忍不住偏头去看。燕燕眯着眼睛,

225

脖子上没有他送的月牙。四下张望，河岸上的羊也只有两只，还被残忍地分开。骚虎提着一只塑料桶远远走来，又高又大，又笨又傻。

等骚虎走近，燕燕从他腿上坐起来，惊呼，他真的买到鱼了？

他跟着燕燕跑下河岸。燕燕从骚虎手里夺下水桶，里面游着五条小鱼，一条比一条小，最大的也就一拃来长。

张全说，你真是没治了。

燕燕问骚虎，多少钱一只啊？

张全追问，花了多少钱？

骚虎垂着头不说话，像个犯错的孩子。

你要把它们放回河里去吗？燕燕说，我可以帮你吗？

你放吧，骚虎说，放完我还得把桶还回去呢。

你花了多少钱？张全恨得牙痒痒。他知道骚虎是不会说的。他只是白白地生气。

燕燕来到水边，弓下腰，一点一点地倾斜水桶，水一点一点地落到河里。鱼舞着身子跌下水面，一入水，很快就游不见了。

好羡慕啊。燕燕望着复归平静的水面说，要是像鱼一样该多好。

张全还在气头上，没办法响应燕燕的向往。他一直都不理解，为什么燕燕总是羡慕动物，她还羡慕过骚虎的羊，在它们吃草的时候。有什么好羡慕的？羊吃草，鱼入水，这不就是羊和鱼的生活吗？还是最基本的那种。他多想告诉她，他愿意加倍努力，给她比基本生活更好的生活。当然他说不出口，尤其在这个时候。

你真是个大善人。燕燕把空桶递给骚虎，空桶里顷刻盈满了称赞。看着提桶远去的骚虎，张全开始后悔带他来了。

良久，骚虎走回来，手里依旧提着桶。燕燕跑下去，张全只好跟着。这次桶里的鱼是八条。

你又救了那么多。燕燕说。

他们钓得太快了。骚虎说。

累不累啊？张全说，你就打算这么一趟一趟地折腾？

不是你说不能当着他们的面放回去吗？

你怎么说的？你跟他们说要这些鱼干什么？炖汤还是红烧？他知道骚虎肯定不会对动物用这么可怕的字眼，但他就要这么说。

我说，骚虎不好意思地挠挠头，我说我的两个孩子喜欢。

你的孩子？还两个？你还占我们便宜。

张全追着骚虎打。燕燕笑起来，骚虎也笑了。

最终，鱼还是由燕燕放了回去。燕燕把桶还给骚虎的时候，张全抢了过去。

我跟你一起去。张全提起桶就走，骚虎只好跟上去。

走了好远的路，路过好几个钓鱼的人，桶都不是他们的。看到骚虎，他们还热情地招呼，问他还要鱼不。张全拽着骚虎连连摆手，像穷哥们儿逃离站街女。

你是在天边借的桶吗？他走得又累又烦，又气又急。

骚虎不好意思地挠挠头，说，就到了。

过了两座桥，穿过一个公园，他们看到最后一个垂钓者。这里已是河的尽头了，再往前，就是自来水厂的围墙。

他们还了水桶，太阳也气喘吁吁地骑上了围墙。

要不是有这道墙，你是不是能走到黄河里去？张全肺都快炸了。

骚虎不好意思地咧咧嘴，说，这是死水，不通黄河。

张全气急败坏地在前面走，骚虎磨磨蹭蹭地在后面晃，遇到水桶还是忍不住往里看看。张全不厌其烦地将其拖走，再推上一把。水桶大多是红色的，映得水也发红，夕照是红色的，红得像桶里冒着腥气的水。走在又红又腥的夕阳里，连呼吸都不畅。赶在太阳落山前回来，张全发现旧床单上已经没了自己的位置。燕燕跟三个男青年还有一条大狗挤在一起，正在烤烧烤。草地上摆着一个小音箱，放着震耳欲聋的电子乐。水边支着三根钓竿，鱼漂是会发光的。马路边停着一辆满是喷绘的 SUV，张全认出来了，那是房东儿子的车。一个朴素的下午突然变得缤纷，让人难以直视。

是你们啊。小房东说，过来一起。

你们真的认识呀。燕燕开心地说。

当然了，看见这俩羊我就认出来了。小房东说，只是美女你，以前咋没见过呢？

燕燕不好意思地笑了。

我说，你们两个放羊娃可以啊，有美女也不介绍介绍。小房东笑嘻嘻地递过来两个肉串。

张全只好接过来，分一个给骚虎。骚虎没有伸手，问，这是啥？

羊肉串啊。

我不能吃。

怎么，嫌我的羊肉赖。小房东说，我又不是放羊娃，要不然把你的羊宰一个烤烤。

大家被逗笑了。骚虎说，不是，不是。

那你吃啊。

有羊在这儿。骚虎说，有羊在这儿怎么能吃羊……他嘟囔了一会儿，还是说不出来。

这什么规矩，有羊在就不能吃羊肉？

大概是小房东的语气恶了点，骚虎僵住了，空气在他周围凝固。张全只好站出来打哈哈，没事没事，他不吃咱吃，他的规矩又管不了咱。

真怪。小房东打了骚虎一下，跟你闹着玩呢。骚虎的嘴动了一下，大概是想笑，不过没笑出来，于是只好挪动双腿走到河岸下去了。小房东说，这家伙在我家老房子里养了一堆乱七八糟的东西，弄得臭气烘烘。说他还会跟动物说话，太怪了，真以为他是猎人海力布呢。

又一阵笑声。张全去看燕燕，她正在吃串。

天慢慢变黑，张全也变得难受。骚虎站在河岸下，像是在看管那三根钓竿。那条大狗蹲在他脚边，倒像是他的狗。小房东举着肉串唤了几次，狗回头望望，不为所动。狗的名字叫虎子，他一叫，骚虎也会回头。

哥们儿确实跟畜生挺亲的。小房东说。

亲个屁啊，从他站到那儿鱼都不咬钩了。

他们吃着羊肉串，喝着啤酒，听着音乐，似乎也没那么关心鱼咬不咬钩。张全稍稍有些担心，他怕鱼真的咬了钩再被骚虎放回去，那可就真惹麻烦了。他们在房东家住了三年，跟小房东没怎么打过交道，在偶尔的碰面中，能看出来他也不太好打交道。他似乎没有工作，常年开着那辆五彩缤纷的车到处游逛，这种行为在老家被称为混子，众所周知，混子是不好惹的。混子有这么几个特点：好吃懒做，好逸恶劳，好高骛远，好要面子，好欺负人……这些明显有悖于张全多年养成的勤俭美德。一直以来，他见到混子的第一反应是跑，以免被其欺负，也避免与之成为朋友。他早就想走了，可燕燕却玩得很开心。她吃着肉串，还开了一罐啤酒，虽然一直没有喝完。她跟着音乐晃，跟这些新朋友有说有笑。她似乎很喜欢那个小音箱，好奇那么小的东西为什么能制造出那么大的动静。她被允许连上自己的手机，放出惊天动地的爱情歌。她试着把声音调到最大，看那个小盒子究竟有多大能量。曲中的女声大到能改变风向，有几片东颠西倒的草叶子为证。她兴奋不已，连声称赞。

这就是高科技。小房东说。

好厉害。

这算啥,我车里的音响改得才叫变态呢,哪天你坐上试试。

这就够大了。她扭头看了一眼车。

你放的歌不行,听不出效果,我给你放一首。小房东抢过燕燕的手机,屏幕锁着,他绕过燕燕的脖子,对着她的脸开锁。

张全断了呼吸。

更大的音乐声响起来,草叶子颠得更厉害了。

趁他们聊天的空当,张全跟燕燕说要回去。他声音太小,音乐声太大,燕燕大声问他说的什么,他只能更小声地回过去。后来还是骚虎带着狗走过来,说要回家了。

这才几点。小房东说,再玩会儿。

骚虎没有搭话,自顾自去牵羊。

这羊真骚。他们一伙儿的一个青年说。

越骚肉越鲜。另一个青年说。

早晚给它烤了。小房东说。

张全顺势跟在牵着羊的骚虎身后,对燕燕说,咱走吧。

燕燕站起来,小房东拉着她的手说,你也走啊,再玩会儿嘛。

张全没了呼吸。

还好燕燕抽出了手,跟了上来。

再联系啊。

小房东喊了一声。燕燕在黑暗中回头,看不出反应。张全伤心地发动车子,在副驾上有燕燕的情况下,他还是头一回伤心。河岸上,音乐和笑声依旧大,他把油门踩到了底。

墙上的女孩即将变得完整,就差一只右眼跟一截左小腿了。每一张照片都是他亲手打印，每一个部分他都曾反复观摩，他明确知道那是燕燕，真的拼到一起，反而不认识了。太多缝隙了，那些照片之间，有他难以弥合的裂缝。长久地看着这个破碎的女孩，想要看出一个整体，想要看出一个真人。看得越久，越陌生。看得越深，越漂亮。陌生让人害怕，漂亮也是。她还是太漂亮了，对他来说。从看上女孩开始，他就没敢看上过看上去漂亮的那些。凡是漂亮的必是抢手的，他怕抢，他知道自己几斤几两。他的字典里没有"情敌"这个词，别说情敌了，连敌人都没有。他想象不出怎么讨厌一个人，怎么去跟一个人恶语相向。有人对他恶语相向，他就笑笑，伸手不打笑脸人嘛。好在从记事起就没人打过他了，不然他真的害怕，会不会被人一拳打出一脸讪笑。那样的话恐怕连一个老实人的尊严都保不住了，而是沦为一个彻底的傻子，像骚虎那样的傻子，在人群中是透明的，走到哪儿都是一团和气，默默吸收来自周围的敌意。他的主要组成部分也是和气，可能稍稍比骚虎多一些不服气，他有时会忍不住接个话茬，说句彩话。彩话当然是为了添彩，只是拿捏不好也会适得其反引发敌意，这时候就只能笑了，用更大的和气吸收敌意，而不是用敌意击退敌意。他在心里组织过反击方案，总能反击得特别漂亮，但在实战层面，他的经验是零。他还是怕争、怕抢，怕看上别人也会看上的东西。他不能确定小房东有没有看上燕燕，但他确定看到小房东看燕燕时自己是笑着的。他痛恨笑，可他不能不笑。另外，燕燕是漂亮的，尤其在雾气与夜色之中，她看上去是那么漂亮。承认这一点，也让他痛苦。他痛恨漂亮，可他也爱。

他曾暗下决心，等墙上的女孩拼凑完整，就对真正的女孩示爱。他给自己定的规矩是：只能用她发来的那些。照片少的时候，他着急，希望她能给得多一些。照片多的时候，他也着急，希望她能给得慢一些。现在，长久地看着墙上似她非她的她，他又急了。他发了条信息过去，说，给我看看你的眼睛，右边那只。发完之后他才紧张起来，他从未对她使用过命令口吻，即便是教她学车的时候。很快，她回了过来，干吗，你让我发就发啊。他的手抖起来，没办法打字。她的眼睛出现在屏幕上，像被他抖出来的。

抛开那截小腿不计，她终于完整地显现在他的墙上。长时间举着手机，看着来之不易的那一整张脸，像一张抽象画，想不到，完整比缺失更让人失落。所有的目光最终被那一只发亮的右眼吸引，它还新鲜，是她刚拍的，新鲜得像是活着。他深深地看进去，想要看出点什么，看到屏幕熄灭，看到只剩自己。

表白，就是展示自己。龙哥在屏幕里掷地有声，记住，别说你有多爱她，没用！告诉她你有多牛×就行了。在前一秒，龙哥演绎了一场成功的告白，他带着女孩来到一个热火朝天的工地，胸有成竹地向她讲解每一项工程，热情洋溢地跟她介绍每一个工头，豪气干云地为她描绘宏伟蓝图，最后，他对她说，这将是一个集饲养、生产、加工于一体的现代化养猪场，你愿意和我一起管理它吗？女孩吃惊之余怯怯地说，可是，我不会养猪啊。龙哥不容置疑地追问，你会数钱吗？女孩猝不及防地回答，会呀。龙哥一摊双手，潇洒收尾，那不就行了。女孩反应过来，娇媚地笑。龙哥揽其入怀，开始宣讲：最有效的表白是什么？是展示你的能力，是给她一个未来。告诉她你的计划，不要怕她听不懂，她越听不懂越觉得你牛×。关上视频，张全在屏幕里看到眉头紧锁的自己。龙哥的讲义一如既往地激情澎湃，直指要害，只是似乎也有不能适用的例外，比如此刻横亘在张全心头的一个疑问：要是不够牛×怎么办？我能展示什么呢？当然，龙哥提到了计划，他也不是全无计划。他的计划就是攒钱，买房，娶媳妇，总不能告诉女孩计划的目的就是女孩本身吧。人家本身已经在那里了，还用你计划？龙哥的讲义是那么肯定，张全的问号却越来越多，当然，他不是怀疑龙哥，他只恨自己不是好学生。

  电动缝纫机的声音像电锯能让人感觉到齿轮，站在昏暗的院子里，张全花了一些时间重新习惯。玻璃窗里坐着整齐的女孩，重复着大致相同的动作，合奏出一浪挤着一浪的音流。锯齿磨碎空气，锯末堵塞感官。工位上的燕燕不是平日见到的燕燕，操纵机器的她也是机器的一部分，沉默、呆板、高速运转。俏皮的红发被皮筋绑住，发黑的头顶透露出过年以后就没再染过。根据她肩膀动作的频率，张全从声浪中认出属于她的那条，每一声都很长，间歇极短，一声追着一声逼近看不见的终点。他好像又回到燕燕驾驶的车上，速度一直加快，根本停不下来，踩着缝纫踏板就像踩着油门，视死如归，仿佛只有在世界尽头才能停下。

  下班的女孩涌出车间，也有零星几个男孩。燕燕在人群中看到他，立刻恢复了往日活力，弯起眼睛说，咦？你来了。三步两步跳过来，跟他一起往外走。同行的工友们起哄，哇，男朋友啊。挺帅呦。不光帅还暖呢，知道来接咱们燕子下班。好事的女孩凑到跟前，他不好意思别过脸去。燕燕揪住那个女孩，打她，什么男朋友，给你要不要？

  燕燕追着女孩跑到前面去了。红嘴唇女孩走到他身边，说，喂，你还不是吗？

  他张了张嘴，然后，好像是福至心灵，他用一种龙哥才有的潇洒轻飘飘地说，看来不是。说完还后知后觉地耸耸肩，接着就是一阵剧烈心跳。

  夜色裹紧了车厢，看不见太多前路。张全松了油门，说，她们都有男朋友吗？

  有的有吧。燕燕说，出来比较久的一般会有。

  你出来多久了。

六年。

那你有过吗？他让自己不要看她，但她看了看他。

有过。

在哪儿？

河北。

他现在在哪儿？

不知道，南方吧，深圳之类。

为什么是南方？

那时候我们说去南方，那里厂子大。

你们为什么分开？

不为什么。

他知道不能再问了，他积攒的那点勇气也差不多用完了。前方是一座明亮的大桥，他趁着亮光看她，她正看向窗外，窗上的面目模糊不清。他拐了个弯来到桥上，两侧的灯光在车内交汇，点亮了她脸上明晃晃的泪。下了桥，他停下车，一时找不到话说，空气很快凝成铁板一块。他再度被自己的迟钝冻结，心里七上八下，想不出破冰的办法。后来，还是她打开车门，走了下去。他跟出去，陪她坐在路边，一起看着漆黑的水面。

因为他太屄了。

什么？

他说他不敢给我承诺，真可笑，我又没有要过，都不知道他在怕什么。

她把头埋在双膝之间，看样子又哭了。张全不知从哪来了勇气，把手放上她弓起的后背，滑过弧度最高的地方，又返回去停在那儿。别难过了。他说，别伤心。他在掌心里感觉到她微微动了一下，是抽动而不是扭动。他把惊飞了的手又放回去，为了显得自然，重复了一遍刚刚的动作。她隆起的后背撑开他的手掌，在呼吸中起伏，逐渐传来温度。他觉得手心出了汗，他怕聚集的热量让她不舒服，于是又小心地移动，好像在做什么练习。她一直没有太大的动作，这让他的勇气迅速积攒，并下定决心开口，虽然还是不够干脆，其实我，也害怕。

你怕什么？

她直起腰，一瞬间已经和他面对面了。大大的笑脸，通红的双眼，充满期待又有些不好意思。面对这张生动的面孔，他被抖落的手僵在半空。

没什么。

你说啊，怕什么？

我怕自己也一样的厌。

你才不厌呢，你天天开着车在路上，见谁都不怵。

路上都是别人，我怵什么，我——他又卡住了，他恨死自己了，他很快就意识到错失了多好的机会，在日后的反思中，如果能在这时候像龙哥一样半开玩笑地说一句我只怵你是多么恰当，那样不管接下来说什么都是如此顺理成章，如此进退有余。他卡住了，就只剩退了。

你怎么了，你连天黑都不怕。她轻快地说，模仿起一句流行的说唱，天黑都不怕。

他出其不意地笑了。她就是那么机灵。他发现只是单纯地欣赏她的机灵可爱是多么轻松，所以他彻底放弃了，和她一起轻松地大笑起来。

不好意思啊。笑完了她说，我也不知道为什么会这样，就是突然有点难受，也不只是因为他。

骚虎这些天一直在加班，燕燕也在加班，全世界都在加班。为夏天加班，赶在换季前做出足够多的短裤短袖和裙子。骚虎是老师傅，负责款式复杂的裙子，为了夏日街头的美景，不惜通宵达旦地赶工。张全不得不肩负起动物们的生活，羊最麻烦，需要新鲜的青草和树叶。尤其那头已经显怀的母羊，骚虎特别交代要让它吃得好一点。张全在车里放一把镰刀，每天收工回来找一片荒地，割一袋青草。草越茂盛地越荒，灯光越少，在夜色中挥动镰刀，像是回到寂静的乡下。他怎么都想不到会以这种方式重温祖辈生活，那种暴露在黑夜里的恓惶又回来了，并且更为强烈。他好像看到了夜幕下的母亲，四周空无一人，匍匐在沟垄间拼命拔草，手上沾满泥土和草的汁液，额头上的汗只能用手背去擦。她必须尽快干完，好回家给儿子做饭。等待在门前的无数次天黑里，他难过、害怕，以为是怕黑、怕孤单，原来怕的是一幅从没想过的画面。想到母亲现在还过着这种生活，他心痛难忍，看到手里的镰刀，他哭笑不得，母亲累死累活，不让他干一点农活，如今为了两只羊，他却在北京割起了草。

关键羊都不是他的。

不论回家多晚，骚虎第一件事就是检查动物们的饮食起居，并对张全的疏忽行径一一指正。张全听不进他在说什么，也没有发火，许久不见燕燕，他的力气都用来胡思乱想了。红嘴唇女孩一定会把那天的话告诉燕燕，包括河边的事，他以为两人的关系更近了一步，可燕燕并没有过多反应，并且还少了。当然有加班的原因，可完全是因为加班吗？就像她说，我难过，也不只是因为他。她没说出来的原因折磨着他。他每天都问，加班吗？她说加，他也就不能再问别的了。所有人都在加班的时候，他在割草。后来他厌烦了，把羊牵到屋后的灌木丛，让它们自己找点吃的。他找棵树靠着，百无聊赖地刷视频，看龙哥直播。龙哥最近在卖课，"人生硬道理"，很贵，全部课程要688，他当然舍不得买。他向来只学免费的知识，以致交不出学费被早早请出校园。为了搞气氛，龙哥会在每次直播结束时抽一次奖，奖品是价值18888的一对一咨询服务。18888很明显是个虚数，表明与龙哥交流的机会千金难买。这成了每天的重头戏，上一个幸运儿还在屏幕里愁眉苦脸的时候，手指头就开始发抖，等着抽奖按钮的出现，继而猛戳手机。当然，他并没有什么幸运儿的潜质，他深知这点。他只是喜欢与运气较劲而已。

那片灌木架不住两头羊无休止的咀嚼，虽然一眼望去仍旧葱郁，但能吃的已然不多，不断抻直的绳子表明了这一点。灌木丛那边是房东家的后院，竹篱笆里种着花和蔬菜。那头老骚虎前脚扒在篱笆上啃食伸展出来的丝瓜秧，把张全吓得飞过去就是一脚，踹完才庆幸它不是有孕在身的母羊。老骚虎尝到了甜头，总往那边凑，母羊也被它带动，伸长了脖子充满向往。张全把镰刀绑在竹竿上，给它们削槐树叶子改善口味，竹竿很快也不够长了，于是只能放长绳子。吃的越难找，就越难吃饱，大晚上陪着两头羊耗在外面，被刚刚觉醒的蚊虫骚扰，张全更加深切地认识到了骚虎的愚蠢，并为自己与愚蠢的关系如此之近感到愤怒。羊在自己的节奏里，不紧不慢地咀嚼，他想起燕燕常说的句式，要是像羊一样该多好，像鱼一样该多好，像鸟一样……他一直以为这只是女孩子在表达对可爱事物的肯定，现在突然有点明白了，人羡慕一些东西，或许只是因为它们总有自己的事干，并干得有滋有味。

羊有滋有味，只是吃草。他食不知味，哪怕是肉。终于有一天他忍不住了，他恨透了这两头吃得津津有味的畜生，刚牵出来就把它们赶回了家。他驱车来到燕燕的作坊，想要远远看一看她。玻璃窗里的女孩节奏统一，燕燕的座位空着。他来到街上，在一家烧烤摊前看见了她，她的头发又是全红的了。走过去的路上他认出了和她坐在一起的人，看着她跟小房东那一伙人喝着啤酒有说有笑，他意识到自己也在笑。他绷紧了脸，可感觉眼睛还笑着。他眨了眨眼再睁开，发现嘴角又弯起来了。他控制不住自己的脸，只好挪动双腿，走开了。

车子发动又熄灭，良久再发动，倒了一下又停住。他掏出手机，编了条信息发过去。

今天加班吗？

加。外加一个哭哭的表情。

手落在方向盘上，砸响了汽笛，吓他一大跳。

不过我没加。偷笑。

在吃烧烤呢。坏笑。

你要不要来。勾引。

短短几句话，配合着灵活使用的表情，让他再度见识到什么叫五味杂陈。他看了看后视镜里的自己，说，不了，这会儿走不开。

好，那改天啦。微笑。

行驶在没有路灯的路上，像她一样踩深了踏板不松。车身抖动，很快就慢了下来。前路漆黑，他怕起来，肯定不是怕路黑，他早习惯了这样的路。眼花了，他打开远光，燕燕不断地从眼前掠过，肯定不是怕燕燕，对燕燕从来就只有喜欢。一辆车忽闪着远光从对面来，会车时还长按喇叭，他扭头骂了句，好像那里面坐着小房东。小房东肯定是怕的，他此前并不觉得小房东是多坏的人，但就是怕。他要是坏人该多好啊，也算没白怕。他想起小时候看过的电视，街上那些欺男霸女的恶棍，就是小房东这样的招摇。好像是《水浒》吧，高俅的儿子看上了林冲的媳妇，当街就要耍流氓，流氓耍不成还要用计把人骗来强占。林冲那么大一个英雄，也只能一忍再忍，那么地忍还是落得个蒙冤流放，在风雪山神庙，险些搭了命。那时候，多替林冲叫屈啊，多为林冲难过啊，多怕遇到高衙内这样的人啊。小房东就是高衙内该多好，而他绝不做林冲。他想象自己持刀冲进淫窟，宰了衙内救美人。

那一刻，胆小的他愿意承担所有后果，只求能让燕燕知道，他不怕。他太兴奋，反复演练闯进去的一霎，燕燕那张生动的脸反复出现。等冷静下来他才想到，自己并没有林冲那样的武功。

他睡了两天，只在龙哥直播的时候起来，抽抽奖，放放羊。奖抽不到，羊吃不饱，他无精打采。第三天，一阵奇怪的声响吵醒了他，循声走到屋后，骚虎正抱着那头母羊痛哭。羊死了，脖子上有血，像被什么咬了。骚虎的哭没有眼泪，只是像驴一样干号，笨拙且滑稽。他一阵恍惚，不知道是门没关严让羊跑了出来还是干脆把它们忘在了外面。他睡眼惺忪地搜寻灌木丛，没有看到那头公羊。小房东站在篱笆门外，看戏一样看着这边，看到张全，他走过来，递一根烟给他。张全接过来才想起自己并不抽烟，小房东把打着了火的打火机递过来，他赶紧用手护住并没有在吹的风。两人同时吐出一口烟，他有点被呛到，不像小房东那样怡然自得地抱肩看着干号的骚虎。

不至于吧，死了头羊弄得跟死了娘似的，搁这儿哭丧呢。

张全笑笑，看到地上的骚虎，赶紧憋住了。

你说他是不是搁这儿表演呢，想讹我？我跟你说这羊死得可不亏，跑我家园子里一顿造，给我妈种的菜和花祸祸得够呛，菜倒不算什么，有些花很名贵的知不知道。

小房东说话始终轻松俏皮，透着无所谓，透着潇洒，这是一种本事，张全羡慕的那种。可以想见，他平常一定很会搞气氛，很少碰到这样的冷场。他看看张全，张全举着根烟像上坟的；他看看骚虎，骚虎抱着头羊像哭丧的。他皱皱眉，似乎也拿这个场面没办法了。羊头在骚虎怀里晃动，羊眼睁着，跟活着的时候一样呆滞、茫然，毫无生机。羊眼就像鱼眼，没有表情，看不出悲喜，共同组成案板上的鲜，仿佛只有通过献祭才能在食客眼中焕发光彩。骚虎的悲痛像一种代言，唤醒了死亡的最初含义。骚虎的悲声像动物的低吼,喑哑、肃杀,让冷掉的场子渗出寒意。

喂,别哭了行不,想不想解决问题? 小房东冲骚虎喊。

骚虎抽噎了一下,接着低吼。

表演欲望还挺强。小房东笑笑,依然没有反馈。他对张全说,你说句话。

张全举着烟,像被抽查的学生,看到小房东期许的眼神,抽了一口他给的烟,咳了两声,又清清嗓子,说,羊,是你打死的?

怎么会。小房东又恢复了活泼,没看到血吗,我哪儿那么厉害。狗咬的,我那狗可是吃生肉的,真没白养,指哪打哪,链子一撒就蹿上去了。小房东连说带比画,也就两口吧,血就飙出来了,拦都拦不住,跟动物世界似的。

是你放狗咬的?

也不能这么说,我就闹着玩儿,谁知道虎子那么猛,这是它第一次开活荤——

狗才不会! 骚虎一声怒吼,染血的手指着小房东,是你。

小房东被骚虎的虎劲儿吓到了,不自觉退了两步,嘿,疯了吧你,想拼命啊。小房东站定,看着两眼冒火的骚虎,话软下来,我又没说不赔,这样吧,找个秤约约,我按斤给钱,刚好搞个烤全羊。

骚虎没再说话,抱起羊走了。

怎么个意思,还想留下? 留下我可不给钱啊。

骚虎抱着羊,艰难地走。

他这是什么意思? 小房东再次提问张全。

张全把那根没抽完的烟扔到地上,摇了摇头说,我也不知道。

院子里,骚虎把死羊放在桌上,打了一大盆清水,为其擦去血污。

脖子上露出两排牙印，翻着已经发白的肉。那头公羊在棚子里，沉默地注视着一切，院里的鸡鸭鹅狗也都出奇地安静。骚虎终于淌下泪来，熬了通宵的黑眼圈裹着血红的双眼，看起来有些可怖。张全站在他面前，踌躇半天说，别太难过啊骚虎，已经这样了。骚虎没有回应，张全四下望望，看到那些属于骚虎的动物们，它们的眼神看不出什么，一如现在的骚虎。

都怪我，没有看好它。

不怪你。骚虎淡淡地说，像是恢复了理智，怪我，不该带它来，这就不是它该待的地方。

别这么说。张全说，你去睡会儿吧。

骚虎不说话了，继续为羊擦身。

羊干干净净地躺着，颈上的伤口已被缝合。张全第一次看到这么白的羊，经过骚虎的打理，死了的它比活着更加神采奕奕。骚虎用竹竿撑起塑料布，搭了个棚子，说是灵棚也不为过。骚虎耐心十足地忙活这点事，不吃不睡，不说话。下午，燕燕来了，她陪着骚虎默默坐了一会儿，无声地流下两滴眼泪。骚虎始终没有看她，所以不知道有人和他一样伤心，所以对她的劝慰无动于衷。

骚虎制造的沉默让空气焦灼，也让张全重新认识了他。一直以来，他以为骚虎只是一个和气的傻瓜，头脑简单、笨嘴拙舌，表情也只有两种，痴或者笑，或者痴笑，痴里含笑，笑里带痴，只有足够熟悉的人才能分辨。沐浴在他无边的痴傻之中，张全浑蛋的一面得以生长，发火与嘲讽的技能不断增强，有时候他都会被自己惊到，竟能轻松自如地说出那么精彩毒辣的话，有时候他也会被自己吓到，一点小事就勃然大怒，恶声恶气……骚虎的痴傻如海绵，只会吸收，不会反弹。这让张全的浑蛋只是增长而不得锤炼，一如温室里的花朵，只能在特定环境欣赏。害怕浑蛋却成了浑蛋，成了浑蛋却只能对一人浑蛋，连浑蛋都浑蛋得那么憋屈，让张全更加痛恨骚虎，痛恨他那一脸和气的痴呆傻笑。如今这种表情消失了，他又害怕了，他没有见过这样的骚虎：笼罩在阴云之中，守着一头死羊，不理人，不讨好人，像是切断了和人的联系遁入动物世界。不管对他说什么，都是对牛弹琴，或者对羊弹琴，反正不是对人。院子里的动物本就比人多，骚虎又处于人和动物之间，让剩下的人如坐针毡。好在救场的来了。

大概是从自家楼上看到了院里的燕燕，小房东不请自来，嚯，这是在作法吗。没人理他，此刻对他而言应该一院子都是动物。他走到不那么像动物的燕燕身边，问她来干吗，燕燕抬起头，眼还是红的。

你怎么能随便打死人家的羊呢？燕燕说，这是他千里迢迢从老家带来的，当时我就在车上。

不是我打死的，是狗咬死的。

是他放狗咬的。张全突兀得像个抢答的学生。

别血口喷人啊，你看见了？

你亲口说的。

我说的是我去拦狗，没拦住，能听懂人话吗？

小房东的语气恶了点，张全瞬间失去了战斗能力。错失了反击的机会，迅速沦为理亏的一方，他能感觉到耳根上升的热度，脸一定很红，还是在燕燕面前，想死的心都有。

这就是个意外，要怪只能怪他们没给羊看好。小房东说。

像死在大街上，还被踩了一脚。

既然发生了，就想想怎么解决吧。燕燕说。

我说了啊，把羊给我，按分量给钱。谁知道他还弄回来搞那么干净，那我就不知道什么意思了。

你肯定不能吃这羊。燕燕说，他跟羊是有感情的，就跟你和狗一样，你会让人吃你的狗吗？

羊跟狗怎么比？小房东笑了，就是狗我也照吃不误。

你好好说。燕燕正色道，你摸着良心说。

好吧。小房东说，算我倒霉，羊我不要了，钱照给，好吧，这可是看在你的面子上。

这还差不多。燕燕说，你还要跟骚虎道歉。

道什么歉，狗咬的，又不是我，你别得寸进尺好吧。

那你替狗道歉，子不教父之过，你的狗你就没有责任吗？

好好好，你可真会说，听你的行了吧，我道歉，道歉。小房东又笑了。

看他们像两口子一样斗嘴，简直死不瞑目。

小房东数了三千块钱，在骚虎面前蹲下，说，对不起啊骚虎，没看好狗，这钱你拿着，再买个羊养吧，下次可要看好。

骚虎还在动物世界，对人间不闻不问。小房东晃了晃钱，骚虎连眼球都没动。小房东又叫了两声，对燕燕说，看到没，不是我不想解决。

燕燕把手放在骚虎背上，说，他都知道错了，你能原谅他吗？

大概是不习惯一双女孩的手放在自己的背上，骚虎的肩膀抖动起来。

是不是少了？燕燕说，要不你说个数。

我不要他的钱。骚虎用极低的声音说。

那你要什么？小房东说。

要你道歉。骚虎说。

我不是道过歉了吗，没听见？那我再说一遍，对不起您，你的羊死了，I'm sorry。

你心不诚。骚虎看着小房东，那具有审判性的目光让张全肃然起敬。

243

什么叫诚，我刚刚诚心跟你说你有一点反应吗？小房东说，怎么才叫诚，要我给你跪下？

不用。骚虎如实作答。

别给脸不要。小房东刹车不及。

你没有权力杀我的羊。骚虎不紧不慢，像智能语音，我知道是你，不是狗，你也没权力指挥狗，它本来不会咬的，是你让它咬的。

你在胡说八道什么。小房东看看燕燕，真当自己海力布啊，你懂狗？

你不光杀了羊，还带坏了狗。骚虎说。

哈，都给我整笑了，你在装什么大头蒜。

你不光要给我道歉，还要给它道歉。骚虎指了指棚子里的公羊，你杀了它全家。还要给狗道歉，你逼它杀生。

哈，哈，我×，我真笑了，我道你妈了个×。小房东气炸了，他走了几个来回，不知道怎么发泄，最后他踢了那头死羊一脚。骚虎立刻伏身护住，好在小房东没有再踢，那一踢更像他发言的前奏，真是给你脸了，现在明摆着告诉你，钱一分没有了，房子你也别住了，赶紧带着你这些狗日的畜生给我搬走。说完，他大步离开。

高建。燕燕叫他，你这就没意思了。

原来他叫高建。高建没回头。

小心那条狗！骚虎冲他的背影说，狗见了血就坏了。

小心你妈×。高建踢了一脚自家的院门，腐朽的木门沉闷地哼了一声，纹丝未动。

晚上，他们把羊埋了。这是驱车两个小时才找到的地方，荒僻、寂静、紧邻河岸。燕燕负责打手电，他们负责挖坑，填土的时候，骚虎执意堆一个坟包出来。张全提醒他，是坟就有被掘的风险，尤其是这种形迹可疑的野坟。骚虎听进去了，乖乖把土抹平，还撒了一层草皮在上面。干完这些，他就站在原地不动了，像是为了记住葬羊的位置努力辨认夜色中的一切。燕燕配合地关掉手电，他们彻底陷入黑暗。张全说，走吧骚虎。骚虎没动。过了一会儿，他又说，你非要怨，就怨我吧，是我没看好。骚虎说，我没有非要怨。张全说，那你想干什么呢？骚虎说，你该问高建。张全说，他说了啊，钱不给了，还要让我们搬家。骚虎说，那不对。张全说，什么是对的？骚虎说，你该问高建。骚虎的木讷又让张全发了火，人家愿意赔钱道歉，不是你不干吗？搁以前，骚虎肯定笑笑，说一句别生气嘛，现在回应他的是黑夜与沉默。燕燕说，骚虎，你想要什么，我帮你去跟他说。燕燕的语气似乎很有把握，越有把握张全越难过。好在骚虎并不领情，他几乎是不耐烦地说，为什么你们都来问我要什么？这大概是他此生最恶的语气了，还是对一个女孩，还是对张全喜欢的女孩。张全反而有一丝窃喜，他及时站到燕燕身边，怎么说话呢骚虎，我们还不是为你好。说完又难过起来，他还是只能对骚虎浑蛋。

第二天，张全出门时发现骚虎没去上班。第三天，张全回来时发现骚虎没去上班，并发现了他不上班的时候都在干吗。在最繁华的街道，在生意最火的菜摊，骚虎带着那头公羊席地而坐，看上去像个卖牲口的，只是羊脖子上挂的不是出售而是：高建，还我全家。街上人来人往，菜摊前人挤着人，不乏驻足观望的，张全也观望了一会儿，不管是买菜的阿姨还是遛弯的大爷，或是背着书包的小学生，只要对那块牌子感兴趣，骚虎都愿意一五一十地讲上一遍，不厌其烦。不管听到的人是啧啧称叹还是哈哈大笑，或是憋住不笑，骚虎都讲得不卑不亢、不紧不慢。在呆滞的语速中，他的重鼻音有了金属的质感，这给他的讲解施加了一层诡异的权威，像机器人重复播报的系统指令，机械、冰冷，不容置疑：不是我全家，是它全家。对，是村里的高建。他放狗咬的。死的是老水羊，是它的家人，也是我的……张全实在看不下去了，也不敢去叫骚虎回家，他怕丢人。骚虎正跟两个小学生播报的时候，他溜了。第四天回来的时候，他决心找骚虎聊一聊。燕燕发来信息，让他去一个饭馆，说小房东想找他解决一下骚虎的事。他犹豫了一会儿，发现没什么可犹豫的。

包间里烟雾缭绕，一如那天的烧烤，一如初见的大雾，燕燕的红发淹没其间，让人心疼，也让人心慌，她是哪边的？张全落座，小房东递烟，他又接了。抽着小房东点的烟，喝着小房东倒的酒，听着小房东讲的笑话，他嘴里不是滋味，脸上摆不好表情。几度去看燕燕，小房东隔在中间，挥舞的手臂几乎将她切碎，笑声都有点扎人。小房东的两个兄弟都跟他喝过酒，才算步入正题。

张全，能不能给句实话，你那哥们儿究竟想要什么？小房东的手搭在他肩上，总算不动了。

我们也在问啊。张全趁机歪过头，看到了完整的燕燕，燕燕颔首以示鼓励，他说得看你。

看我干吗，出丑吗？他在街上搞这一出，不知道的还以为我杀了他全家，都有人发网上了，你看看，这像什么样子。小房东把手机递过来，骚虎正不带感情地讲述：是我全家，对，是村里的高建，他放狗咬的，死的是，我全家……

张全头皮发麻，连连否定，他不是这么说的。

他怎么说不重要，重要的是不能让他说了。小房东说，还好这孙子没几个粉丝，这已经影响到我家人了，我家老爷子要出面都被我压下来了。他再这么搞别怪我不留情面，不光这个村你们待不下去，所有厂子都别想待，我一个招呼的事儿。

你那么厉害呢，要这个态度就别谈了。燕燕拉起张全就走，张全没防备，椅子先替他动了。

小房东拉住燕燕，顺便摁住张全，别走啊，我什么态度了。

聊就聊，威胁人干什么。

现在是有人威胁我啊姑奶奶。小房东情急下依然能坚持嬉皮笑脸，我好好说，我好好说还不行吗？

张全感觉到拉着他的手松了，摁着他的手也动了，整个过程他都是被动的，被迫忍受两人在他头顶动来动去。他最不能忍受的是小房东还拉着燕燕，他动了一下，摁着他的手滑落了，燕燕也重新落座。小房东笑笑，递给他一个信封。他打开，又递回去，骚虎不会要。

谁说给他了。小房东说，这是你的，只要你让他消停。

他心动了，接着是心虚。他把钱扔到桌上，面红耳赤地站起来，站起来才发现不知道要干吗。在电视里，这时候说一句有钱了不起啊是多么正当，碍于多年养成的勤俭美德，他向来对钱充满尊重，他知道钱就是很了不起的东西，起码他总为钱的事心惊肉跳，那大多是钱要出手的时候。现在是钱要进来，他心跳更剧，为自己的心动。他宁死都不愿为这点钱心动，可他还活着，活着的他就是这么贱。

他迟迟没有下一步动作，众人有点摸不着头脑。小房东拽了拽他，怎么着兄弟，烫手啊？

是，这钱我不能收。

那你什么意思呢，铁了心了？就是要搞我？

不要钱不代表不愿意帮你。说这话的时候他有一点心痛，但一个想法马上让他心动起来，比钱带来的心动还要强烈，并盖过了心虚，其实我有办法帮你，你都没给我机会说。他感觉到了这个筹码带来的底气，他一直以为这是钱才能带来的东西，几乎是突然之间，他有了那种攒够了钱才有的轻松与畅快，说还是不说，得看你的诚意了。

啥诚意，钱你又不要。

我们能单独聊吗?

太能了。小房东眼神示意了一下,他对面的两个兄弟站起来。

张全看着燕燕。

怎么,她也要回避?

是。

那劳您驾。

燕燕不解地看了张全一眼,张全回以自信的一笑。他都快爱上自己了。

说吧哥们。

接下来的话,我希望你不要告诉任何一个人。他太喜欢这感觉了。

好,答应你。

你知我知。居然还用上了电视台词,他感觉自己像个演员。

知道了,干脆点行不行? 小房东的不耐烦在他看来都像求饶,是李逵会说的那种,给爷来个痛快的,二十年后又是一条好汉。李逵是好汉,但说这话的李逵绝对是怕宋江的。

接下来的问题,你要如实回答。他就是宋江。

有完没完,你到底想说什么吧?

你先答应我。

好,答应你。

你是不是在打燕燕的主意?

这什么问题,跟骚虎的羊有关系吗?

你只管说。

有点意思吧,怎么了?

她对你呢,有吗?

我觉得有,算吗?

好吧,不管你有还是她有,以后都不能再有了。

我能保证自己没有,她要有呢?

那你就保证自己没有,也不会跟她——有。

那你有吗?

跟你没关系。

哥们儿,妞儿不是这么泡的。

答应我。

好,答应你。

答应我什么?

我跟燕燕,什么都不会有。

说话算数。

把心放宽点,我不缺这一个。现在能说了吧,怎么才能搞定骚虎。

再给他买一只羊。张全说,母的。

他会要?

不会。

然后呢?

送羊的时候,你拿把刀,牵着你的狗也行。

小房东笑了,×,还是你阴啊。

骚虎从刀口下救了那头羊。他气得发抖,但还是救下了那只羊。生活回归正常,只是骚虎不再让张全放羊了。他每天按时回家,带一捆草,喂过羊,再喂别的动物。那头母羊很瘦,一副病入膏肓的样子。骚虎把青草切碎,拌上各种谷物,换着花样喂它。张全第一次羡慕起羊的伙食,清爽的绿色点缀着诱人的红黄,让他想起电视里看到的 CBD 轻食,那是讲究人吃的东西。他羡慕羊,羡慕羊有骚虎,羡慕骚虎对羊的讲究。他对骚虎心虚,对燕燕心疑,对自己心寒,对母亲心痛,他想不起什么时候对什么人全心全意过。像骚虎喂羊那样,专注于喂而不是羊。燕燕还在为夏天加班,他以吃串的名义找过她两次,她来了一次,是第二次。燕燕不知道他和小房东的交易是什么,还以为是更多钱,她对此表示赞许,觉得趁机让小房东多出点血是应该的。这话让张全心头一轻,他看着吃串的燕燕,感觉到了自己的全心全意。她把嚼不烂的肉筋吐出来,一声略带嫌弃的轻呸,俏皮又可爱,他全心全意地欣赏着。她咂咂嘴,接着说,就他那噌瑟样,不吃点亏是不会改的。心头一沉,还乱了。她希望他改,还觉得他吃亏了,她就像在说自家的事。几乎忍不住要问,他是你什么人?好在太难过了,暂时说不出话。缓了好一会儿,还是问了,你觉得他怎么样?就那样吧。这种含糊让他更难过,就哪样?燕燕举着肉串做思考状,还是那么可爱,越可爱,他越难过。就是咋咋呼呼的,她说,不过他人不坏。张全脱口而出,可能是对你不坏。燕燕笑笑,说,那你觉得他坏咯。张全几乎是本能地摇头,说不是。燕燕说,人哪有不坏的。张全迷惑了,这样的模棱两可简直就是钝刀杀人,他几乎是为了自救才抛出下面的问题,你喜欢他吗?桌上的热气都飘向对面,像被他的鼻息吹的。燕燕又笑了,谈不上喜不喜欢,就是个刚认识的朋友而已。他喘了口气,决定给自己来个痛快的,那你喜欢我吗?燕燕不笑了,很认真地说,喜欢,当然喜欢了,你是好朋友呀。燕燕的认真打住了他的破罐子破摔,他似乎也得到了想要的答案,虽然并没有放松多少,他趁着这股劲儿说,我也喜欢你。他从没想过这话会是这么说出来的,他一直以为这应该是燕燕的台词。他碰了燕燕举起的酒杯,稀里糊涂地结束了那个不明不白的晚上。

  他设了闹钟,没有再错过任何一场抽奖。行车途中,他一手握住方向盘,一手猛戳屏幕,好像能把龙哥从里面戳出来。有几天他频繁做梦,梦见自己撞了什么东西,人或者动物,在荒郊野外。后面也没有人追,但他一直在逃。有时燕燕会出现在副驾上,不跟他说话,也不看他。他迫切地想要知道她的意思，就算她让他自首他也会去的，可他停不下车子。他松开脚，才发现油门在她脚下。

羊肥了，骚虎瘦了，并且蔫了。他常常双目无神、疑神疑鬼地坐在院子里对着他的动物唉声叹气，动物们似乎也受到感染，一个个臊眉耷眼忧心忡忡。这样的低气压搞得张全一刻都不想在家。有一天，他天黑时回来，看到骚虎趴在房东家的墙上，他的缺耳狼狗和癞皮土狗分列两旁，像左右护法。他念念有词，狗不时叫一声，张全有点尴尬，也有点害怕。骚虎看见张全，不好意思地走开了，两条狗还对着墙咆哮，随后，墙那边也传来了狗叫。骚虎回到院子正中坐下，轻声一唤，两条狗又跑到他两侧蹲下，像左右护法。院子重归安静，一些眼睛冒着幽光，在黑暗中浮动。张全把所有的灯打开，骚虎的头顶正绕着一团飞虫。他实在受不了了。他问骚虎刚刚是在干吗，骚虎说没干吗。他问骚虎到底怎么了，骚虎说没怎么。才怪！他又忍不住发了火。骚虎沉默了一会儿，说是羊的事。

羊怎么了？

这是一头本地羊。骚虎说。

本地羊咋了？

老骚虎不敢爬它。

这跟是不是本地有关系吗？

有关系。

它告诉你的？

不是。

那你怎么知道？

就是感觉。

那咋办？

你把它还回去。

还回去？再给你换一头外地羊？

不是换的事儿，要是你媳妇死了，再给你换一个行吗？

你咒谁呢？张全眼前闪过燕燕，赶紧压住火，说，羊跟人能一样吗？

骚虎说，人跟羊也不一样。

人认识自己媳妇，羊认吗？

你又不是羊。

张全没话了，过了一会儿说，你想咋办吧？

把羊还回去。

还回去可以，你还找人家麻烦吗？

轮到骚虎沉默了。

不是都说好了吗？你把羊留下，事情就解决了。

事情从来没有解决。

死了羊之后的骚虎频频让他意外，但都没这次来得意外。这句话被骚虎说出了黑帮老大的气势，那么干脆，那么坚定，还很阴沉。他有种被骚虎碾压的感觉，怕露怯，他骂了一声回屋了。可事情就像骚虎说的，从来没有解决，院子里的阴沉氛围，骚虎的奇怪举动，动物们的诡异配合……都把事情推向难以解决的境地。当晚，房东家的狗叫了一夜，张全以为是骚虎搞的鬼，这种顺滑的想法让他毛骨悚然。大家一向把骚虎和动物的事当笑话讲，笑话不好笑已经很可怕了，笑话要是真的，那无异于灾难。他从灾难中醒来，踩到床边那条癞皮狗，叫得比狗还惨。

骚虎进来，看到惊慌的狗和张全，摆摆手，带狗出去了。张全一直觉得这条癞皮狗很恶心，跟它向来没什么互动，在这么一个狗叫之夜，被这么一条癞皮狗守在床前，让他心里发毛。晚上再睡觉，他锁上了门。夜里，狗又叫起来，声音大到能震动空气，每一声汪都像带着水分，沉甸甸的。他蹑手蹑脚起来，扒开窗帘往外看。借着微弱的星光，他看到那两条并排而立的狗，然后才看到坐在它们中间的骚虎。他们一动不动，对墙那边的狗叫充耳不闻。他放下窗帘，一瞬间想跑，一想到要面对骚虎和他的狗又不敢动了，回到床上睡觉似乎也不是事儿，他就这么莫名其妙困在了逃跑的姿势里。

狗叫了三天，第四天，他游荡在路上迟迟不愿回家。燕燕打来电话，说小房东找他。他气冲冲地赶过去，看到了烧烤摊上比烤茄子还蔫的小房东，瞬间好受了很多。他戳着那盘烤茄子，听小房东抱怨狗叫的事。

他又想把羊还回来，我不要，他就用狗恶心我。小房东揉着黢黑的眼窝，说什么小心我的狗，我不知道他用什么办法让狗叫的，这太他妈瘆人了。早上我一睁眼，虎子直勾勾盯着我，叫它也不应，太邪门了。

得了吧，你不会以为他真能指挥动物吧。小房东的一个兄弟说，那可是你的狗。

关键是它都不认识我了。小房东说，盯着我，眼珠都不错，跟中邪似的。

张全想到癞皮狗，也有点发毛，不过他此刻更愿欣赏小房东的毛。

后来呢。

我踹了它一脚，它才叫着跑出去了。

你怎么能踹它呢？张全说，你知道狗是最记仇的，尤其这种大狗，通人性的。

通你妈的×。小房东说，我不知道你们在搞什么鬼，你告诉他，

253

今天狗再叫就给我滚蛋。

你家的狗叫,怪我们头上,不合适吧。张全说,骚虎是比较懂动物,指挥动物就有点离谱了,更何况还是你的狗。狗可是最忠诚的,也是最聪明的,你这条狗的表现,倒是让我想起骚虎讲过的一个故事。

什么故事?燕燕来了精神。

还记得他那句话吗,狗见了血就坏了。

什么故事,说说。

狗量人。张全说,狗量人的故事。

狗怎么了人?你快说。燕燕好奇的样子颇具感染力,连小房东都闭了嘴,跟着看过来。

我记不太清,说个大概吧。张全捏起筷子,戳了戳茄子,开始说,说是有户人家发了财,买了个大宅子搞装修,请了本地最好的一个木匠来打家具。这是个老宅子,没什么家当,只有后院里拴着一条大黄狗。这家人看这条狗挺好,就留下了。黄狗也不知道饿了多长时间,这家的主人是个好心人,连着喂了几天肉,想给它补补。补得差不多了也就没再管了,交给下人喂,下人哪舍得喂肉,就喂点剩饭剩菜。除了喂狗,这个下人还负责给木匠送饭,每天把伙食备好,用竹筐盖着,等木匠来吃。木匠干完了活儿来吃饭,只有两个馒头一些剩菜,好几天不见荤腥,就很生气,觉得主家抠门,伙食供得差。主家那么一个好心人,当然觉得冤枉了,就叫下人来问。下人也叫冤,说每天都有肉菜啊,还不重样。木匠认定是下人吃了,下人认定是木匠吃了,谁也说不过谁。主家觉得这事儿没那么简单,就叫下人照常送饭,他和木匠趴窗户上看。眼睁睁看到下人把一碗土豆炖排骨和两个馒头盖在竹筐下,带上门出去了。木匠正要发作,门被打开了,那条大黄狗进来,一屁股坐到凳子上,背对他们吃起来。大黄狗吃得有滋有味,把骨头嚼得嘎嘎响,要不是多条尾巴和一身黄毛,跟个人也没什么两样。

主家和木匠都吓坏了，抄起棍子把狗打了出去，打得皮开肉绽。这事儿过去没多久，有一天主家睡觉的时候，感觉床上有个毛茸茸的东西，一睁眼就看到那条大黄狗叼着根竹竿，正在量他的身体。量完，狗叼着竹竿出去，顺道还把门带上了。主家抄起一把铁锹，跟着狗来到后院。大黄狗把竹竿摆在地上，开始照着量好的尺寸挖坑。它挖坑也不像狗那样挖，而是像人一样后腿跪在地上，用前面的两只爪子往外掏。狗挖坑出奇地快，不一会儿就很深了，其间它还叼着竹竿跳下去比了比。主家这才算看明白了，原来它挖坑是要埋了自己啊。张全停下来，茄子已经成了茄泥。他搅了搅，发现所有目光都集中在这个无聊的动作上，突然之间，他觉得自己能决定的不光是茄子的形状。他舔了舔筷子，接着讲，主家吓坏了，动都动不了，就听见啪的一声，原来是他手里的铁锹掉地上了。主家还没反应过来，那条狗就蹿了上来，一口咬住他的喉咙。听众们被那一声啪吓得呜嗷乱叫。张全悠悠吃了一口茄泥，听众们还在消化恐惧。嘈杂的夜市里这张桌子保持着突兀的安静。等缓过劲儿来，听众们发出嘘声，说这故事狗屁不通。

后来呢？燕燕说。

后来啊。见燕燕如此沉迷自己的讲述，张全灵光闪现，为她编了下去，后来这家的主人失踪了，房子又转了手，新主人来的那天，发现后院里拴着一条狗，是黄狗。

天哪。燕燕大大地喘了一口气，这条狗得咬死过多少人啊。

所以说，狗就不能见血。张全看着小房东，肃穆地说。

别扯了。小房东说，人都被狗咬死了，这故事怎么传出来的。

你忘了，骚虎可是会跟动物说话的。张全把声音压得更低。他太想吓唬小房东了，没料到先发抖的会是自己。这种表现放大了惊吓效果，小房东张张嘴，又茫然地闭上了。

你是说，这个故事是大黄狗跟骚虎讲的。燕燕说。

不排除这个可能。张全说，也有可能是大黄狗告诉了别的狗，别的狗又告诉了别的狗或者别的什么，骚虎的消息来源肯定不止一个。

有可能。燕燕点点头，骚虎救过的动物太多了，鬼故事里动物成了精不都要报恩吗？

是啊。张全说，不光报恩，还报仇呢。

快他妈别扯了。小房东说，建国后不许成精不知道吗？报仇，怎么报，报丧还差不多。

小房东还是那么幽默，只是没什么人笑了。面对冷场的大家，他没了耐心，打定主意让骚虎搬走。事情的走向超出预料，张全有点慌了，刚刚他还掌控着故事的走向，转眼就因现实的走向慌了手脚。最后还是燕燕发了话，她轻描淡写地说，高建，你是不是玩不起啊？小房东当然不愿承认自己玩不起，也不愿承认骚虎真有那么大本事，更不愿承认自己害了怕。那不就完了，燕燕说，你管不住自己的狗，就让邻居搬走，这像话吗？

屏中龙

狗没再叫过，不知道小房东用了什么办法，总不会把狗杀了吧，那无异于是骚虎杀的。要是这样，骚虎会有什么反应呢，他突然产生了一个邪恶想法：不管那条狗是否健在，都告诉骚虎是被小房东杀了。要是因为自己的缘故害死了一条狗，骚虎还会那么理直气壮吗？他有点被自己震到了，一股强大的自信穿膛而过，一种什么都能摆平的狂妄冲破天灵盖。他摸了摸脑袋，想确定那里是不是有个洞，有的话，那一定是雷劈的。他不认为自己真能那么缺德，他也高估了小房东，那条狗只是被送走了而已。当然，能送走的只是狗，事情就像骚虎说的，从来没有解决。什么东西横在空气里。无意间他总盯着那堵墙，感觉它快撑不住了，不是要倒向这边，就是要倒向那边。他想起传说中父亲的死，就是因为干活的时候站在了墙的这边而不是那边。母亲从不讳言这个，将其当作一个经典案例，告诉他选择的重要性。选择确实重要，选择太重要了，选择的墙下埋着父亲，他只能缩到选择的墙角。白天，他也坐在墙角，确保不会有什么东西从身后蹿出来。狗刚走两天，猫又来了。猫不像狗只在地上叫，它们可以在墙上叫，在房顶叫，在树上叫，在不知道什么地方的地方叫。一声连着一声，此起彼伏，热烈呼应，像蝉鸣那样叫，像青蛙那样叫，像溺水那样叫，像火烧那样叫。半夜里醒来有一种恐怖错觉：世界不是人类的，而是动物的。挨到白天，恐惧没有远去，错觉也不是错觉，这个院子就是属于动物的。他只能缩在墙角，看着可疑的骚虎侍弄可疑的动物，好像在无声密谋，好像在出卖人类。他用椅背抵住墙角，看看骚虎，看看龙哥，准备随时猛戳屏幕，准备迎接命定的判词：抱歉，您运气欠佳。每次看到这句话他都不会收手，而是更大力地戳，直到屏幕重新变得干净。这次他一上来力气就很大，控制不住地大，哒哒哒哒哒哒哒、哒，礼花溢出屏幕，密集程度仿佛宇宙爆炸。他一时没明白发生了什么，明白时已经跳起来了，椅子摔在地上，吓飞了一只鸡。他举着手机又叫又骂，骚虎站在动物中间冷眼看着，动物们也都冷眼看着，那只鸡也回到队伍冷眼看着。他冷静下来，说，我中奖了。骚虎咧开嘴笑了，说，祝贺啊，中了什么？他愣了一下，说，中了一条龙。什么龙？骚虎没有很惊奇，或许热爱动物的他从未寄希望于龙。于是张全说，塑料龙。骚虎咧了咧嘴，没等笑出来就接着侍弄动物去了。

和龙哥的约会定在三天之后，其间有一个自称龙哥助手的人发来一份问卷，规定了提问范畴：

257

1 情感问题
2 事业问题
3 生活问题
4 精神问题

他选了1，按照要求对自己的问题进行简单描述：

我喜欢一个女孩，不知道她喜不喜欢我。她要不喜欢我，怎么才能让她喜欢我？不知道她知不知道我喜欢她，她要知道也会喜欢我吗？她要不知道，怎么让她知道？她要是也喜欢我，我们能在一起吗？要是不能，怎么才能？

写到这儿他打住了，他怕问题太多把龙哥吓跑。幸亏没写那么多，之后的两天，他没事就点开这个页面，不断被自己的问题难住。这些因为燕燕产生的问题已经大过燕燕本身，从前都是先想起燕燕才想到问题的，现在反了过来。燕燕跟在一串问号后面愈发模糊，他在一摞问号下面孤苦无依。在问题面前，人可真渺小啊。三天届满，他把自己锁在房间，等待手机的召唤，像重刑犯等待审判。经过一系列花哨的铺垫，龙哥喊出他的编号，看着屏幕里的自己，好似刹那间灵肉分离，只是不确定哪边是灵哪边是肉。

欢迎我们的53号幸运儿，这位小可爱，你叫什么名字？

龙哥的声音冲着他来，感觉比平常大多了。他看见自己说，哦，我叫张，全。

张全！全都要的全，好名字！那么全都要的张全，你有什么问题想跟龙哥探讨呢？

情、情感问题。他看见自己的脸被这个断句搞红了。

好吧亲爱的，不要害羞，大胆说出你的问题。龙哥在屏幕里指着他，越大胆，问题就越好解决。

是这样的，我想帮我的一个朋友问问——

别来这套！龙哥大手一挥，但凡说帮朋友问的，那个朋友就是自己！别忘了龙哥我是干吗的，对龙哥，我劝你们最好还是诚实！

不是，不是，我我……龙哥每句话的最后两个字都是重音，好像铁锤哐哐凿他脑门，脑子里的问号飞速溜走，只剩我了。

别紧张宝贝儿，大胆说出来，你想替这位叫张全的朋友问点什么。龙哥被自己的机智逗笑了。

不是我！他莫名来了一股底气，真是我朋友，他最近有点，嗯，怎么说呢，有点问题，我不知道怎么帮他。

好，我信，我信。看来这个问题小不了，你慢慢说。

说不上是大还是小，就是很难说。我这个朋友，他跟动物很亲，他的羊死了，他很伤心，他很——奇怪。

朋友，你这就有点难为龙哥了。龙哥说，我记得你要问的是感情问题，龙哥擅长的是人和人的感情，人和动物的感情龙哥也没研究过啊。

龙哥一脸愁容地看着张全，张全愣愣地看着屏幕，那上面正掠过成群的笑脸和成串的哈哈。很快，龙哥的愁容也憋成了笑容，满屏的笑挤着一张面如死灰的脸，张全以为自己要失去这次机会了，确实，先破坏规则的是他。他石化在屏幕里，被笑容的海洋无情冲刷。龙哥收起笑脸，先道了歉，别介意啊宝贝，龙哥玩笑惯了。现在我看出来了，你确实在为你的朋友担心，你朋友的问题也确实不简单，你放心说，龙哥能帮一定帮。

在龙哥温情脉脉的鼓励下，他把事情说了一遍。龙哥听完都沉默了，再开口，已是眼含热泪。

朋友们，太感动了，我太感动了。龙哥接过屏幕外递来的纸巾，擦了擦眼泪，我真是，太感动了。这位朋友的朋友，对羊的感情，包括对所有动物的感情，真是太感人了，太感人了！咱们拍着良心问问，就是人对人的感情，能做到这一步吗？我还大言不惭地说自己擅长人和人的感情，我擅长个屁！在听到这个事情之前，我根本不知道啥叫感情！

龙哥扶住额头，平复了一下情绪，接着说，这位朋友的朋友，他养了那么多动物，但绝不是养动物那么简单，他把动物当成了家人。朋友们，我们能随便伤害人家的家人吗？不能！自古以来，动物就是人类的好朋友，我们应该保护动物，尤其是别人的动物！也许在你看来是动物，可在人家那里就是亲人，就是感情的寄托！

龙哥大口喘气，久久不能平静，屏幕上也全是感动的眼泪与人神共愤。张全看到自己也闪了泪花，跟满屏的气氛和谐而统一，但他还记得最初的问题，可是龙哥，我们该怎么帮他呢？他的问题就是投入太多感情了，就算是死了家人，也总得往前看吧，是吧龙哥。

嗯，是。龙哥抬起头，眼圈是红的，该怎么帮他呢，怎么帮他呢，这事儿我也是头一次见啊。

龙哥埋头苦思，屏幕上谋略纷飞，有说以牙还牙的，有说请和尚超度的，还有说再克隆一只的……龙哥可能实在是没招了，开始从弹幕里采言纳策。他越是否定那些离谱的建议，接下来的建议就越是离谱。越来越多的人涌进直播间，龙哥跟广大网友展开了头脑风暴。他念出一条弹幕，再切换角色予以反击，虽然一直是一个人在说话，却始终保持着热火朝天的氛围。张全被晾在屏幕另一侧，退化为一个痴呆看客。屏幕外有人提醒这场直播已经严重超时，龙哥意犹未尽，再三跟张全保证这事儿没完，对于善良的人，老天总得有个交代。就算老天爷不交代，龙哥也会给你个交代！虽然有些不知所措，他还是受到了感召，退出了直播仍微微颤抖。来到院子里，他看到骚虎抱着一只猫坐在阴影里。他摸了摸猫头，对骚虎说，放心吧，老天会有交代。望着漆黑夜空，雄心持续高涨，猫叫了一声，好像能顺着目光穿透夜幕。他对骚虎说，要不今晚先别让猫叫了吧。骚虎没说话，猫又叫了一声。

夜里，他躺在床上，没等来猫叫，先等来了燕燕。燕燕的同事看了直播，截了一小段视频发给她。她惊叫连连，对屏幕里的张全赞赏有加，你也太厉害了，居然找了那么大个网红曝光高建。他刚要声明自己并没有曝光高建，就被"曝光高建"这个说法击中了。他迫不及待地肯定了这个说法，对，就是要曝光他！这样才有用。燕燕沉默了一会儿，说，有用是有用，不过事情可能会闹很大，你得提前想想办法。挂掉电话，他有点头大，同时到来的好消息跟坏消息难以同时消化。这夜没有猫叫，也没有狗叫，只有过热的脑子像被闷在高压锅里一样叫。等兴奋耗干所有水分，他才得以干巴巴地想一想：好消息已经确定，坏消息是可能会闹很大，结论显而易见，应该听从燕燕的建议为即将到来的坏消息想想办法，只是能想的也就那么多了，随着第一声鸡叫，他睡了过去。

第二天，赖床的他刷到了自己的短视频。一条是龙哥哭了：快狗小哥和羊的真情；一条是龙哥怒了：快狗小哥与羊的冤情。作为龙哥又哭又怒的对象，他知道自己火了，只是不知道怎么就成了快狗小哥，又何时跟羊有了各种情。下面的观众不管这个，纷纷对他表示同情。他跑到院子里，骚虎上班去了，动物们悄眯眯地看过来。他看了看中间那堵墙，墙那边也静悄悄的。他回到房间，又刷起手机，每一次划动都窜出乱糟糟的音乐。他缩在床角，在手机里寻找自己，评论的声音很快盖过了他的。看得越多越迷茫，屏幕里的他也迷茫，并且陌生。他又退化为一个痴呆看客，无故地旷工在家，刷着一个叫快狗小哥的视频。碍于多年养成的勤俭美德，旷工总叫他心慌，在手机里看到旷工的自己只能更慌。下午，事情发生转向，大家开始关心一个叫骚虎的人。由于张全只是无意中提到一嘴，大家并不能准确地说出这个名字，骚虎、骚姑、搜狐、烧壶……什么奇怪的词组都出现了，不过大家的意思是明白的，就是找到这个骚什么还是什么虎的人，问问他为什么对动物饱含深情，看看他是不是真的能跟动物说话。骚虎一直用老年机，在网络世界的踪迹为零，唯一一次出现就是从张全口中，他也就成了唯一的突破口。手机里的账号纷纷诈尸，冒出应接不暇的信息，有媒体、有主播，也有各种奇怪的问候。他回了几句，都是找骚虎的，可骚虎还没回来。他不敢替骚虎做决定，他连自己的决定都不敢做。他只能晾着那些热情的邀约，转而回应那些奇怪的问候，他第一次认识到打字聊天也是个挺累的事情。晚些时候，燕燕不请自来，见他的第一句话是，你们火了。从她兴奋的神情看，这似乎是好事，当然看到她就是好事。她接管了张全的手机，边翻边发表见解，张全凑过去，对她发香的注意要多过言语。她对着手机一通挑挑拣拣，哪家媒体不错，哪个主播不行，哪条评论不要理。张全无心分辨，但安心不少。龙哥的信息进来，燕燕举着手机给他看：不要说任何话，不要见任何人，等我！

　　燕燕问他怎么回，他思考的时间有点长，燕燕又说，问问他给多少。他愣了一下，才知道她说的是钱。

　　这是可以要钱的吗？

　　不知道，燕燕说，有人抢，应该就是值钱的。

　　没等他想好，燕燕就把字打好了，她打字很快，用的是全键盘，细长的手指一阵轻舞，掉转屏幕亮给他看：独家的话你出多少？他点了头，燕燕按了发送。不一会儿龙哥回过来：你要多少？燕燕再次问他怎么回，他空着两眼，彻底放弃了思考。燕燕边打字边说，两万，不，五万……手指又舞一阵，亮给他的对话框里是十万，并且是已发送。他被吓到了，这也太多了吧。燕燕冲他眨眨眼，说，既然他想谈，就谈不黄。他算是见识到了燕燕的谈判能力，经过手指的几阵舞动，这单买卖以六万块成交，条件是他带着骚虎参加龙哥的独家直播。

骚虎不一定答应。他说。

直播一场就六万，比他一年挣的还多，他傻啊不答应。

他还真傻。要知道有钱，估计就更不答应了。

那咋办？

这个钱也不能全给他，你谈下来的你也有份，应该我们三个平分。

先别说平分的事，你有办法说动骚虎吗？

我只能说说看，但这个钱要先瞒下来，等事后再给他。不过先说好，这里面有你两万。

燕燕笑了，要是骚虎愿意配合，这点钱算什么，你知道网红多赚钱吗？

网红？

我一开始就觉得，骚虎在北京养羊这事可以做直播，都说直播是风口，现在龙哥就是一场东风。

他一直以为网红只是用来看的，燕燕的话敲碎了屏幕的壁垒，让他觉得去那里面挣钱也不是不可能的事。他们畅想起做网红的可能，对啊，骚虎喜欢动物，就卖动物以及与动物相关的一切，那得是多少钱？燕燕直夸他天才，你可真行，连带什么货都想好了，有个主播光卖火腿，都身家上亿了。亿？这个量词让幻想到达巅峰。他说，要是真挣那么多钱，我就娶你。说完他都没有脸红，大概是因为血液都集中在脑子里了。燕燕说，得了吧，真有那么多钱你还会找我啊？我就找你，他说得太急，冻住了空气。燕燕在真空中看了他一会儿，说，你还是先搞定骚虎吧。

他搞定了骚虎，用的是骚虎制造的那个场景：上龙哥的直播间，等于把申冤的牌子挂在全世界的羊脖子上。骚虎深以为然，却对张全接下来的请求不置可否：不要在直播间提高建的名字。张全知道骚虎不愿意说谎，不说话就是不答应，但这是有点活动空间的不答应，非要逼他答应，恐怕就是确定的不答应了。他答应了直播，那就好，至于别的，也管不了了。龙哥很急，说第二天就来。夜里，骚虎在院里坐了很久，没有制造出一点动静。他躺在床上，还是难以入眠，白天的幻想延续到夜里，变得更为具体。为了明天的直播能有一个好面貌，他数起羊，脑中浮现的是骚虎的那头老骚虎，一只又一只地站到草地上去，直到一眼望不到边。他一跃而起，打开灯，掀开墙上的旧报纸，看着上面的燕燕，她是完整的，她是美的，连其中的缝隙都充满了想象空间。又进来一条信息，让他彻底睡不着了，是小房东发来的，曝光我？你等着！

一辆商务车停在门口，从上面下来五六个人和一堆乱七八糟的东西。他们花了很长时间布置院子，把直播设备安装在骚虎的动物棚子前，又在上面撑起棚子，安装灯具和遮光板。骚虎在棚子里安抚动物，对龙哥的热情爱搭不理。张全和燕燕忙前跑后，全权代表骚虎处理一切事务。下午，小房东带着四五个人闯进来，挤满了院子，动物们惊叫连连，骚虎都管不住了。小房东的诉求很明确，就是赶走大家，包括张全和骚虎。骚虎只顾着动物，张全无计可施，燕燕的话也不管用了。龙哥显现出了极强的控场能力，拽着小房东进屋聊了会儿，大概不到十分钟，小房东就出来了，还带着点笑模样。他拍了拍张全的肩膀，带人走了。张全崇拜地望向龙哥，龙哥笑笑，一副尽在掌握的样子。直播开始前，他对骚虎说，放心吧，想说啥说啥，今天龙哥就是给你做主来了。

　　这是一场成功的直播，骚虎收养的那些动物赚足了网友的热泪。骚虎全程没说几句话，那更增添了他的神秘敦厚。他每说一句话，都有人夸可爱，这大概是他第一次得到这种评价，可能上一次被这么夸赞还是在襁褓之中。自从跟动物说上话，他就再没得到过什么正面评价，不得不说，网络的胸怀果然更加博大。因为直播的屏幕太窄，张全全程站在外面，只在必要时把头伸进屏幕，替骚虎回答一些问题。当然，最热门的那几个问题，大家只想听骚虎亲自作答。

　　为什么对动物一片深情？

　　骚虎的回答是，因为我认识它们。

　　真的能听懂动物说话吗？

　　骚虎的回答是，有时能懂。

　　能让动物听话吗？

　　骚虎反问，为什么要让它们听话？

　　不要高建赔你羊，那你想要啥？

　　骚虎的回答依旧是，你们该问他。

　　这些简短且冰冷的回答当然令人不满，但也催生了许多解读空间，连龙哥都赞叹，说骚虎的话充满了佛性，你们就慢慢去悟吧。直播的最后，龙哥让骚虎说一句结束语，骚虎想了好久，说，人做的事，羊不知道，但羊是认识人的。他说完，屏幕接连出现了火箭、飞机和跑车之类的东西，龙哥没有大声致谢，而是再次抹了眼泪，继而做了最后总结：朋友们，家人们，我不知道你们，我只能说我很感动，我真是，好久没有这么感动了。这位叫骚虎的朋友，我说他有佛性，不，不是佛性，他就是佛，他是不杀生的啊。我们可能做不到不杀生，但绝对可以做到不杀别人的动物，我只有这一个请求，朋友们，请不要杀害别人的动物。龙哥双肩抖动，久久沉默，屏幕上升起整齐的队列：不要杀害别人的动物！骚虎一直没动，即使被龙哥抱住，但张全看到他也有了泪花。

直播结束，龙哥请大家吃饭，骚虎不去。龙哥把外卖叫到院子里，就着为直播布下的明亮灯光庆祝直播的成功。跟着龙哥来的两个美女这时发挥了作用，菜一上桌就让大家喝了两圈。她们是如此靓丽，皮肤都反光，以前只在屏幕里见过，一个被龙哥送过花，一个被龙哥送过养猪场。张全不能直视，只敢喝递到嘴边的酒。骚虎不看也不喝，两个美女缠了一阵，他岿然不动，俨然一尊石佛。龙哥使了个眼色，美女们放过骚虎，专攻张全。张全很快就喝多了，偷偷问龙哥怎么搞定的小房东。龙哥不屑地说，你觉得会有龙哥搞不定的人吗？张全肃然起敬，仰头又是一杯，坐下时燕燕扶住了他。破败的院子变得摇晃起来，觥筹交错，好不快活，只有骚虎黑压压地坐在那儿，只吃面前的一道菜。酒浓之时，两个美女中的一个唱起了歌，是被送养猪场的那个。商务车里什么都有，不光搬出了音响，还有灯球。养猪场美女一曲终了又是一曲，没有间隙，后来燕燕走过去，发现她在直播。美女跟燕燕解释，自己是个唱歌主播，不分地点场合，到了时间必须开播，她家粉丝就是喜欢她走哪唱哪的劲头。说罢，她把燕燕拉进屏幕，热情地邀她唱上一曲。龙哥拍手起哄，张全也跟着。燕燕接过麦，唱了首《一生所爱》。明亮的院子变得幽暗，骚虎的黑影跟着涣散。歌毕，骚虎腾的一声站起来，吓了大家一跳，不知道的还以为他也要去歌一曲呢。张全跟着站起来，以为他嫌吵要撵人了。骚虎在桌上寻到酒杯，笨拙地举向龙哥，说，龙哥，谢谢你。龙哥有点受宠若惊，起身去碰骚虎的杯。骚虎一饮而尽，花美女趁机满上，养猪场美女持续高歌，整个院子完全地摇晃起来。

大家都喝多了，龙哥重复起那句被网友们重复了无数遍的宣言：

不要杀害别人的动物！抑扬顿挫了好几遍，他拍着骚虎的肩膀问骚虎，兄弟，不要杀害别人的动物！我说得对吗？骚虎的肩膀感受到了龙哥的力量，点着沉重的脑袋说，对！

我有个大胆的想法。龙哥站起来，桌上噼里啪啦掉下不少东西。龙哥用一个霸气的手势压住全场，示意谁都不要动，听他继续说，让我们去拯救更多动物！怎么样？龙哥变了个手势，指向骚虎，怎么样！

动物是救不完的。骚虎说，我也只能救我看到的。

那你看到的，全救下了吗？！龙哥痛心咆哮，养猪场美女也停了歌声。

骚虎被镇住了，两只眼睛亮晶晶地看着龙哥，像看着一条真龙，丧失了语言功能。

跟着龙哥，让我们去救更多动物，好不好！龙哥又换了个手势，压在桌上，像在祈求，也像施令。

骚虎眼里的光散了，还是没说话。

龙哥的意思是，让骚虎跟张全辞掉工作，带着这一院子的动物跟他去直播。张全提出带上燕燕，龙哥同意了。可骚虎不同意。第二天酒醒之后的商谈因骚虎的冥顽不灵而告吹。龙哥走时交代张全好好做做骚虎的思想工作，张全想到小房东，现场献上一计。龙哥笑笑，说我早想到了，过两天看直播吧。张全问为什么要过两天，龙哥说过两天才真。两天后，小房东上了龙哥的直播间，张全和燕燕一左一右押着骚虎观看。屏幕里，小房东极度诚恳，眼睛都是红的，他声称看了龙哥的直播夜不能寐，对自己的行为深感抱歉，痛定思痛，决定来龙哥的直播间做个了断。

对不起，我不该怂恿我的狗咬死骚虎的羊。现在我明白了，在我眼里那可能只是一只羊，对骚虎来说，那是他朝夕相处的家人。虽然我赔了他一只羊，可那远远不够，那抵消不了他丧失至爱的痛苦。在这里，我郑重向骚虎道歉，日后我也会登门谢罪。对不起了，骚虎，对不起了，羊！

骚虎默不作声地看完，只在最后问张全，怂恿是什么意思？张全嘟囔了好一阵说不清楚，最后还是燕燕说，怂恿，就是指使。骚虎深吸一口气，默默走到院子里去了。

张全和燕燕对视一眼，没有说话。直播还在继续，龙哥又开始呼吁大家不要杀害别人的动物。屏幕上，对小房东的谴责渐渐转为谅解，就像龙哥说的，大家只是普通人，很难有骚虎那么高的觉悟。谁不是普通人呢，普通人当然选择原谅。浪子回头的戏码在宽容的海洋里落下帷幕，不得不说，网络的胸怀果然更加博大。

燕尾

人人都有了自己的直播间。

1

小房东也有一个，他以赎罪为名，开了一个放生直播间。他开着那辆五彩缤纷的车到处去买鸡买鱼，还去泰国买过猴子，去越南买过鳄鱼。他喜欢对更贵的生命伸出援手。在龙哥的指导下，张全带着骚虎跟他合作过一次，在一个硕大的郊区菜市场，他们买下所有活物，再到更远的郊区放掉。骚虎是被骗来的，菜市场是他的禁区，他见不得那么多嗷嗷待宰的动物，那只会加重他的痛苦。这就是龙哥想要的画面，虽然骚虎的表情缺乏变化，他们还是拍到了痛苦。骚虎痛苦地要跑，小房东天神下凡，买下所有活物。于是他们又拍到了希望，虽然骚虎的表情还是变化不大。那一次放生足足花了三天，他们给所有动物找到了归宿。这就是龙哥的指导，制造问题，解决问题，制造更大的问题，付出更大的代价。唯一需要把握的是时间，那取决于主角的分量，骚虎值得三天，或许还可以更久。观众全程关注每一个动物的命运，贡献了这场观看人次最多的直播。这就是诀窍，龙哥在分账的时候说。没有人不服，大家虚心接受龙哥的教导，除了骚虎，分账的时候他不在。用龙哥的话说，骚虎是动物那边的，少拿人间的事儿烦他。

2

骚虎的直播间只有动物，观众能看到哪一只，取决于他走进哪一个房间。在龙哥的直播基地，有整整两排玻璃房是属于骚虎的，那里面分门别类安置着所有他爱的动物。每个动物都拥有一个二十四小时摄像头，不管骚虎跟哪一个见面，都能被看见。龙哥为这个直播间配备了三个导播，全天守在监视屏前，确保可以把骚虎跟动物们的每一次爱心互动呈现在屏幕里。骚虎并不知道这些人的存在，他也不知道自己在什么时候直播。他只跟动物交流，从不理会观众。当然，观众就是喜欢看他跟动物交流，他怎么照顾它们，怎么用最笨的方法治疗它们，失败后又是怎么悲伤。每隔一天，张全和燕燕会来到直播间，和他一起讲解一些动物的救治情况。基本是张全和燕燕在讲，骚虎只负责露脸。

3

说服骚虎之前，张全先去说服燕燕配合他演了这出戏。把口水耗干之前，他对骚虎说，你要答应去直播，燕燕就答应和我在一起。第二天，骚虎答应了他。第四天，燕燕罢演了，那是生意谈成的一天，直到现在他也没弄清楚是怎么发生的。在他说服骚虎的时候，燕燕正跟龙哥谈判。

她把龙哥开出的两万高薪谈成了三成股份。张全心凉了半截，燕燕的兴奋并不足以让他认为三成股份是更好的事。燕燕用另一件好事说服了他，其实也没完全说服，但他管不了那么多了。事实证明燕燕的判断是对的，第一个月结束，他们拿到的比能想到的多得多。

4

他和燕燕的直播间没有固定地方，每一天，他们开着龙哥的一辆小跑车奔走于荒野大街，拯救除人之外的一切生命。被孩子们玩弄的鸟虫，刀口下的鸡鱼，流浪的猫狗，不怕救不来，只怕没得救。龙哥的指导意见是，救助场景多样化，救助过程困难化，救助对象故事化。前两项还好理解，最后一项龙哥拿一只叫"蟹坚强"的螃蟹举了个例子，那是一只被当作饲料的螃蟹，被鱼吃光了腿还挣扎求生，最终破壳重生，长出了新腿，这就是故事。张全的学习能力是很强的，据此推出了大受欢迎的"蜗牛房"，那只背着间破屋的蜗牛让网友们牵肠挂肚，都想看看骚虎能不能给它一个新家。张全紧接着推出"断臂螂""跛脚鸭"等一系列身残志坚的励志榜样。每个动物都有了名字，最受关注的还是那头和骚虎同名的老骚虎，它现在叫"天鹅羊"了，只有这个名号才能褒奖它的专情。张全的学习能力是很强的，他很快就明白了他们在寻找的不是动物，而是故事，寻找与创造，是如此接近。燕燕是天生的好演员，她丰富的情感引领着观众，人们在她的忧虑中忧虑，在她的眼泪中心碎。有时张全都觉得她太过入戏，镜头关闭之后，她的眼泪还在继续。对于那些做出了极大牺牲的动物演员，她有的恐怕不只是伤心，或许还有亏心。张全决定让她的伤心纯粹点，不再告诉她哪一场故事是创造哪一场故事是碰巧遇到。当然，她伤心依旧，只是不知道这里面还含有多少亏心。亏心是躲不开的，就算不对动物亏心，也很难不对骚虎亏心。源源不断的伤员把骚虎困在那两排玻璃房里，他一刻不停，还是不能阻挡越来越多的伤亡。动物们的消亡消磨了他的意志，消耗了他的体重，消沉了他的人。他离人间越来越远。张全于心不忍，可张全也是人间的一员。消沉当然令人同情，持续的消沉却会消灭同情。观众不在乎有多少动物等着去救，他们只希望每一次成功都有喜悦。不再喜悦的骚虎令人失望，让观众大幅减少。他们救不回骚虎的心情，只能去救更多动物。每个动物都有一个好故事，但不一定有好结局。张全的学习能力是很强的，他掌握了好故事的种种奥义，唯独掌控不了故事的结局。故事的结局就像燕燕的眼泪，会在镜头关闭后继续。

5

龙哥决定控制成本，让骚虎和动物们腾出一排玻璃房，以便放些美女进去。张全痛定思痛，决定再讲一个故事。故事里，他去放羊，羊跑到马路上，撞断了腿。灵感来自他刷到的一个女孩，她装着两条机械腿，跳着机械舞，鼓舞了很多人。要是羊装上机械腿呢，还是骚虎的老骚虎。毫无疑问，这会是一个好故事，可他忘了结局。

6

断了腿的老骚虎躺在直播间的地上，召回了无数观众。骚虎的演出依旧缺乏变化，低头坐在一旁，不让任何人靠近。静止的画面赶走了观众。到后半夜，燕燕的眼泪也哭干了。她和张全对视一眼，走出导播间，走进了屏幕。屏幕里，骚虎抱着羊躺在地上，对燕燕的到来视若无睹。燕燕陪着他默默地坐了一会儿，无声地流下两串眼泪。擦干眼泪，她躺了下去。他们面对面躺着，长时间不动，把那头受伤的老骚虎夹在中间。后来，燕燕凑了上去，张全赶走了导播。

7

第二天,张全醒来,屏幕一片空白。他跑下楼,冲进空空如也的玻璃房。一夜之间,全都消失了,不知道是骚虎遣散了动物,还是所有动物都离他而去。这里没有更多别的动物了,所以他必须要走。我想去南方看看,他说,最好是云南,听说那里有很多虫。第二天,他就走了。半个月后,张全也走了。最后是燕燕,她在一个卖衣服的直播间又干了两个月,才彻底消失在屏幕里。

8

张全换了辆车,用剩下的钱买了一个小相机,他就用那台相机拍照。半年后的一天,他送货到天津,车子抛锚在一条乡道上。他被迫等在路边,在那里,他看到一只羊,像极了骚虎的老骚虎。它的脖子上没有绳索,在沟垄间信步闲游。注意到张全的存在,它看了过来,用那双没有表情的羊眼看了一会儿,转身走向树林。张全掏出相机,追着它,拍它的背影,一共拍了八张。

原载《当代》第3期

青 梅

薛超伟

  大巴从国道拐进乡村公路，我看见了小时候的自己。乡村的路不总是笔直的，它们的走向要顺着山、顾着河，弯多了，就有了标志物，即使路和房子重新修过建过，也能够认得一些。透过车窗，我看到幼时的我梳马尾辫，穿一件印满蒲公英的绿色外套，手里拎一个化肥袋，准备去干某件大事。她闷头走路，经过一棵树底下，头顶被什么东西挠了一下，一抬头，看到一条蛇垂挂下来，她吓得瘫软在地，不住尖叫。只一会儿，她的堂姐蕙心就跑过来，一把从树枝上扯下蛇，看了眼，跟她说，晓念别害怕，是条死蛇。她仍是怕。于是蕙心甩着死蛇，像鞭子一样在地上抽打几下，远远扔到田地里去。蕙心拉她起来，问她提着化肥要去哪里。她摇头不说话。刚才的惊吓松动了她的决心，计划得延后了，于是她同蕙心回土楼去。

  我让师傅停车，下车跟在她们后面。跟了一段，我看见了那座土楼。我并不思念这里，但这里是来处，来处经过无数次的回望，比现在和未来都要清晰，我不刻意去想，但往事会出现在我眼前，出现在我梦里。但我已经不害怕了。上个月，我在车间给实验材料进行退火操作，手背不小心碰到炉门，我把手伸到冷水下冲洗，抹了一点药，继续工作。烫伤的部分后来留了疤，同事替我心疼，又说我这人很可怕，镇静得像个没有痛觉神经的动物。我听后愣了一下，啊，是这样，我变成了这样一个人。我已经很久没有害怕的感觉了，那种钝钝的、压在心头、阻碍呼吸的害怕，不知道什么时候，像痂一样掉了。现在，当我看到从前的自己，很想告诉她，不要害怕，没有什么值得害怕的。她会听见吗？

蕙心的声音是蓝色的，我还没看到她，就听到她喊我：阿妹！阿妹！她从人群里跌出来，抱住我。她头上有一股甜腻的汗味，我说："今天家里这么多客人，你也没洗头。"蕙心笑笑，帮我卸下背包，背在自己肩上，接过我手里的礼品袋。我提醒她里面有红包，别忘记拿出来。她点头，也不跟我客套。我打量她，她穿一件红蓝条纹卫衣，外面套着苗族风格的棉马甲。这是她喜欢的打扮，因为有很多颜色。蕙心看上去没有变化，仿佛三年前与我分开后，她就站在这里候着我。

土楼外站着很多乡人，准备迎关帝爷，都是熟面孔，但叫不出名字。他们冲我招呼："回来啦？"我答应着，跟着蕙心往土楼走。土楼叫澄悦楼，名字写在大门的门楣上，现在字迹磨灭了，外人估计认不出来。村里人叫它圆寨，但我更愿意跟着外人叫它土楼。很早开始，它就不是我的家了。

中庭也有很多人，他们一边摆放供品，一边聊天。亲戚们到得早，我四处走动，跟他们问好。走了一圈，没看到小叔公，我问起他，大伯母说小叔公不来，每次一有热闹的事他就紧张，就不来，平时倒是会串门。我点点头，小叔公确实是这样的。他以前跟我们一起住在土楼，后来带着他那一支子孙搬到土楼外面去了。现在还住在土楼的人不多，像小叔公那样还住在村里的都不算搬家了，更多的人搬去市区或者省内更远的城市。大家常说，搬走是好事，说明日子变好了，不再需要合力建一座楼，守一个家。也有一些人留在楼里，比方说大伯母和她的女儿蕙心。整个镇子的人口日益外流，但过年时大家还是会回来聚一聚。从大年初一到初七，附近几个村轮流"做热闹"。头一天用轿子把关帝像从庙里抬出来，后面跟着长长的队伍，敲锣打鼓踩高跷，把关帝像一路护送到村里。第二天，下一个村又将关帝像抬去供奉。轮到我们这个村，一般是初五。澄悦楼是村里最大也是保存最完整的土楼，村里有什么仪式都选在这里举行。

　　长辈们在大伯母家里忙着布置酒席，我过去帮忙，他们说我是客人，让我去一边玩。我说大家都是客人。他们笑起来。我看到小姑也在这里，有点惊讶。那次窖池事故之后，大伯母跟她吵得很激烈，两人不再往来了。看来在我不知道的什么时候，二人已经和好。她们都是热热闹闹、认真生活的人，我为她们高兴。厨房里传来菜香，很熟悉的气味，我想起小时候在土楼里去各家串门解馋的日子。那时候小姑请我到她家吃饭，饭桌上有一道茶油鸭，饭吃到一半，小姑问我，你不吃皮啊？我以为小姑责怪我挑食，忙说吃的。小姑就夹了一块鸭肉，用指甲掐住皮撕下来，放到我碗里，等到碗里堆了四五块皮，我才明白，是小姑不吃鸭皮，又舍不得扔。我勉力把鸭皮全吃下肚。小姑那时候与周围人有一种格格不入的有趣，这么说不是指她后来就无趣了，而是换了一种有趣。这次小姑带了她老公来，我看了看，还是三年前那位，那么就可以称他为小姑父。我跟小姑聊了几句，她来电话了，走去接电话。她如今是生意人，正月初五就忙开了。

　　我让蕙心陪我上楼，看看这里有没有什么变化。半腐的楼梯踩一下就吱呀一声，木头会叹气，所有事物老了都会发出点声音。到了三楼，一眼望去，环廊结构让我感到短暂的晕眩。当初在土楼住久了，搬进城里的公寓房,看着笔直的走廊,也有一段时间不适应。我想起以前在村小读书,老师教我们认识圆,在黑板上画出一个大圆,跟我们介绍:圆没有棱角,边缘光滑,受力均匀。比方说这是我们的土楼,过去土楼除了用来居住以外,也用于防卫。我们造一个正圆的建筑,土匪来了,将一个点击溃,旁边的点可以迅速补上,没什么影响,这个圆还是圆。老师讲完后问我们,那么圆上的这一个个点是什么呢?回来后我把这个问题说给蕙心听。蕙心说,圆上的那些点就是我们自己,我们就是土楼的防卫。我说,你怎么知道?她说,因为我三年级的时候,跟阿妹你现在是同一个数学老师。我点点头。蕙心比我大两岁,我经历的事情,她大多是经历过的。

　　三楼有三十二间房,现在变得冷清许多,虽然楼下不断传来吵闹声,还是可以想象得出这里平时的模样。一间房住不住人,不用打开门就能知道,有一个简单的辨别方法,就是贴不贴春联。旧木门贴上大红色的春联,就变新了。环看整层楼,只有零散几个房间贴出了新的春联。正南的楼梯边上是小叔公的房间,贴着春联,褪色了。他以前住那间房的时候,常听大家上楼下楼的声音,久了,他都能知道是谁上来,是谁下去。我怕黑,晚上边上楼梯边喊小叔公,他从楼上应我一声,我的胆子就大一些,快步跑上楼。

　　从走廊探头望出去,先是看到铺瓦的檐头,每一层都有,防雨,也便于晒秋。过去,这里的廊道里都晾着衣服,碰上大晴天,各家会一起洗衣服,一起挂出来,没拧干的衣服同时滴水,环廊里都是雨声。我望向对面,屋顶上坐着两个小女孩,看不清模样,但我知道她们是谁,一个扎着马尾辫,一个散着头发,一个叫晓念,一个叫蕙心。很快,她们两人就要被盛怒的长辈拎下去了,那一天是特别的一天,她们第一次透彻地了解到这个世界某些方面的真相。她们为什么要爬上屋顶?也可以不爬的,那么她们就可以晚熟一些。是扬波哥哥做了榜样。扬波哥哥是从他四楼的房间爬到屋顶上去的。本来那样的房间不该给小孩，但是爷爷年纪大了，不方便爬楼，跟扬波换了房间，扬波就住进了顶楼的房间。那间房的天花板有活门，可以通往屋顶，留这个活门是为了方便修屋顶。扬波哥哥常常像一根烟囱杵在屋顶。而那个叫晓念的小女孩看到了，会冲他喊："扬波哥哥，你在那里做什么呀？"她喊他，他也不答，或许是没听见，或许是沉浸在自己的情绪表演里，需要维持一个相当孤独的姿态。但她每次见到他坐屋顶，就都喊一喊，这样她仿佛也参与了他在屋顶的事业，变得愉快起来。在中庭闲聊的长辈们说，扬波这么坐在高处，就是专等人来问他，问他一次不够，得七次九次，得哄到他舒服，他才肯下来。长辈们哄笑。

扬波是蕙心的亲哥哥，她和蕙心总是跟着他到处跑。他会用竹子做手枪，用萝卜做提灯，是个好玩的人。但他总嫌弃她们两个，他说因为有她们跟着，束手束脚，他的伙伴就不愿意来邀他玩。但她跟蕙心不管，照样跟着他。有一次她与蕙心发现哥哥跑到不知哪里玩去了，没带上她们，她们就决定做一场只属于她们两人的冒险，偷偷爬上了屋顶。起先中庭闲聊的几个长辈没发现她们俩，她们还刻意喊了几声，以引起底下人的注意。与她们期待的不符，没有人笑着议论她俩，而是派了一个男性长辈上来，赶她们下来，交给各自的父母教训。那天大伯母打了蕙心一顿，而晓念的妈妈没有打晓念，只是训斥她。她从妈妈的训斥中感觉到，她虽然跟蕙心做了一样的事，但犯的错不同。蕙心不能坐在屋顶，是因为蕙心是女人，来过初潮了。而她不能坐在屋顶，是因为作为一个小女孩，以及作为女人的预备，不应该对那样的高度有所向往。妈妈告诉她，女人是不净的，女人不能处在比男人高的位置，如果一个男人不小心从女人的胯下经过，会给家里招来不幸，那么，女人骑在最高的屋顶，就是对家里所有男性的不敬。妈妈这么跟她说的时候，她就全明白了。生命中有很多时候，她原本是开开心心的，只是做了一个举动，比如一脚跨过门边的耙子，突然耳边就会响起一声惊雷，土楼中的任意一个长辈走过来大声呵斥她。原来那一切，不是跨这个动作的问题，也不是耙子的问题，而是因为她的性别。她的性别跨过了耙子这个工具代表的性别，对面那个性别就整个地受到了侮辱。那天妈妈边骂边讲，晓念忍着伤心，想着妈妈骂一骂就过去了，可妈妈一直骂到她哭为止。妈妈觉得哭是忏悔，即便忏悔得不够真诚，在形式上也有一种停顿感，是生命里的一次停顿，哭得越伤心，顿得越沉，挫进时间的缝隙，变成一个疤，之后，就不敢了。那回妈妈直接告诉她这个事实，妈妈把这样一套历久弥新的理论传授给她，所有她曾经不能理解的事，就都能理解了。那天她是个只有十岁的小孩，哭得大声，但心底有一丝开心，就好像洗了很久的污渍换了种洗涤剂后一下子洗干净了。她原谅了自己，不是她一个人的错，是身为女人的错。女人是不能太开心的，开心到爬屋顶就更不能够了。从此她要学着尽量不让开心露出来，把它当作自己的一条尾巴。

那时她小，只会怪自己生成了女儿身，而怪不到别人身上，更不会去怪扬波哥哥。她用小半天就想通了，产生那样的局面，不是她的错，自然也不是扬波哥哥的错。她可以继续喜欢他，让他带着她们四处胡闹。她也明白了为什么跟男孩子一起玩会更尽兴，因为假如她们有什么越轨的行为，可以推卸给他。扬波哥哥也愿意承担，男孩子皮实是真的，他被打得一边嚎一边满楼乱窜，但过后没多久，他就又笑嘻嘻了。她羡慕他的自由，跟他待在一起，也能分到一点。壶清溪是他们常去的地方，放学后路过，就在溪边磨蹭一段时间，要等晚霞四溢才肯回家。不上课的日子也去，打水漂，看夕阳，什么都做，什么都不做。溪边原有一座徐公亭，古时一位张姓乡绅出钱造的，造完亭子，又在边上种了棵树。徐公亭早就没了，那处岸头还是叫徐公亭，而徐公树依然活着，树身粗壮，叶片墨绿，四季都繁密。扬波哥哥经常在那棵树下撒尿，他尿完才下溪玩水，他有理由的，说不希望脏了溪水。有一次他就被一个长辈当场逮到了。长辈告诉他们，这棵树有灵，能荫庇众生，曾有一位高人预言，如徐公树死，全天下的人都会死。长辈讲时很严肃，她跟蕙心听得有些惶恐。蕙心就此成了扬波哥哥的监督员，他一站到树下，蕙心就赶他，他走远一点，到小路边，撒到人家墙根。徐公树死，天下人都会死。现在想来，这无疑是恐吓小孩子的话。为了方便，造出一个禁忌，是他们的惯用手法。这样的传言，终将在乡村消失。可以前她们是愿意去相信那些禁忌的。所以有一段时间，她特别希望徐公树死掉。

中庭有小孩的声音，追逐、尖叫。他们会在长辈眼皮底下用激烈的情绪表达自我，跟我们那时候不一样。有个小孩一直在哭闹，我倚着栏杆听了一会儿，原来是他不愿意在这里的厕所上大号，嫌脏。土楼里不设卫生间，大门外的六间矮房组成一个公共厕所，另外，每个卧室通常会备一只马桶。哭闹的小孩最后被大人拎出土楼去了，不知道最后是怎样一个解决方案。中庭陆续摆出几十张小供桌，桌上是堆着食物的篮、屉、桶、盘。多用黄红两色，堆叠在一起有些好看。棕色的则是青梅酒，这里盛产青梅，几乎家家都会自制青梅酒。东首，大红的帐幕搭起来了，是供奉关帝爷的地方。再过一会儿，关帝爷就要抬到土楼里来。

一个老人抱着小婴儿站在帐幕旁边，孩子伸手够面前的旗子，老人逗他，他快够到了，老人就往后退一步，孩子就急，老人再往前一步，旗子又近了，那孩子看有希望，又眉开眼笑。如此反复，一老一小乐在其中。

我认出老人是谁。我喊了他一声"冠林伯"。他抬头看，看到我，反应了几秒，不自然地咧了咧嘴。

我说："冠林伯记得我吗？"

"晓念回来啦？好几年没见着你了。"

"嗯，回来一趟，看看长辈，看看您，您还健健康康的，我放心了。"

"回来好，多回来看看。大家都念叨你。"冠林伯同我说着话，一边就抱着他的孙儿慢慢踱远了。他怕我，我不怕他，跟小时候颠倒过来。我回头找蕙心，想告诉她这事，发现她已走远。她的意思是让我跟上她，不要跟冠林伯说话。

以前，蕙心的房间在我的房间对面，每次找她玩，跑一个半圆就行，木地板砰砰响，蕙心找我时动静也大，远远地就喊阿妹，冬天的时候，我听到她的喊声，预先跳下床给她开门，再躲回被窝，以免她进门就把冰凉的手溜进我的怀里。我走进蕙心的房间。她房间布局没变，只是原先的挂衣架没了，换成了一个三门衣柜，最里边的马桶，遮上了帘子。

"以前你撒尿，我就站旁边跟你聊天。现在防谁呢？"我说。

"跟小时候不一样了，要有大人样嘛。"蕙心笑说。

我站窗边看了看外面，枇杷树还在，那些屋子的外观不太一样了，可能是新刷了外墙，翻盖了屋顶。审视面前的空框，实在称不上是窗，不过是外墙上的孔洞。战时可以从这里观察敌情，把枪口从孔洞伸出去。

蕙心说："那时你可喜欢躲在窗口看了。"

我说："是呀，怪得很，明明风景就在外面，下去看就是了，可是躲在这里偷偷看，就觉得特别有趣。"

我离开窗，对蕙心说："村里这几座土楼，以后会改成景点吧？上蛟乡的都改了。"

蕙心说："可能吧，听人说起过，我不喜欢。"

"怎么不喜欢呢？改成景区，有补贴，大家日子也能好过一点。"

"现在就够好了。"

我坐在蕙心身边，仔细看她，我看不出她哪里有变化，但她的容貌更像大伯母，而不是蕙心了。她守在我们出生的地方，时间好像重一些，因为往事层叠在此处，会以数倍的分量压在人身上。她这身棉马甲，十多岁时就见她穿着了，苗族风格的，两只口袋上面各缝一只鹗，色彩拥挤出来。对蕙心来说，什么都是够用的。是，棉马甲对她来说也足够好看。

在这房间里，我们曾说过很多话。土楼没有隔音可言，以前我们关上门，还要蒙上被子，才肯把心底的事说出来。大人有一茬秘密，小孩也会制造自己的秘密，并且保存至今。记得有一晚，小姑给大家讲了鬼故事，晓念很害怕，不敢一个人睡，就去蕙心的房间睡。睡前她跟蕙心玩闹，互相挠痒痒，蕙心伸手掀她秋衣，她感觉到肚子上面一阵冰冷，让人疑心是蛇。她身体本能地蜷缩起来，去挡那蛇，蛇攀到了她的胸部，到她的乳头，她感到痒，痒里有冷，有沉闷的害怕。她从蕙心的手里挣脱出来，把秋衣拉下去，问蕙心在干什么。蕙心说："都这样啊，很舒服的。"她不知道这意味着什么。都这样。是谁都这样？是谁很舒服？她对这样的表述有印象。土楼里那群小孩聚在一起，有时候会讲一种"大人的话题"，讨论"大人的声音"，那种声音通常在夜晚响起，代表恩爱。以福东表哥为首，其余男孩附和，想象和传言彼此佐证。他们喜欢讲这种话题，以证明自己的聪慧，也为了证明自己在世上无所忌惮。那时她虽有本能的不适，也跟着笑，同样是为了加入大家的自我证明之中，其实她什么都不知道。她与蕙心没聊过这些话题，事实上她们没聊过与身体有关的话题，因为那对女人来说是禁忌。奶奶教导，女孩的内裤不能挂在外面，只能在自己的房间阴干。她照做，有时候晾出了霉臭，也只能将就穿上。既然身体是不净的，那么霉臭也是匹配的，身体与内裤互相体谅就好。她印象中只有小姑不管不顾，把内裤公然地晾在檐下，甚至让它们过夜，鲜艳地悬在土楼的夜风中。小姑有那么多奇怪的行为，因此被男孩子们编排了很多笑话，被长辈们称为疯子。而她想做一个正常人，希望获得长辈的喜爱，她按照规章处理自己的言语和身体。她对蕙心能做出的回应就是，当作一切没有发生过，也不再跟蕙心同睡。直到她也遇到了类似的事，她才慢慢明白蕙心曾经遭遇过什么。再后来她跟随父母搬走，隔得远了，她与蕙心不再说话。秘密是不能通过信使传递的，电子信使也不行。于是，她们几乎也不说话了。

我有时候想起蕙心，会在手机上看一眼她的动态。我知道她跟着大伯母卖饼，知道她跟人订过婚，又解除了婚约。我不知道那些事的细节，不知道她卖饼是几点起，几点收摊，不同季节作息一不一样，有没有烫伤过。我曾想在她的动态底下跟她开个玩笑，说我每天也跟炉子打交道，又觉得挺没劲。玩笑没说出口，担心也寄存着，沉默时倒有几点真诚，说出来，就客套了。她也偷看我的。偶尔她会给我发一句话，有时说完又撤回，我也不问她撤回了什么。

现在我们又坐在一起。我讲我这些年的事。大学读完了，后来还考了研，我的专业是材料学，就是研究不同材料的结构、性质等等。我故意学很硬的知识，就是通常意义上那种，女孩子学了，别人就觉得你很难嫁的东西。毕业后去了苏州一家工厂做技术员，研发新材料，工艺流程是先配料，铸造成坯料，再一步步加工为成品。蕙心问我，女孩子做这些工作，挺难吧？我说还好，有些活儿是由工人师傅来干的，比方说操作拉矫机，但我们要全程盯着。同期进厂的一个女同事，跟工人们处得很好，她善于示弱，他们也愿意帮她忙，比如退火时，替她看炉子、取材料。说实话，我也想过要不要学她那样，让自己每天轻松一些，还是放弃了。不是我清高，确实是学不会。但我学会了不去诋毁她，不去嫉妒她。我跟她关系挺好。我很满意现在的生活，有不错的工资，存了些钱，舍得给自己花钱了，看一次牙花上千块钱也心安理得。蕙心问我能挣多少。我说一个月拿到手一万五。她看着我，眨眨眼睛，在我背上拍了一下，说，行啊，陈晓念。我询问她的近况。她说她现在做饼跟大伯母一样娴熟，以后她可以在西口支个摊，离她妈妈远点，不用互相抢生意。蕙心可能不喜欢聊自己，没几句就转到别的事情上去了。她起身打开衣柜，给我看她的收藏，一块玉，一件她得铺垫好久才肯拿出来的针织镂空裙。我举着裙子在她身上比，夸她，她嘿嘿笑，用哼歌来掩饰。都是我们以前的歌，我捡她一句歌词的尾音续上，一起哼。

　　楼下喧哗起来。有人喊："门口的把路让出来。"我跟蕙心起身走到一楼。关帝像已经被抬进土楼，在红色帐幕下供奉，帐幕前立起两只大香烛，比人高，可以烧一整天。穿着蓝色长褂的一位阿公，带着村民祈福。全场安静下来，阿公说一句，大家说一句。我们这里各行各业的人都信奉关帝爷，关帝爷不仅是保护神，还是财神，什么都管得到。记得以前在这个环节，我妈很积极，跪坐在供桌前面，跟着阿公的唱词念。今年她没来，因为爸爸脚上有痛风，这几天突然不能走路，她得照顾他。她派我做家里的代表，我答应下来。现在我比小时候听话。人与人之间突然亲昵起来，有时候没什么原因，只不过是其中至少有一方变老了。以及，我敢听话了，我知道我的听话伤害不到我。

　　祈福结束，村民们把供奉的食物拿回去，跟热菜一起摆成一桌。我们帮着大伯母把供物移到饭桌上。放酒杯的时候，我注意到桌上的酒水是啤酒、黄酒和葡萄酒，三张桌子上都没有青梅酒，青梅是禁忌，这点没变。我们围着圆桌坐下，谁喝什么酒，用什么酒杯，分配到位。蕙心去厨房帮忙，我给她留了座位。桌上摆着蚝煎、封肉、炒杂锦等菜，都是我们镇的特色，大家斟酒、夹菜，夸赞大伯母的手艺。大伯母笑吟吟地出来,又上了道白灼小管,招呼大家多吃点。小管就是一种小鱿鱼,切块前后都呈管状,白灼后就能吃了。我喜欢蘸芥末醋来吃,第一口刺激,等劲儿过去后,又能回味鱿鱼肉的甘美。表妹不习惯芥末,呛到流眼泪,旁边的表弟说她不行,两人打了一轮嘴仗,激起了一桌人的胜负欲,大家都挑战芥末。正好上了苦瓜汤,用汤去解嘴里的辣味,又添一层苦,满桌的人哈气、咧嘴,很欢乐。我知道这种欢乐是暂时的。果然不久之后他们就聊起了他们认为需要讨论的正经话题,婚姻、子女教育、家族的未来等。坐在一起,必须要谈点什么,必须给此时此刻做下标记,必须不能虚度,必须展示一些上下级关系,必须施一些恩,受一些惠。小姑父叫我拿一瓶啤酒给他。我离开座位,从他身边经过,拿来两瓶啤酒,摆在他面前,坐回座位。福东表哥用筷子帮他打开瓶盖,对我说:"帮长辈拿酒,顺手把瓶盖打开,这是礼貌。"

"诶没事,自家人。"小姑父摆摆手。

"自家人才得说,免得她以后吃亏。"表哥说。

"晓念是大学生,不讲究这些的。"小姑说,"晓念,在外面有没有交男朋友?"

"还没有。"我说。

"该找一个了,我知道你们年轻人现在都不喜欢结婚,所以早点催你,给你提个醒。"小姑说。

"你是家里独生女,其实不该在外面的。"大姑说。

"舅在银行工作,不然可以多生一个。"表哥说。

"他以前有想法,想着晋升,看看现在,还是个小主任,当初还不如出来呢。"大姑说。

"表哥,你不应该当着我的面说我爸,我万一理解错了,回去转述给他听,他再理解错,那最后的意思就跟你的意思很不一样了,就挺不好的，有时候误会就是这么产生的。"我说。

表哥笑着指指我，大姑看我一眼。

他们通常不议论男性长辈，我爸是个例外，因为我爸性格温和，不会因为什么事情生气。妈妈对他有诸多不满和怨怼，他也不回嘴。他在银行工作，工作日住在单位宿舍，一周回家一次，每次回来都会给我带礼物，他通常会换花样，有时也犯懒，犯懒就带牛肉片回来给我。我不喜欢吃牛肉片，容易塞牙，第二天就牙疼，牙疼带动头疼。但我还是会把它们吃光。我不想让他觉得自己是不了解女儿的人，我也不希望对我好的人变少。取悦一个长辈，尤其是男性的长辈，比学课文要难，课文背下来就行，背下他们的喜怒却没用。我可以将妈妈的咒骂当作一条毒毛虫，但男性长辈的训斥是菜花蛇，它很平常，甚至无毒，却会冷不丁从树上垂挂下来，我被吓过几次，再也看不了蛇形的东西，连带着也害怕黄鳝和鳗鱼。爸爸没有菜花蛇。我以前时常疑惑，爸爸是怎么跟土楼里其他男性长辈区别开来的？他的性格是随爷爷还是奶奶？或许是奶奶，但也完全不同。奶奶原先对我和蔼，有一天开始就变了。那天我受到大伯的训斥之后，站在厨房里抹眼泪，奶奶远远走过来，我知道是奶奶，就故意哭得放纵一点，想得到奶奶的安慰。结果奶奶拽住我胳膊，把我拉到走廊上，边打边骂，鬼找你了？站灶台边哭什么？灶君怪罪怎么办？你还能吃上饭吗？你还有力气哭吗？我不知道奶奶为什么突然变成那样，过了很多年才明白，那是一种权力的表演。不是不喜欢我，我并不重要，他们是在向他们的儿子，也就是我的爸爸施压。长辈们有小孩所不知道的秘密，小孩作为家族的成员，必须承受那些与自己无关的秘密的重量。

表妹喊我，我抬头看，是小姑父的酒杯伸过来。我与他碰杯。

他说："本地找一个嘛，知根知底的。我们给你物色，有学问的、周正的、精壮的，条件都帮你满足。"

我说:"我妈让我找一个愿意入赘的男人,不然我以后入不了族谱。所以我得慢慢找。"

"哦哟。"小姑对桌上众人说,"我嫂子想得周到的。"

大家纷纷附和。小姑父不说话了,举起酒杯,跟我大姑父碰杯。我跟小姑碰了一杯,表哥说:"晓念要喝完。"

小姑说:"我没劝酒,你这观众倒是来劲。"

表哥笑笑。他喝酒上脸,有一种憨态。小姑不上脸,这体质在生意场上有优势。我也不上脸,因为我从来不多喝。我抿一口,冲小姑点点头。其实我有很多话想跟小姑说,说给撕鸭皮给我吃的那个小姑,只是那时我还小,没有组织好语言,现在我可以说了,她没工夫听。这是很自然的事,谁都一样,我也不能抱怨。

小姑大我十几岁,算是土楼女孩子们的大姐头。我们小时候也就只是在一起玩,其余时间都身处各自的孤岛,并未形成联盟。那时候,长辈们闲下来就坐在中庭,我们进出门都要接受他们的检阅,土楼里稍微发生一点什么,他们都知道。可能正因为瞒不过,小姑做什么都轰轰烈烈的,有不如意的,从不憋着。比如有一天她提着马桶下楼,将它洗干净,当着我爷爷的面,用斧子把马桶劈了,又从小叔公的木头楞堆里挑出几块合用的,与马桶结合做成了小桌子,当作梳妆台。她受够了卧室里的臭味,宁可夜里跑到土楼外面去上厕所,人家城里人就不在睡房摆马桶。爷爷骂她有病,把自己当大小姐了,一天到晚净是挑剔,做一些无用的事,也不看看城里人什么条件,你什么条件。小姑说,条件不好就不能挑剔了吗?越苦越要挑剔,我就剩挑剔了呀。我要自己选,我身边的所有东西,都得是我自己选出来的。小姑跟爷爷吵,我躲在走廊里偷听。小姑的这些话,听起来让我有点紧张,心里又有一股愉悦。我逐渐知道,辈分决定了很多东西。如果是我们跟爷爷这样吵,所有长辈都会一起来教训我们,但如果换作小姑,他们却只是劝架而已。这也给了我一点启示，时间会赋予人力量，他们只不过是被时间充了很多气的气球而已。有一阵子小姑的目标是嫁给城里人，她为此有过很多折腾，甚至同已婚者纠缠。她最终也没有嫁到城里去。倒不是她找不到，而是她发现没有必要了。她那几年总是到处跑，做了些生意，接触了很多信息，又认识了各行各业的人。做生意重要的一点是打信息差。九〇年代后期，她发现城乡间的信息差正逐渐被抹平，即便还有，她也不需要为了那点便利嫁到城里去，故乡有她的家族，这才是她的优势，留在家乡更能赚钱。厂房便宜，人力方面可以请一些小辈，原料也可以跟村人收购，保持长期合作，省下一笔开支。她买下一排砖房，改成厂房，挖腌制池，做青梅生意，做得挺成功。她仍是继续找老公，换了好几个。她把婚姻当成工具，像是一种招聘活动，而不是将婚姻视为成全女人灵魂的某种东西。她一直是那个被长辈称为疯子的女人。但是她懂得了隐藏，也获得了世俗意义的成功，所以再没有人说她了。

　　蕙心从厨房端菜出来，冷清了一会儿的饭桌又热闹起来，大家将话题迁移到她身上。表哥说，蕙心没读高中，也没正式工作，早该嫁人了，蕙心这条件，可以把择偶范围放宽到身体有缺陷的人身上，不是指真的找一个残疾人，咱们家蕙心也没必要找残疾人。就是比方说，脑筋转不过来的呀，这种人也听话，到时候蕙心嫁过去，还能照应到娘家这边。蕙心听着，脸上很平静，甚至生出一点笑意来。蕙心的感受是可以被忽略的，一直以来都是如此。他们便出谋划策，给她推演出一整个未来，比他们在饭桌上给这个县所做的规划还要长远。

　　大家说了一轮，表哥又说："有人跟我讲，你家那个阿妹，跟人阿忠订婚了，结果每次吃饭都一动不动地盯着阿忠看，像盯着电视。阿忠就发火了呀，你盯我干什么？你家阿妹就笑，说，你拿筷子的样子，跟村里长辈吸旱烟一样。她瞧不上阿忠拿筷子的样子，后来干脆把婚退了。你家阿妹，别看她笑眯眯很好讲话的样子，有性格的。"

他说："女人有性格，在我那个朋友圈里是骂人的话。"

大姑父说："我本来不该多嘴，年轻人的话题老头子搅和什么，但我看你们小辈现在成这样了，真的看不过眼。那阿忠长得鼻子是鼻子眼是眼，办事也有条理，你爷爷要是在，肯定很满意。结果因为什么筷子旱烟的，就把他赶跑了，这没道理，不成体统。"

我说："姑丈，我们要这么想，蕙心都不能忍受那人拿筷子的样子，自然不能忍受别的更大的缺点，怎么可以跟他结婚？"

小姑说："有道理的。"

大姑父说："你小姑评价有道理，那我们就认为有点道理，好吧？但是如果女人与男人在一起要讲道理，那女人是讲不过男人的。女人跟小孩子一样，没有道理可讲。那没有道理了，她就靠脾气决胜负了，每天就指责你拿筷子不行啊，或者不回家啊，不干家务啊。女人的脾气都是桂花树旁搭茅房 —— 一阵香一阵臭的。"

酒席上的人都笑起来。大姑瞪大姑父一眼。

小姑父说："姐夫文采真好，这歇后语不会是自己造出来的吧？没听过。"

"澄悦楼有书香传统，祖上有人做过大官。"大姑父转向大姑说，"咱爸也是读书人，讲起古来很有趣，引经据典的，你也遗传到了。我这属于耳濡目染。"

大姑说："现在找补没用了。"

大姑父说："我自罚一杯。"

我看了眼蕙心，她没看我，在吃一块大封肉，好像是抽出时间吃的，如果又有人要对她生发出一些感慨，她好像就得立刻放下筷子去垂听。

大姑说："蕙心，大家开开玩笑，你不能当玩笑。姑丈和表哥说这些,都没说到重点,重点是什么你自己也知道。你的情况跟别人的情况不一样,我们说你得赶紧找一个,不能挑三拣四,不是真说你这个人怎么样,你这个人非常好,姑从小看着你,没见过比你更懂事的孩子。你没有靠山你知道吧。姑这话就说一次,你得听进去。"

"蕙心有自己的考虑,或许她就跟大娘一起这样过一辈子,也挺好,是不是?"我说。

"造孽,你可别说这种不吉利的话。"大姑说。

蕙心抬起头说:"晓念说出了我心里话,我就是这么想的。"

表哥把筷子往桌上一拍:"大舅要是还在,能被你气死过去。"

表哥说的话更不吉利,但没有人纠正他,也没有人为蕙心帮腔。他们乐于把气氛变成冰冷,让受审者陷入自我忏悔,这是我们从小习惯的场景。

我说:"蕙心的事,得让蕙心自己处理,她自己知道自己的情况。"

表哥说:"她就处理不来。澄悦楼里就没有谁独自处理一件事的说法,都是群策群力。我们祠堂里那些祖先,拧成一股绳,才能一代代将这楼守下来,才有这么多子子孙孙,我们才能过上现在这样的好日子。"

我说:"那表哥的意思是什么,随便跟一个人结婚? 那到时候日子过得不好怎么办,你会站出来为我们说话吗? 也会高谈阔论,献计献策吗?"

我意识到自己的音调逐渐在变高。我本来准备将这一切视为玩笑,用他们习惯的语言体系讲些场面话,欢欢喜喜地结束一场聚会,可我没忍住。我为蕙心说话,显得很勇敢,但我是惭愧的。离开这张桌子后,我可以立刻坐大巴回去。蕙心还在这里,是她在承受一切。我只是一块瓦片,从屋顶上掉下来,碎了,大家吓一跳。扫掉碎瓦片,这一天不会与其他日子有什么不一样。

表哥说:"说实话,就是嫁出去后过不下去再回来,也比现在让人看笑话好。晓念,你不一样,你可以自私,你不能让别人跟着你一起自私。像你说的,蕙心有蕙心的生活,蕙心没你的条件。"

"福东,是菜不符合口味吗?只顾讲,不顾吃了。"不知什么时候,大伯母出现在饭桌边,给我们端上了一道菜头粿。

表哥停止他的讲演,笑着说:"哪里呀大姨,菜都让这帮人抢光了,好吃着呢。"

"那就好,你们多吃点。"大伯母转向蕙心,"端个菜,端哪里去了,杵在这半天,我说盘子怎么不够。"

大伯母拍了蕙心后脑勺,我们听到一声闷响。蕙心二十九岁,还被打头,她们的母女相处模式似乎一直没变。一桌人安静下来。我拉蕙心去隔壁桌敬酒,边走边揉她后脑勺。她说,我妈不是真打,就是做做样子。我说,我也不是真揉,这样我心里好过一点。蕙心笑。

敬酒时,我通常会从一个熟悉的大长辈开始,向旁边延伸。我扫了那两张桌子一眼,没看到小叔公,于是就从三叔开始。蕙心打头,说祝福语、敬酒,我跟在她旁边,凑一分子。他们起哄,干了干了。蕙心听话喝完。旁边有人接二连三给她倒上。我说,少喝点。她说,没事的。有人说,晓念,你一杯酒要打一圈啊?我不理会。

敬到下一桌,我看到冠林伯正坐着喝黄酒,喝得眼睛微眯。我同蕙心敬完他,蕙心走去敬下一位,我站在冠林伯身边没走。蕙心眼神询问我要干什么,我冲她眨眨眼。

我对冠林伯说:"莽伯,您多喝点呀。往后么就是享福了,不用操心太多事。"

有长辈说:"这孩子没礼貌。莽伯是你该叫的吗?"

另有长辈笑说:"我们叫莽哥,她衍生出一个莽伯。"

冠林伯说:"你们取的绰号么,传到小辈那里去了。"

他们说说笑笑，打量我，看我会表演出什么来。我跟他们聊了几句。他们的脸上有干枯的皱褶，时间一度将他们的皮囊撑得饱满，后来气泄漏出来，他们又瘪下去。我看到一个小女孩从我旁边跑过，跑到土楼大门外，她一路往壶清溪的方向跑。还没到壶清溪，她停在小路边一户人家门口，喊着，冠林伯伯，你在家吗？等待的时候，她蹲在院子里的大铁笼前看里头的番鸭。有几只番鸭胸脯一片白毛，其余部分都呈黑色。她想起番鸭的胸脯肉好吃，这处白毛是它们的自我标榜吗？冠林伯开门出来，说，晓念来玩啦？她应着。走进屋她发现家里只有冠林伯一个人，伯母带着孩子去串亲戚了。冠林伯听录音机里的潮剧，她坐旁边一起听。他给她讲，叮叮咚咚的是月琴，咿咿嗯嗯的是椰胡，又把故事讲给她听，现在唱的一段是整部戏的高潮，苏六娘以死拒婚。她听到好多乐器掺杂在一起，好多唱词交织在一起，很欢快，听不明白，只觉得拒婚是件热闹的事。听完潮剧，冠林伯关掉录音机，问她想不想吃油角。她摇摇头。他说，细妹仔，想吃还摇头。她吐吐舌头，笑起来。他到灶台准备材料，在脸盆里揉搓面粉，揉好后让面醒发十分钟，接着用擀面杖将面团碾成面皮，放在案板上。他拿一只小碗倒扣在面皮上，压一压，一张角子皮就被压出来了。她在旁边看，说她也要玩，冠林伯就让她来压模，他去准备馅料。一会儿，冠林伯叫她帮忙拿一下花生，他腾不开手。她搬来凳子，站上去，踮起脚，才从橱柜的上层找到一袋花生，踮脚的时候，衣服缩上去，感觉肚皮凉凉的。馅料炒完后，开始包角子，她知道角子跟饺子差不多，只是油角要下油锅里，炸至金黄，很好吃。冠林伯炸完油角，将它们捞到盘子里，热腾腾的，问她要趁热吃，还是放凉了吃，凉了更脆。她说吃热的，一筷子放进嘴里，哈着气，舌头左右腾挪，被均匀地烫到。他让她慢点吃，盯着她看。

蕙心拉我，让我回座位，不要在这里闹。我摇头。

我说:"荠伯,这盘小管好吃,蘸点醋,下酒很合适。"

有长辈说:"别荠伯长荠伯短了,难听死。"

我说:"叫荠伯,亲昵一点嘛。荠伯不会怪罪的吧?"

冠林伯面朝众人说:"晓念跟我亲侄女一样,有什么怪罪的。"

另有长辈笑说:"晓念,你知道荠伯是什么意思吗?"

我说:"知道,你们叫荠哥嘛,这个荠字,我们都以为是荠菜的荠,其实不是,是病字头底下一个齐,这个字表示矮小,现在不常用。但是想成是荠菜,也是挺合适的,很形象嘛。"

他们又一阵哄笑,说晓念不愧是咱澄悦楼的孩子,文化程度高。冠林伯的脸色被酒气掩盖,看不出是什么情绪。他坐着也比其他人矮半个头,因为身高问题,他总被人嘲笑,他们给他的绰号不止一个,但只有这一个留下来了。我小时候同情过被长辈们嘲弄的冠林伯,觉得他与我处境相似,便在心理上与他亲近一些。那件事情发生后,我再也不敢有那样轻易地同情了。就因为他属于对面那一个性别,永远有人身处他的下位,他可以享用前人制造的图腾与禁忌,可以轻易地凌驾他人。即使他是他们瞧不起的男人,也属于他们中的一员,即使他排在队伍的末尾,还有另一支队伍处在他身后。我成长过程中,逐渐明白一件事,长辈们都知道冠林伯是什么德行,他们的嘲讽不单只针对他的外表,也是针对他的品性。他们总是知道,所有的事情却仍然发生了。

一会儿工夫,油角吃完,晓念身上热乎乎的。冠林伯坐在藤椅上,张开双臂,让她过去,他要抱抱她。除了爸爸,从没有哪个长辈说要抱她,她感觉不习惯,但还是听话,走过去,让他把自己提起来,放到他腿上。冠林伯环住她,摸摸她的棉衣,说,你的棉衣短了,妈妈没给你买新的呀。她低头看了看自己的衣服,她很喜欢这件,绿色的,上面有很多蒲公英。她说,不短,还能穿,爸爸去年买给我的新衣,他每次回家，都给我带礼物呢。他说，你在长身体，对你这副身体来说，去年的新衣就不是新衣了。他摸摸她的脸，捏捏她的脖子，说，家里没让你吃饱饭吗，刚才你站在凳子上，伯伯看到你肚子瘪进去，肋骨戳出来，看着心疼。她说，不是呀，我都有吃饱。他闻了闻她的头发，说，很久没洗头发了吧，阿兴和林娟怎么回事，不让你吃饱，也不帮你洗头发。她的脸红了，说，冠林伯伯，我头上很臭吗？他说，不臭。他埋头到她头发里，深深闻了一下。他说，伯伯帮你洗头吧，女孩子要干干净净的。她说，不用了冠林伯伯，妈妈会帮我洗的。他说，细妹仔总是摇头，要学会点头知道吧，你都说不要，他们就不给你，该给的也不给你。她犹豫了一下，点点头。

我问："荠伯，你还有养番鸭吗？你家番鸭好吃的。"

他说："养着呢。怎么不养。"

我说："看来荠伯没有找到更好的营生。"

"老头子么，还有什么营生。哪像你们年轻人。"

"我记得有一只白脖子上都是黑点的咬过我，不知道现在还能不能认出它来。"

"咬你那只早就投胎八百次了。"有长辈说。他们都笑起来。

"我腿上的疤还在，它轻轻松松投胎去了。挺不公平的。"我说。

晓念俯身对着水池，有一只手在她头发里揉搓，另一只手扶着她的身体。外套脱下来了，她有些凉意。肥皂的气味跟家里的不一样，闻不惯，不好闻。她自己洗头的时候，会把头发捏成球形，或者叠上去，再松手，靠重力让它舒展开来，妈妈帮她洗头，她也可以玩一会儿，至多挨一下骂。但眼下她一动不动，她希望自己在冠林伯面前是一个乖巧的形象。她知道长辈们的行为习惯，训斥过你，你就变成可训斥的人了，就好像他们有一个名单，把你从这一列挪到了另一列。她想着事情，感觉有人在挠她痒痒，是停在她身上的那只手在爬行。手从她头发里爬出来，慢慢匍匐到脖子，又进入她衣服里，在她背部耸动。她躲了一下，伸手到背上去挡，那手停了，离开她的身体。冠林伯说，脖子也要洗的，不然跟戴了项圈一样。冲一下吧。他从脸盆里舀来温水，浇到她头上，用手揉了揉，那手又从头发上滑下来，滑到她衣服里，这次到了她身前。她说，冠林伯伯，我难受。他说，得冲干净，又淋了一瓢水到她头上，水从她的两颊涌过来，漫过她的鼻子，她呛到了，打了个寒战。更多的水进入气管，她剧烈咳嗽，感觉自己快淹死了。她抬起头，头上的水流下来，在她秋衣上漫漶，她很冷，抱着身体，同时想挣脱开那只手。手掐住了她的肩胛骨，好像她的肩胛骨是一柄把手，于是她被固定住了，动弹不得，咳嗽都被笼住，咳嗽冲撞不出来，她闷咳着。她不知道自己的身体上有那么多的抓手，供手把持、停留。她身上长出了一万只手，它们在她的任何部位，它们在她的所有部位。她听到啰音，她背后的那个人喉咙里好像灌满了痰，无止境的啰音传遍了她的躯体。他的鼻子里响起了鼓风机的声音，他好像变成了别的东西。他正在变成一个灶台，只有灶台里才有火和鼓风机，灶台里还有灶君，要尊敬灶君，尊敬他们所有人，不能反抗。那手伸到了身上她自己没有伸过的地方，手上还长出了手，手伸得很远，她被拉长了。她好像一只鸭子，被放完血，在滚烫的水里除掉全身的毛，皮肤上密密麻麻全是疙瘩，刀尖划过疙瘩，身体内部呈现出来，肠子、胗、肝、心都摆出来放在盆里，她变得事无巨细，到处都是。尔后，她被风干。吹风机吹了很久，她才反应过来，有人在给她吹头发，身上重新暖起来，棉衣也穿回来，她被包裹着，回到熟悉的暖意中。他说，时候不早了，你回家吧，不然妈妈要骂了。他走到院子，从大铁笼里抓出一只番鸭，用细绳捆绑，让她拎着。她忘了伸手，呆呆望着他。他握住她的手，让她提着番鸭。她问怎么提。他说，绑上了，抓翅膀就行。她说，它会痛吧。他笑说，你管它痛不痛。她想，也是，她管得了什么呢。她拎着鸭子往家走，慢慢走，再也走不快了。她不懂自己身上发生了什么，但她感到很难过。她走到家，妈妈看到她拎着一只番鸭回来，很高兴。她问妈妈，冠林伯为什么送我番鸭啊？她尝试着给这个话题起一个头，妈妈如果问起来，她可以慢慢加以描述。妈妈说，不是送你的，这是大人之间的人情往来，以后妈妈还得还回去。她听了之后点点头，不说了。

我伸手搭在冠林伯的肩膀上，虽然隔着衣服，那种触感也让我一阵厌恶，我忍着。我说："荠伯很慷慨的，那么大的番鸭，随便就送人了。荠伯你的番鸭都送人了，你还有赚头吗？"

冠林伯说："晓念可真是俏舌头。说好了送你，带回家让爸妈尝尝老家自养的番鸭，你就不要声张嘛。其他侄女听了，要怪我偏心的。"

"小时候你一直关照我，我记着的。"我说，"那时候我都不告诉其他人，蕙心也不告诉，偷偷去吃你做的油角。"

"油角就能收买侄女啊？早说，我做萝卜粑很好吃的。"三叔这么说。接着桌上又是一阵笑，大家此起彼伏夸耀自己的手艺。

我说："刚才看到荠伯抱着一个娃娃，是绍清的小孩吧，男孩女孩呀？"

冠林伯说："是个细妹仔。"

我说："荠伯，你怎么会有孙女？"

长辈们看着我，也没人起哄了，似乎终于明白眼前这个细妹仔是故意想让人难堪。

三叔说："喝二两猫尿，在这作什么怪相！"

旁边人打圆场："晓念这么大了，怎么还不会讲话。"

冠林伯说："晓念，你看伯伯这么大年纪了，说难听点，没脸没皮了，你对伯伯有什么批评就直说吧，说出来，大家听着，也替你做一个见证，帮你评评理，我做伯伯的也好改正。"

我看着他。我原本预想的是一点点去激怒他，让他忍不住拍桌子，摔杯骂我，甚至动手，都行，那样我就可以把事情摊开来说。即使没说成，事后他们也会去揣测，去议论，去臧否人物，把事情揉捏成乡村里一个不大不小的传言，以愉悦自己。那么到时候他就无所遁形了，他会由荠哥变成一摊更恶劣的什么东西，那是对他一个很小的惩罚。然而即便是这样的惩罚也没有实施成功。他没有像我预想的那样发怒，他坐在那里，慢条斯理地抿酒，听我说话，同我们说话，他有一张猪肝色的脸，是酒精让他如此羞涩，与我无关。是，他们几千几万年地生存下来，怎么会被三言两语击倒。他们看着我，看着这个站在舞台中央，忘了台词的女人，他们脸上挂回了若有若无的笑。他们很容易就能笑起来。我们，或者至少我和蕙心，如果想要发笑就需要一个很充分的理由。我站在这里，无可如何。

我说："我的意思是，荠伯这么年轻，都有孙女了，真好。我们做晚辈的，要赶紧接班，让咱们这个家族人丁兴旺，红红火火的。"

"说得好，喝酒喝酒。"边上的长辈喊，催大家举杯。

一桌人干了一杯。我盯着冠林伯看了他一会儿，他没有特别的举动。我被蕙心挽着胳膊拽走了，回到座位。表哥试探着询问我跟冠林伯有什么过节，我没接话。他们多少都有听说过一些冠林伯的事情。他们将那些行为称为"癖好"，视为不可外泄的秘史。他们知道所有的事。即便如此，他们也要我们给予他尊敬。他们维护着那样一种秩序。

"姐，你是吃错药了吗？"表妹轻声问我。

我捏她的脸，她躲我。她会感到惊奇，说明她没有类似我和蕙心的经历。我真心希望她们都有这样的惊奇。

"大家吃呀，大娘做的好菜。别放凉了。"我这么说着，伸手夹菜。至少要吃饱吧。

散席后，撤掉酒桌，土楼里开始舞狮表演，还有一队人马在大门外的空地上打五步拳，那些从小在城里生活的小孩没怎么见过，围着表演者们跳啊闹啊。就有大人逗他们，留在这里学舞狮好不好？别回去了。他们胡乱答应着，谁也不当真，但都很高兴。傍晚还会搭出一个简易戏台，请人来唱潮剧。这些都是我们从小见惯的活动，小时候我跟蕙心、扬波三个人经常会趁着这份热闹溜出去玩，整个村庄都比平日冷清，我们在路上闲逛，无拘无束，等回来时，热闹还在，那么热闹和清净都被我们占有。

蕙心在厨房里清洗碗筷。我跟她说想去溪边走走，看看徐公树。蕙心说，不看表演吗？我说，就那样，没什么稀奇的，我很快回来。蕙心说，那你小心啊。我答应着，走到大门外，绕墙走到东首。东首也有一座土楼，圆屋顶和圆屋顶挨得很近，享有四条共同的切线。空地上几个孩子在玩鞭炮。他们找来玻璃瓶和铝罐子，把鞭炮往里面塞，这是孩子的天性，手上有鞭炮就要想着法子往哪里塞，让它们徒然地炸响在空中好像是一种浪费。我想起这块空地以前是小叔公放木头楞堆的地方。那楞堆起初放在中庭，小小一垛，是修缮土楼剩下的一些木材，小叔公有一天指挥他的儿女也就是我的堂叔堂姑们把那些木材运到土楼东首的空地去，他说这样就腾出中庭的空间了，看着清净，走动时脚下也轻巧。而且两座土楼之间的空隙正好是一个很好的通风道，很适合木材干燥保存。他又去买了一些木头，运回后跟原先那些木材存在一起。慢慢地，旧的木头被新的木头带着，都变成他的了。我的姑婶伯叔们找我爷爷谈这事，觉得小叔公不厚道，他要木头可以，应该让他在经济上做出一些补偿。爷爷说算了，大家都是一家人，为了那点木头不值得。他们只好作罢，但私下在饭桌上谈起时多有不满，不避我们这些小孩，以为我们不懂。我记得他们说爷爷从小惯着小叔公。这个说法让我产生一种小叔公也与我们一般大的错觉，虽然那时候他实际已经五十出头。那楞堆后来越长越大，小叔公干脆在楞堆上面搭了个南北贯通的屋架子，覆上遮雨布。他存这么多木头，因为他要在村里别处新建一座土楼，将他的一支迁进去。大人们议论说，小叔公想在族谱上留下浓重一笔，建楼的人都有这待遇。我觉得不是，在我看来他跟别的长辈不一样，他没有因为哪一条奇怪的规矩责骂过我们，他或许对族谱什么的也不感兴趣。所以，有没有可能，小叔公就是想建一座楼，楼只是楼而已？他买一些涂料，给木材做防腐防虫。小叔公总叫蕙心帮忙涂防腐，不叫我，我还为此酸溜溜的，小孩子都希望有谁对自己偏心，尤其在澄悦楼里，有一个男性长辈能够和蔼地对待我们，简直不可思议。即使没什么事需要干，小叔公常常也要过去看一看楞堆，摸一摸木材，他为这个楞堆付出了很多心血。但偏偏有一年冬天，木头楞堆着火了。也差不多是今天这样的日子，大家都到祠堂里祭祖，这边却着火了。等火扑灭时，木材已经烧掉了大半。我始终记得小叔公对着那一堆残木痛哭的样子。没有人能弄清楚火是怎么着起来的，也许是小孩打鞭炮引燃了木头，大家都这么说，那之后小叔公也非常厌恶鞭炮一类的东西，小孩不能在他身边打鞭炮，让他听到也不行，他会严厉训斥。但终究不是定论。那场火灾变成了土楼的一桩悬案。火灾之后，他端一把藤椅放在土楼外的空地，终日镇守残存的楞堆。不知是剩下的木头不够建一座土楼，还是他心境发生了变化，他们一家最后盖了砖瓦房。他搬家后，院子里没有木头楞堆，只搭着丝瓜架，他仍是在院子里守着。

一只蝴蝶烟花呼啸着从我头顶飞过，小孩子们跟着跑过去，吵吵闹闹。村里的路二十年没怎么变过，弯弯绕绕，石子路和土路，上坡和下坡。拐到村里的主干道，这条路我是最熟的，上学放学或去哪里玩，都从这里走。去壶清溪也走这条路。

远远地就看到徐公树，比壶清溪更醒目，徐公树不仅活着，而且是一副生命力旺盛的样子。走近后站在树荫里抬头看，算得上遮天蔽日。它是一棵榕树，长得很尽兴，枝干肆意地膨胀开去，交错着纠缠着，乱七八糟着，把自己的根也露在地上，让根参与呼吸，此岸它还长不够，要伸到对岸去。那时扬波趴在徐公树的一根枝条上，双腿悬在水面上。因为倒映了天和云，溪水让人觉得很宽阔，觉得它不仅于此，或许暗暗地连通着大海。

我听着壶清溪，它的声音冰凉，冰凉的东西总是坚硬。冬天，万物都是坚硬的。我想起碳化钨，它制成的切割刀可以切割钢和铝，但它又很脆，掉到地上可能就碎了。但反过来讲，它虽然很脆，却很坚硬。我总会想到碳化钨，或许我想到它的时候，是想到一种比喻。我踢了踢榕树的根须，听到一声结实的反馈。曾经晓念提着化肥袋来到这里，化肥袋里是除草剂，她在树底下撒了好几回除草剂。徐公树死，天下人都死。有一段时间她很想毒死徐公树，扬波哥哥死后，她又感到后悔，觉得也许这一切跟她对徐公树的亵渎有关。现在我帮她确认了，徐公树还活着，这很好。

我看到晓念跟着蕙心和扬波跑过去。她最慢，边跑边喊，你们等等我呀。此时她十一岁，蕙心十三岁，扬波十四岁，三人有一个很明显的身高差，大的两个已经是少年了，她还是个小小孩，于是得到了格外的迁就。扬波会做一种萝卜灯，到自家菜地里拔一根白萝卜，在中间挖出一个空心，把蜡烛嵌进去，傍晚的时候点燃，可以延续溪水里的霞光，也可以照亮回家的路。她常会把萝卜灯带回家挂着，下次出去还能用，而且它挂在那里，她就能想象它亮着，它有亮起来的可能，有些夜晚心里会少一些不安。等到灯褪成了萝卜干，她会再求扬波帮她做一个。其实她自己也学会了，但让扬波来做，她们三个就又一起完成了某件事，那样的感觉很好。他们夏秋去山上摘果子。山上有很多野果子，也生长着有主的荔枝林和青梅林，果子成熟的季节，他们上树吃到饱。主人家一般不管他们这些零星小贼,看见也是训斥一声,只要不故意掰折树枝就成。有不易上去的大树,她跟蕙心就在底下待着,让扬波独自攀爬,他往下扔果子,她们掀起衣服兜住。山上四季都有野花,大多认不得,认得胶糖花,很臭,远看像一颗颗花菜长在树上,近看有点奇特,像镂空过的纸花。还认得一种散沫花,她与蕙心总跟它打交道,摘下散沫花,磨成粉末,兑水做出指甲油,比买来的指甲油要好,没有刺鼻的气味。她们给扬波涂指甲油,他有时候也接受,但当天就要洗掉。她喜欢帮蕙心涂,自己不在手上涂,要是被妈妈看见,会骂:"你骚不骚啊?"蕙心的妈妈则喜欢在生死的问题上做文章,常骂蕙心"骨头在打鼓"。而晓念把散沫花的汁液涂在趾甲上,穿着袜子,谁都看不见,但她知道她的趾甲涂有颜色,就比没有颜色的时候高兴一点。

田间也有玩头,其实田间更空旷,可以望去很远。夏夜,田野跟星空关联在一起,萤火虫闪烁,星空也闪烁,像天地间的呼吸,也像幽古的暗号。白天,散养的鸡在田埂上走,而鸭子喜欢在水田里,泾渭分明。扬波驱赶或发出怪声吓唬鸡鸭,蕙心让他不要欺负它们。扬波说,你吃它们,却不愿意欺负它们。蕙心说,你不能又吃它们,又欺负它们。

三个人在一块的日子很好,好到她难过,她知道所有好的东西都不会长久。她总是给自己做心理建设,蕙心和扬波什么时候烦她了,不跟她玩了,也是有可能。有些夜晚,他们玩那些需要借助黑暗的游戏,比如走环廊,遮住眼睛,扶着栏杆绕环廊走一圈,看能不能走到出发时的那扇门。有几次她摘下遮眼布,发现扬波和蕙心不见了。他们不像别的哥哥姐姐那样,玩着玩着就顾自回家去,一定还在某处,所以她会尽力去找到他们两个,他们一般是躲在楼梯间或者躲在二楼的某间储物室,讲着悄悄话。她问他们为什么要躲起来。他们说,我们在讲事情。她问，讲什么事情？他们说，以后告诉你。她是相信"以后"的，但她又害怕这个"以后"，害怕扬波哥哥哪天变成那样一种男人，那种虽然不再在路边撒尿，但却以那个器官为荣的男人，那种会呵斥屋顶上的女人，不单是屋顶，走楼梯时站得比他高也不行的男人。她想，扬波哥哥长大后，也会变成么需要被尊重的男大人吗？这个问题常常想，常常想。有一天，这个问题没有了。

有一段时间，土楼里频繁有人离开，先是小姑、大姑、三叔搬走，随后是奶奶过世，过了半年，爷爷也走了。大伯和我爸也动了搬迁的念头，两人喝酒时总会聊到这件事，他们已经尽了对上一辈的赡养责任，要考虑子女甚至是孙辈的生活环境了。那时我爸调到支行做主任，工资有较大幅度的上调，他周末会带我去城里玩，顺便找中介看看房子，我对每一套房子都很满意，这样的反馈让他更积极地筹备买房。大伯在乡水利站工作，没有太多存款，而且如果搬去城里，水利站的工作肯定是要辞掉的，他有些着急。爷爷生前敦促他的子孙好好学习，将来做官，以承祖上遗福，他的三个儿子都算是做了官，比较令他满意。既然爷爷不在了，大伯就打算把公职辞了经商去。他四处打听赚钱门路，听说县政府扶持各乡的青梅产业，他就想到了小姑。小姑以前的青梅加工生意做得挺好，积累了一定资金，后来去城里跟人合伙做房产投资，有来钱更快的门路，就不做这种辛苦的产业了。大伯找小姑商量，小姑让他尽管把厂房拿去用，大伯说那他不客气，先用着，等赚了钱，会补上租金的。大伯到厂房里看了一圈，那些腌制池里还淤积着废液，他打算先清理干净腌制池，其他事之后再慢慢安排。他用水泵把池里的腌制液抽出来，爬到底下，清理池底的青梅。青梅很多，膨胀、松脱，一颗颗好像在池底沉了几百年，大部分核肉分离，捞起来黏糊糊的。那天中午饭点过去许久，他还没回家。我的堂哥扬波去厂房里找他，看到他躺在池底不动，喊他没有反应，急忙跳下腌制池去救父亲，很快也晕倒在池底。等到家人发现时，两人都已身亡。事后调查，是废弃的腌制池里产生了氰化物、甲烷等多种有毒气体，致人窒息死亡。

事情发生后，蕙心很平静，看不出难过，即使她内心难过，旁人不知道，那一切就都是完好的。蕙心维持着那样一种完好的状态。我跟她说话，她不提大伯和扬波哥哥，与他们有关的一切都没有了。我要问扬波哥哥的问题，想对他说的话，也没有了。有一天妈妈摇摇头说，蕙心这孩子憋出病来了，母女俩这辈子可怎么办。我也跟着想，蕙心以后怎么办呀。带着这种近乎自怜的同情，我在土楼又住了半年，跟着爸妈搬到城里。

那时我念初三，转到县里的中学，住宿舍，夜里不敢睡觉，整夜整夜失眠，有时候天亮的时候会看到从上铺垂下一条蛇对我吐信子，我大叫醒来，才发现是梦。我交了男朋友，有些夜晚偷跑到他的宿舍睡觉。他们宿舍一共八个人，那些男生讲义气，为我们保密。慢慢地，我不再害怕黑夜，不用去他宿舍睡了，跟他提了分手。之后也喜欢过几个男生，给其中一个写情书：我喜欢你，如果你愿意跟我在一起，我可以跟你过夜。我以为这样的承诺对这个年龄段的男生会有吸引力，但他没有回复我，只是把情书传遍了整个年级。有其他班级的人专程来看我，指指点点，也有人趁我走路时从后面飞奔过来拍我屁股，又跑走。我不是很在意，甚至有一种凌虐自己的快感。那个当过我男朋友的男生来找我，让我不要自暴自弃，他以为是他害我这样。他说这次模拟考成绩不错，他爸爸奖励他两千块钱，他在考虑买手机还是电动摩托，买电动摩托的话，假期可以带我出去散心。我说不用考虑我，你买手机吧。第二天他骑着电动摩托来找我。我说，你烦不烦？不要烦我了好不好？他用手背揩眼泪，此后没有再找过我。

明明我是个很愿意讨好别人的人，却并不为此感到难过，我体会到年幼时在扬波哥哥身上见到的那种自由。那种叫自由的东西，男人生下来就有，女人却需要变成荡妇才能得到。我想起我那时很小，涂了指甲油，妈妈会骂我骚，她甚至不是骂我骚，她问我骚不骚，意思是让我自己裁断。我不知道她为什么要这么对我，只觉得自己要藏，把开心得意和所谓的骚都藏起来。后来我才慢慢明白，她那样骂我其实是一种自我指涉。住在土楼的时候，每隔一段时间她就去隔壁村找她的朋友，时间一般是周一下午。为了避免土楼里其他人议论，她宣称带我去冠林伯家玩。周一下午三点，我放学回来，她把我带到冠林伯家，自己只待一会儿，就到旁边一个巷子里找她朋友去。冠林伯是我爸的堂兄弟，他有三个孩子，这些小孩对我有敌意，不带我玩。我缠着他们问问题，这个弹珠为什么是彩色的，那个是单色的呀。他们有展示才学的机会，觉得我不那么讨厌了。我们有时玩累了就去看大铁笼里的番鸭，对着它们叫嚷。番鸭也不断扑腾，隔着笼子示威。不能把手伸进笼子，我被咬过，我记住那只番鸭的模样，等下次它们出来放风的时候，我会踢它一脚。

搬到城里后，妈妈继续跟她的朋友见面，有时他还会送她回家，我撞见过两次。我觉得爸爸是知道的，但他什么都不说。有些人为了感情可以无底线地迁就，这样只会叫人厌恶。但我站在我爸这边。像蕙心说的，你不能又吃鸡鸭，又欺负它们，对人也是一个道理。那天我跟妈妈吵了一架，她像一贯的那样对我进行人格贬低。她骂我的时候，需要微微抬头看我，她已经比我矮了，还不知道这样抬着头会降低詈骂的伤害。我甚至走神了。我想起"荠哥"，这是小叔公取的外号，也是他告诉我"荠"的本字是怎么写的，这个字眼帮助我在很多时候抵抗心底的恐惧感。恐惧不只是冠林伯在场的时候才有，而是变成了持久的幻觉，以至于第一次来月经的时候，我大哭。第一次垫卫生巾，我想起所有的训诫，想起她们说女人是不净的，并产生了认同感，这

303

个道理是奶奶和妈妈告诉我的,是她们的奶奶和妈妈告诉她们的,怎么会出错呢? 走神的时候我还想到妈妈这辈子都干了什么事啊,爷爷奶奶在的时候跟他们斗争,还要跟土楼里的其他姑姑婶婶斗争,把自己的女儿当作遮掩的工具,见她所谓的朋友。正因为她经常带我去冠林伯家,我才对他产生了错误的信任。如果告诉她在我身上发生过什么,她会有什么反应? 她可能有愧疚,但她为了摆脱那种愧疚,会第一时间撇清自己的责任,然后继续羞辱我,妄图用那种羞辱覆盖我本来的羞辱。我也不会告诉爸爸,他会伤心,但以他的性格,也做不了什么。

我说:"妈妈,你的事我都知道。"

妈妈停止对我的训斥,愣了一会儿,问我:"什么事?"

我说:"你的朋友,你们是什么关系,要我说出来吗?"

"你胡说什么?"

"十岁的时候我就知道了,你来冠林伯家接我的时候,看上去总是很高兴,回家路上还承诺给我买东西。我不要,我要了,就是接受你的贿赂了。"

"你懂什么?"

"你要么就离婚,要么就跟我爸好好过,现在这样算什么?"

"不是你想的那么简单。你知道你爸是怎样的人吗?"

"他是怎样的人? 他干什么了?"

妈妈突然变得歇斯底里:"就因为他什么都干不了,他很早就什么都干不了了。我也是女人,难道我只能当一个照顾男人和小孩的老妈子吗?"

屋里安静下来。我明白是怎么一回事了。

后来我又去跟爸爸谈了这件事,爸爸平淡的表情让我明白,他确实是早就知道的。我跟他说,以前土楼里的小孩会悄悄讲大人的事情,由于大家的房间总跟自己爸妈的房间在同一纵向面上，加上土楼隔音不好，所以能听到夜里爸妈的声音。他们问我有没有听过，我说有，虽然不知道是什么，先合群再说。爸爸在家的夜晚，我会听一听天花板上面的声音，听了一些日子，都没有什么动静。那是什么样一种动静呢？有一天我干脆去问妈妈，为什么你们晚上没有声音，你们是不是不恩爱？我跟爸爸敞开讲，往事变得明晰。谈到最后，我问他："爸爸，妈妈这么对你，你怎么不打她骂她？你对妈妈好，是因为软弱吗？对我好，也是因为软弱吗？"

　　他没有回答我的问题，只是跟我说了一段话：爸爸以前挣得少，考虑的是一家人能不能吃饱穿暖，别的没有多想。搬到城里后，大家生活都不一样，有了比较，就想着我女儿能不能在她爸爸和妈妈这种生活的基础上更进一步，活得更好，活成一个不需要伤害别人，不需要依靠别人，也能让自己快乐的人。爸爸和妈妈够不到那样的生活，要靠你努力。你也要体谅妈妈，她受了很多委屈，所以她有时需要发泄。爸爸这一代人，小时候能吃饱就不错了，从来没什么玩具，怎么玩呢，自己做铁圈，在地上滚着玩，你妈妈就是那个在地上滚铁圈滚一分钟，也要被你外公外婆骂懒货贱货的人。她现在想玩，玩很多游戏，把以前没有的补上来。就是这样。

　　我说："爸，我什么都懂，你打的比方和比方后面的意思我都懂，你不用打比方。"

　　爸爸点点头。

　　我问："能治吗？"

　　爸爸笑笑说："不好治，十来年了。"

　　我说："爸爸如果觉得没关系，我也觉得没关系，就这样好了，我觉得不是病。"

　　爸爸说："小姑娘说这话，多嘴了吧？"

我咧咧嘴。

夜晚我经常做同一个梦，梦见家族聚会，扬波哥哥坐在我们中间，我没有感到有什么异常。他过世那年十六岁，梦里还在继续长大，蓄了胡须，对胡须很在意，常常跟我说不要碰他胡须，他每天要打理的。醒来又想笑又难过，我重新想起那个问题：扬波哥哥长大后，也会变成那么需要被尊敬的男大人吗？其实可以推想的，但不会有正确答案去验证了，所以我不去下结论。我看看镜子里面的自己，而我，为什么变成了这样？

之后是中考失利。其实不叫失利，算是正常发挥，于是没有考上高中。爸爸托关系让我去一所私立初中借读一年。这所学校跟前一所不一样，那些小孩愿意读书，为了比别人多读书还会使用阴谋诡计，比如跟大家一同躺下午休，但会偷偷起床溜回教室看书。我感到新奇，还有这样的小孩。我尝试着融入，尝试着去做困难的事。放纵很简单，任其下落就行，但阻止它下落，需要很大的力气。

我是乡下来的小孩，倒是不缺力气。

晚上，结束一天的热闹后，小孩们困倒在大人怀里，大家一起帮着收拾，借来的凳子盘碗都由各家带走。留下来过夜的人在空房间里铺床，他们一般都会留一套被子床褥在这里，方便过年回来住。蕙心让我跟她一起睡，免得铺床麻烦。我们洗了澡，蕙心慢一点，还洗了头，回到房间，我帮她吹头发。我说，客人走了，你倒洗头了。蕙心说，怕臭到你。我说，小时候都闻惯了。她说，明天要早起去祠堂，怕来不及。睡前散漫的时间叫人很舒服，我们以前是嬉闹，然后脏兮兮地睡去，现在相反，把自己弄得香喷喷，再扑到床上。我敷面膜，给她一张，她说她涂面霜就行，我说要一起做一件事，她说好好好。

蕙心说:"澄悦楼搬走了很多人,平时都冷清的,一年聚这么一回,今年还有你来,我很高兴。"

我说:"我们联系太少了,以后可以打视频电话。"

"跟以前一样挺好。我怕多说几句就讨嫌了。"

"不会的。"

"晓念,还记得小时候,问你能吃几个萝卜粑,你信誓旦旦说六个,结果第四个就吃不下了。"

"知道了,阿姐。"

我看到房间里装了日光灯,人的影子很淡,以前在昏暗的灯泡底下,影子倒像和人一样实在,在房间里到处走动。灯光溢出门外,走廊里比以前亮堂很多,光映着旧木门,有一种奇特的新,跟红纸贴到木头上的那种新还不一样。

关掉灯,我和蕙心爬到床上。小时候一起躺着,我们会"刷刷睫毛",脸对脸贴在一起,眨着眼睛,两扇睫毛就彼此插空,组成了更浓密的森林。没什么意义,像动物间表达亲密的那些行为。现在不会去做了,只是互相望着,蕙心黑漆漆的瞳孔,同黑夜一起凝视我。

蕙心说:"阿妹,你跟小时候不一样了,变化很大。"

我问:"哪里变了?"

"胆子变大了,好像什么都不怕。"

"嗯,练起来了。"

"你以前还怕蛇。"

"那现在也一样,蛇还是要怕的。我小时候觉得,蕙心姐姐好厉害,不怕蛇,现在只觉得你变态,居然徒手抓蛇,蛇身上都是细菌。"

蕙心笑了一会儿,说:"你白天去找徐公树了。"

"嗯。"

"你不会还去毒它吧?"

"毒它？啊，你怎么知道？你以前就知道了吧？"我说。

"当然，因为我跟着你啊。"

"你常常跟着我？"

"也没有。因为我跟你想着一样的事，所以你拿着化肥袋出来，我就产生了怀疑。"蕙心说。

"怪不得小时候我总觉得你跟什么召唤物似的，我一喊，你就跑过来。"我说。

"你撒一遍除草剂，我就拿着扫帚，把除草剂清出来。再浇很多水。"蕙心说。

"我说呢！"我喊了一声。

"不对，你想毒它，为什么又救它？"我说。

"徐公树死，天下人都死。对我来说这是一句咒语。只要我愿意，我什么时候都可以念咒。那既然如此，我就忍一忍吧，一直忍，就这么忍过来了。"蕙心说。

"我们都好蠢。"我说。

"因为没有办法。"蕙心说，"白天的时候我一直拉你，其实心里很佩服你。我也希望自己能像你那样。"

"你也可以。"

枕头缓慢地发出沙沙响。我听出那是她在摇头，点头和摇头不一样。

"我想把那些事忘掉，这样是不是很懦弱？"蕙心说。

"懦弱也没关系，这是我们擅长的呀。不要总是反省自己，我们选择怎样的应对措施，都不是我们的错。"

蕙心笑了笑，抚摸我的头发。她说睡觉吧，翻了个身。四周很安静。土楼曾经有严重的隔音问题，现在人走空了，隔音问题就不存在了。很多问题是这样解决的，所以下一个季节，那些问题又像孑孓一样密密麻麻。我躺在这里，躺在过去的残余里，发现自己无论经历过什么，依然会对这里生出留恋。这种留恋很残忍。那一切对于如今的我们来说竟然已经可以承受，是我们背叛了，而她们小小个，在这里有所期待，有所恐惧，经历挣扎之后，沉入阴影，跟土楼墙上所有的阴影一起，形成霉菌，镌成裂痕。

清晨，众人都穿戴好，去祠堂祭祖。祠堂门口的水泥地站了很多人，都是同姓的亲戚及其家属。祠堂叫"仁德堂"，几年前同族人捐款翻新过，堂外有石碑，上面刻有捐款人的姓名，后面跟着金额，捐三百五百的人，也有正楷字留下姓名。就这一块石碑来说，是纯朴和公正的。我在人群里见到了小叔公，他看上去很高兴，拉着我说话，说晓念你都长这么大了。我说，我都二十七岁啦。小叔公说，多回来玩玩嘛，叔公几年见你一次，见你就不会太开心，只觉得，这个晓念来了，看来我又老去几岁。我笑说，小叔公你才不老，我以后常回来就是。小叔公仍然是以前的清瘦模样，但看上去更佝偻。老人老到一定程度，在旁人眼里，再老就不明显了，只有至亲能察觉出时间在他们身上产生的变化。我看出了小叔公的老迈，为此感到难过。

我们寒暄几句，走进祠堂里。主持祭祖的人员分主祭、陪祭、通赞、引赞等，长辈让堂哥堂弟们好好看好好学，以后要接班。我们的队列跟着主祭进入大殿，我看到正龛上摆着列祖列宗的牌位，按辈分高低从上往下，一共八排，几乎占据整面墙。底下的几排也有生者的牌位，摆在那里备着，构成一种序列上的严肃。生者牌位上的名字用红丝带盖住了，以示区分。奶奶在"仁德堂"里没有名字，只有"李氏老孺人"这样的字眼写在爷爷的名字脚下。我想，我们的确也不知道奶奶叫什么名字，也许本来就没有名字。我看到大伯的牌位，没见到扬波哥哥的牌位。我看了眼身旁的蕙心，她脸色不好，不知道是我内心的投射，还是她也在意我看到及没看到的东西。

仪式冗长，我站在这个队列里面，包藏祸心，我猜想这么多人中，哪些跟我一样有祸心，一个个猜过去，用于打发时间。冠林伯在引赞人的身边忙上忙下的，不知道他担当什么重要角色，或只是因为辈分到了，他就有了相应的地位。供案上蜡烛摆开，香炉里大香点燃。冠林伯端一红色水盆从我们身前经过，各人沾湿自己的双手，称为净手。之后每人分得三支香，双手合十，护于掌中，逐一去案前引燃，回到各自队列，朝正龛恭敬三拜。拜完将香插入香炉，再次净手，接着向祖先敬酒，诵祭文。

我觉得这一切都很可笑，而且从逻辑上来说，拈香后为什么要净手？是指香不干净吗？用不净的东西去供奉祖先，是什么道理？我怀疑是负责这种仪式的人自己弄错了，错了仍是对的，因为谁也不会去较真每一个步骤是什么意思，有什么功能。而且小到各村的祭祖仪式在细节上都是有区别的，这就说明仪式是可以任意创造的。我如果将内心的嘲讽说出口，无疑会被当场定罪。我想到世世代代肯定也有一些人，尤其是女人，会在这种场合腹诽，只是没有人说出来，不说，也写不出来。她们一般不识字，不能将腹诽流传下来，所以我们看不到以前女性的声音。识字的那些人，让女性相信自己在奉献时是伟大的，但同时，又让她们相信自己是低一层级的动物，这种矛盾的评价体系，与阴阳两仪一类的文化瑰宝相契合。识字的那些人，总疑心女人不够尊敬他们，她们太坏，太不懂得尊敬了，于是罚她们所有的修行都要以尊重他们为目的，并以此为标准分梯度夸赞她们的品德，或有上好中好下好，或有一分五分十分。

妈妈让我找一个愿意入赘的男人，这不是我酒桌上应付他们的信口编造，她是真的对我有这样的殷切属望。她自己在他们的评价体系里就是坏女人，居然会认真思考女儿能不能入族谱这样的问题。我以前很反感她的叮咛，怕听多了，会被他们的那一套逻辑绕进去。现在呢，就是觉得好玩。因为我知道，所有那一切都很可笑，只是个屁。我尊敬他们和他们的造物，是我心善，而不是他们太崇高，没有什么东西是天生值得尊敬的。我不再相信所有理念上的东西，甚至连我自己的理念都不信，因为它也是从别处学来的，可能是被渲染过的，是别有用心的。不相信，就不会被利用。实验室的炉火能熔炼所有的纯金属，熔不了，就提高温度，尔后将它们组合起来，铸造成各式各样好用的合金，这是我能相信的东西。找一个愿意入赘的男人不是不好，是太好了，可那种好不是我想要的。我理想的伴侣是碳化钨那样的类型，他足够坚强，可以独当一面，又足够脆弱，能够感受到别人的痛苦，他虽然也是被组合起来的，但是那些材料都成了他自己的一部分，他的坚信来自他自己。他不需要说，我是三千度高温冶炼出来的，我天生比你强大。如果有人跟我说，你找不到的，不要太挑剔了，那我也可以找不锈钢，最好是奥氏体不锈钢，找不到316的，可以找304的。各有各的好，我不是非要把所有的好都收集起来放在一个瓶子里不可。如果一个都找不到，我就停下来，并为一块合金可能要独自在这颗星球上展开旅行做一番规划。事情就是这样。

外面响了两挂鞭炮，仪式进行到最后了。小孩子看完鞭炮，又跑回祠堂里来，摸摸供果，戳戳祭祀用的猪头，小孩间互相恐吓，嘻嘻哈哈。大人训斥，他们有所收敛。一群人站在正龛前面，在主祭的指导下，按一套流程擦拭自家亲属的牌位。蕙心排在他们身后，我站在不远不近的地方等她。有个小孩对大人手中拿着的牌位感兴趣，问东问西，又去看正龛摆着的其他牌位，看到被红丝带遮着的，问，这些牌位为什么要遮住呀？大人答，那是在世的长辈。小孩就伸手，想揭开红丝带看看。大人训斥，你敢动，把你手剁掉。

一旁小叔公开玩笑说："那是曾叔公的牌位，可不能动，曾叔公还想多活几年。"

小孩问："曾叔公是什么啊？"

众人笑起来。

"阿爷今年七十岁了。"堂弟说。

"嗯，七十了。"小叔公说。

"那得摆大宴了。"另一个长辈说。

"摆什么，没什么好摆的，平平常常多好。现在七十岁跟以前五十岁差不多了。以前五十岁的人，穿个对襟马褂，戴个毡帽，早早变成老头。"小叔公说。

他们聊着，在一个与祖先共在的空间里，分享今时今日的欢乐。我看到蕙心走上前，走到小叔公身边，做了一个奇怪的动作。或者说，其实我们根本没有看到蕙心走上前，她出现在那里的时候，我们才意识到那里多了一个人，还多了一个动作。她走上前，站在小叔公身前，拽他的裤子。

我产生了一种很不真实的感觉。周围的人也没有反应。

小叔公的吼声：你做什么？

蕙心的声音：你说你七十的时候还要我，你说话算数吗？

他抓住蕙心的头，将她按在地上，另一只手捏成拳捶在她头上。他那么老迈，力气却很大。他们放倒牌位，涌上来，分开两个人。

你让我涂防腐，你说木头防腐，人也要防腐，你说帮帮叔公吧，帮帮叔公吧。

你在胡说什么？让她闭嘴！你当这里是什么地方？啊？阿凤呢？阿凤，把她领回去。你还说，你再说！

有长辈说，先带叔离开，老人家这样激动很伤身体。他们做出决断，拥着他快速离开祠堂。剩下一些人，望着蕙心，又彼此望望。大伯母呆呆地站在那里。

大姑走到蕙心跟前，对她说，你怎么可以这样？怎么可以这样？你为什么这么恶毒？无论发生过什么，你都不应该在这个场合，在这样的日子，说这种话。你毁掉了整个家族的脸面，你完蛋了，都完蛋了，整个乡的人都要笑话我们。你能得到什么好处？你有没有脑子？

小姑说："大鬼，你别发疯。"

大姑愣了一下。

小姑说："天没有塌下来，你的脸面跟别人的屁股没关系。这里的牌位都东倒西歪，列祖列宗难得回来一趟，我们这么对待，不像话，大家一起把牌位擦擦好，放回原位吧。"

他们听了，无声地来到龛前，将牌位一个个扶正。

我走到蕙心身边，扣她的手。她的手冰冷，浑身颤抖。我没说话，拉着她走出祠堂，一路走，胡乱走了一个方向，无论走什么方向，乡村总有好几条道能回家的。小时候也有这样的场景，我们俩中间一个人跑出家门，不肯回去，另一个就出去找她，不用哄，见到了，就能带回来了。我们是不需要哄的，跑出家的那一刻就带着许多后怕，只要对方一露脸，所有释放出来的委屈就悄悄藏回毛孔。

鸟群像烟一样升起。我和蕙心坐在屋顶。这一天好像经历了很多，可时间还是在早上。这是土楼的作息，起得早，可以做很多很多事。屋顶上的天空跟楼底下的不一样，可以平视，由于远处跟我们近处之间没有遮挡，连带着那远也近了，也属于我们了。蕙心跟我说了很多，她之所以能撑下去，不是因为那条咒语，而是她觉得，爸爸和哥哥死了，而她还活着，她遭遇的所有委屈就不算什么了。

"但我最近想通了，我遭遇的事，跟他们遭遇的事没有关系，不能相互抵消。他们遇到意外，然后死掉了，不是因为保护我，不是因为任何别的理由。从前，现在，以后，都是靠我一个人。"

我抱住蕙心。我们没哭。哭不需要多少理由，疼了，饿了，就能哭。

不哭才需要理由。我们忍着,并且以后依然会忍下去。越过蕙心的肩,我看到屋顶另一端的她们。在一切没发生的时候,她们坐在屋顶,手里提着萝卜灯,里面有她们的火焰。

原载《特区文学》第3期

无主题拜访

鲁 敏

一

手机备忘录里列了五个名字。周默打算最近一一拜访,其中有的只一面之缘,有的多年断了联系,有的关系上比较微妙,无可无不可的。对一个社交上从不主动甚至有点懦弱的人来说,这可是个不小的工程。

跟两天前的体检有点关系。

每年十月底十一月初都是体检季。秋风阵阵,绿叶子还在树梢沙沙作响,黄叶子已满地萎泥。在这样一种天生带有哲思气息的天气里,饿着肚子匆匆奔向医院。一个个诊室排队、等待,踩着前面一位的脚后跟,做出同样的规定动作,毫无保留地努力呈现或裸露。有些情况当场知晓,大部分不被告知。去往下一处,重新等待,身前身后是多次排队中反复出现的面孔,好比无法选择也无法避开的旅伴。可真像是整个的生命过程。周默在无聊中这样想。

终于查完，出得体检中心，踏上去到平层的下行扶梯，可能是疲惫所致，周默心中升腾起一种坠入地底无限深处乃至通往终点的错觉；对面扶梯相向而来的人们，手里捏着他们还没有展开的体检表，则愚昧无知地，仿佛要升向天堂一般，飘飘然与他这边下行扶梯上的人错肩而过。祝体检愉快。他在心里哼了一声。

手机一振，又收到一条过分亲切的生日祝福："亲爱的周先生 / 女士，今天是一年中最特别的一天……"稍早在B超室和心电图室，也都收到了类似的机器推送。祝你生日快乐。他也向自己哼了一句。身份证上是个阴历日期，他从来不过这个日子，除了商家，唯一记得的只有母亲，而她老人家，早不在人间了。

就是两次无意义的哼哼之后，在自动扶梯依然裹着他，缓慢沉默地往地心深处滑动着的当儿，有个含含糊糊的念头冒了出来——是不是得做点什么，就当是给自己的一种仪式感，都五十岁了。属于他的时间随时会停止。想想接二连三离场的那些熟人，多直接的刺激啊，每次都像迎面劈来的电击，给他以心智上的濒死体验，继而又会生发出一种警示的、焕然的压迫，提请他要对接下来的生命阶段，来一些习惯乃至原则上的突破，做出尽可能的哪怕只是敝帚自珍的努力。

说实在的，他认为自己从没真正开心过，生活到处皱巴巴的，像摊在草地上的塑料布，哪儿哪儿都不平整，扯来扯去中，总是他去就着别人，他实在太不重要了……当然，以他的性格，绝不可能有翻天覆地之变，最多是把草地上的塑料布往他这头拉拉，不要再这么委屈，稍许活得自如一点，让自己开心一下，甚至能有点胆气？差不多就是这样一些个意思吧。至于做什么或怎么做，心里并没主意。

体检完就直接回家了，天黑都忘了开灯，直到妻子进门，周默没动也没问候。

"怎么着，下午就没去？"妻子打开灯，眼光像霰弹枪，散点打中各处的袜子、外套、皮带、车钥匙、指甲刀、牙线之类。沙发边扔着外卖盒，脚跷在茶几上，电脑屏幕正上演一个不雅场面。多年夫妻，她已不屑出恶声，只动作比较大地去准备晚餐。两个人其实也简单，饭菜端上来时，周默既没赞美也没感谢，这本是他长期抹在嘴边的"口蜜"。只管一声不吭夹了一堆菜聚在碗里，眼睛继续盯着电脑，是部惦记很久的剧集，就想放纵地一口气看下去。妻子翻翻眼皮，随即也把iPad支起来，一阵阵罐头笑声里，她挂沉着的脸也松快下来。看来，这样还挺好。

晚饭后妻子下楼了，说一万步还差两千步。周默不语，总觉着她的万步执念只是个遮挡，主要为避开两人相对无言。

想起上个月猝死于自家浴室的魏主任，就比他大一岁。夫妻早就分房而睡，故魏妻直到早上起来才发现。周默和同事急忙赶过去，没想到魏主任的身体居然是粉红色的，肚皮白嫩，泛着油脂光，像个巨大的婴儿。他嘴角有一点呕吐物，手指甲抠得出血了，血迹里混着马桶底座的白色地胶。周默回家说起这个画面，妻子也为之唏嘘，隔一会儿，终于还是嘟囔道，其实我也想分房睡，你熬夜影响我，而我早醒，就想外放手机听听音频书。周默刚要开口，妻子长叹一声止住，叹息里带着复杂的愤怒与俯就。是的，没法往下讨论，一说，女儿小卫更要搬走了。家事的烦恼，就是这样，郁结越久，就越是付于无语。

小卫还是十一点多才回，身上混杂着麻辣烫、香水和夜色的味道，用她一贯的厌弃眼神瞪了他两眼，随即拍上房门。为了与多年男友莫名其妙地分手、闹着要出去租房等事，她们母女已互出恶声、不通话语。周默本是悬浮的中间派，但上个月，小卫又招呼都不打就辞掉工作，那可是带编的事业单位呀，妻子凭着多少年人脉好不容易搞定。周默只略微开头说了半句，小卫就恼怒大哭："什么狗屁稳定，什么狗屁前途，什么狗屁资历，你们想过我干得开心吗？"小卫从此连他也不搭理了。

这样的夜晚，无话，跟所有的夜晚一样——似乎根本没什么用武之地，让周默来落实他那不知是什么的想法或仪式。家这样的地方，都是内心戏。他们三个，相互太过了解，都拿彼此没辙，没有话要讲了。他居然期待起次日上班了。

周默有意在走廊里转了转，没有人包括部门头头，留意到他昨天下午的无故缺席，或者就算留意了也不想计较。这种宽容是多大的漠视呀。周默心中怏怏。不是今天他太敏感，而是，一直这样的吧。对面的同事正竖眉瞪眼地大骂某某股票机构。他总这样，赔了是代理的错，赚了则吹嘘自己的眼光。周默一直挺不喜此人，索性没搭腔，心里头甚至想，从此都不捧他的场了……同事也没介意，仍在说个不休。细一瞧，原来人家是在对着微信语音。瞧瞧，谁眼里能"看到"他。当然，反过来说，他也一样看不到他们，不在乎他们。这种极其普遍的人际状态，与其说是叫他失望，不如说是叫他更感无措。如此情境之下，他能做什么，或不做什么。

中午在食堂排队，周默依然深陷于那种无处下手的迷惑，拒绝了油滴滴的烤肠，也拒绝了水煮鱼，标新立异似的，只端了两份素菜，并找到大厨："可以提建议吗？少做油炸食物与大油大辣，少用加工食材，这是国家居民膳食建议里反复强调的，不等于是公理吗？"几个妻子模样的女同事——她们当然长得不像他的妻子，但从某个角度讲，又像是包括他在内的所有中年男士的妻子。她们面庞圆圆，健谈而有主张，穿羊毛开衫与阔腿裤，那像是妻子的秋季制服。正是她们，算是附和了周默几句，角度略有差异：一位妻子建议把调和油换成橄榄油，另一位妻子指出餐后水果最好不要反季节，还有一位妻子则提议不在食堂吃饭的话是不是可以把余额折成现钱返还。大厨煞有其事地，甚至可以说很有诚意地一一点头，活像是从明天起也要重新做人了。后面挤进一个添汤的小伙子,捂着嘴咳了两声,周默认为那咳嗽里有嘲笑之意。他对年轻一代的侧目早都无所谓了,谁没年轻过,谁又不会老呢。他想着的只是,好歹,他说了几句从前不敢说的。

午餐没吃饱,心里也实在瞧不上这个太小的、鸡毛蒜皮都够不上的行动,而且可以想见,不论是他,还是"妻子们"说的,根本就不可能被采纳。向来都是这样的,明智的人根本就懒得理会、懒得较真,这就是外部世界运转如常的方式与原则。无名如他,像一枚鸡蛋,哪怕打破了头,也就是一只破鸡蛋而已。显然,在单位,跟在家也差不多,一天接着一天的,当日无话,当夜无话。没有语言的生活,没有语言的人。他所起愿的自如或勇敢或随便什么的念头,恐怕只会是个无人知晓也不会有任何回响的空谷足音,以致一向当回事儿的午休都没有睡踏实。灯都关掉,窗帘全拉下,手机静音,不厚不薄的小被子盖好。脚一抖,突然醒了,发觉时间还早。两只手枕到脑后,拔剑四顾心茫然。本来挺好的下个小决心,怎么反而觉得分外苦涩了。自己真的是如此不存在吗?居然都没有地方来实践这份赤诚的余生的生命观。虽然起意时也没想着非要怎么样,但如果只是这样,不是他妈的更丧气、更悲哀了嘛。

可能是午睡乍醒,加之急迫与不甘,突然有种痛楚的弥留之感。当然,这是一种想象中的戏剧性弥留,种种过往都在脑子里头拉片,天上一脚地下一脚,各种囫囵吞枣的人与事,从没解决的小疙瘩,拖泥带水的未尽事宜,以为早都忘了,其实还是记着。它们一直在暗中侵犯、腐蚀和塑造着他,使得他更加畏畏缩缩、弯腰驼背……实在不行,翻将出来,去做点什么或说点什么。当然了,他并没啥大恨、大怨或大恩,就算有稍许欠余,也是末微之事。末微里头挑大个儿,而且也不能太难为对方或自己。想了半天,脑子里浮出几张面孔,就这样吧,去找他们。起码,这是比较具体的动作,听起来也还不赖。他终于有点淡淡的高兴了。

对,就是这么来的——他手机备忘录里的那五个人名。

二

过去有三十年了,他还是一下子找到黄叔叔住的地方,可能人在羞耻的情形下,记忆反而牢固。他一路上都在想着当年的母亲,以及当时跟母亲赌气的情形。巷子有很多变化,气罐站和包子铺没了,多了一家连锁炸鸡店,理发店门面大了一倍,新式咖啡店门口撑着深绿防风大伞。黄叔叔所在小区的门口,两棵老梧桐只剩下一株。这让周默再次忆起母亲那遮遮掩掩的、夹杂着乞求的叮嘱,老远就指给他看那两株大梧桐树:"记住没,下回如果迷路,直接找这两棵大树就可以。"周默当时念高二,个头已高出母亲,他往下扯扯帽子,盯着地面,宽大的枝叶投下稀疏晃动的阴影。他没应声,心中发狠:什么下回,我才不会再来,永远不。

他懂的,母亲跟这位小她五岁的黄叔叔,有些什么。父亲过世了是没错,但他们这么快就来往,以他那童真的想法,既是对父亲更是对母亲的维护,无论如何没法接受。那黄叔叔乡音很重,身形粗鄙,左腿不知为何短了一点,多丢人哪!那次登门之后,他果真再没去过,总归能找到借口,后来甚至不找,就直通通拒绝:不想去。母亲也固执地,就一个人去,过夜。这让他更觉自己的弱与耻。压抑中酝酿了大半学期,他终于下定决心,有天半夜十二点多跑出门,老远寻着那两株大梧桐,上楼打门。被窝里匆匆起身的母亲,半掩的衬衣下,光溜溜的脖颈反射着浑浊的夜灯。他把怀里揣着的一块大板砖,向后面刚刚露出个头的黄叔叔死命砸去,同时还留意着,两只脚绝不跨入他家门槛……不久升入高三,他住校备战高考,后来大学到外地,工作后自己租房，成家后买房，再后来，母亲过来同住以照料小卫。总之，黄叔叔这档子事儿，在他这里来看，从那个板砖之夜，就戛然而止了。母亲病重的最后两年，寄养在一家关怀医院，他从护士处得知，有位高低脚的男人每天都来探看，一坐老半天。母亲的葬礼上，他留意着，黄叔叔始终没有出现。这些年，尤其到秋季，到生日前后，他总是想起母亲，像所有孩子想念死去的妈妈一样，而这想念里，又总会不畅快、不甘心地绕不过那位再没见过的黄叔叔。

敲了几下，应门的是个戴眼镜的年轻人，其背后很快出现一个披头散发的胖妇，周默忙说出来意。妇人瞅他几眼，顺手一指朝北的小房间，嘴里漫应几句：“儿子在这里复习考研。顺便的，我也照顾他。”听出来是跟黄叔叔一样的乡音。老家亲友，还是租客？不过从整个布置和拥挤情形看，都是这对母子的天下了。

再次敲门，拧开门把手。房间光线不足，大头小尾，窗户长而窄，窗帘层叠，用黄叔叔当年的比方说，房型像一把木头手枪。这比方是那回初次登门时说的，随即还十分慷慨地拿下主意："你以后过来，就睡这把手枪里，到我老了，这手枪和手枪匣子就直接送把你。"他一边说，一边得意地往外面努嘴，指向整个客厅和朝南的房间等处。突然想到这些，周默感到很不合适。

适应了一会儿，也是等对方在适应。床上斜倚着的老人无力地抬抬眼皮，面色木然。他不可能认出周默，正如周默也基本认不出他了。毕竟统共只见过两次，都在不良的情绪下。

周默报了母亲的名字，卧床者的眼皮重又抬了起来，嘴里一下蹦出周默的乳名。他怎么知道的，还叫得这么熟稔，多少年没人喊过了。周默没有应答，在窗前的椅子上坐下，有心拉开窗帘，随即一想，最多坐五分钟。其实也没什么特意要说的，只是想来看看，可又空着两只手。正踌躇间，老人开口了："晓得我要死啦？来收房啦？"仍是一口浓重的乡音。

周默一下子脸皮发胀,这可太误会了,虽然刚才一进门是想到往昔,可确实只有这些很少量的记忆。"没……没有!我并不知道……当年太不懂事了,你知道的,俄狄浦斯情结,就是作为儿子……谢谢你待我妈好,我知道,你其实一直跟她在一起。"周默匆匆解释,还掉了书袋,显得很呆,主要是急于压下黄叔叔的那个意思。不过事实摆在这里,他知道黄叔叔是个老单身汉,老家只一个远房姨娘,应当早就不在人世。实在考虑欠周,都没想到这一层。

得解释下,哪怕听上去怪里怪气。他从体检后的下行扶梯开始,一直交代到午休时冒出来的名单,而第一个来的,就是这里。没有说的是手机收到的阴历生日祝福,以及他很想念老母亲。

老人听到一半就笑了,皱纹中的五官被分割成许多层,看得出,那是一点都不相信的笑。他从床头摸索了一粒什么,扔进嘴里含着:"别兜这些圈子,看来这回终于是听你妈的话了。我还以为你真有志气,再不踏进这门一步呢。"

"听妈妈什么?"周默更吃惊了。板砖之夜后,母亲再没有跟他提过黄叔叔半个字,后者就像灰尘一样,起码在他这里,被母亲擦拭得无影无踪。而最后两年,她又完全糊涂了,一应感知颠倒混乱,除了周默的阴历生日,别的一概不清不楚。听妈妈的话?她何曾有过什么特别的交代。

老人耷下眼皮,见周默一声不吭只顾等着,才不情愿似的勉强开口:"我跟你母亲说好的,这房,总不能充公吧,当然留把你。有个条件,就是你得来一趟,得踏进我的家门。这条件不过分吧,只没想到,你真能拖到现在的,等我的最后一口气——"他大概是想冷笑,不过没成形,倒不小心把嘴里一直含着的东西咕咚咽了下去,随之呛咳,继而大口喝水。

周默这下是真的尴尬了。他就是再怎么说真话,老人也不会再信的。可是……房子?他感到一阵燥热与恼怒,恼怒中当然也有惊喜,随即是惭愧,忽而又想到善念上的因果。看看,只要他动了"真"念,便会有这样的福报。呸呸,多么庸俗的想法!不过,假如真能接手这套小房子,正好可让小卫搬到这边来住 —— 妻子除了生气小卫与男友的分手及她的辞职,最恨的是她要在外租房,一则不愿另外花钱还两边开伙,更主要的是女孩独住显得不稳重,但如果是自家房子,就什么都顺畅了。再说,棋动一子,整盘皆活,小卫的新朋友与新工作,也会随之好转起来吧,包括妻子想要的分房而睡,其实也是他的理想……脑子里突然风火轮一般,一下子蹬踩出去老远。

门把手咯噔一响,散发妇人托杯茶水送了进来,脚步踏得很用力:"哈哈,他一见有人来了就高兴,爱逗乐子,谁来都这么说,上门推针的护士、居委会小马、老工友,都说要把房子留给人家呢。说护士特别像他第一个女朋友。说小马扶他过马路,等于救过他的命。说以前抢了老工友一个调岗机会,人家可有两个小孩要养呢,而今拿房子来赔罪。一套一套现成儿的词,听上去可圆乎了。"

周默脸上的热胀,还有压在后脑勺的惊与喜与愧,哗一下全都退了。好不轻松!几乎如一种赦免:"我真的信咧!我母亲在世时,跟黄叔叔交好多年,就怪我当年瞎捣乱……我这心里,可正在翻江倒海!亏好你进来提醒我,否则真要出大丑了。我也没出息的,一听到房子就没了脑子。"周默知道自己话有点多,像刚被从险境里拉出来的幸存者,一种后怕的、想要与人坦白的心理。

老人半抬起手冲散发妇人挥挥手,又有气无力地把手放回被单上,整个人像气球一样瘪了下去。他那失望又无聊的样子让周默也颇感不忍,妇人要是仁慈一点,该晚一会儿来送茶的。周默忽又感到,那妇人似有点争食之意,保不齐就是黄叔叔远房姨娘的后人呢,她肯定不会喜欢这样的玩笑。周默哑然,一边在脑子里搜刮,那么,这会儿再说些什么好呢?

床单下的瘪气球突然冒出一股气:"可一个个的,也都信。人哪,总愿意信好事儿。不过这屋,最后总得找个人接下啊,你说他们,哪个能有你亲呢。"

周默没吭声,这应当仍是老人努力延续的逗趣,他不想再中圈套,客气地笑笑,只管喝茶,脑子里却又忍不住转悠:黄叔叔当初真跟妈妈聊过这个吗,而妈妈是不是也当真相信过呢? 或者,这一直是妈妈暗中盘算的计划,想替儿子多挣一份实在的好处? 他心里头忽轻忽重,很难平静,愈发有种无可追及的愧痛与思念。

老人半闭着眼:"我这辈子,只有过你妈一个。我高低脚,乡下人出生,小工人,她不嫌,还笑嘻嘻跟我学土话。跟她在一起,松快。她喜欢花香,随便走到哪里,闻到蔷薇、槐花、栀子花、桂花、蜡梅,哪怕手上提着重东西,也站下来,痴站好久辰光,拉都拉不走,说花开得这样泼洒,要多闻闻才不浪费。"周默像听他在说一个不熟悉的女人,"我只好也陪着站,给她拎东西,高低脚其实累的呀。再说,每次见面时间都很紧张,总归不踏实的。"他停了一会儿,"直到她住进关怀医院,才算结结实实陪了她两年。只是她不认得我,一直冲我喊你。"

怪不得,他刚才脱口而出的乳名,活脱脱是妈妈的口音与口气。妈妈最后两年,所有的都忘了,口中仍在念着他。哪怕只为这一声脱胎自妈妈的唤,此一趟上门,也是得到太多了。

"你,记恨我的吧?"周默问。

"那不至于,再说办法总比困难多,我们也没太耽误。你整天忙工作嘛,你妈只要能出来,就抱着小卫往我这里溜。你不知道吧,小卫在我这儿,可没少撒尿拉屎。"他往外努嘴,得意地指向客厅和朝南的房间,跟多年以前的动作一样,"小丫头片子嘴巴真甜,会讲话之后，一来就绕着我不住嘴地叫'黄爷爷''黄爷爷'。就只有她，喊过我'爷爷'。"

周默勉强笑着点点头。妈妈可真是好本事，从来没漏半个字。瞧瞧，人们在牙齿后面，都藏了些什么呀，哪怕是母亲与儿子。

周默抹了一把眼角。

好久没这样了，何况当着外人。这泪，也并非出自痛苦，而是一种迟钝的了结感。那许多年，妈妈与黄叔叔，他们好歹还是滴滴答答地在一起，在缝隙里挤挨相亲、彼此陪伴。他被瞒得死死的，在瞎目的固执里一无所知。太好了，好在是这样，这甚至重新哺育和慰藉了他，让他还能接续上这条通往母亲的小道。都以为找不到了，都以为永远就没了。看看，他不算个好孩子，可妈妈一直就是这样宽待着他、照料着他的。

床上的老人看上去还有谈兴，重新把头转向窗户，继续半真半假地诱导："我就说过，像把木头手枪吧，将来给你用……"周默站了起来，微微弯腰道别。可以了，不能再多。他急于回到小区门口，站到那一株或是两株梧桐树下，重返妈妈那急切而乞求般的叮嘱：记住没，下回，直接找这两棵大树就可以。

三

去往言老师那边的路上，周默拐到便利店，提了几罐冰啤。他最喜欢抠动拉环的那半秒钟，泡沫克制又随意地溢出，正像往事一般。

其实那件事过去后，再无联系了。周默给这位言老师发去短信时，讲明是周小卫的爸爸，对方毫无动静。他又发去两个关键词：戴帽子、省三好生。终于回复来一个时间段，说办公室还是515。看来是想起来了。

不算很大的事，起码在妻子看来，是小事一桩。当时小卫上高二，逢上省优秀三好生评比。妻子是做人事工作的，有些门路，不知从哪条秘密通道"搞"到一个名额，说可以直接"戴帽子"到学校给小卫，不过申报还是要通过班主任言老师那里。后者完全不赞同这样的途径：学生们可都睁眼睛看着呢……妻子去谈过一次，未果。她承认自己太强硬了，遂派周默去软化，并反复叮嘱：这个，将来提前招录有用。是，当然，明白。

那一次见面，周默刻意准备一番，动用各种世故手段，暗示"有情后补"，甚至还表现出惧内、自私等特征。也不算撒谎。周默深知自己的缺陷，只要是妻子的吩咐，只要事关女儿，他就会成为一个毫无骨气的不折不扣的小人。为了拦住言老师插话，他采取自问自答的方式，把对方那部分也从各个角度一并说出。绵绵不断的语流，绝对把言老师给淹没了。还记得说完之后，言老师一言不发，沉思般地看着他，退让中带着怜悯，直接挥手送周默出门了。回家的路上，周默收到言老师一条没头没脑的短信：要用美好的方式去祝福，美好的祝福才能抵达孩子。反之呢？？

周默感到那两个问号很刺眼，立即把短信删了。一个月后，小卫如愿入选"省三好"。妻子照旧没表扬他："以为是你搞定的？我另外找人跟校长打了招呼。"次年招录政策有变，这战果没用上，小卫或别的哪个同学评上，都一样了。所以妻子一直觉得，此事，不仅是小事，也等于是没有的事。

走廊尽头就是515室，有个身影在廊尾抽烟。周默试探地招呼，那人忙扭身，掩饰住其实并无印象的辨认感，嘴里高声招呼周默入内，倒水让茶："周小卫同学，各方面都还好？"言老师热络但显得小心地开口，带着工作一天后的疲惫与莫名所以。是啊，这都毕业多少年了，家长何以会登门来，拜访这么一位早就翻篇儿的高中班主任呢？除非是出事了。

周默怕他多想，连忙点头，只点了一下就停住。女儿小卫，能算好吗？他可不就是，想来说说小卫的？

鼻腔里还充满着刚才在校园里一路走来的混杂气息，球鞋味、食堂味、书包味、厕所味、漂白粉味、塑胶跑道味。在教研室坐下，又添一层复印机、作业本、红墨水之类的味儿。并不是嗅觉的突然灵敏，而是对昔日的重现与投射。太久没有踏入学校了，仅仅是想象这些气味，就有种强烈的唤起，那些独属于家长对校园的经验，带着奔波、讨好与焦虑感的。大考之后，必有一场家长会，大家匆匆赶来，挤坐在自家孩子座位上，没有名字，只是谁谁谁的爸爸或妈妈。大概就是前几天，他在路上迎头碰见一个女人，双方都一愣，随即错肩而过。过后想了很久，哦，那是女儿初中同桌的妈妈，多少次的，他们一起挤坐在窄小的座位上，仰头听各科老师训话。看看她，现在都成什么样儿了，白发一大半，背部塌弯，完全是个老妇女。他们一个个的，都是这样老下去的，直至最后通往死亡之路。这就是做父母的命，都是甘愿的，也是享受的……养育之苦或天伦之乐，画面都是一样的。

当然，不是要跟言老师谈这些，他要说的是下半场，该着他和妻子收获的时候——小卫岔道了，从前那缠绕膝下的小欢豆、小心尖儿，那节节拔高的好孩子，怎么就成了现在这种横眉冷目、不通声气的样儿。是受她妈妈影响吗？妻子对他，向来就是看低。可妻子跟小卫也搭不上话呀。夫妻两个，到头来都一样，再怎么地热络趋前，到小卫那儿都一头撞着冰墙。不要讲眼勤手快、礼多人不怪、吃得苦中苦那些他们认为很重要的为人处世之道了，哪怕就是好声好气叫她不要熬夜或是每天吃一个煮鸡蛋，她都会露出鄙夷不屑、忍无可忍的样子，好像只这一个细节，就暴露和代表着他们的老朽、令人讨厌的节俭、土掉渣的规训。而她，在所有这些日常秩序、行为价值乃至个人生命观上，是与他们彻底敌对的 —— 到底哪里出了问题，在哪一步踩错了？怎么想都不明白，他想说说这些个！

怎么会找这位八竿子也打不着的言老师呢？说来有点滑稽，每每身陷百思不解的泥淖之中，反复浮现于脑海的，居然是当年言老师发来的那条短信，被他当即删去但始终记得，并像红灯似的闪烁着，越来越刺目，似乎这一切就是被言老师一语成谶的。因为没有采用美好的方式，祝福无效了，女儿的生活没有到达本该有的美好。

周默给言老师和自己都打开啤酒。差不多跟那回一样，他还是自问自答，就好像言老师特别惦记这个多年前的学生似的：后来读研了吗，选的什么方向，出国了没，在哪里高就，情感上有什么进展啊，下一步打算呢？他替言老师把所有方向都问到了，并详详细细、不避不让地一一作答。再不必掩饰、自欺或强颜，小卫而今就是处于一个趋向无名与失败的坠落轨迹。不如人意的妥协，勉强的左支右绌，不被告知的抛弃。深夜传来坏的消息，他和妻子坐拥着温暾的被子，愚蠢地假设与倒推。一切的一切，都在他心里头闷着，这小口子一拉，全都喷涌出来了。

言老师先眯着眼，后来睁大，不停地眨巴。

"从小到大，每样事情上，我们总希望她得到最好的不是吗？选学校、分班、植树小标兵、作文比赛、琴课考级、支教、做义工、实习、考编、年终评优……大部分是她妈，也有时是我，总归会托托人、找找关系、打打招呼，这是作为父母的本能和基本属性不是吗？想她好，想要帮她。每一样事都尽心尽力，巴望她能好一些。可你看看，她现在怎么这样，完全地不要好！言老师你那句话讲得对，都怪我们没有用美好的方式……"

这个逻辑真对吗？但周默情愿这么说，也一定要这么说，他想把担子压在自己身上，就到现在，他也舍不得责怪和否定女儿。世上没有种不好的庄稼，只有不会种地的农夫，他特别信这话。替女儿难过，更替自己难过。还从没对第二个人吐露过这么详细的痛苦。可终于说出来了，而且是对着言老师。这算什么，对当年那则短信迟到的回复、无用的觉悟？ 随便吧。他在言老师面前，反正都是出丑的，也只有回到这里，他才可以原形毕露，才可以承认他在小卫身上所体现出的庸俗、短视、无能，以及由此而来的巨大痛苦。

趁着他喘歇，言老师举起啤酒伸过来碰碰："那个短信，是句名人名言，我备了好多条不重样的，轮换着给家长们发，班主任的一种交流技巧嘛。没想到，你到现在都记着，还想了这么多。其实小卫这样挺好，年轻人放空一下也是必要的，不工作或不谈恋爱，都是暂时的，哪有您说的那么严重。再说，什么叫'好'、什么叫'要好'？ 又不是集体做操，哪能动作都齐整。何况一代人跟一代人，从来都是不一样的。"言老师挺会劝人的，也可能是泛泛而谈，像名人名言一样，肚子里装着好几套。他看过来的目光，像是把周默当一个棋牌室老人。停了片刻，言老师问了一句："我说，小卫爸爸，最近，你自己碰到什么事了吗？ "

周默让自己的眼神移到啤酒罐上，未着答词。对言老师的误听与误判，他无所谓。至于"小卫挺好呀"这种话，更没搭腔的必要。大街上的人，不相干的人，不挂在心上的人，从来都"挺好"。这位言老师，大概到现在也没能记起来小卫到底是他哪一届的学生吧。

言老师捋捋头发，仍在尽力，把话题稍微岔开一点："带小卫那个班时，我还没结婚。现在，我儿子也四岁多了，有了小孩才知道什么是家长。要搁现在，像'省三好'那事，我绝对不会打坝的，倒要羡慕小卫妈妈的本事呢，直接'戴帽子'下来，多好！人哪，就是一边过日子，一边学着过日子。刚工作那些年，别看我做老师，其实你们这些家长，反而是我的老师 —— 关于怎么做家长的老师。我呀，学得不错，现在可比你们这些家长还像家长呢。"听上去像是个绕口令,"我最近正盘算着,让儿子学个乐器,一方面是考个级,将来不论上学还是工作啥的,有活动也能上台露个脸。听说传统民乐考级容易点儿?架子鼓呢,是不是更有派头,也适合男孩? 小家伙胳膊腿儿圆滚滚的,准有劲。"他露出为人父者那种沉溺于浮想的笑,啜一口啤酒。

到耳中听到言老师这句很亲昵的家常话,周默再次确认,言老师根本就没明白他前面说的那些。看看天色,教研室外面已是夜色浓重了,校园里全然寂静,从窗口看到的半边操场空空荡荡,却又人影晃动、嬉笑喧闹,跑动着无数半大不小的孩子。他看到了小卫。他再看不到小卫。都过去了,属于小卫和他的共同旅程。嗯,言老师人不错,他会跟周默一样,成为一个尽心尽力地通往平庸、奔向痛苦埋伏的父亲。这接力棒一般的联想似有种近乎幽默的宽慰。周默在手机上慢吞吞地编辑,把当年那条短信,又发给了坐在对面的言老师,包括两个问号。没啥特别含义或用处,纯粹只是一个动作,动作就是全部,跟他跑这一趟学校一样。

四

黄叔叔、言老师,一下两位了。他们都不算熟,反而是容易的。不像文秋。

差不多有小半年了,他跟文秋每天都会在微信聊几句,就在午睡之前那十分钟的样子,包括他开名单的那个中午。这俨然已成为他们二人间的一个习惯,而所聊的,哪怕就是被妻子或道德纠察员突然扒开手机来看,怎么说呢,与其说是干干净净,不如说是十分无趣。比如,文秋会聊到她初中时喜欢的翁美玲,嘲笑某位外国元首的发型,或者小区里有人跳楼了之类,有一搭没一搭。正是这种啥也没有、啥也不是的勾连，最经不得细想，似有风雨彩虹之暗动，常常叫周默挺烦躁，恨不得拉黑了事，可一到午休躺下，又忍不住地，无论如何要跟她说上几句狗屁废话。这算什么？他真讨厌自己这么没性子，很少有男人能无色无味地拉扯这么久吧。那文秋也怪，居然也就干陪着拉扯。

他们是在系统内的羽毛球比赛上认识的，极随意的搭配下，他和她组成一对混双。而只要是竞技性赛事，哪怕这种市民健身性质的，也能拉动起同一战壕般的战友气氛，统一集训之外，他们还十分要强地，到外头找了两个体校学生，加时训练。那期间，他们往来频繁且亲密，同进出、同饮食不说，难免还相互搭手蹭上汗水，红肿处帮着按摩，洗澡后出来都光着脚丫顶一头湿发。谁都不是个木头人，怎么可能不感到那种生理上的黏合与引力？可为着比赛，哪个都不可能作死，倒也罢了。有意思的是，运动会一结束，两人却都一个紧急大刹，分道而行，再没约着见面了。显然，他们都对接下来的走向缺乏把握，只把未尽的余味，乔装成无聊的聊天，像一小撮淡而无味的盐，撒向漫长的午间。

周默把文秋列进了名单，逼迫自己，得给这事一个交代或了结。当然，他心里有点僭越之想，并认为这是老天爷最后一次怜悯性的馈赠。他与妻子之间的状况，老天爷必也看得一清二楚。周默这辈子都逞不了强、作不了恶，但也不可能白璧无瑕。他不是玉，是人。这个"可以有瑕"的尺度，不仅对他本人，同样适用于妻子、文秋，以及随便谁。这是他到这个岁数上，在男女事上的理解。

昨天的微信里，周默没有回应文秋关于流浪猫的一长串絮语，直接相邀：明天中午十一点半，木森餐厅6号包间一起吃便饭。

木森餐厅就在四季大酒店一楼，可进可退之处，含义一望而知。她果然愣了一会儿，随即似乎很高明地，发来两张流浪猫的照片。周默一咬牙，立即回复：我先删除你了，明天见面再加。随即当真删了，以免她往来拉锯。时间早就不在他们这边了，要不做点什么，要不就拉倒。

包间挺小，窗户朝向酒店内庭的假山枯水。周默进去只望了一圈景色，文秋就到了，跟以前训练时一样准时。她的头发还是随意披挂着，脖颈间隐隐地，仍是青苹果似的香水味儿，长裙子晃荡着，胸臀隐现。她也四十多了，坦然的瓷实身形，正是与年纪相称的自在感。周默今天特意穿上训练期间那件防风外套，她踏进门就认出了，开了一句玩笑。能感到，两人间的那股吸引力仍然在，如同苗壮的火苗，一见面就复燃而起。这是诚实与深沉的感知啊。

"你，到底怎么想的？"菜上齐了，服务员把门带上，周默直接开口相问。这问询里有足够的空间表达尊重，但潜在意思也很清晰。

文秋眨眨眼睛，没做出不必要的扭捏："就知道，总会到这一步的。"周默低下头，仔细挑拣掉肉片上沾着的两片薄姜，等待。她目光平视："我的想法，当然跟你一样。"言简意赅，意思是十分明白的。

"我已在网上订好了。"周默冲手机微抬下巴，右手略微指向楼上，没有说出"房间"两个字。

"我认识一个服装设计师，商业上很成功，一直做高端礼服定制。前几年因为家中有亲人生病，方向突然改了。"文秋没接话，倒讲起故事来。也好，一笔荡开，毕竟不是适合彰显的事情。"你猜改做什么？内衣，仍然是定制。"周默给她舀了一碗汤。说实话，他现在几乎都吃不下。没想到她也是这样简洁和敞亮，一锤子就落定了。他内心的激越并不是为着将要发生的幽媾，而是感慨于他与她，居然能达到这样同步的开诚布公。看看文秋，甚至比他更自然、更镇定，仍像以前午休时分一样，讲些冷不丁的无聊话题。女士定制内衣，这就跟流浪猫一样，叫他能说个啥呢？好在文秋擅长自说自话："你一定不会想到，没有定制内衣之前，乳腺癌术后患者，那些切掉乳房的女人，都是怎么搞的,就在里头塞卷纸、棉花、布团、吊水袋。当然,植义乳的也有,可据说老会移位,而且皮下没有肌肉了,到底撑不住啊。"

周默热了,把外套脱下,里头是件速干球衫。他平常刷牙时喜欢看着镜子,看自己胳膊上的肌肉像小老鼠一样蹿动。"我倒是有呢。"他说笑道,想显得跟她一样放松。

"嗯。我知道。"文秋嘴里咀嚼着,扫视一圈他的上半身,"我最喜欢的艾玛·汤普森,那个英国演员,你知道吗?六十多了,最近演一个老寡妇,伤感地请求一个小哥:'可以摸摸你的胸肌吗?'"周默配合地伸屈双臂,把胸前撑得鼓起来。看看,还是有点气氛了。"男人也会得乳腺癌的你知道吗?好在就算切除,也用不着定制内衣。设计非常难的,尤其是单侧切除后,留下来的那一边,腺体会转移性地发达,胸形会变大……"文秋不紧不慢地,又把话题倒回前面,"此外,还要考虑到面料的透气吸汗、柔软度、手感与重量、便于反复清洗等,又因为各人手术切除程度不同,就得一人一模,定做成本就总也下不来。好多人最后想想舍不得,就还是塞棉花、塞袜子、塞卷纸,凑合着十几年、几十年的。"

"要不是听你说,真从来都没想到这些呢。"她聊天总是这样,不仅冷僻,还显得过分认真。周默试着多接几句:"也许将来会有大病救助或女性方向的基金会,倒是可以做一点资助。"

"对我来说还好,买得起,两三只轮换着,够用了。"

周默耳朵里滚了一下,如雷,起初没能有反应。可她吐字清晰,也没有纠正或进一步解释。听到的什么,就是什么。哦。哦。他在心里惊呼,同时端起杯子。杯子里幸好还有一口水,他又加做了几次吞咽动作。随便什么,能挡一挡自己的视线便好。放下杯子的时候,他不得不开口:"完全看不出,不可能吧,你在逗……"

"所以我就说这个设计师真的厉害,细节上完全贴合,视觉和体感

333

都特别好。夏天穿单衣,包括做运动什么的,完全无碍。别说你看不出,我自己个儿都快忘了。只一样,游泳不行,我试过,吸水,太重了会往下挂。"

下面该说什么,他真的吃不准,甚至有点害怕,还有着实不应该的恶心感,接下来可怎么弄。她这就算打招呼、打预防针? 可这,打麻药也来不及的呀,他根本来不及做心理建设,这完全不在他的任何经验或设想范围之内。待会儿他该怎么亲热,就是关掉灯也是一样的,他还有没有能力去拥抱她、抚慰她? 周默紧张地克制住结巴,还是说出了:"请不要生气,实在太意外了,我怕,我恐怕我做不好……"

"当然,当然。肯定会怕的。"文秋反过来安慰,替他添茶,"怎么会生气,谢谢还来不及呢。谢谢你主动邀我出来,谢谢你前面的想法,以及现在的想法。谢谢你这样坦诚。"她冲他的手机微抬下巴,右手也往上面酒店指指,"待会儿退了。"周默张张嘴,其实也不知要说点什么,她摆手,"没有人能做好的。尤其是我,主要是我。除了医生、当时的护工还有这位设计师朋友,我不给任何人看我的胸,何况你。你,是我有感觉的人。"她想了一下,笑着补充,"可能我丈夫偷偷看过,但没让我知道。我们,反正早就是一对老兄妹了。"

"都是,夫妻到头都是老兄妹。"听她提到丈夫,周默勉强呼应,并终于把视线放平,重新看她露在桌面上方的身形。就算有了新的认知,还是没有找到异样之态,他依然觉得她是健美和自然的。裙子与定制内衣的下面,真是那么残酷吗? 他想到常见的手术创面、刀疤、缝线、挂皮、紫红斑。她本可以不告诉他的,她可以继续悠游、吊胃口,或者高傲、假道学,起码有一百种方式来处理这个拒绝。她多么慷慨,一下子给出最大的秘密。

"要不是你今天来这么一下子,也没这机会跟你摊牌。要让我平白地去跟你讲这个,哪里开得了口。就得逼,像这样,事到临头,图穷匕见。哎,我问你——我只是感到惊奇,都隔这么久了,是什么原因,让你突然地来约我? 我知道你的性格,一直都是肉肉的,能迈出这一大步,是家里有事、外头有事?"她温和地看他,随即又加一句,"不想说也没事,我不一定要知道。"

多好的女人哪。比起练球的时候,比起午休聊天的时候,比决定来这里之前,比刚刚知道真相的时候,他更加喜欢文秋了,或者说,自认识以来,这么久了,到此一刻,他才算真正认识到这是个怎样的女人。然而只能止于此,他超越不了自己的胆怯与能力。

文秋等了他一会儿,像在理解和陪伴他的沉默,最后停止了对谜底的期待:"不管怎么说,挺好。这么长时间,我一直享受着自己对你的吸引,享受我还能喜欢着一个人,真高兴我多少还能这样,说明我还远远没死透呢。这就足够啦。哦,那个……"她见周默划动手机,"别再添加好友,我们不适合再聊天了,不仅我,你也会不舒服的,就这样最好。"

文秋利落地站起:"咱赶紧回吧,还能赶得上好好睡个午觉呢。"

五

当晚,周默熬了大半夜,连看两部剧情烂熟的老片子。中午的事,脑子里还是有点后劲儿。对于一场悬置太久、尚未命名的交往,这样收场,当然是稳妥的,甚至可以说是隽永和澄明的,可怎么也压不住心底的一阵阵凄惶。这还是老天爷的手笔吧,看准他就是干不了任何出格之事。借着电影里主人公的意外死亡,他擤了好几把鼻涕。妻子已睡了一程,起来小解,在走道上扭身看他几眼,打着哈欠又回卧室了。等周默看罢,收拾完电脑、茶水,正打算洗浴,妻子倒裹着睡衣出来了,直推着他往小书房走。

"才睡下，前面还听到打游戏呢。"妻子冲小卫的房间那边侧一下头，表示不要吵醒女儿。她拉张椅子，跟周默隔着书桌坐下。他发现她脖子里还裹了条厚围巾，这是要长谈吗？夫妻二人这样，还真有点怪异，已快凌晨一点了。

"你前几天，删除了一批人？"

哦，问这个。是，也是借着开会时有闲，把朋友圈系统地筛了一番，从严从重地，删掉若干。太爽快了，简直觉得手机都轻了几两，干净了几分。倒也没啥惊天动地的分野，主要是群太多，简直集天下之大俗，排队互夸，请人投票，粗鄙造作的视频，发红包抢红包，凌晨五点半倒鸡汤。早就烦透了，周默反正向来不大吭声，就此撤退走人。还有些偶然添加的，实则从无交际的各方贤良，留着本也无妨，可他们一至年节即群发祝福，红彤彤金灿灿，连个抬头都没有，大概也不知道周默是何许人也，删了也不会知道。再就是"非我同道"，这稍微复杂一些，他也当真地，通过关键词搜索，加上印象与判断，挨个儿处置，包括小学同学、多年球友、退休同事，还有年年寄山货的兄弟，帮过他忙的年轻人，相当部分，是多年交情，熟知彼此经历包括家人与家事，带着时日积淀下的老熟情谊。可正因此，在一些问题上，看到他们在朋友圈说那样的话，转那样的东西，真太别扭了，比看到不相干的人更难受，好像突然间发现对方成了冷血动物，成了戏台上人，成了偏执狂，乃至成了刽子手。而料想对方看他，亦是如此。这千峦万嶂的遥不相及，真残酷。彼此不看已是最大的宽待与友善。当然也可以屏蔽，但既已至此，又有什么保全的意义，不如干脆点。好在就动动手指的事情，当面的话，他恐怕做不到这样决断。

"也就好玩，图个让自己舒心一点，谁会当真。"书房灯光太亮，他眼睛可能还红着。周默口中支吾着，心里颇感纳闷：妻子怎么发现的？

"好几个人来问我咋回事，还以为哪里得罪你了。你说现在熟人朋友之间，还能有什么，不就相互点点赞嘛。"妻子怨怪，边皱着眉观察。他一直不喜欢她这样的神情，但多少年下来了，这就是她作为妻子的面孔。

是啊。赞、点赞、点赞之交，总有些大好人儿、大善人儿，不论任何人发任何玩意儿，都能看到他们在点赞，好像一直蹲在那里时刻准备着似的，周默真是瞧不上，可随后又恼羞，自己不也全天候蹲着，留意这些，比起点赞之人，他不是更加无聊嘛。照这样说，连自己个儿也要删了，湮灭于茫茫友圈。

"你就随便扯句玩笑，或者说我最近断网，眼睛也老花……"周默咬住嘴唇，不，不要这样虚头巴脑，"你要肯讲，就跟他们直说，说我觉得没劲，三观不合，眼不见心不烦。其实人与人的感觉是相互投射的，他们看不到我，也一样清净，该高兴才是。"

妻子抱着胳膊，不相信地依然等着什么的姿势。

"可以去睡了？"周默试探着。现在真是熬不了这么久，前面眼泪淌出来，人就开始困了。

"哼，倒有空操心人家的三观。小卫，就由她这样？"妻子加深谴责的意味。又来了，随便讲到什么，总要落到小卫身上。小卫是他们永远绕不开的礁石，或者也是最安全的礁石。妻子不愿往下探究他删除好友的内心动机，宁可这样潦草、生硬地转移话题。虽说也习惯了如此，可这回似乎特别失望。

"说实在的，我唯一能做主的，也就这手机里的朋友圈。至于小卫，"他一下子决定承认，忍受着心里的锉痛，嘴上却脱口而出，"你说我能操心得了吗，她而今还听我的吗？其实，工作不工作、恋爱不恋爱的，小卫她实在……要放空，由她去吧。出人头地、成家立业什么的，那是我们认为的'好'，她有她认为的'好'。"他不自觉引用了言老师的一些说法，并不完全同意，但能怎么样？他不想再装得好像能有什么办法。

"这就是你，说的话？"妻子一把扯下围巾，拿在手上胡乱扇风。这大半年来，她经常这样，前一分钟还直喊手冷脚冷，突然地又会一身热汗，随便抓起什么就当扇子。她把围巾在手上团起，又散开，在使劲克制，也在使劲思考。周默羞惭不语，的确，他刚才的话听上去是挺差劲的，一年年的夫妻至今，如果说还能有什么共同的战斗堡垒，唯有小卫。可他，是要大撒把，单方面撤退了。

"你跑去找言老师，是抽的什么疯？"妻子突地发问，原来这才是底儿，"今天下午接到电话，我都傻了，老半天才想出他是谁。你猜怎么着，说是听你说的，我有器乐考级上的朋友，都一个圈子嘛，问能不能给他推荐个教古琴或架子鼓的老师，他想带着孩子两样都试一试。"

"他怎么抓住这句？我就随便说到当年小卫考级的事。他也不想想，多少年前的事了。"周默故意抱怨，不知道言老师是否还跟妻子说了别的。

"父母心嘛，能理解，我会处理。"妻子打断，更为审慎地从眼底瞟向他，"我只是不明白，你怎么会找言老师，去跟他聊小卫？"她又把胳膊抱起来，带着她一贯的仿佛是智力上的俯视，"真不知你这脑子是怎么转的，能不能做点靠谱的事？哪怕就是找她以前的同事、好朋友、同学，包括前男友，都还说得通。言老师，高二班主任，亏你想得起来，这哪儿跟哪儿。真的，我只要一想到你这脑子，就气得睡不着！这么多年，你倒是讲讲，你什么时候脑子好使过，你这脑子办成过一桩事情吗？"她集中炮火指责他的脑子，好像那是不在场的第三方。

"别气了，伤身体。我去冲把澡。"周默关了灯，推着她往书房外走。妻子能专门爬起来跟他谈脑子，已是了不起的关切了。真替她哀伤，她从来不明白他是怎么回事儿，也绝不会承认她什么也不明白。

六

有人给妻子送来两箱蟹。每到夏秋招新季，总会有人向妻子请教备考或面试的特别技巧，随后家里就会有这样的"飞来之物"。正是霜降之时，公蟹的膏肥起来了，妻子说给弟弟家一箱。她一直有娘家人思路，双亲过世后，弟弟就成了娘家，跑腿自然是周默。

妻弟家在新区，得穿过整个城。既是要跑这一趟，周默心里便做了一个小调整：把名单上的大学辅导员——那是屈指可数的真正赏识并高看过他的人，甚至让周默感到自信，踌躇满志，长达两三年。也罢，路太远，也怕让辅导员在晚年还败一个兴——换为妻弟。这跟前天凌晨时分妻子身穿睡衣抱着胳膊看他的眼神有一点关系，相当于一个微弱的自卫反击。

妻弟在大学做行政，却也打扮得很学者：罗纹高领衫，毛麻外套，一步三摇地到小区大门来拿蟹，眼神跟妻子一个样，既亲切又高傲，握握手就算是谢过兼道别的意思。周默逼着自己开口："里头冰水有点化了，我这正好粗布烂衫的，替你抱上去吧。"妻弟也顺口转弯："那正好陪我喝杯岩茶，才刚泡上。她们两个爬山去了。"

想到就要谈的话题，周默嗓子有点发干，真得喝杯茶。这个话题是不太友好的，尤其对他自己，再说，他还要克服在妻弟面前的某种心理劣势。这么多年，在他们一大家子面前，他总有种低微之感。世俗的那些因素都是有的，他跟母亲一直生活在厂区，工人堆里打滚，包括考上的二本，分配的工作，所在行业的收入，外头的社会关系，无论从哪个角度看，周默都是高攀了妻子及她一大家子的。好在妻子从一开始就很坚定，正像人们常说的那样，被爱情迷了眼。

是的，妻子不顾一切地要跟他结婚，话都讲得硬撅撅的，带着无论好歹、速战速决的勇猛。其实并没必要这样，她父母虽则不大中意周默，但并未反对，且相当之配合，她们一家人简直在一夜之间就端出了整场婚礼的全部准备。周默啥都不用操心，直接掉进好运气的蜜罐子，被甜齁齁地整个封住了脑子。他没有意见，只是对这种高效略感困惑，而他所能想到的最坏结果，莫非是妻子已珠胎暗结，来不及了，甚至胎儿都不是他的？可他也没蠢到这个程度呀，热恋时，她的月事他都知道的。而婚后不久也就证明，是他想多了。实际上妻子怀孕很困难，他们打一结婚就踏上了不孕与求孕的漫长征途，丈母娘冲在前面，张罗着带他们四方求医，妻子心绪恶劣地整天煎药喝药，他则是头无用而疲惫的种马，且还要随时安慰妻子歇斯底里的发作……正是在他完全绝望的阶段，都打算就此放弃了，妻子的子宫却突然有了动静。

表面上看多好，苦头吃完了，甜头该来了，可周默能清楚地感知到三年漫长求孕期中一直笼罩着的某种气氛，那说不清是怨尤是决绝还是傲慢的阴影，不仅覆盖，而且深深扎根于妻子与他的关系中。在妻子及她一大家子面前，他永远置身于积习般的洼地之势……但周默可以承受、可以抵挡的，因为有小卫。小卫给他带来了一切。他这个人原先等于是不存在的，一无所有，小卫使他成为子之亲、妻之夫，有了三口之家这个庸常稳定的命运共同体，有了作为一个男人的复合角色，有了劳碌奉献的义务与权利，拥有了作为一个人的完整性。

妻子不会明白，小卫现今的冷漠与远离，对他的打击是最大的，这些年好不容易建立起来的价值感，又给撕扯得碎碎拉拉，连带着，作为命运共同体源起的婚姻都摇晃起来，摇晃中甚至挑动起那久远的迷惑——他不能不想到，或者说，他早就想到，一直在想，都想了二十多年了，当年那过分耀眼的新婚之光下，为何总有种灯下黑之感，是否有什么东西把他蒙蔽了，那会是什么？与其说是惧怕，不如说是厌恶，是的，他厌恶这样的怀疑与推测。妻子说得不错，他的脑子从来没有好使过。

妻弟懒洋洋地冲北阳台努个嘴儿，周默把蟹盒搁过去。新泡的茶水有点苦味，他瞥一眼妻弟，那是一张看上去永远不会慌张的脸。"有件事，我想听句实话。"周默跟妻弟没什么私下交流，最多是家里聚餐时彼此让菜，"你姐，在我之前，是有过啥事儿吧？"话一出口，即感到惯势下的一丝懦弱，他咽下后半句更鲁莽的猜测：她应当有一个男友，甚至不孕症也与之直接相关。

妻弟不紧不慢咂了两口茶："你这……最近碰到什么事儿了？"这话听来多耳熟，前面也有人问过。真是的，都看准他是个没骨头的，非得碰到什么事，才有资格或勇气探问实情吗？不必自艾，且回到问题上。显然，妻弟用一个问题来替代另一个问题，差不多就是答复了。

周默坚持，恳请的语气："我也半百之人了，替我想想，还总是不知道，是不是太那个了。你放心，我没想怎么样，也不可能怎么样，这么多年都下来了。起码我感到，你家二老从一开始就不太……"

妻弟眼皮没抬，表情严正，显出点维护的样子："都不在了，不说他们。"他伸伸腿，顺着沙发靠背滑坐下去，"我就说我。我绝对不是，对你这个人本身有任何意见，而是——谁跟我姐结婚，我都没法接受。"他稍许停顿，随后舌头上滚过一个人名，先快后慢，"山儿。黎山。黎，山。那可是我发小，净天儿泡我家，我们仨等于从小玩到大。"虽已做好准备，周默心里还是一沉。黎山，是这两个字吧，从没听说过。当然，他跟妻子根本不谈这些，彼此都默认一个极其拟真又虚伪的前提：之前，现在，或将来，他们两个之间，是没有故事或事故需要讨论的。难道这么些年，他们一直保持联系？那小卫会不会是……怎么弄,这。他想起自己约见文秋时的自辩词:都是人,不是玉,不可能无瑕。还这么想吗? 不对,这可不是瑕,是大豁口子了,他感到心脏都快裂开了。

"要不是山儿突然出事,哪会是咱俩坐这儿喝茶。当时爸妈正计划给他们张罗婚事呢,姐发现她怀上了,这等于双喜同临,我们全家都欢喜得迷迷倒倒,手忙脚乱地加速操办。眼看准备差不多了,山儿突然出事。你,可能看不出。"妻弟略抬眼皮,看了周默一眼,"我姐可绝对是爱情至上主义,跟山儿两个又实在太要好,当时就往窗户口蹿,往厨房间跑,拦不住地寻死,要去追山儿、陪山儿。太狠劲儿了,我和爸妈不休不眠看着她,跟阎王爷抢命。隔日流产了。两天两命,总算,不是三条命。"妻弟脸上突然起了一层荒坡野马的践踏感,跟他那一贯懒散的模样全然不同。看得出,此事之于他,同样是个难以触及的丧失。周默发觉自己并没生气,连此种情形下本来该有的被欺辱感也是淡淡的,心下甚至略感松动:不是大豁口。

妻弟摊开右手,盯着手掌,显得有点斟字酌句:"你不见得信,但,是真的。不是哪个人有意要瞒你,是我们家里根本没办法再提到黎山。你就是不在眼跟前,我们也从来不提。他就等于是我们家的人哪。"妻弟还在看手,这叫周默感到抱歉,主要是为妻子,为当时还不是他妻子的那个女人,正因为这样,那个女人成了他的妻子。从本质上来说,黎山的"出事儿"也好,早夭的婴孩也好,蒙在鼓里的婚事也好,吃尽千辛万苦的不孕症也好,都是孤立的存在,这里头没有因果关系,没有谁欠着谁,谁欺负了谁,都是可怜人。这样看待和理解,对吗? 他总得给自己选择一个角度。毁坏的已然毁坏,无法修复,也不必追溯。他与小卫这边,仍是安全的、囫囵的、可延续的。起码,他可以不必做出什么显在的反应或动作。

妻弟喝了几口茶,收拾起他的恍然,回到前面的好奇:"那你也说说，这么多年了，怎么突然想起回头找补这事？"周默心中暗叹，哪有什么突然，只能说是一种命运的基本原理和运转规则。就像悬空走钢丝索的人，不走到安全处，是绝不可能扭头回看的，而这回头，真的就是只看看而已，那钢丝索的细弱欲裂处，他毕竟已经走过去了呀，早知、迟知甚或始终未知，并无大的分别。

周默没吭声，只以一个庄严的线条抿紧嘴巴，头一次冲妻弟摇摇头。

七

从牌桌下来撤换到酒桌，大家的两只手空出来，五六条烟枪点起，白酒红酒，从耳边倾倒，放肆出咕咚咚的流泻声。包间里很快就烟火腾腾了，人脸在烟气中颤动，类似暑气骄阳下的那种重影错觉。

周默全无牌技，但乐于在边上坐着，看众人的投入情状，听他们骂骂咧咧、妙语连珠，觉得同事们都挺可爱、挺亲热。牌局结束，饭局开始，他的受难这才真正开始，主要是他不抽烟，且闻不得烟味儿，一会儿就会眼肿鼻塞、气短胸闷，这一两年还会勾带起偏头疼。此刻正是这样，得咬牙忍受从左太阳穴扩展到整个左脑门的一阵阵搋痛。对面墙上一左一右贴着两个禁止吸烟的标牌，大眼睛一样冲他扑闪。

借着上厕所，周默下楼去吸了几口新鲜空气，重新回来，反而更加难受。部门头头就坐在上首，带着凝聚力的笑容笼罩四野，像是一方封地之主。现在没有小金库了，都是大家找个由头轮流坐庄，久之也成了一桩约定俗成之事。不知别人怎么想，周默是不大喜欢。吃喝之事，最要紧的，就得是相遇、相知、相适，哪怕只一盘花生米、一碟小鱼干。而这种工作延长线般的情形，越是大鱼、大肉、大酒，越是让人感到一种并不和美的逼迫感。

头疼还有个原因，是今天他对自己十分之失望。

眼前的这位部门头头，正是他名单上的第五位，可他硬是一拖再拖，从上周拖到这周，从周二拖到周三，又拖到周五，这都拖到周末聚餐了。堪哀！自己真的是个不折不扣的软包蛋，他完全同意妻子、文秋、妻弟等所有人对他的看法。更可笑的是，他之所以要把天天打照面的部门头头放在名单上，就是想取一个战胜怯懦、刷新自我的象征意味。具体谈什么，反而是不重要的。为了多少像那么回事，他尽量地想，比如，跟头头友好地探讨一下，每一年、每一年、每一年，他的年度考核都是第三等次，他周默，是真有哪儿不如别人吗，能否指教一二？如果这个开不了口，那就虚一点，他想吁请头头取消班前会，为什么每天都要大家提前十分钟开会呢？还像幼儿园孩子那样，站成一圈，手背在后头，这多形式主义。无论如何都要开吗？那放上班时间，带薪开会——这两条当然都没有意义。意义不重要，他只是要自己做成这个。

可他为什么总是拖拖拖，单位这个场所难道有什么不一样吗？真是奇怪，某种被缚住手脚般的后拽感超出此前种种，就像蜗牛没办法爬出自己的壳。但无论如何，已到了名单中的最后一个，只要跟头头谈上一谈，就能对自己大声宣布完事儿了！然而，就是没有做到，他让整个白天都白白过去了，跟过去的每一天一样，乏味，缓慢，一无所成……不可纾解的挫败感使得他头痛加倍、胃口全无，连手机都不愿刷。时间是一百只蚂蚁，在左额头角上爬。

周默努力抬起肿胀的眼皮，环顾，瞥到桌子对过的庞姐。她也皱着眉，转着桌面儿没精打采地挑菜。看，好歹这里还有一位女士呢，一个个抽烟还这么凶，不晓得尊重女性吗？周默心中略一动，得了，就开口讲这个好了，听起来像是对着大家伙儿，可部门头头不正好在座吗？他可是老烟枪。平常绝不可能讲的，今天讲了，这就很可以了，顺坡下驴，对自己有个交代。

他等着当下话题结束，以寻找合适空隙。可同事们实在太热闹、太快活了，你争我抢、话赶话地哈哈大笑，根本没有气口，这等于是要在一面水泥墙上徒手敲入钉子，周默总也找不到插嘴处。关键的，是他有种真正的恐惧，越是熟悉的、和气的日常局面，越是难以打破。好像大家都穿戴得齐齐整整，他突然站起来扒光衣服，并抛掷出不合时宜的石子。是的，他不得不承认这种古怪的倒挂，怎么地，就比找黄叔叔、言老师这样外面的人要难得多，比给文秋订房间、跟妻弟谈那种事情也难得多。

难就对了，越难越是要上，越难才越是压轴。他一横心，只管盯着手机上的时间，等八点整一到，像电台报时一样，不管不顾地立即站起，放大声量："哎，哎，我偏头疼实在太难受了，能不能，这包间里头，大家就不要抽烟了！"他听到自己不自然的嗓音，手臂带着表演性地指指禁烟标。只见所有人，不管是否捏着烟，都遽然住口，掉转头盯向他，于是他又加了一句："我刚刚去看了下，厕所过去有个大露台，实在不行，那里可以抽。"话一出口，他意识到更不合适了，要让人家去厕所方向。

哦。哦。哈。哈。烟气腾绕、酒意蓬勃的座中响起高高低低、含意不明的喉音。他一向都是随大流的，冷不丁这样直通通地煞风景，他们当然是太惊讶了。有人替他补救："看不出周默这么绅士风度呢，是替庞姐出头的吧。"

庞姐咯咯两声欢笑，高声爽气地否认："我家强子一天两包呢，我这早刀枪不入了。"周默一怔，记得她儿子跟小卫是同学，那小子都抽这么凶了吗？"你听听啊周默，跟人家庞姐学学。再说你可是堂堂男子汉呀，还是说你情愿做 Lady，我们抽烟前先要征得你的同意？""要说，抽烟也是权利。既然都是权利，是不是应当少数服从多数啊。举起手来数一数好了,哪位数学好一点的?"大家一阵欢笑,听得出是善意的。可真的都是好同事啊,有着世故的弹性与人情味,是不是就此过去呢? 在他而言,只要说出口,此事就算达成了。

左首隔一个座位,机房的小轩,倒是当真掐掉烟头:"其实抽烟对谁都不好,这回体检,我老婆都查出四个肺结节呢,说是我害的。""那有什么,我七个,排兵布阵似的,最大的六毫米!""我八毫米呢,小问题,都没到手术指标。"大家一时相互攀比起来,好像结节都成了什么现代化标配似的。说话间也有人加紧吸了两口扔下烟蒂。讲实话,到这个程度,周默心里真是满意了。

没料到部门头头还要总结,还要承上启下,可能是领袖气质人士的习惯。他动静很大地给自己的杯子满上,左手夹着大半根烟,冲席上挥一圈手,听凭其落灰,最终指到周默这里:"那你好歹得走一个呀,敬大家一个满杯,我这杯也全下。然后所有人全掐,整晚禁烟。今夜我们都是周默! 今夜我们都偏头疼!"真太幽默了,大家都快活地笑起来,等待着周默举杯同欢。

一种很糟糕的感觉恰恰在此时降临。周默酒量极差,一喝即倒,这是他公认的一个弱项,所以他从来只碰饮料,完了正好挨个儿开车送一圈人回家。不过,真要他喝半杯一杯,也不会死,甚至超不过满屋子烟雾的痛苦。只是 …… 只是,为什么要用他这个不情愿换那个不情愿。同样的场合、同样的情形,忍着、憋着这么多年,今天只是说出口而已 …… 而已呀。这么一想,感到不只是糟糕,乃至陈年累月的隐郁都一起发作了,心里别扭得不行。而如果还要掩饰这一点的话,倒是在给他们长气焰,反过来更加地孤立和抛弃自己了。这完全不对了,跟他这一程的念想背道而驰,也是对前面几次拜访的自我践踏。

周默站起来,用腿弯把椅子顶开,椅脚摩擦过地面:"何苦坏了大家的兴致,你们都不要是周默,只要我还是周默就行啦。诸位继续,该喝喝，该抽抽。我先撤。顺便讲一下，以后的饭局，我也要一概失陪了。请多包涵。"他一手拿起手机，一手抡起背包，也就出了包间。

他知道这一步小题大做，有点跑远了，对不住同事们的打岔嬉笑，也对不住部门头头，他已经算是好心好意。周默离开后的包间会是什么情况，下周上班会是什么情况，对他所谓工作层面、社交层面又会有如何的影响，根本不用理会，因为一定不会怎么样，蝴蝶翅膀，杯水飓风。人们并不在乎他，人们不会跟他当真，这是确定的，也是合适的。他和大部分的人，都是如此这般。

八

时间还早，得在街上晃几圈，免得回去妻子盘问。夜色清冷，如帷幕垂挂，行道树枝枝杈杈，似写意布景。往来车灯远了又近了地投射，舞台追光一般，打照着来来往往的路人和他们身后的故事。有点累了，便坐到广场边的路牙子上，位置很低，近距离地看着人们的腿和鞋。他们走得凌乱，也走得急促，看不到上面的脸，看不到他们的心肝、胸、屁股。只两条腿，一前一后、一步接一步地走着。走着，就是活着。周默真是看得呆了，入了迷。

到九点多才回家，冲洗一把，靠在沙发上，腿上搁本书，手上拿着手机，这个翻几页，那个刷两眼。妻子占据房间床头，也是差不多的情形。没有交谈，谈不上孤独，也不显得在等待。

今晚倒是早了一些，小卫进来时，手里拿了两杯奶茶，在他面前搁下一杯："买一赠一。"

虽则没头没脑，是罕有的"亲善"了。周默跟妻子让了一下，她在内里回说："刷过牙了。"那声音听起来颇愉悦。周默也刷过了，接过来发现是冰的，牙齿马上预警起来。老实讲，他很讨厌奶茶，甚至可以说,与二手烟和酒的排名不相上下,高糖加反式脂肪酸,害着多少人哪。稍一愣神,聚餐时的那个心态复燃起来,说吧,只是要说出来。他冲小卫正在关起的房门拒绝:"赠的也别给我,不喝这垃圾玩意儿。"

小卫显然太惊讶了,周默什么时候拿话冲过她呀。房门重新拉开,她跑出来,直通通戳到沙发前:"怎么就垃圾了,讲不讲道理?我这可是在哈着你。强子传那话,我还不信呢。你果然不对头。"

强子?哦,庞姐可真是大嘴巴。"对了,强子抽烟吗?"他还是疑心庞姐在酒席上是瞎扯,怎么可能呢,还一天两包。

"管人抽不抽烟!我们只是游戏搭子。"小卫马上就呛起来。她跟妻子就是这样闹翻的,两个人都太敏感,谈话中不能涉及任何一个适婚异性。

"那孩子我见过一回,个头倒是可以,但死胖,250斤打不住。"妻子果然按捺不住,在里间评点起来。

"有完没完!真是一天都待不下去了!"小卫跺脚,拿走奶茶欲扔,却又停下,冲里屋,"可真有不收房租的呢,这回可得放我出去了吧。"她又扭脸对周默,虎着脸,"下这么大招,居然去找黄爷爷,都跟他说我啥了?可怜可厌的老姑娘贫困交加?"

妻子踢里踏拉从里间出来,推一张小圆软凳给小卫,她则坐到沙发另一边,惊中带喜:"黄爷爷,是那个住二卫村的吧?嗨,打你妈过来带小卫我就知道。你也真够鬼的,还一直瞒得我死死的。"她冲小卫使了一个周默不太明白的眼色,转头向他,"你最近到底咋了,怎么净搞些莫名其妙的事?见言老师也就算了,"她瞟一眼小卫,打住,"还找我弟弟,你说你跟他能说上啥?他还死不肯讲,只说你不对头。"

不止,还有个文秋呢,周默心里小幅度得意了一下。想到妻弟所说的"爱情至上主义",又替妻子与他的这一结合感到残缺与荒谬。随即又想着,今夕何夕呀,居然一家三口挤挨着坐在这里相互说话。他心里软塌下去,一下子十分伤感。

"也就打游戏的时候,强子跟我捎了一句话。"小卫是在跟妻子说,当周默不在场似的,"后来庞阿姨在边上高声插话,啰里啰唆地说部门聚餐,又讲什么肺结节啊、喝酒啊、抽烟啊什么的。强子嫌吵,把门拍上了。"小卫难得一口气讲这么些话,想是尽可能提供了她那边的信息。

周默能感到妻子明显坐直了,口气换成轻拿轻放:"上次的体检报告出来了?是不是有情况?报告呢?"她马上就要去翻包。周默摆摆手,很不习惯这突兀的关切。妻子大概也感到了,又坐回原处,重新提高嗓门,带点申辩的意思:"我也体检的,一到这个时候,各单位都搞体检嘛。你也没关心我对不对?有啥事就直说,不要作怪吓人。我就说呢,平白的干吗要删朋友圈好友。"她还是嘴硬,但听得出来声音有点干巴,"对噢,你体检那天,上午就直接回家的是吧?我到家时你连灯都没开,脚头还堆着外卖盒。"真惊讶,她向来都没正眼看过他,居然还记得这些细枝末节。女人多奇怪,是作为妻子的一种特异能力吗?

小卫把冰奶茶往妻子那边推推,后者这回没有顾忌她已刷牙,咕咚咚连喝几大口。她们之间的气氛,突然间亲昵和同甘共苦起来,为着一个被她们敏锐探测出来的,可能要发生,也许已经发生,但详情未知的不幸。看看,还是这种讨厌的推理,他就不可能是一个勇敢的、自觉更新的人?非得碰上大沟大坎,才能做出一些其实也算不上什么的事情吗?

很遗憾她们这样。更遗憾的是,他确实不是。

体检时在 CT 室,医生对刚刚出来的他嘟囔了一句:"不要等报告出来了,马上去内科开个加强核磁共振,提前预约。"未及询问,医生已扭头冲门外高叫"下一位,进来"。另一位应声而入。医生无暇再顾,也可能是不愿多话。他只好离开，并开始了应对性的思考。不排除医生会有粗糙的误判，或从严的职业性谨慎，这已然是一个足够显著的推力——他发现自己有意识地接收并放大了这个信号，不知是出于什么古怪的心理，他愿意，或者说，倾向于选择这一无声的耳边惊雷，以震动浩茫的心事。即便只是一种可能性，他也想让自己处于致命的悬剑之下。此生已至大半程，他需要这把虚而未实的剑。

当然，体检结束后他没去挂号，没约核磁共振，只不急不慢地随着大家一起等报告，而报告来了之后，就一直搁在包里，两三天了，封口都还没撕开。稍早时坐在路牙子边上的时候，他也起过意，要不要拿出来睃上一眼？毕竟，算上聚餐饭桌上那一场微小但艰难的抗烟之争，他的行动都完成了。

可是很不愿意看，他不想用这个报告，来收尾和解释他最近这些天的变化。看不看无所谓，哪怕死不死的也无所谓。真正的问题不在报告上。

问题可能在他对偶然性的一种怨恨。倘若没有CT室医生所嘟囔的那么一句，哪来后面这一串的念想、胆气与行动。当然，他感激这个偶然，就这么小小一下子，他得到的可真太多了，以为只是掀开生活的一层膜，实际上，连带起了多少血肉筋骨。过往的劳苦与欢乐，念念追索的溢出或消亡，人们相互间恒温恒距的冷淡，冷淡中突然闪动的光亮。这么缥缈，也这么醇厚。他感激这一切，太感激了，以致更为憾恨。他只是偶然性提线之下的小小人偶。这说明他作为自我的那部分，是多么次要、多么被动、多么微弱。而这个渺小的人偶，才刚刚开始意识到自己，开始做自己，爱这样的自己，并企图踏上一个趋近自我和自由的进程……

周默愣在那里，他知道妻子在问他，小卫也显出等他回应的样子。他为她们的关心，以及这种关心中所流露出来的世俗情感，感到一阵甜丝丝的痛苦。生活还是这样，会时不时对他有所爱护，哪怕这种爱护仍旧是一种偏差或错觉。他觉得妻子多少是在意他的，只是他一直没有觉察，妻子也没有觉察。他们一家三口，是迷雾中瞎目同行的亲人。瞧，他得大病临头才对，她们会很顺利地理解他的性情有变，并继续用从前的"老一套"来对待和看待他。他打一开始就不在意报告结果，只这会儿，他强烈希望体检指标全是好的，他愿意用真正的恶疾去换一个假的好报告。

他扭头避开背包所在的方向，可能的话，就让体检报告还搁在那里头，搁一个晚上，或半小时，哪怕只一小会儿。在这个延宕的短暂时间里，他希望她们，尤其是他自己，能忘了这码事，只把他近期的所为当作一种自然而然的变化与进化。还没完呢，或者说，这才刚刚开始。当然了，生活和生命本身并不会有任何不同，他脚下所踩的，仍是悬空的钢丝索，有细弱有粗壮，有随时会坠落的裂处……只管一步一步走着好了，老人一样，新人一样。

夜色中涌进桂花气味，这个季节最后一波迟桂花之香，占领似的笼罩着他们几个。他把脸冲向妻子和小卫，用他能做到的方式皱皱眉，像以往一样，恼怒中带着无力的反驳："什么体检，都想到哪里去了，我就不能有点小脾气嘛。"

原载《万松浦》第3期

余 墨

房 伟

一

周六深夜，我坐最晚一班高铁，回梁城。

黑黢黢的，透过银灰色窗帘，夜闪着灯火，有无数故事和人生，都和我不相干。

梁城是北方的一个大中型城市，梁城大学是该地唯一的211重点大学。研究生毕业之后，我从未回去过。也没啥，就是不想动。

无聊数着窗外光点，一个，两个，三个，还是无法睡去。天太热，夜也不能让它冷静，我们都是焖在锅里的鱼。我央求服务员把空调弄低点，勉强昏睡过去。不一会儿，又觉得冷，刷着脸上的凉汗，顺手划开了手机。

打开抖音，粉丝们都抱怨，等我讲"大宋高梁河惨败"呢，怎能说停就停。

我打开自拍，炫了车厢昏暗的情形，再转向疲惫的脸，说，阿丹真没法，过几天补上，等不及的老铁，可去网站看付费网文，或买实体书瞧。

我是历史栏目主播，也写穿越网文，虽是中年大叔，还不是"大神"，只是有些粉丝，勉强糊口。我叫"周丹"，粉丝们都自称为"丹粉"。

网上溜了会儿，又困了，准备关机，师妹高晓菲的微信来了。她问我到哪里了，并让我一下车，就赶到梁城大学招待所，先安顿下，再来导师家里。

我还是自己选地方吧，不想离学校太近。我回复说。

晓菲有些不快，过了半天，又发微信，说，随你吧，就你各色难搞，大家都住那里。你在别的地方住，票据留好，我们统一报销。晓菲强调。

我是无业游民，没法处理费用，理解师妹的好意。

高晓菲留校后，先当辅导员，又读了导师的博士，毕业后，转入教师岗。这些年下来，她成了女性史专家，教授博导。只是醉心学术，个人生活就惨淡了些，读博士时还有男生追求，她说要先评副教授。上了副教授，她又说要先评教授，不能耽误写论文与做项目。不知不觉，追求者都跑了，晓菲也已四十多岁，有些"美人迟暮"的意思了。

还有两小时到梁城。

坐夜车有种恍惚迷离的感触，好像一下子进入某种叠加的宇宙空间。所有过去、现在和未来的人和事，都有可能在这里不断并置发生，不断被重演。二十年一梦，穿梭而过，窗外的灯火中，我看到多年前的同学们，谷墨、高晓菲、程济，还有慈祥的导师，他们都漂浮在我似睡非睡的记忆里……

二

新世纪初，我读研究生时，赶上高校扩张。我们这届研究生，招了二十多人，创下历史系建系最高峰。后来历史系与其他院系合并，成立梁大社会与历史发展学院，但历史系继续高歌猛进，也是梁大唯一入选国家重点学科的文科专业，享有盛誉。

这些成就，都与导师容焕余有着密切关系。

导师学历不高，不过专科毕业。他曾在中学教书多年，因学术优异，短暂被调入梁大，旋即被打成异己分子，下放甘肃。二十世纪七十年代末，他重回梁大，著书立说，大放异彩，几乎以一己之力，独撑起梁大中国史的学界地位。

二十多年了，依然难忘那一幕。"现代历史学研究的理论与方法"，是研究生一年级必修课。秋天的下午，天高气爽，窗外的梧桐树摇曳，教室走进一位头发花白、腰杆笔直的先生。阳光从窗子爬进，金粉般在那人肩头散去，为之笼罩上一层神秘感。他又瘦又高，整个人有"出鞘之剑"挺拔感。特别是他的眼，激情中有淡泊，理智之余又含戏谑，让人捉摸不透。后来我回想导师给我留下的第一印象，总觉得真正的历史学家，就该如此。

导师从兰克、卡尔的现代史学讲起，讲到吉本的《罗马帝国衰亡史》，再讲到布罗代尔、拉杜里等年鉴派史学家，海登·怀特的后现代史学。他还从梁启超的中国现代史观念讲起，从胡适、傅斯年讲到顾颉刚、吴晗与翦伯赞。他带有安徽亳州的方言，我们听来吃力，但他嗓音洪亮，穿透力强，教室回荡着他慷慨激昂的声音。

我们听得入神，下课铃响了，也没人关注。大家鸦雀无声，全神贯注地听着年过半百的导师，讲治学理念和亲身感受，生怕打断了他。

历史是什么？导师打住，目光炯炯地盯着所有同学。

答案五花八门，导师摸了摸下巴，说，历史是由血、火、人类的罪行和愚蠢组成的。

底下炸了窝。大家议论纷纷，几个学生跳出来，和导师辩论。有的说历史是进步的，有的说历史是循环的，导师淡淡地说，你们还年轻，有热情，但现实和理想有差距。后来我们晓得，那句话是历史学家吉本所说，导师言来，似有无数创痛体验。

导师说，以学术为业，是一条艰难之路，没有鲜花与掌声，美女与金钱，我们更多面对的是孤独寂寞，还有就是贫穷，穷酸书生，说的就是我们这些人！

大家哄堂大笑，晓菲插话说，您可不穷酸，您是著名专家。

导师没再辩解，在黑板写下一行漂亮粉笔字，说，送给大家，诸君与我共勉。

我和谷墨是同桌。我们都非常激动。谷墨敲着桌子，瘦长的手指，紧张地发抖，我问他怎么了，他喃喃地说，学者当如是！有此师为榜样，此生足矣！

导师和蔼，如果不是课堂，也肯讲笑话。晓菲缠着导师，说讨教学问，最后却是让导师给她打高分，每次都是谷墨和程济出风头！她噘着嘴，扮着楚楚可怜，让导师无可奈何。我们不努力，他也发火，可女同学们有武器，就是泪水。只要被导师批评，晓菲就开始抽泣，最后变成"梨花带雨"的模样。导师便悻悻打住，说，这样不行的，女孩也要用功！

导师喜欢带我们爬山。小山在学校后面，不高，也不秀美，山上树木繁盛，山顶有小广场，是广场舞爱好者的圣地。登山活动，常安排在周六下午，那往往也是学术交流会。导师让我们每月上交读书笔记，也出题目让我们辩论。小广场就是辩论现场。有时导师也变得沉默而严肃。一次，他指着广场旁一个小凉亭，说，我被梁大的学生批斗，就站在这个地方。

凉亭很普通，在山的高处，有青石板，踩的人多了，光滑平整，看不出什么坑洼。

很多年过去了，我依稀记得，导师说那句话的样子。他的眼神有些阴翳，山上的树木，将层层影子投下来，遮住了台阶，也遮住了他的眼。他当时看到了历史，却不能预见未来我们各自的前程。我硕士毕业后，分配到省史志办。史志办崔主任，对我百般打压刁难。我不拍马屁，也不送礼，还给他提了不少意见。他把我看作眼中钉。2008年，我辞职到上海，报纸、出版、电视台都混过，一事无成。

2011年，我重拾当年的写作爱好，网名是"磨牙的树懒丹"。我写穿越历史网络小说，业绩一度不错。网络作家压力大，每天更新万把字，我很懒散，总断更，粉丝封我为"东厂丹公公"，有的甚至开骂。我气不忿，又做了自媒体，在抖音讲中国史。我的口才还行，文案自己写，也直接讲自己的书。七混八混，也搞到点钱，在上海买了个小房。就是整天瞎忙，婚姻耽误了，晃来晃去，也到了四十大几岁。

我不在乎，痛快就好，只是无颜面对导师和同学。

也无所谓，我只和谷墨要好，这些年了，我们一直没断了联系。

三

梁城大学招待所，早改成五星级的"昊天大酒店"。晓菲只是习惯这么叫，大学招待所叫什么"昊天"，总有些别扭。

临近毕业那段时间，赶上昊天开业。昊天就建在研究生宿舍对面。2003年初夏，我和谷墨打篮球，天快黑了，才回宿舍，走到昊天附近，憋得受不了，跑进去蹭厕所。我们鬼使神差，跑到昊天的地下三层，有个一百多平的休息大厅，里面全是等着上钟的小姐，密密麻麻地，好几百人。我们吓傻了，小姐们也愣了，齐刷刷地盯着我俩。我们窘得摆手，表示走错了，她们才扭过头，冷冷地抽烟、剔牙，不再搭理我们。

昊天地下二层是游泳池,三层是夜总会。我和谷墨惊魂未定地逃出昊天,逃回了宿舍。宿舍在三层,靠北的阳台,可看到昊天灯火辉煌的告示牌。阳台也是我和谷墨、程济等同学论道的好去处。一壶粗茶,一个主题,扯上大半夜,通常是历史与哲学话题。晓菲师妹也参加过"阳台学术神仙会",每当她过来,谷墨的眼睛,都亮晶晶的……

到了梁城,已是凌晨。二十年了,昊天还是老样子,微明的晨曦中,巍然屹立,外体装修抵挡不住岁月侵蚀,剥落了不少瓷片。我莫名有些感伤,让出租车停在昊天旁边的丽景酒店,档次差了点,但也能住。我自己报销,这点骨气还是有的。

吃了点东西,眯瞪了一会儿,起身赶往导师家。导师住在学校北门的专家楼,人还未到,就看到楼前扎起的灵棚,院里撒落的纸钱。都是按安徽的风俗办的。已是四点多,时间尚早,微薄的光亮下,暑气悄悄升腾,驱散了清凉。响器尚未开工,院里站满了人,戳在那里,有的抽烟,有的互相寒暄。我见到了晓菲、程济他们几个同门。

都等你呢,晓菲冲我点头,她嗓音沙哑,眼也红肿得厉害,头发干枯,下巴尖尖的,人也佝偻着,有些瘦脱了相,想来导师去世对她打击很大。

程济没和我说话,默默递上白花,又丢给我签名册。他这些年保养得不错,四十多岁,看着像三十出头,白白胖胖的脸,没啥褶子。程济和谷墨一同留校,如今是中国史方向带头人,梁大社会与历史发展学院的院长,继承了导师衣钵。程济穿着黑色短衫,脸上不断淌汗,他擦着汗,拍拍我的肩膀,说,大作家,最近没少挣钱吧。

我刚想说点啥,他又旋风般跑开,联系青云山殡仪馆那边事宜。

晓菲拉过我,小声问,带了多少丧仪?

我说,五千吧,不知大家都拿多少?

晓菲看看四周，又说，导师生前吩咐，不收钱，可师母说，同门可以。

导师去世前，专门叮嘱过家人和亲近弟子，不开追悼会，不收礼金，骨灰埋在安徽老家翠屏山下。家属和学校领导都不同意。导师有很高学术声望和社会影响力，陈副省长专门做了批示，要隆重纪念，学校也要组织"容焕余学术国际研讨会"等系列活动，在海内外对学校几个重点学科进行宣传。

虽说导师是知名学者，不缺钱，可师母是农村妇女，没什么文化，导师几个子女，也没什么出息。女儿留在安徽，是中学教师，儿子跟着他们在梁城，学校看在导师面子，安排在后勤处。儿媳也是导师找人安排的。导师住在学校专家楼，和师母、儿子、儿媳妇、孙女一起生活，一家人都依靠导师。如今导师不在了，家里收入自然大损，收点礼金也情有可原。导师一生维护学者尊严和形象，家属考虑问题更实际些。

导师住的专家楼，是套独栋三层别墅。导师的子女披麻戴孝，站在门口。一楼客厅门大开，师母枯坐在旁，手在颤抖，身体也在抖。灵堂已备下，前来慰问的人，先给导师遗像鞠躬，再和家属说上几句。同门们不仅鞠躬，还要跪下磕头。我也随着规矩。我将钱给了晓菲，其他同门也拿出来，让她一并代表。晓菲接过钱，刚与导师的儿子谈了几句，师母却兀自立起，冲过来，将个玻璃茶杯，摔在晓菲脚下，冷冷看着她，哑着嗓子说，钱的事，不用你管！

众人愣住了，继而低声议论。晓菲窘得满脸通红，手足无措。旁边一个秃顶男人，挡在晓菲前面，说，师母太伤心了，大家别惹她老人家生气。说着，几个同门女弟子过来，围住师母，将她劝回座位。晓菲眼圈含泪，奔出门外。秃头男叹了口气，对我说，大作家别见怪。我这才看清，这位是高我两级的孟力行师兄。他毕业后，先在某普通高校教书，后来不知何等机缘，调去某部委工作，听说也是局级干部了。

孟师兄淌着热汗，白衬衫很快湿透了。他拉着我走出房间。天已大亮，太阳刺目，血色阳光直刺灵棚。丧乐大起，闷热的空气，仿佛胶水似的，乐声也无法搅动黏稠质感。一群人黑压压的，蚂蚁般黏附在这座小院。我走到树荫下，和孟力行寒暄。我们也多年未见。他胖了，当年有着颓废哲学家气质的瘦削身材，如今发起福，只剩下白净的四方脸，秃掉的脑袋，还有那种洞穿一切的自信眼神。

换个角度看问题，孟师兄侃侃而谈地说，不要被偏狭思路限制住，遭逢大变，导师家里难免乱套，我们要多体谅。

我想说些什么，只能咽到了肚里。不一会儿，同门陆续都出来了，聚在院外聊天，不常见的，互相加微信，敬烟，谈着各种资源和不同领域见闻。消息传过来，追悼会定在明天上午，中午程济安排，在昊天酒店吃点饭。

我不在学术圈，也没啥资源，没人凑到我这里，只有孟师兄有一搭没一搭地，和我说着话。他这些年虽然当官，与学术界关系也没断，常到著名大学指导课题申请，以及博士生毕业答辩。他不和我谈官场，只谈学问，我没法和他应和。我这些年瞎搞，学问也疏懒，说起来惭愧，师兄一考校，不免张口结舌。师兄严肃地拍着我说，换个角度思考问题吧，就是创作，也要争取成为同时代人的代表，不能满足于挣几个小钱。

我说，孟师兄，从前你不那么装，如今当了领导，风格迥异，让人敬佩，现在的小孩喜欢克苏鲁和二次元风格作品，我这种贩卖历史故事的作家，勉强糊口罢了。

上午十时，人越聚越多，各级领导也赶来拜祭，少不了一番应酬。晓菲躲在灌木丛边哭了一场，又帮着张罗，也没再闹出风波。大家正商量，打车去昊天酒店吃饭，程济风风火火地跑过来，径直走向我。我正诧异，他铁青着脸，说，你不能到谷墨那里，这是原则问题！

四

　　我和程济、高晓菲、谷墨是同级同门。论学问水平，谷墨最高，说起家世背景、人情世故，谷墨拍马也赶不上程济。程济的爷爷是厅级干部，父母是梁城大学中层领导，叔叔和姑姑也都在事业单位担任领导。程济从小就是优秀生，本科保送梁大。程济本被家族培养当公务员，可他志向高远，想在学界出人头地。程济基础扎实，为人虽有官家子弟傲气，但处事圆滑，出去吃饭也抢着买单，在同学中人缘不错。程济曾担任梁大学生会主席，论文也拿了奖，发表在核心刊物，顺利保送容老师门下，攻读硕士学位。导师也对他颇为赏识。程济是梁大受瞩目的学术新星。他的目标很明确，就是留在梁大，成为继导师之后的一代优秀学者。

　　这一切，都被谷墨的出现打破了。

　　谷墨出身北方小县城。父母是杜县附近的农民。他本科学机电，原在杜县冷库当工程师。可他从小热爱史学，即便读了工科，有机会读研，还是毅然辞职，报考了历史学。他被容老师录入门下，纯属偶然，据说谷墨将研究生复试现场，变成了学术演讲台，成功引起导师的注意。

　　入校半年，谷墨就展现出良好学术天赋。他博览群书，过目不忘，阅读量惊人，对很多历史细节有精准记忆力。《通鉴纪事本末》等史学大部头，早读得烂熟，各类笔记野史，也涉猎极广泛，对晚清至民国的防疫制度，早有研究，入校前发表了数篇论文。他有敏锐的洞察力和问题意识，总能在新理论方法框架内发现历史秘密。他的英文不错，古文功底也好，能写古诗词，热爱明清小品，业余还将很多古文翻译成雅驯的英文，颇令人惊奇。

"冷库小子"谷墨在梁大迅速成名，广受瞩目。

我们分在一个宿舍，谷墨在我的上铺。我拎着行李进来，他正在读书，只对我略点头示意，神情冷淡。接触多了，我却被这家伙的才华和学识折服。尽管，他常翻着白眼，冷着脸讲话，可一针见血。他珍惜时间，不去看电影跳舞，找些年轻人的娱乐。他对同学们保持距离，但如需他帮忙，他总默默尽力，事后也不肯居功。他在图书馆帮人抄资料，给同学的论文提意见，还给家贫的同学捐款，女同学让他干个杂活，他也从不推辞。

给我印象深刻的，还有他的孝顺。梁大校园种满梧桐等几十种树木，土质非常好，植被长得茂盛。早上五点，谷墨拿着本英文书去操场，一边跑步，一边诵读。锻炼完了，他拿出罐子和小木铲，在操场周围搜寻蚯蚓。他说母亲偏瘫，有中医给出方子，要用蚯蚓泡酒。蚯蚓成药，在中药店价格不菲，他只能自己收集。校园洒满阳光，谷墨的汗水，顺着额角不断滑落，他扭动着瘦长身体，笨拙地在土里翻找，发现一条蠕动的黑蚯蚓，就欣喜地大笑。

我们也认识了高年级的师兄孟力行。他的做派和谷墨很像，总用电饭煲弄上一锅米粥，静静地躲在两个书架之间看书。如果你来谈学术，他非常欢迎，如果闲聊，他就指指书架上的字条："闲谈不得超过三分钟"，不再理你，全不顾访客的尴尬。孟师兄对我和谷墨是肯敷衍的，特别是谷墨。孟师兄抽着烟，眯起眼说，谷墨将来前途远大，嗯，不容易。

谷墨和程济的关系很紧张。导师的专业选修课，成了展示才华的战场。第一节课开始，程济就和谷墨较量上了，一个小问题，也唇枪舌剑，互不相让。容老师对此很宽容。程济总是败多胜少，他很快就从谷墨略带讥诮的眼神中，确认了学术之路的绊脚石。

程济约同门聚会，我依稀记得，那是一家高档酒店顶层的旋转自助餐厅。程济说着漂亮场面话，矜持得体。优雅的环境，精美的食物，都让晓菲等几个女同学眼中，充满羡慕和兴奋神色。程济介绍龙虾的出处，烤肉的切法，特别是在梁城最高酒楼顶层俯视灯火辉煌的城市的快乐。程济说，我们都是梁城的精英，会成为这个城市塔尖看风景的人。

谷墨反唇相讥，说，学问家在经济社会没啥用，风景只在个人内心。如果要取得世俗意义的成功，要经商或当官，搞学问算个屁。

谷墨有点刻薄。他很在乎程济不经意间流露的优越感，及对他的冷库工程师身份的鄙视。谷墨早婚，在冷库时陷入一个温柔女工的爱情。他不顾家庭反对，毅然和女工结婚。他考上研究生，女工很担心。谷墨身材瘦削高大，目光炯炯，充满激情和怀疑精神，才来了半年，就有不少女同学对他表示青睐。他毫不为所动，只对师妹晓菲，似乎颇有意思。这一点，我这个对感情不太敏感的笨人，都看了出来。晓菲是"林黛玉"型骨感美人，有些"淡淡哀愁"的古典风致，符合才子对女性的想象。谷墨看着晓菲，眼睛会笑，笑声会有光，光是蓝色的，蓝色的光也会变成金色的火，烧灼着他的理智。晓菲看着谷墨，眼里也有着光……

大家都看在眼里。晓菲刻意回避这份情感，态度模糊暧昧，反而激起谷墨的斗志。晓菲是师门女神，很多男同学都暗恋她。这也包括我和程济。当我发现谷墨和晓菲的暧昧关系，只是喝了场大酒，把谷墨骂了一顿。我督促他要先离婚，安排好家庭，再去追晓菲，否则就打断他的门牙，和他绝交。谷墨极少在我面前谈起那个女工，但我知道，他们并非没有感情。女工的照片，被他贴在宿舍橱柜深处。女工温婉可人，眼睛很大很亮。

谷墨被我骂得狠狠，笑着点头。这种处于家庭责任与爱情之间的矛盾撕扯，给谷墨造成了极大痛苦。程济却从没有真正表白过感情。他善于掩饰。但当谷墨和晓菲亲密交谈，程济的脸也是惨白的，白得吓人。我看在眼中，深深为谷墨表示担心。我还从程济眼中看到了深深的忌惮。这是"优秀生"的通病。优秀得太久，站在潮头太高、太冷，早已习惯居高临下的"优等生态度"和悲天悯人的情怀。他们喜欢的不是学术，只是成功。有人威胁到他的成功，"见贤思齐"这类论调，在他们身上是不适用的。程济还有良好的家庭背景，也有钱。这些东西，让程济与谷墨的斗争，变得漫长而无趣。

五

从梁大到谷墨的家，打车要一个多小时。

谷墨住在梁师大东校区旧教职工公寓 —— 幸福里。那是学校分给教师的福利房，价格比市面低，位置较偏远。谷墨从梁大调入师大，师大只给了安家费，他贷款在这里买了房。"幸福里"说是梁师大教师公寓，如今也没住着多少梁师大的人。早年分到房的老师，趁着房价翻了几次，都把这里卖了，在更高档的小区买了房。谷墨在梁大留校时，因为是本校毕业，和学校签了苛刻条件，不能要学校的福利分房。他一直也没买房，等调入梁师大，房价又飙了起来。谷墨很知足，他没啥钱，这房是他独立供的，房贷未还完。妻子和他离婚后，带着女儿，生活在距此数百公里外的杜县。

我从未来过这里，可在谷墨发的朋友圈，见过这房。谷墨简单专修后，命名为"墨斋"，很是幸福了一阵子。

下午一点多，出租车停在"幸福里"。小区绿化还可以，房子老旧，远远望去，软绵绵地趴在那里，像一只只灰蒙蒙的、钢筋水泥的虫。

谷墨住的那栋楼，就在小区偏僻角落，没有扎灵棚，只有楼道口摆着寥寥几个花圈，还有零散进出的，戴白花的人，显示这家人有白事。

这些人我都不认识。谷墨的中学和本科同学，老家杜县的亲朋好友，我都不熟悉。研究生同学，一个也没来。两个面带戚容的女生，得知我的姓名后，招呼我进去。她们是谷墨在师大的学生。她们要给我戴白花。我在导师家里的白花，正好还在，省了不少事。

谷墨的遗照，选取的是一张黑白标准照。他正傻傻地看着我笑，目光全是戏谑，还是我二十多年前，第一次看到他的模样。灵堂前，我鞠躬施礼，一个中年妇人，扶着个泣不成声的小姑娘，给我还礼。小姑娘瘦瘦高高，眼哭得红肿，依稀看去，有不少谷墨的影子。她应是谷墨的女儿谷金子。中年妇人很冷静，戴着墨镜，从面容上还能看出是谷墨的前妻，那个我记忆中的漂亮女工，只是已发胖，白皙的下巴隆起叠加。我曾听谷墨说，她也是颇有能力的女人，离婚前，就搭上县里一个搞房地产开发的小商人，在冷库辞了职，如今她是全职太太，那商人离了婚，和她生活在一起。她旁边站着个黑胖男人，应该是她现在的丈夫。那位房产商正忙着登记来宾姓名，帮着谷墨的学生收礼金。

你是周丹吧，女人说，谷墨说过，你是他最好的朋友，一定会来的。

我没说什么，想拿出准备好的白包，又想了想，问她，谷墨的其他亲人呢？

女人努努嘴，我这才注意，地上还蹲着个农妇打扮的人，面色黧黑，两手颤抖，拍打着地面，那双手红肿粗大，皱纹已开裂。我赶紧扶起她，轻声安慰。她是谷墨的姐姐，在家务农。她身后几个默不作声的，铸铁般黑硬的男人，大口抽着烟，是谷墨的姐夫和表哥。谷墨的父亲去世早，母亲患病卧床多年，也是无法来的。农村人见世面少，谷墨的姐姐和几个亲人，想来也是对城市里的应酬，比较怯场，这才委托谷墨的前妻在前面和众人周旋。

我掏出五千元礼金,悄悄塞在谷墨姐姐的怀里,说,给谷墨母亲的心意,并让她给我写了电话和地址,等闲下来,我要去他的家乡看看。

谷墨在梁大的同事,零星来了几个,都是鞠个躬,交了钱,就离开了,并声称事太多,无法参加追悼会。谷墨在梁师大的同事和学生,倒来了不少,尽管他在梁师大,总共就待了六年。金辉院长很忙,没有过来慰问,说是明天直接去殡仪馆主持仪式。

我陪着谷墨的姐姐坐了一会儿。她讲了很多谷墨小时候的事。我安慰几句,见并没有打断她的回忆,就不再说什么。过了许久,她终于停下,茫然看看我,脸上浮现着神经质的苍白。我打起精神,表示还在听。她这才安定,继续讲谷金子的事。金子现在在杜县读中学,那几年,谷墨一直和前妻争夺抚养权,刚说好了,将她转到梁师大附中读书。师大附中是梁城最好的中学之一,可惜还未办好,人已经走了,此事到底如何处理,还要看学院的意见……

我踱步出了客厅,去谷墨的书房看看。那里有谷墨生命的痕迹。我在这里坐坐,短暂留住时间一会儿。两排实木打造的黑书橱,整整齐齐地摆放各类学术书籍。他最不能容忍学者有个凌乱的书架,读研时他就这样,书架一尘不染,谁也不让动。第二层中间,有我前几年出版的一本历史小说,扉页还留着我写给他的话——"致学术孤勇者大墨兄"。书的页面留着些污渍,我能想象到,谷墨边吃饭,边看我的小说,乐得哈哈笑,不小心留下了污渍。黑色皮椅,似乎还有谷墨的温度,好像我还能看到他手舞足蹈的样子,听到他爽朗的笑。这一切都仿佛下午阳光里折射出的尘埃,漂浮,闪亮,轻盈,羽毛般飞翔着,永远地离开了我。

我抽动鼻子,快步出去,穿过客厅,冲到楼下,在小区花坛旁边,擦了擦眼泪。我又平静了一会儿,拨通了晓菲的电话,说,别人都不来,你也该来。

晓菲沉默着,我听到电话那头的抽泣,许久,她才说,谷墨的女儿,还好吗?

我没答她,让她明天无论如何,来送谷墨最后一程。

可我要送导师,晓菲叹着气,似乎很难取舍决断。

我说,问过谷墨这边治丧的朋友,也在青云山殡仪馆,时间大概比导师晚一个小时,你在那边忙完,就过去吧。

这么巧,晓菲唏嘘着,导师走了,还忘不下谷墨,他才是导师最欣赏的学生,同日而去,又一起开追悼仪式,也是前生注定的师生缘分。

我又回到二楼,想多待会儿。此时一别,恐再无相见。谷墨也会彻底消失在我的生活中。寒碜的厨房,冰箱里全是速冻食品,侧卧开裂的玻璃,粘着一条长长胶布。他的生活就这样,全都糊弄着。那张硬板床,我使劲躺了躺,床板摇晃,发出"吱吱呀呀"响声。我翻起床垫,发现最下层垫子里有几只避孕套,一条女人的黑色蕾丝边内裤,不禁哑然失笑,看来这家伙不像我想的一直过着"纯洁"的单身汉生活。

房产商人过来,欲言又止,我赶紧告知他,丧仪给了谷墨的姐姐,让她捎给家乡的老人。房产商勉强地笑了笑,又向我打听谷墨房子现在的市价。我说,梁城不是小城市,更不是杜县,这片大学城住宅,总有两万一平方吧。

房产商高兴起来,找别人说话去了。

我又问了谷墨前妻,他发病的情况。他是晚饭后,看着书,突然感到胸痛,强撑着打了120,被急救中心拉到最近的妇幼保健医院。到后才发现是重度心梗,不得已又转院,折腾下来,人已昏迷。曾有谷墨的学生，以为急救中心处理病人草率，肯定和那家医院有利益输送，但没啥真凭实据，事情也就不了了之。

谷墨在 ICU 抢救了两天，没挺过去。他的心脏问题，已有几年了，他有所预感，早写下了遗书，有一段内容，叮嘱让我负责他的文稿，有机会整理发表云云。我和谷墨虽是好友，但这些年相聚也少，我在上海，他在梁城，只是频繁微信联系。谷墨太看得起我，我离开学术界好些年，看论文很吃力，就是整理发表，又能怎样？至多不过在刊物目录上挣得一个"黑框"而已。学者们关心的话题，大众也不感兴趣，出版了恐也少有人问津。

我和谷墨前妻说话时，谷金子一直盯着我，我问她，有什么事。

你是周丹叔叔吧，谷金子说，爸爸说，你是个作家。

我拍拍小女孩的头，她撮着手，递上一张素白的卡片，说有一首小诗，是她写的，纪念谷墨，我眯眼看去，字是极娟秀的，上面写道：

> 羽毛飞上了天
> 没有踪迹，或声音
> 是谁在世上无缘无故地哭
> 余下点点的墨迹，或血泪
> 一次别离，轻柔的
> 为了别世的相遇

我想起秋天的早晨，我们刚入校不久，去校园给谷墨的母亲挖蚯蚓。他捉到一条大黑蚯蚓，高高举起，快活地大叫。我仰头看去，蚯蚓不断挣扎，谷墨的黑发，被风吹动，在阳光下熠熠生辉。倏地，他扯了下头发，几条断发，被指缝夹住，又被风吹起，在金色阳光下，不断飞舞，旋转，羽毛般地飘远了……

六

硕士毕业后，谷墨和程济都升入博士，晓菲留校当了辅导员。晓菲痛哭过几次。她的心气很高，想当女学者。导师安慰她，让她过几年再考。

谷墨和程济的竞争关系，延续到博士阶段。程济撕烂谷墨的书，威胁要找人揍这个"冷库学者"。程济给我的印象是，机灵乖巧，温文尔雅，把他逼到这地步，可见二人关系水火不容。就灵慧而言，谷墨很像导师，但不如导师通达，反而有点愣头愣脑。许是饱经沧桑的阅历使然，导师虽然对学问严肃认真、深厚博大，但也热爱生活，精通很多菜肴的做法，会唱歌，跳广场舞，对待官场和学界，非常懂得处理关系，有极好的口碑和人脉。这些谷墨通通没有，反而程济这些地方更像导师。大概谷墨加上程济，这才和导师性格差不多。

导师努力协调他俩的关系，一度想将程济介绍到其他老师门下。由此可见，谷墨在导师心中的分量，还是更重些。导师时常将谷墨叫到家里吃饭，让师母给他炖母鸡，有时也亲自下厨，给谷墨做拿手的炖鱼。吃完饭，就在导师的大书房，闲侃学术，师徒俩人相得益彰，有时也争得面红耳赤，过后导师还是叫谷墨吃饭，他总是给谷墨发短信，说，小墨子，有空来吃饭，要继续上次的讨论哟。

这种待遇，程济是没有的。导师对他更多是客气。程济很有危机感，更加努力学习。平心而论，程济称得上兢兢业业，专心学术，也有一定悟性，可惜在天赋上和谷墨相比，还有一定差距。谷墨家在杜县，为了学业，读博期间，很少回去。那位女工倒是懂事，没事就坐几个小时班车来看谷墨，将那个小博士房收拾得一尘不染。谷墨有心和她分手，也闹过几次，女工誓死不从，谷墨只能作罢。过了几年，谷墨临毕业，女工怀孕了，两人的关系稳定下来。世事难料，女工一直未调来梁城，独自在杜县带大谷金子。也许女工婚后发现，嫁给一个空头历史学博士，不能给她带来更多回报，两人的关系也最终走向尽头。

晓菲成了谷墨和程济之间矛盾的导火索。

他们都迷恋晓菲，可晓菲没有任何决断，自由地与俩人交往，这也造成很多误会。她无动于衷，既不解释，也不鼓励。直到有一次，导师组织的师门聚会，谷墨那天喝高了，又说又笑，直勾勾地盯着晓菲，目光全是"高温烈焰"。程济一个人呆坐角落，低头喝着闷酒。

突然间，谷墨抱住晓菲，深深地亲吻起来。

祥和的酒宴现场，瞬间冷却。晓菲也喝了酒，脸色绯红。她笑了笑，低下了头。程济铁青着脸，挤过去，揪住谷墨的头发，狠狠扇了一个耳光。谷墨不甘示弱，俩人战成一团，杯盘狼藉。我当时也在场，去拉架，主要是摁住程济，让谷墨在他的腮上怼了两拳。同门里与程济要好的几个人，见此也不干了，揪住我说，拉偏架真可耻。导师气得发抖，桌子拍得山响，大声呵斥。俩人最终分开，还是瞪着眼，盯着对方。

只有孟力行师兄，端坐酒桌前，悠然喝着酒，泰山压顶面不改色的大师状。几片翠绿菜叶，黏在他稀疏的头发上。三九大老，紫绶貂冠，得意哉，黄粱公案。二八佳人，翠眉蝉鬓，销魂也，白骨生涯。愚蠢的人类哟，他喃喃地说，也不知说给谁听。

这是"历史性事件"。很多历史的必然，都由不起眼的偶然事件引发，在蝴蝶效应中，变成冥冥的定数。谷墨彻底与程济决裂，俩人不再讲一句话，哪怕在一个系工作，有事也让别人传达。导师对俩人各打五十大板。我以为，导师还是偏袒谷墨。谷墨有老婆，还如此明目张胆示爱，程济连女朋友都没有，追求师妹无可厚非。不久，有多封匿名信举报谷墨行为不端，要求学校开除谷墨这个道德败坏的好色之徒。导师从中周旋，面对学校的联合调查组，做了很多工作，才最终将事态平息。

匿名信究竟出自程济之手，还是他背后的家族策划，我不得而知。导师还是把程济臭骂了一顿。他说，平生最看不起告密的男人，当年他被人揭发，在甘肃农场种田，也没出卖过人格。他对程济说，一个人做了这样的事，会终生不安！程济没承认什么，痛哭流涕了一番，才得到了导师谅解。这件事没有促成谷墨和晓菲的姻缘。谷墨的老婆知道后，大闹了一场，威胁要烧了谷墨家房子，吊死在学校办公楼。为了前途，谷墨妥协了。

谷墨这边没了下文，程济也退出了，很快和梁城文化局一个女职员谈恋爱，结婚生子，再也不谈晓菲，甚至俩人当同事，程济也不苟言笑，刻意保持距离。晓菲"剩"了下来。她在管理学院当辅导员，工作任务很重，她坚持学外语，温习专业课，发誓要考博士。她拒绝了好几个青年教师的追求。

我对谷墨说，要不我试试？咱俩是好兄弟，肥水不流外人田。

谷墨瞪着眼说，不行！晓菲是我心目中的女神，要是好哥们，帮我一起守护她。

我说，守个屁，人家是大活人，也要谈婚论嫁好不好。

硕士毕业三年后，晓菲终于考上博士，继续跟着导师。这步棋走得及时，没过几年，辅导员不能再转教师岗，彻底与教师系统分离，成了低人一等的"教辅人员"。伴随晓菲走入学术之路，她对情感的考虑，越来越淡，只是跟着导师做学问。

经过几年苦熬，谷墨和程济进步都很快，特别是谷墨，已在国内权威学术杂志发表数篇论文，获得了几个奖项，在学界产生一定影响。

那年留校名额只有一个，导师的意愿是给谷墨，程济家的人脉很硬，竟从学校又要了个名额。这两个冤家，又双双扎根梁城大学，开始了新一轮人生竞争。

我至今无法忘记，谷墨的毕业典礼那天的情形。临近夏天，校园刚下过一场雨，天空飘荡着莫名的，湿漉漉的甜味。校园的白色礼堂，素雅又庄重，融合中西式两种不同风格，相传是民国某建筑大师的得意之作。穿着黑袍博士服的青年学子，都聚会于此。礼堂旁的大槐树，开满乳白色小花。我踩着那条铺满光滑鹅卵石的小径，轻轻走去。谷墨在那群人中如此显眼。他个子高大，又是清瘦长方脸，黑色博士帽对他来说，恰到好处，金黄穗子垂下，又让他多了几分潇洒。他仰起头，眯着眼，看向蔚蓝天空。微醺的阳光，涂抹在脸上，显示出斑斑驳驳的阴影，丝毫不影响他意气风发的状态。

导师站在身边，微笑地看着得意弟子。导师也身材高大，头发已花白稀疏。六年了，他的脸上长出不少老人斑，眼神有些浑浊，但不妨碍他将腰杆挺得笔直。导师从不言老，甚至在公交车上也从不坐，也拒绝别人让座。我走近他们，从导师看着谷墨的目光之中，看到了点点伤感。浪奔浪涌，时间无情。年轻一代成长起来，老一辈学者总要面对这种时间的威胁。我给他们拍了张照片。那张合影，谷墨一直摆在客厅壁橱最显眼的位置。

我有些嫉妒谷墨。谷墨正式踏入学界，我却和主任关系紧张，面临辞职。我不是做学问的料，也能看出，谷墨有才华、有毅力，还有导师的赏识。他会成为一代青年学者的佼佼者。多年以后，我想起那个午后，那一幕如此不真实。谷墨这片高傲"羽毛"，不满足脚踏实地，他要高飞天际，自由自在，他注定和导师走上分歧道路。我只是没想到，十几年师徒缘分，最后竟分道扬镳。谷墨出走梁大，成为"师门叛徒"，加入梁师大金辉教授团队。

七

回宾馆的路上,我翻看起了谷墨的日记。

许是学历史的关系,谷墨和程济都喜欢写日记。不同的是,程济的日记,是拿来给别人看的,他记录每天发生的事,也赞美导师,赞美其他学界大佬。程济很大一部分论文和专著,都和这些"赞美"有关,比如《容焕余学术思想研究》《学术理论探微》之类东西,论文四平八稳,严整缜密,符合规范,借助大佬威名,也能唬些外行,发表不困难,甚至可以"学术整理"名义,拿到项目支持。圈里管这样没出息的学者,叫"玩大佬"捧家。

谷墨对这种做法嗤之以鼻。谷墨的日记,只言片语,简单记人录事,也隐晦地以代号讲些看法。导师在他笔下,就是"余老";金辉则不客气地被称为"老金条"(金辉的脸又瘦又长);程济的代号是"程不群",有些刻毒;晓菲是"菲天使",有些跪舔的姿态;我的代号是"仲连丹"(取鲁仲连的含义),好像我是见义勇为的古侠客。谷墨家庭不宽裕,我家不过也是工人家庭,研究生三年,在食堂吃饭,我们都合打一份菜。谷墨个子大,为了让他吃饱,我都省着吃,实在不够,自己花钱买榨菜解决。那年谷墨买房,我二话没说,借给他二十万元,甚至推迟了上海买房计划。谷墨都记在心里。

他的日记,也有很多工作记录,例如"凌晨三点,继续改论文,天边发亮,脑神经燃烧,不困""上课八节,坐公交回家,路上堵车,晚饭未吃,腿肿,继续阅读怀特海著作""辅导本科生7人论文写作,耗时半天,学生素养差,气得跳高""开学术会议后回梁城,午夜,喝点浓茶,继续写论文"。这些记录,也能看到谷墨平时生活多忙碌。他的病,完全是熬夜、抽烟、疲劳过度导致。按照学界惯例,我应将谷墨的日记整理出版，进一步写作《谷墨年谱》，似乎这样才是对英年早逝的青年学者最大肯定。谷墨不在乎身外之物，尽管他在遗嘱中也求我帮他出版《梁城异人考》。他通过史料爬梳，记录梁城自中唐以来奇人异事，一般历史著作读者，觉得艰深，专业学者又觉得不严肃。谷墨写过不少学术著作，有名气的是《晚清杜县方志研究》《民国梁城的街道》《梁城防疫史录》《革命时代梁城的暴力与秩序》等。这些作品，有的暗藏讽喻，给出版社带来了麻烦，学界口碑也有争议，但不可否认是谷墨的代表作。《梁城异人考》就较古怪，更像心志自道。我在出租车里想了一路，也茫然没有头绪。

　　回宾馆不久，又接到晓菲的电话，梁城大学的领导，宴请导师在外地的弟子，以尽地主之谊。我没好气地说，人都死了，领导们还在想搞关系，想必你们这些教授学者也需要这样机会，我是闲人，就不去打扰程济兄了。

　　你就是酸腐，晓菲没好气地说，谷墨这点上，和你一个德行。

　　说到谷墨，我们一下子沉默下去。晓菲有些尴尬，没再勉强我。我落得清净。吃过饭后，在酒店房间做了一个半小时直播，慰劳粉丝相思之苦。我这期讲的是，东亚强国高句丽的灭亡，及朝鲜半岛历史沿革。我讲得慷慨激昂，粉丝们也兴奋，频频刷礼物。

　　午夜时分，醉醺醺的孟力行师兄，乱敲我的门。他是京城干部，自然是梁城大学领导的巴结对象。孟力行读书时特立独行，有才气，喜欢说怪话，为人孤傲，心思又细密，不像谷墨那么热情朴实，因此不得导师喜欢。他后来也读了博士，不过去了一个普通省属院校教书，同学们对他较冷淡，只有我和谷墨给他壮行，请他去昊天酒店吃海鲜自助大餐。他并不气馁，冷冷地说，我辈岂是蓬蒿人，十年后再看吧。奔丧之际，他也是荣归故里，心情自然得意，喝了点酒，唱起京剧《打虎上山》片段，催促我开门，和他聊学术。

我打着哈欠，说，凌晨才到梁城，奔波一天，去了两处灵堂，内心痛苦，实无精神头儿陪师兄挑灯夜谈学术。

房间外传出"嘿嘿"的笑声，没了下文。

第二天清晨，大巴车早等在梁大校门口。去殡仪馆吊唁，可直接坐车去。车上大部分是梁大教师。白发苍苍的高教授，偏瘫刚恢复的郑教授，都是教过我的老先生，与导师也有深厚友谊，不顾年迈，也要去殡仪馆。我扶着两位老先生上车，略谈了现在的处境。高冰教授叹息着说，史志办是扎实弄资料的地方，你辞职赴沪，以自媒体谋生，浮萍于江湖，荒废学业。郑教授说，老高，老糊涂了，年轻人的职业，不是我们想象的，历史在发展变化嘛。高冰教授点头，扭头对我说，你也不年轻了，还是稳定下来为上策。

我搔着头皮，有些尴尬。古人云，近乡情更怯，梁大熟人多，多年未见，总要问这问那，有些问题，无法回答，只好保持沉默。我识趣地坐到车尾，尽量低调，还是被同学莫景瑞认了出来。他惊喜地拍了拍我，说，终于回来了。当年我和老莫关系还可以，如今见面不好装不认识。景瑞凑过来，热情地与我攀谈。他说话声音很大，还伴有兴奋笑声，一车人不时对我们侧目。我惶恐，支支吾吾。我这才发现，他头发凌乱，眼圈发黑，脸色苍白，手指有些抽动。他没和我叙旧，却喋喋不休地讲了很多他自己的事，大多是种种不如意，工资低、压力大、家庭矛盾、论文发表难、项目拿不到等等。

他眼睛红肿，想必也是无人倾诉，我同情心又起，只能继续倾听。景瑞是隔壁宿舍的哥们，专业是比较文学。他勤奋用功，天不亮，就在阳台朗诵法语诗歌。他洪亮的声音已成宿舍楼"公鸡报晓"式存在。景瑞毕业后，托导师的福，留在了梁大。导师不久因病逝世，他在梁大的处境艰难，课程多，资源少，常被大学阀的弟子欺负。

早上还朗读诗歌？我抽空打断了谈话。

他的眼球转动一下，脸上显出红晕羞涩，很快又恢复严肃，说，那时年少孟浪，现在我坚持早起，背诵莎士比亚戏剧，及马克思经典文论。我现在的问题是，需要上职称……景瑞语速很快，话又密，我仔细听，懂了个大概。他要上教授，缺少权威的C刊论文，让我帮着找门路。我不过是网络主播兼作家，哪有那些资源？再说他是比较文学，和我也不搭界，我有些烦闷，还装作耐心。他能找上我，可见病急乱投医。他唠叨着说，你在大上海混文化圈，总比梁城要强，总会认识些重要编辑，我现在就是缺机会。

大巴行驶在路上，路途很远，大概一个多小时，车上的人大多陷入昏睡，和漫长的人生相比，人生的最后一站，又仿佛只是一瞬间。早上略带清凉的空气，从车窗钻进，我干脆打开更大一点，让空气猛烈袭击我的脸，这才能让闷热气稍微减缓。景瑞还在顽强地诉说着，他低低的声音，犹如天外梵音，在耳边回响……

终于到达青云山殡仪馆。仪式在飞鸿厅，一个小时后举行。景瑞麻利蹿下大巴，与等候的人攀谈，我依稀认出几个学术编辑和德高望重的人物，想必这才是景瑞来此真实目的。晓菲让我帮助整理国内外著名大学、学术机构和文化名人发的唁电，活动开始前挑拣重要的公布。程济要准备省里领导的讲话稿。晓菲负责外联，孟力行师兄被梁大领导请去，和相关领导应酬。我和几个同门，带着十几个梁大博士生和硕士生，整理唁电，安置花圈和挽联等事宜。我惦记谷墨那边情况，发了微信询问，谷墨的姐姐说，人来得不多，有谷墨的几个研究生帮忙，让我不必着急，忙完再过来不迟。

时间到了，厅里却不见动静，飞鸿厅内外都站满了人，花圈与挽联摆放不开，一片白与黑的世界。程济满头大汗跑来，说，省领导秘书打电话，说领导有要事，晚来一会儿，追悼会推迟一个小时，我的心里咯噔一下,这样导师这边就和谷墨的活动撞在一起,我想了想,这里也不少我一个,我先去谷墨那边。

程济擦着汗,冷冷地说,大作家,你不能去,谷墨是师门叛徒。

我再也忍不住,扶了扶衬衫上的白花,说,人都死了,能不能宽容点?谷墨再怎么说,也是同学,学界再大,也不是武林,师门不是全真教,你也不是尹志平!

八

谷墨出走梁大的时间,是我离开梁城,到上海打拼的第三年。

谷墨和导师的治学思路,有不少分歧。导师希望谷墨能在专门史领域扎下根,长成一棵参天大树,谷墨更喜欢黄仁宇一路"大历史"观念,即使谈具体问题,也要综合来谈,同时谷墨也有古良史批评议论之风,追求现实共鸣与思想批判性,导师则希望他符合学术秩序规范,理性严谨,多研究史料,少发表个人看法。

这些分歧,也很正常。导师不强求谷墨改变,只不过对他的研究表示担忧。

谷墨很快就受到了惩戒。谷墨论文发得多,项目却拿得艰难,程济则不声不响拿了两个国家项目,顿时引起校方重视。反观谷墨,有篇文章还惹了麻烦,校领导对他就有些犯嘀咕。谷墨的文章,太有锋芒,易引发争议,得罪人也多,项目要通讯评议,说是盲审,网上查查前期成果就晓得了,拼的还是人脉和口碑。谷墨接连多次通讯评议都过不了,不禁让人怀疑他的能力。好在导师力挺,在自己的重大项目下拨出个课题,让他做了做,算是有所交代。

程济拿到课题后,经费充足,常出去开会,拜谒学术大咖,联系圈中重要人物,也请人做讲座。程济的文章,发表刊物级别也越来高，虽然赞美大佬的文章，依然不少，但从学术史角度考虑，大佬们的平时事迹、野史逸闻、学术公案，也要有人整理，不能说程济做的毫无价值。容导师去世后，程济立即带着门下博士生，申请校级与省级项目，将"焕余年谱""容焕余学术传"两个方向搞起，据说还要以此为基础申请国家重大项目。

相反，由于谷墨的文章常惹麻烦，很多学术刊物编辑，慢慢将他拒之门外。以前发他的论文，有导师的面子在，可谷墨清高自傲，常得罪人，路子也越走越窄。谷墨眼见程济跑到前头，心里发急，有时难免口不择言，又被人传话给了程济。

谷墨和程济同年评上副教授，等到该评教授的年限，俩人的斗争白热化了——学院只有一个名额。评审结果，出人意料，程济顺利通过，谷墨名落孙山。谷墨得知消息，独自爬上后山，饮酒后痛哭。还有一个版本是说，程济专门羞辱了谷墨一顿。这才导致谷墨醉倒在后山。导师开导谷墨，说，早点、晚点，又何妨？人生与学术都是长跑，中途的风光，算不得什么，盖棺论定才重要，你忘记了我在第一堂课，对你们讲的了？

导师四十多岁时，还只是讲师，评副教授就搞了四次，每次都被举报，他还戴着"白专分子"的帽子，从中学调入梁大，有人嫉妒他，将他的桌子放在走廊。导师安之若素，在熙熙攘攘的学生中，安坐于白墙之前，读书写作。后经多方交涉，他才有了办公室靠墙的小空间——那已是三年之后了。

您怎么忍过来的？谷墨禁不住问。

他强任他强，清风拂山岗；他横由他横，明月照大江。导师微笑着说。

我对谷墨讲的故事，有点怀疑，但导师兴趣广泛，喜读《倚天屠龙记》，不是不可能。我更相信谷墨讲的，导师的另一种方法，即"拼命读书"。寒冬深夜，梁大西北角那一排叫"六排房"的平房内，导师围着煤球炉子取暖，聚精会神地读书，读到忘情，常忘了时间……

对于程济的成功，也有很多传闻。有人说，他的家族做了很多工作；有的说，程济项目多，更受校方青睐；也有人说，谷墨被人举报，论文内容有"自我重复"，违反学术规范。评审结果公布后，程济居然也遭到了举报，点明"论文观点"抄袭。大家都认为是谷墨干的。我不相信，导师这次帮助了程济，让他顺利通过学校的质询程序。

职称评审的挫折，还不足以让谷墨和师门决裂。他们之间的矛盾，主要来自学科评审、评奖等一系列重要事务的冲突。二十世纪九十年代后期，高校迎来大扩招，各学校之间，也开始了激烈竞争。作为梁城大学领军人物，导师肩负发展学科重任，他必须把握住机遇，于是着急上马一大批项目，大量时间被用于跑学科点，举办国际性学术大会，争取重大项目资金支持，整合政府、产业与学界资源，谷墨因受到导师信任，又担任学科秘书，这些工作也大部分由他承担。这对于清高懒散的谷墨来说，无异于一次次酷刑。

那段时间我常在深夜收到谷墨的短信，都是"情绪垃圾"。有时他实在痛苦，就和他在QQ视频一会儿。我在骗人。谷墨说，他面容憔悴，眼光直直的，有点吓人。我说，老谷，成年人了，坚强一点。谷墨揪着头发，痛苦地吼着，认认真真造假，真不是人干的。你的认真，是一种催眠，它会让你在潜意识中将假的当成真的，甚至维护假的……

谷墨第一次和导师发生了正面冲突。他不愿弄假材料，拒绝为学科升级"跑点"。他对导师的印象也发生改变。"评审前的深夜，提着贵重礼物，穿梭于酒店，以至于有评委忍无可忍，实名举报"，这样的丑闻，不应发生在导师身上。导师却以"忍辱负重"为名义，呵斥谷墨沽名钓誉，"拿梁大史学几代人心血开玩笑"。这样的指责，非常严重。谷墨彻夜难眠。

程济适时顶了上去。他出色完成导师交代的任务，获得了各方认可。导师开始疏远谷墨，长时间不和他联系，偶有见面，也呵斥有加，重要场合也不再带谷墨。导师公开赞扬程济"雅量深重如碧玉，沉稳广博似黑岩"。由于几年未评上教授，谷墨在学科上也不断被边缘化，很多活动不让他参加。谷墨清闲下来，可痛苦更甚。导师在他的心目中，是"精神父亲"般的存在，如今父子却不再亲密无间。

梁城重大攻关项目"梁城文明史"，激化了谷墨与导师的矛盾。项目由导师担任总主持人，四年内出版十余本著作，整合历史、考古、文学、语言学、社会学、经济学、政治学等多个专业，担负着重新考订梁城发源时间，树立梁城"北中国第一文明城市"的重任。梁城政府对此非常重视，市委书记担任筹备委员会主任，宣传部等各部门全力配合导师，拨款500余万元。

盛世修史，可谓流芳后世的大事。导师全力以赴，谷墨也循例分了一本著作。他对此并不情愿，一是那本著作不是他想写的，二是他认为，很多史学观点缺乏实证材料，仓促定义，强硬上马，易引起外界质疑。导师管不了这许多，他严令谷墨如期完成。结果是谷墨拖稿，险些耽误项目于"梁城庆祝建市千年庆典"前结项，还是程济来救场，接下谷墨未完成的稿子，用三个月顺利完成。庆功宴上，导师当众叱责谷墨。谷墨不服气，顶撞了导师。导师将酒杯扫落，晶莹玻璃杯碎了一地。谷墨泪流满面，导师则拂袖而去。

导师想将谷墨调离，让他去靠近梁城的府城市。那里有所省属理工大学，那里的历史学科，自然不怎么样，且与诸多学科合在一起，没有博士招生点，叫"文化发展学院"，院长是导师第一届的博士，也是信得过的人。导师的意思是，让谷墨反省一下，在偏远之地也能慢慢做点东西。谁料谷墨的反抗，非常激烈，他投入梁师大金辉院长的团队。梁师大在史学方面的影响，与梁大难分伯仲，金辉与导师也是多年竞争的敌人。谷墨的叛逃，给了导师沉重一击，他大病一场，一个月工夫好像老去了十岁。

谷墨很快领教了导师的手腕。导师向学校打报告，不允许谷墨调离，理由是"防止人才流失"，可系里停了谷墨所有课程，办公室没收谷墨的办公桌。有好事者说，学院张秘书向谷墨出示一张物品清单，详细记载谷墨花的学科经费明细，包括出版学术著作资助，请他予以退还。张秘书还勒令谷墨归还所有学校办公用品，图书馆用书，少了一根电脑的数据线，都要亲自打几遍电话催要。

这还远远不够。同门都在微信拉黑或删除了谷墨。师门群也将他踢出来。几个年轻的师弟师妹，还在微博发帖，痛斥谷墨背叛导师的恶劣行径，甚至还有风闻他的博士论文涉及抄袭。这对谷墨造成了很大困扰。梁师大曾专门组织人调查，还是在金辉的干预下，这才作罢。郭德纲开除曹云金，回收"云"字辈分，想来也是如此路径。由此看来，曲艺与学术也是同源同构。我是大闲人，虽也收到程济发来的通知，要求与谷墨划清界限，但我不是学术界的，也不怕打击报复，就装作置之不理。

即便如此，谷墨的调动之路，依然异常艰难。他当时只是副教授，按理说，不属于啥重要人才，梁城大学是享有盛誉的211重点大学，犯不上难为个青年教师，可梁大一方面停了谷墨的工资，另一方面却迟迟不给他办调动手续，谷墨只能暂时挂在梁师大上课。他找了很多人去说情，导师只是不理。

谷墨曾在暑假期间，站在导师那栋三层小别墅下一整天，哭泣着向导师喊话。导师书房那扇窗，始终紧闭，他熟悉的，慈祥的身影，始终未曾露面。谷墨最终被晒昏在小楼之下……多年后，我依然无法想象那个场景，酷热的阳光，利剑般穿透谷墨骄傲的自尊。他摇晃着，眼前发黑，那扇窗也摇晃着，如同黑暗中最后的灯盏。学术利益永远高于学术价值？还是说，黑暗的记忆，可以传染，导师早年所受的折辱，也与谷墨所遭遇的权谋，没有太大差别？

几年后，《梁城文明史》出了问题，很多学者指出，项目史实错误多，缺乏实证，有些生硬观点实属"硬给梁城脸上贴金"。好事者甚至整理出一千多条错误。舆论甚嚣尘上，导师名誉大损。谁想这些质疑之声，不知为何，过了一阵子，又偃旗息鼓了。

程济认为，"好事者"就是谷墨。只有他了解那么多底细，这是谷墨在金辉指使下干的。愤怒之余，程济纠合容门之下十余名大学教授，写了一系列论战文章，不仅为梁大的项目辩白，且集中火力攻击金辉带头的一项重大项目。一时间，硝烟四起，学术刊物热闹了一阵，甚至引起海外史学界关注。

笔墨官司打了两年，发了一堆权威文章，事实真相慢慢为大家忘记。程济一战成名，学术声望更重，而且成功"出圈"，在各大互联网站接受了很多次采访。

谷墨却很沉寂，只有一篇短短的替金辉辩护的文章，发在个不起眼的普通刊物。

九

离开飞鸿厅，我快速奔到几百米外的松柏厅。谷墨的学生在帮着登记，三十来个人，散在四周，大多是谷墨老家的人。谷金子愣愣地盯着停放谷墨遗体的棺材，好像还接受不了，父亲为何躺在那里。我叮嘱她，有任何困难，都要告诉我。谷墨的姐姐，流着泪对我说，你还是来了。谷墨的前妻和那位房地产商，也略点头致意。听谷墨姐姐说，他们为了谷墨的房产，闹得厉害，说要给谷金子代管，只能过些天，找律师介入了。梁师大也来了领导，包括工会方面的。大家都在等梁师大副校长，也是历史与社会发展学院的院长金辉教授。

金辉不同于一般学界大佬，甚至不像教授。他长着张刀条脸，面容清癯，长发垂耳，长髯及胸，加之着唐装，脚蹬黑底布鞋，腕上是紫檀和绿松石手串，自有仙风道骨高人气派。金辉研究道教史，炼过丹，对养生学有心得，常给达官贵人开讲座，也开丹方，据说颇灵验。他年近七旬，是梁师大终身教授，学术繁忙，但驻颜有术，脸色红润，刚和发妻离婚，娶了三十多岁电视台女主持人。老树开新花，自有喜气。参加追悼会，他临时戴上墨镜与黑手套，依然难掩神采。谷墨如有金辉这般懂得生活，恐怕也不会英年早逝。

哀乐响起，追悼会开始。金辉摘下墨镜，闭着眼，两行泪流出。众人愕然，他缓缓走到话筒前，沉声说，墨兄驾鹤西去，此为学界之巨损失，梁师大师生的悲剧，谷墨乃由我引进梁师大，数年来，学术斐然，风采烈烈，呜呼！天妒英才，哀哉！还我挚友，还我学人！

他双手高举，声音嘶哑。大家肃然，噤声不敢打扰。许久，金辉教授睁开眼，环视四周，又戴上墨镜，缓缓退出，不复回顾。众人正吃惊，一个瘦瘦的中年眼镜男，凑上来说，金院长事务繁忙，要去云南开会，下面的活动由我主持……

眼镜男是梁师大的董副院长。活动结束，董副院长还给了谷金子一张折成三角的符纸，说是金教授给的，经过加持，能祈福免灾。

遗体告别开始。谷墨躺在那里，脸比平时胖，妆化得浓，为了掩盖头顶，还戴上了一顶黑色软帽。他再也不能和我彻夜讨论学术，也不能意气风发地爬上山顶发疯，他离开了冰冷的世界，去往了神秘的归乡。

谷金子突然失控，惨叫着奔向父亲。周围的人拉住她。哭声响彻松柏厅，渐渐凄厉，人们不安骚动，仿佛谷金子的举动，有些不合时宜。谷墨依然平静地躺着，没有反应。他太累了，心情也压抑。那段时间，他刚评上教授，金辉让他组织梁师大的重大项目攻关会，也继续担任学术秘书。谷墨非常不情愿，也只能照办。如果再离开梁师大，他还能去哪里？他经常对着导师的合影，默默流泪、抽烟，然后就是毫不顾惜自己地"拼命读书"。成果出了不少，身体越来越糟。身边也没人照顾，一天吃一顿饭，也是常有的事。有次他深夜给我发微信视频，正在啃着块硬面包。他勉强地笑着，说，心发慌，刚吃了药，好多了。他又拿着那块面包乱晃，露出里面夹着的火腿肠和卤蛋。这是我们读书时喜欢的简易吃法，省钱又方便，四十多岁了，谷墨始终没走出研究生的那段岁月……

追悼会结束，棺材被谷墨的姐姐，送往后面的火化炉。人群轰然四散，谷墨的前妻也不见了踪影。我找到匆忙摘去白花的董副院长，询问谷金子能否转入梁师大附中。董副院长为难地说，不好办哟，没有先例，附中名额也紧张。

我干笑两声，转身就走，董副院长歉意地拉住我，说，梁大程济院长过问了此事，说将谷金子转到梁大附中，梁大附中比师大附中档次更高，金子这孩子有福气。

我这才发现，松柏厅角落，摆着个花圈，挽联写着：二十载寒暑冰刀霜剑求真务实，四十年人生功过是非任他评说，署名：程不群。"程不群"是我和谷墨给程济起的外号，讽刺他像《笑傲江湖》的岳不群，是个伪君子。难道是程济送的花圈？他是为求心安，还是顾念同门友谊？还有个更大的花圈，挽联也有意思。上联是：痴人有梦学人有风爱人难无情；下联是：至人无己神人无功真人难有名；横批：来去自由。署名：江湖任我行。这可能是孟力行送的。"任我行"是当年我们封给孟的外号，形容他的狂傲做派。

晓菲始终没出现，也没有她的挽联。手机响了，是孟力行的电话，催促我过去，省领导才到，活动刚开始。我又回到飞鸿厅。厅门口已挤满人，只能踮着脚，站在外面。此时接近中午，日头正毒，空气闷热，众人的汗味，混合大厅的消毒水气味，冲得人头脑昏沉。领导讲话很慢，约莫讲了十多分钟。掌声响起，领导退场，活动改由程济主持。程济脸色憔悴，先介绍了发唁电的海内外三百多家大学、科研机构与行政部门，还有几百位各界领导与文化名人。接着他朗诵某国学大师写的悼文，声嘶力竭，几乎站立不稳。容门上下近百名弟子，无不悲声以应和，大厅内外，也哭声四起。

天色黯淡，隐隐有雷声，极目处有无数云层翻滚嬉戏，仿佛诸神盛大的告别演出。哀乐再起，我踉跄地跟着众人，鱼贯而入追悼大厅，瞻仰导师最后的遗容。景瑞排在身后，我并未察觉。他悄悄扯了下我后衣襟，我悚然回头，景瑞低声说，C刊发论文的事，拜托兄了。

我打了个寒战，看到鲜花丛中导师的侧面。他的嘴角翘起，似有冷冷的笑容。我疑心眼花，摘下眼镜擦拭，待要看清，却被后面的人推着，远离了开去。

仪式最后，目送师母和导师的几个子女，推着棺材进入后堂。我靠在门厅前的柏树，想抽烟，胸闷得难受，正摸索口袋，头顶忽有炸雷绽放。有人惊叫，似有两条盘旋的暗金色气息，从高耸的烟囱爬出，凝聚成类乎实体，细细长长，有些棱角。它们噬咬争斗，又相互致意，带着些许不甘，最终消失在天际。

雨落得快，眨眼间，白芒溅起，混合土腥气和风声的雨团，迷迷蒙蒙，席卷了活人的世界。众人纷纷躲避，作鸟兽散。晓菲走了过来。一场盛大的活动结束，各方都满意，她的脸色也轻松不少，忙拉住我致歉，要谷墨前妻的微信，说忙得昏了，未能送谷墨，只等活动全部结束，微信转账丧仪。

我甩开她，说，恭喜啦，都说你要当学院的副院长了。

晓菲抿着嘴唇，干笑着说，没谱的事，领导办公会都没讨论呢。

我拱拱手，说，前几年评教授，你的几篇权威论文，是谷墨弄的吧，听他谈过构思。

晓菲有些慌乱，紧抿着嘴唇，并不答话。

你和谷墨好过一段时间？这几年也没断联系？我问。

晓菲的脸涨红，滴血似的，有羞愤之意，说我发神经，居然说昏话。

我咬了咬牙，又说，你到底喜没喜欢过谷墨？或者说，你喜欢导师？

晓菲受了刺激，转为抽噎，泪花涌动着说，现在说这些，有意思吗？

不是我要听，是替导师问你，替飘在天上，没走远的谷墨问你。我说。

别说了，你别说了，晓菲喃喃自语。

我想，这个答案，也许像很多历史神秘事件的真相，也已飘逝在了风里。

十

导师走后，梁大没有忘记他。在程济的呼吁下，学校将餐厅后的那条僻静小路，命名为"容焕余小路"。梁大的莘莘学子，吃饱喝足之余，走在这条小路上，可能会想点学术的事。程济的本意，是将导师的青铜塑像，放在学校办公楼前，或社会与历史学院大厅。校友联络办邹主任不同意，说几位校友预订了位置。他们都是大企业家，心系母校，现在重病缠身，想起与母校联系，捐助了一大笔钱，预留两处位置，只等他们去世，安放他们的塑像。梁大关心校友福祉，也要钱去海外引进高科技人才，自然不能不答应。

追悼会结束，容门弟子先参观"容焕余小路"，又在昊天酒店聚会。

这许是容门最后一次大聚会了。大家格外珍惜。

我喝了不少酒,听了不少谷墨的事,有些我略知一二,有些根本不知道。谷墨离开梁大的手段,极为惨烈。谷墨每天去人事处软磨硬泡,找各级领导,都没啥用,后来索性拖了条床垫,摆在梁大人事处,躺在那里睡觉,玩直播自拍,并威胁领导,如果不放他走,就将视频放到网上。此事对梁大领导造成了压力。谷墨再接再厉,在省教育厅门口,拦阻即将开会的梁大甄校长。他当场下跪,抱住校长的腿,号哭不止。校长又羞又怒,趁着众人围观,谷墨顺势撒出传单,进一步扩大事态。谷墨被教育厅保安拘走,在拘留所关了几天。甄校长也被厅领导呵斥。最后,谷墨以违反学校规定,合同期内无故旷工为由,罚款5万元,开除出了梁大,人事关系转入人才市场,三个月后,又转入梁城师范大学。此事震撼了省学术界,自此教育厅专门下文,省内高校不能互相挖人才。

谷墨的人事关系被放走,导师没有乘势追击。按照导师在学界的地位,完全可以封杀谷墨,可导师长叹一声,不再提此事。此事源于金辉想撬导师的墙脚,恰逢谷墨在梁大不得志,便许以教授职称,一笔安家费,让他跳槽。谷墨也是天真,即便离开梁大,也不该拜入金辉团队,他不过想找个不错的平台,继续做学问。金辉带着谷墨,出现在各种学术场合,每次他都神采奕奕地介绍,谷墨,青年才俊,容焕余那个老混蛋的学生,现在跟着我混⋯⋯

谷墨出走后五六年,导师身体每况愈下,前年查出脑瘤。癌症摧垮了导师。几次手术后,导师迅速消瘦,变得迟钝冷漠、思维混乱、喜怒无常。他只信任晓菲,程济也得不到好脸色,甚至有传言,导师想让晓菲替代程济,出任国家级学科的学术带头人,只是导师晚年精力不济,此事才未成功。病中的导师,思绪常回到安徽老家,梦中说着难懂方言,手里模仿插秧动作。他有时也会想起下放过的甘肃某地,茫然地说，报告管教，339号已装车完毕，请指示。

有段时间，他的身体好了些，坚持下午爬山，只是不再带门下弟子，仅让晓菲陪伴。据晓菲说，导师经常呆坐着，仰头望天，一言不发。导师的办公桌，还摆着谷墨博士毕业时，他俩照的合影。导师肯定想念谷墨，原谅了谷墨，甚至反思了自己的过错。只不过，他不承认，也不能承认。导师晚年还申请了一个重大项目。他的意思是，谷墨和程济、晓菲都是子课题负责人。导师很早就主持过国家八五工程重点项目，或许这只是导师的和解姿态，他希望谷墨回来。可惜的是，谷墨那边，并没有回应……

这次容门大聚会，大家都喝多了。我问程济，花圈是不是他送的，他没回答，红着眼说，不要把人想得那么蠢坏，不让大家送谷墨，自有原因。恩师离世，多少学界敌人，暗中窥视，如今要团结，才能在内卷的学界，争得一席之地。容门大旗不倒，大家有饭吃！谷墨开了不好的头，我要让其他人看看，背叛师门，要受良心诅咒，没法在学界混！

程济斜斜瞟了眼几个坐立不安的师兄弟。他们都在高校教书。据说导师死后，他们马上与金辉建立了亲密联系。

酒席宴前，一片凌乱。我的酒意上涌，奔出酒店，躲在角落大口呕吐。孟力行也跑出来，笑着说，铜臭气加酸臭气，味道不好闻吧，一起走走？

我甩开他的手，没好气地说，您也是这盛宴的贵客，还是坚持到底吧。

我离开昊天酒店，茫然地在母校游荡。孟师兄跟在我的身后。不知不觉，我们走到了后山，我有些尿急，寻了个清静之地，开始"放水"。孟力行也解开腰带，肆无忌惮地放出一线尿，事毕点起根烟，悠然地说，听说导师大限来临，最后说过一句话，不算遗嘱，但也是他的人生信条。他在给我们上的第一堂课，写在了黑板上。

我的眼前一亮，说，我们这一级上课，他也曾写过。

宁在直中取，不向曲中求！我们异口同声地喊出。

孟师兄揉揉鼻子，露出讥讽的笑容，说，口号是这样，但你们身在此山，雾里看花，全都是蠢。

这是何意？我不解地问。

孟师兄说，不论谷墨才华多高，也成不了。这根本不是导师喜欢程济还是谷墨的问题。导师还看不上程济那点家庭背景，也没那么庸俗！

那学术算什么？不是说学术乃天下公器？我说。

孟师兄嗤笑着，说，蛋糕就那么大，吃蛋糕的人越来越多，只有抱团取暖，谷墨不理解导师苦心，以为叛逃到金辉那里，会受重用？他不过是金辉打击导师的工具，贼子贰臣，从来都是利用过后，破抹布般被闲置，你们学历史出身，这道理不明白？

他又喷出一大口烟，说，程济和谷墨，不过是学术守墓人，谷墨为人激烈，也许能一鸣惊人，也许不能。程济比他沉稳，有深挖细耕的劲头，更适合当守墓人。师弟你更可怜了，不过是块丢在墓园外的碎石，进墓园的资格都没有，请原谅，我就是这样直率。

我捏着拳，恨不得在这个冷酷家伙脸上打个开花，不知为何，却提不起力气。

哪个时代都不是学术的黄金时代，孟师兄继续说，难道导师流放边疆，想过学术能成大业？还是他在初中教了十几年书培养出了学术自信？除了时代大势，还要有坚韧不拔的毅力和卓绝的钻劲。谷墨做到了吗？他恃才傲物、心胸狭窄，且假装清高，似是不言名利，如果如此，又何必出走梁师大？

孟师兄盯着我，学生时代尖刻的"任我行"，似乎又回到他身上，满血复活。

孟师兄咂了下嘴,又说,换个角度看问题,路就宽阔了。这时代没人经得起推敲,你不行,我不行,谷墨也不行,为何要苛责导师?

我喃喃地说,换不了角度,一切不该这样,一切该有更好的结局……

孟师兄又着腰,眼中似有泪,他推开我,跑了几步,又颓然停下,气喘吁吁,仰头向天,怒吼着,贼老天!谁想这样?我又能怎样!

雨已停歇,月至半空,好似染黄的鸽卵。天空幽蓝澄净,后山的那条小路,夏虫暗鸣,杂草丛生,野花芬芳,皆沾满雨露,在月光下闪着微光,好一个自在世界。

抬眼望去,前面赫然是那座小亭。那里虽偏僻,但我们读书时,常到此闲逛,此地清幽僻静,不失为反省人生、参悟世界的好去处。小小凉亭,是导师受批斗的伤心之处,也是师门谈笑风生、畅谈学术的欢愉之地。头顶星光灿烂,那些历史的片段,那些形形色色的人,那些震天响起的口号声,同门打闹的欢笑声,似乎搅在一起,又微尘般消散了。

孟师兄说,该给这小亭起个名字,我说,就叫"余墨"吧。

孟师兄闭目想了想,点头说,典出自《宣和书谱》?

我说,还是师兄学问大,有这层意思,纪念导师和谷墨,还有,就是我们这些"不合时宜"的家伙。

孟师兄大笑,让我给他来上一段直播,看看"网络作家"的风采,也为纪念导师和谷墨,展现这最后的演出。我苦笑说,戏总要散场,我不过是"历史说书人",既然师兄和导师、谷墨要听,就来一段吧。我摆开架势,讲了段"方苞夜探左光斗,名士气节冲霄汉"。小段子出自《左忠毅公逸事》,辅助我夸张的表演,倒也颇有气势。

月光如酒,天地微醺,时光似乎倒流,我们都回到了青春勃发的岁月。孟师兄挠着秃头,大力吸了几口烟,才打开手机,抖抖地,帮我录着视频。我化身为数百年前,提着灯,深入大牢看望恩师的明代读书人。我的音调忽高忽低,手势也不断变幻,孟师兄也不断为我喝彩。寂静的后山,回荡着两个"油腻中年人"傻兮兮的呼唤。

泪水又逃了出来。小亭的轮廓,也渐渐模糊,似有无数身影在晃动。我停下直播,发觉脚下有什么东西。踢了踢松软的泥土,借着亭下的月光,看到一条黑色的肥壮蚯蚓,奋力钻出地面,缓慢而富于热情地沿着笔直的小路爬行而去⋯⋯

原载《当代》第4期

遭遇"王六郎"

梁晓声

一

第一次见到那孩子,大约在四年前的夏季。大约。

下午三点多,我拖着拉杆箱走在北京南站附近一条马路右侧的人行道上。很热,虽已到了下午,仍无丝毫爽意。因列车上开空调,我怕凉,穿上了薄绒衣。下车匆忙,没脱,并且连薄西服也穿上了。等候出租车的人排起了长队,调度员说我们那拨排队的人估计得等一小时。这使我甚感意外,不愿等,心想站外也许反而会较快就能坐上出租,于是离了站。尽管绒衣和西服是薄型的,一到了外边,顿觉身上溽热难耐。若当街脱下两件上衣往拉杆箱里塞,我嫌麻烦。何况,拉杆箱已塞不下了,怕硬塞而弄坏拉链,那岂不太糟了,便说服自己加快脚步往前走,希望能尽快拦住辆出租。不一会儿,汗流满面,内衣湿矣。马路上驶来驶去的出租车不少,一半空车,却没一辆因我在不停招手而减速。我忽然意识到,网约时代早已开始,一辆接一辆驶来驶去的空车肯定是别人所约的，它们为路边招手之人而停的时代已成历史。这可怎么办呢？我不会网约，何况手机上并没下载网约软件。

正犯难，见前方不知何时出现了一个大男孩的背，男孩戴长舌帽，身高一米七五左右，也推着拉杆箱。我断定他和我一样是从南站出来的，原因同样是由于不愿在站内用一个多小时等车。

这年头，像我这把岁数的人，跟着年轻人的感觉走，往往会"柳暗花明又一村"的，我的老年朋友常对我这个在新现象面前每每不知所措的顽固分子如此教诲。

于是我加快脚步，缩短和那大男孩之间的距离。他穿的是浅黄色制服短裤，有多处兜那种，短袖翻领衫则是浅蓝色的，中间有一排美观的白浪花，而脚上是一双白网球鞋。暴露的胳膊和腿都很红，显然是晒的。那么，他必定是从某海滨城市返京。也必定，几天后他的胳膊和腿都会变黑。

他一直走到一处立交桥的桥洞那儿才站住，而我已走近了他。他感觉到我在紧跟着他了，转身讶异地看我。

我笑笑，尴尬地问："这儿容易打到车吗？"

他说："怎么可能！我在这儿等家里的车来接我。在这儿等不晒，比马路边清静。"

大男孩有一张单纯又阳光的脸，气质聪慧，顿时使我联想到了《聊斋志异》中那些善良而才情内敛的小书生，他们是蒲松龄笔下追求起美好爱情来不管不顾的狐仙鬼妹们喜欢的类型。

我识人的经验告诉我，向这样一个大男孩寻求帮助是会被耐心对待的，便又问："如果我让家人帮我约车，应该告诉家人这里是什么地方呢？"

他反问："您自己不会？"

我不好意思地说："是啊，落伍了。"

他笑道:"许多老同志都不会,这是你们不必在乎的短板。但您不能将自己定位在这儿,咱俩不同,我刚才说了,我是在这儿等自己家的车,我家里的人不止一次在这儿接我了。没有准确名称的地方,网约车的导航器是导不过来的……"

他说时,眉目间一直呈现着笑意。分明的,助人对他是件愉快的事。他的口吻和他脸上的表情,使他看起来像一位负有监护责任的大人在向一个不谙世事的孩子做解释。

在立交桥的阴影下,他的脸看上去似乎更阳光了。

"那……"

虽然我特受用他对我的善待,内心里却不免焦躁。

他左看看,右看看,指着一处有明显的拱形大门的小区说:"告诉您的家人,让网约车到那儿接您。"

于是我与儿子通手机,之后谢过大男孩,与他聊起来。

我以为他是初三生,他说他已经高二了。我猜他是偏文科的学生,他说恰恰相反,他的理科成绩更优些,考大学也会选择理科专业,只有在高考特别失利的情况下才考虑选文科的哪一专业。

他的话使我这个在大学教了十五六年中文的人颇窘。

他看出来了,笑问:"您是大学老师?"

我说:"曾经是,教中文的,退休了。"

"哈,请您原谅,希望没有伤害到您的尊严!"

他笑出了声。一种开心的笑,其声不高,却爽朗。

我受他那笑的感染,也笑了。

这时我的手机响了,是儿子打来的,说只提供一个小区的名称约不到车,还须提供什么街或什么路。

我不知南站属于什么区,而我站在什么街或什么路的立交桥下,大男孩竟也不知道。

"老师别急,我立刻就能替您查到,分分钟的事儿。您穿得也太多了啊,起码可以将西服脱下搭手臂上吧?您这样,我看着心疼!"

他掏出一包纸巾递向我,我擦汗脱西服那会儿,他快速地在手机上查出我们所处的位置。我因为遇到了他,庆幸不已。

儿子用短信告知我,已替我约好车了。

大男孩说:"您应该转移到小区大门那儿去,您儿子替您定的准确位置肯定是那里。"

我说:"不急,还有五六分钟呢,陪你说会儿话,你怎么对我'您、您'的?"

他笑道:"您是长辈嘛。"

我说:"可你还开始叫我老师了。"

他说:"您曾是大学教授,我是高二学生,称您老师太应该了呀。"

脱下西服后我身上不那么热了,约好了车心里也不焦躁了,于是我们之间进行了以下愉快的对话。看得出,有个人陪他说话,也正符合他的心愿。

"你根据什么认为我是教授?"

"您自己说您曾在大学教书嘛。到了您这种年龄,普遍而言,退休前都会熬成教授了。"

"熬"字由一个大男孩口中说出,使我脸上有点儿挂不住。

他看出了我的窘态,立刻道歉:"对不起,用词不当,应该怎么说好?'修成',还是'进步成'?"

我也看出,他那种一本正经的虚心请教的样子是装的。那会儿,这阳光大男孩表现出了他调皮的一面。

我没正面回答他的话,而是问:"一个陌生人对你自称曾是教授,你一点儿都不怀疑?从小到大,没人告诫你别和陌生人说话吗?"

他郑重地回答:"您问的是两个问题,我先回答第一个。小时候,我爸妈都告诫过我，千万别和陌生人说话。小时候姑且不论，现在我已经长大了。朗朗乾坤，光明世界，一名高二男生居然不敢和陌生人说话，他将来的人生还有什么出息呢？如果中国这样的青年越来越多，中国的将来岂不堪忧了？再回答第二个问题。我是很有一些识人经验的，我对自己的经验也很自信。从面相学来看，您绝不会是一个可能对他人构成危害的人。"

我也笑了，如同当面受表扬。我虽老了，对于表扬还是挺开心的。

和这个路遇的阳光大男孩闲聊，的确使我愉快，遂又问："你对我一直'您、您'的，而我却一直'你、你'的，你没有任何不平等的感觉吗？"

他的表情又郑重起来，像大学生毕业前经历论文答辩似的，以一种胸有成竹的口吻回答："这是一个伪命题，也可以说是一个陷阱问题。古今中外，一概如此，早已成为人类关系中约定俗成的一般礼貌现象，又一般又普遍。如果在咱俩之间居然反了过来，那么……"

"那么怎样？"

"那么只能是以下情况，我为主，您为仆，而主仆关系是人类封建关系之一种，封建关系才会使人产生不平等的感觉。不过，值得思考思考的倒是，究竟是一种什么样的内在动力，使全人类在您、你的称呼方面，形成了完全一致的共识。老师，您怎么看？"

他期待地注视着我，那时他脸上有种求知若渴的表情，我任教时偶尔能从学子脸上见到的表情——偶尔。

和这样一个大男孩说话，不但愉快，简直还十分有趣，我享受。

然而他的手机响了。他接时，我听到一个女人的声音说她开的车快到了。

大男孩通完话，向我伸出了一只手："那么……"

倏忽间，我觉得我已喜欢上了他，竟有点儿不愿握过手一走了之。

"先别……我的意思是，咱俩加上微信怎么样？"

我这么说时，脸红了。自从我也开通了微信，还是第一次向人提出这种请求。

他收回手，意外地张大了嘴，用略显夸张的表情无声地说："有必要吗？多此一举了吧？"

"我希望交你这个小朋友……"

我自己都觉得我的话几近于倚老卖老。但话既出口，倘遭拒绝，岂不是太没面子了吗？为了顾全自己的老脸，我冲他耳边小声说出了自己的名字。怕他还是对我一无所知，又厚脸皮地说出了我的几部代表作。

"哈，哈，太像小说了吧？让您高兴一下，我看过您的作品！"

他的上身旋转了一下，那是许多人高兴时的肢体语言。

该我说"那么"了，趁热打铁地掏出了手机。

"我加您吧，会快些。要是让我妈看到我和陌生人如此亲密的样子，肯定大吃一惊的……阿牛？您的网名太好记了！"

我见自己的手机上显示他的网名是"王六郎"，不禁再问："《聊斋》中那个王六郎？"

他说："对！我特喜欢那一篇。《聊斋》中关于男人之间的情义故事很少，《王六郎》那篇可视为佳作！不多说了，您约的车也该到了，您快到马路那边去吧！要走斑马线，老师别闯红灯哈！"

结果我俩并没握一下手。

当我站在马路那边的人行道上，转身回望时，他妈妈开的一辆宝马 X5 已停在他跟前。

"阿牛再见！"

他朝我摆摆手，坐入宝马了。

但我后来并没通过微信与"王六郎"交流过，一次也没有。我既无这种习惯，也找不到什么可与一名高二男生交流的话题。再说高二正是高考前发奋苦读的冲刺阶段，我不忍打扰他。但我承认，有那么几次，在较闲而又心情好时（人在闲适之时心情大抵是好的），受好奇心促使，我点开过他的微信。他的朋友圈内容甚少，仅有几段读书心得。给我留下印象的却不是他的读书心得，而是他开出的一份歌单，列出了他喜欢听的一些歌——《黄土高坡》《信天游》《天边》《鸿雁》《草原之夜》《乌苏里船歌》《沧海一声笑》《涛声依旧》《这世界那么多人》，等等。

除了莫文蔚所唱的《这世界那么多人》，他爱听的那些歌，也是我爱听了多年的歌。

受他影响，我听了《这世界那么多人》，同样爱听，并且成了"莫粉"，后来听了她不少歌，都爱。

至于"六郎"关注过我的微信没有，我就不知道了。即使点开过也等于白点，因为我的微信朋友圈如同一张白纸，我从没往上头发过任何文字，也从没转发过别人的任何内容——至今仍是白纸一张。

然而我每每回忆起认识"六郎"的那一个夏季的下午——那条北京南站附近并不太宽的马路，那处小区的拱形院门，那座立交桥下车辆可转弯处的阴凉，都给我留下较深的印象。

每当我忆起时，耳边就会同时响起莫文蔚的歌声：

　　这世界有那么多人，
　　人群里敞着一扇门……

二

第二次见到"六郎"，也在夏季的一个下午，也在三点多的时候。与第一次不同的是在我家里，他坐在双人沙发上，旁边坐着他母亲，一位五十几岁、容颜保养得极好的女士。特别是她那双手,白皙如瓷,看去给人一种不真实的感觉,肯定连家务活都许久没干过了。她穿着得体,上衣啦、裙子啦、鞋啦、包啦,显然并非从一般商店买的。她给我的熏过香的名片上写着她是室内家装设计公司的总经理。我随口问了一句她那公司有多少人,她矜持又低调地说不多,才二十几人,是由她丈夫任董事长的什么医疗器械经营公司分出来的一个子公司,由她全面负责而已。我觉得两类公司风马牛不相及,却没说出我的困惑来。

"我的公司人虽不多,在京城的业内还是有些名气的,某些影视明星和歌星的豪宅都是我的公司装修的,今后您和您的朋友如果有需要……"

她说以上话时坐得更端正了,脸上也流露出了几许成功女性的优越感。

"妈,别说这些行吗?"

她的儿子低声打断了她的话。那时,"六郎"刚喝了一口矿泉水。他们母子无须我待茶,"六郎"带来大半瓶矿泉水,而他母亲带的是保温杯。他打断母亲的话时并没看她,打断后也没看,并且,语气分明是不满的,尽管他那短短的话是低声说的。在他母亲略露愠意、一时怔住之际,他开始翻一厚沓用夹子夹住的A4纸,那些纸上印着他写的诗。

那女士虽是"六郎"的母亲,我却怎么也对她热情不起来。我不喜欢她身上那股子高人一等似的优越劲儿。尽管我是主人,她是客人,而且是坐在我家的沙发上,即使在她不说话时,在她默默打量我的简单装修,家具不但都很一般,而且都已很旧的家时,她内心里早已习惯成自然的那股子优越感也还是难以隐藏。特别是,当她不说"我们公司"而说"我的公司",不说"北京"而说"京城"后,我感觉自己对她的不佳印象难以改变了。如果我和"六郎"几年前没有过那么一种"交情",我是不太欢迎这么一位女士成为我家的客人的。是的,我不但将自己和"六郎"几年前在一处立交桥的阴影之下愉快地交谈过十几分钟那件事视为大千世界中的一种老少缘,还一向视为一种交情。当然啰,他们母子成了我家的客人,乃因我与另外几个人的交情在起作用 —— 他们母子是我的朋友的朋友的朋友的什么亲戚!所谓"人际",往往便是如此 —— 两个人一旦成了朋友,不但各自的朋友不久也成了朋友,而且连"朋友的朋友"们之间,后来也往往会成为朋友,甚至可能比起初的两个朋友之间的关系处得还亲密。几天前,我的朋友的朋友与我通话,说他的朋友的亲戚的儿子是位青年诗人,希望当面得到我的鼓励和指导。

我问:"专业的还是业余的?"

他反问:"现而今还有专业的诗人吗?"

我说:"已经没有了。"

他说:"你问得多余嘛!"

我又问:"什么样的青年?是高校的学生,还是已经参加工作了?"

他又反问:"有区别吗?跟诗有直接关系吗?"

我一时不知说什么好了。

他承认他也不清楚,但不愿在中间传话了,只能由我当面问了。

我说:"我是写小说的,对诗是外行。"

他说:"在我们真正的外行看来,你们都是文学那个界的人,总比我们内行吧?这事儿你必须认真对待,而且要表现好点儿。别忘了,不一定哪一天,你也许又会求到人家!"

他说的"人家"也就是他的朋友,是北医三院的一位内科主治医生。北医三院不但离我家最近,还是我就医的定点医院。对于他的提醒，我缺乏不认真对待的底气。

于是"王六郎"母子就出现在我家里，坐在我对面，而我以招待上宾的礼节招待之了。

起初我并没认出"六郎"来。毕竟，我与他立交桥下匆匆一别后，已时隔三四年没再见过了。他仍穿制服短裤和Ｔ恤衫，但脚上却随随便便穿了双拖鞋，还剃过光头，刚长出极密的一层黑黑的发茬。他坐得也特端正、特安静，不主动说话。他为自己那些打印在Ａ４纸上的诗定名为《无聊集》，三个黑体大字下边是他的网名"王六郎"，括号内打印的五个字是"真名王任之"。下边一行字的字体与集名的字体相比，小得反差分明。

"王六郎！"

顿时，我连对他母亲也有了亲近感。

"六郎，居然是你？太使我意外了！"

我有点儿激动。

他困惑地定睛看我，仿佛不明白我何出此言。

我启发他回忆："忘了？三四年前，在离南站不远的地方，一座立交桥下……"

他竟摇头，仍定睛看我，困惑漫出双眼，氤氲在他脸上。

我大惑不解了——他临行前，不可能不知道将去谁家嘛！

"阿牛，想起来没有？"

他又摇了一下头。

这我就无可奈何了，并且没法从他的表情得出结论——他究竟是成心装出从没见过我的样子，还是真的完全不记得了？

"梁老师您……以前认识我儿子？"他母亲也困惑了——她脸上的表情证明她内心里充满了疑惑。

"妈！你问的有必要吗？"他又对他的母亲不满了。这次说话时，他扭头瞪了母亲一眼，他母亲被这一瞪，内心里显然生气了，笑笑，拿起保温杯喝了口水。我从她的眼里洞见了一股隐怒。

我只得讪讪地说："是我认错人了。老了，记忆常出差错。"

说完，向"六郎"要过诗集，戴上老花镜，低头看了起来。按说，他或他的母亲应先将诗集寄给我，待我全部看完再约见我，可他们母子并没这样（也许都是急性子吧），并且已经成了我家的客人，已经端坐在我对面了，我就半点儿挑理的意思也没流露。好在不是小说而是诗，并且多数是古体，七律、五绝之类，翻几页看几首，讲几句勉励的话，指出某方面还有待进步，这么做了也算完成朋友交给的"任务"了。

第一页第一首诗仅两行，题为《自嘲》：

　　螳螂误入琴工手，
　　鹦鹉虚传鼓吏名。

"六郎，啊不，王任之，'无聊'二字你过谦了，是不是已经有些名气了呀？"

我嘴上这么说着，内心却欣赏起来。古体诗强调赋比兴。而兴嘛，又强调境界之高远。这两句诗在"兴"上虽显格局不大，但在"比"这方面，还是挺有意趣的。

"王六郎"，也就是王任之，少女般腼腆地说，名还是有了点儿的，不过其名体现在网上。

"我写诗，主要是为悦己，如果同时也能悦人，对我而言就不无意义了。我胸无大志，有点儿意义又符合个人兴趣的事，我在进行的过程中就感到愉快。人生苦短，愉快又挺少，比起自寻烦恼来，悦己亦欲悦人的生活态度，也算是一种挺积极的态度吧？"

自从进入我家的门,端坐在我对面的沙发上后,"六郎"第一次开口说了那么多话。这番话他说得极畅快,我觉得是他的心里话。

我抬头看他,他母亲忧郁地看我。我郑重地说:"完全同意!"

"六郎"微笑了,他母亲也笑了。

第二首诗头两句将我镇住了:

半截云藏峰顶塔,
两来船断雨中桥。
人在西园山翠里,
斜风细雨度清明。
湖上雾隐巫山脊,
江山对君凝愁容。
一身做客同张俭,
四海何人是孔融。

"哎呀,哎呀,六郎……不,王任之啊,你的诗呢,对不起,请你们允许我吸支烟哈……"

我摘下眼镜,用目光四处找烟,却没发现。

他母亲惴惴不安地说:"如果孩子写得实在太差,您只管往直里说。他不会生气的,我更不会。"

"六郎"却说:"吸我的吧。"

我接过他递给我的一支烟,他按着了打火机。

我深吸一口之后批评地问:"年纪轻轻就开始吸烟了?这可不好。"

他惭愧地说:"正打算戒。"

他妈却说:"如果你想陪老师吸一支,就吸吧,妈批准了,不必非忍着。"

我说:"我也批准了。"

他笑道:"不了,没那么大瘾。"

我朝"六郎"竖起了拇指。

他母亲说:"老师表扬你了,那你就干脆戒了!"

我说:"能这样最好。但我这会儿最想肯定的是——王六郎,不,王任之,你这首诗我写不出来!你天生有一颗诗心!这首诗写得很棒,江湖山海居然都写到了,第二句和最后一句尤其好!总而言之,王六郎,王任之,如果你能持之以恒,在诗歌创作方面是很有前途的!"

我夹烟的手发抖,年纪老了,什么毛病都有了,稍一激动手就抖。那时的我,仿佛伯乐意外地发现了千里马。

"谢谢老师肯定,我不过就是写着玩写出来的一首诗,在苏杭旅游时触景生情……"

"六郎"那时的表情相当平静,只不过脸上闪过了一丝具有嘲讽意味的微笑。那是一两秒内的事。我捕捉到了,但没往心里去。

"这是什么话!儿子有你这么说话的吗?找打!老师您别计较,我儿子一点儿人情世故都不懂,他情商太低,您千万别把他的话当真!"

他母亲显得颇为激动。

我接着说,希望能看完全部的诗,之后再约一个日子,用更从容也更充分的时间,与"六郎"详详细细地谈他的诗。只有这样,才不枉他们母子登门讨教的诚意。

那时,他对我这个门外汉而言,似乎是"诗圣""诗仙"了。

如果我没说那番话就好了,后来种种令我烦恼的事就可避免,与我完全无关了——起码对我是好的。好为人师往往会自我打脸,正所谓尴尬人难免尴尬事。

我送母子二人出门时,那母亲有意让儿子走在前边。当她的儿子已在门外了,她在门内小声对我说:"我太不喜欢他的网名,王六郎,听起来多古怪啊,希望您能劝他改改。"

我笑道:"的确,古怪的网名多了去了,他的网名其实挺有文化内涵的。但既然您当妈的难以接受,我会相机行事的。"

当我家只有我自己了,我拿起"六郎"的诗集坐下,将诗集放膝上,又吸着一支烟,低头看着"无聊集"三个字,不由自主地陷入了沉思。

那个"王六郎"王任之,他究竟是成心装出根本不认识我的样子呢,还是的确忘了我俩怎么认识的了?我俩明明加了微信,他的确将我忘了,分明不可能。

那么他又为什么非装出根本不认识我的样子呢?

左思右想,推测不出个所以然来。还有,我明明是在夸他的诗,那时他脸上闪过的具有嘲意的微笑,究竟又所为何由呢?

也是越想越违背情理。

索性不想那么多了,反正日后还会见到他,疑惑总能释然的。

三

第二天上午,"六郎"的母亲与我通了次手机,恳切地希望我下午再单独"接见"她一次。

我不解地说:"您太急了吧?您儿子那么厚的诗集,我还没来得及再翻翻啊!"

她说:"和诗没太大关系,所以我得单独见您,有些情况不得不预先告诉您了!"

"和诗没太大关系?另外还有什么情况啊?"

我之疑惑更大了。

她说:"三言两语讲不清的。我儿子已经去过您家了,我怕他单独再去。他那么大人了,我也看不住呀。何况我还有公司里一大摊子事儿,也不能整天把自己牵他身上啊。如果您没有足够的心理准备,我怕您再见到他后,会发生什么对您不好的事。我不是说肯定会发生,但是万一呢?"

我听得身上一阵阵发冷,如置身于空调的出风口。她既已把话说到这份儿上了,除了及时见她,还能有什么办法呢?

"王任之,我儿子他……我可怜的儿子,他大三还没上完就辍学了……他……他已经住过一次精神病院了……"

"六郎"的母亲说完以上的话,低下头,掏出手绢,捂住脸嘤嘤哭了。

我顿时僵住,陷入无语之渊。除了吸烟,不知如何是好。

这女士告诉我,她儿子大三时摊上了几桩自尊心受到严重伤害的事,曾有企图跳楼的举动,精神上也开始显出异常来,这使她和丈夫极度不安。在不得已的情况下,他们将儿子送往回龙观精神病院,接受了三个多月的治疗。他刚出院不久,有些诗其实是在精神病院写的……

"院方怎么诊断的呢?"

吸完一支烟,我终于镇定了,也能够问出我想了解的话了。

"结论是初期精神分裂。医生说只要以后别再受刺激,或许能好。"

我说:"会那样的,我们都该相信医生的话。"

其实我说得特违心。我的亲哥二十二岁初入精神病院时,资深而善良的医生也是这么说的。当年我哥大一没读完,相比而言,"六郎"比我哥幸运。但我哥如今已八十了,仍在精神病疗养院里。我认为常住精神病院大抵也会是"六郎"的命运归宿,但我哪里忍心将我知晓的普遍规律告诉他的母亲呢？有时候，直率近于伤天害理啊！

我又问："究竟是些什么事，严重地刺激了你儿子呢？"

她说首先因为这么一件事，与她儿子同宿舍的一名同学新买的折叠手机丢了，不知怎么，她儿子成了怀疑对象。但这件事很快就水落石出 —— 公安机关调看了多处监控录像的资料，最终发现是那名同学自己忘在食堂的餐桌上后，被别的专业的同学"捡"去了。第二件事是因为失恋 —— 她给自己的儿子介绍了一个对象，是一位影视明星的女儿，已上过几部电视剧了，虽然演的都是可有可无的小角色，但人家女孩的父亲也算是圈内大佬，母亲出身于老革命干部家庭。她作为母亲认为，从长远来看，人家女孩在演艺界会红起来的。她儿子也答应了处处看。可第一件事发生才几天后，俩人闹掰了，她儿子接连数日变得像个哑巴。第三件事就是，前两件事发生后，紧接着期末考试了，她儿子竟有三科不及格，名字上了告诫书。而她儿子那所大学，虽不是"双一流"也不是"985"，却老早就是"211"了。专业也不错，应用物理。她儿子在班上虽然不是最拔尖的学生，但总体成绩一向在前十名内……

"那，您认为，哪件事对您儿子的负面影响最大呢？"

"当然是第二件事啰！我上次来您家说过的，我儿子智商不错，情商不行。那么好的姻缘，结果让他给谈崩了。别的不论，我那二十几个人的公司，平均下来，一年也就挣个几百万。可人家女孩子，有一年连上戏带接广告，轻轻松松就挣了一千多万！还是税后！如果我们两口子有这么一个儿媳妇，将来省多大心啊，连孙儿孙女的人生都不必考虑了！这又是我儿子多大的福分啊！唉，遗憾了，太遗憾了！命里没那福，遗憾也挽救不了啦，既成事实嘛！我可不愿提这事儿了，什么时候提什么时候觉得窝囊！至于手机那事儿，我和他爸当时就没太当回事儿！两万来元的一部手机，对于我们这样的家庭，算什么呀！只要儿子特别喜欢，即使一开口就要十部，我们当爸妈的，眼都不眨一下就会给买！独生子嘛，不当宝那也是宝啊！可我儿子不赶这种时髦！为第一件事，我和他爸一起去了一次学校。老师和校领导听了我们的话，认为我们说的在理，所以才请公安介入了，为的就是早点儿还我儿子个清白嘛！清者自清，事实证明了这一点嘛！第三件事就更不是个事儿了！补考就补考呗！事出有因，加把劲儿，用学习实力证明自己不是一败涂地就行了嘛！"

这女士打开了话匣子，滔滔不绝竹筒倒豆子般说了这一大番话。看得出来，这些话憋在她心里很久了。

"主要是第二件事！人家女孩子和他分手后，转身就跟一位导演好上了！以现而今的成功人士的概念看，拍过两三部长剧的导演肯定就是成功人士了嘛，哪位不是起码八位数的身价呢？"

"八位数是多少？"

我一时算不过这账来。

"过千万甚至几千万啊！相比之下，我们这样的家庭半点儿优势也没有了。我儿子就更不值一提了，等于还处在一无所有的时期嘛！一无所有再加上情商低，既不会好好哄人家，更不肯放低自尊顺着人家，人家姑娘干吗非跟你处下去呀？老师，毫无疑问，正是这件事，将我儿子的精神体系轰垮了！"

我以为她的话已经说完了，不料她又格外强调、重点分析地做了两番补充。她第一次成为我家的客人时，自然而然话里话外所流露的是难以掩饰的优越感。第二次坐在我对面时，由于谈到了她儿子那无可挽救的恋爱，她竟表现出了强烈的自卑，仿佛她的儿子及她的家庭错失了被册封为贵族的良机，因而也错失了大宗财富似的。她内心里不但对儿子大失所望，其实也存在着幽怨了——可怜天下父母心！虽然她并没说出这种话，但她的表情没骗过我的眼睛。

我十分诧异。

除了默默吸烟,不复有话可说。而一个男人面对自己家的客人(特别是一位女客)无话可说的情形,乃是十分尴尬的处境。对双方都是这样。

"梁老师,我……我觉得自己作为母亲有责任让您知道的事,都毫无保留地告诉您了。虽说家丑不可外扬,但我顾不上那么多了。您要是还有什么想了解的,只管问吧……"

她打破沉默的话,使我不得不开口了。

我感谢她特意来我家一趟,没拿我当外人,告诉我那么多不宜对外人道的事。我说的是真心话,被信任是一种好感觉。我说我暂时没什么还想了解的了,并且保证,即使她没陪着,她儿子独自来我家,我也不会将她儿子当成危险人物。对于我,她儿子不但一点儿不危险,而且还曾留下特良好的印象。

于是我向她讲了三四年前我与她儿子认识的经过。

"还互加了微信?哎呀,哎呀,你们爷儿俩这不是有缘吗?我说你们爷儿俩,您不介意吧?"

她又有点儿激动了。由于新话题的产生,我和她终于都从尴尬中解脱了。

我说:"有什么介意的呢?本来就是缘分嘛,按岁数论,我俩也确是爷儿俩的关系啊!"

我说的还是真心话。到那时为止,"六郎"曾给我留下的良好印象仍没受到任何损坏。我内心里除了对他所遭遇的三件事抱有同情的态度,除了对他居然退学了、居然还住了一次精神病院深感惋惜,并无别的什么负面看法。

"这孩子,从没对我提过,我对天发誓,他可一个字都没对我提过!我回去一定审问他、数落他!"

当母亲的又生儿子的气了。

我赶紧说:"千万别! 何必呢? 不论什么原因,都没有认真的必要。如果我想知道,以后慢慢会知道的。那么,您不是也知道了?"

"您认为,诗……我的意思是,写诗这件事,能使我儿子的病逐渐好起来吗?"

在泪翳后边,她眼里闪出希冀的光。

我略一犹豫,含糊地说:"对于他,目前有事做总比无事可做好,爱写诗是对任何人都大有裨益的事。我觉得,也许……不,我差不多可以肯定,诗会使奇迹发生的。"

我说违心话了。

"跟您聊了聊,心情好多了,太感谢您了! 如果我儿子将来能成为诗人,我们夫妇会接受那样的现实的! 反正我们就这么一个儿子,以我们的经济能力养得起他。儿子成了诗人,那也不是多么丢人的事,对吧?"

她终于站了起来。

我肯定地说:"对。不是不是。"

"您刚才说,您儿子的精神体系……据您所知,究竟是怎样的体系?"

在我家门口,在玄关灯下,我忍不住问了一个问题 —— 这是我唯一主动说的话,也是最想问的问题。

"啊,是啊是啊,我是那么说过,我儿子自己经常那么说,可他说的是思想体系还是精神体系,我记不大清了。反正精神也罢,思想也罢,在我这儿都是一回事儿。也许他那时就有点儿精神不正常了,精神不正常的人还不都是由于思想出了问题? 要不才二十几岁的人,会自以为有什么体系?"

"对不起啊,我的话也许问得太冒昧,您和您丈夫,双方的家族有没有精神病史呢?"

她的话促使我问了另一个问题。

她说医生也这么问过,绝对没有。

送走她,我又独自吸了支烟——一边吸烟一边与朋友的朋友通了次视频。朋友的朋友的脸刚一出现,我就不留情面地将他斥责了一通。他被训了一会儿才明白,我是因为他没告诉我"爱写诗的孩子"住过一次精神病院而生气。

他一脸无辜地替自己辩解,他的朋友也没告诉他,若非听我说,他也不知道!

朋友的朋友一脸慈悲地说:"那么这事儿你更得认真对待了,帮人帮到底,不许当一般事儿来应付!"

四

"阿牛老师,拙诗您又看了一部分没有?"

"全拜读了!"

"那,肯再赐教否?"

"欢迎光临,时间你定。"

"那,如果我单独去呢?"

"同样欢迎。"

我和"王六郎"终于进行微信联系了。对于我,像互用代号的单线联系方式开始启用,感觉古怪,颇神秘似的。

两天后他又出现在我家,还是那一身,脚上穿的仍是拖鞋。这次他倒特随便,居然替我清洗了烟灰缸,之后坐下,大大方方地吸烟。

我说:"经我允许了吗?"

他笑道:"谁跟谁啊,在您家连这点儿自由还不给?"

我严肃地说:"只批准你吸一支。"

"此时此刻,一支足矣。君子言笃,我戒烟那话仍算数。"

他也表情庄重起来,怕烟灰落茶几上,将烟灰缸向自己挪近了些。

他一这样,我反而因自己装严肃不好意思了,笑问:"买不起鞋了?穿双拖鞋到处走很有派?"

他又笑了,亦庄亦谐地说:"有派当然谈不上,一不小心成了诗人,不是想体会体会诗人那种落拓的范儿是什么感受嘛。"

"上次在我家,为什么装作从不认识我?"

"制造点儿悬念,好玩呗。生活中要是连点儿戏剧性的情节都没有,岂不是太无趣了?"

"动机如此单纯?"

"单纯的人,无复杂之念。人一患了精神病,想不单纯都不能了。"

在我心中形成大困惑的事,经他这么一说,仿佛是我自寻烦恼了。偏偏,他又诚恳地加了一句:"对不起,害您想多了。"

"我没往多了想。你……果然学了理工科?"

我愣了愣,一时搞不清他的话究竟是荒腔走板的疯话,还是正常人的正常话,于是明智地转移话题。

他却说:"您已经向我连发四问了,能否容我插一句,也问问您呢?"

我又一愣,只得说:"好吧,请问。"

"我妈也来过了?或者,与您通过话?"

"没有,绝对没有。你想多了。"

我不假思索就立刻否定,连自己也不明白为什么要否定得那么干脆,还否定得那么快,没过脑子似的。

"这就不对了。上次我们并没谈过我的专业,如果我妈没来过,您也没跟她通过话,您怎么知道我学的是理工科呢?"

411

他注视着我又问，几近无邪的眼睛像看着主人的狗宝宝的眼睛。

我不但发愣，简直还有点儿羞耻了。

"六郎啊，别忘了你是为什么来的。你应该理解，我的时间是宝贵的，咱俩你一句我一句逗闷子似的聊些不着调的话，这算怎么回事？有意思吗？"

我又一次试图转移话题，就转移到关于诗的方面。

"那么好吧，当我没问，咱们开始谈诗吧。我必须向您声明，您上次特别欣赏的那首诗，不是我写的，是别人写的。"

"别……人？"

"对，古人。具体说，是清代诗人们写的。"

"诗人……们？"

"对，我从四位清代诗人的诗中各抄两句，组成了那首七律。"

"你……为什么？"

"起初是因为喜欢纳兰性德的诗。也不是多么喜欢，我们那所理工大学有老师开了那么一门选修课，为的是提升学生的人文素养。不知怎么一来，许多女生都喜欢上了。后来我认为，纳兰氏的诗并非多么好，浮丽缠绵而已。女生们喜欢的更多是他的豪门身世，还有他的样貌，据说他的样貌像小鲜肉……"

"别扯远了，谈重点。"

"重点就是……"

据他说，恰恰由于对纳兰性德的诗不以为然，促使他想了解一下中国古诗到了有清一代，究竟还有怎样的气象可言，于是在图书馆发现了一部书叫《雪桥诗话》，之后成了枕边书，每每爱不释手……

我边听边在百度上查，还真查到了那么一本书。严格地说不属于诗集汇编，而是一部关于清代诗人以及他们的诗事掌故的小百科书。

"六郎"交代，在他的诗集中，大约凡是入我法眼的，都是他从《雪桥诗话》中东抄一句西抄一句拼凑成的。

"还是没说到重点，究竟为什么？"

"说了呀，您没注意听吧？"

"我一直在注意听，你说的是关注清诗的起因，并没说你为什么要骗我，一句都没说！"

"您恼羞成怒了？"

我确实有几分恼羞成怒。他这句话点醒了我，使我立刻意识到，对于一名住过精神病院的青年，一名曾给我留下深刻而良好之印象的青年，一名求知欲挺强的青年，我既已邀人家来了，若不能善待他，那么我的表现也太糟糕了。

"我有吗？怎么会！六郎，你应该明白，咱们爷儿俩肯定是有缘的，我很在意这份缘。所以，我们之间的谈话，都没必要兜什么弯子，更没必要互相挑理、抬杠，你说对吗？"

我做出和颜悦色的表情，希望接下来的交谈气氛不再令我神经绷紧。

"百分之百同意。我想在我妈先于我又来了一次之后，您最想知道的肯定是，主要由于什么原因，使我住进了一次精神病院是吧？"

我万没料到他竟如此单刀直入，然而却已点头。

"我妈肯定已对您说过，她认为主要是失恋原因，医生、护士也是那么认为的。我住院不久，从医生到护士到患者，就都私下说'又住进一个失恋的'！唉，这世界怎么那么多自以为是的人？"

"如果不是……"

"当然不是！我才没那么玻璃心！我爱的姑娘，第一她要爱护小动物，以及一切无害的弱小的生命，第二她要爱花，第三她要爱听歌。我在沉浸地听一首好歌时，如果一时感动眼眶湿了，她要能理解，而不是认为我神经出了问题。那小妖姬与以上三点都不沾边，我王六郎怎么会因为她不爱我就疯了呢？心性不同，岂能成为同床共枕之人？"

"你当面叫过她'小妖姬'？"

"没有。绝对没有！当面我叫她全名，只在内心里将她看成小妖姬。"

"为什么当面叫全名呢？普遍情况是，恋爱中的青年互相都叫昵称嘛。"

"问题是我对她根本没有过动心的时候！您设想一下，假如我是皮埃尔而她是海伦……"

"容我打断一下，既然你读过《战争与和平》，那么你就得承认，皮埃尔起初对海伦也是大动凡心的。"

"可如果皮埃尔不是由于继承了爵位，成了贵族中的富豪，他起初会爱上高傲、本质上又极其俗气并且水性杨花的海伦吗？在《战争与和平》中，他俩不久之后不是就闹离婚了吗？我与那小妖姬交往，纯粹是由于经不住我妈的絮叨。所以，她转而跟一位导演好上了，正中我下怀！不论她将来多么发达，我也毫不后悔！根本不一样的人成了夫妻，那结果不肯定是同床异梦吗？补考更不是个事儿了，连个坎儿都算不上！稍微加把劲儿，名次也许还往前跃了呢。使我当时想不开而精神失常的，是胡鸿志！"

我忍不住又打断他："六郎，你承认自己精神失常吗？"

他立刻纠正："失常过。这一点已经成为事实，我当然承认啰！精神病也不过就是一种病，医院给出了权威性诊断，我也住过一次院了，为什么要否认呢？不过现在我出院了，证明我好了。"

"你这么想我太高兴了。胡鸿志是谁？"

我在心里说："谢天谢地！"——倘患过精神病的人承认自己曾患过此病，奇迹便有发生的可能。

"胡鸿志是睡我下铺的同学。通常情况是，先报到的同学优先选择铺位。我比他早报到一天，选择了下铺。他最后一个报到，只剩我的上铺还空着了。他是典型的胖子，以后每天不知要上上下下多少次，那对他多不方便啊。所以呢，我主动将自己的下铺让给了他。后来我们的关系就越处越好了，好到什么程度呢，我认为可以用'虽非手足，情同手足'来形容。他家经济状况一般般，母亲开杂货店，父亲常年在外地打工。可他却是各方面都极要强的学生，除了体育。连在同宿舍的六名同学中，他也要暗争谁的影响力最大……"

"要强得不过分的话，并非缺点。"

"是吗？"

"我的话没毛病。"

"可在两方面他争不过我。一是学习，无论他怎么努力，名次总是排在我后边。我承认，我不允许情况反过来，他有多努力，我就比他更努力……"

"你们这是成心内卷。"

"也不能这么说，学校虽然不搞排名那一套了，但同学间还暗中排名呢！我的成绩如果落在了他后边，我就守不住前十的红线了。另一方面他也没法跟我争，我是我们六名同学中的主心骨，是核心人物、结账者。看电影、看戏剧、聚餐、周末郊游，我一向是出钱的主。我心甘情愿，他们心安理得。我爸妈给我的生活费很充足，甚至可以说太充足了，我自己花不完，让同学们沾沾我的光不是挺应该的吗？您知道拉法特这个人物吗？"

我想了想，照实说不知道。

"在《战争与和平》中，草婴译的那版，第一卷第九页，由虚伪又贪财的华西里公爵的口引出过这么一位人物，注解中注明他是瑞士作家，著过《相面术》一书……"

"跑题了，别掉书袋。"

然而我不禁暗自惊讶他读书之细、记忆力之强。同时，内心里又生出大的惋惜。

"《战争与和平》使我第一次了解到，世上竟有《相面术》一类书，这引起了我极大的阅读兴趣，可不论在校图书馆还是市图书馆，以及国图，都没找到这本书，也许根本不曾译过来。在此过程中，我翻阅了几本咱们中国的同类书。所有这些书中，无一例外地记载，体胖而眉修目细者，是谓佛相，敦厚有善根，胡鸿志基本就长这样。受面相学的影响，我俩之间虽然也形成了内卷，但我仍将他当成好同学，同学中的好朋友。我们这一代独生子，其实内心里特别渴望真友情。有一个假期，他还在我家住了十几天。我给他买的机票，因为他没坐过飞机。网约车虽然更方便，但我妈开车我陪着，我们母子二人一起将他送到了机场……可……可我怎么也想不到，害我者，鸿志也！"

"六郎"掏出烟盒，又叼上了烟。他的手指发抖，唇也抖。由于唇抖，一边的面颊抽搐了几次。

我说："六郎，咱不激动。事情已经过去了，不管多么严重，都不可能对你造成二次伤害了！"

他却说："那样的疼，一次就够记一辈子了！"

按"六郎"的说法是，在食堂里，人已经很少时，有一名往外走的学生经过了他们六名同宿舍的同学坐过的餐桌。只剩胡鸿志还坐在那里，被遗忘的手机显眼地摆在他对面。

那位外专业的同学被手机吸引了，看着胡鸿志说："肯定不是你的呗。"

胡鸿志的表情没做任何反应。

外专业的同学又说："那我替主人保管了，是谁的你让他来找我，反正咱们以后还会在食堂见到的。"

对方说完，拿起手机匆匆走了。

"如果食堂的那个地方没有监控,如果虽有却坏了,那么我跳进黄河也洗不清了。因为我曾对那手机表现出了喜欢,还开玩笑地说过:'哪天丢了,别往我身上怀疑啊!'正因为有监控,找到那名外专业的同学易如反掌,而那名外专业的同学振振有词地自辩,自己只不过是替手机的主人保管,如果不是自己当时拿走了,也许还真丢了呢!并且,后来他也确实碰见了胡鸿志几次,倒是胡鸿志反而装作不认识他。监控显示,他分分明明对胡鸿志说过几句话。胡鸿志无法否认,一时也来不及胡乱编,只得承认对方是那么说了。结果呢,公安的同志为难了,无法以'偷'定罪啊。但公安的同志也很困惑,问胡鸿志为什么不告诉手机的主人?您猜他怎么回答?他说忘了!公安的同志又问他:'你后来多次见到过拿走手机的人,他没能使你想起什么吗?'他说自己脸盲……"

"别吸了!都快吸到过滤嘴了……"

在我的制止下,"六郎"才将烟头按入烟灰缸,随即站了起来。

我又一次制止:"坐下!否则我不听你讲了……"

他这才坐下,眼里充满愤恨。

"嗑会儿瓜子。"

我将盛瓜子的小碟推向他。

他服从地抓起几颗瓜子,由于手抖,唇也抖,竟嗑不成。

"那,含块糖吧。"

我剥了一块糖递向他。

"含着糖我还怎么说话?"

他没接,拿起带来的矿泉水,一口气喝了小半瓶。招待"王六郎"这样的客人是很省事的。精神病患者通常要靠安眠药才能保证睡眠质量,所以往往医嘱他们勿饮咖啡或茶,这一点我懂,看来他自己也清楚,并且遵守得挺自觉。

我问:"那些细节,你又是怎么知道的?"

他说公安方面既不能定那个外专业的学生什么罪名,也不能定胡鸿志的罪。他一口咬定自己"忘了""脸盲",任何一条法律都拿他没办法。公安的同志只得留下讯问材料,由学校自行处理。学校也拿他俩没辙,批评教育了一番,也就将这件事按下了。而学生们在各类"群"里亢奋了多日,各种看法都有,一些细节不知怎么就曝了出来。

"不可全信吧?"

"如果并不属实,校方怎么不出面澄清?胡鸿志又为什么不抗议?不少同学认为,胡鸿志的本念是,想趁食堂里人再少的时候将手机占为己有,被别人抢先拿走了是他没想到的!可谁理解我的感受?在真相还没大白的那几天里,我蒙受了出生以来的奇耻大辱!胡鸿志,我的好同学,好同学中的好朋友,由于他'忘了'、他'脸盲',使我成了重点怀疑对象,身背偷名百口莫辩!他怎么能这样对我!我俩可是'虽非手足,情同手足'的关系啊!有些日子,他往上铺蹬的时候,我恨不得抓住他腿将他拽下来,摔他个仰面朝天!然后骑他身上,掐住他!"

"六郎"的双手做出将人往死里掐的手势,同时咬紧他的牙,这时他两腮的肌肉绷硬了,颈部的血管也凸显了。

我起身找来一把折扇递给他。

"我王六郎为什么会受到朋友如此卑鄙的陷害?"

他接过扇子,没扇,啪地在茶几上击打了一下。

我说:"别发那么大火,冷静冷静。还是刚才那句话,事情已经过去了,不会对你造成二次伤害了。"

"一次还不够受的吗?这种耻辱我终生难忘!"

他又用扇子击打了一下茶几。

我强装一笑,不以为然地说:"如果那种事发生在书中的王六郎身上，你觉得他会像你现在这样吗？"

"好，好，很好，我正想请教请教您对蒲松龄和王六郎的看法呢！既然您先引起话头，那咱俩掰开了揉碎了细说端详吧！您认为，如果蒲松龄是王六郎那个少年溺亡鬼，他会因为大发慈悲而放弃千载难逢的投生机会吗？那机会可是众神出于对他的爱怜，按照冥界合法程序恩赐给他的，对不对？"

"对。"

"如果错失了机会，下次不知要再等多久了，对不对？"

"对。也许几年、十几年后，也许几百年、逾千年后——蒲松龄是那么写的。"

"那是编的！一个女人怀抱一个孩子投河，这是那女人的错！也是那孩子的命，与王六郎并不相干！并非他自己用了什么不道德的方式，要以别人的命换自己一次投生的机会，是上苍那么安排的，对不对？"

"对。你到底要说什么？"

"还是那句话，如果蒲松龄就是王六郎，他会放弃吗？"

"这……这你叫我如何回答？"

"正面回答！"

他终于展开了扇子，在胸前呼嗒呼嗒地扇，仿佛他是良知拷问者，而我是被审判者。

"你的问题谁都没法回答！如果蒲松龄还活着，我们倒可以问问他，但他已经……"

我有些不耐烦了。

"那么您就当您是王六郎，我们假设哈，您会错过那么一次投生的机会吗？那可是千载难逢的机会，想好了再回答！作家应该是诚实的人，别一张嘴就胡咧咧！"

他手中的扇子呼嗒得更来劲儿了，一下紧接一下，速度很快。看上去不像是在扇风，倒像是表演手技。

我更烦了，耐着性子说："我嘛，大约是做不到的，我没有那么高尚的品格。我想，我想蒲松龄大约也是做不到的。因为他毕竟不是圣人，圣人是人类的一种想象，但……"

"哈！哈！"他手中的扇子不呼嗒了，一甩之下唰地收拢，接着不断敲击另一只手的手心，脸上浮现精神胜利者蔑视论敌的冷笑。

我愣住，气不打一处来。

"你！"他用扇子朝我一指，"还有蒲松龄！你们都是一路货！明明自己做不到，为什么还要编出那么多烂故事骗人？虚伪啊虚伪！难怪鲁迅说……"

"别搬出鲁迅！最看不惯你这号年轻人！读了几页鲁迅的书，仿佛就是人性专家了！蒲松龄创作出王六郎这一人物，体现的是他对人性的理想！人性是在理想的熏陶之下一点点进步的！没有理想的熏陶，人类也许至今仍吃人呢！你仅凭自己读那点儿书，一味在我面前掉书袋，恰恰证明你的肤浅！老实告诉你，我忍你多时了！你既然已经开始贬损蒲松龄了，为什么网名还叫'王六郎'？干脆叫'王六鬼'算了！"

我失控了，边说边站了起来，挥舞手臂，在他面前踱来踱去，顺手将扇子从他手中夺了过来，用扇子朝他一指："你！你受那点儿冤枉算什么？'玻璃心'指的就是你这类青年！疼了一下怎么了？世界上一生从没受过伤害的人很多很多吗？刚被伤害一次就好像把世界看透了？古今中外，这世界上还有不少普罗米修斯式的人呢，你的话明摆着是对他们的大不敬！如果你以后还这样，好人会躲你远远的，你这样下去，根本不值得好人在任何情况下挺身而出保护你！"

谢天谢地，我的手机那时响了。响得可真及时啊！否则，不知我还会对他训斥出什么话来！而那会使我倍感罪过的。终究，他是一个曾住过精神病院的青年啊！

是一次关于采访的通话。我在别的房间通话完，重新出现在他面前时，见他复坐得端端正正的，两只手放在膝上，一点儿都不抖了。表情也近于平静，只不过双颊淌下汗来，脸色有点儿苍白。

对于精神病人，有时大加训斥也会使他们平静下来——这不仅是我的经验，而且是被事实证明了的。在精神病院，这一招往往挺奏效，特别是女护士训男患者，那真叫一物降一物！有的男患者见女护士要生气了，还没被训呢就开始变乖了。不过，得像"六郎"这种轻患者才管用。

我虽对自己的失控心生惭愧，但完成义托的初衷却已荡然无存。这第二次单独见面，我除了由诗受辱，就根本没谈几句诗嘛！而若不谈他的诗，我又何苦非要陪一个精神不正常的人谈下去呢？

"那什么，对不起，一会儿有人来采访，只得请你告辞了。"

我因索然而撒谎。

那时我的确是虚伪的。即使他没看出来，我之虚伪也是事实。

"骗我。您那么大声说的话，我隔着房门全听到了，您和对方约定的时间是明天上午。"

耳听之实，有时比眼见之实更是事实。

我张口结舌。

"其实，您根本不必撒谎，太损害您在我心目中的良好形象了。如果您已经烦我了，直说最好，我这种住过精神病院的人，使别人烦很正常。"

他说时，自卑地笑了。他的话明明是在刻薄地嘲讽我，却还要装出自卑的样子——在我看来他分明是装的，因而我认为那时的他也很虚伪，这使我的惭愧减少了，却同时让我大为光火。

我曾以为精神病人大抵会因病而变得思维简单，不再有虚伪可言，那会儿"王六郎"的表现颠覆了我的认知。

"你给我站起来！"

他服从地缓缓站起。

我朝房门一指，低声却严厉地说："出去！"

他没动，小声说："您恼羞成怒？"

是的，我之一怒，因羞因恼。

我又说："立刻给我出去！"

他便朝门外走去，两步后转身说："如果我冒犯了您，向您道歉，请您原谅。"

他深鞠一躬。

而我走到他跟前，将双手搭他肩上，似乎是在亲昵地往外送他，实际上是在往外推他。

门一开，我愣住，他也愣住 —— 他母亲居然站在门外，眼有泪花。

她说："请别见怪，我儿子单独来见您，我不是…… 不放心嘛……"

可怜天下父母心，可怜天下父母心啊！

"六郎"说："妈，搂搂我……"

他母亲就搂抱住了他，并说："又受伤了吧？谁叫你说那么多惹老师生气的话呢？这下，没脸再来了吧？还不向老师赔礼道歉！"

他说："道过歉了，也鞠了一躬。"

他说完哭了。

我一转身，背朝那母子，心里难受。

事情居然变得如此别扭，实非我愿。

"梁老师，太给您添麻烦了，谢谢啊，我们今后不会再来打扰了！"

她的话使我不得不向她转过身去。

"我也给您鞠躬了。"

那女士也朝我深鞠一躬。

我不知所措,立刻还以一鞠躬,口中说了些什么,自己都记不清了。

我将他们母子送到了电梯口那儿,邻家的丈夫恰巧在等电梯。他与我很熟,每见必打招呼,但"六郎"母子都哭过的样子使他十分诧异,打招呼不是,不打招呼也不是,往后退让两步,低头看手机。

当天晚上,我主动与"六郎"的母亲通话。

她代表她丈夫再次感谢我,说她丈夫也因儿子惹我生气了向我道歉,请我原谅。她说自从儿子病了以后,她丈夫的一头浓发一下子白了一半,整天唉声叹气。

她说着说着,小声哭了。

而我再度撒谎,说事情绝非她在门外听到的那样,往往亲耳听到也不能据以为实——我的解释是,我成心那样,为的是一旦装出严厉的样子,他们的儿子就怕我。

"他显然是不怕你的,估计也不怕他父亲。还是的,我猜对了嘛!像他目前这种情况,没个怕的人是不行的,你们当爸当妈的,他不怕你们符合普遍规律。而我,虽然非亲非故,却是他希望经常见到的人。你们的儿子,从本质上讲也是读书种子,文学青年嘛!而我是老作家,名气嘛大小也还是有些的。所以,没个人和你们的儿子谈读书、谈文学,他会憋闷得受不了。目前,我是他唯一的人选。可如果我在应该使他怕我一下的时候没那么做,他再见我也就没什么意义了。我今天成心对他发脾气,正是要使自己在他心里成为这么一个人——既是知音而又有点儿怕的人,也就是诤友!所以呢,希望你们当父母的,能正确理解我的一番苦心……"

我真正的苦心,是极力想要修补自己在一位无助的母亲心目中的形象。那一刻,我既同情"王六郎",也很同情他的父母。甚至,对他父母的同情还多点儿。连我自己也分不清，我口中所说的话，哪几句是由衷的，哪几句只不过是变相的自辩。

"哎呀，哎呀，梁老师太好了，多谢您为我们和我们的儿子考虑得这么细，太令我感动了！那什么，我没理解错的话，您的意思是……我儿子以后还是可以再去见您的？"

"嗯……在我空闲的时候……当然，那当然，您并没理解错……"

我嘴上这么说，内心里也开始同情自己了。

显然，她丈夫正在她旁边，一直在听我和她通话。

这时，与我通话的就换成了她丈夫。他也照例说了些感激又感动的话，并说他们的儿子回到家里后一直挺懊丧，希望我跟他儿子也说几句话……

"儿子！儿子！梁老师要跟你说几句话……"不待我同意，他已高声大嗓喊起他的儿子来。

我赶紧制止他，说"六郎"也许正在消化我对他的劝导，来日方长，我俩加着微信呢，我会主动通过微信与"六郎"交流的……

结束通话，我呆坐沉思，逐渐形成了一种颇能安慰自己的逻辑——所谓虚伪，当指通过心口不一、口是心非的话语，蒙骗别人上当，或对别人居心叵测、图谋不轨……

我没这些目的。

这么一想，心情好点儿了。

五

我并没主动给"王六郎"发微信，是他主动的。三天后我才关注到是一篇学诗心得。他的心得没题目也没称呼，起句就谈诗。他认为中国古代诗词除了赋、比、兴三大要义，还有两种美感尚未被充分评论，便是画面感和时空切换之得心应手。他举"大漠孤烟直,长河落日圆"强调画面的宏阔感;举"小荷才露尖尖角,早有蜻蜓立上头"来证明画面的细微感;也举了"有时三点两点雨,到处十枝五枝花"证明画面感的"趣"。至于时空切换,举例尤多,如"道由白云尽,春与青溪长""绝壁垂樵径,春泥陷虎踪""残雪暗随冰笋滴,新春偷向柳梢归",等等。所极赞者,当数张继之《枫桥夜泊》,认为四句诗中体现了极现代的运用自如的电影语言 —— 中远景、俯仰摄、声色同步等镜头转变方式浑然一体,使人如在看电影。他将以上两点心得归结为动态描写之经验与诗句"剪辑"之精当,统称为古代景象观赏之"四维本能"。而"兴"者,时空三维之外所生主观思想耳。

我一不"小心"又被惊着了。

古今名士讲诗析词的我看过不少,但以上"心得",却闻所未闻,见所未见。

"胡鸿志,胡鸿志,你罪过啊罪过!该死啊该死!"

我内心不禁发出了诅咒。

听"六郎"讲胡鸿志时,我虽得出了"小人"印象,却并没怎么恨得起来。毕竟,他那类"小人"并未直接危害到我,难以站在"六郎"的立场换位思考。可这时刻,我感同身受了,并产生了一种由京剧念白引起的喟叹:"上苍上苍,既生王任之,何生胡鸿志!"

"六郎"认为,对中国古典诗词的优长继承得好的,与其说是当代诗歌,莫如说是当代歌词。他认为中国当代歌词旖旎多彩的新页,得益于二十世纪八十年代伊始流行歌词的正面影响。其举《黄土高坡》《命运不是辘轳》《沧海一声笑》《天边》《这世界那么多人》等流行歌曲为例,分析了它们是如何从古代诗词中汲取营养的⋯⋯

他的"心得"内容丰富扎实,如一篇角度新颖独特的小论文。倘我是导师,定会给出高分。

在"心得"最下方,仅以这样一行字结束——期待指正。

他还真够高傲的!换了另外任何一个青年,大抵都会写"请梁老师指正"的,他却连"梁老师"三个字都懒得稍动一下手指打上去,好像他忘了,"老师"二字是他当年主动叫的。难不成他认为那是他当年赐我的叫法,在我伤了他一次之后,决定收回啦?

然而他这篇"小论文"写得多么好哇!好到我根本不可能无动于衷不做反应的程度——起码在我看来是这样。

于是我回复了几百字拜读"心得"的心得,恭称他为"兄台",赞赏他的"心得"为"奇丽慧文"——三分"奉承",七分真话。

对于我的反应,他做出了极快的反应。

"啊……哈哈哈哈!您可真会开玩笑,承受不起、承受不起,大大地承受不起呀!但我现在非常需要表扬的话,全盘收下了!又,我喜欢阁下称我'兄台',以后我称您阁下,您称我兄台,就这样一直戏称下去可好?我现在也极需要生活中有点儿乐子!"

他的表达三分嘻哈,七分认真。有一点可以肯定,他不再生我气了。也可以认为,虽然他进过精神病院,本质上却还是当年那个内心阳光的大男孩。只有内心阳光的人,会愿意抛弃前嫌而不至于耿耿于怀,积恨成仇。

自这日后,我俩通过微信交流得多了,却也不是太频繁。他理解我各种应酬不断,仅希望我有空就关注一下他,有指导意见就回复一下,没有则算了,不必非得次次回复。

实际上我的做法也只能那样。

他的理解颇令我为他高兴——能替别人考虑是正常人的表现,我真心祝愿他早日成为一个正常人。

我俩主要在谈诗了。与其说是我在指导他写诗,莫如说他在促使我这个门外汉一步步入门。原来他从中学时期就开始写诗了,新旧作加起来近百首。他表示要一一认真修改，该淘汰的淘汰，精选出自己满意的，打算出一本诗集。

我支持他的计划。

事情在向好的方面发展。

他父亲也与我通了一次话，说他家在云南什么地方有幢别墅，也可以认为是一处小庄园，极利于休养身心，平常只有一对中年夫妇作为公司员工在那儿看管、打理。他们两口子因为工作忙，一年去不上几次，每次住不了几天，而他们的儿子去的次数更少。他们已对各自公司的工作做了较长期的部署、交代，决定带儿子去那里住一段日子……

这我更支持了，同时替"六郎"感到庆幸。据说现而今患精神疾病的年轻人渐增，绝大多数背后没有"六郎"这样的父母和家庭。

人比人，羡煞人啊！

几天后，他们一家三口起程去往云南了。

又几天后，"六郎"自云南发来三首写景感怀的诗和词。诗皆古体，不若词佳，却也都拿得出手。他特别强调，绝无抄袭组合之句，但自知欠斟酌，并不打算收入集中。

这三首诗和词说明他情绪颇佳，我认为这一点比他的诗和词写得如何更重要、更可嘉。

我也就未加点评，只回复了一句话——"祝兄台在滇天天快乐！"

不料半月后，他给我发来一句话："我要结婚啦！"

字是红色的，镶金边，背景是他家的别墅。院内树形美观，阶旁花团锦簇，喷泉散银珠，鱼儿溪中游，左右两面墙几乎被蔷薇完全遮蔽，盛开的花朵绚烂多彩。分明还有一对孔雀，看去像真的。放大细看，不但是真的，还是活的。放大时，电脑贴图的喜鹊上下翻飞，并有爆竹无声炸开。

端的是好去处！我不但替许多别家的与"六郎"同病的青年羡慕，连自己也心向往之，顿生占有的妒念。

然而我并未当即祝贺，因不知所谓"结婚"之说是精神不正常状态下的想象，还是果如其言。

隔日，"六郎"的母亲与我通话，证实"六郎"向我发布的喜讯属实。她说对方是当地农家女，年方二十，清纯，有姿色，聪慧。儿子挺喜欢这女孩，他们夫妇也认可，临时决定将一件以前从没想过，也不敢想的事顺应天意给办了，可谓不虚云南之行。

我问怎么就是顺应天意了。

她说他们一家三口是在离庄园不远的一个村里闲逛时偶遇这女孩的，"六郎"初见之下目不转睛，一步三回头。他们夫妇就托人去打听，女孩尚未处朋友。再托人试探地商议，女孩父母喜出望外，女孩自己也十分愿意。

"如果没来云南，这良机就不存在不是吗？如果人家女孩已经处对象了，我们也不能硬插一杠子啊！这不是老天有意成全此事，单看我们开窍不开窍吗？当然啰，前提是我们毕竟是不一般的家庭，我们的儿子一表人才，否则人家姑娘和人家爸妈也不肯迈出这么一步……"

我吞吞吐吐地又问："那，准备在哪儿举办婚礼呢？是云南，还是北京？"紧接着补充了一句，"若在北京，我一定参加！"

她说："又不是明媒正娶，就不回北京办了。一旦回北京办，一传俩、俩传仨的，想不搞出动静都难。而知道消息的人一旦多了，想不办得有排场些也难，过几天，悄没声地为他俩合了房，就算大功告成了……"

"可……怎么……又不是……"

"您想象贾宝玉和袭人的关系就是我儿子和那女孩的关系就对了。如果他俩一块儿生活后，任之的病彻底好了，那是我们一家三口的大幸！白养着他们小两口，我们夫妇也无怨无悔。反正养一个也是养，养两个也是养，我们有这经济实力，养得起。我们夫妇也做了另一种考虑，不瞒您说，我又怀上了。万一事不遂人愿，他们小两口根本过不长，那我们也有思想准备，理性对待，赔偿人家姑娘一笔钱就是了。谁也没长前后眼，走一步看一步呗。即使不遂人愿，那也不是我们的错，而是老天爷成心耍我们！老天爷耍了谁，谁都只能受着……"

我只得说，他们夫妇考虑得还是挺周全的。另有一句话到了嘴边，被我咽回去了。确切地说也不是一句话，而是一种想法。因为不愿直问，所以如鲠在喉般没问。

这想法是，我觉得他们夫妇考虑再周全，似乎忘了还有一个道德与否的问题——对那女孩。结束通话后，转而一想，又觉自己未免迂腐——她已说了，女孩父母喜出望外，女孩自己也十分愿意，钱可摆平他们的得失，谈何道德不道德呢？还好并没问出口，若问了，多讨厌啊！岂非世上本无事，庸人自扰之？

排除了头脑中的胡思乱想，心绪顿时开朗、敞亮，替"六郎"谢天谢地也！趁着高兴，给"六郎"发了一条特有温度、真情满满的祝福。

"六郎"回得也很快："最先的祝福必定来自最关心自己的那个人，我愿阁下分享我的喜悦！"

我又想，他既喜悦，果有上帝的话，那么连上帝也会替他高兴的吧？

处于蜜月中的青年，往往认为世上除了爱，再就没什么事儿还算个事儿了！大抵如此。以后一个月里，"六郎"除了给我发些照片大秀他和那女孩儿之间的亲昵，再无新诗发来。而那些照片，多数是他俩自拍的，也有别人替他俩拍的。至于别人是何人，我猜不是他妈便是他爸。

爱本身即最好最美的诗——这是许多诗人的逻辑。"六郎"显然在身心完全投入地验证这一逻辑，无暇顾及其他了。他不但是有诗为证的诗人,而且是年轻的、此前从没爱过的诗人啊!从照片上看,女孩果然秀丽、清纯,双眸晶亮,她的眼神也果然聪慧。

她的美是原生态的。

倘奇迹果然发生,那么将为精神病医学提供一条宝贵经验——男欢女爱具有意想不到的疗效。

我这么思忖时,便不禁为"六郎"虔诚祈祷。

六

我大大地想错了!

不久,也就是八月中旬的时候,"王六郎"全家回到了北京。全家的意思是,包括那女孩。正如袭人实际上是"宝哥哥"的人,那女孩名分上也是王家的儿媳了。

"六郎"并没被爱冲昏头脑。对爱与诗,他居然做到了两不误,兼顾得不容置疑。他带回了自己编选的、每一句都产生于自己头脑中的诗集,并为自己的诗集暂定名为《拾穗集》——分为古体与自由体两部分。

他们一家四口都成了我家的客人。我第一次见到"六郎"的父亲:一位头发已经稀少,但显得处事干练的父亲。

他父亲决心已定地说,要为儿子出版这诗集。

由于他的同时出现,"六郎"的母亲甘居配角地位了,但连连点头,对丈夫的话及时附和。"六郎"却郑重地说,出与不出,集名改或不改,哪些诗可以不收入集中,他完全听从我的意见。

那女孩几乎不说话,端庄地坐在"六郎"旁边,一只手轻挽着"六郎"的胳膊。我看她时,她便一笑,偶尔,另一只手拿起待客的零食吃。

我首先肯定了集名很好,无须改。

"六郎"对他爸妈笑道:"怎么样? 我的话没错吧?"

他母亲也笑道:"任之预见您肯定喜欢这集名。可就是,我觉得用真名好,或另起一个笔名,'王六郎'这个笔名不怎么样。"

"六郎"坚持道:"妈,我连终身大事都听你们的了,出诗集这事儿你就别瞎掺和了。要出我就用'王六郎'这个笔名,否则在我这儿通不过,宁可不出。"

他的话虽然说得特平静,一点儿也不情绪化,但也有他父亲说话时的那么一股子坚决劲儿。基因真厉害,他的精神一变正常了,连说话的语气都像其父了。是的,我认为他的精神的确恢复正常了,眼神不再发直,笑得自然了。

爱也很厉害。

我说:"'王六郎'这个笔名不但有出处,而且耐人寻味,在此点上我站在你们的儿子一边。"

"六郎"笑了,并说:"向老师汇报,我又喜欢蒲松龄了,我的妻子就是我的婴宁。"

女孩也笑了,将头一偏,轻轻靠他肩上。

"正因为有出处,我知道了那出处以后,反而更不喜欢了……"

他母亲仍欲坚持。

"得了,你少说两句吧。笔名不过是笔名,并非多么重要的事……"

当爸的制止当妈的继续坚持己见,紧接着将自己和儿子之间的分歧摊在了我面前 —— 他不但力主要由北京的大出版社出儿子的诗集,而且要出得精美,像珍藏本那样,就是出成豪华版也不计成本;另外,还要开一场较高规格的研讨会。总之,当爸的一心要使儿子出诗集这事在京城(他和妻子一样也将北京叫京城)办得风风光光的。"六郎"却相反,主张低调。他说自己已经适应了云南的气候,生活在庄园觉得很幸福,而云南也有几位优秀的诗人,所以他宁愿在云南的出版社出诗集，宁愿在当地开一次小型研讨会，认识认识云南的诗人们。对于自己以后的人生，他做出了长远规划——更多的时候生活在云南，有诗有爱，享受幸福。

"生活在远离市区的地方，有什么幸福的？"

"生活在那么好的环境里，还不幸福吗？古代的府邸也就这样吧？还得多好才算好？"

"你靠写诗能养活自己吗？"

"写诗当然挣不到钱，纯粹是爱好。以后我还会尝试创作小说、电影或电视剧本。总之我自信以后完全可以靠创作养活我俩，逐渐就不必再花你们的钱了。"

"六郎"这么说时，女孩脉脉含情地看他，目光中满是信任和依赖。

"我提到钱了吗？你老爸说一个'钱'字了吗？儿子，根本不是钱的问题。咱家是那种差钱的人家吗？儿子，好儿子，老爸实际上是这么想的，正因为你有这种打算，所以老爸得帮你在京城产生影响，从而打开局面！功夫往往在诗外，这个道理你也应该懂嘛！你只有日后成功了，是京城的一个人物了，才是对那几个当初伤害你的小子最强有力的反击！"

当爸的略显激动地那么说时，"六郎"起初还挺耐心地听，及至后来，显得不耐烦了，将头一扭，生气地说："不爱听，那一页在我这儿已翻篇儿了！"

"你看你这孩子！我……"

当爸的向我耸肩、摊手，并使眼色，意思是让我帮着劝。

当妈的终于逮着机会插话了。

她说："儿子，你也得理解理解我们父母的心情啊！你俩的事，爸妈没怎么替你们办，爸妈不是一直觉得对不起你嘛！所以，你爸那么坚持，也是要弥补一下遗憾，替我们自己找补回心理的平衡。儿子，这你得学着理解点儿哈！"她也向我使眼色，眼色中有与她丈夫同样的意思。她显出特别委屈的样子，泪汪汪的了。

这一对夫妇与儿子的关系似乎有点儿奇怪——当自己的儿子精神被诊断出问题后，他们唯恐对儿子没做到百依百顺，仿佛奴婢侍奉主人；一旦他们觉得儿子的精神恢复正常了，情形似乎又反过来了，竟在一些无关紧要的问题上据理力争了！

听着他们之间的对话，我内心里产生了不解。而当他们陷入沉默的僵局时，我又想通了——大多数父母与他们的"六郎"这样的儿子之间，基本如此啊！而这，也是父母所以可怜的方面。

我不表态也得表态了。

我知我不可以选边站，便和稀泥。

我说："这样行不，两天后我将诗集读过再议。如果我觉得水平上乘，那么任之你就听你父亲的安排。明明值得，为什么偏不呢？如果水平居中，那么我认为你们做父母的也要面对现实，明明不值得往影响大了办，非弄出太大的动静，不见得是好事。"

"六郎"立刻说："这话我爱听，同意！"

他爸欲言又止，他妈用胳膊肘拐了他爸一下，连说："行，行！"

第二天下午我就将诗集读完了。看来"六郎"是有自知之明的，而我十分赞成他的主张。

但晚上，"六郎"的父亲提前打来了电话。

当父亲的直白地说："梁先生，梁老师，咱们都明白，文学嘛、诗嘛，还不是仁者见仁，智者见智嘛！我们夫妇的愿望，全靠您的结论成全啦！"

显然，手机被他妻子夺去了。

"梁老师，您更得理解我们，我们两口子都是很顾面子的人！在我们的圈子，面子就是人设，人设就是面子，有时得像顾命那么顾！

自从儿子出事后,我们当父母的'压力山大'!所以,现在我们非把面子找回来不可!此时不找,更待何时呢?"

我听到了抽泣声。

手机复归她丈夫了。

那当爸的说:"请您千万别见怪,我们真没拿您当外人,因为您从前是我们儿子唯一的成人朋友,而现在是他唯一的朋友!我们的意思,您懂的……"

他们的意思我确实懂,也不难懂。

于是关于"六郎"的诗集,我只能说违心话了。

我用"仁者见仁,智者见智"来宽解自己对自己的不满。"六郎"是年轻人,"鼓励后人"四字使我违心得不无底气。何况,总体看来,诗集还是达到了出版水平的。

于是,接下来一切进展顺利且快。

钱在大多数人那儿只不过是钱,在某些人那儿叫"资本"。"资本"出马,事事容易。

仅月余,诗集问世,果然印制精美。

研讨会如期召开,地点选在五星级酒店,参加的人颇多,名士不少。我的朋友的朋友也到场了,还有他们的朋友的朋友,所有人看去都是高高兴兴来站台的。

我问朋友:"感受如何?"

他说:"好大的一次广告!"

我说:"这不是六郎的本意。"

他小声说:"我指的是他父母,那儿呢。"

我循朋友的目光看去,见"六郎"的父母应接不暇,笑容可掬,如沐春风。

我终于发现了"六郎",他孤独地呆坐在一个角落,只有那女孩陪他坐着。他父母先后用声音找他，他仿佛根本没听到。女孩推他，他也不往起站。

然而研讨会开得很成功。每一位发言者都对"六郎"的诗给予了热情洋溢的肯定，也对他本人在诗创作方面寄予厚望。

我自然也发言了，没谈"六郎"的诗，只讲了怎么与他认识的事，会议气氛由于我的发言而暖意融融。我看出，来宾中除了我及少数几人，大多数人并不知道他进过精神病院。

我也看出，在倾听大家的发言时，"六郎"表现得很正常，时而记，时而对发言者的肯定报以感激又腼腆的微笑。一个精神正常之人，在这样的场合这么一种氛围中，肯定也就表现得这般了。彼时的"六郎"谦虚而又温文尔雅，如好学生聆听导师们的点评。

会间穿插了几次伴乐诗朗诵，由专业乐队和专业人士进行，朗诵的是"六郎"自己的诗作，他预先选定的。

众人次次报以掌声，效果甚佳。

气氛从始至终洋溢着鼓励后人的善意和诗意。

会后是聚餐，人人都给足了面子，没有借故离去者。可用以举办婚礼的大餐厅里，七八桌座无虚席。酒水自然都是高级的，菜肴丰盛而美味。

结束时，我又问我的朋友的朋友："感觉如何？"

不待他开口，他的朋友的朋友从旁接言："就诗的研讨会而言，可谓盛况空前，盛况空前！"

对方已微醉。

我的朋友和他的朋友以及他的朋友的朋友一致附和：

"完全同意！"

"那是那是！"

"印象深刻！"

不经意间，朋友们都聚了过来。

其实我问的是"六郎"的表现。

我因也喝了点儿酒，到家已十点多了，洗洗倒头便睡。翌晨被手机扰醒，斯时近九点矣。

"惨啦惨啦，想不到会这样，研讨会上'头条'啦！"

我的朋友一说完，就将手机挂了。

我赶紧刷"头条"，见研讨会被抹黑成了"闹剧"。"六郎"进过精神病院的事也被曝光了，精神失常的原因被言之凿凿地说成是由于失恋。跟帖极多，十之八九，以逗讽刺、挖苦、攻讦、辱骂、借题发挥为能事。偶有同情帖，淹没矣！

胡鸿志在网上集合成了胡鸿志们。我心如速冻，全身寒彻。

七

一年后，我去精神病院探视老哥时，忍了几忍没忍住，试探地问："有个叫王任之的青年，据说也在这里住院？"

老哥立刻说："还叫王六郎对吧？爱写诗？"

我说："对。"

老哥说："这孩子有文才，诗写得不错，和我在同一个病区，大家伙都挺尊敬他，是我们病区的模范病友。"

我说："你别叫他王六郎，还是叫他本名好。"

老哥说："他喜欢我们叫他王六郎，对住院也挺适应的。"

在回家的路上，朋友的朋友发来一条短信，说"六郎"的小弟弟过"百日"了，他爸妈为二胎向朋友们征集文化含量高的好名字……

原载《人民文学》第9期

此处有疑问

杨少衡

一

出事的七天前，周一傍晚，我在办公室接到叶辰一个电话。

"在县里？"他随口问，"忙吗？"

"鸡毛蒜皮。"我在电话里抱怨，"班头总是想不起我。"

他笑："意见很大？"

我也笑："当然。"

现在他想起来了，当即下达指令，很简单的两个字："你来。"

当时已经临近下班，我把桌上的几份材料收好，打电话叫司机。几分钟后车到了办公楼停车场，我即离开。我们的车驶出大院，赶在下班高峰之前出城，出城后进高速收费口，急驶二十余公里到了枫桥休息区。枫桥休息区位于两县交界处，再往下就属另一个县地界。有一辆奔驰车停在休息区洗手间外的停车场，司机坐在车上，戴着墨镜，看到我们的车，他打了双闪。

我吩咐："跟那辆车走。"

奔驰车向前行进十公里，出收费站下了高速，而后沿高速连接线行进五公里，拐上一条岔道进山。这条山道不宽，路况却好，七拐八转之后，前边一排建筑出现在明亮的灯光中，远远可见聚光灯下一块巨石上刻着四个大字：竹寮温汤。

这个命名看似低调，其实不然。虽然此地不在我县辖区，我还是听说过本汤大名，知道是个高档温泉会所，从里到外都是钢筋混凝土，以及各种名贵装修材料所建，没几根竹子。

叶辰坐在一个阔气的大包厢里，红木大餐桌边摆着一张长茶几，有七八位客人围坐喝茶，叶辰坐中间，其他人众星捧月般。叶辰指着座中一位客人问我："认识吧？"

我没回答，只是东张西望："洗手间在哪儿？"

"干吗？"

"藏起来。"我说，"有危险。"

叶辰大笑。

我当然是开玩笑。本高档消费场所哪怕遍布地雷，我也不必担心在此丧命，因为有叶辰在场。该老兄永远胸有成竹、举重若轻，他自有把握，我听命就是。不过我也需要做一点恐惧状，因为涉事敏感，此处有疑问。

叶辰指点的那位客人我当然认识，他是在明知故问。该客名为马镇，是本省大名鼎鼎的企业家。马镇五十来岁，身材高大、相貌堂堂，举手投足有一种派头。他跟本县渊源很深，近日因为一些旧事不甚愉快，双方还在相持之中。此时此刻，叶辰招我来跟马镇见面，肯定与那件事有关。作为知情人，我当然知道这里边的水很深，贸然蹚下去有重大风险。竹寮温汤之行于我堪比鸿门宴，但是既来之则安之，叶辰发令，我无处可逃，只得硬起头皮面对。

叶辰经常出入大场面，应付此局如烹小鲜。场上各位贵客除马镇外都与我无关，因此叶辰不多做介绍，只说我是老同学，难得见一面，借就近之便，请来一起吃个饭。他也不介绍其他客人，因为他们彼此相熟，无须多此一举。对于我来说，搞清楚这里边的张三李四王二麻子并不困难，略加分析便能猜个八九不离十。酒桌上举杯几轮，我心里就有数了：座中人物除叶辰与我，余下的都是企业家，张董事长李董事长王总经理之类。还有一位是东道主，竹寮温汤的老板。这些老板并非私聚于此，他们都在省工商联有职位，高的是副主席、商会副会长，低的也是执委、常委。他们按照省相关部门要求，在竹寮温汤举办一个高端内部讨论会，为本省若干发展课题提供建议。省领导对这个讨论很重视，某副省长指定省政府办公厅副主任叶辰代表他全程参会，因此叶辰出现在本包厢是公务需要，不能视为进入高档消费场所接受私人宴请。只不过他稍稍假公济私，把我找来一起消费而已。他倒不是非常想念我，或担心我没饭吃，抑或是因为我近在咫尺来去方便，原因只在马镇，可视为领导在帮助企业家解决一点实际问题。

他和马镇都很沉着，一直不涉及具体事情，无论是当着众人隐晦言之，或者拉到一旁私密谈话。马镇想干什么，需要从我这里打听什么？或者要我相帮什么？叶辰是什么态度？竟无从说起。我也没有主动发问，该说的他们总会说，不需要我着急。席间马镇端杯敬了一圈酒，走到我身边时，他问："董副县长给个面子？"

意思是让我把杯里的酒喝了。

我没推辞，端起酒杯扬脸举手，动作幅度很大，做爽快状。实际上一滴酒都没有入口，全部回到杯里。

他笑笑，低头在我耳边说了句悄悄话。如此而已，当晚我们没有另外的交流。

晚宴结束，道别走人，叶辰这才指着马镇对我说了一句："宝山，多支持。"

一如既往，举重若轻。

我立刻回答："没问题。"

马镇在一旁回应："谢谢。"

我补充："主要还是梁书记的意见。"

叶辰表示："你可以有你的态度。"

我再次强调自己没问题，老大发声我吆喝，梁越是老大。

叶辰交代："你心里有数就可以。"

"放心。"我自嘲，"老兵油子了。"

叶辰笑笑，略加点评，说我是"涛声依旧"。

他对我很了解，因为我们曾经是同学。那一届班里有六十多位学员，来自省直和全省各地，都有职务，最低也为正科。叶辰当时在省城工作，是市委办公室副主任，行政职务最高，被任命为班长，管着我们大家。当时我是小兵一个，刚在一个基层乡镇当上乡长，少不更事，有点调皮，喜欢跟老师抬杠斗嘴，也会捉弄同学，开些无伤大雅的玩笑，例如从不称叶辰"班长"，只叫"班头"。叶辰并不计较，却又严加管束，随时教导制约，免得我真成了"油子"。当时他就显得很成熟，我这种小屁孩不能不服。结业后不久，叶辰便调到省政府办公厅，当时他跟随的领导从市里到省政府高就，把他也带了过去。有一天那位大领导突然光临我那个小乡镇，市、县两级主要领导也都陪同前来。那是叶辰一手安排的。没多久，恰逢县、区换届，我得以弯道超车，进入县政府班子。应当说我本人工作努力，略有实绩，但能够一举改变命运却还是靠叶辰相助。此前无论我怎么使劲扑腾，基本无声无息，波澜不惊，直到叶辰助力，领导才开始注意我，对此我一直心存感激。我在电话里发牢骚，称"班头总是想不起我"，似乎意见很大，其实只是开玩笑。人家要操心的事很多，不能要求他念念不忘，关键时刻出手足矣。我也一样，基本不去劳烦他，碰上特别重要的事才会找上去。由于这些过往，对叶辰的交代，我当然会特别认真对待，所以他一打电话我就收拾起本子，他一指马镇我就表态："没问题。"这是必须的，无论过去现在都一样。

轿车驶离竹寮温汤，走了老远，我还在回味。

第二天我早早上班，提前半小时到了办公楼，进了梁越的办公室。那里尚安静，仅县委办公室主任周丁顺在汇报当日日程安排，我让他暂停，称有重要事情需要赶紧报告梁越书记。周丁顺很知趣，立刻收起笔记本退出，顺手把门带上。

梁越问："董副县长昨晚去哪里了？"

他脸上炯炯有神，两个眸子在黑框眼镜后边闪闪有光。那不是两个眸子，是一对监控探头，是两面照妖镜。

我告诉他，昨晚我临时去参加一个活动，因为是突然接到消息，走得匆忙，没有及时给他打电话，所以现在赶紧补报告。昨晚我与几位省城的企业家共进晚餐，谈了招商引资方面的一些话题，并且很意外地在那里见到了马镇董事长。

"是吗？"梁越感兴趣了，"他说什么了？"

"没说什么。"

我声称感觉挺意外，马镇一向神龙见首不见尾，忽然现身，原来担心他会提什么难题，奇怪的是，他什么都没说。

"你呢，跟他说什么了？"

"没有。"

"是吗？"他笑笑，直截了当，"此处有疑问。"

我知道他心如明镜，根本就不相信。正值双方紧张博弈之际，马镇不可能与我意外邂逅于某张餐桌，这种邂逅必属刻意安排。马镇当然不可能什么都不提，我本人也不可能什么都不表示，梁越有理由怀疑。对此我能怎么说？鸿门宴上剑拔弩张，温汤餐桌风平浪静，相关人物均含而不露，我自己一味装傻，唯一的态度就是"老大发声我吆喝"。是这样吗？梁越不可能相信，说得越具体他会越发生疑，因此我只能含糊其词。既然这样，为什么我还要去找他报告，按下不表一声不吭不是更省事？因为事情很敏感，且梁越不好糊弄，他总是会知道的。我必须防备自己忽然陷入"关键节点暗通对方"之坑，所以要及时主动报告。但是我也不能原原本本地把事情搬出来，因为牵扯到了叶辰。叶辰是上级部门领导，与我又有私交。叶辰处事谨慎，昨晚曾特别交代："心里有数就可以。"那是什么意思？记住这个事，不要说出去。因此我只能点到为止，无论梁越如何生疑。

当天下午，梁越在县委会议室召开临时会议，听取工作小组汇报相关情况。该工作小组刚从省城返回，工作小组负责人为副县长魏秀山，小组成员包括县直几个部门的重要领导。参会的还有若干部门领导，包括县政府办公室副主任陈深。会议结束时，梁越要求："陈深要马上把情况报告给董宝山副县长。"

"明白。"

梁越补充："董副县长有重要工作，所以没能到会听取汇报。"

当天下午，我的重要工作就是在我的办公室里喝茶，同时阅读几份文件。没有人通知我去那边开会，这当然不可能是因为哪个环节出了意外。陈深也无须梁越交代，按规矩，他自然要向我报告，因为在县政府办公室的分工中，他是负责协助我工作的所谓"大秘"。他们通知大秘去开会，却把我丢在办公室独自面对茶壶，这种方式有点怪异。特别是此前该小组的相关工作主要在政府框架内运作，我是常务副县长，县政府班子第二号人物，目前主持县政府日常工作，对该小组的工作有较多的介入与过问。

傍晚五点半，汇报会结束。恰值下班时间，陈深给我打电话，听说我还在办公室，他直接跑了过来。

原来发生了一个意外：我县与东鑫集团正在进行的协商陷入僵局，可能彻底破裂。东鑫集团就是马镇的企业，代表马老板出面协商的是小马，他儿子，该集团副总，而马镇本人一直置身后台操弄。此前两天，魏秀山他们与小马双方协商顺利，在若干具体问题上已有共识。今天上午魏秀山早早带队去东鑫大厦再谈，不料事情突变，对方提出具体事项不需要再谈了，根据所掌握的新情况，他们要求将此前签署的三方协议终止，并且他们已经组建了一个法律小组，着手开展相关法律事项准备。

这是掀桌子翻盘，做此决定的只会是马镇本人。这种事不可能是心血来潮仓促决定的，昨晚马镇在餐桌跟我碰杯时，显然已经准备好了，只是不说出来而已。我猜想他可能会向叶辰透露若干，但讲到什么程度，要根据他俩关系的深浅。这方面我不得而知，能确定的只是我被蒙在鼓里而已。事实上我也不想提前得知，即使那不是个坑，也会让我更尴尬。也许就在与我见过面之后，马镇便给小马下了指令，所以今天上午小马便掀了桌子。我不敢说两者必存有因果关系，却清楚目前这个结果足以给昨晚我与马镇的会面蒙上一层疑云，其性质之严重接近于暗中通敌。

我能怎么办？处之泰然。我很庆幸自己今天一早即上门，主动向梁越报告了情况。如果心存侥幸，藏着掖着，到了此时，情况突发就更难说清楚了。昨晚竹寮温汤云里雾里，好比温泉浴池无论露天室内都水汽弥漫，却也没有什么经不起查的情节，除了马镇在我耳边说的那句悄悄话。那也只是他知我知，我自忖无须担心，不管让人多么起疑。梁越没通知我去参会听汇报，于他那种个性很正常。他有疑心，此刻需要形成紧急对策，还得防止过早泄露造成被动，这个时候对通风报信者必须高度防范。当然这是开玩笑，他清楚没有确凿证据不能轻易认定，也自知不可能把我完全排除在外，毕竟目前我在主持县政府工作，难以彻底绕开。但是，他可以用不通知我到场听汇报的方式略作敲打，以示警告。我其实无所谓，我清楚马镇这件事比较棘手，谁爱管谁管，不让我介入最好。所谓"老大发声我吆喝"，如果给赶到一旁连吆喝都不用，我何乐而不为？无论如何，来日见到叶辰和马镇我都有话好说。我自嘲是所谓"老兵油子"，那是相对于叶辰等上级领导而言，在同僚或下级面前，我可算"老官油子"，我知道什么情况下怎么行事，例如昨晚在温汤把梁越推出去抵挡。

我要求陈深："做好心理准备，别只顾回家吃饭。"

他有点紧张："有事吗？"

"恐怕是。"

如我所料，估计陈深连县委大院的门都没出，县委办公室的通知就送达了：召开紧急会议，在家的县委、县政府两套班子领导，以及相关部门负责人与会。立刻。

已过下班时间，这个点通常适合与家人共进晚餐，不适合拿来开会。比这个点更不适合拿来开会的还有午夜，夜深人静、沉沉入睡之际。那种零点会议好比大餐，一旦有机会品尝，晚餐会议就只能算小菜一碟，容易接受得多。梁越的领导风格很鲜明，不乏大餐小菜，与之相比，什么互联网大厂"九九六"真不算个啥。梁越身材高大，年富力强，一副近视眼镜不妨碍其目光如炬。他精力充沛，永远不知疲倦，状态风高浪急。如我私下里"表扬"称，我们这位老大脑子有如风车转得飞快，手脚出奇麻利。有幸在他的领导下工作，成就感会特别强，身体也特别吃不消。大家的茶壶里不能放茶叶，得泡一把西洋参，而且只能自费，财政不给报销。我这么"表扬"不是危言耸听，已经有人在我前边倒地不起。此人叫林成文，为本县现任县长。数月之前，有一次搞"拉练"——县领导集体下乡检查重点项目，白天跑路、看点、听汇报，晚上批评、指导、吃安定。一个乡一个乡地跑，接连五天连轴转，比大餐、小菜都更折腾人。林县长原本身体细瘦，弱不禁风，强撑着跑了四天，最后一天不行了，在一个水利工程施工地下中巴车时，突然踩空，从车门口掉下去，摔得满脸是血，不省人事。林县长被急救车送到市医院，一查竟是心脏病发，直接上了手术台，往动脉里安了四个支架。由于林县长的四个支架，此刻才需要我在县政府主持日常工作。林县长的身体弱、心思多，术后恢复不好，稍有刺激便死去活来，我奉命不得拿工作事务打扰他休养，有事直接报告梁越即可。我清楚自己主持工作只是短暂、临时的，林成文虽躺在病床上，但依然是本县县长，康复后便会回到他的位置。如果他因为健康原因不能任职，就会有其他人来接替，与梁越搭档"拉练"。有很多人适合，也很愿意承担这个重任，我却属例外。我是本县人，按照目前干部任职回避规定，不得在本县任县长。即使我有心前仆后继，也欠缺资格。我不能心存奢求，不能越权，同时也有责任把应该做的做好。无论是听汇报不通知我，或者是参加晚餐会议，我都处之泰然，因为梁越都有其理由，我明白就好。

我到达会议室时，与会人员正陆续进门。

梁越已经坐在座位上，拿他的近视眼镜盯着我，调侃："董副县长亲自进食了没有？"

他喜欢开点小玩笑，在台上讲话讲累了，他会放下讲稿宣布："此处有掌声。"于是大家发笑。"此处有疑问"也为他常用，我亦时而抄袭。他最喜欢的调侃是"亲自"："亲自"来了，"亲自"方便等。

我稍微夸张一点，称自己"亲自"拿起筷子准备吃点小菜时，手机响了。

"放心，饿不坏董副县长。"他说。

这时，几个年轻人抬着一个塑胶大筐匆匆走进会议室。筐里是快餐盒饭，它们被一一摆上桌，与会领导和工作人员人手一份。

梁越宣布："现在开会。"

这是个盒饭会议。梁越解释称，事情比较重大，也比较急，不能拖。他本人必须于今晚赶到省里，明天一早去跑项目，因此再没有其他时间，只能利用晚餐时间把大家召集来。时间所限，没办法细嚼慢咽，请大家克服困难，边吃边开。如果影响了哪位同事的食欲与消化，他感到很遗憾，请多包涵，望顾全大局。

他就是这种风格，似乎风趣、客气、彬彬有礼，实则强悍而坚硬。

当晚在会议室，与快餐食物一起供与会者咀嚼的只有一件事，就是与东鑫集团的协商。魏秀山通报了最新进展，即对方意外提出的翻盘。而我已经从陈深那里知道了大概。办公室迅速准备了一份我县的应对要点草案，提交给与会人员。草案包含了十几条意见，核心就一条，梁越将其概括为八个字"拒绝后退，继续前进"。本次盒饭会议的主要议题便是讨论、修订并通过这份要点，形成统一认识。这件事牵扯较大，不是一把手一个人或者几位核心领导商量一下便可以决定的，需要身处一线的两套班子成员一起来研究，此刻大家都有一份责任。因此即使梁越对我心存怀疑，还是得给我安排一份盒饭。

梁越要求："每一位领导都要亲自发表意见。"

大家一一表态，"亲自"发言，没有谁提出不同看法。有几位比较简单直率，直截了当表示同意，没有多话。另有几位水平高一些，字斟句酌，建议第几页第几条可以改一下，某个措辞可以换一下，某个标点应当用得更准确一些，等等。

梁越盯住我："董副县长呢，有什么重要意见？"

我忽然想起昨天晚上的竹寮温汤，叶辰在餐桌上对我说："你可以有你的态度。"

我表示："梁书记的意见才重要，我的不重要。"

"那么就说说你不重要的意见。"他紧盯不放。

现在没有退路了,不说不行。

"我感觉这样不行。"我断然提出否定。

那一刻会场上鸦雀无声,所有人都大吃一惊。

梁越脸色一下子变了:"董副县长是什么意思?"

我指着会场上的诸位:"其实在座的都有看法,敢怒不敢言罢了。"

"说清楚点。"

"为什么没有汤?"

"什么汤?"

"我认为一份盒饭应当配一份汤。不需要排骨炖萝卜之类,紫菜蛋花汤就很不错,物美价廉。一份汤有助于各位领导吞咽咀嚼,以较小的成本消化快餐盒饭,维持身体健康,也有助于消化梁书记的重要意见。"

此时便有人发笑。

梁越皱起眉头:"现在是在讨论这份要点。"

"我没意见。"

"同意吗?"

"同意。"我表示,"书记发声,大家吃喝。"

梁越指着县委办公室主任周丁顺说了句:"记住,下次给董副县长准备一份汤。"

我建议:"可以多准备几份。"

除了我制造的这起波澜,当晚的盒饭会议没有更多意外。

二

马镇与本县的争端涉及一块土地,这块土地有山坡有滩涂,总面积两千亩,无论是过去还是现在,对一个县而言,都不是一件小事。

马镇是外地人，与本县渊源很深。我听闻他出身贫寒，初中毕业后进了一所中专学校学矿业，毕业后进了一家省属地质队当技工，全省各地到处跑。探矿时他帮着工程师举锤子东敲西敲，测绘时他扛一把标尺爬上爬下。有一年夏天，他们队到了本县，住在县东北部的石坎乡，进行花岗岩资源探查。队员们借宿民居，年轻技工马镇跟房东家的独生女儿对上了眼，半夜三更把人家女孩哄到外边林子里，说是谈恋爱，实则欲行不轨。不料人家女孩的老爹警惕性高，发现不对果断出手，将浑身光溜溜的马镇抓获于现场。事情闹得沸沸扬扬，最终马镇被地质队除名，却成了房东的上门女婿。本村小学把他招为民办老师，他便在当地落了脚。据说，起初乡下岳父并不打算收上门女婿，只想要一笔赔偿金，弥补女儿名声的损失。其手段相当野蛮，拿一把杀猪刀对准马镇的喉头，看你小子拿不拿钱！而往日的马老板也表现不俗，面对尖刀眼睛一眨不眨，没有一丝胆怯，还用一句话将岳父顶到墙上："杀一个人能赚几个钱？"岳父一时无言可对。

马镇的岳父姓张，是乡间屠宰户，杀猪兼卖肉。几年后岳父让马镇辞去学校的工作，接替自己成为职业屠夫。乡间屠夫有吃有喝有红包，日子过得比农业户滋润。马镇有远见，并不满足于杀猪营生，认为随着大型猪场的出现和国家检验检疫政策收严，日后乡间屠夫的日子也不好过。他另谋出路，与人合资盘下当地一家濒临倒闭的乡镇铁件厂，生产各式铁锅。他的经营能力从那时开始显露，为了从一只小铁锅里搞到最大利润，他使出浑身解数，包括拉大旗作虎皮，在其铁件厂的外墙张贴市乡镇企业局某科长，县轻工局某股长来厂视察的照片，为自己的铁锅造势。而后他作为经营人才应聘为本县农机厂副厂长，渐渐把路子打开，生意越做越大。也许因为早年读过矿校还干过地质队，他对开矿办厂情有独钟，曾跑到山西挖煤，又到河北收购钢铁厂，在外边闯荡十多年后打道回府，在本省北部一个市办了个钢铁厂。那里用地和电力都便宜，还给了他很大优惠。后来钢铁行业屡起屡落，一大批同类厂子倒了，唯他一枝独秀站住了脚，还不断兼并逐步壮大，开始有人恭维他是本省的"钢铁大王"。马镇的东鑫集团坐落于省城繁华地段，总部大楼外观大气，装修超前，一时间马老板风光无限。

作为本县女婿，早年在本县有过若干故事的特殊人物，马镇早被市、县列为重点招商对象，历届领导都跟他打过交道。那些年里，他数次回过本县，拿钱在石坎村做过若干慈善项目，也曾对县里推荐的招商项目表示兴趣甚至签过意向，但是因为种种原因无一落实。他与本县虽有渊源，但毕竟不是本地人，其岳父、妻儿及远近亲属差不多都跟他去了省城，与本县的关系已经相当淡漠，因此招这个商不太容易。

那一年，马镇于百忙中拨冗回到本县，应邀前来考察。该考察惊动了市领导，一位副市长专程陪同，本县时任书记、县长更是表示热烈欢迎。在各方共同努力下，本次考察有了一个突破性进展：马镇决意投资十几亿，在本县建设一个特种钢产业园，以及配套的运输设施。特钢园将生产尖端合金制品，包括航天器上需要用的钛合金。市、县两级为这个大专案提供了所能提供的全部支持，包括马镇选定的两千亩土地。这块土地从马镇曾探过矿、教过书、宰过猪的石坎乡一直延伸到邻近乡镇的海滩边，在当时属相对偏远地段，缺水，荒坡居多，地价较低。县里开出的价格是一低再低，几乎是白送给马镇，以期把他拉住，将规划变为现实，用来日的产业发展和企业税收来弥补眼下地价的损失。

但是这么多年过去了，特钢园还在纸上，那两千亩地还荒废着。这里边的原因比较复杂，并非只牵涉一方。从各种迹象上看，马镇当年确有在这里建设产业园的计划。在项目确定的最初时间里，推进还相当迅速。但是后来钢铁市场发生变动,东鑫集团的资金流突然收紧,这个项目也就趋缓。随后本县主要领导更换,新书记担心钢铁产业园区污染问题难以根本解决,有可能损害本县沿海养殖产业,要求特钢园项目采取相应技术方案,提高总体治污标准。马镇则认为原方案已经最优,不应该再进一步加码。双方扯皮,几度磋商,直到那一任书记意外落马,磋商不了了之。此时国际钢铁市场再陷不景气,东鑫集团也在调整产业结构,特钢园工地踩了刹车,陷入萧条。而后几年,工地上不时有些小动作,如挖一条沟,修一堵墙之类,但实质性建设则停滞不前。

直到梁越到任。梁越出自上层机关,到本县任职前是省委政策研究室的一个处长。那种部门汇集了一批才子,梁越算一个,对政策确实比较有研究,擅长纸上谈兵。当然他也有些基层工作经历,比如曾在一个县当过两年副书记,只不过是下派挂职性质,表现空间不大,与到本县真刀真枪当一把手不是一回事。梁越从上层机关下来,眼界当然会比较高,思路会比较开阔,但是要下边落实他的想法就很难。他上任后提出本县产业发展格局需要调整,要把发展新能源产业作为重点,目前可利用有利条件主打光伏产业。应当说梁越的考虑有其道理,本县在发展光伏产业方面有一定基础,但是想要做大做强阻碍诸多,其中有一条就是用地指标。发展新产业需要用地,而上级对用地指标控制很严,拿不到地便难以让项目落地。

梁越却信心十足:"可以考虑盘活。"

他看中了马镇手中那两千亩地。这片土地已经获批多年,项目却没建设起来,此刻满眼荒芜。由于市场变化和环境要求,原定项目继续建设的可能性已经不大,收回这片土地,将其盘活,变特种钢园区为光伏产业园区,既能解决遗留问题,又能促成新产业发展,为本县GDP增长提供后劲,可谓一举多得。问题是名花有主,想从马镇手里收地并不容易。这两千亩待开发土地在老百姓眼中只是大片荒地,实际上在项目用地紧张而地价不断抬升的情况下,它早已是很多人眼中的一块肥肉。这么些年里它不声不响待在那里长膘,只待有缘人来捡。此前两任县委书记都曾打过它的主意,也都与马镇做过试探性接触。马镇很坚决,寸土不让,坚称项目之所以没做起来,责任在县里,如果要理论,那就算老账,地方政府得为当年行政干预致项目建设错失良机承担责任并做补偿。最终那几次试探性接触都无功而返,这块肥肉才留给了梁越。

梁越召集领导们讨论盘活该土地时,与会领导都表示赞同,也都觉得难度不小。那时梁越就盯上我了,在会场上追问我有何高见。我提到这件事确有难度,某种程度上有如与虎谋皮,对此要有足够思想准备,需要知己知彼。马镇已经是本省的明星企业家,自带一圈又一圈光环,论企业规模是"钢铁大王",论社会地位是省政协常委。本县这两千亩地在他所掌握的土地中占比并不算大,也不是他最看重的,他已经不准备在这块地上做项目,却死死抓着不放,是因为他要让它利益最大化。在得到最大利益之前,他是不会把它交出来的。

梁越认为商人逐利是本性,如果商人经营谋利合规合法,能对地方经济发展作贡献,那就应当扶持,所以我们才要招商引资,要创造良好招商环境。如果他们谋利的行为违背了有关规定,妨碍或影响了地方经济的发展,就好比马镇搁置这两千亩地,那就不能无视,必须想办法解决。

"除了知道他的实力,还得知道他的个性。比如,他有一把杀猪刀。"我说。

"那个故事我听说过。"梁越表示。

我告诉他,人们传说的屠夫岳父把杀猪刀顶在马镇的喉头上要补偿金,马镇问他"杀一个人能赚几个钱?"那只是故事的上半段,据我所知这个故事还有下半段。几年后轮到马镇摆弄那把尖刀：其岳父带他进了屠宰场，指着绑在板凳上声嘶力竭的一头大猪问他敢不敢杀？他接过尖刀刺入猪胸，一刀毙命。这以后他就接管了岳父的家业。据说马镇杀猪首秀之际又问了岳父一句："杀一头猪能赚多少？"

"董副县长这是公然替谁威胁谁？"梁越追问。

"替马镇威胁梁越书记。"我笑笑，"我不会是马老板的秘密卧底吧？"

大家都笑。

此刻只能以玩笑对付。

梁越其人不信邪，但是疑心重，从那时起他就对我比较警惕。梁越指定县长林成文牵头负责此事，具体协商工作交给分管土地工作的魏秀山副县长。梁越本人亲自过问，大主意基本都是他拿。在梁越之前，本县与马镇的几轮磋商主要是我牵头，几次三番劳而无功，没能把皮从老虎身上扒下来，我深有感触，因而乐得置身事外。事实上我不可能，也没办法不介入，县政府班子讨论研究时，我照常得提出看法发表意见。作为政府班子的一号和二号人物，林成文与我关系良好。林成文对我很放手，我也让他很放心，感觉棘手时林成文会先跟我商量，还会请我帮助化解，因此我了解本轮谈判的整个过程和各个症结。总体而言，尽管介入不算多，我自认为有所贡献。

本轮协商之初，马镇一如既往的态度强硬，寸步不让，哪怕顶着尖刀也不掏一分钱。梁越命魏秀山耐心磨，晓之以理，动之以情，同时不能有丝毫示弱，志在必得，不怕谈崩。双方立场差距巨大，一开谈就陷入僵局。有一天下午县里开大会，县领导上主席台前汇集于休息室，梁越忽然说："董副县长说的那个故事基本属实。"

原来是马镇从岳父手中接过杀猪刀，持刀首秀的那件事。看来梁越不太信，又去了解，别人告诉他的版本跟我说的差不多。

我承认:"其实我也就是道听途说,没像书记一样亲自核实。"

"马老板有狠劲,不怕白刀子进红刀子出。"他评论,"意志很坚定。"

我开玩笑:"我们梁书记戴眼镜,意志更坚定。"

梁越不跟我开玩笑,只关心马镇:"董副县长应当还知道些马老板的有趣故事。"

我称自己与马镇的交集很少,所知真的不多。

"不需要替他保密吧?"

于是我又告诉他一个故事。据我所知,时下有些企业界人士很迷信,马老板可算其一。别的老板迷信表现在讲究风水,结交所谓"易学大师"以及烧香拜佛等方面,马老板比较独特,他不需要大师、"砖家",只相信自己以及一对卦杯。卦杯也叫"圣筊""圣杯",是用竹木制作的占卜器具。有时候身上没带卦杯,用两枚硬币也能替代,拿出来往上一抛,落地看阴阳,如果是一正一反就是"是",否则就是"否"。这种占卜方式通俗易懂,简单好学,操作格外方便。

当初马镇放下屠宰刀,在本县石坎乡盘下一个铁件厂,为乡村市场打造铁锅,赚下他的第一桶金。那年春节前夕,铁件厂财务室失窃,盗贼偷走现金五万余元。当时这笔钱不算少,马镇得用它给厂里员工发工资和过节费,否则厂子就开不下去了。从失窃现场迹象看,马镇认为是内鬼作案。他没有报警,决定自己破案。他的破案方式很简单,无须福尔摩斯般搜集证据,指认罪犯,只需问卜。马镇带几个人去了他们那里的一座庙,给菩萨烧了香,然后拿出卦杯相问。他的厂有员工二十几人,马镇一视同仁,按照大小排名顺序,从自己开始请教菩萨:"偷钱贼是马镇吗?"菩萨无法开口回答,卦杯却可以代菩萨说话,只需把那一对器具往上一抛,落地便知。马镇是不是偷钱的内鬼,他自己不知道吗,何须去问菩萨?如果那一对卦具捉弄他,或者某个环节失误了，把马镇定为偷钱贼，那如何收场？人家马镇却不怕，绝对相信两个卦杯，坦然接受考验。一对卦杯一抛，两阴，果然不是，马镇的嫌疑排除。然后是副厂长，接着是财务室主任，一个接一个往下问，卦杯或是两阴，或是两阳，各人一一排除嫌疑。这种问卦方式很单调、很枯燥、很揪心，也不免令人生疑：要是不小心把那两块竹壳抛高了，掉下来变成阴阳卦，恰好被问到的那个人不就倒霉了？很大可能是无辜者成了冤大头。如果这招能行，那还要警察干啥？可马镇很沉着，坚定不移，一连抛了十几次卦杯，问了十几个人。后边不剩几个了，马镇却始终坚持不懈，就认这一招。突然，身边一个陪他上庙的年轻人"扑通"一声跪到地上，满头大汗，大叫一声："老板别问了！"这人是厂里的司机，偷钱贼居然就是他。年轻人起初还心存侥幸，觉得不可能卜十几卦个个都过，总会有哪个倒霉鬼替自己躺着中枪，不料竟然真的十几卦都不出一个阴阳，眼看轮到他来接受考验，年轻人心里害怕了，当场崩溃，承认了偷窃事实。

"这是打心理战。"梁越分析，"菩萨只是一个道具。"

"马镇确实信这个。"

"人都需要相信个什么，马老板也不例外。"梁越调侃，"现在他也在打心理战，但是对象搞错了，咱们不是他那个司机。"

梁越询问马镇是在哪座庙卜卦，我告诉他是石坎乡那边的一座张飞庙。听说最初这张飞庙还是马镇的岳父出钱修的，因为他岳父也姓张。

梁越立刻发现问题："张飞庙供什么菩萨？"

我一愣，自嘲："露马脚了，看来我学习不够。"

我意识到自己不甚严谨，张飞庙供的当然是张飞，不可能是菩萨。当然，请威风凛凛的大胡子张飞帮助抓贼，显然比请慈眉善目的菩萨捕盗更显威猛，更具强力震慑。

当晚，县委办公室通知我，梁越决定明天上午下乡调研，指定我一起去。

"到哪个点？"我问。

是石坎乡。

我想，他一定是担心乡下小破庙晚间看不清，否则准定星夜前往，让我陪着去做零点调研，访一访张飞，打一打心理战。

其实他不清楚，那座庙可真不是小破庙。第二天便让他开了眼界，张桓侯在石坎住的是花园别墅。那座庙建筑不算大，占地却不小，周边有大片林子，庙前有一个广场，还有一个半月形大水池，是人工开挖的。庙门很醒目，装修高档，金碧辉煌，庙里供的确实是张飞。

这庙里有一个庙公，为管理人员，庙公可以提供给我们的信息就是本庙修缮主要靠慈善家捐赠，而这位慈善家就是马镇。早年间此地有座破庙，供奉土地神，久已毁弃。马镇的岳父出钱重新建庙，改为供奉张飞，起初规模较小，到马镇手上渐渐扩大，慢慢成为现在的样子。当年马镇常到这里拜张飞，离开本县后他还来过多次，近几年他事业做大，时间不够，光临较少了。但是每年农历八月二十八，也就是张飞生日，马镇还会交代人专程从省城过来，替他烧香跪拜。庙里找马镇要钱要物，他也是有求必应。

梁越问我："马镇为什么不拜关公，要拜张飞？"

我打趣："张飞的大胡子长得好，小鲜肉一枚。"

他批评我："真是学习不够。"

原因跟屠宰有关。张飞在与刘备、关羽结义之前，是一名职业屠夫，所以后世许多屠夫将其作为行业保护神朝拜。马镇的岳父修张飞庙，除了同姓张，更多的应当还是敬行业神。马镇曾继承岳父产业，杀猪兼卖肉，当过乡间屠夫，因此他拜张飞理所当然。不过马镇早已不宰猪了，为什么还要拜？我想是因为这已经成为他的某种精神需要。

无论当屠夫,还是当老板,除了白刀子进红刀子出,还需要有精神支撑。在这方面人都有共性。

庙门两侧有一副对联,刻于石门框上,用的是短句,一共只有八个字,上联为"天地玄黄",下联为"日月辉光"。我记得省城东鑫集团总部大楼大门处也有这八个字,只是排成一行刻在门楣上。我去过那座大楼,看到那行字时感觉马老板做大了有点狂妄,要与天地日月一争高下,于是便记住了。

"知道这八个字的出处吗?"梁越问我。

我承认自己对屠宰行业缺乏研究。说来马老板当过老师,但似乎并不太有文化。对联一边四个字是不是太短了?横批都没法放。

"这个不需要横批。"梁越说。

原来本副对联也出自屠宰行当。在乡间屠夫被大型屠宰场赶出市场之前,该行业宰猪有若干规矩,充满仪式感。许多地方屠夫动刀前得烧香安神位,把张飞神像请出来坐镇监宰,摆放祭品。主刀作为主祭人要大声朗诵主持词,通常头两句都是:"天地玄黄,日月辉光;某某岁末,屠豕关张。"意思是开天辟地了,太阳月亮放光芒了,年底杀猪,然后就该歇业了。该主持词后一句比较土,不合适做成对联,马镇只挑了前一句,八个字分成两段,嵌在他修的张飞庙门口。同时也把这八字堂而皇之刻于其总部大楼大门处,不忘当年屠夫生涯,弘扬其白刀子进红刀子出的大无畏精神。

梁越认为实质还是利益。显然马镇相信张飞能保佑他谋利,实现利益最大化,因此对其深信不疑,遂成精神支撑。

庙公告诉我们,马镇虽在省城,却并没有与本张飞庙远离。马镇请人用上等红木雕刻了一座张飞庙木雕,按照石坎这座庙同比例缩小,作为本庙的分身,摆在他的办公室里。那个微缩版张飞庙里的张飞雕像也是本庙的分身,在送到省城前曾在本庙摆放,沐浴香火,因此与本庙的雕像具有相等效力。

如此看来，眼下如果马镇还要请张飞协助抓贼，手续更简便，只要在自己的办公室里扔硬币便可，无须远赴石坎。

本次石坎村张飞庙调研活动对本县与马镇陷入僵局的协调起了意外作用：回到县城后，梁越即指示了解石坎张飞庙的相关情况。该庙可归为民间信仰一类，老百姓信张飞信关羽属信仰自由，受法律保护，但是设立相关活动场所就必须按照规定。当年马镇岳父建庙是否履行报批手续？是否得到批准？其后的屡屡扩建是否同样履行过手续？目前该庙拥有林子、广场、道路，总面积不小，所使用的土地是否经过批准？其中是否存在违规情节？这种事一查起来，难免都有疑点，亦有可斟酌处。例如该庙建庙时确实没有履行任何报批手续，属于未经批准擅自修建一类。问题是当年相关规定还不完善，还没有报批一项程序，因此也不能算违规偷建。且若干年后，本县搞过一次民间信仰场所普查登记，它又被登记在案，如此又似被默认为事实存在，不算非法场所。估计许多大名鼎鼎的千年寺庙，如今想去查一下唐时宋时是否履行建庙报批手续，应该也找不到。手续肯定不完整，不过只要能存留到现在，人们也就默认了，不视同违规。石坎张飞庙历史很短，跟古庙不是一回事，特别是近期几番扩张均为先建后报，其中有两次还受到县土地部门的干预，责令停建。最后是马镇通过多方面斡旋，以罚款了结，这就留下了案底。

梁越说：“这一次不要钱，要他们整改。"

然后马镇便突然来到了本县。即使在双方协商时，马老板也是轻易不露脸的。现在他来了，带着他手下几员大将，包括小马。

梁越和林成文一起跟客人们见了面。双方交谈时，马老板不提张飞庙，也不谈那两千亩地，只表达一个意向：拟在石坎乡投资兴建一个民俗文化园，帮助本县发展旅游服务产业。主要资金他来筹措，利用现有已开发的土地，县里提供必要支持。

"这是好事。"梁越表态，"但需要先解决遗留问题。"

所谓遗留问题就是"特钢园"那两千亩土地。梁越提出这事不能再拖延了，早点谈妥，对双方都是最好的。如果错过时机，本县的产业转型会受到阻滞，东鑫集团的利益也会有重大损失。梁越这些文雅语言翻译成通俗语言，就是警告对方，这些土地现在出手还能收回不少钱，东鑫集团亏不了，扣除当年付出的极低地价，以及近年的投入，其实还有赚。但如果马镇咬住不放，来日就别指望了，搞不好血本无归。

马镇表示："这个事可以谈。"

这是马老板听进去了，就此松口了吗？其实没有。他只是对他的庙感觉不安，担心梁越突然下重手整治，于是亲自前来救火。马镇的目的是想把该庙划入"民俗文化园"，以求合法化，保住现有状态，再图扩展。马镇知道见面肯定要谈及那两千亩地，他以退为进，一边说可以谈，一边让小马吊高价，提出的补偿价格高得离谱。这符合利益最大化原则，实则是要梁越知难而退。双方立场差距巨大，其后的协商一直磕磕碰碰。整个商谈过程中，马镇提出各种理由，动用各种关系施加影响，节骨眼上，总会有不同的重量级人物从省城，甚至北京为他出面，电话直接打到梁越那里，了解情况，提出要求，多方过问，让事情变得分外棘手。马镇在这方面堪称老手，以往我所经历的几轮磋商，最终不了了之，主要原因都是因为这种压力。据我观察，比之前几任书记，梁越只是多了一副眼镜，且疑心更重，并不显得更强悍。但是他比较强硬，或称固执，会比其他几位坚持得更长久。

后来林成文在"拉练"中倒地不起，由我暂时主持县政府日常工作。这是惯例，即使是县委书记有看法，没有足够理由也无法反对。但是梁越还是表现了态度，就此跟我谈了一次话，其间又提到马镇。

"为什么马老板消息那么灵通，刚研究的事情，转眼就传到他那里？"他问。

我开玩笑："他有卧底。"

他笑笑："会是谁呢？"

我理解他是在给我敲警钟：务必站稳立场，不要寻机叛变。

关于马镇，他问我还有什么有趣的故事可以告诉他。我又提供了一个故事，是自己与马镇的初识。当年我在下边当乡长，被抽到省里来学习。有一个周末，几位来自本市的老乡到一家土味馆聚餐，一位煤老板也来凑热闹，席间还借上洗手间之机，跑到前台买单，让我们白撮了一顿。这煤老板就是马镇，当时他已经从山西、河北杀回本省开钢铁厂，开始小有名气。那一次我跟他恰好邻座，席间彼此攀谈，他给我的印象相当深。这个人话不多，不动声色，大有城府。我发现他对每一道菜里的肉都特别有研究，知道这一块肉叫什么，从哪个部位割下来，但是他却不碰那些肉。一问，原来他当过职业屠夫，却吃素。另外还有一个印象，就是他结交很广，说起某领导他认识，说起另一位他还一起吃过饭，省市县全方位覆盖。据我所闻，往昔乡间屠夫往往有一种特殊本事，一眼就能看出某头猪有多少斤两，宰了能赚几个钱。马老板应当是此中高手，除了看猪还擅长看人。人各有特点，有人爱财，有人爱玩，有人爱名，看准了便能投其所好，一刀见血。据说马老板为结交重要人物非常舍得，要时间有时间，要人有人，要钱有钱，跟当年地质队小技工被杀猪刀顶着也不吐一文完全不是一回事。撒开大网，广种薄收，一旦需要就用上了。但是马老板从一开始就没看上我，或者说他可能一眼就把我看透了：这个姓董的不靠谱，没啥用，不必太当回事。所以我现在见到他时感觉特别轻松。

"真的吗？"

我自嘲："差不多吧。"

459

那时候协商陷入泥淖,外界传闻很多,据称马镇把状告到首都几大部门去,谋求有分量的人物出面干预。有的传闻直接打击梁越,称梁越为了谋求个人政绩,同利益集团相勾结,以发展新产业为名,一意孤行,逼迫、伤害民营企业。梁越压力山大,但眼睛依然在镜片后边灼灼闪光,不时还会跟大家"亲自"开开玩笑,故作轻松。协商遥遥无果,手头可供选择的方案很少,无论是强制收回、偃旗息鼓,还是诉诸法律打官司,都会碰到大量棘手问题。如此骑虎难下,表明当初我所谓"与虎谋皮"的说法不是无端恐吓。这种情况下,梁越一边督促协商,一边马不停蹄地推动光伏产业园区规划,亲自跑北京、上海、广州招商,请若干重点新能源巨头前来考察,志在必得,不留后路,其固执,或称顽强表现得淋漓尽致。

然后魏秀山传来意外消息:对方突然口风松动,愿意考虑本县提出的条件。

梁越下令:"快跟进。"

我感觉非常惊讶。此处有疑问,马镇态度突然反转必有缘由,究竟是因为啥,不得而知。

两个月后,一份三方协议在本市签署。协议主要内容是东鑫集团同意将手中的两千亩土地转让给本县光伏产业园开发公司。该公司主要股东为一家新能源头部企业,本市及本县亦以所辖投资集团名义投资参股,各占一定比例。本县政府作为协议第三方,负责土地交接与结算以及其他相关事项,为协议执行提供保障。除了这份协议,东鑫集团在本县石坎乡投资建立民俗文化园项目也正式报批。

至此,事情并没有尘埃落定。协议签署后,东鑫集团提出一系列具体问题,包括要求对其先期投入进行补偿等。魏秀山的工作小组与之进行多方协商,取得若干进展。不料事态再度反转,在我与马镇竹寮温汤相逢的第二天,对方掀桌子翻盘。

三

出事那天是周一。上午七点五十分,我到达会议室时,椭圆形会议桌旁已经基本坐满,只差正中主位空缺。

我开了句玩笑:"哇,太阳从西边出来了。"

会议室内各位领导一起发笑。立刻有人把矛头对准我。

"董主持,今天中午给我们什么汤?紫菜蛋花物美价廉。"他们起哄。

我宣布中午盒饭配发高级汤品,给各位领导上鱼翅燕窝,一人一盅,各自买单。

众人大笑。

大家也就是趁老大不在场,过过嘴瘾。那天确实有些奇怪,梁越居然迟到了,这就是我所谓的"太阳从西边出来了"。说来他也并未迟到,只是他通常会提前十分钟坐到主位上,调侃比他后到的领导比书记都忙。谁要是真的迟到,他就会拉下脸查问究竟。让他说上一两回,大家便都尽量提前十分钟到会,与书记保持一致,除非有非常特殊的情况。这天他未能像平常一样提前到达,就给了大家一段难得的放松时光,容大家彼此开开玩笑。当天上午会议议题较多,估计中午还得吃盒饭。所有盒饭无不油大味重不利健康,偶尔尝鲜可以,经常食用就好比吞咽垃圾,因此大家不免有牢骚。所谓"敢怒不敢言",除了我有时装装傻,其他人没有谁敢当着老大的面说三道四,此刻却可以拿我开涮,一起快乐片刻。

八点整,梁越未至,众人面面相觑。

我问周丁顺:"周主任,梁书记没交代什么吗?"

他张张嘴巴,没待回答,手机响了。

竟是县公安局办公室急报：今天早晨七时十五分左右，我县虎爬岭路段发生一起车祸，一辆轿车与一辆货车交会时被撞出路基，翻下路坡。交警接报后立刻赶到现场处置，救出车上两名伤员。两人均已重伤昏迷，由120急救车送往县医院。经初步核实，该轿车为县机关车队车辆，伤员之一似为县委书记梁越。

全场大惊。

我用力拍了一下桌子："散会，各就各位。"

几分钟后，我带着周丁顺赶到了县医院。

其中一位伤员已经不治，未及入院就停止呼吸，直接去了太平间。另一位还有气，急送手术室。根据医生收治记录，可断定死者为车队司机，梁越目前在手术室里，生死未卜，医生们正在全力抢救。

我对院长交代："想尽一切办法，需要的话立刻向市医院求助。"

"会的。"

这个交代其实不用我说，但我还是必须说。

我把周丁顺留在医院，守在手术室外随时掌握情况，我自己立刻赶往虎爬岭出事现场。在我之前，县委政法委书记已经从会场直接前去。

现场很惨。小车被撞出路基后，从路坡上翻滚而下，掉到下边一条沟里，两个点落差超过十米。由于车速很快，加上那面路坡很陡，布满大小石头，轿车在摔落过程中接连与巨石棱角碰撞，落地后基本散架，车身残破部件甩得到处都是。此刻轿车坠落现场已经被警察用隔离带圈出保护。坡顶路面上，肇事的大货车还停在路旁，完好无损，司机惊魂初定，还在接受警察讯问。

县公安局副局长许瑞发在现场指挥处置，根据他介绍，初步认定事故责任在大货车司机。此人涉嫌超载、疲劳驾驶和超速。虎爬岭路段坡度大，货车顺坡下行，司机没有控制好，车速明显超过本路段限定。轿车是沿公路外侧上行,与货车交会时恰逢弯道。由于当时路上车辆少,货车司机注意力不集中,可能还打了瞌睡,突然发现对面来了辆小车,货车司机惊慌失措,踩刹车过猛,方向盘没有握紧,货车车头突然左甩,与轿车车身相擦。轿车司机紧急闪避中,右前轮脱出路面,车身失控冲下路坡,迎面撞到一块大石头,随即从路坡翻滚下去。车上两个人中,前排司机被安全气囊压住,一直随车翻到沟底。坐在后排的梁越在翻滚撞击中与被撞脱的车门一起甩出去,被抛落在路坡上。他身上的物品包括公文包也被抛到路坡上,里边的材料、文件与脱落的轿车部件混杂,散落在周边。此刻现场已经受到有效保护,无关人员无法进入,接下来警察会对隔离区域进行地毯式搜索,寻找重要证物及回收重要物品。

"董副县长有什么指示?"许瑞发请示。

警察处理车祸有其规范程序和要求,这方面无须我多嘴。我只是强调情况特殊,梁越书记的公文包里可能有重要的内部文件资料,不能遗弃于现场,务必仔细搜索收回。一些个人物品也需要妥当保护,避免泄漏造成不利影响。

"明白。"

我还问了一个问题,现场出警的警察是否都来自交警大队?许瑞发点头。这很正常,交通事故当然归交警处理。

"马上调几个刑警来。"我要求,"要最有经验的。"

许瑞发吃惊地看了我一眼。

"以防万一。"我说,"在完全被排除之前,任何可能性都存在。"

"是,是。"

我再次强调:"记住,这个很重要。"

"记住了。"

一旁的政法委书记加了一句:"注意保密。"

"明白。"

这时手机响了,是市里领导。通常情况下,市里领导不会直接找我,今天例外。

梁越出事后,县委办公室在第一时间急报市里。市领导得知后很着急,打电话向我了解。我把自己在医院和现场掌握的情况简要报告,询问领导有何指示。领导称已命市卫生局组织市医院专家组立刻赶来,参与抢救梁越,要求我们做好配合工作。这当然没有问题。我向领导提了个要求:梁越书记状况危急,本县县长林成文还在养病,县里领导力量严重不足,群龙无首,可否请求市委与上级联络,让刘可明副书记先回来?

刘可明是本县副书记,前些时候去省里学习。

领导指示:"你要先顶起来。"

"明白,放心。"

所谓运气到了,挡都挡不住。此刻我无处可逃,必须得先顶上去,所以才马不停蹄亲自跑医院,亲自跑现场。作为"老兵油子",我很清楚这种时候绝对开不得玩笑,有如战场上连长指导员相继阵亡,当副连长的就得硬着头皮顶上去带队往前冲,哪怕对方狙击手正在瞄准,要来个枪打出头鸟,也不能躲闪。

我在现场强调必须调刑警参加,不是没事找事,而是确有需要。因为有疑点,需要有合理的解释。眼下最大的疑点是梁越怎么会在虎爬岭出事?虎爬岭位于本县东南部,经过该岭的是一条县道,坡度大,弯道多,出事的概率较大。从出事地点到县城,正常通行时间大约是半小时,用这个时间推算,如果不出事,梁越将在七点四十五分左右到达办公大楼,恰好能在上午会议之前十分钟坐到他的主位上。虽然时间是吻合的,路径却有问题。据车队出车记录,梁越于昨日,也就是星期天的上午才离开本县到省城去。梁越是省城人,家在省城,其职责范围内有许多重要事务需要通过省里的部门办理,所以他前往省城很正常。昨天他赶赴省城,有可能是工作事项,也可能是家庭事务。事前他谁都没有说,包括周丁顺,这其实不是问题,放在他身上很正常。毕竟是一把手,自由裁量空间比较大。且该领导如我私下调侃的"总是神出鬼没",你刚听说他去了漠河,转眼他却在三亚给你打电话,就是这么精力充沛,乐于奔走。鉴于此人性格特点,他在本县与省城间跑马拉松并不奇怪,但是那样的话,他的轿车从省城返回时应当在本县西北方向的高速公路收费站驶出,通过一条十公里长的连接线进入县城,而不是多绕行数十公里,出现在东南方向的虎爬岭。比之虎爬岭县道,高速连接线宽阔平坦,安全系数高得多,如果梁越走那条路,绝不可能被一辆货车撞翻至路坡。

这个问题需要有一个答案。交警可以处理路面事故,让他们来核查车辆行踪似有不当,需要其他方面的警察来帮忙。该情况当事者当然最清楚,只是死者已经无法开口而伤者生死未卜,我们有必要尽快搞清楚,所以要刑警介入。

这个任务于警察并不困难。当天晚间,许瑞发赶到了我的办公室。由于任务是我交办,且目前是我在主持工作,相关进展有必要直接向我报告。

他们找到了轿车上的行车记录仪。这东西好比失事飞机的黑匣子,里边存有各种资料。行车记录仪在事故中严重损坏,已经成了一堆零件,幸而警察里有技术高手,他们解读了仪器磁盘的信息,还原出大部分图像。相关图像可证实此前交警的初步判断,事故全责确实是在货车司机。警察根据这些图像,比对县公务车服务平台的定位资料,查到了该轿车本次出行的行踪,列出了时间表。根据这张表,该车离开本县后,于昨日下午二时到达省城,进入一个居民社区,停在一栋住宅楼下,约半小时后离开,又驶往一处机关大院。经辨别,确定为省政府大院。该车在内部停车场停了约两小时,而后离开,行驶半小时后进入一个地下车库,以行程判断那应当是省城中心区域。轿车在那里停留了一个来小时,而后驶离,出城,上高速。两个半小时后从高速口驶出,进入城区道路,最终停在一大型地下停车场,从晚十点到今天清晨五点。清晨时分该车离开地下停车场,上路后直奔本县。根据一些标志物判断,轿车最后停靠的地下停车场位于一个大学城内。

我点头:"这就对了。"

这个大学城在本省东南的另一座城市,从那里到本县要走另一条高速,下高速后有两条路到县城,虎爬岭这条路是近道,行程缩短二十分钟。梁越抄了近道,试图提前十分钟赶到会场,结果事与愿违。

那时候梁越已经从手术室出来,送进了重症监护室。市、县两级专家使出浑身解数,暂时把他的一条命拽住了。据周丁顺传回的消息,他身上几乎没有一块好肉,内脏千疮百孔,脊椎骨折,颅内出血,还能呼吸已经堪称奇迹。医生尽一切可能为他做了手术,止住出血,稳住心跳。接下来要看他的造化,能不能挺过来还很难说。

"这个人咱们还不知道吗? 他能挺过来。"我断定。

说实在的,那时我满心发酸。这个人真不该碰上这个。尽管他对我有所猜忌,让我感觉不爽,此刻想来算什么呢? 人家也是出于公心。

许瑞发手下的警察从行车记录仪资料分析出的几个停车点中,仅省城中心区域那个地下车库尚未辨别清楚。车在那里停了一个来小时,算是比较长的,以时间判断似乎是去用晚餐。有干警提出,根据几个路口标志物,该地应当是在省城东部,东鑫集团总部大楼那一带。

我有好一会儿说不出话。

"董副县长有什么指示?"许瑞发问。

我要求跟进省城地下车库这条线索,马上派干警前去核对该车库确切位置。如果与东鑫集团有关,那就继续查,可以请省城警方帮助,调看该大楼的相关监控资料，查清这辆轿车停车后发生过什么。车辆停泊后，车上的行车记录仪不再工作，却可以查停车场里的监控，它们始终在那里盯着。

"这个……"他似乎有些不解。

"你们有没有发现车上重要机件异常，有做过手脚的痕迹？"

"目前没有。"

轿车已经摔烂，要从一堆破烂里发现蛛丝马迹实属不易，哪怕经验丰富的老手也需要足够时间，就好比空难调查动辄数年。但是我不能不注意，如果那辆车果真停到过东鑫集团的车库，那尤其让我不放心。我们与马老板正在相持，对方为了自身巨大的经济利益，有可能无所不用其极。马镇是白刀子进红刀子出的主，必须谨防其使出黑恶手段。梁越无疑是他们最想搬走的障碍，让梁越消失，事情可能会是另一种结果。如果是这样，这起车祸就不是一起普通交通事故，而是重大刑事案件。

应当说这不是我凭空想象，从一开始我就有所担心，所以才强调要刑警参与调查。梁越车祸发生在双方相持的一个敏感时间点，此前一周，我被请到竹寮温汤与马镇见面，其过程有些神秘，却又止于泛泛而谈，没有任何实质性事项，我至今搞不明白马老板究竟想干什么。可以断定当时马镇是在为掀桌子翻盘做准备，如果他还有一个配套措施，试图搬走梁越，那么就有必要提前跟我接触，如叶辰所说："你可以有个态度。"一旦梁越消失，接下来我的态度有可能严重影响事情的走向。这种推测从逻辑上似乎成立，因此也让我格外担心。

现在必须以最快的速度获得证据，无论是确认还是排除。如果梁越昨晚果真去了东鑫集团，那儿一定有些什么事情。但是我不能要求警察去查，就好比我不能要求警察去了解梁越到省政府大楼找谁，为了什么事一样。梁越可以根据工作需要去任何他觉得应该去的地方。

如果有问题需要调查，那也得由上级决定，我没有这种权力。但是我也可以督促警察必须把车祸的真实原因找到，如果它有可能涉嫌刑事犯罪，哪怕只有一星半点迹象，我也有责任盯紧。

我对许瑞发要求："动作要快，务必严格保密。"

"我马上安排。"他说。

他还向我报告了一个情况：按照常规，相关事故必须检查是否存在酒驾、醉驾情况，办案警察发觉损毁轿车里有股酒精味。

我吃惊："司机喝酒了？"

他们为死者做了检测，血液里没有酒精成分。

"那不可能。"我断然否定，"梁越不喝酒。"

但是警察从梁越的公文包，以及现场一件外衣的衣襟上检测出酒精成分。据分析那是梁越的上衣，被他脱下来放在车座上，摔车时掉落于路坡乱石间。

"这怎么会呢！"

许瑞发还提到了一些个人物品，名片、衣物、眼镜布，等等。梁越被抬走时，只有一只脚有鞋子，另一只掉了。警察在一丛杂草中找到了他的那只鞋子。他的眼镜也被找到，居然没有摔坏。另外就是纸质材料，东一张西一张掉在路坡上，有红头文件、有简报，还有一份《个人情况与述职报告》。

"述职报告？"

"是的，"他重复，"《个人情况与述职报告》。"

我要求他们把现场收集的文件资料汇总，立刻封存，留待处理。除非办案需要，经过批准，否则任何人都不能看。

我注意到许瑞发似乎还想说什么，却欲言又止。

"尽管说，都告诉我。"我下令。

许瑞发说，警察还发现了一些照片，零零星星散落在出事现场路坡上。一共有十二张，都是年轻女性，一个比一个漂亮。

我不禁一愣，好一会儿才问："是哪个人找到这些东西的？"

现场的交警和刑警相当多，他们一起搜集证物，照片东一张西一张，大家都看到了。

"告诉每一个人，情况还没搞清，不要乱说话。"我说。

"明白。"

他告辞，赶回局里安排。

而后我再次前往市医院。医院院长和周丁顺陪着我，隔着重症监护室的玻璃墙探望梁越。梁越一动不动像一段木头，头上包着绷带，身上插着各种管子，如他平时开玩笑所说，"亲自"躺在病床上。他的眼镜没在眼睛上，乍一看似乎变了个模样。

我在那里见到了梁越的夫人。我们以前见过。梁夫人姓方，在省城一所中学当老师，他们有一个女儿，即将升入初三，眼下在加强班为来年中考备战。梁夫人接到车祸消息后，把孩子托给家里人关照，自己独自赶来，车祸消息还瞒着孩子。

我说："方老师放心，他能撑住。"

"谢谢。"

当着我们的面，她眼泪落了下来。

方老师接到告急电话，从省城急急忙忙赶来本县，除了带上身份证和手机，其他的都顾不上。但是她还是带来了一份证件，是"无偿献血证"。她把这份证件交给周丁顺，询问其夫手术中是否需要出示这个。还说网上也可查到梁越的无偿献血记录。周丁顺一问，大吃一惊，原来梁越几乎每半年就会去献一次血，其献血量早已十倍于终生免费手术用血指标。梁越下来当县委书记后依然坚持献血，但他从不在本县献，也从不声张，都是利用回省城的时间，到某个路边献血车去"亲自"捋袖子，像年轻大学生一样，所以我们都没听说。像他这种当书记的人，一旦给抬到手术台上，需要为血源或者输血费用发愁吗？根本不会。

据方老师讲，昨天下午两点来钟，梁越匆匆回家一趟，喝了一杯水，拿了几件换洗衣服，然后便离开，说是有事去省政府，办完事后要赶回县里。她说的情况跟行车记录仪记录可以对上，但是显然她不知道梁越其后的一些活动，包括疑似前往东鑫集团地下车库和大学城地下停车场。梁越对夫人称将于昨晚返回本县，实际上他在外边住了一夜，今晨才匆匆赶回，带着可疑的酒气和十几张年轻女子的靓照。应当说只要不妨碍公务，他跟谁喝酒，他喜欢哪种女子照片都是个人隐私，不属于本次交通事故调查范围。问题是当个人隐私与破碎的轿车部件混杂并散落在路坡上时，谁也无法把它们截然分开。

我说："方老师保重，为了梁书记，也为了孩子。"

这种时候只能说这个，且任何语言都沉重无比。

当晚午夜过后，一组警察急赴省城，第二天一早即展开工作，他们迅速确定轿车所记录的地下车库确实就在东鑫集团总部大楼底层。警察通过省城警方协助，进入该集团监控室核查了监控资料，确认那天傍晚梁越的轿车确实进入该车库。车停泊后，有两个人一前一后下了车，正是梁越与司机。他们没有一起走，梁越进入停车场电梯间，应当是坐电梯进了大楼内部，而司机则通过人行通道出了停车场，应当是到外边找地方吃晚饭。录像资料显示，仅过了四分钟，有一个身着保安服的男子走到这辆车车头仔细察看，并用手机拍了几张照片。此举表明这辆车从一开始就被注意了。应该说该车受到注意不奇怪，它挂的不是省城车牌，车身还有"公务"标志，这种车总是会吸引眼球。梁越如果有心微服私访，他需要换一辆车才行。大楼地下车库是企业内部车库，并不对外开放，外来车辆进入，需要事先安排，或者持有允许临时停留的凭证。车库保安把车放进来，表明该车已获许可，紧接着又跑过来拍照片，这就有些奇怪了。对方对此的解释是"例行检查"，显然说不过去，令人生疑。除了这个疑点，倒也没有更多异常，在保安服男子拍过照片之后，偶尔有人走过，但没有发现有人在车边做手脚。如此看来车祸与该公司地下停车库似乎没有直接关联。至于梁越跑到对方的老巢去干什么，是闲来逛逛、微服私访，是深入虎穴或者私下密谈，目前一无所知。

不料答案转眼到达，自动前来。

第二天，马镇的儿子小马给我打来一个电话。

"家父让我代问董县长好。"他说。

我即更正："我们有一位林县长，姓董的只是个副手。"

"马上要转正了。"

"谢谢，等令尊给我发文件。"我调侃。

哪想他真有一份文件要发给我，需要我的微信号。

"听说董县长派警察来查我们，家父说可不能怠慢了，表示欢迎。"他说。

果然如梁越所想，人家在我们身边有卧底。这个卧底当然不是我，不需要抛硬币问卦，我自己和小马都很清楚。

小马称，他们得知受到警方注意，感觉非常诧异，在公司里自查，这才发觉那天傍晚他们总部大楼里来了个不速之客，竟然是梁越书记。梁书记不请自到，却没有声张，没有与公司里任何人接触，甚至没有东张西望。看起来他只是来观察马董事长气色，听一听老马的重要讲话，然后就拍屁股走人。

"莫非你们让他吃得太饱了？"

"要是请他吃饭，还能不知道他来？"

"那么你们就让他饿着肚子听令尊讲话？"

"他不是喜欢在车上吃面包喝矿泉水吗？"

"好像有点奇怪。"

"董县长自己看吧，文件肯定不是 AI 做的。"

他直截了当，声明他们是刚得知梁越车祸消息，其父表示痛心，亦请我们代向梁越的家人表达慰问。其父说，尽管彼此有利益之争，梁越碰上这种灾祸还是让人同情。梁越的治疗以及其他事项，如有需要东鑫集团协助的，一定鼎力相帮。他们认识很多好医生，北京、上海的都有，国外的也有。

我问："马公子的好医生拿什么牌子的手术刀？"

小马担保拿的肯定不是杀猪刀。他父亲早已金盆洗手，放下屠刀，立地成佛，所以才有今天。不要因为一辆车停到他们那里就疑神疑鬼，查东查西。他父亲早是社会知名人士，他们没必要那么干，眼下用不着，日后也不需要。

"你们请梁越书记去你们那里干什么？"

他再次声明他们没有请梁越去，也不知道梁越为什么要来。梁越没在他们那里喝一口水，更别说酒。他们只是在警察调看监控之后才知道梁越曾经来过。

我不由得在心里骂了一句。他们果真啥都知道。

马镇跟本县渊源很深，梁越车祸中若干细节比较敏感，我强调要保密，却也很难规定为机密。事件涉及一把手，外界格外关注，会有人喜欢打听并传播，现场人员较多，做到滴水不漏实在不容易。

小马给我发来的文件是几个视频，可以看出都是从监控资料中剪辑，画面上都叠印着记录时间。几个视频分别取自不同探头资料，时间线却能连贯。从梁越进了停车场电梯，从电梯上到大楼某层，然后进了一个会议室。有一个活动在此举办，有摄像机拍摄了全过程。从摄像资料时间线看，大约在梁越到达十分钟后，活动开始。先是马镇出场讲话十分钟，然后是一个颁奖程序，接下来是获奖者逐一发言。马镇在颁完奖后没再露面，镜头便离开主席台向下扫描，一排一排，到了倒数第二排，有一副眼镜被扫进镜头，正是梁越。他没闲着，举着手机在"亲自"拍照，姿态有别于平时"亲自"坐在主席台上让人拍照。

如果这些视频资料属实，那么梁越夜访东鑫集团总部，确实没有见谁，也没有被谁接见，更没有跟谁一起吃饭喝酒。他在那里参与的活动与他亲自谋划并指挥的本县两千亩土地回收案似无关系。会场会标表明那是"东鑫集团奖学金表彰大会"，为该集团助学基金的年度活动。

我颇感不解。考虑到梁越总是"神出鬼没"，如我私下调侃，他不声不响探子一般置身于那个会场似也不奇怪。或许他需要从侧面了解一些情况，以便知己知彼？但是此处有疑问。我可以断定这几个视频和小马的言辞都只是部分真相，事情肯定不像表面显现得那么简单明了。我相信对方从一开始就知道梁越来了，他们只是不承认而已。不承认就是疑点，其中必有原因。

县委办公室主任周丁顺提到了一个情况：梁越确实原定于当晚返回本县，一如他跟其夫人所说。大约下午五点二十分，梁越与周丁顺通过一个电话，让周丁顺将周一上午会议的议程略作调整，将原来排在后边的"研发中心"项目提到前边，放在第一个。当时梁越还让周丁顺把调整好的议程打印出来，放到他办公室，他回县后要审阅。周丁顺问他大约几点到？梁越回答："晚上十点左右。"从这个电话推论，当时梁越预定在离开东鑫集团大楼后即驱车返回。但是到了晚八点他又给周丁顺打了一个电话，称有事，今晚不回县里，明天一早赶到。以通话时间推论，这个电话是他离开东鑫集团之后打的，显然他是在那座大楼里改了主意，很可能那里发生了一些什么事情，且与马镇有关，只是被小马剪裁于"文件"之外。

问题是梁越已无法言说，对方则一口咬定没有，不承认。

四

许瑞发他们对大学城地下停车场的情况也做了了解。大学城停车场属于开放式收费停车场，如果有某个黑恶势力打算"修理"某一辆轿车，那不是特别合适的地方。但是选择容易被忽略的地方下手，安全性反而更高。假设是东鑫集团搞鬼，比在他们自家楼下搞，远远跑到大学城那边动手当然更有助避嫌。类似勾当既可以自己做，也可以外包，只要提供时间、地点和车牌照片等必要信息。东鑫集团的保安曾在地下车库为该车拍过照片，他们有可能在与梁越的接触中得知他的行踪，甚至有可能是他们让梁越改变连夜返回本县的打算，把他的车引到大学城停车场。从时间与技术角度看，比起其他地方，在本次行程中最后一个停车点，大学城地下停车场下手，无疑最有把握。这是一种极限怀疑，涉及严重刑事犯罪，特别是犯罪目标瞄准一位现任县委书记，虽严重到难以想象，却不能不作为一种可能。涉及巨大利益，且自认为能做得天衣无缝时，会有人铤而走险。这种事永远不能想当然或止于阴谋论，必须深入了解，掌握证据，有嫌疑便抓住不放，反之则彻底排除。

警察在大学城停车场没有发现异常，却也未能完全消除怀疑。

有一条新线索突然出现：证物检查小组警察在他们现场收集的，铺满半个库房的轿车残破机件中发现了一个异常物。该物件仅两根成人指头大小，为磁铁吸附式，已经在车祸中损坏，初步判断是一种微型GPS定位器。

梁越的车是公务车，车上装有定位器，以供公务车管理服务平台掌握行车动态，这是眼下公务车管理的规范措施。这个定位器已经找到，还基本完好。令人意外的是在一堆破烂机件中居然还藏着另一个定位器，后者疑似外来产品，与警察熟悉的国内常见车辆定位追踪器都不太一样。这表明这辆轿车受到了非法入侵，有人把它吸附于车底板，以窃取该车行车信息。

许瑞发迅速向我报告情况，我一听，张嘴开骂："好大的胆子！"

警察已经把该设备急送市局，请专家帮助做技术鉴定，看能否找到相关线索。在这方面，仅靠县局有限的技术力量与手段，难以锁定目标。

我表扬许瑞发："你们已经抓住了敌人的一条尾巴。"

就目前情况分析，马老板值得高度关注。

那天晚间半夜一点，我在家中已经入睡，电话铃声骤然而起。

是医院告急。梁越在重症监护室突然停止呼吸，被再次送入手术室。

十几分钟后我赶到县医院，周丁顺也已经到达。

"只怕，只怕……"他很紧张。

我说："不怕。"

那段时间梁越一直没有离开重症监护室，人从未苏醒，但从指标上看有向好迹象。方老师提出，让梁越转院至省立医院。我表示不急，以医生建议为准。应当说让梁越转到省城大医院，可谓对谁都好。省立医院医疗水平和设施条件远在县医院之上，病人到那里可以得到更好的救治。梁越是省城人，在省直机关工作多年，其亲友也多在省城，住进省城大医院更方便家人照顾。梁越的女儿来年就要参加中考，不算面临人生第一搏，也是相当要紧，此刻妻子请假来本县照顾丈夫，女儿只能放养，梁越转院有助于其妻兼顾女儿。对我们当然也好，虽然增加了前往医院探望慰问的距离与时间，却也减轻了责任，至少不需要这般一旦有事半夜三更也得赶到医院。

但是我没有松口，坚持必须让医生拿主意。医生倾向于保守治疗，认为病人情况很不稳定，到省里大医院固然于救治有利，但怕他撑不过这一路颠簸。事情尚在商讨中，梁越再次濒危，再进手术室。

梁夫人方老师已疲惫不堪，她对我摇了摇头："不知道能不能……"

"他能撑住。"我断言。

如我所料，梁越经历了第二次开颅，又一次从死亡边缘挺了过来。

我从医院回到家时，天已经大亮。一个电话打到我手机上："董县长辛苦了。"

我说："是董副县长。小马总又要给谁发文件？"

他竟然已经在县政府值班室恭候，称有一件急迫事项需要向县政府领导"汇报一下"，同时提交一份文件，是关于施工队的。小马说他本来在广东看一个项目，是临时奉其父之命赶来的，事前了解到我在县里，今天上午会到政府大楼开会。

我表扬："小马总消息真灵通。"

"做企业嘛。"他表示，"董副县长放心，不会多打扰。"

"没事，欢迎打扰。"

早饭顾不上吃，我赶到政府大楼，路上给魏秀山打个电话，请他马上来，一起跟小马谈。魏秀山叫道："他怎么跟得这么紧！"

我交代："注意，咱们只听，不表态。"

小马所谓的"施工队"是这么一回事，梁越出事前研究确定过一个项目，要在未来光伏产业园区的滨海高地建设研发中心，作为产业园第一座建筑物，以此拉开园区建设序幕。按照规划，那一块高地是来日园区的核心区域，除了研发中心，还将建设物流、通信、供电及行政服务设施。滨海高地与马镇掌握的那块土地紧挨着，待马镇手里的土地收回后，与之合为一体，共同建成光伏产业园。梁越以其标志性的快节奏，一边安排解决土地问题，一边着手推进产业园的各项准备工作。梁越出事那天，原拟上会讨论的第一个议题就是建设研发中心若干具体事项，作为首发项目，此事已数次上会研究，项目总体进展很快，所安排的施工队已进场开始前期准备。滨海高地原本没有通路，施工必须先开路，道路经由马镇的两千亩地这一侧。按照已经达成的三方协议，这块土地的使用本已顺理成章，可马镇突然翻盘就不一样了。如果协议被终止，整个光伏园区都无地可落，滨海高地通行成为问题，孤零零建一个研发中心也就毫无意义。

小马给了我们一份东鑫集团公函并口头表示，"恳请"县政府在其特钢园项目土地归属确定变更之前，暂缓涉及该地块的施工作业。他们对滨海高地相关项目施工并无异议，只要不占用他们的地块就行。

魏秀山说："马总很清楚，那里只有一条路可走。"

小马说："可以不那么着急，等事情定下来再说。"

我问："哪里还没定下来？咱们没签过协议吗？"

小马笑笑："董副县长比我更清楚的。"

我也笑，称我很清楚东鑫集团要求就终止三方协议进行协商。这事县里很重视，梁越书记亲自召集党政班子领导讨论，确定了几条，表明了态度，已经正式反馈答复了。

"我得跟两位领导说明一个情况。"小马说。

他从公文包里取出一个信封交给我。信封很薄，比蝉翼略重。我打开一看，里边只有一张照片，照片正中是梁越，在"亲自"与人握手，对方是马镇。

小马再次强调照片是真实的，不是伪造的。拍照时间是梁越出车祸的前一天晚间，地点就在省城东鑫集团总部顶楼会场外走廊。

"你说过他并没有跟你们接触。"我说。

"不好意思，我只能那么说。"

他解释称，当晚梁越出现在东鑫集团总部，事前确实没有联络他们。他们也确实没有邀请梁越，梁越的司机开车进入地下车库前出示的是别人的请柬。只是车库保安感觉异常，将那辆车拍照并报告，他们才发觉竟是梁越到来，赶紧报告马镇。马镇在台上讲完话就下来，赶到会场外，让手下人悄悄进去把梁越请出来，两人在走廊上见了一面。马镇利用这个机会，当面向梁越再次提出请求，希望通过协商终止三方协议。梁越明确表示可以再研究。由于马镇当晚还有一个应酬，梁越也要赶路，两人谈了十来分钟就握手道别，身边有人用手机拍了这张照片。之所以一开始不说明情况，是因为梁越本人有要求，不希望被外界所知，他们必须照办。如果梁越没有遭遇车祸，或者没有大碍，这次会面无须多说。现在看梁越身体情况不乐观，恐怕很难自己出来说明，加上警察已经介入，作为当事的一方，他们集团有必要讲清楚。

"这个情况我们会核实。"我表示，"也许明天梁书记就忽然睁开了眼睛。"

小马竟建议送梁越的家人到石坎乡张飞庙去烧一炷香，也许可以帮助他尽快恢复。梁越要能忽然醒过来，对谁都是好事。

"小马总别搞砸了。"我调侃，"梁书记对那块地的态度一向非常明确。"

"他已经改主意了。"

据小马说，那天晚间梁越到东鑫集团大楼之前，曾到过省政府大楼，是被一位省领导叫去个别谈话。梁越本人还另外有些情况，所以他才改变了态度。如果不是发生意外车祸，那块地的问题可能已经解决了。因此这次车祸中损失最重的，除了梁越本人，就是他们东鑫集团。事情明摆着，还需要让警察查这查那吗？此刻梁越仍然不省人事，事情却不能一直等下去。他们也清楚，书记、县长都不在位，眼下很难作重大的决定。土地协商不可能马上进行，滨海高地上的施工却可以相应暂缓。如果不能缓，就请县领导另行考虑道路问题，从另一侧开路，或者走海路，只要不占用东鑫集团所属土地，他们无权干预，也不会多嘴。

我分析小马匆匆前来送文件，一个目的当然是要表明他们与梁越出车祸无关。当然，主要目的还是为那块地，所谓"暂缓"的要害是"缓"。对董副县长、魏副县长等众领导而言，"暂缓"总比不管三七二十一继续干少惹麻烦。但是，这一"暂缓"有可能就是那块地就此搁置。它已经因各种"暂缓"搁置多年，继续搁置下去又怎么样？光伏产业园胎死腹中也不关马老板的事。

但是我能怎么办？

我问："魏副县长，你的意见呢？"

魏秀山做思考状，停了几秒："恐怕得研究一下。"

我说："事情是梁书记定的，是不是还得先请示他？"

小马叫："他还能说话吗？"

"凡事皆有可能。"我说。

"家父特地交代，请董县长务必多关心支持。"

"是董副县长。"我说，"代问令尊好。告诉他，这个事我们会认真对待。"

小马匆匆离去，我不知道他是不是真的去石坎拜张飞了。

当天上午有个会议，我命会议暂缓，自己跑到县委楼那边找刘可明。刘可明已经奉命回到本县，主持县委日常工作。他知道是我请求市委出面把他弄回来的，一见我就骂："你老兄是让我回来当煎饼啊。"

我嘿嘿笑："有难同当，不能只我一个外焦里脆。"

事实上他也清楚，即使我不提议，上面也会把他叫回来。应当说，如果是在平时，他会很愿意有一个表现机会，哪怕只是主持工作。可是如果要来料理麻烦事，那就难免力不从心，感觉头痛。

我把小马送来的文件给他看，询问他有何高见？

"你说呢？"他反问我。

我表示，以目前情况看，如果继续施工，对方肯定要上下折腾。凭我们的力气，对付起来也费劲，让施工先停一下当然最稳当。

他直截了当："我同意。"

我建议他召集党政两套班子议一下。

"这个事政府就可以搞定吧？"他说，"人家这份函也是发给县政府的。"

我觉得还是一起再议一下好，因为是梁越召开两套班子会议确定进入施工，现在如果有变化，在原范围内研究会比较合适。

"不如这样，你们县长办公会先拿个意见，我这边再开常委会。"他说。

刘可明比我小三岁，级别比我高，下县任职有一年多时间，估计不久就能往上升——只要不出事。这位很高明，会掂量，如果像梁越那样召集开会讨论决策，主要责任将由他承担。如果让县政府班子先研究并提出意见，他那边只是"同意县政府意见"而已，事情比较好办，主要责任则转到了我这里。由此可见，刘可明为官之油不在我之下。

我感觉自己不好硬推，只能这么办。一来人家领导排名在前，我在其后；二来不能因为梁书记怎么做，就要求刘主持跟着来。梁越是什么人？吃盒饭不用汤，零点开会神采飞扬，来去如风神出鬼没，家里有一沓献血证，公文包里还有一沓女神照片，实不是凡人，我们大家都难以比照。

当天下午，我通知张潮水到我办公室来一下，有事。

张潮水是县政府行政科管理人员，管辖本县公用车运营平台。他四十出头，矮个子，精瘦，小脸，两个眼珠溜溜转，一副精明模样。

张潮水从随身携带的一只小公文包里取出一张发票，递上来请我过目。我不看，只问："有什么问题？"

"超标了。"

这张发票为住宿发票，是梁越的司机留下的。该司机不幸于车祸中丧生，遗物交还其家人后，其妻将其中几张发票拿到行政科补办报销手续。由于县领导公务车归平台统一调度，报销也都交张潮水审核。张潮水发现其中一张费用超标，正是司机在车祸前夜的住宿凭证。根据发票，可知当晚该司机住在南方学术交流中心客房，那是大学城里的一个宾馆，承办各种高端学术交流活动，包括提供会场与餐饮住宿服务。该宾馆收费不算高，但是依然高于县级小车司机出差住宿标准。

我说："报了。下不为例。"

人家都以身殉职了，还怎么下不为例？如此说只是聊表惋惜。这司机为人实在，表现不错，能够顶得住梁越那种高强度工作状态，实在不简单。

张潮水说："奇怪的是，发票只有一张。"

通常情况下当晚应当有两张发票，司机和梁越各一张。只要梁越当晚也在那里住宿，那么凌晨离开前必是司机一并办理住宿结账，也就是说必有另一张发票。梁越的住宿发票必定是和司机的发票放在一起，而后再由司机代为办理报销，不会跟着梁越公文包里的东西一起翻滚散落在路坡上。只有一张发票，可以断定当晚只有司机一人住在学术交流中心客房，梁越没在那里过夜。人都得睡觉，梁越当然不例外。人睡觉通常需要一张床，这张床不在这里，就会在另一个地方。

我交代张潮水："你只管报销审核，不必操心太多。"

"我知道，我知道。"

梁越在出事前夜住在哪里？谁安排的？是否与哪位散落在路坡上的女神照片相关？此处有疑问，不了解的情况下也不能无端怀疑。至于是否需要深入了解，寻找答案，那不是我所能决定的，也不允许张潮水乱八卦。

那天我把张潮水找来并不是要过问车队司机报销事宜，是另有要务。

"你得帮我办件事。"我告诉他。

"董副县长尽管说。"

我给他三天时间，命他到省城出一趟差，搞清楚一个情况：东鑫集团同我县协商土地事项时，马镇原本态度强硬，后来突然松口，才有了一个三方协议。我需要知道发生了什么事情，是什么原因让老马出人意料地改主意松口？

张潮水支支吾吾："董副县长，这个事，这个……"

"这个事不找你找谁？"

"这个，这个……"

"今天出发，后天给我回复。"我不容置疑。

"那我只好……试试。"

张潮水是什么人？我管辖之下，县政府核心机关的一个工作人员。同时他也是石坎乡人，是马镇岳父的远亲。马镇早年当民办老师时，张潮水是他的学生，学习成绩并不突出，以顽皮著称，终被马老师收服，如当年孙猴子被如来佛掌握。后来张潮水曾跟随老师下海，又及早上岸，通过曲折途径进入县政府办公室行政科。张潮水是本县机关中马老板的学生之一，且不是最冒尖的，但是与马老师走得最近，只是不为人所知而已。我断定张潮水为前老师提供过不少内部消息，包括机关里各种八卦。目前我对他采取严密注意态度，时有警示，暂未收拾。必要时我还让他去了解对方一些内情，有如此刻，拿他当双面卧底重用。

第三天，在我给他的限定时间之内，他悄悄来到我的办公室。

"是因为一个女孩。"他告诉我，压低嗓门。

张潮水不愧是所谓的"八卦仙"，其刺探来的情报总是充满色彩。

该情报中的这个女孩来自省城一城中村贫困家庭，小时候父母离异，她由母亲养大。女孩很争气，爱读书，成绩很好。上初中时成为东鑫集团助学基金会的一个资助对象，接受了三年资助，直到考上高中。东鑫集团助学基金会既资助初中生，也资助高中生，初中是义务教育，资助标准只及高中的一半。马镇要求受资助的高中学生除了家庭困难、学习优秀外，还必须进入"第一梯队"。也就是只资助中考拔尖，进入省城几所公认头部高中的孩子。那位女孩以平时的成绩，考上那几所高中不是问题，不料中考时发挥失常，以一分之差进入"第二梯队"，因此被该基金会从资助名单中移除。据说女孩还有点小性子，在接受资助的初中三年时间里，其他孩子至少每学期给"马老师"，也就是马镇老板写一封信，汇报考试成绩，表达感恩之情，这女孩除了第一学期写过一封信外便不再写了，被授意被提醒亦不声不响，因此时候一到被剔除出去也属难免。不料三年之后，这女孩给东鑫集团助学基金会和"马老师"发来一封感谢信，感谢他们在过去三年里对她的资助，帮助她解决了许多困难，也成为她努力学习的一个激励。这封信来得蹊跷，老马命手下去查。这一查不得了，这女孩竟是当年本省高考理科前十，被清华大学录取了，是历年受东鑫集团资助的孩子中成绩最好的一位。问题是这女孩早被剔除在名单外，怎么还自称受到资助？难道是故意这么说，以发泄自己对被剔除的不满？老马派去的人与女孩正面接触，旁敲侧击，发觉女孩真没那么歹毒，且高中三年中，她确实每个月都拿到了全额助学资助，而且也不再要求她写感恩信，因此她才特别感动，高考后主动给"马老师"写信。难道是助学基金会的财务衔接出了问题，名单没了，钱照发？查一下账，不是。女孩高中三年没有从助学基金会拿到过一分钱。那么这笔钱是从天上掉下来砸到女孩头上的？老马派去调查的人发现了一个破绽：三年里每一笔资助都是通过一个中间人转到女孩手上的，当初帮助她获得初中助学资格的也是这个中间人。费尽周折找到中间人，这才搞清来龙去脉：原来是该中间人拿自己的钱资助女孩上高中，却谎称代助学基金会转。不把真实情况告诉女孩，是因为女孩个性要强，她不会接受中间人的私人帮助。且如果让她知道自己因中考发挥不佳被剔除资助名单，可能会产生较大心理打击，影响她学习，造成恶性循环。

情况搞清楚了，事情却没完。"马老师"追根究底，并不是他对困难女孩多有爱心，其设立助学基金会最核心的一条，是为东鑫集团扩大影响，打造慈善企业形象。这种事通常所费不多，却收获名声满满，有利于利益最大化。特别是马镇自己曾当过民办老师，还曾白刀子进红刀子出，成为成功企业家后特别需要树立光辉形象。因此马老师派去的人除了搞清情况，还承担一项重要任务，就是说服中间人，为东鑫集团正名。本来那女孩已经被助学基金会除名，人家考上清华与东鑫集团再无关系，问题是女孩如此优秀，值得大做文章，放弃有如大亏本。老马的人便向中间人提议，为了女孩的身心健康，可否一直替她保守这个秘密？助学基金会可以将三年来中间人对女孩的资助连本带息如数偿付，东鑫集团作为该女孩高中三年的资助人便名正言顺，虽然稍嫌迟到。不料中间人非常慷慨，答称只是希望帮助女孩，不图任何回报，时间过去了，事情很圆满，也就心满意足，东鑫集团无须再来偿还，也不必跟女孩多作解释，可以理直气壮自认是其资助人，毕竟女孩初中三年确实曾由他们资助。

马镇下令："把她的情况给我弄清楚。"

这回说的不是女孩，是中间人。该中间人是女孩的初中班主任，姓方，女性，已婚。方老师资助该女孩时，其夫还在省委大院上班，为政研室一个处长，后来下派县里任职当书记，名字叫梁越。方老师明确表示，资助该女孩，以及不需要让人知道，都是他们夫妻商量决定的。

真所谓"不是冤家不聚头",那时候恰值我县与东鑫集团双方争端进入白热化阶段,梁越志在必得,不惜诉诸法律与强硬行政措施。马镇寸土不让,不惜动用各种上层关系以"维权"。突然间马镇松了口,于是化干戈为玉帛,三方协议得以签署。

马镇是因为意外发现梁越及其夫人竟是如此一对爱心人士,出于惺惺相惜之情,决定不再相争吗? 恐怕不是。以我所见,马镇之所以松口其实还是出于盘算:仅从资助女生一事,便可见梁越其人无意于名利,这种官员发起狠来无牵无挂,跟他能有多少较劲空间? 不如见好就收,免得颗粒无收。这也是寻求自保、争取特定情况下利益最大化,于是当时马镇就松口,签字了。

我问张潮水:"梁书记那天傍晚去东鑫集团总部,也是因为这女孩吧?"

张潮水说他不知道。卧底只摸了前情,后续未曾了解。

其实不需要他了解,我判断就是那么回事。小马给我的"文件"里有那个会场的录像资料,记得是"奖学金表彰会"。女孩肯定是当晚被表彰的头号人物,按照马镇对慈善行为的理解,这种事需要搞出影响,广为人知,该请的人必须请到,估计方老师会在受邀之列,但是只能以"关心女孩成长的初中班主任"之名义。根据"不需要让人知道"原则,方老师没有到表彰会上露脸,但是梁越却悄然光临。此人总是神出鬼没,很难想象是哪一根筋让他忽然前去。梁越出场并不违背"不需要让人知道"原则。作为不速之客,会场上没有谁知道他是怎么回事,除了东鑫集团的几位核心人物。而他们肯定不会说出去,因为他们已经贪天功为己有,不会主动暴露实情,他们只会心照不宣,视若无睹。

曾经令人生疑的马镇突然松口,以及扑朔迷离的梁越深入虎穴,其实就这么简单。我不知道张潮水是怎么探听到这些信息的,于东鑫集团而言，该信息具有一定敏感性，他们不会愿意外传，因此似乎可以断定张潮水的消息相当可靠，不是站在马镇卧底的立场上糊弄董副县长。问题是如果当初马镇改变主意确实与这女孩的故事有关，为什么转眼生变，忽然又来翻盘？

此处有疑问。

五

那一天省里开会，刘可明与我奉命与会。当天下午我们分别动身，行前我去了一趟医院，再次探望梁越。自车祸以来，我已经数次前来探望，频率不低于其"健在"时到他办公室请示工作。我俩共事时间并不长，相处也并不总是很愉快，就根本而言却也没有大的矛盾。他在很多方面跟我们都不一样，所谓"不是凡人"，而我本人作为一大凡人，以我之"油"，对他"尽可远之"，却也心存敬意。每看到这位非凡之梁躺在床上像一段木头，我都会心头发堵，责怪老天不公平。据周丁顺私下传达，医生已经给梁越判了无期，根据他身体受损的状况，即使他有幸从死神手掌里逃出，也会成为植物人。即使他再创奇迹恢复了意识，也永远站不起来，因为已经高位截瘫。

周丁顺在医院里，梁夫人方老师也在。她再次跟我提起转院。她感觉梁越虽然还在昏迷中，生命体征已经趋向平稳，她想让他尽快转到省立医院去。

我说："请周主任跟医院领导和医生研究，如果有一定把握，那就转。我们提供一切保障，确保安全。"

方老师表示感谢。

我问她："我听说方老师和梁书记帮助过的一个女孩高考成绩非常突出？"

她的眼泪"哗"地落了下来。

方老师和梁越曾通过妇联、教育部门的助学机构帮助过若干孩子，梁越都不让说。这一次这个女孩比较特殊，初中是方老师班上的，家庭非常困难，学习非常刻苦，方老师很看好。可惜女孩中考发挥不佳，被资助机构从资助名单中剔除了。方老师感到可惜，几次找原资助单位争取，人家不接受，还说孩子不懂感恩。方老师很懊恼，跟梁越提起，梁越说："何必舍近求远？"于是就把资助的事接了过来。担心给女孩造成心理压力和负担，他们什么都没有说。女孩很争气，考上清华，原资助单位找上门，要求把女孩重新列入名单，梁越也没有异议，只要对孩子成长有利就行。资助单位开表彰会，女孩虽然不知道实情，却坚持要对方给方老师发请柬。方老师到女孩家问候了孩子，表彰会却没露面，因为不想让人注意。没想到梁越拿着请柬去了，还用手机拍了好几条视频。梁越出事后，警察在现场拾到梁越的手机，交给了方老师，方老师从手机里看到表彰会的场面，听到女孩在演讲中感谢"亲爱的方老师"，当场就哭了。梁越一定是觉得她看到这些视频会非常高兴，所以替她去了，拍了视频，留下纪念。梁越要是不去，说不定就没有这场车祸，现在还好好的。

我说："方老师放心，他能好起来。"

方老师说的可与张潮水探听的情况互证。现在清楚了，是这根筋把梁越拉到了东鑫集团大楼。

这时，在医院参与照料病人的县委办公室值班干部向周丁顺报告了一个特殊情况：当天下午，有探望人员在受到劝阻时，险些与当班人员发生肢体冲突，幸而事态迅速平息。

我诧异："有这么严重？"

梁越车祸入院后，不少人闻讯前来探望。由于重症监护室不允许外人进入且走廊玻璃窗外容不下几人，经我们与医院研究，决定暂不开放探视，除亲属和单位安排的陪护人员外，其他人一律不得进入该病区。县两办还特地发通知给本县各单位，命严格照此办理。但是依然有人通过各种方式前来探视，其中有一些是专程从外地前来。今天与值班人员发生冲突的人来自外地，有五十来岁，留两撇胡子，还带有两个随从。起初该胡子还客气，称自己是梁越的朋友，听到梁越遭遇不幸，非常痛心，专程开车赶来，务必让他看一眼梁越。值班人员拒绝其请求，还出示两办通知，请对方理解。对方不听，与值班人员吵起来，情绪非常激动。恰好医院重症室主任到来，胡子竟抓住其袖子不放，非要跟进去不可。经协商，考虑到胡子专程远道而来也属不易，同意让胡子按照医院规定短时探视，只他一个，随从免进。不料该胡子隔着玻璃窗看到病人，竟拍窗大叫，涕泪交流，死活不肯离开。为了保持安静，值班人员急叫保安，连同胡子的随从，一起拖走了事。

我问："这是个什么人？"

根据记录，是个搞城建的。

"包工头？"

不是。两位随从称胡子"老师"，据说来自一所城建学院。

我感觉有异，即命他们查一下记录，了解一下访客情况，搞清后马上告诉我。

我于傍晚前到达省城会议宾馆报到，安顿下来后我给叶辰打了个电话，晚饭后去了省政府大楼叶辰的办公室。这是常规，班头位居要津，不能要求他经常关心我，我也不能时常打扰他。但是如果到了省城，不给他打个电话表达想念不太好，如果他有空就去拜见一下。此刻我感觉特别需要见见他。

叶辰向我了解梁越的情况，我一一报告，提到梁越病情反反复复，几度濒危。医生费力抢救，几次都以为只是在"临终关怀"了，哪想到他居然都撑住了。

"这个人生命力顽强。"叶辰评论。

叶辰与梁越没有个人交往，但彼此相识，毕竟都在机关大院里，省政府办公厅与省委政研室工作关联很多。按叶辰的感觉，梁越在机关时似乎也跟大家差不多，下去任职时才忽然感觉他不太一样，显得有些特别。

以我看这不奇怪，省直机关里的处长跟下边县委书记级别相当，所处位置不同，手中权力有别，表现空间大不一样。于是，开玩笑地说，在上边得夹紧尾巴当处长，在下边可以放开手脚当书记。在一定程度上能按自己的想法去做或者不做，在旁人看来就从混同于一般变得有些特别了。

我悄悄核实小马透露的消息，没想到居然不是空穴来风。梁越出事前一天赶到了省政府大楼，确实是被一位省政府领导叫来谈话，涉及的恰是马镇手里那两千亩地。有反映称这些土地多年未开发，以往有一些不规范问题，目前的处置方式也有不规范之处，外界有不少议论，需要引起重视，所以梁越被叫来谈话。

所谓"以往不规范"确实有，因而这块地才一直荒废在那里。不说是谁的责任，眼下本县正在做的不就是要加以纠正吗？所谓"目前的处置方式也有不规范处"，那肯定是马老板的说法，他有利益诉求，要掀桌子翻盘，因此便称三方协议不规范。他会找出若干理由，还要让人觉得真是那么回事。

我问叶辰："就这两千亩地，至于惊动那么大的领导？"

原来惊动还更大：省长就此有个批示，指示本市书记、市长就这个问题找本县党政主要领导深入了解，做一次提醒谈话。副省长得知情况后，直接把梁越叫来先个别谈。梁越是他的老部下，他出于关心，希望梁越妥善处理好这件事。

小马所谓"梁越本人另外有些情况，所以他才改变态度"，居然也

489

有根据：梁越此刻刚好走到一个关口上。梁越在省委政研室工作多年，早被列为提拔对象，履历中的短板是基层经验比较缺乏，所以才放他下去当书记。叶辰说，近期政研室那边有个机会，内部已经讨论过，基本确定让梁越回来，提任，考核组近期就会下去。这个时候要特别注意，如果由着性子来，不顾一切非要做成个什么事，那就会有负面影响。

我想起车祸现场发现的《个人情况与述职报告》，当时我感觉有些奇怪，现在明白了。述职报告通常是在特定时间里提交，例如年底总结，或者被巡视检查时。一般情况下述职报告就是述职报告，加上"个人情况"似乎有些不伦不类，但是在干部考核时有可能出现。考核组对相关干部进行考核后要形成一份考察报告，报告里要写上此人的基本情况、履历、表现和优缺点。有些考核组会要求考核对象提交一份个人材料，题目怎么下不一定，主要把相关情况都写上，便于届时参考核对。梁越这份材料应当就是这种，显然他接到通知，要求提前做材料准备。提拔重用对官员们来说可称一大事，关键时刻有必要尽量防止负面影响。此前梁越刚被老领导叫去谈话，他知道那块土地的处置问题十分敏感，此刻需要比此前更为慎重，否则对他非常不利，最直接的影响是眼前的机会可能即刻失去。因此梁越在东鑫集团顶层会议室走廊外与马镇交谈时，答应重新考虑土地问题，确有一定可能。

同时也可以设想：马镇之所以突然掀桌子，很大可能是得知梁越要走人。通常情况下官员们在这种时候容易患得患失，即使梁越不同于凡人，能够不为名利所动，他的离开本身对东鑫集团也是一个契机。只要适时提出异议，让那块土地重新成为问题，即使梁越并没有改变主意，坚持不后退，也掌控不了多久。梁越一走，必有新书记接手，后任通常会有自己的思路，不会都按前任的路子走，因此该土地问题遗留到后梁越时期便有望得到转机，最终握手言和，土地重归东鑫，可再谋求利益最大化。车祸发生前一周，叶辰要我到竹寮温汤与马镇见面时，显然马老板已经在为之后做准备。叶辰所谓"你可以有个态度"，恐怕是暗指一旦梁越离开，新书记未必熟悉情况，会需要有人提供建议，我的态度因此便变得比较重要。很惭愧，我在竹寮温汤时还不知内情，完全被蒙在鼓里。

此刻梁越并未走人，却基本已出局，而事情还待处置。

我在叶辰那里待了近一小时，起身告辞。班头事多，不敢多打扰。我本人虽号称"老兵油子"，脸皮还稍嫌薄，不喜欢多麻烦人。

临别握手，他说了句："抓住机会。"

我回答："多关心。"

"当然。"他交代，"土地的事，注意处理好。"

"明白。"

点到为止。

此刻于我确是一个机会。作为本县人，目前我不能指望在本县再进一步，却可以有其他可能。前提是别把事情搞砸，办好该办的，时候一到便有望顺风顺水，得到各方面支持。不过以我之历练与经验，心知这种事也不好说，偷偷想一想可以，不可太当真，因为没那么简单。

第二天上午在省城会议中心开会，听取重要精神传达，会间刘可明忽然问我："那个事打算什么时候弄？"

我稍一愣，明白了。

"还是刘主持来发声吧？"我试探，"我跟着吆喝举手。"

他把头直摇："政府先拿个意见好。"

"不是太好办哩。"我说。

"你老兄有办法。"

我估计有人找到他了，他有点着急，所以催促。那场车祸毁了梁越的机会，反之也把一个机会送给了刘可明。比较起来他的机会在我之上。本县一下子空出两个主位，他有很大可能接任其一，他也非常愿意抓住机会，最好直接接书记的位置。他很清楚相关土地问题比较棘手，要在梁越打造的三方协议和光伏产业园基础上往后退，会有一大片反对声浪，弄不好就像煎饼一样在油锅上翻来翻去，外焦里脆。需要有人去前边蹚地雷，而董副县长适合干这种事，既然身为政府日常工作主持，此刻便无处可逃。

当天下午从省城返回，我在高速公路上给周丁顺打电话，让他立即安排一个时间开县长办公会，要求副县长们全体参加。他听命一一联络，很快给我回了电话：魏秀山明日，也就是周三到市政府开会。另一位副县长周五出差。也就周四上午还行，该在的领导都在。

"就定这个时间。"我说。

而后周丁顺又给我来了一个电话，报告称："找到了。"

那个被拖离重症监控室门外走廊的胡子居然是个教授，两个随从也不是保镖，而是教授带的研究生。其中一位学生在探视记录本上登记，留下了手机号，县委办人员通过联络这个手机，从该学生那里了解了基本情况。

"教授叫陈维谷。维修的维，山谷的谷。"周丁顺说。

"啊，我知道。"

"学生说，梁越车祸的前一天晚上，跟教授还见过面。"

"是吗？"

我知道该胡子教授确实跟梁越有交往，我在梁越的办公室见过他。有一回我找梁越汇报工作，推门进去，一眼见到两撇胡子坐在沙发上，与梁越相谈甚欢。梁越向我介绍这是个教授，还拿教授的名字打趣，说陈教授是大专家，专门维修山谷。当时我没太在意。梁越来自省城，见多识广，交际面非我们这种小县城井底之蛙可比。在梁越的办公室时而可见不凡之人，比起脑后扎一马尾辫的男画家，穿汉服戴墨镜的书法家，两撇胡子的教授还算比较平常。梁越曾经请过一位歪脖子国内乐坛高手为本县写歌，还曾请来十几个男女诗人，为本县十大景点创作推广词并刻于石头上。应当说有的景点词不错，上口，也好记，也有的根本不知所云，狗屁不通。

我要求周丁顺立刻设法联络，搞清陈教授的手机号。

半小时后周丁顺给我发了一条短信，传来一个手机号。

我给陈教授打了一个电话，他居然还记得我："哦，是那位副县长。"

我问他什么时候有时间，我打算去拜访。

"是什么事？"

"跟梁书记有关的。"

"你很不客气啊。"他立即抱怨。

我向他道歉，称我刚得知消息，心里很不安。医院值班人员需要严格照章办事，也应当更讲文明礼貌，拜访陈教授是为了表达歉意。

他说明天一早出差，到北京参加一个学术会议，前后大约一星期。

我说："我现在就去。"

我即刻命司机改变路线，先不回县里，直接到大学城。

我很少这么临时改变计划。我一向按部就班，从来不会兴之所至神出鬼没，有如梁越。梁越很不凡，我很寻常。这一次例外，我去拜访陈教授主要还是"跟梁书记有关"，我感觉有些情况尚模糊，有必要深入了解。从现有证据看，梁越遇到的车祸属于意外，不可抗力，没有发现涉嫌刑事犯罪的线索与证据。警察查到的非法定位器属于另一种性质，还有待进一步调查了解，但是显然它不是炸弹，与车祸没有直接关联。根据现有证据，许瑞发他们已经将车祸调查以交通事故结案，定位器在市局技术部门鉴定之后，将作为一个遗留问题留待日后解决。这些处理意见事前曾报告我。我是县领导，不是办案警察，不具备办案专业技能与条件，也不需要在警察已经办结的情况下继续深究与车祸相关的其他因素。但是一听陈教授在车祸前夜曾与梁越相见，我就赶去见他，自有我的缘故，不是决定充当业余警察，更不是因为好奇。

我于当天晚间八点，在电话约定时间进了陈维谷的工作室。走进门时我已经大体掌握了陈维谷的基本情况：此人不只有两撇胡子，还有两把刷子，在他那一行非常有名，人称"陈胡子"。他是一所享有盛誉的大学城建学院教授，也算是搞建筑的，只不过他不盖房子，也不维修山谷，只做城市雕塑。他是一个艺术家，作品遍及全国。

我在陈维谷的工作室搞清了几件事。

首先，梁越身上的酒气就是在这里沾染的。陈胡子是个酒徒，这作为艺术家无可厚非。当晚他与梁越在这里喝酒，喝的是洋酒，倒在高脚玻璃杯里边摇边喝。陈胡子从头喝到尾，梁越亦饮用少许。他们一共喝了六至七小时，也就是差不多整整一夜。边喝边谈，兴致勃勃。陈胡子是夜猫子，熬夜于他不是个事，白天可以呼呼大睡。梁越比他更厉害，彻夜不眠，在车上眯一眯稍微休息一下，赶到会场照常开会，依旧目光炯炯，还能照妖镜一般看穿"卧底"。

当晚他们谈些什么？ 一个项目。梁越拟请陈胡子为本县的光伏产业园建一个雕塑。这个项目已经探讨过若干时间，上一次我在梁越办公室见到陈胡子时，他们谈的就是这个事。其实梁越也跟我探讨过，有一次讨论滨海高地规划草图时，他曾指着设计图中园区行政枢纽的一个十字路口，问我这里是不是应当摆放个啥？ 我随口说可以摆个警察。他即批评，说身为领导应当有点理想主义，不能只知道实用主义。我得说无论什么主义，摆个警察真的很有用。我说的不是真警察，是块硬塑胶板，做成警察模样，摆在那里充当稻草人。这种塑胶警察模型对潜在的犯罪与交通事故有一定威慑力。滨海高地及其下方的光伏产业园相对偏远，短期内警力会比较薄弱，很难派人每时每刻在那个十字路口上站岗，指挥交通主要靠自动红绿灯装置。如果能树一个真人大小的塑胶警察模型，司机开车路过，猛一眼看见那个大盖帽就会踩刹车，怕被拦下来贴罚单，这就有可能避免了一次交通事故。不开玩笑地说，这种警察模型成本极低，性价比极高，但是梁越嗤之以鼻。

原来梁越认为这里应当立一座雕塑，或称城雕。梁越把陈胡子请到实地考察，陈胡子建议塑一尊女神，可以命名为"光伏女神"。艺术家们对女神总是格外感兴趣。梁越比艺术家更胜一筹，他改了一个字，主张用"光明女神"，显得更加理想主义。应当说以光明命名也贴切，因为那是光伏产业园，新能源基地，前途一片光明。陈胡子是个急性子，除了总体构思，他还琢磨细部。女神需要模特儿，陈胡子给了梁越一沓美女照片，问梁越分别有何感觉，哪一位更能让他产生灵感，更接近他心目中的女神形象？梁越似乎都不中意，一直在斟酌，没有明确答复。车祸前夜，梁越从省城赶到大学城找到陈胡子，挺兴奋，称有点感觉了。梁越让陈胡子看了一段手机视频，里边有一位女孩正在台子上演讲。梁越说这女孩不简单，纯净、质朴、端正、聪明、自信、自尊、自强、自律、不卑不亢、脚踏实地、前程远大，这个好。陈胡子看了觉得言过其实，女孩看起来确实不错，很特别也不见得，满大街都是，一抓一大把。他们探讨了一整夜，尚未形成定论，留待日后再谈。不料竟没有日后了。

"什么女神啊。"陈胡子感叹，"你们不如就把他雕在那里。"

这当然只是发发感慨。

"你们那个事好像不太容易做？"陈胡子问我。

"梁越跟你怎么说的？"我反问。

梁越没多说。这个人很自信，认定事在人为。无论上边下边，问题都可以想办法化解，只要不受个人私欲左右，就能顶住压力，做出正确决定。

陈胡子跟梁越意气颇相投，所以才会闹腾得被从医院走廊上拖走。在陈胡子的眼中梁越就是个完人。这一点我不敢苟同，人各有长短，我仅以自己的凡人之见，认为梁越非凡人，也就足够了。

从陈胡子工作室出来，已经晚十一点。原本我打算立刻驱车返回，不经意间抬头一看，前边一座大楼上有霓虹标牌闪耀："南方学术交流中心"。

我说："算了，安全起见，住一夜吧。"

我们在该中心客房住了一宿，第二天凌晨出发，差不多是车祸那天梁越他们动身的时间。重走梁越走的路，在差不多相同的时间，我们的车到达虎爬岭，停在车祸路段上。这里很安静，车辆稀少。我从车上下来，站在路坡上察看，那里已经恢复如旧，看不到那次车祸的残存痕迹。

这是一个适合发表感慨的地点，我的心里也确实有若干感慨。

现在可以断定，小马所称梁越"改变主意"是假话。周丁顺的记录可证，梁越于车祸前一天下午五时许，曾从省城打电话，交代调整隔日上午的会议议程，把原来排在后边的"研发中心"具体事项提到前边，放在第一个。作此交代时梁越已经离开省政府大楼，领导跟他打过招呼了，他知道接下来压力会越来越大，但是他依然还要全力推动光伏产业园第一个项目上马。梁越从东鑫集团大楼出来后赶夜路急赴大学城，为的是拟建于产业园枢纽地段的一座城雕。如果梁越真的改变主意，两千亩地无法用起来，光伏产业园就成了空中楼阁，研发中心丧失存在意义，"光明女神"也就沦为笑柄。梁越奔走于途，继续发力，表明此人依旧意志坚定，并无丝毫改变，即使压力山大，丧失自身提拔机会也在所不惜。

但是出师未捷，他没能赶到会场，就从这里翻滚下去。

六

周四上午七点半,刘可明与我先后到达县医院。

我们来向梁越告别。根据院方安排,梁越将于今天上午八点转院。今天凌晨,梁越从重症室转到观察病房做转院前准备,观察病房允许有限制探视,刘可明与我得以进入病房与梁越道别。梁越转院的消息控制在极小范围,除刘可明与我代表全体班子成员、全县干部群众前来探望,其他人一概不知,谢绝送行。

这种相送程序相对简单。梁越一如既往直挺挺地躺在床上,从头到脚插满各种管子,毫无意识有如一段木头,因此免去了问候、请示、关心诸环节。我们看过病人,跟方老师握手,交代亲自负责护送的医院院长保证安全。而后刘可明即表示,今天上午八点,他和我都有重要会议,现在就得离开,梁书记安全转院就拜托大家了。

此处有疑问。当天上午八点我确实有重要会议,就是召集县长们"先拿个意见"。据我所知刘可明那边并没有会议,他的重要事情就是等我的重要会议拿出重要结果。

"没问题吧?"他问我。

"不好说。"我摇头,"尽力而为吧。"

他急了:"那可不行,无论如何得拿下来!"

我笑笑:"那么请刘主持来坐镇,莅临指导?"

"不开玩笑。"他给我戴高帽,"你老兄有办法。"

我是故意耍他。他着急的样子挺好玩。

这时突然有个人从一旁钻出来,手里举着手机:"董副县长,电话!"

竟是张潮水。

我这才想起自己把手机调成静音，放进公文包，丢在轿车上了。此刻接近于"无线电静默"，谁要有急事，还真找不着我。张潮水果然厉害，居然知道我的动向，赶来拦截我。当然，如果不是天大的事，他不会这样，通常卧底不露相。

刘可明摆摆手，让我接电话，自己上车离开。

电话那头居然是马镇，马老板。中气很足，声调平稳。

"董县长辛苦了。"他问候。

"董副县长很高兴。"我调侃，"马老板找我一定有好事。"

他先表示感谢，叶辰告诉他，我对他们集团的事会给予支持。他准备近期找机会回本县走一趟，回应县里的号召，争取上一个大专案。

"很好。我们热烈欢迎。"

"我吃素。记得吧？"

我笑笑："我不吃素。"

"董县长如果有其他什么需要，我也能帮上。"

"谢谢，董副县长记住了。"

"那就拜托了。"

寥寥几句，赶在八点县长办公会之前送达。分量相当重，尽管他没有具体提及那件事，却每一个字都点到了。

所谓"我吃素"是怎么回事？其源头就在当年与马老板初识的省城土菜馆。当时马镇跟我邻座，桌上转盘打转时，他给我夹了一块肉。下一次转盘过来，我回敬，也给他夹一块肉。他拿筷子一挡说"我吃素"，还低头在我耳边补一句："我也杀猪。"于是我把他记住了。前些时候在竹寮温汤，他在我耳边说的也是"我吃素"，有如暗语。那是开玩笑吗？是，也不是。他是在提醒我谨记他是个什么人，可不是光会吃素。

我把手机还给张潮水，指着他说："不要走，跟我来。"

我掉头走回医院急诊楼,几分钟后再次回到梁越的病房。张潮水跟我走进去,里边很安静,只有两位护士在做相关准备。

我问护士:"你们可以稍等几分钟吗?"

她们悄悄退出去,把病房门关上。我把一张椅子搬到病床边,坐了下来。

"梁书记,有一件工作我得汇报一下。"我说。

我看见张潮水一脸惊讶,缩起身子似乎想溜出病房。

"站住。"我下令,"不要动。"

床头桌上放着梁越的眼镜盒。有人把它找出来,可能是打算装包带走。我打开那个眼镜盒,取出里边的黑框眼镜给梁越戴上。感觉顿时有变,床上的病人似乎精神一振,更接近于印象中那位生龙活虎的梁越。

然后我汇报工作,一五一十,简明扼要,如以往那样。我告诉梁越,滨海高地研发中心项目目前遇到一些困难,东鑫集团提出暂缓施工。他们还表示此前已经与梁越本人沟通过,梁越答应重新考虑两千亩地归属问题。由于梁越没来得及交代布置,我们感觉比较棘手,毕竟牵动全局,涉及光伏产业园能否顺利建设,本县经济发展能否顺利转型。今天上午八点县长办公会将研究这个问题,我觉得还是应当先请示汇报一下,听一听梁书记有什么重要指示。

眼镜片下,梁越双眼紧闭,一动不动,不知道是否听进去了。

"张潮水,给我找几个硬币。"我说。

张潮水在身上摸,从裤口袋里抓出几个递过来。我拿了两个一元面值的,当着张潮水的面往上一抛,看着它们落在梁越脚边的白被单上。

是两个正面,两阳。"不"。

我说:"走。"

我把两个硬币递还给张潮水。他的手在发抖，没接住，硬币"当当"两声落在地上。

我从病房门走了出去，下楼，离开了医院。

我相信这两个硬币的强硬态度马上就会报到马镇那里，张潮水报告时嗓子里肯定充满颤音。当年马镇在石坎乡张飞庙里卜卦抓贼，在他身边"扑通"跪地的不是别个，就是张潮水。是张潮水偷了马镇的钱，被迫坦白之后，马镇把张潮水从身边驱逐，却并没把他交给警察，后来竟然还把他介绍到县政府车队开小车，于是张潮水浪子回头金不换，死心塌地成长为一大卧底。这一内情知道的人很少。我刚到县政府当副县长时，有一次到石坎乡检查工作，当时张潮水还没到平台管事，还在车队开车，他送我到石坎乡，却死活不进张飞庙，似乎他们家老张爷爷那把大胡子让他无比恐惧。我感觉其中必有缘故，而后才从知情者那里一点一点了解到内情。没有谁告诉我一个完整故事，我却能从传闻、笑谈中拼凑出一幅旧日图景。我知道张潮水心存余悸，当着他的面重操马镇当年把戏，难道就不怕露馅？万一两个硬币掉成一阴一阳，岂不适得其反？我并不担心。我要给张潮水，以及他后边的马老板留下较深印象，可称"以其人之道还治其人之身"，无论他们是真迷信还是假迷信。那两个硬币其实怎么翻都一样，该是什么就是什么，我们本来就不信那个。

上午的会议如期召开，经深入讨论，会议达成了几条共识，可以用八个字概括："拒绝后退，继续前进。"一如梁越所说。

我认为这是正确的。眼下我们不需要画饼充饥，要实实在在的发展。作为县领导，我清楚梁越的决策符合本县经济发展和社会进步需要，为本县干部群众所欢迎，同时也是合理合法的，它应当得到坚持。马镇可以回到协议基础上去谋求他的最大利益，不应该也不允许利用其影响，超越规则为所欲为。如果可以选择，我宁愿躲在梁越身后帮他吆喝，反正天塌下来有高个子去顶。但我没有选择，必须自己顶上来主持决定。这时我只能听命于职责，不能，也无法逃避，更不能为私欲左右。马镇也许真的能帮我某个大忙，例如协助弄一顶令我眼热的帽子，但是从此我将受制于这位吃素的老板，那就类似于一刀毙命，我不认为这有多美妙。如果我为一点私利就范，就是本县罪人，连自己都要唾弃。这是不是梁越所说的"有一点理想主义"？也未必。我这种人总是讲究实际。所以我要把梁越车祸前的那些事搞个明白，知道他究竟做何打算，让他来帮助我下决心。这位不凡之人已经离开，可能永远不会"亲自"回来。他在这里的时候生龙活虎，离开时却像一段木头。他不能指望自己变成一尊违规雕像，却一定会被许多人记住。在他远去之际，应当以正确的决定向他表达敬意。

原载《清明》第6期

鱼缸与霞光

韩松落

大卫·林奇是这样开始一个故事的：碧蓝天空，白色栅栏，红色玫瑰和黄色郁金香，圆鼓鼓地盛开着，翠绿的叶子托着花朵，孩童过马路，女人喝下午茶，老男人浇草坪，年轻人徘徊在草地上，低头翻捡着什么：哦，草丛里有一只爬满蚂蚁的人耳朵。

这里也可以用同样的方法开始：群山环绕的小城，白杨树和槭树的叶子被夏天的太阳晒成墨绿，灰色的楼宇，阳台上有鸽子咕咕鸣叫，屋檐下，燕子在泥窝边轻盈地弹跳一下，然后飞走，燕子飞走的地方，有一扇窗，阳光照进窗户，投在临窗的木桌子上，桌上有一张信纸，写着一些字，随后，有个男人走进屋子，拿起这张纸，皱着眉头，开始阅读。

一九九六年七月十二日，甘肃东部的天泽县，省矿业机械厂电工班的李志亮，留下一封信，离家出走。

李志亮生于一九六八年十一月十五日，祖籍辽宁，是矿业机械厂的子弟。父亲李东强，一九四〇年生于辽宁。母亲郝琴，一九四三年生于河北。李东强毕业于哈尔滨工业大学，在矿业机械厂担任工程师。哈工大毕业生为什么会来位于甘肃县城的机械厂工作，他从来未曾解说过。郝琴则在李东强的安排下，到厂里的后勤部门工作。

李志亮生于河北，四岁时随父母到了天泽，在矿业机械厂幼儿园度过两年，六岁时到天泽县东关小学读书，十二岁小学毕业，随后进入天泽县二中初中部就读，初二时转学到教学条件较好的天泽县一中初中部，高中依然在天泽县一中就读，高三时考入中原机械工业学校，一九八九年，回到省矿业机械厂工作。开始在车间，后来在父亲的协调下，转到电工班工作。

矿业机械厂所在的天泽县，位于甘肃东部，距离省城兰州二百公里，面积三千五百平方公里，人口三十八万，旧石器时代就有人居住，秦始皇时代设县，其后两千多年，面积有扩有缩，但大致位置没有变化。因为地势平坦，位于陇海线，且有河流、有矿产，五十年代之后，陆续有工厂迁移至此。除省矿业机械厂之外，天泽县还有一家冶炼厂、两家修造厂、一家塑料厂，几支驻守在当地的部队。矿业机械厂在当地是大企业，有员工两千。县城的商业，都集中在矿业机械厂、冶炼厂所在的云川北路上。

矿业机械厂的核心部分从辽宁迁来，创始阶段的工人，多数是东北人和河北人，他们的后代也多半在工厂工作，工厂有自己的生活区。矿业机械厂由此成了一块飞地。天泽人说当地话和兰州话，矿机厂的人说普通话、东北话、上海话，当地人听秦腔，矿机厂的人听京戏和越剧、沪剧。天泽县最早穿牛仔裤、最早跳迪斯科的，都是矿机厂工人。李志亮在这里长大，需要在两个世界转换。在厂区和家里说普通话和东北话，在学校和县城说天泽话和兰州话。

李东强的外形，有明显的东北人特质，方头大脸、眉眼端正，但性格温暾、沉默寡言，倒是和本地人比较接近，在非常年代也没有因为言行出挑带来麻烦。但他有个喜好，和本地人不一样，也和他的粗糙外形不一致——他有藏书的习惯，家有藏书接近五百册，而天泽县图书馆的藏书，也不过两万册。但李东强极少邀请人到家里做客，也从不徒手拿书在街上行走，甚至一再告诫家人，不要在任何场所被人看到手里拿着书。因此，他的藏书和读书习惯，从没引起人们注意。

李东强和郝琴有两个儿子：大儿子李志明，生于一九六六年，中专毕业后，到矿业机械厂工作；二儿子就是李志亮。两个儿子的相貌，比父亲英俊许多，但两个人都有一种蒙尘之感，像是在刚刚制作完成的匕首上，撒了一把土，英俊得毫不明显，需要仔细辨认。两个儿子的性格，也比父亲爽朗，因为基本是在当地长大，有童年朋友，交往范围也更广。

一家人居住在矿业机械厂的家属区，十一号楼三单元302，他们的住房由矿业机械厂自行修建，在一九九二年竣工，根据面积和楼层，以每套一万五千元到两万五千元不等的价格，卖给厂内职工。售卖之前，根据工龄、职称、职务等因素进行了排序，李东强分配到的这套，房本面积九十平方米，实际一百四十平方米，售价两万五千元。

一家人的生活，没有丝毫古怪之处，全家人的性格、行为，乃至消费、娱乐，就在天泽县城居民的均线附近摆动。生活中的一切细节、一切用品，也像所有天泽人一样，非常容易辨认出处。军便服、军大衣、军靴、军用皮带，通常购自县城附近部队门市部，每逢部队廉价处理军用品或者周边，小城青年就蜂拥而至；工作服、绒衣、手套、电工绝缘鞋、挎包，是厂里的劳保用品；脸盆、香皂、洗发膏、牙膏、球鞋、皮鞋、文具，购自天泽县百货大楼，每批就那么几款，可以凭借款式分辨出购买时间。偶尔也有来自其他地方的物品：比如，有些年轻人，会在周末乘火车去兰州（通常都会设法逃票），买花衬衣、卫衣和饰品。还有几次，是白银针织厂等日用品工厂遭遇经营危机，用白汗衫和背心等产品抵工资，员工们拉着产品来到天泽县，在街心花园兜售，价格极为低廉，汗衫五块，背心三块。第二天，天泽县的男性，几乎全部穿上同款汗衫和背心。

在其余地方，天泽县居民的生活，也显得单调和整齐划一。八十年代末，广场舞兴起，因为起初的主力是中老年人，被叫作老年迪斯科。后来，全县三十岁以上的女性，几乎全部加入。九十年代初，气功热，几大气功门派，统治了全城成年人，也有儿童和少年加入。有一位八岁男孩，由家长引领，用一年时间，练到某种气功二级，成为"气功神童"，到处参加报告会并展示神通。一九八八年，《红高粱》获得金熊奖，全城居民出动观影。因为传说此片儿童不宜，小孩都被留在家里，有个孩子因无人看管，在家触电身亡。一九九二年，《大红灯笼高高挂》上映，全城居民又一次倾巢出动。

天泽县也极少发生凶案，大多数治安案件，都在盗窃、斗殴、诈骗这个层级。仅有的几起凶杀案，都是熟人作案，很快就破案。公安局门口，有四个装了玻璃的看板，两左两右，用以展示公安局侦破的凶案，从现场血迹到尸体远景、近景和伤口局部，全部彩色照片，配以仿宋体手写的案情介绍。看板的更换速度，依据凶案发生频率，或者说，凶案被侦破的频率而定。如果半年没有适合展示的凶案，就半年不换，以至于彩色照片全部褪色。

李志亮的性格，也在均线附近，不算温和，也不至于暴戾，不细腻，也不算粗糙。他的日常穿着，也没有出格的地方，毕竟，父亲李东强最担心的，就是自家人过于引人注目，带来灾祸，每每发现这种苗头，就全力打压。李志亮常穿的衣服，包括一身军便服，两件化纤夹克，几件白衬衣，一身工装蓝的运动款绒衣，冬装是部队的劳保棉袄和军大衣，还有一件托人在空军基地买到的深棕色飞行员皮夹克，带毛领，非常昂贵，但他一直舍不得穿这件衣服。一九九四年，他还曾用一百八十块钱，在兰州市东部批发市场，购买了一件墨绿色的羽绒服，回家之后，在周围的环境衬托下，他发现这件衣服的颜色还是扎眼，第一次穿出去，就被熟人评价为"真骚情"，他再也没让这件衣服上身。

李志亮的爱好很少，可以算作爱好的，只有两个：一个是用机械厂的边角料，制作各种摆件。有一阵子，兰州青年流行用炮弹壳、子弹壳制作工艺品，这股风也蔓延到了天泽县，李志亮不能免俗，找到部队上的熟人，要了些训练用过的弹壳，做了几件东西，但很快就厌倦了。

另一个爱好，是骑自行车游荡。他有一辆凤凰二八，黑色，不是轻便型号，但他很喜欢，他经常骑着这辆车，在城外游荡。城外有大片麦地，他就骑车在麦地中的白土路上穿行。麦收之后，他会把车推进麦田，在麦垛上靠一会儿。曾有人看到他从城外回来时，自行车把上挂着一个用蓝色野菊花和麦秸编织的花环，这是他唯一算得上浪漫的经历。

没有谈过恋爱，几次相亲都失败了，好在他对相亲也没有多少期望。如果他是天泽本地人，二十八岁还不结婚，就显得异常，但人们对矿机厂这块飞地，以及这块飞地上居民的看法，多少有点不一样。当地人甚至觉得，矿机厂的男青年，如果热衷恋爱，会对当地的婚恋市场造成冲击，他们都打光棍可能更好。总之，他生活里并没有出现会带来精神上的重大挫折，或者人生中的重大挫败感的事件。

一九九六年七月十二日，农历五月廿七，晚上六点十分，郝琴下班到家，换了拖鞋，放下厂工会分给每位员工的一箱杏子，就去厨房准备晚饭。六点四十分，李东强和李志明下班到家。父子俩的工作地点不在一起，他们是在回家路上遇到的，李志明接过父亲手里的杏子，一手一箱杏子，和父亲一起到家。三个人打算等李志亮到家后一起吃饭，就坐在餐桌前说着话，对话的重点是杏子，李志亮必然也领到了一箱杏子，四个人，四箱杏子，该怎么处理，毕竟杏子不禁放。直到八点，他们也没等到李志亮回家，以为他被朋友叫去吃饭了，就先吃了饭。李志亮当晚没有回家，一家人也并没觉得异样，直到第二天早上上班前，李东强到李志亮屋子里去，才发现他留在桌上的信，只有十几个字，写在一张矿业机械厂的信纸上：

我走了。我要走遍中国，走遍大地，走遍星球。

李东强拉开衣柜，发现李志亮带走了自己常穿的衣服，下楼去派出所报案时，发现李志亮骑走了凤凰二八。报案时，警察认为，李志亮是成年男性，留了信件，不能算失踪，无法立案，何况，他离家还不到二十四小时。根据他们的经验，很多离家出走的人，通常会在三个时间段内回来：一周，三个月，半年。

李东强全家，分头到李志亮的同事、同学和朋友家打探消息，想看看李志亮有没有留下更明确的信息，却发现他出走前没有任何异样，当天下午还在正常上班。唯一不同的是，他五点就提前下班，因此没有领取发给员工的那箱杏子。被李东强一家询问过的同事和同学，又自发扩散消息，到认识李志亮的人那里打听消息，都没有结果。

很快，警察所说的第一个时间节点过去了，一周了，李志亮没有回家，也没有任何消息。就在这时，天泽县的城南，距离县城中心五公里的垃圾场，发现了一具焦尸。其实，一个拾垃圾的老人，在几天前就看见了那具焦尸，但那具尸体被扔在一个大垃圾坑的沟底，需要踩着垃圾走一段陡峭的下坡，才能到达那里，加上他视力不好，并没有看得很清楚，"不知道那黑黑的是个啥"。直到几天后，他看到有野狗在撕扯那个黑色的物体。这时距离李志亮出走，刚好一周。

尸体经过了很充分的焚烧，衣服和皮肤都被烧毁，看不出身份样貌，唯一能作为线索的，是一条没被完全烧毁的军用皮带的皮带扣，那个皮带扣，和李志亮使用的完全一样。

但那时，在天泽县或者邻近区域，系同款军用皮带的人实在太多了。认尸之后，李东强认为这不是李志亮的尸体。当然，还有更好的方法——当时，DNA检测技术已经用于刑侦了，只是需要送检测物到北京去，检测费用加上差旅费，非常昂贵。焦尸案最终成为悬案，没有出现在公安局的宣传栏里。

三年后，天泽县文化馆的赵老师，在西安参加培训，在街头看到一个人，酷似李志亮，只是头发略长，衣服略时髦。

这个人迎面走过来，似乎也认出了赵老师，眼神顿了一下，走过去之后还回了头。据赵老师说，他立刻掉头追上这个人，跟他打了招呼，这个人不承认自己是李志亮，但当赵老师说"你父亲母亲都在等你回家"的时候，他的表情大变，泪水瞬间滑落，愣了很久，然后转身离去。赵老师认为自己遇到的就是李志亮，回到天泽后，专门找到李东强，讲述了自己的经历，言之凿凿，情绪丰富，两分钟的相遇讲了一个小时，却没有任何证据，整个场景也酷似民间鬼故事里的情节，加上这位老师经常发表古怪言论，比如别人死去的亲戚给他托梦，以吸引别人注意。所以，他所说的经历，并没有人当真，转眼就变成小城传说，流传了一阵，就逐渐湮灭。

从那之后，就再也没有李志亮的消息了。李东强和郝琴，依旧在矿业机械厂工作，退休后，两人回到辽宁老家住了一段时间，因为无法忍受漫长的冬季和动辄零下三十度的严寒，最后还是回到了天泽县。李志明也依旧生活在天泽，一九九九年结婚，三年后有了女儿，他和妻子另外购置了住房，多数时候还是和父母生活在一起。李志亮的那间房子，始终保持原状，他留下的那张纸条，被李东强夹在了一本人民文学出版社的《巴尔扎克中短篇小说选》里。他说，这种收藏方式最保险。

在李志亮出走前两年，有两只燕子，在李家的阳台上方筑了一个窝，整日飞来飞去，啁啾不停，这在楼房小区是很罕见的事。李志亮出走之后，那窝燕子再也没有回来过。郝琴视之为某种昭示。

这件事看起来就这么过去了，但这仅仅是对李家而言，在距离李家不远的六号楼一单元501，这件事引起了另外一些后果，甚至可以说，是一场持久的风暴。

住在501的，是矿业机械厂的另一家人。这家人是标准的三口之家，父亲曹广仁，生于一九五六年，矿业机械厂经营科业务员，这个科在一九九六年分出一部分员工，成立了多种经营科，曹广仁也在其中。母亲王自强，生于一九五五年，矿业机械厂工人。他们只有一个孩子，是个男孩，生于一九八〇年，名叫曹景，在李志亮出走那一年，刚好十六岁，正在读高一。

曹景一家，和李志亮一家生活在同一个厂区，两家家长很少交集，也没什么来往。不过，在曹景十一岁时，他表姐的追求者，李志亮的同事，为了让曹景表姐高兴，以及显示自己是爱孩子的，时常带曹景出去玩，也带他去了李志亮家里，看李志亮用边角料做东西。那天，李志亮穿着工装蓝的绒衣，一条看起来很厚实的卡其色裤子，脚上穿着一双白色回力鞋，用了三个小时，做了一艘二十厘米长的铁船，并且用木板喷了蓝色油漆，做成海面的样子，粘了几块黑色的石头充当礁石，一块稍大的形状不规则的炭渣，被他做成了一个小岛，填了一些青苔，还种了几棵草。一片海和一座岛，就带着油漆味诞生了。

后来，曹景还看见过李志亮打篮球，看见过李志亮骑车去往城外，也在商业街上碰到过他。李志亮唯一一次穿墨绿色羽绒服出门，就被曹景看到了。因为见过一次面，曹景很能从人群中认出李志亮来，他总是隔着老远就站定，等李志亮走到跟前，认真地打个招呼。但他再也没有被带去李志亮家里看他做东西。记忆里，只有那么一次，只有那么一个下午，安静的、若有所待的一个下午。他觉得有点奇怪：李志亮后来为什么再也没有穿过那件羽绒服。

李志亮出走三天后，曹景从父母那里知道了消息。当时，他们一家三口正在吃饭，曹广仁说起了这件事，曹景突然感到一阵恶心，一阵虚热，喉咙里似乎有液体涌上来，却没吐出什么，只是干呕了几声。在父亲扶他去卫生间的时候，他听到母亲抱怨说："给你说了别在饭桌上说这些东西，容易把孩子惊到。"

之后几天，他始终情绪低落，神思恍惚，无法入睡，这些他都没有告诉父母，父母也并没有注意到，其实就连他自己，都不能明确地知道，这种情绪低落和李志亮的出走有没有关系。因为当时的他，正面临自己的问题。初中毕业时，他没有考上中专，尽管全年级也只有两个人考上了中专，但曹广仁仍然非常失望，考不上中专，就意味着曹景失去了在两年后就业的可能，还要上三年高中，高中毕业之后，鉴于当地的升学率非常低，他未必能考上大学，也未必能有工作。曹广仁开关门的声音都大了很多，王自强则刻意拖长声叹息。曹景认为，自己的情绪和这件事有重要关系。

除此之外，他还经历了更折磨人的事。他也考入了李志亮曾经就读的天泽一中高中部，高一的第一个学期，一件意想不到的事发生了：他的信被"截"了。事情是这样的，这所中学的收发室，收到所有的信件和包裹之后，除了挂号信会由门房托学生带话，通知本人来登记和领取之外，其余的邮件，并不会做进一步分发，而是全部放在校门口的信报夹里，任由所有人翻阅和领取。这样一来，信件到达收件人手里的概率就非常低。有些信件，就被路人截取了，他们会选择那些看起来有点出挑的信封，拿走，读完，然后扔掉，或者通知信件主人，拿钱来换信。信报夹是无数斗殴和悲剧的发源地。但学校一直没有改变这种信件发放方式。

曹景就受到了这样的威胁。截走他信件的，是初三补习班的学生，他们把信拿走、小范围传阅后，托人带话给他，要他拿八十块钱来，才能把信给他，否则就把信件内容公布出来。对于当时的他来说，八十块钱是一笔不小的数目，他拿不出这笔钱。但根据他的经验，这会有很严重的后果，不把信件拿回来，就得准备迎接极其猛烈的下流谣言。他盘算了一下自己的存款，一共二十多块钱，这二十多块钱，攒了差不多半年。之后一周时间，他每天放学后到县修造厂模具车间后的沙堆里筛废铁，去废品收购站卖，一周下来也只卖了十块钱，他又到血站去，试图卖血，但血站以他年龄不够为由拒绝了他。

几天后，初三补习生撕票了。其实信早拆了，他们只是把拆信这件事公开了，并把信件内容添油加醋告诉了很多人。那封信没有任何过火的内容，写信者是他初中女同学，女同学在初中毕业后，没有考上高中、技校或中专，就到省城去打工了，写信过来，无非是要他帮助联系几位初中同学。但截信的人却故意扩散说，信件内容非常下流，他们肯定"拔包子"（接吻）了。曹景的"风流韵事"由此流传开了。

为什么初中补习班的学生能威胁到高中生呢？当时，初中补习班的很多学生，入读中学通常比较晚，又补习了两三年，实际年龄要比高中同学大得多，甚至大过高三同学。而且补习班管理松懈，补习的目的也是为了考技校和中专，学生很有些江湖气，跟社会青年交往频繁，和高中部的风气完全不一样。

这件事对曹景产生了影响，有很长一段时间，他总觉得同学在对他指指点点，传播他的"风流韵事"，有人走过他的身边，不巧表情不好，或者吐了痰，他会以为是在唾弃他。甚至班上同学写信、收信，甚至读到冰心的《寄小读者》，所有与"信件"有关的讯息，都会让他心惊肉跳。这后遗症持续了很久，一直到高二下半学期，班主任任命他为班长为止。整整一年，他就耗在这件事上，这一年，他如同在浑浊的深渊里任人搅拌。

也是那时候，他读到一本书，这本书是父亲从县图书馆借回来的，老鬼的《血色黄昏》，一九八九年版，讲述知青在内蒙古的生活。封面画着暗红色的天空，血红的落日，黑色的山峦，黑色的大地，一个壮硕的黑色男人，站在天地之间，搬运着一个黑色石块，整个身躯，似乎都被这石块坠到弯曲。这本书的书名、封面、和书里描绘的一场大火，带给曹景一种特殊的感觉，这种感觉和李志亮的出走搅拌在了一起，最终形成了一个画面：血红的天空，黑色的大地，天地之间，有一个黑色的人影，向着目睹了这个画面的人走过来，不停地走，无声地走，但始终也走不出这画面。他不知道这个人是谁，也不知道他长什么样。就是觉得异常恐惧，画面消失之后，又是持续性的情绪低落。

起初，他只是不断想象这个画面，只要停止想象，画面就消失了。没过多久，这个画面出现在了他的梦里。有时候是出现在别的梦境里，别的梦做得好好的，突然画面中断了，血红天空黑色大地和黑色行走者出现了，无声地行走着。有时候，整个梦境都是黑色行走者在天地间的行走，无休止地走，可能走一个小时，甚至两个小时。有一次，梦境出现了变体，这个行走者还推着一辆自行车。这个梦境和时不时袭来的情绪低落，还有现实中各种事件的叠加，让曹景的整个高中时期，都处于一种抑郁状态。遗憾的是，那时候，人们对抑郁症还没有什么了解，曹景只能靠自己对自己进行观察，以及自我安慰。

在李志亮出走前，他居住的那座居民楼上，出了一件很小的事。住在二单元402的居民，同样在矿业机械厂工作的三十六岁的王林平，被一种来历不明的噪音困扰，这种噪音是一个拖长了的"嗡"声，像是在头顶上悬挂了一个巨大的金属钵，然后摩擦钵的边缘形成的回声，听起来不很明显，却令人烦躁不安。这个声音每天早晨六点准时出现，持续"嗡"一天，到夜里十一点准时消失。更奇怪的是，王林平全家五口人，只有他能听到这个声音，所有人都认为他出现了幻觉。

整整一年时间，王林平被这个声音折磨，无法入睡，更磨人的，还有周围人的嘲笑和敌意。他对这个声音和自己受害状态的描述，似乎是一种自供，表明他是过于敏感的，有被害妄想的。而不论敏感，还是被害妄想，还是无法忍受一个小小的噪音，都和一个矿业机械厂工人的身份不符。这种精神状态和睡眠状况，让他出了很多次小事故。

他并没有坐以待毙，到处寻找这个声音的来源。起初，他以为这个声音来自楼上人家，借口到楼上人家串门，进去打探，楼上没有任何异常，没有发声装置，也没有异常的物件，更没有那个"嗡"声。于是，他又请求厂里的水电工，在查水表电表的时候带上他，让他可以到紧邻他家的三单元401和501家去"串门"，水电工答应了，在上门的时候带上了他，结果依然如此，那两户人家没有任何异常。

一年后，他偶然听说，三单元602那户人家养了一缸金鱼，邻居们说起这家人来尽是嘲笑，"也不看看自己一个大老粗，养那么贵的鱼图个啥，又费电又吵"。他突然产生灵感，觉得这个鱼缸的噪音和自己听到的噪音有点关系。于是声称自己想看鱼，托邻居把自己带去了那户人家，一打开门，一只巨大的鱼缸，增氧泵正在工作，发出"嗡嗡"的声音，但只要进到卧室里，就听不到这个声音。而且这家人开关增氧泵的时间，和他听到的噪音时段完全一致，每天早上，老爷子起床的时候打开增氧泵，晚上十一点，老爷子睡觉的时候关掉。他立刻回了自己家，让那户人家五分钟后关掉增氧泵，五分钟后，噪音消失了，他终于确定了那个怪异声音的来源，并分析出了这个声音的传播方式。鱼缸靠墙，增氧泵发出的声音被墙壁吸收，墙体和楼的结构，可能正好形成了一种扩音机制，声音经过墙壁的共振、扩大，成为一种噪音。当然，那时候他们都不知道低频噪音这个说法。

奇怪的是，这户人家和他家既不在一个单元，也不在一个楼层，更不在一个方位，但鱼缸发出的声音，就是能跳过三单元的502、501、402、401这几家人，神秘地、无法解释地，传到他的耳朵里，让他无法入睡，使他几近疯狂。也因为这种跳跃式的传播，他始终查不到声音的来源。这件事的结束没有那么复杂，王林平请求那户人家挪开鱼缸，不要靠墙，并在增氧泵下面加装一个防震垫。说到恳切处，几乎声泪俱下，差点当场跪在那家人的客厅里。那家人和他同在矿业机械厂工作，经常见面，没有那么难缠，也被这位邻居的激烈情绪吓住，生怕招来祸事，就按他的要求做，低频噪音从此消失。

厂区不大，鱼缸事件很快传遍全厂，这户养鱼的人家收获了更多的嘲笑。六号楼的少年曹景也听到了这个故事，起初他没觉得这件事有什么特别之处，只把它当作这个世界教给他的一点新知识。不久之后，李志亮出走了，在持续的情绪低落中，曹景突然想起那只鱼缸，并且产生了一些联想。

他觉得，李志亮似乎就是那只鱼缸，发出了一种声音，或者一种信号，这种声音经过复杂的环境和心理的共振，变成了一种超常规的信号，最终到达他这里。他分明离李志亮很远，仅有一次交往，和若干次街上遇见，但那个由李志亮酿成的"低频噪音"，终归是兜兜转转来到了他这里，和他发生了关系，这个世界上，未必只有他收到这个声音，但只有他听到了这个声音。

曹景上了大学，毕业后进入交通设计公司，在大城市开始了自己的生活。李志亮和他的出走，在很长一段时间里，被曹景遗忘了，他甚至忘记了那座小城，那座小城被他隔离在了一个不会碰触的区域。但有一天，大概是在二〇〇七年，血红天空黑色大地和黑色行走者的梦境又出现了。

曹景分析过这个梦境重现的原因，大概是因为，公司重组，自己所在的研发部门被压缩，他被分流出去，在几个部门之间流转了一段时间，最后总算到了新的部门。部门领导却比较跋扈，而且酷爱喝酒，经常拖着下属或者乙方公司人员一起喝酒，所有人都苦不堪言。喝酒唱歌，经常要熬夜，熬夜后的两天，曹景的情绪都会比较低落，星星点点的低落，最终连成了线，他开始持续的轻度抑郁，并第一次萌生了辞职的念头。就在那时，黑色行走者的梦境开始出现了。几个月后，他换了部门，但黑色行走者一旦开始行走了，就像野兽在某处撒了尿，做了记号，从此不断重返旧地。

那之后的十年时间，血红天空黑色大地和黑色行走者，常常出现在曹景的意识里。戴上手套开始工作，黑色行走者也迈出了步子；冗长的会议中间，拿起笔假装做笔记，黑色行走者在笔记本的纸页中出现了；家里的水龙头坏了，等待修理工上门的时候，黑色行走者嗒嗒地行走着，步子的节奏和水龙头滴水的节奏一致；女朋友不接电话的时候，黑色行走者在远处行走着。情绪低潮的时候，他也不太敢看天空，尤其是黄昏的天空，那时候的天空，一律是血红的，云彩像是女娲用刚从炼石炉舀出的熔浆抹出来的，还沿着天空不断滴落。

黑色行走者的出现，是有预兆的，每当这个画面快要出现的时候，曹景看到和感受到的一切，都变得大、浓、深，空气越发透明，雾越发浓重，红色越发暴戾，黑色越发深渊，事物的细节越发清晰，连灯泡和星星散发的光芒，都像是一束束细细的玻璃管子。黑色行走者出现之后，那种浓重、鲜艳就留在了他的心里，甚至，不是精神性的存留，而是物理性的，他甚至能感觉到，自己身体里，有红色的血液或者油漆，一伸手就黏在手指上，那些事物刻录下的波纹，能够用手指像读盲文那样读出来。

他也会反复想象李志亮行走中的一些细节，这些细节都是他用自己的旅行经验来填补的。他怎样看地图，怎样向别人打听路线，怎样打零工赚钱，怎样找到临时的居所，会不会突发病痛，会不会在乡村小诊所输液，周围都是呻吟着的病人，黧黑的脸，肿胀的手掌，医生的桌子上，放着一本卷了角的《知音》杂志。他甚至能想象到，李志亮走在路上，路边的水塘里长满藻类，覆盖了整个水面。夜晚行走在正在修建高架桥的山谷里，周围都是巨大的钢筋框架和吼叫的水泥搅拌器，像走在异星的地狱里。这都是他工作时经历的场景，被李志亮挪用了。后来，当他减少野外作业之后，他想象中的李志亮，开始频繁地出现在城市里，他在喝咖啡，他成为深夜食堂的店主，他在盲人按摩店接受按摩，按摩师在讲述自己的悲苦经历，他隐居在闹市区的老房子里，屋子里有昏黄的灯光。

但这还远远不够。几乎是，每当他有了新的生活体验，经历了新的场景，他就会把这个体验和场景，安放在想象中的李志亮身上，像是——供奉。他有种可怕的感觉，似乎李志亮和他幻化出的这个行走者形象，正在变成一个黑洞，一个填不满的黑洞，自己的所有经验都用来填补他、充实他、丰满他，给他以血肉，而自己在填充过程中迅速干瘪下去。

但彻底触发他的迷狂的，是二〇二〇年十二月的"西藏冒险王"失踪事件。"西藏冒险王"叫王相军，是四川人，长期驻留在西藏，拍摄西藏的地理景观。二〇二〇年十二月二十日，他在拍摄西藏那曲嘉黎县的依嘎冰川时，失足落入冰川暗河。直到第二年三月十四日，他的尸体才被发现，警方确认他是意外溺水高坠死亡，排除了他杀。

在"西藏冒险王"还只有六万粉丝的时候，他被推送给了曹景，曹景起初没有关注他，但不久之后，平台又一次把"西藏冒险王"推送了过来，这一次，曹景关注了他，一直关注到他拥有一百四十万粉丝。

曹景通过"西藏冒险王"在快手和抖音上将近五百个视频作品,以及若干直播中的片言只语,逐渐拼出了他的人生概貌,记了笔记,最后写成了一篇短文:

　　王相军希望人们叫他老王。老王是四川广安人,一九九〇年出生。十九岁高中毕业之后,离开家去打工,曾经去过北京、上海、广州、深圳、广西、云南,在这些地方,他做过三十多份工作。在广东,通常是在电子厂工作;在广西,当过搬运工;在云南,就在饭店洗菜洗碗。

　　之所以每份工作都做不长,是因为他并不喜欢大城市,他觉得,那些地方一开门就是高楼大厦,特别憋闷。他也不喜欢复杂的人际关系,在家乡的时候,他看到往日的小伙伴,慢慢长大后,一个个变得很社会,很假,找个大哥罩着,"就开始欺负个子小的,打不过他的,没有背景的",他觉得很失望。后来出门打工,他也不喜欢那一个个小社会,"就连一个厨房里,老板、切菜的、炒菜的,这么几个人,都还要拉帮结派钩心斗角",他觉得"人心很不好,很假"。他喜欢大自然,"喜欢真实的东西","我们看到的山,就是很真实的","我们看到山是这个样子,它就是这个样子,看到这个树什么时候开花结果,它也就是这个样子"。

　　所以,出门前,他就知道自己要的是什么了,"有了路费,想去哪里就可以去哪里,觉得这个想法特别棒"。只要打工一段时间,攒够路费和一段时间的生活费,他就去下一个地方,看山看水,直到"一个地方看得差不多了",再去下一个地方,找下一份工作,攒够钱,就离开。如此周而复始。

　　打工攒的钱不太多,工作两个月攒的钱,可以给他提供去下个地方的路费,并且生活半个月,然后就得继续找工作了。

他最后一份通常意义上的"工作"，是在那曲的一家青海拉面馆。拉面馆的工人都爱刷快手，尤其夜班，都是用快手打发时间，他也下载了一个。因为喜欢风景，他自然关注了很多拍风景的、徒步的博主。看多了他们拍的风景之后，他觉得，"我去的那些地方比他们的漂亮得多"，如果自己做快手的话，"搞到5万、10万粉丝应该没问题"。于是他就辞职了，开始拍快手。

他的启动资金，就是打工攒下的七千块钱，他用四千块钱买了一辆摩托，剩下三千块作为路费和生活费，就这么开始了。拍视频的收入不稳定，有时候一周都没有一毛钱收入，有时候一天几千块钱，但他对生活的要求不高，他就希望通过拍视频得到的收入，能让他继续走下去。

他去过很多地方，最喜欢的还是西藏，他在西藏停留的时间最长。自从二〇一二年，他第一次到西藏，之后的八年时间，他有六七年都在西藏，他在两个短视频平台上的作品，也多半和西藏有关，因为，"西藏是最舒服的，西藏的山更大"，"去了很多地方，只有西藏待得住，一天看不到雪山都不行"。

他拍了日照金山，为了拍到金山，他等了整整四天；他拍到了喜马拉雅的冰川，也拍到了喜马拉雅的春天，和山上的百里杜鹃；他为雪山上零下十五度的天气里，盛开的兰花惊呼，匍匐在地上闻花朵的香气，也在海拔五千多米的高山上，为盛开的荷花雪莲、苞叶雪莲惊叹，反复说着"这个是珍稀植物不能采，不能采哦"；他在无人区的湖泊边，光着膀子和马卡鲁峰合影；他站在念青唐古拉山前，反复说，这山比阿尔卑斯山更美。

这么多年，他只在二〇一七年回过一次家。也很少和家人联系，因为一联系就要回家，"回家就有很多琐碎的东西"，他认为自己的状态不是"旅行"，而是"流浪"，但他喜欢这种状态。

有人问他将来有什么打算,他忽然放慢语速:"一直能走下去,就非常好了。"

二〇二〇年十二月二十日,老王落水,引起巨大轰动。短视频平台上迅速出现大量和他的落水有关的评说视频,每个都流量巨大,点赞几万、几十万,回复几百上千。因为搜救者没有找到他的尸体,也没有其他线索,人们就在他的视频和直播片段里寻找蛛丝马迹,阴森的传言很快出现,传播最广的一种说法是,他是被谋杀的,最大嫌疑人就是他的助手。有人把他落水前一天的蓝色冰洞视频的声音,做了慢放和降噪处理后,疑似听到了对话,有"流血""杀死"等词语。人们认为,助手嫉妒他的成就,嫌老王给自己的钱少,就把他杀了。尽管这个说法很快就被证伪。总之,他的死,变成了一个离奇阴惨的传说。而几乎每个评述解析他的视频,都会配上 Else 的 Paris,一首被大量用于案件纪实、恐怖片和神秘事件解说视频的乐曲。

差不多有一个月,曹景每天要用几个小时看这些视频,看了一个两个,平台就会推送更多。在曹景的宇宙里,老王由此成为唯一的内容。面无表情的出走者,遥远的西藏,蓝色冰洞里的低语,冰川上的"谋杀",冰河里的死亡,反复出现。他被这件事里那种阴郁的、非现世的,又有点超脱的气氛吸引了,放任自己沉溺在这种气氛里不能自拔。更重要的是,断断续续的封锁,也让他有大量的时间沉溺其中。

他的情绪也越来越低落,但不是那种具有伤害性的低落,他知道自己的低落情绪是"西藏冒险王"的失踪带来的,不是由自身生发的,这就意味着,它不具攻击性,不是向内的,只停留在表皮。

这件事让他意识到,李志亮正在变成一个不断吸引同类事物的磁铁,让他身上背负的铁屑越来越多,他决定,要和李志亮及他幻化出的形象,带来的长久的抑郁情绪,做一个告别。他选择的方法,是回到现场，坐实李志亮的存在，复原当时的细节，破坏这件事的幻觉之光，给李志亮的出走除魅。

就在王相军落水一个半月后，他回家过春节。回到天泽后，他发起几场聚会，召集了许多朋友，打听李志亮的人生细节。他知道自己得准备一些理由，于是努力编造了一些，比如想写写家乡的故事，想给李志亮的父母一点安慰，等等，又觉得不合适，小地方的人，对这种调查行为非常警觉，对"书写"就更为警惕，会以为他是媒体卧底，并产生严重抗拒。李志亮的家人，也必然会听到消息，并且产生阻抗。最终，他编造了一个不会被人深究的理由，来柔化自己的行动：当年，厂里一个姐姐暗恋李志亮，曾经托他给李志亮送过情书，这个姐姐现在和他在一个城市，前不久在一次活动中，两个人偶然遇见了，姐姐五十岁了，孩子也大了，还是非常牵挂李志亮，想在不打扰李家人的情况下，了解李志亮的现状。

这个故事基本是合理的，更重要的是，符合一般人对感情的期望，特别是非常时期人们的期望。朋友们果然对这个凄美的暗恋故事产生了极大兴趣，非常热心，努力向那个遥远的姐姐表达善意。他们的见识也超出曹景的想象，曹景本以为他们会带来一些过时的信息，提出一些土而落伍的看法，比如"他可能就是厌世当和尚去了"，并对他的郑重其事不以为然。没想到，他们和他想的不一样。

有些朋友是"调查派"的。一个"调查派"的朋友说："可以查一下户口，有时候一个户口上的人早都迁走了，只不过我们不知道，但派出所会留底子。"另一个朋友说："在抖音上看过一个特大凶杀案，凶手是五六个人组成的犯罪团伙，杀了人抢了钱，就跑到内蒙古去了，然后买通了人，在一个农村重新立了户口，又把户口陆续迁到内蒙古，等于是重新出生了。李志亮会不会也找个废掉的户头，变成另外一个人?""问题是李志亮又没有杀人也没有放火,这么费劲变成另一个人干啥,直接迁走不是更方便?"曹景听他们讨论得如此认真,有点不好意思:"这个是不是不好查,现在查身份信息都会留下痕迹。"同学一笑:"我们这是小地方,小地方懂不。"打了个响指。

第二天,同学先给警察朋友打了个电话,随后带他去派出所,见到警察朋友后低语几句,警察看了看站在一边的他,点点头,指着他笑了一下:"我把你认得,你是高二三班的班长。"然后进了挂着"副所长办公室"牌子的屋子,大概十分钟后,警察朋友出来了,同学问,为什么去了这么久,警察说:"到领导办公室去,也不能请示完就走嘛。"随即带他到户籍室去,打开电脑一通操作。李志亮的户口,依然挂在李东强为户主的户口下,沉寂已久,没有迁出,也没有注销。

消息还在汇集。有人汇集出李东强家的家史,有人拼凑出李志亮的几次相亲,以及相亲对象的下落,也有人认识李志明全家,知道一些零碎但无用的消息。这的确给了曹景极大的安慰。他以为老朋友们生活在偏远封闭的小县城,早都失去了生机,对生活毫无想法,但没想到他们另有一种生机勃勃,经常聚会,经常喝酒,还结伴出去野炊、爬山和露营,一样的看《山海情》《小偷家族》,玩《阴阳师》,时下的消息都知道,也知道云南人又到了吃菌子看小人儿跳舞的时节,吃火锅时会拿平菇、香菇当笑料,尽管这些知识多半来自抖音和快手,但至少不是毫无波澜,信息多了,互相矫正,也能凑出对的一面。

有些朋友是"推理派"的。在李志亮离家出走后第二年,厂长被抓了,他的罪行超乎人们想象,勒死情妇,车撞知情者,给竞争者投毒,巨额现金藏在柜子和空鱼缸里。于是有人认为,李志亮很可能知道厂长做的见不得光的事,被厂长害了,至于那封信,或许是被迫写的,也或许是厂长找人仿照他的笔迹写的。写好之后,拿着他的钥匙,趁他们家没人,开门进去,把出走信放在桌子上就可以,就算遇到李志亮的家人也不要紧，那时候同事之间的来往紧密得很，拿着钥匙出出进进都很正常。还有人说，李志亮的父亲其实已经认出那具焦尸就是李志亮，但害怕厂长加害他们全家人，没敢当场指认。

还有一位朋友，更出乎曹景想象，他从文化底蕴、风俗习惯的角度，提出了自己的看法。他认为，甘肃处于半农半牧区，本来就有游民传统，出走并不少见。天泽县在历史上，更是典型的半农半牧地带，羌人来过，匈奴来过，现在也是多民族杂居，有回族、东乡族、蒙古族、藏族、羌族、维吾尔族等。城外不远有个贺家营，三千村民，据说是吉卜赛人的后裔，以算命为生，平时在家种地，农忙结束了就带着《周易》《万年历》《麻衣相法》，牵着狗和毛驴，游走全国算命卜卦，他们有自己秘密的神灵，自己的隐语，也不和外族通婚，他们的算命技艺也从来都是父传子、母传媳，服饰也和汉人不一样，男女都穿黑，女人梳"高头"（高高的发髻），裹黑色头帕，穿带花边的大襟褂，戴镶了很多银穗的耳环。

还有一个曹家堡，全村不到两千人，以养蜂为生，政府给村民分了地，他们也不怎么种，荒着，长草，顶多种点自己要吃的菜，他们就喜欢养蜂，一年到头流浪在外面，回来一个月，就又走了，可能养蜂是假的，他们就是为了找个理由走出去。"我们班上的蒋个铁，他爸爸就是养蜂的，有一年过完年，押着蜂箱出去，说是追油菜花去，再也没回来，他们的习惯也奇怪，男的可以走掉不回来，在外面结婚养娃，女的就不能再婚，一直在家里守着。他们村子上，这种情况还不是一个两个。所以你看，蒋个铁后来也跟他爸一样，跑到南方去，说是打工去了，再也没回来，带回来的信说是又结婚了。"

他还说，甘肃人往外跑是长在基因里的，改不掉的。五十年代开始，甘肃人又开始往新疆跑，农民、要饭的、右派、逃犯、逃婚的、娶不上媳妇的光棍，都往新疆跑，新疆遍地都是甘肃人，现在所谓的新疆话，其实就是兰州话的变种，抖音上几个拍方言段子的新疆人，他们说的话，别处的人听不懂，甘肃人一听就懂。这位朋友认为，这种气氛下，发生什么都不奇怪，"丢下老婆、丢下丈夫、丢下娃，突然走掉的人多得很，只不过我们不知道。李志亮也有可能受了些这种影响。他一天天骑着车在外面浪，你知道他都认识些什么人，给他灌输了些什么想法"。

李志亮既不是真正的本地人，也不是游牧民族后代，李东强和郝琴也是谨小慎微的知识分子，他的出走冲动，不太可能是受家庭影响，他也许就是被这块土地上的空气影响的，就像王林平被鱼缸影响，曹景被李志亮影响一样，鱼缸噪音既然能辗转抵达王林平，吉卜赛浪人、游牧民族传统就能抵达李志亮。

几次聚会，没有结果。聚会的主题就变了，变成纯喝酒。李志亮一家，也不见有人提起了。

还是没有真正的线索，反而让李志亮的面貌更神秘更复杂了。曹景决定，既然无法从李志亮这里切断抑郁信号，就从自己身上着手。回到自己常住的城市，就开始寻求心理咨询师的帮助。

他找到了我。

我是在十五岁的时候，对心理学产生了兴趣。那一年，我沉迷于推理小说，并且读到了江户川乱步的《飘忽不定的魔影》。那部小说里，有一个江户川乱步小说里经典的"妖女"形象，这个女人精通心理操控术，并且擅长催眠，心理学在她这里，几乎是近乎妖术的存在，她利用心理操控技术，制造了一系列凶杀案，包括迷惑保镖，进入一间防卫森严的密室，让人以为这是一桩较为典型的"密室杀人案"。

这本书激起了我对催眠术和心理学的兴趣。我在市图书馆，找到了一本日本人撰写的《催眠术》，反复阅读揣摩。当然，江户川乱步和他的"妖女"，对一个想了解心理学的人来说，不算一个太正统的开始，但的确是一个有着强劲动力的开始。强劲到，让我去读其他的心理学书籍，也强劲到，让我在学了金融，又在金融机构工作了五年之后，最终回到和人心有关的行业。曹景找到我的时候，我已经在心理咨询行业工作了十年。

他的朋友推荐了我和我所在的平台，我和曹景用视频连线进行咨询，五次咨询，每次五十分钟，上面所有这些，就是他在这近五个小时里对我的讲述。

曹景这样的来访者，是我最喜欢也最惧怕的，他是自觉的，已经把自己理得清清楚楚，甚至主动挖掘了影响自己的各种因素，对这些因素进行了深入剖析，这个过程旷日持久，已经被他打磨得逻辑通顺，没有毛刺了。这也是我最担心的地方，他呈现给我的，都是经过他选择的，深加工过的，留给我的空间并不多。

我试着从一个比较平凡和俗气的角度，来梳理曹景的状态和他抑郁的成因。在曹景的少年时代，李志亮所代表的，是少年曹景不曾拥有的事物，包括他想要拥有的外貌、衣着、技能和身份，以及家庭环境和人际关系。李志亮是一个显性的投射对象。如果按照正常的进程，这种投射对象，在曹景成长之后就会失效了，毕竟，曹景后来拥有的都是李志亮不曾拥有的生活，长大的曹景很快就会发现，李志亮的局限性，以及小城生活的单调，少年的神和神龛一起倒掉。

遗憾的是，李志亮失踪了，他的失踪，和天泽小城的环境，以及曹景在高中的遭遇联动，酿成了一种特殊的心境，一种急性的抑郁，拥有了这种特殊的心境和气氛之后，李志亮在曹景这里，就获得了不朽。这个神龛就没法轻易推倒了，甚至越来越牢固。因为你无法让一个消失的人消失。此后发生的事，打个比方，就像沙漠里有一株草，拦住了一些风沙，慢慢变成一个小沙包，小沙包就能拦住更多沙土，最终变成一个巨大的沙丘,也像珍珠蚌,被种入沙砾之后,会分泌珍珠质包裹沙砾,最终形成珍珠。或者,像一个普通人,因为干了一件不平凡的事,就渐渐在传说里变成了神,人们自觉地添砖加瓦,塑造金身,寄托愿望。

失踪的李志亮,在别人那里,可能只是一个普通的失踪者,但对于曹景这样一个特殊的个体来说,却意义非凡。平凡小城里的曹景,在成长过程中,期待得到一些人性的材料,进行深加工,但没想到,他最终得到的材料,是李志亮和他的失踪,对他来说,这个材料是相当不平凡的,甚至具有某种异色,他用自己当时的心境,和此后的生活体验,对这个材料进行重重包裹,让它越来越复杂,甚至可以说,他把这个失踪者,锻造成了一个自己的小神,把出走和失踪,锻造成了一个小信仰。这种信仰的可怕之处在于,他是以一己之力进行锻造的。整个过程中都充满了自我重复、自我强化和升华,这种重复和强化,最后可能走向偏执,甚至带上邪异的色彩,这就是他抑郁的来源。

他的抑郁,之所以被"西藏冒险王"激发,或许因为,李志亮是故事的前半段,是一个提问,而"西藏冒险王"更像是这个故事的后半段,是一个回答。李志亮和"西藏冒险王",都是脱离生活常规的人,他们也有自己的幸福感,但这个世界不会认为这种幸福感是合理的,他们会动用各种微妙的力量,让这个脱离者再也不能回头。"西藏冒险王"身后的诡异传说,说明人们是怎么评判他的,人们显然认为,他遇到这些诡异的结局,并不意外,这样才算合理,他人生的逻辑必须继续延伸,延伸到这些结局上。

从"西藏冒险王"所受的待遇,曹景足以推断出,李志亮最后会有怎样的结果,这个结果还会被进一步歪曲,变成李志亮无法掌控的样貌。曹景的抑郁于是被全面激发了——他不但被李志亮本身困住,他还发现，自己抑郁的来源，是无法讲述，也不可能获得理解的，甚至是会被歪曲的，而且必然会被歪曲。

这是我的理解，我把我的理解交给了曹景。这大致就是一个咨询师要做的事，"对他人的理解"，这个任务到我这里，似乎已经完成了，这种理解似乎也得到了曹景的认可，因为他本来就是带着对自己的理解来的，所以我们完成这个任务的过程还算轻松。

起初，我们约定的是七次咨询，第五次结束之后，他却没有约下一次，然后就突然消失了。我有点失落。我其实还想给他一个建议，我希望他能让别人参与这个信仰，重铸这个信仰，甚至毁灭这个信仰。比如，把李志亮和他的故事讲给更多人，让一个人的异教变成许多人的文学。就像一种四处散播的病毒，一边传播，一边变异，毒性随之减弱。"李志亮病毒"其实并没有减弱，于是我隐隐约约觉得，事情没有这么快结束。却没想到，它走向了另一个方向。

我们没有留私人的联系方式，与咨询师有关的工作纪律，都严格禁止我们和来访者有额外的交往，国内心理咨询界对咨询师的要求是，在咨询结束后，三年时间内，不能和来访者有咨询以外的联系，国外就更严格，有些协会要求，咨询师和来访者，终身不能产生咨询以外的交往。但半年后的二〇二一年九月，我在微博上收到一条未关注人的私信，发私信的人说自己是曹景的朋友，受曹景委托前来，想加我的微信，发一些资料给我，反复考虑后，我留下了微信，马上接到了他的添加请求，打过招呼后，他发来了一系列照片。

这些照片，是曹景搜集到的和李志亮有关的照片，包括李志亮的几张单人照片、几张合影，和家人的，和同学朋友的，还有他的工作证照片，他制作的模型照片，他留下的出走信的照片，以及天泽县城的照片，矿业机械厂、车间、家属区、李志亮家所在的楼栋，他家屋内的照片，他的房间，他的床铺。还有天泽一中，甚至还有城外的麦地，以及那个发现焦尸的垃圾场。总之，他在那五天时间里告诉我的所有事，都有照片佐证。

李志亮很英俊，那种英俊略微超出一个小城青年的英俊，但也并不十分触目，它是模糊的，不确定的，就像一种基本款的衣服，你并不知道它算不算出色，直到它被合适的人穿在身上。天泽县城，以及矿业机械厂，和我的想象差别不大，我是在这种环境长大的，也有一群久未联系的留守朋友。

其实，在知道自己即将看到李志亮的照片时，我就应该拒绝的，但好奇心战胜了一切，而好奇心是有后果的。

——让一个具体的形象进入眼中，和让一种病毒进入身体是一样的。更何况，这个形象不是一个单纯的形象，它还包括了一座小城的历史，一段九十年代动荡史，一个未解的凶杀案，一场被人忘却的失踪，以及一个工厂、一家人、一个人的故事，而且有可能是全部故事。更不巧的是，我完全能理解这个故事。

这个形象让我对曹景有了进一步的推断，对他来说，李志亮是个"他者"，是个阴郁的男神。在曹景生活在天泽县的时候，这种意义还不明确，因为，县城生活，有另一种危险，它把人埋没，它让人不愿意相信，在这种不起眼的地方，会出现刻骨的、独立的、不需要任何参照的美，会有空前绝后的机遇，它让人蒙尘，也让人失去判断，在小地方，你不知道自己遇到的是一颗坠落的废星，还是壮阔的银河。

等到曹景去往大城市，后果就显露出来了。他逐渐发现，大城市的人，从形象到内心，从情感到表达，都不得不互相驯化、互相学习，越来越相似，落入那个"同质化的地狱"。它貌似让人更鲜艳，更有光泽，形象和内心都得到更多的扩张，但它同时也是毫无止境的埋没。因为它早就具备了人工智能时代的一切特征，它是一片混沌海。你只有更巨大、更独特，获得更多的支持，才能稍稍抵抗这种埋没，这种被混沌海吞噬的可能。为此，你只能不停地卷入放大自己的战役之中，而这场放大自己的战役一旦开始，结果可想而知：你在二十米见方的显示屏上露脸了，别人就获得了在五十米见方的显示屏上露脸的机遇，你露面十五秒，别人就能露面十五分钟，你生产出了一种独特性，这种独特性就会迅速被效仿和普及。而大多数人连这样的机遇都没有，大多数人都无法成为生产者，只能接受自己平庸、懵懂、被埋没的命运。

曹景忍受不了这种"不是生产者"的宿命，但他能做的，也只是努力否定、嘲笑"不是生产者"的那些人。在和我交谈的时候，一旦提到周围的人，他就会走题，开始肆意评价他们，说他们"一模一样，特别无聊"，"A和B毫无区别，是互相复刻的关系，构成他们的最小积木块都是一样的，同样的游戏角色，同样色号的口红"。他甚至还举了一个例子，他们的领导有段时间迷上了安藤忠雄，所有的同事，都开始讨论安藤忠雄，会议上不时地用他作为例证。他起初以为这是权力影响的结果，但后来发现，是因为周围的人处于空心状态，无所适从，急需言辞、内容和故事，权力只是他们接受填充的理由之一。只要有人愿意领头，哪怕那是一个没有权力的人，懦弱的人，他们也会马上起身，跟着他去向任何一个地方。他们把自己交出去太多次了，也已经驯化成功了，他们不能忍受一刻落单。

李志亮却和任何人都不一样，而且永远没有可能变得一样了。他的英俊，他的自行车，他的荒野，他的小城，他所在的九十年代，他和那个游牧传统日渐远去的往昔的若即若离，他和那桩焦尸案的迷离关系，都让他拥有了神秘感，让他有别于所有人。天泽县的生活，虽然也是由各种积木块构成，积木块的来源甚至更单一，但那些积木块更大，更草率，更接近人性的根本词汇、根本欲望，所带来的禁锢感反而没有那么牢固。李志亮也没有可能表露自己对高迪或者黑川纪章的看法，也不会因为讨论时事而翻车，失去了新进展，失去了产生新进展的可能，他就是一个毋庸置疑的"原人"，并将永远锁定在这个位置上。他具有了一种永久的差异性，这种差异性甚至像一口深井的井水，取之不尽，每过一个晚上，就会自动悄悄注满。因为这口井拥有一个曹景这样的信徒，不断从现实生活中搬运东西到过去，现实中的面孔、话语、扑朔迷离的信息，加上他的新感受、新认识、新理解，再搬回去，去充实它的丰富性，强化它的差异性。他不断注水，又不断从中打出新的井水。这也是曹景在事隔多年之后，又回过头来探寻李志亮的轨迹的原因。我在看到他的照片的第一时间，就明白了这件事。但我没想到，这种推断对我同样成立。

也是在那段时间，我遇到一个来访者W，这个来访者是一位普通的司机，唯一不寻常的地方是，他是大剧院的司机，车上载的都是演员等文艺工作者，或者由文艺工作者变成的领导。总而言之，是一些略微超出常规生活的人，耳濡目染之下，他懂得向心理咨询师求助，并且有所准备。

W生在唐山，经历过地震，是地震孤儿。地震过后，远走他乡投奔亲戚，在亲戚照顾下，上中专，到厂里当电工，在厂子倒闭前，调到剧团为领导开车，后来又跟随剧团领导，调到了大剧院。他在二十五岁时结婚，妻子在广播电视学校后勤部门工作，岳父岳母，则在大学后勤部门工作，妻子的工作是岳父岳母安排的，他们的安排显示了他们对现实的想象力和触手的长度。

W有一个看起来很奇怪的问题：他不能出门旅行。在描述这个问题的时候，他的说法矛盾而混乱，起初他说，"我很宅，喜欢待在家里，不喜欢出门"，后来又说，"我成天开车往外跑，已经跑得够够的了，不开车的时候，就想待在家里"。对仅有的几次旅行，他的说法都是"被迫的，被动的"，"单位组织大家出去，我不去能行吗？出去了我就尽量待在酒店里"，但当我问他是否去过新疆、海南的时候，他又表现出强烈的好奇心，问我："听说海南的海是蓝的，不是泥汤子海。"

之所以在"出行""旅行"这件事上产生这么多的对话，是为了突出他的宿命感，引出他真正要说的事情："你看，我这么不爱出门的一个人，偏偏找了一个莫名其妙爱出门的老婆。"但他妻子的事，却并不是"爱出门"这么简单。

结婚三年后，W的妻子突然离家出走，不知去向，半个月后，妻子又突然回来，神色疲倦，对出走期间的事只字不提，状态类似梦游或者失忆。在刚发现妻子出走时，W就向岳父岳母报告了消息，岳父岳母并不惊慌，只是神色羞赧，似乎已经知道了会发生什么，并且安慰W，让他不要过分焦急。此后几年时间，妻子又出走多次，最长的一次出走，足足有五个月，每次出走归来的状态也都大同小异，仿佛经历了一场白日梦游。从她的谈话中，可以隐隐约约得知，她是追随某个男人去了，每次追随的都是不同的男人。W的岳父岳母终于吐露实情，他们的女儿在青春期曾经爱上海员，后来遭遇冷暴力分手，从此留下心理创伤，在结婚前就曾多次出走。

岳父岳母讲述往事的时间场合，略有点离奇。当时正逢中秋，大剧院推出迎中秋戏剧周活动，W得到作为福利的十张门票，邀请亲朋好友前来看戏，岳父岳母也在其中。在门厅等候时，或许是人来人往的嘈杂，让岳父岳母稍感松弛，不断走来打招呼的熟人，也分担了他们的压力，他们便从某个中秋讲起，那个中秋，他们的女儿离家出走，导致他们没有过好中秋。起初，他们吞吞吐吐，半遮半掩，但看到W并没有激烈反应，逐渐坦然，话语也越来越顺畅，但最终的落脚点，显然又掺杂了一点心思，"我说这个的意思是让你放心，她往外跑不是因为你引起的，和你没有关系，不是你不好，你们好好过"。最离奇的是，谈话结束，进了剧院，剧院里演的竟是《倩女离魂》，却是在郑光祖的版本上,加入现代戏剧元素改编而成,甚至有暗黑舞踏的场景,岳父岳母吃不消,提前离场。

那时已经有了精神科,以及各种心理门诊,良莠不齐,泥沙俱下,W带着妻子,四处看精神科,竟也有了点成效,妻子出走的时间间隔逐渐拉长,到W向我进行讲述时,妻子已经有八年没有出走。

但W的问题在于,他竟然暗暗期待妻子再度出走。生活逐渐变得庸常,妻子也不像从前那样,似乎总有无穷的力气,折腾出各种生活戏剧来,突然发生的出走事件,让她有了神秘感。她去了哪里,为什么出走,和谁在一起,遇到了什么,她和别的人,究竟有什么不同,她遇到的人,和他又有什么不同。她每一次出走,似乎都在为她的神秘感充电,直到电力消耗殆尽,她就又一次及时出走,如此这般,几次三番,让他对她充满了期待,也充满了欲望,甚至对她涉足的地方也充满了欲望,他想象着她的迷狂之旅,甚至想在她出走后,悄悄跟着她,看看她都去了哪里,遇到了什么。如果是光明正大地和她一起出去旅行,就没有这样的魔力。

他甚至描述了一个很具体的想象场景。在想象中,他跟踪着出走的妻子,去了所有她去的地方,在妻子没有觉察的角落窥视着她,等她回家之后,他独自出行,把妻子走过的地方重走了一遍,还住进她住过的酒店房间,洗她洗过的温泉,坐她坐过的车,和司机聊天,打探妻子和司机的谈话。甚至具体到,他想象出妻子睡过的酒店床单,和他跟父母一起生活时睡过的床单一样,肉色,有牡丹和孔雀的图案。

但他周围的一切人,却都在给他压力,像他妻子这样的出走是不正常的,是必须矫正的,并且给出了一个很现实的后果,"再这么下去班还上不上了"。他也服从了这种压力,佯装焦虑,佯装痛苦烦闷,但真正让他焦虑的,却是妻子终于被矫正了,八年没有出走的时光,对他来说犹如服刑。

是的,他用了"服刑"这样的说法。

在我看来,她不出走,他就没有机会"出走"。在"出走"这件事上,他是失能的,地震摧毁了他的家庭,和他的童年生活,并且给了他一个强有力的暗示,他需要安定的生活,他需要一个不会垮塌的窝,他需要重建,任何出行,任何一种不安定的生活,都是对他曾经遭受的痛苦的背叛,会让重建的努力付诸东流。犹如电影《唐山大地震》中,幸存者所说的:"我如果过得花红柳绿,就更对不起你了。"他不能背叛。她的出走给了他一线生机、一点可能,牵扯出一个深不可测的世界。这样的出走让她变成了一个"他者",让她拥有了神秘感。她出走带来的焦虑、痛苦,则占据和替换了他已有的焦虑。

他之所以把妻子的出走,简单地描绘为"爱出门",是为了在面对陌生人时,淡化妻子出走事件中的失德色彩,更是为了淡化自己内心欲望的失德程度,也有可能,他既不觉得妻子是失德的,也不觉得自己是失德的。这种淡化只是刻意彰显自己的妥协。如果,妻子只是"爱出门",那他也好办了,他的压力就不该有这么重。

我头头是道、侃侃而谈,在我谈话的过程中,一丝忧虑从我心头掠过,我和曹景是不是面对着同样的问题?曹景是用出差代替了旅行,那不是真正的旅行,我则假装自己是因为工作走不开。我甚至怀疑起自己的职业选择,起初,我的老师问我为什么选择这个职业的时候,我给出的回答就是:"我从小跟着父母,搬家太多次了,就希望过安定一点的生活,这个工作正好可以在家做。"

对曹景和我,都一样,李志亮是一个可以恣意行走的替身,一个外部世界的引入者,一个"他者",一个阴郁的男神。

一旦理解了这个逻辑,就是有后果的。

二〇二一年三月到九月,曹景结束咨询后的半年时间里,我偶然会想起他讲述的事,也偶然会想象血红天空和黑色大地的景象,但都是浮光掠影,稍纵即逝。直到九月,看了那些照片之后,一个晚上,我突然梦到了那个场景,梦里,那个黑色的人影披着漫天的血色霞光,不停向我走来,却永远走不到我面前。惊醒之后,我莫名其妙想到两个字:感染。

之后,我需要在一个月时间里,前往五个地方开会或者工作,在那几个地方,我少则停留三天,多则停留十天。我去了很多以前想去却没有去成的地方,李志亮的形象,时不时叠加在我看到的人和事之上。在大同云冈石窟,看到那些严重剥蚀的佛像,我联想到的,却是照片上李志亮的脸。在平遥古城,一个卖砖雕的小店,年轻的店主说自己卖完这批货就要去上学了,我问他,这种零工好找吗?你是怎么找到的?心里想的却是,另一个人,在过去的二十多年时间里,可能一直在做这种短期工作。

到了四川绵阳,正是华西秋雨季,这里已经连续阴雨许多天,我冒着雨去一条小街上吃米粉,在一家被油烟熏得乌黑的小店坐下,店主很快端上米粉,然后把围裙一卷,和一个孩子在厨房的后门坐下,面对着一条被绿萍覆盖的小河对话。他们讨论的是这个家的女主人,店主的妻子,孩子的母亲。这个母亲,显然也有些不同寻常之处,"她从哪里来的,莫得人晓得","她整天坐在窗户前头,对住这条河看,这条河有什么看头,臭的哟"。

显然,她不在这个家了,有可能是短时期去了别的地方,也有可能是永远消失了。我凭着断断续续听到的几句话,拼出一个轮廓。自从开始关注李志亮的故事以来,我突然发现,现实世界里的"失踪"实在太多了,这些消失的人和他们的故事,被一个隐蔽的大数据库,不断推送到我面前。此刻,大数据又在工作了,它知道这正是我要听的故事。可我不想再多知道一个失踪者的故事了。

回到酒店，我有两天不想出门，天气似乎也在配合我，始终阴雨连绵，给了我不出门的理由。两天后，我买了动车票，离开了绵阳。

我的抑郁状态被彻底激活，是在二〇二二年五月。在家封闭了将近两个月之后，一天晚上，楼上突然传来了"嗡"声，很长，很有金属感，就像曹景描述的那样，像"在头顶上悬挂了一个巨大的金属钵，然后摩擦钵的边缘形成的回声"，这个声音每天晚上十一点准时开始，第二天早晨八点结束，在这个时间段里，它响十分钟，停五分钟，然后再来十分钟，就这样循环。我毛骨悚然地想到，我的"鱼缸低频噪音"来了。但此时此地，我不可能像天泽县的王林平那样，挨家挨户地去查找声音来源，小区是封闭的，单元门是封闭的，即便没有封闭，大城市居民楼的邻里关系也不可能给我这个机会。

因为李志亮的故事，我想当然地以为，这个噪音的来源也是鱼缸。我于是在业主群里发问，谁家养了鱼，谁家有鱼缸，能不能在增氧泵下面放一个减震垫，能不能把鱼缸挪开一点，不要靠墙放。但业主群的全部注意力，都被抢菜占据，没有人注意到我，哪怕我在刷屏。我试着录下这个声音，发现它录不下来，我@我周围几户人家，他们陆续回答了我，说自己没有听到什么声音，我打电话给物业，甚至报警，都没有结果，警察打来电话，声音非常疲惫，说即便出警，也还是要交给社区来协调。

这个低频噪音持续了一个月后，终于有一天，群里有个邻居回应了我，说她也能听到这个声音，我看到她的楼层，有点犹疑，她在四楼，而我在九楼，即便我已经知道，曹景故事里的那个鱼缸噪音，也是跳空传播的，但四楼和九楼相差得也太多了。我还是加了她，问她是在什么方位听到这个声音的，她说是在朝北的屋子里，她怀疑那是屋后的加工厂发出的声音。当那个噪音再度出现的时候，我打开了我朝北的屋子——两个月来我只在白天进去过，果然，那个噪音比我在朝南的卧室听到的，要强烈得多，打开窗户，窗外，一百米外，一个平房院落里，一个形似水泥搅拌机的巨大的设备在工作，轰轰作响，并且喷出白雾。它发出的声音打在我们北面的墙上，沿着墙壁传送到朝南的卧室，就成了我听到的声音。向市长热线和市政、环保部门投诉之后，那个声音消失了。它消失得如此容易，让我有点意外。它的来历如此简单，也让我有点惆怅。

被这个噪音笼罩，无法入睡的深夜，我在抖音和快手上看视频，开始是什么都看，后来就变成只看旅行视频，原因非常简单——越是无法出行，越渴望出行，只有看户外旅行视频纾解。这个原因是如此简单、赤裸和直白，如此理所当然，让习惯用幽密的语言和复杂的理论进行心理分析的我，感到无比震惊。

李志亮就在这些旅行视频里，无处不在。

看"巡游轨迹"，看着两位主人公开着车，在大盘鸡发源地沙湾城外，在公路边停下车，买了一个西瓜吃，他们的脸就慢慢变成了那些旧照片上的李志亮。"白强游记"，主播在湖北宜昌827厂，走进已经被废弃的厂区和生活区，在食堂打饭的窗口向里望去，"李志亮在外面这么多年都吃什么"这个问题就出现了。"黑皮晓洁一起看世界"，夫妻两人在新疆兵团，钻进七十年前挖的地窝子，仿佛就会吵醒睡在深处的李志亮。"向西行""浪迹天涯""米奇妈（房车旅行）""陈雄（极限户外）""扬帆在旅途""小白的奇幻旅行"……镜头里那个热爱荒山、废墟，正在走遍中国、走遍星球的人，对他们家乡的人来说，也不过是一个又一个李志亮。

看着看着，我就明白了，曹景其实已经找到了解决之道：把他的感受分享给我，不，传染给我。他的生活停顿了，新进展变少了，那口井，让他有了匮乏和枯竭之忧，他急需新人加入，和他一起，搬运新东西注入井中。

他一定用了很长时间，在平台上选择合适的咨询师，再一个个去了解他们，二〇二一年这样的年份，他有的是时间。选定目标之后，他还会继续通过微博、抖音和别的平台了解咨询师，看他们是在什么环境里长大，是不是易感体质，是不是和他同频，对荒野、废墟、失踪、死亡是什么感觉。我在抖音上仅有的十个视频，那些晚霞、鲜花、荒草、废墟，那种在"恋生"和"恋死"之间的摇摆，足够让他最终确定要联系我。

的确，我生长的环境与他和李志亮几乎一样，所以我完全能够理解他，在我理解他的同时，甚至在我起心动念的一瞬间，我就已经被感染了。我希望他能让他一个人的信仰，去经受更普遍的审视，他其实已经在做了，给我看李志亮的照片，就是给我埋下种子，拦住风沙变成沙丘，等待一个时机激活它。他知道必然有这么一种时机。

我一边疲惫不堪、精疲力竭，一边毛骨悚然——我每天看到的荒野、废墟和我想象中的李志亮带给我的感受，就是毛骨悚然。我决定向别的咨询师求助了。我用的是曹景用过的方法，先在平台上找咨询师，然后通过他们的自媒体去了解他们，最后我圈定了一个人，一个叫刘茵的咨询师，在业内有声望，翻译过几本心理学著作，操办过很多线下项目。

尽管我们的职业规范是，让我们尽量减少社交暴露，她显然也遵守了这个规范，但我的职业经验，让我足以通过非常少的材料，就能了解一个人，我通过她的不到五十条微博了解到，她在东北和内蒙古交界的地方出生长大，那个地方，是一个叫牙克石的城市，有工厂、废墟、林业站，也有森林、河流、草原和荒野。她在微博上转发一个荒野旅行视频的时候说，她哥哥有个朋友，毕业以后回到牙克石工作，教书教画画，对荒野非常着迷。她还说过一句话："咨询其实就是陪着来访者一起探险。"我预感她能了解我的经验。

五天时间，每天五十分钟，咨询开始后，我告诉她，我也是咨询师，之所以来找她，是因为我在一次咨询中被感染了，希望她有准备。然后告诉她，我的出身来历，我中学时候遇到的霸凌，我的复仇方式。我怎样入行的，接触过哪些理论。我怎么遇到曹景的，我对他的分析，他讲述的故事在哪些地方影响到了我。她说："这是个击鼓传花游戏，只不过，第一个接到花的人，有点不太寻常，他让这个花变成了花束。"我明确地感受到，她理解了。

在她看来，曹景出生于一九八〇年。这是一个刚刚经过巨大动荡的时代，时代遗留下种种创伤，而在当时的背景下，人们仍然停留在集体主义的生活方式中，为生存本身而活。

"在这样的背景下，天性不敏感的人，就可以随波逐流地选择大众生活，而对于敏感的孩子来说，很多东西，时代的，父辈的，自身成长中经历的所有所引发的情绪，是没有地方可以放置的，只能自己默默承受，自己用自己的方式尝试解决、解释和突围，或者就变成了一个秘密的困兽，成为抑郁和焦虑的来源。

"症状是一种表达。很多人内在的隐患，日常处于潜伏状态，会让人隐隐不安，但是人都有逃避的本能和功能，在成长过程中，形成了自己的防御机制，实现了表面的平衡和相安无事。不到迫不得已，没有人会主动地去查看。但是经年累月积累在那里，一直是隐患，有一天被一些相关事件激发，隐患就藏不下去了，趁机呈现，也是在用这样的方式寻求关注，寻求解决的路径。

"想要症状消失，或者说获得某种程度的'痊愈'，最好的契机，是在某个故事中找到自己，放置自己，以自己的真实肉身为这个群体的故事找到结局，也为自己的隐疾和故事找到结局。完成自我的叙事，也完成这一类人的叙事,自我实现了完整和意义,症状也就消失了。"

没过多久,我就找到了结束这个阶段性抑郁的契机,完成了"自我的叙事"。这个契机非常简单和直接:我们"解封"了。

此后,我休息了两个月,打算回老家的前一天晚上,朋友约我去一个新疆餐厅吃饭。这家餐厅似乎是按照新疆时间来运营的,晚上九点半,我和朋友落座之后,旁边临窗的一个大桌,才开始有人前来,到了十点,陆陆续续来了十二三个成年人,他们带了四五个小孩,小孩子对饭菜兴趣不大,简单吃了点,就在店堂里奔跑和看电视。成年人们坐在那里,互相问候、寒暄,烤肉和大盘鸡陆续上桌,白酒、啤酒、红酒,酒换了几种,有人开始轻声哼歌,老板及时送来两把琴,一把吉他,另一把琴我不认识,冬不拉?热瓦普?我分不清楚,但已经有人开唱了,一首非常沉郁的歌,唱歌的人闭着眼睛,表情深沉而痛楚。

他唱完歌,他的朋友们开始鼓掌,我也示意朋友一起鼓掌,他们听到我们的掌声,向我们点头示意,坐在左侧的一个光头男士,招招手,似乎是请我们坐过去的样子,我指指自己,一个疑问的表情,不等他回应,就坐过去了。

"你们从哪里来?""乌鲁木齐,不过我们是博尔塔拉人,不是乌鲁木齐的,乌鲁木齐嘛是省会,我们不是省会的,我们是小地方来的。他们一家,维吾尔族;他也是;他,柯尔克孜族的;这个是他女朋友,维吾尔族,他,蒙古族;他们三个,汉族。""你们是亲戚吗?同事?""不是的,我们是朋友,汉族的这个朋友嘛,到我们那里援疆,援疆你知道吧,支援新疆,我们就认识了。他们是你们这里人,今天晚上是他们招待我们。""你们刚才唱的是什么歌?""《萨马勒山》,你没有听过吗?"

我搜到了那首歌,《萨马勒山》:

萨马勒山我挚爱的故乡,像镜子一样的湖水,
如今我是士兵却不是为你而战,每天都是煎熬。
你总是一次又一次地,出现在我的脑海里,
生我割下我脐带的我挚爱的土地。

我们没有马,双脚已麻木没有知觉,
好像已经走了十五天,
好像已经快到下一个战场了。

"再唱一个。""好,再唱一个。"琴交到了另一个人手里,他调调琴,唱起另一首歌,似乎是蒙古语,坐在我旁边的一个年轻小伙子,看我一脸茫然,拿出手机,找到正在唱的这首歌,给我看歌词,《阿拉套山》,也是和山有关的歌:

啊朋友,我想听你歌唱,
唱唱我们的夏尔西里时光。
草原繁花把我们埋藏,
我们静静或坐或躺。

啊朋友,我想听你歌唱,
唱唱我们的爱情和酒量。
欢乐的宴会直到天亮,
你不停把《黑眼睛》唱。

啊朋友,我想听你歌唱,
唱唱我们的父母和家乡。

白杨树下说起父亲病况,
脚下厚雪咔嚓地响。

好朋友,我想听你歌唱,
唱少年的愿望是风的愿望,
唱那达慕大会的骄傲荣光,
唱我们寻找的天堂就在身旁。

啊朋友,我想听你歌唱,
我已经在回家的方向。
阿拉套山就在我的车窗,
痛楚般的欢乐心中回荡。

他唱完了,我忍不住问:"你们以后就不走了吗?"唱歌的男人故意用了一种不满的语气调侃说:"哎,咋了,你们这里不能来吗?""不是不是,不要误会,我希望你们留在这里啊。""你们这里我们留不下,太贵了,我们就是路过一下,他们一家,后天去广州了,他要去海南,他要到厦门去,你旁边的这个到成都去,就是这三个汉人兄弟,还在你们这里。新疆太冷了,冷的地方出来嘛,都往热的地方跑。你不唱一个吗?我给你伴奏。"

那个晚上我和他们一起坐到凌晨两点,最后在路边告别,整个晚上,没有想起鱼缸噪音,没有想起李志亮。和他们在一起的那几个小时,仿佛是一个巨大的包裹着我的茧里的事物,他们根本不知道这个茧的存在,他们的不知道,把这个茧击碎了。

真正的最后一击,是在我回老家以后,和老同学聚会,我简单讲述了这一年多我遇到的事。在一个个给他们打电话约饭约酒的时候,我突然产生奇怪的感觉,感觉自己又在复刻二〇二一年二月的曹景,像他那样联系旧日朋友,希望一种更有人间气息的关系给自己支撑。

只是我的结果比较利落,所有这些,在我讲完自己的事后,就戛然而止——我被同学的一句话掀翻,抑郁猛然刹车,也许是暂时终结,但终归结束了。也可能因为,我是间接感染,我身上的"毒株"毒性已经比较轻了,所以能被轻易终结。

就一句话:"对县上的同学来说,你就是个失踪者啊,你还到处打听失踪者的事情,明明你就是,你还不知道你吗?"

"你还不知道你吗?"是我们方言中的表达方式,带点轻微的贬义,你还不了解你吗? 你还不知道你是个什么东西吗? 还有一个第一人称的说法:"我还把你不知道吗?"我知道我,我知道我是什么东西。所有的失踪者,血红天空黑色大地中黑色的行走者,他们就是我,我就是他们。我早都走出去了,我本来就身处不安之中,不用制造安稳的幻觉。我不用对他们有所寄托,我不会继续供奉了。

在那天酒局的中间,我给曹景打了语音电话,把自己最终的发现告诉了他。我说,我有预感,我不会再梦到他的梦了,梦里那个人已经走过来了,我已经看清楚了他是谁。他有一张脸,所有人的脸。我们要和"李志亮的血色黄昏"共存了,它来过就不会被彻底清除,但我知道接应它的是什么了——内部,我身体里的荒凉感,外部,时代的节点。每个人头顶都有鱼缸,也都有嗡嗡作响的时刻。

曹景说:"那就好,多保重。"停了一下,他说,"出来走走吧,我已经出来了。"

"好的,是时候出来了。"而在别处,在别处,李志亮早已经出来了。他在四川的小城,开了一家很小的面馆,为顾客做一碗面。下午四点才出摊,晚上十点收摊。他在国道边上,开了一家修车铺子,他是矿业机械厂的先进员工，修车对他来说不难。

他在甘肃、青海、新疆开包车，走大环线，一天八百块，从春天跑到秋天，冬天休息。有时候遇到好人，有时候遇到难伺候的人，遇到难伺候的人，他就不那么高兴。

他在宁夏，在贺兰山下卖饮料，他找了一个很好的位置，游客经常会在那里停留，停下来就会买点水和零食，顺便让他帮着拍张照。

更多时候，他都在行走，行走中的他，面目清晰了，甚至有可能带上了微笑。他走在戈壁、荒野、草原上，风滚草滚过马路，远处有群黄羊遥遥望着走路的人。他走在花海里、花海中，戴着彩色头巾的女人们，埋下身子在劳动，拔草，给花草浇水，把鹅卵石捡出来，扔得远一些，鹅卵石总是会吸收阳光的热量，变得滚烫，烤坏这些八瓣梅、万寿菊和波斯菊。鹅卵石是捡不完的，今天捡掉，明天还会出现，那足以证明，大地在震动。

他走在小镇的街道上，杂货店、五金店、小吃店，在他的视线里不断出现。街道尽头走过一些人，他们拉拉扯扯地，正在奔向某个葬礼，有人穿着白色的孝服，有人举着白色的纸花串、招魂幡，有人拎着一大袋花卷。

他在车站的长椅上休息，坐在对面的老人抽着纸烟，断断续续和他聊天，终于，他温和地说："你怎么不找个工作，找个工作好啊。"

他把房车停在青海的雪山下的营地，清早推开窗，窗外不远处，就是悬崖、山谷和对面的山峰。营地的朋友走过来打招呼，他们说着什么，也许是说昨天睡得好不好，也许是说下一段路怎么走，也许是在商议中午吃点什么，"我们在张掖买的丸子还没有吃呢，中午一起吃，我支桌子去。"

他坐在乡村大巴上，车窗外开过一辆拖拉机，拉着满满一车秸秆，一个孩子趴在秸秆顶端，牢牢地抓住捆秸秆的大麻绳。冬麦已经破土了，淡淡的绿色铺满整片大地，黄昏的雾气正在散开，雾气最深处，有人点了火堆，也许是在烧落叶。火苗很亮，火色很红，似乎足以让整片大地温暖起来。

他在西藏的雪山脚下，看见了日照金山。不枉早上五点起床。他想。他哈出一口气，他听到不远处有转山的人说话的声音。那声音带着轻微的回声，在山下回荡。

他在塔吉克人聚居的小城，坐在全城唯一的一家咖啡馆门前。旅游的季节已经过去，漫长的冬天就要开始。天边有淡淡的霞光，一个穿着黑色羊毛长袍的老人，沿着墙壁的阴影边缘，走向街道尽头。

他走在河西的玉米地中的白土路上，阳光很好，白土路很硬，在玉米地中间，像一条静静的白色河流，玉米已经结穗，绿色的叶皮被撑开。四下无人，他手舞足蹈，甩着手脚，似乎手脚长到一步就能跨出去很远，像走在水上那么轻松。

他走在大理三月街，街中心，售卖特产的人，支起巨大的舞台，在迪斯科舞曲中，一边唱歌，一边介绍他们的特产。路边的小摊上，摆着色彩瑰丽的物品，动物的皮毛、骨头、晒干的草药。天上有一朵飞碟形状的云，也许真有个飞碟藏身其中。

他走在太行山的山道上，已经是秋天，树叶正在变得金黄，偶然可以看到小小的院落，可不敢小看太行山深处的小院，就是最落寞的小院里，也至少有一个精致的佛像，一片异常精美的壁画。小小的院落，至少要有一件宝物，才能在太行山里立得住脚。

他走在琼海城外的防浪堤上，浪花扑上来，打湿了他的鞋子，渔船正在离开港口，开始一天的工作，有人站在船头，穿着白色的T恤，又有一个人走出船舱，也穿着白色的T恤。后出来的那个人，把手臂搭在另一个人的肩膀上。海对他们来说，依然那么新鲜，每天早上，都像是第一次看到。

他不停地走，不停地看，永不疲倦地，投身风景。风景不是墙，风景可能是幻景，可能是肥皂泡，需要走进去，需要戳破，让它破碎，让它成为泡沫。

大地上，星球上，无数人兴高采烈地、手舞足蹈地，或者平静地、坚忍地行走着，一百亿双鞋也不够他们这么穿的，他们不顾一切地行走着，戳破一幕又一幕风景的幻景，风景的肥皂泡，让它们破碎，直到自己成为别人的景色。

镜头拉远，地球也在宇宙里转动着，平静地、坚忍地，向宇宙深处发出隐秘的信号，而那个召唤着它穿越，穿越后就能抵达另一个胜境的黑洞，那个入口，或许就挂在一辆自行车的车把上，以蓝色野菊花的形象存在。

原载《收获》第6期